KB220385

킬러 넥스트 도어

THE KILLER NEXT DOOR

킬러 넥스트 도어

알렉스 마우드 지음 | 이한이 옮김

너무나 멋진 자매이자 친구인
캐시 플레밍에게

당신 마음이 있는 곳에
당신이 찾는 것이 있을지니,
당신이 열망하던 바로 그것이.

_로버트 브라우닝

그는 손목시계를 한번 쳐다보고 남은 커피를 쭉 들이켰다. "자, 세릴 양이 이쯤이면 담배를 다 피웠겠군요. 데려다 드릴게요."

그녀를 취조실로 데려가며 그는 철망 쳐진 유리창에 비친 자기 모습을 슬쩍 살폈다. 체이니 경위는 그가 평소 생각했던 것보다 약간 더 나이 들어 보였지만 미인이었다. 다소 무감각해 보였는데, 그도 그럴 것이 메트로폴리탄 경찰서에서의 생활은 아이 같은 순진함과는 거리가 멀다. 어쨌든 선택의 여지는 열어 두는 게 좋다. 이런 비정상적인 근무 시간을 이해할 여자는 극히 드무니까. 매력적인 사람도 거의 없고.

"알아 두셔야 할 게 있는데, 그 애는 무척 지쳐 있고, 좀 혼란스러운 상태예요. 그리고 우린 아직 갈 길이 멀고요. 그러니 짧게 끝내 주시면 좋겠어요."

"알겠어요. 어쨌든 그리 오래 걸리진 않을 거예요. 그 애는 어떤가요? 협조적인가요?"

"짜증 나요. 사회복지과에서 보호관찰하고 있으니 그 애한테만 뭐라고 할 수는 없죠. 좀 부루퉁해 있어요. 그리고 그리 똑똑한 편이 아니에요. 일단 그 애한테 뭘 읽어 보라고 하는 건 소용없어요."

"알겠어요. 그 애가 사진을 봤을까요?"

"아, 전 그럴 거라고 생각하는데요. 어쨌든 가서 보시죠."

셰릴 패럴은 담배 한 대를 피우고 취조실로 돌아와 있었다. 테이블 위에 오른 팔꿈치를 얹고, 붕대 감은 손으로 눈물 자국이 난 얼굴을 맥없이 받치고 있다. 안색이 창백했다. 그녀의 축축한 이마를 보고 체이니 경위는 애가 아직 아프다는 걸 알아챘다. 쇄골을 고정하고 있는 분홍색 어깨 부목은 그녀의 안색이 나아지는 데 아무런 도움이 되지 않았다. 부루퉁한 태도만 아니라면 귀여웠을 텐데, 체이니는 생각했다. 황갈색 살결에, 곱슬머리는 어두운 구릿빛이 돌기 시작하면 곧바로 탈색하는 것 같았고, 눈썹은 아주 가늘게 정리되어 있었다. 아몬드 모양의 갈색 눈이 새로 들어온 사람을 향해 또르르 굴러갔다.

변호사는 십 년쯤은 그 자리에서 꿈쩍도 하지 않은 사람처럼 보였다. 그는 뭔가를 마구 갈겨쓰고 있었다. 사회복지사는 실용적인 머리 모양에 실용적인 신발을 신고, 신노동당(우경화된 새로운 영국 노동당./ 옮긴이)의 세례를 받은 분위기를 풍기며 소녀 옆에 앉아 있었다. 그녀가 명랑하게 말했다.

"다 됐어요. 셰릴이 암을 유발하는 막대기를 다 피웠어요."

"아, 입 좀 다물어요. 아줌마." 소녀가 얼음도 녹일 것 같은 시선을 던졌다.

메리 체이니는 문득 담배 한 대가 간절해졌다. 그 니코틴 막대는 늘 그녀에게 끔찍한 소화불량을 일으키긴 하지만 말이다. 그녀는 사회복지사를 무시하고—다룰 수 없는 일이라면 대부분의 상황에서는 이것이 최선이다.—테이블 반대편, 크리스 버크 옆에 앉았다. 셰릴은 버나드 경장에게로 몸을 돌리고 그를 뚱하게 처다봤다.

"그래서 아까 아저씨가 뭐라고 했죠?" 남쪽에서 오래 지낸 사람도 깜짝 놀랄 정도로 강한 리버풀 억양이었다.

"텔레비전." 버나드 경장이 말했다.

"아, 예."

침묵이 흘렀다. 소녀는 금방이라도 푹 쓰러질 것만 같았다. 오직 어깨 부목만이 그녀를 지탱해 주고 있는 것 같았다. 정말, 똑똑한 편은 아니군. 체이니 경위는 생각했다.

버나드 경장이 헛기침을 했다. "그럼 이제 우리에게 그 텔레비전에 대해 좀 말해 줄래, 셰릴? 그게 어떻게 네 것이 됐지?"

"뭐라고요?"

"그걸 어떻게 얻었냐고. 어디서 났니?"

"아." 소녀가 코를 크게 훌쩍이고, 손등으로 훔쳤다. "그 사람이 남는 물건이랬거든요. 자긴 새것을 샀다고요. 그러니 내가 그걸 갖고 싶었겠죠?"

"그럼 그가 왜 네게 텔레비전을 준다고 했는지는 생각 안 해 봤니?"

"그 사람이 그걸 주는 이유는 정확히 알죠." 그녀의 눈빛에 반항심이 가득했다.

"그리고 너는 그걸 받아들였고?"

"내가 중고 텔레비전을 얻어 내려고 그 사람을 쫓아갔느냐고 묻는 거라면, 그러진 않았어요. 하지만 그 대가로 입으로 해 줘선 안 된다는 법은 없죠? 그 사람은 그걸 기대했을 텐데."

"공정하군."

"어쨌든 나는 텔레비전이 필요했어요. 돈도 없고 텔레비전도 없으면 얼마나 끔찍하게 지루한지 알아요? 난 그에게 음······." 그녀는 사회복지사가 화가 나 벌떡 일어나지는 않는지 슬쩍 쳐다봤다. "······입으로 해 줄 생각은 없었어요. 하지만 꺼지라고 할 생각도 아니었어요. 내가 왜요?"

"그래, 다소 불쾌한 상황이 벌어질 수 있었다는 건 알겠구나. 그 사람이 눈치채면······."

"뭐든지 간에." 셰릴이 말을 가로챘다. "그러니까 여기 오는······." 그녀는 다시 한 번 사회복지사를 바라보고 눈살을 찌푸렸다. "······그런 사람들 대부분은 감자 칩 한 봉지나 환타 한 병을 얻으려고 그런 걸 생각하기도 하잖아요. 최소한 내가 바란 건 텔레비전이라고요."

그녀 옆에 앉아 있던 사회복지사의 몸이 언짢음에 뻣뻣하게 굳었다. 체이니 경위는 생각했다. 놀랄 일이야. 이런 추문이 폭우처럼 쏟아져도, 저 사람들은 자기들이 완벽하지 않을 수 있다는 생각은 싹 무시하니까.

"그럼 언제 그걸······."

"몰라요. 이 주? 삼 주? 날씨가 갑자기 바뀌기 전 같은데. 아직 끔찍하게 푹푹 삶아 대던 때였어요. 그 사람은 계속 내 젖꼭지를 보고 있었죠. 러닝셔츠를 입고 있었거든요. 그저 역겨운 노친네가 또 하나 있구나 생각했죠. 이봐요, 그 사람이 무슨 짓을 했는지 누가 생각이나 했겠어요? 그걸 알았으면 내가 그 집에 있었겠어요?"

"그러니까 이웃 사람 아무도 의심을 안 했다는 거지?"

"네. 말했잖아요. 거기서 역겨운 냄새가 나긴 했지만, 내가 그런 역겨운 냄새가 나는 곳에 있었던 게 그때가 정확히 처음은 아니거든요. 어쨌든 그 일이 일어날 때까지 우린 거의 서로 이야기해 본 적도 없다고요. 룸메이트 같은 것도 아니고. 친구도 아니고요."

버크 경위는 체이니 경위가 미리 건넨 마분지 서류철을 열었다. 맨 앞에 A4 용지 크기의 여성 사진이 있었다. 군데군데 캐러멜색으로 염색을 한 짧은 금발에, 머리 위에는 큰 선글라스를 걸치고, 가슴이 깊게 파인 하얀 미니원피스에 베르사체 재킷을 입고, 흰색 슬링백 구두를 신고 흰색 핸드백을 걸치고 있었다. 허벅지 안쪽에 다닥다닥 붙인 비즈를 보니 틀림없이 천박하고 헤픈 스타일 같았다. 반쯤 찬 샴페인 잔을 들고 카메라에서 시선을 돌린 채였다. 아마 경마 대회 같은 행사에서 찍힌 사진인 듯했다. 그는 잠깐 그 사진을 살펴봤다. 그리고 이 여자는 이 사진이 이런 서류철에 들어가게 되리라고 생각이나 했을지 궁금해졌다. 그는 목청을 날카롭게 가다듬었다. 버나드 경장이 일을 멈추고 몸을 돌렸다.

"미안하네, 밥." 그가 버나드 경장에게 양해를 구하고 말을 이었다. "셰릴, 이분은 체이니 경위님이셔. 런던 경시청에서 오셨지."

셰릴은 지금까지와 마찬가지로 별 반응 없이 굼뜨게 움직였다. 그러고는 입술을 부루퉁하게 내밀고 다시 한 번 눈을 굴렸다.

"경시청?"

"조직범죄 수사반이야." 체이니 경위가 끼어들었다. "괜찮다면, 메리라고 불러도 된단다."

이런 선언은 통상 상대방의 흥미를 불러일으키는데, 이 소녀는 자기와는 아무 상관없다는 듯 어깨를 으쓱할 뿐이었다.

"체이니 경위는 이 사건에 참여하고 있진 않으셔. 하지만 우리는 경위가 이 일에 투입될 만한, 뭔가 연결 고리 같은 게 있지는 않을까 생각하고 있단다."

"그래." 체이니가 미심쩍은 투로 말했다.

"셰릴." 체이니 경위는 버크 경위에게 미소를 짓고는 서류철을 끌어다 소녀 앞에 놨다. "리사 던이라는 이름을 듣고 뭐 떠오르는 거 없니?"

셰릴이 고개를 흔들었다. 얼굴이 마치 가면 같았다. 체이니는 서류철을 펼치고 셰릴이 제대로 볼 수 있도록 테이블 반대편으로 사진을 밀었다. "음, 다시 한 번 물을게, 셰릴. 이 여자 알아보겠니?"

소녀가 사진을 끌어당겼다. 입매가 뒤틀렸다. 고개를 든 셰릴의 가느다란 눈썹이 활처럼 휘어 있었다. "콜레트예요! 그쪽은 리사 뭐라고 한 것 같지만요."

체이니 경위와 버크 경위가 서로 시선을 교환했다. 젠장맞을. 정말 그 여자가 맞나 보군. "콜레트?"

"2호실에 살았어요. 이 사진 속 모습은 거기 있을 때랑 좀 다르긴 한데, 그 여자가 맞아요. 이 사진은 어디서 난 거예요?"

"콜레트라고?"

"네. 콜레트요. 그 여자는, 아, 6월 초에 이사 왔어요. 니키 언니가……." 갑자기 아픔이 밀려오는 듯 셰릴의 두 눈에 눈물이 가득 찼다. "……실종되고 나서요."

"이 여자를 최근에 본 적 있니?"

"아니요."

"그게 정확히 무슨 의미지? 좀 더 자세히 설명해 줄 수 있을까?"

소녀는 얼이 빠진 것처럼 보였다. 체이니 경위가 다시 말했다. "마지막으로 이 여자를 본 게 언젠지 기억할 수 있겠니?"

"며칠 동안 못 봤어요. 하지만 정말 기억이 안 나요. 어쨌든, 거기 오래 있을 사람 같진 않았어요. 내가 보기엔, 그냥 잠시 머무르는 것 같았어요. 어떤…… 비즈니스나 뭐 그런 일을 할 동안에만요. 그 여자 엄마랑 관계있는 일 같기도 하고. 정말, 난 몰라요. 그 여잔 상냥한 사람이 아니었다고요. 거리에서 마주치면 나는 그 여자를 알아봐도 그 여잔 나를 몰라볼 그런 타입이었어요. 계단에서 몇 번 정도 인사한 게 다예요. 근데, 왜요?"

크리스 버크가 특유의 '자, 마음의 준비를 하렴.' 하는 듯한 표정을 지었다. "셰릴, 우린 그 아파트 안에, 이미 확인된 피해자들 것이 아닌 신체 부위가 더 있는 것 같아 우려하고 있단다. 그 아파트 안에 말이야. 주변에도 더 있을 것 같고. 철로 제방 아래에도 그렇고. 정원 끝에서는 예전에 모닥불을 피웠던 자국도 발견됐고."

셰릴은 얼굴을 한 대 얻어맞은 것처럼 보였다. 그녀는 테이블을 꽉 움켜쥐었다. 기절하기 일보 직전 같았다.

"괜찮니, 셰릴?" 사회복지사가 물었다. "원한다면 한 번 더 쉬어도 돼."

"지금, 더 있다고 말했어요?"

"음…… 확실한 건 아니야. 하지만 그런 것 같구나. 상황이 그렇게 흘러가고 있어서, 걱정하고 있어."

"세상에."

"그리고 거기에 있던…… 그 시체 말이야……. 너도 알다시피 그가 자기 냉장고 냉동실에 그걸 뒀잖니. 거기서 손가락 두세 개가 나

14

왔는데 지문을 조회해 보니까, 음, 이 여자와 일치했어. 리사 던 말이야. 이 여자는 일시적 실종 상태란다. 실은 삼 년간 그런 상태였지. 우리는 리사를 찾고 있었거든."

"왜요? 그 여자가 무슨 짓을 했는데요?"

"지금 중요한 건 그게 아니고. 그 여자는 어떤 사건의 증인이었어. 자세한 것까지는 네가 알 필요 없지만. 어쨌든 우린 그게 그녀의 손가락이라는 걸 확인해야 해."

"아, 이런." 셰릴이 다시 한 번 중얼거렸다. 눈에 띄게 동요하고 있었다. 갈색 피부가 허옇게 질렸고, 두 눈은 수프 접시만큼이나 커졌다. "아아, 세상에. 그 사람, 어떻게 그럴 수가. 그 여자는 니키 언니 방에 있었어요. 그건 마치 그 사람이……."

경찰은 셰릴이 이 이야기를 충분히 이해할 수 있을 때까지 기다렸다. 체이니 경위는 생각했다. 그래, 거리 하나를 통제하고 며칠이나 그녀에 대한 단서를 찾아다녔어. 할 수 있는 건 다 했는데, 토니 스콧은 여전히 법망에 잡히지 않은 상태지.

"미안하구나. 충격받았으리란 거 알아. 하지만 우리는 네가 그 여자에 대해 알고 있는 걸 말해 줬으면 해."

"뭘 알고 싶은 건데요? 이런, 세상에. 감당이 안 되네요."

"물론 이해해." 체이니 경위가 다정하게 말했다. "엄청나게 끔찍하고 충격적이겠지. 하지만 네가 기억을 잘 떠올려 봤으면 좋겠어. 리사를 위해서."

셰릴 패럴은 눈가를 팔로 문질러 닦고 코를 풀었다. 그러고는 경찰, 변호사, 사회복지사를 바라봤다. "콜레트예요. 이 여자 이름은 콜레트예요."

1

삼 년 전.

그녀는 잠에서 깨어나 책상 위에 털썩 엎드렸다. 목이 뻣뻣했다. 난방은 꺼졌고 혈액 순환이 잘되지 않았다. 그녀는 한기 때문에 눈을 떴다. 그러지 않았다면 아마 점심때까지 잤을 것이다. 전에도 이런 적이 있었던 것 같은데…….

그녀는 자세를 바로 했다. 머릿속이 몽롱했고, 입은 말라 있었다. 손목시계를 보니 조금 있으면 6시다. 피곤했다. 요즘, 그녀는 늘 피곤했다. 밤 근무는 정말이지 어린애들에게나 맞는 일이다. 리사는 서른 넷이다. 클럽 세계에서는 영계가 아니다. 지난 생일을 기점으로 여기서 일하는 어린 여자애들 중 몇몇은 말 그대로 그녀의 딸뻘이라고 해도 될 정도가 됐고 그녀 역시 그런 사실을 실감했다. 그녀는 토요일 오전 4시 30분까지 매상을 계산하곤 했는데, 오늘 밤은 사무실로 가져온 네 잔의 에스프레소조차도 그녀의 잠을 쫓아내지 못했다.

그녀는 의자에서 몸을 일으켜 스트레칭을 했다. 그래도 최소한 일은 다 마쳤다. 그녀는 금고에 현금을 넣으러 가기 전에 지금 단 십 분이라도 제대로 눈을 붙일까 잠시 고민했다. 그래야 집에 가는 길에 차 사고를 내지 않을 것 같았다. 이제 이 일은 그만둬야겠어. 더 이상은 밤마다 최악의 상태를 한 인간들을 보면서 시간을 보내고 싶지 않아. 화장실이든 어디든 상관없이 욕망으로 침을 흘리고, 눈을 희번덕거리는 인종들을 보면서 세월을 보내기엔 난 너무 늙어 버렸어. 이런 시간들과 스트레스, 결국 감옥에 가게 될 거라는 걱정 속에서 너무 늙어 버렸다고.

더 이상 그런 나날을 더할 수는 없다. 결코 안 된다. 그녀는 저장고에 샴페인이 몇 병 남아 있는지도 알고, 장부의 숫자까지 계산에 넣으면 몇 병이 될지도 알았다. 매주 똑같은 일이 이어졌다. 클럽에서 좋은 밤을 보내는 이백여 명의 사람들 중에는 때로 축구 선수들도 있었고, 시티(런던 금융가./ 옮긴이)의 벼락부자들도 있었다. 그들은 매춘부와 깡패들, TV 연속극에서 활동했던 어리고 멍청한 배우들에 둘러싸여 빈민굴을 탐방했다. 샴페인은 한 병에 998파운드나 해서 그들마저도 술과 춤 사이에서 한 가지만 택해야 했다. 그들은 대부분 450파운드짜리 앱솔루트와 한 번에 50파운드(여기에 팁이 덧붙는다.)인 댄서의 개인 서비스를 선택했다. 하지만 장부에 따르면 매주 토요일에는 백에서 백오십 병의 샴페인을 팔았고 이는 모두 현금 지불이었다.

그녀는 잠에서 깨려고 손바닥으로 얼굴을 몇 차례 찰싹 때렸다. 정신 차려, 리사. 일을 빨리 마칠수록 빨리 쉴 수 있다고. 잠자면서도 할 수 있을 만큼 쉬운 일이잖아. 경찰들이 여기로 떼 지어 몰려오기 전에 사표 쓸 생각이나 해. 아디다스 가방은 다시 책상 옆에 놓여 있었다. 말리크는 아침에 은행에 다녀오면 늘 거기에 가방을 갖다 놨다. 그녀는 가방을 집어 들고 지폐 다발을 그 안에 집어넣으면서 하나씩 세기 시작했다. 젠장, 그중 몇 다발은 아직 포장도 벗겨지지 않은 상태였다. 그는 이제 헌 지폐처럼 보이게 하려고 애쓰지조차 않는다.

물론 그녀는 이게 토니가 결정할 일이라는 걸 안다. 명확한 자금 출처가 없다면 베이즐던의 젊은이들은 투자자 없이는 스물여섯 살까지 나이트클럽을 소유할 수 없다. 그러나 네페르티티 같은 곳―말장난을 하자면, 랩댄스 장소로 유명세를 날리고, 플래시와 물줄기, 문짝에 들러붙은 구토 자국이 있는―은 돈을 찍어 내는 보증수표다. 돈을 찍어 내지는 못한다 해도 최소한 깨끗이 세탁은 한다. 이것이 그가 자신들이 늘 신문에 실려야 한다고 확신하는 이유, 오입질 좋아하는 스포츠 스타나 팝스타, TV 배우에게 무료 음료나 VIP 라운지에서의 질펀한 밤샘 파티 같은 뇌물을 먹이는 이유다. 돈을 마구 써 대는 인간들이 오는 곳이라는 명성을 얻으면, 그들이 얼마를 썼다고 주장해도 아무런 의문을 제기하지 않는다. 그 누구도. 왜냐하면 사람들은 매일 「더 선」에 실린 미친 분탕질을 읽고 있고 모두들 축구 선수들이 멍청한 놈들이라는 걸 알기 때문이다. 도심의 이런 클럽, 그중에서도 큰 클럽은 토요일 하룻밤에 50만 파운드는 쉽게 벌어들일 수 있고, 술판 한 번에 2만 파운드도 가능하다. 물론, 그들은 돈을 받고 실제로 어떤 상품을 제공하기는 했다.

그녀는 셈을 끝마치고 자신이 이미 알고 있는 것을 확인했다. 가방에는 18만 5,000파운드가 담겨 있다. 50파운드와 20파운드짜리로 얼추 몇 백 파운드가 비거나 더 될 것이다. 월요일 아침에 이 돈은 은행으로 향할 것이고, 은행을 통해 양지로 흘러들 것이다.

그녀는 마지막으로 사무실을 둘러봤다. 이제 지하 창고 붙박이장 안에 있는 콘크리트 발린 금고에 현금을 집어넣고, 마지막으로 바를 한 번 살피기만 하면 된다. 그러고 나서 문을 잠그고, 그다음 일은 청소부들에게 맡기고 떠나면 된다. 그녀는 쏟아진 술 냄새와 땀내, 흥분제, 밀실에서 흘러나오는 정액 냄새에도 불구하고 밤의 이 시간이 무척이나 좋았다. 조명이 환하게 켜지면, 고객들이 낙원으로 생각하는 이 장소가 어떻게 교묘한 속임수를 만들어 내는지를 분명히 볼 수 있기 때문이다. 벨벳 의자는 백퍼센트 나일론이다. 끈적끈적한 먼지가 달라붙어 거뭇해진 불 밝힌 댄스 플로어와 화려한 장식 틀의 루이 14세풍 거울들은 백퍼센트 폴리스티렌이다. 심지어 검은 뱅 단발머리에 황금 지팡이를 쥐고 사내들 앞에 가슴을 드러낸 채 입구 로비를 주관하고 있는 네페르티티 왕비도 중국 구이양 공업지대의 공장에서 만들어진 합성 수지다. 리사는 사무실 불을 끄고 열쇠로 문을 잠그고 계단을 내려왔다.

흰색으로 페인트칠 된 벽돌 복도를 따라 바가 늘어서 있고, 복도의 긴 기둥을 따라 금색 술이 달린 감청색 벨벳 커튼이 매달려 있다. 커튼은 직원들이 들락거리는 문 역할도 했고, 개인 공간을 나누기도 했고, VIP 공간에서 나와서 북적대는 사람들 틈에 끼어들 수도 있게 해 주며, 그런 구역을 완전히 가려 주는 역할도 했다. 나이트클럽의 명성은 고객들에게 사람들 사이에 있다는 느낌을 주는 데 달려 있고, 네페르티티에서 그들은 원한다면 수많은 무리 중 한 사람이 될 수 있다. 그녀는 복도를 따라 걸어가면서 룸들을 점검했고, 길 잃은 동물이나 기절한 채 발견되지 않은 사람들이 의자 뒤에 없는지 확인하고는 불을 껐다. 복도 중간쯤 갔을 때였다. 그녀는 자신이 혼자가 아니라는 것을 알아차렸다.

룩소르 라운지에서 뭔가 일이 벌어지고 있었다. 무언가 반복적이고 활동적인 움직임이 느껴졌다. 섹스? 누가 저기서 섹스를 하고 있는 건가? 누구지? 뒤에 누가 있는 거야? 누가 사장에게 엿 먹어 보라고 하는 짓인가? 자신이 관리하는 직원이?

그녀는 걷는 속도를 늦추고 발소리를 죽였다. 복도에는 황금색 테두리와 작은 황금 별로 장식된 두꺼운 검은 카펫이 깔려 있었다. 패턴이 적은 카펫은 수많은 죄악을 감춰 줬다. 거리가 가까워질수록 그녀는 자신이 들은 소리가 섹스하는 소리가 맞는지 점점 확신하기 힘들어졌다. '끙' 하고 앓는 소리, 한숨 소리였다. 신음 소리도 확실히 들렸다. 그리고 이 모든 소리 뒤로, 낮은 웃음소리와 대화 소리가 들렸다. 마치 떠들썩한 사내 파티를 벌이며 유흥을 즐기고 있는 것만 같았다. 그녀는 입구에 드리워진 커튼 쪽으로 살금살금 다가가 벽에 몸을 붙이고는 커튼 틈으로 안을 들여다봤다.

어두운 검은색과 붉은색으로 이루어진 룩소르 라운지에는 먼지 한 톨도 보이지 않았다. 다행스러운 일이다. 바닥에 누운 사람의 입에서 나온 것들은 절대 깨끗이 닦이지 않을 테니까.

룩소르 라운지에는 여섯 사람이 있었다. 그 남자는 아직 바닥에 누워 있다. 급소 보호하는 걸 포기한 이후로 꽤 오래 그렇게 있었던 것 같다. 얼굴은 그의 엄마도 알아보지 못할 정도로 퉁퉁 부어오른 상태였다. 그녀의 사장인 토니 스콧, 덩치가 크고 크게 성공했으며, 그녀보다 네 살 많고 백만장자인 그 남자는, 촘촘한 컬이 있는 짧은 머리에 늘 디자이너 양복에 황금 커프스 차림을 하고, 이런 시간에도 면도 상태가 말끔했다. 옆에 서 있는 여자는 그녀가 전에 본 적 없는 사람으로 은은한 회색 정장을 입고 있었는데, 재단 상태로 보아 데번 햄스 백화점에서 파는 기성복 같은 게 아니라는 걸 알 수 있었다. 오십 대 후반 정도로 보이는 남자는 장례식에라도 참석한 양 짙은 색 울 오버코트를 입고 있었다. 이 세 사람은 바 옆에 서서 마개를 딴 레미 마르탱 병을 앞에 두고 브랜디 잔을 들어 술을 마시면서, 말리크 오타랑과 부림 사디라주가 그 남자를 계속 발로 차는 모습을 지켜보고 있었다. 그녀가 그 모습을 목격한 순간, 남자의 머리가 홱 뒤로 젖혀졌다. 부서진 코에서 핏줄기가 우아하고 아름답게 호를 그리며 솟구쳤다. 말리크는 한 발로 서서 다른 한 발을 무릎 높이로 들어 올려 그를 짓밟았다.

그녀는 자기도 모르게 '헉' 하고 숨을 들이켰다.

룩소르 라운지가 돌연 침묵에 잠겼다. 다섯 개의 머리통이, 미소는 얼어붙고 동공은 놀라움으로 확장된 채 일제히 그녀가 있는 쪽을 홱 바라봤다.

리사는 출구를 향해 달렸다. 그녀는 죽어라 도망쳐야 한다는 걸 알았다.

2

그는 참으로 아름다운 고양이다. 검은색 몸통에 긴 다리로 위풍당
당하게 걸었고, 뱀파이어 같은 큰 앞니는 아래턱까지 쭉 뻗어 있다.
초록색 눈에 둥글게 말린 꼬리는 동양적으로 보였고, 흉터가 난 왼쪽
귀는 그가 싸움을 두려워하지 않는다는 것을 말해 줬다.

오늘 그는 그 집을 방문해 영역권을 주장할 것이다. 그는 오랫동
안 그 집에 애착을 느껴 왔다. 누가 처음 여기에 그를 데려왔는지
는—아마 실제로 누군가가 데려왔겠지만—아무도 기억하지 못했
다. 어떤 거주자들은 우아한 검은 표범 같은, 눈 한번 깜빡이지 않고
응시하는 그를 겁내서 화가 난 듯 쉭쉭거리며 손을 휘저어 쫓아내려
고 했다. 또 어떤 거주자들은 찬탄을 담아 가르랑거리거나 구구거리
면서 그의 털을 쓸어 주고 따뜻한 잠자리를 마련해 주었는데, 이런
이들은 그를 남겨 두고 떠날 때 눈물을 흘렸다. 그가 불라 그로브의
그 집에 자리 잡은 이후로 스물여섯 명의 거주자가 거쳐 갔고, 그는

자리를 옮길 만큼 굶주린 적이 없었다. 그는 여태껏 많은 이름으로 불렸고, 지금의 이름은 사이코였다.

그는 창문 안쪽에 서서—'연인'은 숨 막힐 듯한 더위와 자기 땀으로 공기가 눅눅해질까 봐 창문을 열어 두었다.—방 안을 살펴보고는, 소녀가 앉아 있는 의자 등받이로 뛰어올랐다. 그는 앞으로 몸을 기울여 그녀의 연한 적갈색 머리칼에 코를 대고 킁킁거리고, 멋지고 축축한 코를 그녀의 귀에 가져다 댔다. 그녀에게서 아무런 반응을 끌어내지 못한 데 모욕감을 느끼면서 그는 얼굴을 들어 남자를 쳐다보고는 눈을 깜빡였다.

'연인'은 흐느끼고 있었다. 그는 멀리 있는 벽에 기대진 접의자에 앉아 양손에 얼굴을 묻고 몸을 흔들었다. 눈물이 매번 더 빠르게 흘러나왔다. 그는 절망이 자신을 덮쳐 오기 전까지 동반자와의 시간을 음미하고, 연애 감정을 즐기면서 몇 시간을—때로는 하루나 이틀이 될 때도 있었다.—보내곤 했다. 그는 애인의 손을 맞잡고 볼을 쓰다듬고 단란함을 즐겼다. 하지만 이런 일은 할 때마다 점점 환희가 줄어들고 빨리 지나가는 듯 느껴졌으며, 끝내고 나면 그 즉시 갈망이 다시 몰려오고 외로움이 파도처럼 그의 머릿속에 부딪쳐 왔다.

그는 늘 그랬듯 사과했다. "미안해." 소금기 어린 말이 그의 목에 걸렸다. "오, 니키, 미안해. 미안해. 난 그럴 생각은 아니었어."

그녀는 대답하지 않았다. 그저 공허하게 그의 어깨 너머를 응시할 뿐이었다. 그녀의 입은 놀라서 반쯤 벌어져 있었다.

"네가…… 네가 다시 떠날까 봐 겁이 났어. 너도 알지? 난 그걸 견뎌 낼 수가 없어. 정말이지 견딜 수가 없다고. 외로워."

그는 계속 흐느꼈다. 자기 연민에 감정을 소모하고, 자기 존재의 허무함에 사로잡혔다. 내 인생은 바쁘기만 하고 쓸데없는 일로 가득해. 나는 일하고 행동하고 돕고 수많은 일을 체계적으로 정리하고, 그리고 결국에는, 늘 마찬가지야. 나는 혼자고 세상은 내가 한 번도 존재한 적 없다는 듯 돌아가. 내가 없어져도 사람들은—아무도—몇 달이고 알아차리지 못할 거야. 가난하고 금이 간 결혼 생활에, 이복형제들에, 언제 폭발할지 모르는 우리 가족 같은 가정에서는 누군가 떠나면 사이가 멀어질 뿐이야. 나는 매해 연말이 지나고 다음 연말이 올 때까지 이복형제들과 이야기도 나누지 않아. 크리스마스 때 집에나 가야 가끔 그들하고 마주칠 뿐이지. 이 모든 것들 중 최악은 내가 전화를 할 때마다 우리 엄마가 내 목소리를 듣고 항상 놀란다는 거야. 늘 매달 첫 번째 일요일에 '찬양의 노래'가 흘러나올 때마다 꼬박꼬박 내 전화를 받으면서 말이야. 사람들은 알아차리지 못해. 아무도 알아차리지 못해. 나는 담배 연기처럼 사라질 거고, 다음 사람을 위해 내가 있던 곳은 철저하게 치워지겠지.

그는 눈을 들어 고통의 근원인 니키를 쳐다봤다. 예쁜 소녀였다. 화려하지 않고, 그가 넘볼 만한 여자가 아니라는 말을 듣게 하지 않을 여자였다. 세대 차이로 인해 눈살을 찌푸리게 하는 면이 있기는 했지만. 내가 원했던 전부야. 멋진 여자야. 대단한 야심이 있는 것도 아니고, 영화 속 배우들의 연기 같은 과도한 열정도 없고, 샴페인이나 장미도 바라지 않아. 단지 나와 함께 있을 누군가, 날 떠나지 않을 누군가를 원해.

고양이는 이제 옷장 옆에 서서 옷장 문 사이로 코를 킁킁댔다. 연인은 벌떡 일어나 휘이휘이 손을 내두르고 손뼉을 치고 쉭쉭거렸다. 긴장이 고조됐다. 고양이는 악의가 담긴 울부짖음을 내뱉으며 침대로 뛰어든 다음 창문 밖으로 나갔다. 그는 고양이가 다시 들어오지 못하게 창문을 닫으려 했지만, 방 안의 더운 공기에 숨이 막히기도 했고 그것에서 나온 냄새가 이 집 전체에 퍼질까 봐 걱정되기도 했다. 그는 눈물 밴 얼굴을 소맷자락으로 닦고 기운을 차리려고 애썼다. 어쨌든 우리는 멋진 저녁을 보낼 거야. 그는 자신의 말없는 동반자를 돌아보면서 생각했다. 그는 그녀의 손을 잡았다. 난 와인을 한 잔할 거야. 어쩌면 그녀는 저녁 식사를 시작하기 전에 나와 함께 영화를 보고 싶을지도 몰라.

고양이가 치고 지나간 그녀의 오른손이 갑자기 의자 팔걸이에서 미끄러져 허공에서 부드럽게 흔들렸다. 예쁜 손이야. 손톱이 늘 정갈하고 깔끔하게 다듬어져 있단 말이지. 그녀를 처음 봤을 때부터 난 그걸 알았지. 저 손을 내 것으로 취하고, 그 매끈한 살결을 내 두 손 안에 꽉 쥐고 싶었지.

지금이 딱 좋은 때야. 그는 접의자를 가져와서 안락의자 곁에 놓았다. 재미있군. 그녀는 평소보다 작아 보여. 더 가냘프고 연약해 보여. 더욱더 내 보호가 필요해 보여. 그는 의자 팔걸이에 그녀의 팔꿈치를 되돌려 놓고 주방 서랍장으로 가서 가위를 가져왔다. 그녀의 목 주위를 칭칭 감은 덕트 테이프를 따라 아주 천천히, 아주 조심스럽게, 가위질을 했다. 그러고 나서 머리를 봉하고 있던 비닐봉지를 벗겼다. 그녀의 얼굴이 들여다보이는 투명한 비닐봉지는 그녀의 사랑스러운 머리칼이 헝클어지지 않도록 조심스럽게, 하지만 두껍고 단단하게 둘러져 있었다. 그는 나중에 그녀를 목욕시킬 것이다. 그녀의 더러운 옷가지는 벗겨서 세탁기에 넣어 돌리고, 땀에 젖은 머리칼은 감긴 후 빗질을 하고, 몸에는 베이비파우더를 뿌릴 것이다. 이렇게 더우니 빨리 마르겠지.

"거봐." 그가 친절하게 말하고, 더는 맥박이 뛰지 않는 그녀의 관자놀이에 사랑을 담아 입술을 꾹 눌렀다. 그는 의자에 앉아서 잠시 자신의 손을 입술에 갖다 댔다. "거봐." 그가 그녀보다 크고 거친 두 손으로 그녀를 감싸 안았다. 늘 상상했던 대로.

"멋지지 않아?" 그가 과장되게 물었다.

3

넌더리 날 정도로 더웠지만 그는 카디건을 걸쳤다. 담배 냄새와 튀김 냄새가 밴 주름진 카디건이지만 바깥공기만큼은 제대로 막아 주었다. 유전으로 인한 대머리는 그걸 감추려고 비듬투성이 옆머리를 위로 올려 빗는 바람에 더욱 두드러져 보였고, 눈은 얼룩덜룩한 안경으로 가리고 있었다. 그는 뚱뚱했다. 배도 엉덩이도 불룩했고, 허리띠 위로 살이 넘쳤다. 그는 건물 정문 계단을 천천히 오르며 길을 안내했는데 힘이 드는지 숨을 씨근덕거렸다. 계단을 오를 때마다 일어나는 이 육중한 비행은 우아하게 장식된 집을 좁고 누추하게 보이게 만들었다.

숨이 찬가 보군. 그녀는 생각했다. 몸무게 때문만은 아니야. 뭔가 더 있어. 흥분했네. 스스로 뿌듯해하고 있어. 부자연스러운 호흡에는…… 욕정이 담겨 있어. 난 그걸 느낄 수 있어. 계단에서 나를 위아래로 훑어보던 모양새로 봐서, 내가 대우해야 할 사람인지 아닌지를 판단한 건 아니야. 그는 내 가슴을 훑어보고 있었어.

그녀는 초조하게 그 생각을 뿌리쳤다. 견뎌야 해, 콜레트. 그래서, 그게 어쨌다고? 전율에 몸을 떠는 더러운 늙은이가 뭐 어쨌다고? 이런 일을 겪어 보지 않은 것도 아니잖아?

집주인은 정문 바깥에서 짧은 비행을 멈추고, 벽에 한 손을 기대고 잠시 쉬면서 그녀를 응시했다. 그녀는 셔츠 위로 드러난 목에 슬그머니 스카프를 고쳐 매면서 아디다스 가방을 어깨 위로 추켜올렸다. 더운 날씨가 허락하는 한도 내에서 최대한 얌전한 옷을 걸쳤지만, 갑자기 살갗에 옷이 축축하게 달라붙는 느낌이 들어 불편했다.

그가 한숨 돌리고 말했다. "알겠지만, 누가 올 거라고는 생각 못 했거든." 뭔가 들어야 할 설명이 분명히 있다고 믿는 투였다.

그녀는 가만히 서서 기다렸다. 어떻게 대답해야 할지 확신이 들지 않았다. 가방은 무거웠고, 그녀는 그가 그냥 목적지로 갔으면 싶었다. 그래야 잠시 가방을 바닥에 내려놓고 팔을 털 수 있을 테니까.

"보통, 사람들은 다음 날 오거든. 아니면 저녁이나. 어쨌든, 광고를 낸 후에 말이지. 한 시간 뒤에 올 때도 있지만. 당신은 불시에 습격했다고 할 수 있지."

"죄송해요." 그녀는 왜 그러는지도 모르고 사과를 했다.

그는 카디건 주머니에서 열쇠를 꺼내 검지에 열쇠고리를 끼우고 빙빙 돌렸다. "어쨌든 내가 있었으니 다행이지. 1층 집을 세주려면 처리해야 할 게 있는데. 문제는, 준비가 안 됐다는 거야. 그 집을 세주려면 청소부를 불러야 하는데, 내 생각엔 하루 정도 걸릴 것 같아."

"아, 괜찮아요. 저 진공청소기 잘 써요. 청소기는 있죠? 집 안에?"

그가 입술을 축였다. 입술이 맞부딪치며 푸르스름한 분홍빛의 불쾌한 그늘이 졌다. "물론이지. 거기 있는 것 중 하나를 쓰면 돼. 하지만 문제는 그게 아니야."

그가 정문에 열쇠를 집어넣고 돌렸다. 육중한 문은 담쟁이덩굴 무늬가 새겨진 유리 패널 두 장으로 이루어져 있었고, 그 문을 통해 현관 복도로 빛이 들어왔다. 빅토리안 양식으로 만들어진 우아한 문이었지만, 가구 딸린 허름한 셋집의 보안에는 취약했다. "그러니까, 최근 입주했던 여자가 방세도 안 내고 자기 물건도 그대로 두고 떠나 버렸거든."

"아."

"급하게 떠나고 싶었나 봐, 내 생각이지만. 물건을 거의 다 놔두고 떠났거든. 가급적이면 내가 오래 저것들을 보관하고 있어야겠지만…… 나는 자선 사업가가 아니거든."

"그렇죠. 물론이죠."

"그래서 청소를 좀 해야 해. 알겠지만."

"음." 그녀가 머뭇거리며 말했다. "전 오늘 이사를 했으면 하는데요."

"그러면 내가 당신 신원 보증서를 살펴볼 시간도 줄 수 없단 거요?" 그가 거만하게 말했다. "그런 거요?"

"네." 그녀는 그가 정문 현관 복도 안으로 들어가지 않기를 바랐다. 문이 열려 있는데도 이곳에는 공기가 희박했다. 그가 팔을 뻗거나 내밀면 그의 옷가지에서 나는 냄새가 그녀 쪽으로 확 끼쳐 왔다. 그녀는 어둠 속을 자세히 들여다봤다. 얼룩이 있는 회색 카펫, 우편물 위로 쌓여 있는 고지서들, 벽에 붙은 유료 전화기가 시야에 들어왔다. 저런 건 정말 몇 년 만에 보는군. 이 사람이 매월 청구되는 저

요금을 얼마나 안 냈을지 궁금하네.

어깨에 멘 가방 끈 밑에서 땀방울이 배어 나와 그녀의 가슴골로 흘러내렸다. 놀랍게도 문 너머에서부터 그녀의 왼쪽으로, 클래식한 분위기를 만드는 바이올린 연주곡 소리가 들려왔다. 이런 장소에서 이런 음악을 들을 줄은 몰랐다. 그녀가 음악에 대해 전혀 몰랐다면 아마 그걸 힙합이라고 단정 지었을 것이다. "가급적이면 호텔비로 돈을 쓰고 싶지 않아서요."

"갈 만한 데, 그러니까 당신을 재워 줄 사람이 아무도 없소? 그사이에?"

그녀는 준비해 두었던 자기 이야기를 시작했다. "없어요. 전 최근 몇 년간 스페인에서 살았거든요. 많은 사람들과 거의 연락이 끊겼고요. 하지만 엄마가 병원에 계셔서 그 근처에서 지내고 싶어 돌아왔죠. 그리고 뭐, 돌아와서야 더 이상 아는 사람이 없다는 걸 깨달았고요. 런던에 사람들이 얼마나 자주 들고 나는지 아시잖아요. 학창 시절 친구와도 연락이 끊겼고 다른 가족은 없어요. 저랑 엄마뿐이거든요……."

그녀는 말을 멈추고 지난 수년 동안 거울을 보며 무수히 연습한 대로, 상처받은 듯한 눈을 크게 뜨고 그를 바라봤다. 이 모습은 어떤 때보다 특히 곤란한 상황에서 그녀에게 큰 도움을 줬다. "죄송해요. 제 문제 같은 건 별로 듣고 싶지 않으실 텐데."

거짓말은 쉽다. 일단 익숙해지면, 매우, 매우 쉽다. 자신 있게 말하라. 그리고 그 거짓말을 잘 다룰 수 있도록 진실에 가깝게 하라. 그러고 나서 연약하게 보이고, 가능한 한 빨리 대화에서 벗어날 핑계를 찾아라. 구십구 퍼센트, 사람들은 당신의 말에 동조할 것이다.

집주인이 어렴풋이 만족스러운 표정을 지었다. 그는 나를 안다고 생각하고 있어, 자기가 날 이해하고 있다고 말이야. 콧수염이 있었다면 당장 그걸 비비 꼬았겠지. "음." 그가 입을 열었다. 억측으로 가득한 목소리였다. "안됐군."

"하지만 아저씨의 문제는 아니니까요." 그녀가 공손하게 말했다. "저도 이해해요. 그래서 이제 아셨겠지만…… 저는 보증인을 내세울 수가 없어요. 떠나기 전에는 늘 엄마 집에서 살았거든요."

"아가씬 스페인에서 뭘 했나?"

그녀는 준비해 둔 이야기를 꺼냈다. 누구도 그다지 듣고 싶어 하지 않을 이야기였다. "결혼을 했었어요. 그 남자는 코스타 델 솔에 바 하나를 가지고 있었죠. 제가 바보였죠……. 어쨌든 전 지금 여기에 있고, 남편은 없어요. 사는 게 뭐, 다 그렇죠?"

그는 뭔가를 가늠하는 눈초리로 그녀를 바라봤다. 그의 안경 너머로 파운드화 부호들이 빛나고 있었다. "내 생각에, 우리는 계약을 할 수 있을 것 같군."

웬 헛소리람. 당신은 신문 가판대 창에 쪽지를 붙여서 세입자를 구하고, 현금만 받는 인간이잖아. 돈만 제때 주면 신원 보증인 서류 같은 건 평생 요구도 안 했을 것 같은데. 당연히 우린 계약을 할 수 있겠지.

"음, 제가 한 달치 방세를 보증금으로 드리면 될까요?" 이 생각이 이제 막 떠올랐다는 듯이 그녀가 말했다. "그 정도는 낼 수 있을 것 같아요. 저축해 둔 게 조금 있거든요. 제가 자존심을 토레몰리노스에 두고 오긴 했지만, 최소한 그 정도 자존심은 지킬 수 있어요."

그는 기쁜 표정을 했다가 음흉한 미소를 지었다. "임대 기간이 끝나기 전에 나가면 보증금 못 돌려받는 건 알지?"

"그럴 거라고 생각했어요." 그녀는 차분히 말하고, 눈높이에 난 벽의 기름진 얼룩을 봤다. 누군가 어둠 속을 더듬어서 나간 것 같네. 벽에 펑펑한 손바닥 자국이 쭉 찍혀 있어. 저기 전구들은 불이 켜지는 게 하나도 없는 게 분명해.

"자, 그럼 이제 아파트를 보고 싶지 않소?"

'아파트'는 과장된 표현이다. 하지만 그녀는 실제 상태가 어떨지 이미 짐작하고 있었다. 부동산에 걸린 그럴듯한 사진 광고판이 아니라 신문 가판대 창문에 붙은 허름한 쪽지를 보고 집을 구했기 때문이다. 노스본은 빠르게 고급 주택지로 변모하고 있지만, 시티의 돈은 아직 이런 남쪽 구석까지 흘러들어오지 않았다. 그래서 이런 빅토리안 양식의 거리에는, 그 수가 점점 줄어들고 있긴 하지만 아직 석고보드 벽에 화구 두 개짜리 난로가 있고 복도에 자전거가 가득한 공동주택들이 존재했다.

최소한 방 크기는 괜찮았다. 앞쪽에는 한때 응접실로 사용했을 법한 공간도 있었다. 하지만 냄새가 났다. 거리가 내다보이는 커다란 내리닫이창이 닫혀 있고, 구석에 전 세입자가 두고 간 옷 한 무더기가 쌓여 있어서인지 혹서 기간 동안 퀴퀴한 냄새가 들어차 있었다. 그뿐 아니다. 그녀 왼쪽에 있는 조리대에 놓인 음식물도 냄새에 한몫하고 있었다. 감자 봉투, 꽁지가 썩고 흐물흐물해진 양파 반쪽, 치즈 조각, 한쪽이 뭉툭해진 빵 조각, 그리고 푸르게 변한 피클이 담긴 병이 뚜껑이 열린 채 놓여 있었다. 눈치채지 못할 뻔했는데 그 아래에는 케케묵은 털투성이 담요도 있었다. 싱크대 안에는 사발과 머그잔이 수채통 냄새가 나는 물 안에 담겨 있었다.

집주인이 예의상 약간 겸연쩍은 표정을 지어 보였다. "말한 것처럼, 내가 청소할 시간이 없어서 말이지."

콜레트는 아디다스 가방을 바닥에 내려놓았다. 이 가방을 멘 채로 눈을 돌리고 싶은 지독하고 끔찍한 모습을 계속 맞닥뜨려서인지, 가방을 내려놓자 한결 편안해졌다.

"욕실은 어딘가요?"

그녀는 이 '아파트'가 욕실 딸린 고급 주택이기를 바라는 건 지나친 욕심이라는 걸 알고 있었다. 자신이 구역질을 잘 하지 않는 비교적 튼튼한 위장을 갖고 있다는 게 기뻤다. 그녀는 피곤한 도망자이기 때문이다. 그녀는 그리 나쁘지는 않다고 자신을 설득하려 애썼다. 일단 창문을 한동안 열어 두고, 모든 잡동사니를 쓰레기 수거하는 사람에게 안전하게 보내고, 향초를 무진장 켠다면 결국 냄새가 가시겠지. 적응을 끝마칠 때까지만이야. 저 냉장고 안에 뭐가 있는지 누가 알겠어. 그녀가 다시 물었다.

"그럼, 다른 사람들은……. 현재 여기에는 어떤 사람들이 살고 있나요?"

그는 다소 무례한 질문이라는 것을 표현하려고 그녀에게 눈을 희번덕거렸다. 그녀가 황급히 덧붙였다. "욕실을 다른 사람이랑 함께 써야 한다면, 누구랑 같이 쓰는지 알고 싶어서요."

"오, 그건 걱정 안 해도 돼. 제라드 브라이트 씨라고, 조용하고 괜찮은 남자거든. 얼마 전에 이혼했는데, 이건 내 생각이고. 음악 선생이야. 다른 사람들도 착한 사람들이지. 만약 중독자나 뭐 그런 인간은 없어. 아가씨가 걱정할 것 같아서 하는 말이지만. 아가씨는 브라이트

씨와 욕실을 함께 쓰게 될 거야. 위로 두 층 사이에도 욕실이 있고."

그는 발을 질질 끌며 느릿느릿 창가 쪽으로 가더니 반쯤 닫힌 폴리에스터 커튼을 열어젖히고, 내리닫이창을 위로 들어 올렸다. 최근 창틀에 윤활유를 칠한 듯 창이 쉽게 열리는 모습에 그녀는 안도했다. 빛이 더 많이 쏟아져 들어왔다. 그것이 그녀 앞에 놓인 미래를 밝혀 주지는 못하겠지만. 바닥은 전체적으로 먼지로 뽀얬고, 바꾸지 않은 침대 커버는 더럽고 해져 있었다.

"엉망이 된 방에 사람을 들이게 됐군. 오래 걸리진 않았네." 그가 열쇠를 짤랑거리며 말했다.

콜레트는 안락의자 끝에 걸터앉아—적절한 점검을 하기 전에는 제대로 앉고 싶지가 않았다.—발 뒤에 있는 가방을 발로 툭 쳐서 의자 밑에 넣었다. "좋아요. 제가 들어올게요. 그리고 정리도 제가 할게요. 쓰레기봉투 몇 장이랑 진공청소기만 있으면 아무것도 아니죠."

집주인이 눈썹을 추켜올렸다.

"아, 죄송해요. 제가 생각을 못 했어요. 아저씨가 저……." 그녀는 잡동사니, 작은 텔레비전, 아스다(월마트 산하의 영국 대형 마트 체인./ 옮긴이) 드레스가 가득한 옷더미 위로 손을 저었다. "저…… 아저씨가 직접……."

그는 무척 불쾌해 보였다. 그녀는 그가 계획하던 일이 있고, 그 계획이 방해를 받자 그로서는 방어할 수밖에 없다는 사실을 즉시 알아차렸다. 그래서 아무것도 모른다는 표정으로 그를 응시했다. "음, 제가 하려던 말은, 그러니까…… 저것들 중 몇 가지는 중고품 가게나 뭐 그런 데 보내야 하지 않을까 하고……."

집주인이 씩씩거리며 돌아섰다. "글쎄. 그러면."

가방이 닿아 있는 그녀의 발목이 타들어 갈 것 같았다. 그녀는 좀 조용히 있고 싶었고 정신을 가다듬을 만한 공간이 필요했으며 가방을 숨기고 싶었다.

"그러면, 청소하고 나서는 어떤가?"

그녀가 놀라서 그를 쳐다봤다. 젠장, 내가 자기랑 자자고 애걸이라도 할 줄 아는 건가! 자기 모습이나 보시지, 아저씨. 어떤 남자들은 거울 옆에 서 있을 때조차 자기가 평균 이상은 된다고 생각하는데, 어찌나 놀라운 일인지! "방은요?" 그녀가 황급히 덧붙였다. "제가 써도 되는 거죠?"

그는 자기가 우위에 있다는 걸 알았다. 선택의 여지가 있는 인간은 낯선 사람이 버려두고 간 속바지와 닦지 않은 그릇이 널려 있는 곳으로 이사 오지 않는다. "두고 봐야지." 그가 말했다.

설마, 안 된다고 하진 않겠지? 뭘 더 원하는 거야?

"신원 보증서가 없으니 보증금을 많이 받아야겠소. 알겠지만, 안전하게. 난 자선 사업가가 아니니까. 난 벌써 한 달치를 못 받았는데, 이 작은……." 그가 누군가가 황급히 떠난 흔적이 여실한 그 방을 가리켰다.

콜레트는 눈을 깜빡였다. 한 번, 두 번. 잠깐.

"그리고 수표는 안 돼. 난 방세는 현금으로 받아. 살면서 부도 처리된 수표는 이미 충분히 겪어 봤거든."

"알겠어요. 저도 그럴 거라고 생각했어요. 그럼 보증금으로 한 달치 이상을 드려야 하는 거죠?"

그는 가만히 서서 그 질문을 곰곰이 생각하는 척했다. 그녀는 조금 더 인내심을 갖고 기다렸어야 했다. 그는 그녀의 선택지가 얼마나 될지 가늠한 후 입을 열었다. "육 주치. 보통 내는 보증금 외에 그만큼 더 주시오. 방세는 선불이고."

"그러면……." 브래지어 안에 2,000파운드가 있다. 오늘 아침 호텔 방에 있을 때 가방에서 꺼내 둔 것이다. 그녀는 이 주거 시장에서 그보다 더 많은 돈이 필요하리라고는 생각지 못했었다.

"2,100파운드군. 내가 돈을 받기 전까진 못 들어와."

그녀는 심호흡을 했다. 괜찮아, 콜레트, 그녀가 되뇌었다. 그는 내게 강도짓을 하는 게 아냐. 그의 집이잖아. 젠장; 파리 길바닥만큼 더러운 이 집이 고급 휴양 시설이나 되는 양 구네.

"먼저 2,000파운드를 드릴 수 있어요. 나머지는 내일 현금 인출기에서 찾아다 드릴게요."

그는 혓바닥을 날름거리고, 자세를 바꿨다. 현금이 그에게 성적인 흥분 효과를 일으키는 것이 분명했다. 그는 눈을 가늘게 뜨고 그녀를 바라보고는 다시 한 번 입술을 핥았다.

그녀가 일어서서 등을 돌렸다. 이 늙은 색골 앞에서 가슴에 손을 넣고 싶지는 않았다. 이 방은 완벽했다. 어느 방면에서든 레이더에 걸리지 않는 곳이었다. 그녀의 과거에 존재하는 사람 중 이곳에서 그녀를 찾을 수 있는 사람은 없고, 그렇기에 그녀에게는 이 장소가 필요했다. 재정비할 시간이 필요했고, 엄마를 돌보고, 다음에 할 일을 생각해야 했다.

돈은 그녀의 따뜻한 살갗에 딱 붙어 있던지라 따뜻하고 약간 축축했다. 그녀는 돌아서서 돈을 내밀었다. 집주인은 엄지와 검지로 돈을 꼭 집고 그녀의 얼굴을 응시했다. 그와 눈을 맞추고 있어야 해. 내가 먼저 시선을 떨어뜨려서는 안 돼. 만약 그러면 그는 자기가 확실한 우위에 있다는 걸 알게 될 거고, 난 결코 그를 여기서 내보낼 수 없을 거야.

"영수증 주셔야 해요." 그녀가 말했다.

콜레트는 문을 닫고, 조잡한 원통형 자물쇠의 걸쇠를 눌러 잠그기 위해 애썼다. 걸쇠가 미끄러져 들어가긴 했지만 꽉 맞물리지는 않았다. 그녀는 나무 문에 귀를 바싹 대고 그가 자리를 뜨는 소리를 들으려 기다렸다. 그가 바깥 복도에서 맴도는 소리가 들리고, 움직이느라 헉헉대는 무거운 숨이 느껴졌다. 몇 분쯤 지나자 그가 발을 끌며 천천히 계단을 오르기 시작했다. 한 계단 한 계단 오를 때마다 '끙' 하고 작게 신음을 뱉었다.

그녀는 자신의 새 집을 둘러봤다. 누레진 미색 벽, 그녀가 수년간 지냈던 싸구려 호텔에서 봤던 것과 같은 색색의 기하학적인 블록 무늬가 그려진 푸른색의 얇은 폴리에스테르 커튼, 정돈되지 않은 침대, 안락의자, 창문 아래 놓인 작은 포마이카 테이블. 창틀에 놓인 전 세입자의 머리빗에는 붉은 머리칼도 몇 가닥 엉겨 있었다. 대체 어떤 인간이 자기 머리빗까지 두고 나가는 거야?

뭐, 너 같은 인간이겠지. 그녀가 자답했다. 그리고 바르셀로나에서 묵었던 마지막 방을 떠올렸다. 다신 보지 못할 옷가지, 서랍장 위에 흐트러진 화장품, 책, 침실 문 뒤 못에 걸어 둔 목걸이, 아래쪽 거리에서 들려오던 카페의 생활 소음. 다행스럽게도 가방은 역의 보관함에 놓아두었다. 바깥에 나갔다가 혹여나 길거리에서 말리크를 마주치면 다시 그 방으로 돌아가는 위험을 감수할 수 없었기 때문이다. 눈 안쪽에서 눈물이 솟구치는 게 느껴졌다. 결국, 누군가가 나타날 거야. 집세 낼 돈이 다 떨어지면 다 버리고 가야지. 그녀가 떠난다고 해도 그녀가 왜 그토록 황급하게 떠났는지 아무도 궁금해하지 않을 것이다. 그녀는 사라진 전 세입자에게 어떤 동료 의식을 느꼈다. 그녀 역시 쉽게 오고 쉽게 떠나는 세계에 속해 있으며, 오로지 토니 스콧만이 그녀가 있는 곳을 알고 싶어 할 것이다.

콜레트는 침대를 살펴보고 침대보를 걷어냈다. 거기서 누군가의 냄새가 났다. 그녀는 기차 차창 너머로 근처에서 대형 아스다 매장을 봤었다. 거기 가서 잠을 잘 때 사용할 침대 커버 세트를 구입할 것이다. 어쩌면 큰맘 먹고 새 이불과 베개도.

낭비해선 안 돼. 그녀는 자동적으로 생각했다. 매번 그런 방식으로 다시 시작했다. 얼빠진 짓을 해선 안 돼. 그게 네가 가진 전부라고, 콜레트.

그녀는 의자 아래에서 가방을 끌어냈다. 침대에 앉아서, 역에서 도망친 이후 매시간 그랬듯 안을 살펴봤다. 내용물은 여전히 거기 있고, 그녀는 그 안에 같이 챙겨 두었던 비상용 물품들을 꺼내 영역 표시를 하듯 늘어놓았다. 여름 드레스 두 벌, 카디건, 플립플롭 샌들, 속바지 두 벌, 세면 가방, 페이스 크림 튜브 한 통, 핸드백에서 나온 아이라이너들. 그녀가 간신히 구해 낸 전부였다. 별 볼 일 없는 사십여 년 인생이지만 그래도 목숨이 없는 것보다는 나았다.

그녀는 낯선 이의 매트리스에 앉았다가, 곧 드러누웠다. 다행스럽게도 얼룩은 없었다. 하지만 얇고 슬퍼 보이는 베개에 머리를 얹지는 못했다. 대신 내용물이 들어 있는 가방을 머리에 괴었다. 단단하고 탄력이 없었다. 누가 생각이나 했겠어? 내가 10만 파운드를 베고 이토록 불편하게 누워 있으리라고 말이야.

4

아직 더 발전할 여지가 있겠지만, 노스본이 떠오르는 지역이라는 징후는 도처에 널려 있었다. 선드라이드 토마토를 파는 식품점, 쿰쿰한 냄새를 풍기는 치즈 가게, 지적이고 어느 정도 나이가 있어 보이는 사람들에게 무료로 카푸치노를 나누어 주는 간단한 이름의 부동산 중개사무소, 청과물만 취급하는 가게, 야외 테이블이 있고 카트가 지나갈 수 있도록 통로를 넓게 만든 카페 등 새로운 가게들이 계속해서 생겨나고 있었다. 셰릴은 그것들 사이에서 새로 나타난 징후도 알아차렸다. 하나는 그녀가 오늘 아침 그곳을 지나오고 나서 생긴 것으로, 스테이션 로드와 하이 스트리트 모퉁이의 가로등 기둥에 붙어 있었다. 그녀는 그 앞까지 천천히 가서 멈춘 뒤 입술을 우물거리며 그걸 읽었다.

소매치기 활동 구역
소지품 주의

그녀는 눈썹을 추켜올렸다. 그건 지금 여기에 도둑맞을 만한 걸 가진 사람들이 있다는 것을 알려 주는 확실하고도 전형적인 표시였다. 셰릴은 본능적으로 돈이 든 청재킷 가슴팍 주머니를 점검했다. 약간 불룩한 것을 느끼고 씩 웃었다. 멋진 한 주였어. 그녀는 방세를 구했고, 그러고도 돈이 남았고, 방세를 내는 날까지는 아직 삼 일이나 남았다. 그녀는 이틀을 쉴 것이고 손톱 정리를 하고 직접 매니큐어를 바를 것이다. 하이 스트리트에 있는 드러그 스토어에 분명 반짝이는 신상품 매니큐어들이 들어왔을 것이다. 그녀는 거기 가서 손톱 다듬는 줄을 몇 개 사고, 그걸 사용해 바로 손톱을 정리할 것이다.

그녀는 꽃무늬 배낭을 어깨에 걸고 하이 스트리트로 방향을 틀었다. 점심시간 끝 무렵이라 거리는 비교적 북적였고, 중고품 가게 사이사이에 있는 음식점에서 풍겨 나오는 짭짜름한 냄새가 가득했다. 카레, 치킨, 그레그스(베이커리 체인점./ 옮긴이)의 소시지 롤, 싸구려 식당에서 파는 피시 앤드 칩스 냄새가 풍겼다.

셰릴은 인도를 따라 어정거렸다. 그녀는 어느 곳에 있든, 절대로, 서두르지 않았다. 하지만 프라이마크 선글라스 뒤의 눈은 주변의 모든 것을 주시하며 기회를 찾고 있었다. 인생은 방세를 구하는 것만으로는 안 된다. 그 이상이 필요하다. 오늘 같은 날에는 그 사실을 떠올리기가 쉽지 않지만 겨울이 다가오고 있다. 밤은 너무 어둡고 길고, 낮 시간은 대부분 잠자느라 바쁜 겨울이. 너무 추워서 침대에서 나오기가 싫으니 말이다. 그녀는 교통카드를 가득 충전할 돈을 구해야 했다. 공짜로 얻을 수 있는 건 없다.

그녀는 거리를 낱낱이 살폈다. 어디나 사람들로 북적였고, 기회는 그런 데 있다. 오늘은 투팅, 스트리섬, 노버리의 할인매장들을 한 바퀴 돌았다. 거기에는 슬쩍할 만한 물건이라곤 없었다. 단지 자신감, 부끄러워하는 태도, 당황한 연기를 할 재능, 전자제품 할부를 갚느라 자금 사정이 안 좋은 학생, 먹을거리가 떨어진 사람들뿐이었다. 그녀는 자기가 사는 구역에서는 '일'을 거의 하지 않았다. 이따금 사이코에게 줄 먹이를 잊었을 때 협동조합에서 슬쩍하기도 했지만. 웨스트엔드는 많이 벌리고, 일하기에도 안전한 곳이다. 사람들은 주위가 산만했고 휴대 기기를 챙기는 데 부주의했으며, 그녀는 짧은 치마를 입은 수천 명의 여자애들 중 하나일 뿐이었다. 마약 중독자나 너무 쇠약하거나 좌절하거나 지친 사람들은 자기가 사는 구역에서 너무 멀리 떨어진 곳에서는 일하지 않는다. 하지만 그녀의 눈은 자동적으로 주변을 찬찬히 훑었고, 기회가 될 만한 것을 모조리 기록했다.

브래세리 쥘리앵―모든 테이블이 황동과 나무, 대리석 상판으로 되어 있는 새로 생긴 가게 중 한 곳이다.―앞에 한 무리의 예쁜 미시들이 있었다. 노스본에 나타난 새로운 종자들은 클래팜과 원즈워스, 배럼의 물가가 오르자 싸구려 고옥을 개조하고 따로 온실처럼 생긴 확장형 주방을 붙인 가게들을 찾아 먼 곳까지 운전해 왔다. 그들은 머리 위에 디자이너 선글라스를 머리띠처럼 걸치고, 옆에는 조깅용 유모차에 아이를 묶어둔 채, 캐노피 그늘 아래에서 카푸치노를 마시며 이런 다문화적 공간에서 사는 즐거움에 대해 큰 소리로 지껄여 댔다. 핸드백은 발밑에 조심스레 놓여 있었지만, 화이트 컴퍼니(영국의 홈 브랜드/ 옮긴이) 가방은 유모차 뒤에 매달려 있었고, 테이블 위에는 마치 개성의 징표라도 되는 양 세 여자의 아이폰이 줄지어 놓여 있었다. 저걸 다 합치면 200파운드는 되겠어. 애 하나가 엎어지면 저 여자들이 유기농 저지방 애플 스낵을 가지러 갔다가 돌아오기 전에 저 애플들은 전부 내 차지가 될 거야. 전보다 가격이 낮아지긴 했지만 애플 제품은 아직 다른 기기들에 비해 되팔 때 돈이 된다. 사람들이 아직 그걸 부유함의 상징으로 여기고 있기 때문이다. 그래서 그녀는 특별히 그걸 전문적으로 훔친다.

그녀는 걸었다. 연금을 받다가 죽은 노인들의 장식품들이 놓인 노인 복지회 상점의 먼지 낀 진열장을 지나고, 덧문이 내려진 시민 상담소를 지나, 커민과 농축 우유만 파는 것처럼 보이는 아시아 식품점을 지났다. 그녀는 펑키 엉클스 앞에서 발을 멈추고 자신이 육 주 전에 팔았던 커플링을 보았다. 그녀가 받았던 금액의 세 배 가격에 팔리고 있었다. 이길 때보다 질 때가 더 많은 게임이야, 이건. 나이 들면 전당포를 하나 차려야겠어. 이건 뭐, 돈을 찍어 내는 보증수표네.

새로 생긴 식료품점 바깥에서 그녀 엄마뻘쯤 되는 여자 한 명이 — 아마 엄마는 그 정도의 나이가 되었을 것이다.—휴대전화 벨소리에 멈춰 서더니 숄더백을 뒤적였다. 휴대전화를 꺼내고 등을 보이고 통화를 시작했는데, 가방 덮개가 열린 채 달랑거렸다. 셰릴은 생각했다. 날 유혹하는 것 같군. 마치 내 생각을 알고 있다는 듯이 말이야.

칙칙한 라일락색으로 바래 가는 적갈색 가발을 쓰고 무더위에도 트위드 재킷을 입은 한 나이 든 여자가 여행 가방을 끌고 그녀 곁을 지나갔다. 가죽 지갑 때문에 재킷 주머니가 불룩했다. 봉이군. 셰릴은 리버풀 톡스테스에서 계단에서 굴러떨어진 자기 할머니를 생각했다. 할머니의 엉덩이는 그 뒤로 영영 낫지 않았다. 셰릴은 손을 뻗어 그녀의 소맷자락을 건드렸다.

"저기요."

나이든 여인이 반쯤 공허하고, 색 바랜 푸른 눈동자로 그녀를 쳐다봤다. 입술 위쪽과 뺨에 퓨즈 선 같은 털이 숭숭 자라나 있었다. 셰릴은 격려하듯 미소를 지었다. "이렇게 지갑이 튀어나온 채로 다니시면 안 돼요. 누가 훔쳐 갈지도 몰라요."

그녀는 자신의 강한 사투리 억양을 해독하느라 고군분투하는 여자를 바라봤다. 이러지 말라고, 난 리버풀 사람이거든. 뉴캐슬이나 다른 데 출신이 아니라.

그녀는 지갑을 손으로 가리키고, 여자가 아래를 쳐다보기를 기다렸다. 여자는 마디가 불거진 늙은 손으로 지갑을 주머니 안 깊숙이 밀어 넣었다. 나는 늙고 싶지 않아. 셰릴은 생각했다. 살고 싶은 생각이 들게 하는 건 아무것도 없고, 지린내를 풍기고, 젖가슴은 늘어지고, 이 여자처럼 낮에도 추위를 타고.

여자는 셰릴을 올려다보고 고르지 않은 치열을 드러내며 미소 지었다. "고마워요, 아가씨." 머지 강 쪽 말투가 여자에게 익숙하지 않았듯, 런던의 말투는 셰릴의 귀에 바로 들어오지 않았다.

"괜찮아요."

"요즘 젊은 사람들은 대부분 신경 쓰지 않는데." 셰릴은 자신이 수다쟁이와 친해졌다는 걸 깨달았지만, 때는 이미 늦었다. "아가씨도 바쁠 텐데. 아가씨가 멈춰 세워서 말을 걸어서 놀랐어요. 젊은 사람들은 무척 이기적이잖아요."

아주 잠시 고마움을 표한 여자의 어조는 금새 비난조로 바뀌었다. 젠장, 좋은 일을 했다가 벌을 받을 수도 있는 거군.

"우리 때는 노인들을 공경해야 했지. 그렇게 하지 않으면 귀싸대기를 맞았다오." 나이 든 여자가 말했다.

귀로 굴러들어 온 충고에 그녀는 짜증이 났다.

"더 이상은 그렇게 못하지만. 법에 걸리니까."

나이 든 여인이 불만에 가득 찬 입술을 고양이 똥구멍처럼 오므렸다. 전혀 귀엽지 않은 노인네였다. 자기 할머니도 아니고. 사람들은 좋은 사람은 명이 짧다고 확신하면서도—장례식장에서 흔히 들었던, 소곤소곤 떠들어 대는 그런 진부한 이야기 말이다.—한편으로는 늙으면 특정한 종류의 어른스러움이 자동적으로 획득된다고 믿으려 안간힘을 쓴다. 셰릴은 늘 그게 의아스러웠다. "불행히도요."

셰릴은 여자의 여행 가방을 넘어뜨릴까 싶었지만 비난조를 담아 이렇게 말하는 것으로 만족했다. "신경 쓰지 마세요. 고마워 안 하셔도 돼요." 그러고는 고개를 절레절레 저으며 걸어갔다. 당신이 요새 젊은이였어도, 뭘 해도 안 됐을걸. 뭘 해도, 아니면 아무것도 안 해도 다 말아먹었을 거야. 셰릴은 크노소스 미니마트 바깥에 진열된 사과 한 개를 마음대로 집어 먹은 다음, 비치크로프트 로드에서 모퉁이를 돌아 재킷을 벗었다. 오늘은 정말로 더웠다. 너무 더웠다. 가발도 벗고 싶었지만 신중을 기했다. 영국에서 이만큼 안 더운 곳은 없다. 처음 출발했던 곳까지 걸어서 되돌아가는 건 어리석어 보였다. 역 쪽의 철책을 넘으면 집에 빨리 갈 수 있을 것이다. 거기 있는 정원 울타리에 제방으로 곧바로 이어지는 개구멍이 있다.

비치크로프트 로드에는 쓰레기통이 가득했다. 100야드 안에 네 개가 있었는데, 집을 수리하면서 나온 벽돌과 주방 서랍장 합판 같은 게 잔뜩 들어 있었다. 쓸 만한 것이 있나 잘 살펴봤지만, 건축물 잔해 뿐이었고 흉물스러운 카펫도 있었다. 한번은 켄싱턴 하이 스트리트에서 아름다운 페르시안 깔개를 본 적이 있는데 그걸 집으로 가져갈 방도가 없었다.

44

텔레비전. 그녀는 생각했다. 내게 진짜 필요한 건 그건데. 텔레비전만 있으면 바깥에 자주 나가지 않아도 돼. 외출이 가장 돈을 많이 잡아먹지. 이 도시에서 공짜로 얻을 수 있는 건 없어, 다른 방식으로 지불할 준비가 되어 있지 않다면 말이야.

그녀는 길을 건너 반대편 인도로 가서 불라 그로브 쪽으로 방향을 틀었다. 그 거리 가장자리는 햇볕이 잘 들어서 마치 오븐 안에 발을 들여놓는 것 같았다. 그녀는 서둘러 모퉁이를 돌아 응달 쪽으로 갔다. 그리고 무언가를 보고 갑자기 입이 바싹 말랐다. 포셰네 애들—셀리아, 델리아, 아멜리아 누구든—중 하나가 21번지로 오르는 계단 밑에 분홍색 자전거를 버려둔 것이다. 저걸 갖고 싶어. 로열 오크에 가면 21파운드쯤 쳐주지 않을까? 어떤 사람들은 자기들 처지를 모르지. 또 어떤 사람은 바가지를 써도 싸고.

그녀는 자전거를 지나쳐 자기 집 건물 계단 밑에 멈춰 서서 열쇠를 찾았다. 지하실 창문의 레이스 커튼이 움직인 것 같아서 아래를 내려다봤다. 베스타 할머니가 휴가에서 돌아와 바깥을 내다보고 있나? 베스타는 자기 방 창문 곁을 지나는 사람들을 끊임없이 살펴봤다. 아무것도 움직이지 않았다. 착각이었나. 셰릴은 어깨를 으쓱했다. 곧 돌아오시겠지. 그리고 현관까지 계단을 달려 올라갔다.

셰릴은 집주인의 존재를 소리보다 냄새로 먼저 알았다. 그가 남기고 간 냄새로 오늘 그가 어디 있었는지 알 수 있었다. 올드 스파이스 화장품 냄새와 페브리즈, 그리고 그 뒤로 치즈같이 쿰쿰하고 늙고 썩은 냄새가 났다. 최근에는 더욱 심해졌다. 그의 냄새가 집 공동 공간 전체를 돌아다니는 것 같았다. 하루 종일 그의 머리털 하나 보지 못했을 때조차 말이다. 제길. 그녀는 재빨리 현관문을 닫았다. 주말까지는 방세를 안 내도 되지만, 그렇다고 해서 그 사실이 그가 그녀의 방문을 살피고 숨을 들이마시고 코를 벌름거리며 그녀의 가슴을 쳐다보는 걸 그만두게 해 주지는 않는다.

그의 소리가 들렸다. 그가 발을 디딜 때마다 그 무게에 위층 널빤지가 삐걱거렸다. 계단을 향해 걸어가면서 호세인에게 말을 건네고 있었다. 그를 마주친다면 아마 그녀를 붙들고 꺼림칙하게 시시덕대고 빈정거리고 다 안다는 듯한 능글맞은 웃음을 지으며 그녀를 괴롭힐 것이다. 셰릴은 현관을 되돌아봤다. 거의 계단 아래 다 왔는데, 여기서부터 자기 집까지 가서 문을 여는 데는 시간이 너무 많이 걸릴 터였다. 계단 꼭대기에 그의 운동화 앞코가 나타났다. 계단 중간참에 도착하면 그녀를 볼 것이고, 그러면 그녀는 도망칠 수 없을 것이다.

그녀는 손을 흘낏 내려다보다가 열쇠고리에 니키네 집 열쇠가 달려 있는 걸 봤다. 니키네 집은 세 발자국 거리다. 셰릴은 발꿈치를 들고 살금살금 니키 집까지 가서 잠긴 문에 더듬더듬 열쇠를 집어넣고 집 안으로 미끄러져 들어갔다.

5

문 잠금장치가 돌아가는 소리에 콜레트는 잠에서 홱 끌려 나왔다. 잠깐만 누워 있으려고 했는데, 완전히 지친 상태라 그러고 있자니 깊고 어두운 무의식의 세계로 자꾸 거꾸러져 들어갔다. 잠에서 깨고 보니, 머리는 멍했고 신경은 곤두섰다. 낯선 침대에서 몸을 벌떡 일으켜, 머리맡에 괴고 있던 가방을 가슴 앞으로 와락 끌어안았다. 마치 그것이 총알을 막아 줄 방패라도 되는 양. 아, 이런, 세상에. 그녀는 과거 삼 년 동안 놀랄 때마다 했던 생각을 떠올렸다. 그들이 날 찾아냈어! 그들이 날! 난 죽을 거야.

가냘픈 형체가 방으로 들어왔다. 소녀였다. 구릿빛이 도는 금발에 이집트 미라처럼 갈색 피부의 소녀가 인조가죽 끈이 달린 꽃무늬 배낭을 한쪽 어깨에 걸치고 있었다. 문을 닫고 몸을 돌린 소녀가 그녀의 시선을 감지하고 얼빠진 모양새로 쳐다봤다.

"아." 셰릴이 뼛속까지 새겨진 높은 리버풀 억양으로 말했다. "당신 여기서 뭐하는 거야?"

콜레트는 목소리를 낼 수가 없었다. 심장이 가슴 안쪽에서 세차게 떨렸고, 숨을 내쉴 수가 없었다. 소녀가 앙칼지게 말했다.

"여긴 니키 언니 방인데. 설마 그 인간이 벌써 세를 놓은 건 아니겠지."

콜레트의 심장 박동이 진정되기 시작했다.

"니키 언니가 떠난 지 이 주밖에 안 됐는데. 아니, 그보다 짧은가? 그쪽은 그게 한 달은 됐을 거라고 생각했겠지만."

소녀가 갑자기 앞으로 움직여서 콜레트는 뻣뻣하게 굳은 채 가방을 꽉 움켜쥐었다. 소녀는 멈춰서 눈을 크게 뜨고 손을 허공으로 들어 올려 그녀 쪽으로 손바닥을 내보였다.

"괜찮아요. 당황하지 마요."

그 말을 하면서 문득 자기 모습을 떠올린 듯 손을 위로 뻗어 가발을 벗겨 냈다. 그 자리에 서서 손에 금발 뭉치를 들고 머리그물을 풀어 컬이 느슨한 곱슬머리를 드러냈다. 머리는 탈색돼서 독특한 금속성 음영이 사라지고 없었다. 그녀는 아무것도 안 든 손을 머리로 가져가 땀에 젖은 두피를 헝클었다. 인위적으로 태운 건 아니군. 이 애는 혼혈이야. 머리 모양만으로도 그 사람의 인상이 완전히 바뀔 수 있다는 게 어찌나 놀라운지! 그걸 이제 알았니, 콜레트?

"푸하. 이제 좀 낫네. 머리뭉치를 떼어 내야 한다는 게 이제야 떠올랐거든요. 어쩐지 덥더라."

마침내 콜레트의 목소리가 나왔다.

"내 방에서 뭘 하는 거지?"

소녀가 이상한 질문을 받았다는 듯 놀라서 쳐다봤다. 그러고 나서 미소를 짓고 어깨를 으쓱했다. "아, 미안하게 됐네요. 하지만 공정하게 말하자면 그쪽 방인 줄 몰랐어요. 니키 언니가 자기 열쇠를 복사해서 줬다고요. 그래서 언니가 나가면 들어와서 텔레비전을 볼 수 있었죠. 〈진짜 주부들〉을 정말 좋아하거든요. 그거 좋아해요? 〈주디 판사〉도 좋고. 아무튼 나는 집주인이 계단을 내려오는 소리가 나서 그 사람을 피해 잠깐 들어온 것뿐이에요."

콜레트는 아무 말도 하지 않고 그저 그녀를 응시하며 기다렸다.

소녀가 살짝 이맛살을 찌푸렸다. 외국인의 말을 이해하려고 고투하는 사람의 표정이었다.

"집주인 만났죠?" 소녀는 얼굴 앞에서 손을 흔들고 코를 잡는 시늉을 했다. "뭐, 물론 그랬겠죠. 그에게 방을 빌리려면 당연하죠. 그쪽이 빈집털이가 아니라면요. 그쪽 빈집털이예요? 여긴 돈 같은 거 없는데. 텔레비전도 중고 가게에서 산 거고."

"아니야. 빈집털이 같은 거. 그럼 넌?"

소녀는 웃음을 터트렸다. "주말에만요. 그쪽 말이 맞아요."

"난 오늘 아침에 이사 왔어."

소녀는 믿을 수 없다는 듯 그녀를 살펴봤다. "그럼 당신이…… 막 누군가의 삶을 탈취했다는 거네요?"

"난……."

"아직 정확히 도장을 찍은 건 아니군요? 그래요?"

"내…… 내 짐은 나중에 올 거야……. 난……." 그녀는 말을 더듬다가 멈췄다. 잠깐, 내가 뭘 하는 거지? 내가 잘못한 건 없는 것 같은데. 안 그래? "아무튼, 네가 무슨 상관인지 모르겠네."

"니키 언니는 내 친구예요. 난 그녀를 찾고 있어요."

"좋아, 그녀가 돌아오면 원하는 건 뭐든 가져갈 수 있을 거야. 이 베이에 이걸 올릴 생각은 없으니까."

침묵이 흘렀다. 그들은 서로를 노려봤다. 그러고 나서 소녀가 어깨에 멘 가방을 바닥에 내려놓고 말했다. "음, 난 셰릴이에요. 위층에 살고요."

"콜레트야."

셰릴은 손가락 하나를 입술에 가져다 대고는 문에 귀를 바싹 가져다 댔다. 복도를 터벅터벅 걸어가는 육중한 발소리, 한 손에 들린 열쇠 꾸러미가 짤랑거리는 소리가 났다. 소녀가 다시 얼굴을 돌리기 전에 콜레트는 눈치채지 못하도록 침대 가장자리로 가방을 내리고 안으로 밀어 넣을 수 있었다. 콜레트가 절대 원치 않는 게 있다면 바로 누군가 그 안에 든 물건을 보는 것이다.

6

대중교통으로 일프라콤에서 노스본까지는 긴 여정이다. 베스타
는 버스에서 기차, 다시 버스로 절뚝거리면서 길바닥에서 여덟 시간
을 보냈고, 허리와 관절염 있는 무릎이 불편했다. 바퀴가 기우뚱거리
는 여행용 트렁크를 끌면서 하이 스트리트까지 걷고 있자니, 빅토리
아 역에서 여기까지 온 여정만큼이나 오랜 시간이 걸리는 듯 느껴졌
다. 앞으로 몇 번이나 더 이렇게 할 수 있을지 모르겠군. 그녀는 서글
픈 생각이 들었다. 매년 더 나이가 느껴져. 하지만 아, 바닷가에서 이
주간을 보내지 않으면 다른 의미가 뭐 또 있겠어? 노스본에서의 하루
하루는 후드를 뒤집어쓰고 버스 정류소에 진을 친 아이들, 공공장소
에 굴러다니는 쓰레기, 정원 끝자락을 덜그럭대며 지나가는 기차 소
음뿐이지. 겁쟁이 베스타 콜린스, 그녀는 스스로를 꾸짖었다. 넌 늘
바다 옆에서 살고 싶어 했잖아. 엄마가 돌아가셨을 때 그곳으로 갈 수
도 있었지만, 쉬운 길을 택하지 않고 스스로 지금 이 자리에 묶였지.

브래큰 가든 모퉁이에서 호세인이 그녀 쪽으로 천천히 걸어 내려오는 모습이 보였다. 무늬 있는 면 셔츠를 말쑥하게 차려입고, 턱수염은 말끔히 면도되어 있었다. 그녀가 손을 흔들자 그의 얼굴에 돌연 환한 미소가 걸렸다. 그가 서둘러 다가와 손을 뻗어 그녀의 트렁크 가방 손잡이를 잡았다.

"집에 오셨군요! 보고 싶었어요."

베스타가 크게 웃으며 그의 팔뚝을 꾹 눌렀다. "가세. 근데 자네, 멋진데?"

그가 가방을 잡고 집 쪽으로 끌고 가기 시작했다.

"뭐하나?" 그녀가 말렸다. "자넨 가던 길이나 가고!"

"말도 안 되는 소리 마세요, 여사님. 나중에 가도 돼요."

"하지만 자네……."

"충분해요." 그가 큰 소리로 말했다. "그냥 제가 하는 대로 하세요."

그녀는 수그러들었고 만족스러웠다. 페미니즘이 저메인(오스트레일리아 태생의 작가, 20세기 후반의 가장 중요한 페미니스트 중 한 사람./ 옮긴이)의 눈 속에서 반짝이던 젊은 시절에, 그녀가 읽었던 잡지에는 중동 지역 남자들과 그들의 통제 방식에 대한 경고가 가득했었다. 신사다움에 대해서는 눈곱만큼도 언급된 적이 없지. 노부인은 여행 가방을 집까지 끌어다 주려고 마권 판매소에 가던 발길을 돌린 그를 쫓아갔다.

"휴가 잘 보내셨어요?"

"오, 멋졌어. 고마워. 남쪽은 너무 멋지더라. 중간에 박혀 있는 우스꽝스러운 조각상들마저 멋지더라고."

"저도 그렇게 들었어요."

"그래, 자네도 한번 가 봐. 여기에만 처박혀서 시골을 못 보는 건 바보 같은 짓이야."

"저도 가급적 빨리 그렇게 되면 좋겠어요. 보고 싶은 곳이 너무 많아요."

베스타는 퍼뜩 기억을 떠올렸다. "미안하구나, 얘야. 내가 건망증이 심하잖아."

호세인은 그녀에게 다시 한 번 사랑스러운 미소를 지어 보였다. "괜찮아요. 좋은 뜻으로 들을게요."

"근데, 어딜 가는 길이었나?"

"이민국에 서명하러요. 그래야 그 사람들이 제가 도망치지 않았다는 걸 알지요. 그러고 나서 퀜싱턴에 가려던 중이었어요."

"퀜싱턴! 칫."

그가 웃음을 터트렸다. "이란 상점이에요. 사촌을 만나러요. 일링에 살거든요."

"그거 좋구먼. 가족이 있다는 건 좋은 일이지. 일링에 있다 해도 말이야."

"네, 그래요. 할머니한테는 다른 가족이 있으세요?"

그녀는 잠시 멈춰서 한숨을 쉬었다. "더는 없지. 일프라콤에 숙모가 한 분 계셨지만, 몇 년 전에 돌아가셨어."

"형제분이나 자매분도요?"

"응, 없어."

그녀는 그가 자신을 곁눈으로 쳐다보는 모습을 봤다. 그렇게 보지 않아도 돼. 자네가 나를 위해 안타까워해 주니 마치 좋았던 옛적 같군.

"한 번도 가져 보지 않았던 걸 그리워하진 않을 거 아닌가. 나한테는 친구들도 없었던 것 같지 않아?"

"아니에요. 할머닌 친구가 되는 데 탁월하세요."

베스타가 미소 지었다. 매력이 넘치는 인사야. 칭찬을 들어서인지 그녀의 마음이 따뜻해졌다. "자, 우리 오래된 집은 어떻게 돌아가고 있나? 뭐, 소문거리라도 있나? 꼬맹이는 어때? 무슨 문제에 휘말린 건 아니지?"

호세인이 어깨를 으쓱했다. "아니요. 그 앤 괜찮아요. 제 생각에는요. 문제없어요. 그리고 니키 방에 새로운 여자가 이사 왔어요."

"어이쿠! 니키가 안 돌아왔어?"

"네. 흔적도 없어요. 뭐, 방세 낼 돈이 떨어지고, 그래서 빵! 끝장난 거 아닐까요?"

"이상하네. 괜찮은 애였는데. 그럴 애처럼은 안 보였다고."

호세인은 습관처럼 크게 어깨를 으쓱했다. "저도 알아요. 하지만 뭐, 아시잖아요. 그 사람이 어떤지. 돈을 안 받고는 하루도 더 놔두지 않을 사람이잖아요."

"그렇지. 그런데 그냥 그렇게 간 건가? 믿을 수가 없네. 인사도 없이? 셰릴한테도?"

"저도 거기까진 몰라요."

"그렇군." 계속 이사를 다니며 떠돌아다니는 젊은 애들은 늘 그녀를 놀라게 했다. "글래스고로 돌아갔나? 친척과 화해한 걸까, 뭐 들은 거 있어?"

"할머니. 누구도 제게는 아무것도 이야기를 안 해요. 가끔은 제가 영어를 할 수 있다는 걸 아는 사람이 할머니뿐인 것 같을 때도 있다고요."

"그렇지. 그래서 그 여잔 어떤 것 같아?"

"모르겠어요. 오늘 왔는걸요. 집주인이 그녀에게 세를 줬고, 그래서 전……."

"오, 순 덩치만 큰 겁쟁이 같으니라고."

그는 다시 한 번 어깨를 으쓱했다. 물론 그녀 말은 지당했다. 보통 그 나이 대의 남자라면 낯선 사람으로부터 숨지 않을 것이다. 그 사람이 집주인 로이 프리스와 찰싹 달라붙어 있다 해도 말이다. 그들은 계단 앞에 섰고, 그는 허리를 숙여 길게 나와 있던 가방 손잡이를 안으로 밀어 넣었다. 그리고 가방을 번쩍 들고 문 쪽으로 향하기 시작했다. "이런, 여사님. 여기 대체 뭐가 들은 거예요?"

"아, 미안. 시체를 처리할 곳을 못 찾았지 뭐야. 침대랑 아침만 준비된 곳뿐이었어."

"대체 몇 사람이나 죽이신 거예요? 도저히 통제가 안 되시나 보죠? 고작 이 주 다녀오셨으면서."

그녀는 그의 뒤를 따라 계단을 오르기 시작했지만, 무릎을 굽히자 통증이 밀려와 주춤거렸다. 그녀는 지금 당장 주저앉아서 다리를 올려 놓고, 차 한잔을 마시고 싶었다. 집에는 없는 게 많지만, 그녀는 최소한의 선견지명을 발휘해 떠나기 전에 멸균우유 한 통을 비축해 뒀다. 신선하지는 않더라도 없는 것보다 나을 터였다. 더구나 그녀는 오늘 또다시 외출할 기력이 없었다. 깡통 안에 다이제스티브 비스킷 한 통이 있고, 강하게 확신하건대 냉장고에 체더치즈도 한 덩이 있을 것이다. 때로는 식욕이 줄어든 노년이라는 게 엄청나게 편리했다.

호세인이 현관을 열고 서서 그녀가 지나가기를 기다렸다. 제라드 브라이트의 문 안쪽에서 음악이, 피아노와 웅웅 하는 첼로가 계속해서 연주되고 있었다. 그 연주는 그녀가 일프라콤으로 떠나던 날부터 계속되고 있는 것 같았다. 마치 잠시 구멍가게에라도 다녀온 듯한 기분이었다. 그녀는 복도에 발을 들여놓고, 어린 시절 맡았던 것 같은 냄새를 맡았다. 먼지와 덧없음의 냄새, 약하게 풍기는 눅눅한 냄새가 하나씩 하나씩 층층이 쌓여 있었다. 뭔가…… 고기 냄새도. 마룻바닥 아래 죽어 있는, 아직 말라붙지 않은 뭔가의 냄새 같았다. 환기를 좀 시켜야겠군. 이 계단 통로에 있는 집들은 대부분 문을 내내 닫아 둬서 환기가 전혀 안 됐다.

그녀는 기지개를 켰다. 마침내 여정이 끝났다. 그리고 현관 테이블에 놓인 편지를 넘겨다봤다. 안내문 두어 장이 있었다. 공과금 용지와 그녀를 꾀기 쉬운 쉬운 사람으로 생각하는 자선 단체의 편지, 그녀에게 죽음이 다가오고 있다는 걸 일깨워 주는 노인용 보험 안내문 등이었다. "그래도 집에 오니 좋네." 그녀가 말했다. 스스로도 그 의미를 확신하지 못한 채.

"집만 한 곳이 없죠." 하지만 그녀는 호세인의 목소리에 담긴 희미한 모순을 알아차리지 못했다.

그녀는 볼을 부풀리고는 재활용 통에 넣을 생각을 하며 편지들을 가방 안에 집어넣었다. "차 한잔 줄까? 나가기 전에 말이야."

그가 시계를 봤다. "네. 서둘지 않아도 돼요."

그녀가 핸드백에서 열쇠를 꺼냈다. "주전자를 올려야겠네."

복도 계단 아래에 있는 자기 집의 좁은 문으로 들어선 순간, 그녀는 뭔가가 잘못돼 있음을 알아챘다. 집 안의 공기가 탁했다. 잠시 그녀는 자신이 데본으로 떠나기 전에 창을 닫는 걸 잊었던가 하는 의심을 품었지만, 계단 꼭대기에 있는 전등을 켜자 우산꽂이가—엄마에게 물려받은 우산꽂이였다.—옆으로 쓰러져 있는 게 보였다.

잠시 그녀의 머릿속이 얼어붙었다. 모든 것이 무척이나 친숙한 곳의 예상치 못한 모습은 그녀를 혼란스럽게 했다. "아." 그리고 〈우는 소년〉 그림이 벽에 삐뚜름하게 걸린 모습이 눈에 들어왔고, 그녀는 돌연 무슨 일이 일어났는지를 깨달았다. 내장이 떨려왔다.

그녀는 계단에 주저앉을 뻔하다가 난간을 꽉 움켜쥐었다. 호세인이 문 안으로 가방을 끌고 들어오는 소리가 들렸다. 그녀의 다리는 약했고, 숨은 멎어 들었다. 여기서 산 육십구 년 동안 그녀 주변의 세상은 온통 바뀌었고, 이웃 사람들도 수없이 들고났지만, 이곳은 늘 그녀의 안전지대였다. 누구도 초대받지 않고는 여기 들어온 적이 없었다.

발아래의 견고한 땅을 느끼고 안도감과 두려움이 물밀 듯이 밀려오는 걸 느끼며 그녀는 계단 아래로 손을 뻗었다. 문 앞에는 우산과 지팡이, 그리고 이런저런 물건들이 흩어져 있었다. 아버지가 아끼던 책들은 선반에서 떨어져 색 바랜 엑스민스터 카펫 위에 나뒹굴고 있었고, 그녀의 코트와 엄마에게 물려받은 모자들—인조 모피 재질에 천으로 만든 장미가 달린 모자는 그녀가 결코 중고 가게에 들고 가지 않을 것이었다.—은 옷걸이에서 떨어져 나와 땅바닥에 짓밟혀져 있었다. "아." 그녀가 다시 한숨을 쉬었다. 짐의 무게 때문에 가파른 계단에서 균형을 잡는 데만 집중하고 있던 호세인은 아직 이 혼란스러운 상황을 보지 못했고 알아차리지도 못하고 있었다.

그녀는 앞으로 더 나아가고 싶지 않았다. 꽁무니를 빼고 달아나고 싶었다. 일프라콤으로 돌아가고 싶었다. 무엇도 마주 보지 않고. 고개를 들어 작은 주방 쪽으로 가는 통로를 응시하자 바깥문에서 들어오는 빛이 보였다. 문은 열린 채로 경첩에 매달려 있었다. 그녀가 침대에서 멋모르고 잠을 자던 어느 밤에, 갈매기 소리와 파도 소리로 마음을 달래며 아침을 먹는 동안에, 누군가 그 문을 발로 차거나 쇠막대를 질러 넣어 연 것이었다.

베스타는 가슴에 손을 얹었다. 가슴 안에서 심장이 쿵쿵댔다. 심장이 무척이나 많이 뛰었다. 그녀는 쓰러진 우산꽂이를 넘어가 거실을 자세히 들여다봤다. 커튼이 열려 있고, 레이스가 끌어 내려진 채였지만, 오늘처럼 불타는 듯한 한여름 날에도 이곳으로 들어오는 빛은 가늘고 약했다. 그녀는 전등을 켜고 주변을 둘러봤다. 목구멍에서 눈물이 샘솟았다.

"아, 호세인. 세상에나."

7

그녀는 침대에 누워서 바깥 복도에서 나는 소리에 귀를 기울였다. 문 너머에서 뭔가가 벌어지고 있었다. 무슨 일이 일어난 것이다. 남자 목소리가 들렸다. 외국인이었다. 에이치 발음을 목구멍으로 내는 동양인의 발음이 클래식 음악을 뚫고 들려왔다. 이 음악은 그녀가 도착하고 나서 한 시간 정도 후부터 시작되어 계속 그녀의 집 벽을 뚫고 들어왔다.

멀리 어디에선가 웅웅 소리가 창문으로 들어와 끈적이는 공기 위로 떠다니고, 반복적으로 여인의 말소리도 들렸다. "안 돼! 오, 안 돼! 안 돼!"

콜레트는 옆으로 굴러서 베개를 집어 들고 귀를 막았다. 어깨 너머를 주시하며 일주일, 한 달을 온갖 두려움에 떨면서 삼 년을 보낸 그녀는 그 여행 끝에 완전히 녹초가 되어 있었다. 그녀는 심지어 며칠, 몇 주 동안 잠드는 것조차도 포기했었고, 잠이 드는 기분에 잠기는 것도 포기했었다. 엄마에게 무슨 일이 일어나고 있는지를 알아내고서야 겨우 경계 태세를 늦추고 쉴 수 있게 되었다. 됐어, 그녀는 스스로에게 말했다. 넌 엮여서는 안 돼. 혼자 지내야만 해. 그리고…….

그녀의 집 문을 두드리는 큰 소리가 그녀를 일으켜 세웠다. 누군가 문을 때려 부수려 작정한 듯 쿵쿵 내리치고 있었다.

콜레트는 낯선 이의 사향 냄새가 밴 침대 시트에 앉아서 누군가의 주먹질에 요동치는 문을 응시했다. 전에 현관 복도를 지나칠 때 들었던 외국인 억양의 남자 목소리는 절박하고 날카로웠다. "계세요? 안에 아무도 안 계세요?"

화난 사람. 세상은 화난 사람들로 가득 차 있다. 오늘도 화난 사람을 마주할 수는 없었다. 그녀는 자신이 평생 그런 사람들로부터 도망치고 있는 듯한 기분이 들었다.

그가 다시 문을 쿵쿵 치고 문고리를 돌려 댔다. "계세요? 안에 안 계세요? 이야기 좀 하고 싶은데요."

최소한 열쇠를 가지고 있는 것 같진 않은데…… 조용히 있으면…….

다시 한 번 맹공격이 이어졌다. "계세요?"

그녀는 몸을 일으키고는 방을 가로질렀다. 현관문에는 외시경도 없고, 체인도 빗장도 없다. 이 집은 보안이 사우나실 수준이다. 그녀는 마음을 다잡고 문을 열어젖힌 다음 싸울 준비를 했다.

거기, 그녀가 지금껏 본 남자 중 가장 아름다운 이가 복도에 서 있었다. 그녀의 눈앞에 꽉 쥔 그의 주먹이 보였다. 황금색 피부에 슬퍼보이는 아몬드 형태의 눈매, 윤기 나는 검은 머리칼, 짧게 깎은 수염, 얄팍한 뺨. 넓은 입매는 이런 소란한 상황 속에서도 멋진 해학을 담고 입가에 보조개를 만들어 내고 있었다. 콜레트는 숨을 '헉' 하고 들이쉬었고, 얼굴이 붉어졌다.

그가 그 소리를 오해하고는 들어 올린 자기 손을 재빨리 내렸다. "아, 죄송해요. 문을 여시는 중인 줄 몰랐어요."

발음이 정확했다. 시적인 이국의 억양에, 잘 교육받은 말투였고, 자음을 조심스럽게 하나씩 발음했다. CNN이 아니라 BBC로 영어를 배운 게 틀림없었다.

콜레트는 붉어진 얼굴이 진정되는 것을 느끼고는 입을 열었다. "괜찮아요. 다행히도 그쪽이 제 코를 부러뜨리기 일 초 전에 문을 열었으니까요."

그가 웃었다. "전 다만……." 그녀는 그가 자신을 위아래로 살펴보고, 자신이 구겨진 옷에 얼굴을 구기고 있는 걸 보았음을 알아챘다. "죄송해요. 주무시던 중이었군요."

복도 위로 건물 정문 옆에 있는 1호실 문이 열리고, 한 남자가―색 바랜 엷은 갈색 머리에, 피부는 겹겹이 쌓인 막의 맨 위에 눌어붙은 이상한 비닐 같은 느낌이었다.―나와서 쳐다봤다. 콜레트는 자기 집 현관문에 기대어 가능한 한 친절하게 보이길 바라며 그에게 미소를 던졌다. 이웃과 서먹서먹하게 지내 봐야 득이 될 건 없다. 서로의 목소리가 전혀 안 들리는 것도 아니고. 그 남자는 얼굴을 붉히고 아래를 내려다보더니 이내 자기 영역으로 철수했다. 그의 집에서 나오던 음악 소리가 다시 문 뒤로 사그라졌다.

"괜찮아요." 그녀가 서둘러 말했다. 자신이 종일 이런 차림으로 지낸다는 걸 시인하고 싶지 않았다. "한창 오후에 자는 건 좀 바보 같죠. 이제 밤새도록 깨어 있을 거라서요."

그가 손을 내밀었다. "호세인 잔자니라고 합니다. 전 위층에 삽니다. 이 집 위요."

"안녕하세요, 호세인." 그녀가 손을 흔들었다. 흥분감이 남아 있었다. "전 콜레트예요."

"콜레트. 예쁜 이름이군요. 프랑스인이세요?"

콜레트가 고개를 저었다. "엄마가 아일랜드 분인데, 로맨스 소설을 엄청 많이 읽으셨죠."

그리고 유용한 이름이기도 했다. 초등학교 시절 두 학기 동안 놀림 받은 끝에 그 이름을 없애고, 성을 이름으로 사용했던 것을 고려하면 말이다. 그녀는 아일랜드 여권을 신청할 때 이름을 되돌리는 작업을 했다.

그녀는 의도적으로 문에서 나와 그가 있는 공간으로 나아갔다. 이미 자기 등 뒤에 있는 방을 안전지대로 느끼고 있었지만, 토니와 말리크, 부림이 적이 아니었을 때에 그들이 감시하는 모습에서 많은 것을 배우기도 했다. 그들은 차가운 미소를 입에 걸고, 팔짱을 끼지 않고, 한 발을 앞으로 내밀어 자기 영역을 주장하곤 했다. 그녀는 문을 약간 열어 두었지만, 남자의 시야에서는 자기 공간이 보이지 않도록 했다.

"뭐 때문에 그러시죠?"

그는 한 발 뒤로 물러나서 상황을 알리는 것을 조금 미뤘다.

"전…… 음, 오늘 아침에 이사 오셨죠?"

"오늘 아침요. 맞아요."

"집주인이 당신이 나갈 만큼 겁을 주진 않았나 봐요."

"빈틸털이에겐 선택권이 없죠." 그녀는 자기 말을 이해 못 해서 눈을 껌뻑이는 그를 바라봤다. 좋아. 이 남자는 영어를 능숙하게 하지만 그렇게 잘하는 건 아니군. 여기에 그렇게 오래 있었던 건 아니야. 아니면, 오래 있었는데도 숙달되지 않았던지.

"전 단지." 그가 다시 입을 열고, 다음 문장을 만드느라 잠시 멈췄다. "물어보고 싶은 게 있어서요. 베스타⋯⋯." 그가 계단 아래에 있는 문 쪽으로 손짓을 했다. 그녀가 도착했을 때는 있는지도 몰랐던 문이다. "할머니 한 분이 아래층에 사세요. 그 집에 도둑이 들었어요."

"어머, 이런." 콜레트는 분위기에 맞추어 연민의 소리를 내뱉었지만, 그 즉시 침대 가에 놓인 현금 가방에 생각이 쏠렸다. "끔찍한 일이네요."

"네, 안타깝게도요. 그분이 휴가를 보내고 돌아왔더니, 어쨌든, 혹시⋯⋯ 뭔가 보신 게 없나 궁금해서요. 뭐 평소랑 다른 점이요."

"아. 유감이네요." 그녀는 이런 일이 여기서 자주 일어나는지, 그걸 자기가 걱정해야 하는지 더 묻고 싶었지만, 그냥 생각만 하고 말았다. "아니, 아니요, 못 봤어요. 전 몇 시간 전에 여기 왔을 뿐이고, 뭐가 평소랑 다른지는 알 수 없을 것 같은데요."

그는 그녀가 도움이 되지 않아서 초조한 듯했다. 그런데 내가 무슨 말을 해 줄 거라 기대한 거지? 어쨌든 도둑이 들자마자 곧장 내 집으로 온 건 정말 반갑지 않다고.

"네⋯⋯. 아래층 주위를 서성거린 사람은요? 아무도 못 보셨나요?"

콜레트는 고개를 저었다. "죄송해요. 그러니까, 자유롭게 유흥을 즐기는 소리 너머로는 뭔가가 잘 안 들리죠." 그녀가 옆집 문 쪽으로 고갯짓을 했다. 호세인이 눈을 굴리고는 활짝 웃었다.

"정말 안됐어요. 할머니는 괜찮으세요? 다친 덴 없으시고요?"

그는 이미 몸을 돌리고 있었다. "네? 아, 괜찮으세요. 여행 중이셨으니까요. 그냥, 속상해하고 계시죠."

"네." 콜레트가 말하고는 한 손을 문고리에 올렸다. 대화가 끝나가고 있는 게 분명했다. 그러니까 이 아름다운 남자는 그녀가 이 아파트에 온 것을 환영하기 위해서가 아니라, 그녀의 행동을 추궁하러, 살펴보러 온 것이었다. 그녀는 인간관계를 맺지 않을 것이다. 단지 엄마를 끝까지 지켜보러 온 거다. 그동안에만 이곳에 있을 것이다. "그러실 것 같네요. 뭔가 귀중한 걸 잃어버리시진 않았고요?"

호세인이 고개를 저었다. "잘 모르겠어요. 엉망이거든요. 그리고 뭐 많은 걸 가지고 계시진 않거든요. 가족의 물건들……."

그의 얼굴에 순간적으로 형언할 수 없는 슬픔이 스쳐 지나갔다. 잠시 수천 마일 너머로 떠난 듯했다가, 다시 정신을 차리고 그녀에게 슬픔 어린 미소를 지었다. "그분은 아직도……."

"오. 가엾으셔라." 콜레트는 자신이 애도를 표하고 도움을 줘야 한다는 걸 알았다. 교양 있는 사람이라면 응당 그렇게 해야 하니까. 하지만 난 교양 있는 사람이 아니야. 더 이상은 아냐. 직장에서 잠들었다가, 뭔가를 알아차리기도 전에 그런 일을…….

갑자기 누군가 계단 바깥에서 뛰어 올라오는 소리가 들려 그들의 주의를 끌었다. 노래라기보다는 리듬에 가까운, 조금 익숙한 곡조가 들렸다. 건물 현관에 열쇠가 미끄러지듯 들어가고 돌려졌다. 한 남자가 안으로 들어왔다. 평범한 사십 대 남자로, 한 손에는 남성용 가방, 그리고 다른 한 손에는 쇼핑백을 들고 자물쇠에서 열쇠가 짤랑거리는 걸 바라봤다. 그는 아직 두 사람의 모습을 알아차리지 못하고 계속 휘파람을 불었다. 숱 친 머리에, 색이 조금 들어간 안경을 끼고, 허시 파피 신발을 신고 있었다. 가는 체크무늬가 그라데이션된 기모 면 셔츠를 입은 모습이 다큐멘터리에 나오는 농부 같았다. 저 노래 아는데. 그녀는 생각했다. "난 길모퉁이에 있는 가로등에 기대어 있네." 이웃이 조지 폼비의 노래를 휘파람으로 불어 대니 이제 정말 영국으로 돌아온 게 느껴지네.

그 남자가 위를 올려다보고, 펄쩍 뛰며 손을 가슴으로 가져갔다. "우악!"

그가 방패라도 되는 양 무의식적으로 가방을 끌어안았다가 호세인을 보고 도로 내렸다. 그는 호세인에서 콜레트로, 콜레트에서 호세인으로 시선을 옮겼다. "이런, 심장 마비 걸릴 뻔했잖아요."

"미안해요." 호세인이 말했다. 특별히 미안해하는 것 같지는 않았지만.

"덥네요." 그의 눈동자가 호세인이 그랬던 것처럼 그녀의 위아래를 빠르게 훑었다. 아니, 달랐다. 그의 안경은 호기심에 들떠 번뜩였다. "호세인, 손님?"

"아니, 이분은 콜레트 양이에요."

그녀가 그를 쳐다봤다. 엄청나게 도움이 되는군, 안 그래? "전……전 여기에 살아요, 사실." 그녀가 덧붙였다.

안경 뒤에서 눈동자가 반짝였다. 그럴싸한 얘기군, 하는 눈이었다. "니키 씨의 방이죠. 제가 니키 씨의 방을 빌렸고, 오늘 막 이사 왔어요."

남자의 얼굴에 의심이 짙어졌다. "아무도 그런 얘기 안 하던데."

뭐하자는 수작이지? 그녀는 다시 한 번 말했다. "집주인이 세를 놨어요. 로이 프리스 씨던가? 오늘 아침에요."

이 말은 마치 문을 여는 비밀 주문 같았다. "아. 죄송해요. 조심할수록 좋잖아요."

그가 이를 드러내고 활짝 미소 지었다. 수없이 연습한 것 같은 미소였지만, 실생활에서 사용할 기회는 그리 많을 것 같지 않았다. 치아가 멋지지 않았다. 작고 뾰족한 데다 치과 시술을 받지 않아 누랬다. "토머스예요." 그가 말했다.

그녀는 이 말이 자기소개임을 깨닫고 그에게 손을 내밀었다. "안녕하세요, 토머스."

"불라 그로브에 오신 걸 환영해요. 전 위층에 삽니다." 그가 그녀의 의심에 대비해 위를 가리켰다.

"다락방이죠."

"아, 그렇군요. 거기에 다락방이 있는 줄 몰랐어요."

"타디스(드라마 〈닥터 후〉에 나오는 파란색 전화 부스로 타임머신 같은 기계./ 옮긴이)죠." 토머스가 말했다. "가끔 다른 차원으로 향하는 비밀의 입구에 발을 헛디딜지 모른다는 생각이 들거든요. 잘 지내요?" 그가 호세인에게 물었다.

"네, 전 괜찮아요. 그런데 안타깝게도 베스타 할머니 댁에 도둑이 들었어요."

토머스가 가방을 카펫 위로 떨어뜨렸다. "이런!"

호세인이 진지하게 고개를 끄덕였다.

"세상에! 그럴 줄 알았어, 그런 일이 있을 줄 알았다고. 그 여자애 때문이야. 맹세컨대, 그 여자애는 문이 어떻게 작동하는지 모르는 게 틀림없어. 문이 열려 있는 걸 몇 번이나 봤는지 말도 못 한다니까."

"정문으로 들어온 게 아니에요. 누군가가 정원 쪽으로 들어왔어요." 호세인이 말했다.

토머스는 이 말을 간단히 무시했다. 그는 콜레트 쪽으로 몸을 돌리고 그녀의 팔뚝을 붙들었다. 그녀는 무의식적으로 팔을 잡아당겼다. 꽉 붙든 손이 지나치게 친한 척 굴고 있었다. "화장실에 가실 때도 문을 잠가야 한다는 걸 아시겠죠, 아가씨? 특히 이런 방에 살고 있다면요. 길에서 접근이 용이하잖아요, 보시다시피. 기회가 많죠. 도둑은 일 분이면 들어왔다 나갈 수 있다고요. 불쌍한 베스타 할머니."

"그럴 것 같진 않은데. 그건 마치……." 호세인이 말했다.

"조심해서 나쁠 것 없죠." 호세인의 말이 안 들린다는 듯 토머스는 계속 말을 이었다. 호세인은 짜증스러워 보였지만 곧 애써 인내하는 표정을 지었다. 이 남자가 상대의 말을 안 듣고 자기 말만 하는 걸 전에도 겪어 본 게 분명했다. "전 나갈 때 절대 창문도 열어 두지 않거든요. 꼭대기 층이라도 말이죠."

그녀는 그의 손아귀에서 팔을 떼어 내고 자기 집 문 안쪽 보호구역으로 뒷걸음쳤다. "고마워요. 명심할게요."

"심각하게 생각해 봐요. 저라면 창문이 열려 있는 상태에서는 잠도 못 잘 거예요. 누군가가 쉽게……."

"네, 고마워요." 그녀가 말을 잘랐다. "이제 훨씬 안전하게 느껴지네요."

"자, 전 말했습니다. 그러니까, 베스타 할머니가……."

그녀는 문을 열고 말했다. "네, 고마워요."

그가 그녀 쪽으로 걸어왔다. 문이 열린 것을 초대의 의미로 받아들인 듯했다. "어때요? 제가……."

"네, 다음번에요." 호세인이 그의 등 뒤에서 그녀의 눈을 마주 보고 윙크했다. 그는 아랫입술을 깨물고, 눈을 유쾌하게 빛냈다. 아, 정말 질리는 집이네. 그녀는 생각했다.

"좋아요. 아마 곧……." 토머스가 말을 계속 이었다.

"고마워요. 오, 전화가 왔네요. 가 봐야겠어요."

그녀는 안으로 들어가 문을 닫았다.

8

니키의 방에는 새로운 세입자가 있다. 침대 시트가 완전히 차가워
지기도 전이었다. 마르고, 신경질적으로 보이며, 뽀얀 피부—스코틀
랜드 출신인가? 아니면 아일랜드?—에 컬이 굵고 고른 웨이브 머리
를 고무줄로 질끈 묶고, 콧날 주변에는 주근깨가 조금 있었다. 그녀
는 이곳에 속한 것처럼 보이지 않았다. 하지만 그러고 나서 그는 생
각했다. 과연 우리 중 누가 여기에 속한 것처럼 보일까? 아마 이 집
에 살고 있는 사람들 모두가 지닌 공통점이겠지. 그저 여기를 거쳐
가는 것 같은 모습 말이야.

그 여자에 대해 좀 더 알아봐야겠어. 어떤 이야기를 갖고 있는지
궁금해. 그녀는…… 흥미로워 보여. 뭔가 한 가지, 아니 그보다 더 많
은 이야깃거리를 가지고 있는 것 같아. 어느 날 친구가 될 수 있을 이
방인처럼 보인단 말이지.

그는 준비를 하면서 그녀에 대해 생각했다. 길고 어두운색 머리에

주홍색 매니큐어를 바른 마리안느가 안락의자에 앉아 조용히 그를 지켜보고 있었다. 오늘 그녀는 몬순(영국의 의류 브랜드./ 옮긴이)의 할인 행사에서 산 10사이즈짜리 황록색 실크 시프트 드레스를 입고 있다. 그녀에게는 너무 커서 주름이 자글자글 진 채 몸에 걸려 있을 뿐이지만, 색상이 멋지고 마름질이 우아해서 고른 옷이었다. 그는 최근 몇 년간 다양한 기술을 익혔다. 두 사람이 만났을 때 그녀가 입고 있던 옷 라벨에 근거해서 그 옷을 골랐지만, 물론 그녀는 그때 이후로 살이 많이 빠지고 수척해져서, 할리우드에서나 볼 법한 빼빼 마른, 기아 같은 체형이 되었다. 그는 장차 이렇게 되리라는 것을 생각했어야 했다. 그의 사랑스러운 친구는 말랐다. 모델처럼 말랐고, 앞으로 더욱 마를 것이다.

그는 멀리 떨어진 배럼 하이 로드까지 가서 건축자재 상점에 들러 비닐 시트 한 질을 새로 사 왔다. '연인'은 필요한 물건들을 집 근처나 한 군데에서 자주 사서 주의를 끌고 싶지 않았다. 시간이 많이 들었지만 그럴 만한 가치가 있다는 걸 알았다. 예컨대 중탄산나트륨은 이베이에서 25킬로그램을 29.99파운드에 샀다. 세제는 대형 할인 매장에서 살 수도 있지만, 주의를 끌 만한 일은 그 어떤 것도 하고 싶지 않았다. 때문에 그는 매일같이 지나는 길에 있는 슈퍼마켓마다 들러 쇼핑백에 한 팩씩 집어넣고 집으로 와서 찬장에 하나씩 하나씩 쌓아 두었다. 중탄산나트륨은 냄새 제거에 효과적인 에센셜 오일과 함께 공예품점에서 한 번에 2~3킬로그램씩 샀다. 카운터의 뜨개질하는 예쁜 숙녀들은 그가 목욕용 비누를 만들어 엣시(액세서리, 잡화 등의 핸드메이드 제품을 판매하는 온라인 쇼핑몰 사이트./ 옮긴이)에 파는 취미 겸 일을 하고 있다고 믿었다. 남자에게는 특이한 취미지만, 메트로섹슈얼이 점점 늘어나는 이런 시대에는 주의를 끌 만큼 특이한 건 아니었다. 그는 말려 있던 비닐 시트를 풀었다. 시트는 무겁고—그가 살 수 있는 가장 무거운 것이었다.—투명해서, 아래 깔린 카펫의 빛바랜 꽃무늬 모양이 기이하게 비쳤다. 그는 바닥을 가로질러 기어가다가 팔꿈치로 마리안느의 정강이를 살짝 쳤다.

"오, 미안, 내 사랑. 미안."

오늘 그녀의 다리 피부는 건조해 보이고, 머리칼은 윤기가 떨어지고, 화장도 조금 지워져 있었다.

"내가 그동안 신경을 못 써 줬지. 미안. 내가 좀 바빴잖아……. 어떤 건지 당신도 알지. 날 원망하진 말아 줘." 그는 니키를 돌보는 일을 끝내고 나서야 그녀에게 약간의 관심을 쏟을 수 있었다. 마리안느와 그가 오래도록 매우 행복하게 잘 지내 온 것을 생각하면, 누군가에게 사랑을 몰아주는 건 공평하지 않다. 오늘 밤에 니키를 안전하게 집어넣고 나면, 그들은 〈빅 브라더〉를 함께 볼 수 있을 것이다. 그는 일전에 소호에 갔을 때, 샐리 헤어 앤드 뷰티에서 광택 스프레이를 한 통 샀다. 그것이 기분을 훨씬 좋아지게 하리라는 희망을 갖고 말이다.

그는 비닐 시트의 크기가 맞지 않는다고 판단하고, 시트를 개키고, 침대로 손을 뻗었다. 정말이지, 아무 문제도 없다. 그리고 틈을 남겨 두는 게 확실히 나았다. 이 과정은 늘 지저분했다. 조심스럽게 한다 해도 늘 뭔가가 흘러나왔다. 그는 비닐 시트의 주름을 펴고, 침대에 잘 놓은 다음, 나머지 연장을 가지러 조그마한 부엌으로 갔다. 싱크대 아래에 양동이 하나가 있고, 그 안에 모종삽이 있었다. 그는 시행착오를 거쳐 가며 이 까다로운 일을 익혔다. 수건은 사용 가능한 가장 좋은 장비고, 정교한 작업에는 쇠줄이 필요했다. 고된 작업이 될 테지만, 에어컨을 가장 세게 틀어 둬서 무더위 속에서도 아파트 안의 공기는 더없이 시원하고 건조했다. 더위는 늘 문제가 됐다. 부드럽고 유연한 상태의 니키와 함께 보내는 근사한 시간은 단 몇 시간만이 남아 있다. 그다음에는 일을 시작해야 하는 상태가 된다.

'연인'은 분홍색 고무장갑을 끼고 침대로 돌아갔다. 그는 침대가 가진 가능성과 그걸 산 자신의 천재성에 자부심을 느꼈다. 얼핏 보면 황토색의 칙칙하고 오래된 침대일 뿐이지만, 빛바랜 이불 커버와 축 늘어진 천으로 된 베개는 그가 누웠던 흔적을 남겨 두지 않았다.

연인은 몸을 숙여 침대 가장자리에 삐져나온 천 조각 두 쪽을 잡고 들어올렸다. 쉭 소리와 함께, 침대 헤드, 매트리스 전부가 공중으로 떠올랐다. 가스 쇼바 경첩 방식으로 열리는 구조의 침대다. 내부에는 침대를 세로로 나눈 칸 두 개가 만들어져 있다. 한 칸에는 배수장치를 각각 필요로 하는 가습 장치 여섯 개가 있고, 다른 칸은 하얀 소금 알갱이들로 채워져 있다. 아니, 원래는 하얀색이었겠지만 이 년의 시간 동안 착색되어 이제는 갈색이다. '연인'이 말했다.

"좋아, 내 사랑. 시작해 보자고."

9

층계참 바깥쪽으로, 토머스 던바의 집으로 올라가는 계단 옆 벽에는 벽장이 하나 있다. 집주인은 자신의 연장을 그곳에 놓아두었고, 그 연장이 무엇이든 늘 그곳을 잠가 뒀다. 그러나 오늘 그녀는 그 문이 열린 것을 발견했고, 그 안을 들여다보고 싶다는 충동에 저항할 수 없었다. 벽장 안 어둠이 간신히 눈에 익었을 때, 그녀는 안쪽에서 문 하나를 발견했다.

셰릴은 생각했다. 안 돼, 저긴 외벽이라고, 확실해. 저걸 열면 갑자기 3층 허공으로 발을 딛게 될걸.

하지만 어쨌든 그녀는 안으로 발을 내디뎠고, 자신이 뭘 하는지 아무도 보지 못하도록 문을 닫았다. 벽장에는 문 말고는 진공청소기와 천장 못에 걸린 채 머리 위로 달랑대는 넝마들뿐 별게 없었다. 계단에 나와 있는 사람은 아무도 없었고 집은 무척이나 조용했지만, 그녀는 뭔가 불편한 기분이 들었다. 이 고요함이 마치 누군가 가까이에 숨어 있다는 걸 의미하는 듯해서 그녀는 귀를 기울였다. 그러고는 숨막힐 듯한 어둠 속에서 안쪽 벽을 손가락으로 더듬었고, 마침내 걸쇠를 발견하여 들어 올리고 밀었다. 수년 동안 열린 적이 없었는지 문은 잠시 꿈쩍도 하지 않다가, 마침내 먼지투성이 마룻바닥을 긁으며 뒤로 물러났고, 그녀의 세상은 다시 빛으로 가득 찼다.

죽은 듯한 잿빛이다. 빛은 세상의 색을 표백시켰고, 모든 것을 먼지투성이로 만들었다. 문지방을 넘은 셰릴은 자신이 다락 안에 있다는 사실을 알아챘다. 경사진 서까래와 두꺼운 대들보가 있었다. 빛은 그녀가 서 있는 곳에서 10피트 위에 있는 하나뿐인 채광창을 통해 들어오고 있었다. 어쩐지 이곳에 있으면 안 될 것 같았다. 긁히고 부서진 침대와 요람 한 무더기가 먼지를 뒤집어쓴 채 뒤죽박죽 놓여 있었다.

커튼 뒤에서 어떤 형체가 움직이는 것이 눈에 들어와 그녀는 펄쩍 뛰었다. 숨을 가다듬고 다시 보자 그건 그녀 자신의 모습이었다. 오래된 시트에 반쯤 가려진 화장대 거울에 금이 간 은빛 환영이 흐릿하게 비치고 있었다. 타래가 풍성하고 얼룩무늬가 있는 작은 목마가 앞뒤로 흔들리고 있었다. 마치 타고 놀던 아이가 그녀가 다가오는 것을 눈치채고 놀라서 뛰어내려 도망친 것 같았다.

올바른 일이 아냐. 그녀는 다시 한 번 생각했지만, 낯선 공간 속으로 걸어 들어갔다. 하지만 아, 내 방보다 세 배나 크네. 네 배인가. 계속 쭉쭉 뻗어 있네. 저 큰 벨벳 커튼 더미를 봐. 저걸 내 방 창문에 걸어 두면 매일 새벽빛에 깨지 않아도 될 텐데, 저 태피스트리 덮개는 내 침대에 무척 잘 어울리겠어. 오늘 밤에 아무도 보지 않을 때 다시 와 볼까. 생각해 봐. 여기 이런 장소가 있다는 걸 아무도 모를 거야.

그 사람만 빼고. 그녀는 어깨를 으쓱하며 작게 속삭였다. 그는 여길 알겠지. 그리고 내가 여기 들어왔었다는 것도.

그녀는 잠에서 깨어나기 시작했지만, 꿈의 위력에 사로잡혀 마비된 채 이불 속에 잠시 가만히 있었다. 팔은 마치 매트리스에 핀으로 고정된 듯했고, 근육은 벌겋게 달군 바늘 수천 개로 콕콕 찌르는 듯 따끔거렸다. 눈꺼풀은 몸을 움직이기 전에 열렸지만, 그녀는 평소와 다름없이 낡고 거뭇거뭇한 단칸방의 모습에 잠시 혼란을 느꼈다. 래미네이트가 벗겨지고 흠집 난 조립식 옷장, 그녀가 벽 접착용 푸른 점토로 붙인 모델 사진과 예쁜 방 사진으로 이루어진 저돌적이고 작은 색색의 점들, 빛바래 가는 꽃무늬 벽지. 침대 위로 올라온 사이코가 그녀 근처에 앉아서, 그녀가 잠에서 깬 것이 기쁜 양 가르랑거렸다. 최근 사이코는 그녀 품에 별로 안겨 있지 않는다. 그녀가 깜빡 잠이 들었을 때에야 팔 안으로 기어들어 와 더위가 습격해 올 때까지 그녀를 따라 잠을 잤다. 사이코는 계속 품에 안겨서 몸을 길게 늘이고 뺨을 비비는 것보다는 근처에 잠시 머무는 것을 더 좋아했다.

그녀는 사이코를 팔 안으로 끌어당기고, 가슴에 기댄 그 존재를 느꼈다. 사이코의 윤기 흐르는 이마에 입을 맞추고, 씰룩거리는 귓가에 낮은 소리로 사랑의 말을 부드럽게 속삭였다. 내 첫사랑은 고양이야. 그녀는 생각했다. 얼마나 슬픈 일이야? 그리고 나서 또 생각했다. 어디 있지? 어디로 갔지? 계단 뒤에 있던 꿈의 방은 분명 현실이었는데. 그 냄새, 건조한 공기가 아직 그녀의 내부 어딘가에 남아 있는 듯했다. 그녀는 간신히 자신이 그곳에 있지 않다는 것을 이해했다. 꿈이었어, 셰릴. 그녀는 스스로를 꾸짖었다. 하지만 그녀의 마음

일부분은 곧장 층계참으로 나가서 쇠막대를 질러 넣어 벽장 문을 열고, 그 안을 살펴보고 싶어 했다.

그녀는 기지개를 켜고 휴대전화로 시간을 확인했다. 6시 15분을 지나고 있었다. 오후 나절을 내내 잠으로 보낸 것이었다. 그녀는 몸을 일으켜 퀴퀴한 침대에 앉았다. 창문을 닫은 채 잠에 빠졌던지라 방은 마치 오븐 같았다. 몸이 땀으로 끈끈했고, 머리도 두피에 착 달라붙었다. 악몽을 꿨다 한들 이상하지 않은 일이네. 내 머릿속이 끓고 있어.

그녀는 침대에서 빠져나와 파자마 위에 가운—기모노 스타일의 새틴 가운은 티케이 막스(영국의 할인매장 브랜드/ 옮긴이)에서 파는 16.99파운드짜리다. 물론 그녀가 그것을 샀다면 말이다.—을 두르고, 창가로 가서 창문을 활짝 열었다. 사이코가 침대에서 뛰어내려 소리 없이 바닥을 가로질렀고, 냉기를 찾아서 창턱 위로 뛰어올랐다. 열기는 아직 오늘 하루를 떠나려 들지 않았고, 아래 정원에서 그림자가 바뀌고 있었지만 저녁나절의 산들바람은 불 기미조차 보이지 않았다. 선풍기, 선풍기를 하나 사야겠어. 젠장! 너무 커서 코트 아래 감춰서 슬쩍할 수도 없잖아. 선풍기가 있으면 정말 좋을 텐데. 내 위로 바람이 물처럼 흘러가는 걸 느끼면서 침대에 가만히 누워 있기만 하면 될 텐데.

갑자기 갈증이 솟구쳐 견딜 수 없었다. 그녀는 싱크대 주위를 두리번거리다가 파인트 유리잔을 채웠다. 그녀가 가진 그릇과 날붙이류는 전부 펍이나 카페의 야외 테이블을 지날 때 가방에 넣어 슬쩍한 것이다. 케첩 찌꺼기, 맥주 거품 등이 묻어 있는 것들이었다. 집 맨 꼭대기 물탱크에서 수도관을 타고 나온 물은 미적지근했지만, 배관이 차가워질 때까지 기다리는 것보다 그냥 마시는 편이 나았다. 그녀는 단숨에 물을 들이켜고는 잔에 다시 물을 채워서 침대로 가져갔다. 그리고 손거울을 꺼내서 얼굴을 매만지기 시작했다. 손가락에 침을 묻혀 아이라이너를 닦아 낸 그녀는 다시 맨얼굴이 되었다.

이제 잠에서 완전히 깼고, 그녀는 아래층에 새로 온 여자에 대한 생각을 그만할 수가 없었다. 첫 만남은 좋지 않았다. 셰릴이 문을 열고 들어갔을 때, 그녀는 마치 침대에서 칼에 찔리는 생각이라도 하고 있는 것처럼 보였다. 셰릴은 이웃들에게 평판이 좋지 않다. 그래도 그걸 제외하면 셰릴은 친절한 소녀다. 그 여자는 열차 충돌 사고에서 살아남아 새로운 집에서 첫날 밤을 보내는 것처럼 보였다. 그녀는 격려를 받을 만했다. 니키의 방을 인계받았다 해도.

내가 니키 언니에게 말해야 해. 그 여자가 니키 언니의 물건을 죄다 버리기 전에 알려 줘야 해. 언니도 그걸 바랄 거야.

그녀는 휴대전화를 쥐고―삼성 제품이다. 그녀는 아이폰을 신뢰하지 않았다.―주소록을 스크롤했다. 길지 않았다. 주소록에 전화번호가 여섯 개 떴는데 니키는 그중 세 번째였다. 그녀는 통화 버튼을 누르고 가만히 통화 연결음을 들었다. 안내 메시지는 없었다. 니키는 메시지를 남기지 않았다. 정말 그녀와 연락하고 싶다면 계속 전화를 거는 수밖에 없다.

좋아, 상관없어. 이게 그녀의 태도라면 어쩔 수 없지. 망할 여자 같으니라고. 셰릴은 앞일을 대비해 휴대전화를 브래지어 안에 밀어 넣었다. 그런 다음 침대에서 뛰어내려 플립플롭 슬리퍼를 찾아 신고, 헤어밴드로 머리를 내려 묶었다. 그래도 니키에 대한 우울한 감정은 털어지지 않았다. 나는 니키 언니가 친구라고 생각했는데. 최소한 작별 인사는 할 줄 알았는데. 그러고 나서 그녀는 마음 한구석으로 슬픔을 밀어 넣고, 세수를 시작했다. 셰릴의 인생에서는 그 누구도 오래 머물지 않았다. 그녀는 자신에게 말했다. 그게 널 괴롭힌다면 넌 지쳐 버릴 거야. 그러니 니키를 보내 줘. 그 여자가 너와 이야기하고 싶어 하지 않는다면, 엿이나 먹으라고 해.

화장을 하면 그 생각을 떨칠 수 있을까. "우린 다 여자들이잖아." 그녀는 고양이에게 말했다. 고양이가 그 말을 들었다는 표시로 비취색 눈동자를 깜빡였다. "부딪칠 필요가 없지."

그녀는 냉장고로 향했다. 슈퍼마켓에서는 발 빠르게 자체 브랜드 상품을 늘려 나갔지만, 유명 제품들과 동등하게 보이는 걸 중요하게 여기지는 않는 듯했다. 셰리주는 예외지만. 늙은 부랑자의 비상 물품인 셰리주 병목에는 종종 크고 검으며 눈에 확 띄는 경고 문구 띠가 둘러져 있었다. 하지만 셰릴은 아직 올리브와 셰리, 베르무트 칵테일, 레드 와인 등 성인용 음료는 맛보지 않았다. 그녀가 가장 좋아하는 음료는 네온블루색을 띤 것들이고, 놀랍게도 그걸 마신다고 해서 철창신세를 질 일은 없었다.

냉장고 안에는 슬라이스 치즈와 케첩이 들어 있고, 맨 위 칸에는 세인스버리(영국의 식품 잡화 및 금융 서비스 회사./ 옮긴이) 자체 브랜드인 아이리시 크림 한 병이 꼭대기에 닿을 듯 놓여 있었다. 그녀는 초콜릿 바와 묶음으로 산 고기 향 골든 원더 칩 봉지와 함께 아이리시 크림을 낚아챈 뒤 계단을 내려가 문을 두드렸다. 침묵이 그녀의 방문을 환영해 주었다. 뭔가 움직임이 있었고, 문 뒤에서 멈춰 서는 기척이 느껴졌다. 익히 들어 알고 있는 소리다. 그녀는 다시 문을 두드리고 귀를 기울였다. 제라드가 음악을 껐다. 이는 그가 외출한다는 의미다. 그는 아침에 일어나서 매일 밤 11시 정각이 될 때까지 음악을 끄는 법이 없다. 조용한 때는 오직 그가 외출할 때뿐이다. 이상한 작자 같으니라고. 문을 걸어 잠그고 안에서 엄청 오래 시간을 보낸단 말이야, 물론 내 생각이지만.

콜레트가 누구냐고 묻는 소리가 들려왔다. 친절한 투는 아니다. 오늘 이미 너무 많은 방문객이 왔다 갔다는 투였다.

"나 혼자예요." 침묵이 흘러서 그녀는 한마디 덧붙였다. "셰릴이요. 위층에 사는."

"아."

자물쇠에서 걸쇠가 빠지고 문고리가 돌아가는 소리가 들렸다. 위험을 감수하지 않기 위해 만전을 기했다는 느낌이 들었다. 내가 아까 그런 짓을 해서 그래. 셰릴은 후회했다.

문이 삐걱거리며 열리고, 콜레트가 그녀를 바라봤다. 셰릴은 자기가 들고 온 선물을 휘휘 흔들어 보이고 크게 미소를 지었다. "화해의 선물."

"아. 고마워. 근데, 정말로 필요한 게 없어. 화가 난 것도 아니고. 미안."

"좋아요, 그럼 집들이 선물이라고 해 두죠."

"아, 난, 별로, 정말 괜찮아. 아무것도 필요 없어. 그럴 필요는……."

"자자, 난 최선을 다하고 있는 거라고요, 지금."

"내가 정말 피곤해서." 잠시 콜레트의 얼굴에 진 주름 사이로 눈물이 맺힌 것도 같았다. "정말이야. 잠을 좀 자야 해."

셰릴은 안 된다는 대답을 받아들이지 않았다. 위럴을 떠났을 때부터 그러기로 작정했다. "어두워지려면 아직 몇 시간 더 있어야 해요.

자기 전에 한잔하자고요."

콜레트는 그녀의 제안을 거절할 수 없다는 걸 깨닫고 마지못해 문을 열어 줬다. 셰릴이 방으로 들어와 카펫 중간에 서서 이제 뭘 해야 할지 모르겠다는 듯 주변을 둘러봤다.

"미안해, 엉망이지?"

그녀는 다시 잠을 자려고 했던 것이 분명하다. 그게 아니라도 최소한 침대에 누워 있었던 것 같았다. 이불이 한쪽으로 치워져 있고, 포개진 얇은 베개들에는 깊이 팬 자국이 남아 있다. 바닥에는 옷가지들이 작은 더미를 이루고 있었다.

"괜찮아요." 셰릴이 그녀를 안심시켰다. "내 방을 한번 봐야 하는데. 그리고 나는 여기 몇 달 동안이나 있었다고요."

"니키 씨의 물건이 가득해서 어쩔 도리가 없네. 뭘 어디에 둬야 할지 정말 모르겠어. 언제 그녀가 다시 올지 알 수도 없고."

셰릴은 옛 친구의 익숙한 물건을 둘러봤다. 버릴 것도 없고, 갖고 싶은 것도 없네. 니키 언니가 가져가지 않는다면……. "좋아요, 혹시 버리고 싶은 물건이 있다면 내 방식대로……."

콜레트가 주변을 한 바퀴 둘러봤다. 놀란 듯한 표정이었다. "그렇게는 못 해. 다른 사람 물건이잖아."

셰릴은 어깨를 으쓱했다. "난 다른 데로 안 가니까요. 니키 언니가 돌아오면 내가 돌려주면 된다고요." 그녀는 콜레트가 입고 있는 운동복 바지와 에메랄드색의 민소매 티셔츠를 향해 손을 내저었다. "어쨌든, 언니는 자기한테 필요한 건 개의치 않고 쓰는 것 같네요. 안 그래요?"

콜레트는 얼굴을 붉히고 바닥을 쳐다봤다. "세탁해 두려고 했어.

음, 그녀가 돌아올 때까지만. 내 옷은 전부 더러워서. 내가 여행을 오래 했거든. 그래서 그녀가 올 때까지만…….”

셰릴은 낄낄거리며 그 항변을 일축했다. “걱정 마요. 언니가 그러지 않아도 아무 말 않을 테니까. 그럼…… 우리 한잔할까요?”

콜레트는 갑자기 생명을 얻은 태엽 인형처럼 부산하게 움직이기 시작했다. “물론. 좋아. 가만있어 보자…….”

그녀는 안락의자에 있던 니키의 옷더미를 그 너머 벽 쪽으로 떨어뜨렸다. “그런데 유리잔이 어디에 있는지 모르겠네.”

“그건 염려 말아요.” 셰릴이 주방 왼쪽 붙박이장으로 곧장 가서 텀블러 두 개를 끄집어냈다. “여기 뭐가 있는지는 내가 아니까요. 접시랑 잡동사니가 여기 아래에 있고.” 그녀가 싱크대 옆에 있는 문을 밀어서 열었다. “소스 팬도 있고요. 이 서랍장에는, 포크랑 칼 같은 것도 있어요. 얼음 필요해요?”

“얼음?”

“니키 언니는 늘 얼음을 얼려 두거든요.” 그녀가 작은 냉장고 앞에 쭈그리고 앉아 냉동고를 열었다. 작은 얼음이 반쯤 든 봉투와 얼음 통이 있었다. “있을 줄 알았지. 우유는 포장을 뜯지 말고 버려도 돼요. 그 언니가 떠나기 전부터 있었던 걸 테니까.”

그녀는 얼음통을 꺼내서 수돗물을 틀어 잠시 적셨다. 그러고는 자신과 콜레트의 잔에 얼음 몇 알을 넣고 아이리시 크림을 채웠다. 그녀는 단숨에 크게 한 모금을 들이켜고, 또다시 크림을 잔 꼭대기까지 채웠다. “자요. 말이 필요 없을 정도로 좋네요.”

콜레트는 침대에 앉았다. 그녀는 포기한 듯, 머뭇거리는 듯 보였다. “내가 칩도 가져왔어요.” 셰릴이 잔을 건네며 말했다. “큰 그릇에 담아 올까요?"

콜레트는 잔을 받아들고 그전에는 한 번도 본 적 없는 물체인 양 그걸 바라봤다. "에이, 말자." 셰릴이 자문자답했다. "그래 봐야 설거지거리밖에 더 나오겠어?" 그리고 안락의자에 벌렁 몸을 묻고는, 무릎을 끌어당겨 팔로 감싼 뒤 한 모금을 더 벌컥 들이켰다. "여기 잡동사니가 많아서, 전혀 술판을 벌인 것 같지가 않네. 그렇지 않아요? 마셔 봐요. 일단 마시면 침 넘어가듯 목구멍으로 술술 넘어갈 거예요."

콜레트는 한 모금을 홀짝이고 눈썹을 추켜올렸다. "전에는 이런 걸 마셔 본 적이 없어. 이거, 카카오처럼 칵테일에 첨가하는 거 아냐?" 그녀가 한 모금 더 홀짝였다. "맛있네."

"한 번도 마셔 본 적이 없다고요? 이 언니, 대체 어디에 있었던 거야?"

콜레트가 셰릴을 바라보는 시선에는 놀라움과 의혹이 섞여 있었다. 마치 서로 다른 언어로 이야기를 하는 것 같네. 셰릴은 생각했다. "아, 알다시피, 여기저기지." 마침내 콜레트가 대답했다. 그리고 덧붙였다. "일주일 내내 온종일 크리스털 샴페인(루이 로드레 사가 만든 최상급 샴페인./ 옮긴이)에 빠져 지냈지."

어색한 침묵이 흘렀고, 그들은 서로를 응시한 채 술을 홀짝였다. 셰릴은 생각했다. 내 친구 보니 같아. 단지 나이만 더 많을 뿐이지. 보니에게 무슨 일이 일어났는지 정말 궁금해. 자기 아빠한테 간다고 했었는데, 그 애는 가고 싶지 않아 했어. 물론 사회복지과는 그 사실을 중요하게 생각하지 않은 것 같지만.

"그럼, 여기서 지내는 건 어때요?" 침묵을 메우려고 그녀가 물었다.

콜레트가 어깨를 으쓱했다. "뭐, 보다시피. 괜찮아. 조금 이상한 게 전부야."

"소지품 잘 챙기는 게 좋을 거예요."

"응." 콜레트가 대답하고 다시 눈길을 돌렸다. 셰릴은 궁금해졌다. 아까 이 여자를 봤을 때 저 작은 가방을 봤던가? 이사할 때 이렇게 작은 짐을 가지고 다니는 사람은 없어, 그렇지 않나? 그러고 나서 그녀는 칠 개월 전 자신이 도착했을 때 가지고 왔던 더플 백을 떠올리고는 속으로 어깨를 으쓱했다. 호세인은 여행용 가방을 끌고 왔지만, 한 손으로 들어서 계단으로 옮길 수 있을 정도였다. 그녀는 그 가방이 가득 차 있었다고는 생각하지 않았다.

"그런데, 누군가의 무덤으로 이사 온 것 같은 기분이 조금 드네." 콜레트가 말을 톡 꺼냈다. "니키라는 여자에게 무슨 일이 일어난 거야? 어디로 간 거지?"

"나도 그걸 알고 싶어요." 이건 진실이었다. 셰릴의 짧은 인생에서 친구라고는 몇 되지 않았고, 때문에 니키를 잃은 상실감은 놀랍도록 크게 다가왔다. 니키는 셰릴에게 친절했고, 텔레비전을 보게 해 주었으며, 토요일 아침이면 베이컨이나 달걀 프라이 등 간단한 아침 식사를 먹여 줬다. 두 사람은 말없이도 다정함을 느끼며 서로의 무너진 마음을 돌보는 사이였다. "니키 언니는 그저― 그러니까, 집세를 충당하느라 고생했거든요. 하지만 그게 그 사람이 언니를 길바닥에 내던져 버려도 된다는 뜻은 아니잖아요?"

"어떤 사람이었니?"

셰릴은 기억을 떠올렸다. 뭐라고 말해야 하지? 밝은 오렌지색 머리에 생강빛 안색, 발목에는 습진이 잘 생겼고, 조니 뎁을 정말 좋아했고……. "스코틀랜드 사람이요." 마침내 그녀가 말했다. "글래스고

출신이었어요. 아마 그리로 돌아간 게 아닐까요?"

"음."

"작별 인사조차 없이요." 셰릴은 슬픔에 잠겨 말했다.

10

집주인은 더운 날씨와 안 맞았다. 아니, 어쩌면 더운 날씨가 집주인과 잘 맞지 않는다고 할 수도 있다. 어느 쪽이든 이런 날에 그는 대개 자기 집 안에서 커튼을 친 채로 하루 대부분을 보냈다. 오늘 같은 날에 그는 마치 해변에서처럼 가죽 소파에 누워 선풍기 바람을 맞으면서 DVD를 보고 다이어트 콜라를 병째 마시는 걸 좋아했다. 때때로 둥그런 배를 들어 소파와 허리 사이로 공기가 지나갈 수 있게 했다.

하지만 오늘은 집세를 받는 날이다. 이날은 그에게 움직일 목적을 줬다. 그는 11시에 밖으로 나가서, 무릎에 햇빛이 닿지 않도록 그늘에 딱 달라붙어 버켄스탁 슬리퍼를 질질 끌며 불라 그로브까지 걸어갔다. 그의 뒤로 바퀴 달린 쇼핑용 체크무늬 가방이 끌려갔다. 그는 불라 그로브에 갈 때 이 가방을 가지고 가는 걸 좋아했다. 편리하기도 했지만, 이 쇼핑용 가방에 엄청난 금액의 현금을 담아 옮긴다는 걸 그 누구도 상상하지 못하기 때문이었다. 집주인은 이웃들 대부분보다 부유했지만, 그의 겉모습 때문에 이웃들은 그 사실에 전혀 주목하지 않았다.

그는 계단 밑에 잠시 멈춰 서서 숨을 고르고 자신의 소유지를 살펴봤다. 로이 프리스는 외모에는 시간을 많이 안 들였지만, 멋진 집들이 늘어선 거리에 있는 이 23번지 집이 멋지다는 사실은 알 수 있었다. 고급 주거 지역―시티의 돈이 집중된 원즈워스나 미디어 퍼트니―에 있는 집들은, 지금 같은 경기에도 2~300만 파운드 정도 했다. 정원 끝으로 지하철이 지나가고, 지하실에 늙은 박쥐가 산다 해도 그랬다. 그는 전체적으로 파라 앤드 볼 페인트가 칠해져 있고, 정면에 SUV 차량들이 가득한 집에 시선을 던졌다. 여길 처분하면 그는 여생을 왕처럼 살기에 충분한 돈을 벌어들일 것이다. 그는 어딘가 사람 목숨이 파리 목숨인 곳에 가서, 될 수 있는 한 많은 사람을 부릴 것이다.

집주인은 바지 뒷주머니로 손을 뻗어 손수건을 꺼내 들고 번들거리는 얼굴과 머리통을 닦고는 다시 집어넣었다. 무더위 속에 역에서부터 걸어 올라오느라 셔츠에 배어 난 땀이 깊은 주름을 만들어 냈다. 하지만 깨끗한 땀이야. 그는 생각했다. 그러고 다시 계단을 올라가기 시작했다.

현관 테이블에는 광고 편지들이 한 무더기 쌓여 있었다. 대부분 오래전에 떠난 세입자들 앞으로 온 것들이다. 토머스 던바는 이런 편지들이 쌓여 있지 않은 테이블 한쪽에 편지봉투 한 장을 올려두고 나갔다. 토머스는 세입자들 중 실제 고용 상태에 있는, 가능한 한 일을 하러 나가는 유일한 이였다. 꼼꼼하고, 조용하며, 점잖은 사람이다. 그는 시민 상담소에서 일했고, 근무 시간이 줄어든 이후에는 스스로 조직 내의 가구 재활용 자선 사업과 관련된 일을 맡고 있다. 세를 들어 살던 지난 삼십육 개월 동안 매달 제 날짜에 집세를 냈고, 어떤 문제도 일으킨 적이 없었다. 아니, 제라드 브라이트도 그랬던 듯싶다. 던바의 편지봉투 옆에 놓인 제라드의 편지봉투 앞면에는 깔끔한 블록체 대문자로 집주인의 이름이 쓰여 있었다. 집주인은 그것들을 주머니 안에 갈무리했다. 안에 든 내용물을 살펴보는 성가신 일은 하지 않았다. 그는 던바의 봉투에는 집세만큼의 액수가 적힌 수표가 한 장 들어 있다는 것을 알고 있었다. 수표 괘선 위 공란에 깔끔하고 조심스러운 글씨체로 지불 금액이 쓰여 있고, 해당 금액만 지불할 것을 명기하는, 대문자 OLNY로 마무리되어 있을 터였다. 마찬가지로 그는 브라이트의 봉투에는—누군가가 거기서 슬쩍해 간다면 참으로 불쌍한 지경에 처하게 될 터였다.—현금이 들어 있으리라는 것도 알았다. 어쨌든 그는 자기 집에 있겠지, 하고 생각하며 그는 귀를 기울였다. 음악 소리가 나지 않았음에도 말이다. 아마 열쇠 구멍으로 지켜보고 있겠지. 누군가가 그 봉투에서 슬쩍하려고 시도하면, 그는 그 사람이 정문에 닿기도 전에 방문을 열고 나왔을 것이다.

그는 2호실 문을 두드렸다. 빗장이 풀리고 체인이 스륵거리는 소리에 그는 눈썹을 씰룩거렸다. 콜레트가 문을 열었다. 무릎길이의 면 원피스를 입고, 머리칼을 머리 뒤로 모아 고무줄로 묶고 있다. 처음 만났을 때보다 훨씬 나아 보였다. 머리를 멋지게 묶었군. 꽤 매력적이야, 우리 콜레트. 얼굴에서 '건드리지 마.'라는 표정만 지우면 말이지.

"지내긴 어떻소?"

"좋아요. 고맙습니다."

"자물쇠를 추가로 더 달았나 보군."

그녀가 어깨를 으쓱했다. "자물쇠만으로는 충분치가 않아서요. 아래층 할머니에게 일어난 것 같은 일이 생길 수도 있잖아요."

"내 집 문을 상하게 하지 않으면 좋겠는데."

"문이 망가지면 보증금에서 빼세요."

그녀가 그를 정면으로 응시했다. 까다로운 고객을 많이 다뤄 본 사람의 표정이었다. 역시, 스페인에 있는 바를 관리했다더니. 하지만 그는 그녀의 이야기를 하나도 믿지 않았고, 앞으로도 그럴 것이다. 혹시 경찰인가? 그럴 수도 있다. 하지만 아무것도 묻지 않고 세입자를 받는 이런 종류의 집은 온갖 종류의 사람들을 끌어들였고, 그런 류의 사람들과 경찰은 하늘과 땅만큼의 거리가 있다. 선생인가? 그래, 그렇군. 선생이 또 한 명 온 거야. 남편과 헤어지고 생활의 질은 떨어졌지만, 아직 심사위원 같은 분위기를 없앨 수가 없는 거지.

"적응은 했고?"

"네, 고맙습니다. 잔금 드릴 게 안에 있어요. 잠시만 기다리세요."

그녀는 몸을 돌려 문을 닫았다. 그는 이런 일에 익숙하다. 세입자들은 그가 자기 구역을 들여다보는 걸 원치 않는 듯했다. 정말이지 아이러니였다. 그는 건물 안의 모든 집 열쇠를 가지고 있는데 말이다. 그는 문에 귀를 바싹 붙이고 부산하게 걷는 소리와 지퍼를 잠그는 소리를 들었다. 그녀가 다시 문 쪽으로 돌아오는 소리에, 그는 복도 중간으로 물러났다. 그녀가 체인 뒤에서 손을 내밀었다. 손에는 지폐 한 다발이 들려 있었다.

"여기요. 이제 전부 드린 것 같은데요."

집주인이 지폐를 셌다. 320파운드. 정확하다.

"그래, 다음 달까지 지불됐군."

"제가 전에 말씀드렸던 영수증 주실 거죠. 당연히?"

그녀가 그에게 '그 표정'을 다시 지어 보였다. 2000년대의 학생 기숙사에서 했던 것처럼 그가 이렇게 짧고 어설픈 급습을 하게 된 후로, 그 누구도 그에게 영수증을 요구하지 않았었다. 그의 임대 장부에는 베스타 콜린스만이 까다로운 사람으로 적혀 있을 뿐이다. 영수증 책은 책상 어딘가에 있을 것이다. 확실히. 지금쯤 조금 누래졌겠지만, 별문제는 아니다.

"물론이오. 다음에 지나가는 길에 주고 가겠소."

"고맙습니다."

그녀는 말을 마치고 문을 닫았다. 단단히.

지금은 집세 걷는 데 그리 오랜 시간이 걸리지 않는다. 호세인 잔자니의 집세는 정부에서 그의 은행 계좌로 직접 보내 준다. 이런 망명 신청자나 한 부모 가정의 사회보장연금 계좌는 이점도 있고 단점도 있다. 세금은 성가시지만 그 대신 최소한 집세는 꼬박꼬박 들어왔다. 청구서를 별것 아니라는 듯 흘려 넘기는 무책임한 섹시녀도, '무슨 일이 있어도 다음 주에는 꼭 드릴게요.' 유형도 아니다. 때로 지불에 다소 시간이 걸릴 때도 있지만, 결국에는 늘 돈이 들어왔다.

그는 콜레트의 돈을 편지봉투와 함께 주머니에 집어넣고, 쇼핑 가방에서 필로팩스 다이어리를 꺼낸 뒤 가방을 잠시 현관 복도에 뒀다. 그리고 천천히 몸을 움직여, 움직이는 데 도움이라도 된다는 듯 난간을 붙잡고 한 계단 한 계단씩 힘겹게 올랐다. 맙소사, 더위가 보통이 아니군. 몇 주 동안 천둥이 칠 조짐이 보였지만, 아무 일도 일어나지 않았다. 그는 천둥이 치기를 바랐다. 이건 마치 당밀 속을 뚫고 걸어가는 것 같군. 1층에서 재미를 못 봤다면, 그는 이 일을 나중으로 미뤘을 것이다.

그는 계단을 오르다 멈추고 다시 한 번 이마를 닦고는 주머니에서 열쇠 한 뭉치를 꺼냈다. 얼마나 손가락으로 문질렀는지 반질반질 윤이 나는 맹꽁이자물쇠의 열쇠가 두드러지게 눈에 띄었다. 그는 소파에 앉아 이따금씩 그 감촉 느끼기를 좋아했다. 그걸 만지면 마치 자신의 벽장 속 내용물들에 더욱 가까워지는 느낌이 들었다. 그는 그 열쇠를 제치고, 3이라는 숫자가 새겨진 열쇠를 찾았다. 그는 세입자들을 찾아갈 때 열쇠를 가지고 다니기를 즐겼다. 문을 두드렸는데 그들이 안에 없을 경우를 대비해서다. 때로 세입자들은 방세 지급을 피해 보려고 그가 갔다고 생각될 때까지 숨어 있기도 한다. 어쨌거나 그가 들어가면 그들은 대단한 충격을 받았다.

그는 셰릴 패럴의 방문 앞에 멈춰 서서 귀를 조금 기울였다. 뭔가 기척이 희미하게 들렸고, 수도꼭지가 풀렸다 잠기면서 쉭 소리를 냈다. 그녀는 거기 있다. 그는 이제 그녀가 어떤 반응을 보일지 흥미롭게 지켜볼 것이다. 그가 문을 두드렸다.

즉시 방을 가로지르는 발소리가 들려와서 그는 놀랐다. 그녀는 마치 그가 올 것을 예상이라도 한 것처럼 문을 활짝 열어젖혔다. 지난 달과는 무척이나 대비되는 모습이다. 그때는 그녀를 만나기 위해 세 번이나 다녀가야 했었다. 그리고 결국에는 계단을 오르는 그녀의 우레 같은 발걸음 소리가 들려올 때까지 벽장 속에서 기다린 끝에야 마침내 그 일을 처리할 수 있었다.

"안녕요!"

그녀가 소리치고, 그를 향해 싱긋 웃었다. 이건 속임수군, 환영이 지나쳐. 과하게 친절하고.

"안녕하신가."

그가 수상쩍다는 듯 대답했다. 오늘 그녀는 굉장히 예뻤다. 젓가락으로 느슨하게 틀어 올린 황동색 머리칼 몇 가닥이 석고 같은 목 뒤로 덩굴처럼 부드럽게 흘러내려져 있었다. 깡마른 몸을 덮고 있는 그녀의 피부가 어떤지를 그는 안다. 그는 그 피부를 만지는 생각을 무척이나 많이 했었다. 오늘은 화장이 비교적 밝았고—스모키 갈색과 암회색을 썼다. — 평소에는 타란툴라 다리 같은 속눈썹을 붙이고 있었지만 오늘은 아니다. 또 그가 어렸을 때 소녀들이 입고 다니곤 했던 무릎 아래까지 오는 바지를 입고 배꼽티를 걸쳤는데, 이런 옷을 입은 모습은 본 적이 없었다. 또 발판 의자로도 사용할 수 있을 것 같은 높은 플랫폼 슈즈를 신고 있었다. 그녀의 다리는 수망아지처럼 끊임없이 움직였고, 갈색 배는 평평하고 근육이 잡혀 있었다. 그는 그녀가 정원에서 일광욕을 한다는 걸 알았다. 그녀는 어리고 상큼했으며, 향기로웠고, 그녀 앞에 서면 그는 무단 점거라도 한 기분과 함께 끈적끈적하고 어색한 기분을 느꼈다. 그는 어린 소녀들이 주는 억울함, 그녀들의 무방비한 아름다움, 그가 존재하지 않기를 바라는 듯한, 그가 길거리를 어기적거리며 내려가도록 쫓아 보내는 그녀들의 눈동자를 자신이 극복했다고 생각했다. 하지만 셰릴은 특별했다.

"집세 받으러 오신 것 같은데."

"맞아."

"잠깐만 기다리세요. 바로 가져올게요."

그녀는 방 쪽으로 몸을 돌리고 다 해진 카펫 위를 성큼성큼 가로

질러, 침대 옆에 놓인 훔친 클로에 가방에 다가갔다.

집주인은 그녀를 따라 들어가 문을 닫았다.

걸쇠가 딸깍 걸리는 소리가 나자 그녀가 몸을 빙글 돌려 작은 가슴 위로 팔짱을 끼고 싱크대에 등을 기댔다. 키가 멀쑥하니 크고, 눈을 크게 뜬 그녀는 숲속의 새끼 사슴 같았다. 그는 생각했다. 나보다도 크군. 하지만 난 저 애보다 덩치가 훨씬 크지. 난 내가 좋아하는 건 뭐든 할 수 있어. 정말.

이런 무방비한 시간은 그리 오래 지속되지 않을 것이다. 아마 눈깜빡할 사이일 것이다. 그녀는 곧 자신의 두려움에 완전히 익숙해질 테고, 세상물정에 훤한 리버풀 시민으로 돌아갈 것이다.

"기다리라고 말한 것 같은데요."

그녀가 지갑을 찾으려고 가방에 손을 넣으며 말했다.

그는 자신이 갑작스럽게 움직일 것에 대비해 그녀가 속눈썹 사이로 슬쩍 살피는 모습을 봤다. 그는 그 사실을 즐겼고, 그녀의 태도를 모르는 척 굴었지만 그녀는 여전히 불편해 했다. 지난달만큼 친절하진 않군, 그것도 훨씬. 지난달에 그녀는 돈이 모자라서 그에게 알랑거렸었다.

"나한테 차 한잔 대접하고 싶지 않아?"

"우유가 없어요."

셰릴은 지갑을 찾아 지폐를 빼내지 않고, 카드놀이를 하듯 반만 위로 꺼내 부채질하듯 돈을 셌다. 50파운드짜리, 20파운드짜리 지폐들……. 보다시피 그녀에게 이번 달은 괜찮은 달이었다.

"차도 없고요. 난 차 안 마시거든요. 악마의 음료니까."

"괜찮아. 대신 물 한잔 마실 테니까."

그가 싱크대 쪽으로 다가섰다. 그녀는 그 둔중한 신발 위에서 비틀거리며 뒤로 물러났지만, 그가 뻗은 손이 스치는 걸 피하기에는 늦었다. 순간적으로 그의 팔뚝에 그녀의 조잡한 티셔츠가 스쳤고, 그는 그 아래서 작지만 부드러운 가슴을 느꼈다. 그 순간 그녀의 가슴 위로 오스스 소름이 돋은 것까지도 느꼈다. 그녀가 뒤로 물러나 분명한 목적이 담긴 걸음걸이로 침대 보조 탁자로 성큼성큼 다가가더니, 마치 그것이 목적의 전부인 것처럼 담배를 꺼내 들었다. 그리고 돌아서서 담배에 불을 붙이고, 연기를 들이마시지 않고 천장으로 서툴게 내뿜었다.

집주인은 식기 건조기에 있는, 서로 어울리지 않는 두 개의 유리잔 중 하나를 고르고 느릿하게 움직였다. 아코록 텀블러는 작은 레스토랑에서 와인을 낼 때 주로 사용하는 것으로, 학창 시절에 쓰던 것 같아서 자기 계발에 열중하는 지역 주민에게는 향수를 불러일으켰다. 파인트 유리잔에는 도량형 눈금 표시가 있었다. 그녀는 지난달보다 이런저런 잡동사니들을 어디에선가 좀 더 모아 왔다. 하지만 조화는 전혀 고려하지 않았고, 죄다 싸구려뿐이었다. 대부분 야외 테이블이 있는 펍이나 카페에서 가져온 것이다. 작은 디저트 접시, 수프 그릇, 철망으로 둘러싸인 카페라테용 유리 머그, 티스푼들, 칼 하나, 포크 하나 등이었다. 그녀는 다른 사람들의 인생 가장자리에서 하나씩 하나씩 뽑아 온 것들로 자기 집을 구축했다. 바닥에는 받침 접시가 한 개 있었는데, 갈색 얼룩이 묻어 있었다. 그 피투성이 고양이한테 먹이를 줬나 보군. 아, 그래. 내가 이 애를 여기서 내보내야 할 때가 오면, 그걸 그 이유로 추가할 수 있겠어.

그는 파인트 유리잔을 선택하고—더위에다 계단까지 올라온 터라 무척이나 갈증이 났다.—뜨듯한 잔을 식히려고 삼십 초간 차가운 수돗물 아래서 그걸 굴렸다. 그리고 잔을 채우고, 몸을 돌려 그녀를 쳐다보고, 마셨다. 머리가 자기보다 위에 있는 그녀를 위아래로 훑어 봤다.

"아아아아아, 좀 낫군. 그나저나 어떻게 지내나. 귀염둥이? 아늑해? 침구가 바뀐 것 같은데."

그녀는 자신이 잠자는 장소를 그가 언급한 데 대해 모욕당한 듯한 표정을 지었다. 두 사람 모두 그 장소가 훤히 보이는 곳에 서 있지만 말이다. 단칸방에서는 지켜야 할 에티켓이 있는데, 그중 하나는 함께 있을 때는 침대를 소파처럼 취급해야 한다는 것이다. 이불은 한쪽으로 밀려나 있었고, 면 혼방 시트는 그녀가 잠을 잤던 형태 그대로 주름이 져 있었다. 제대로 된 이부자리를 사용하기에는 날씨가 너무 더웠다. 그는 그녀가 시트 아래에서는 뭘 입는지 궁금했다. 입지 않기를 바랐지만.

"잘 지내요. 고맙."

그녀가 돈을 다 세고, 앞으로 걸어가 식기 건조기에서 팔 길이만큼 떨어진 자리에 선 다음 그걸 내려놨다. 그리고 한 발짝 물러난 뒤, 팔짱을 끼고, 그를 내려다보려 애썼다.

집주인은 손수건을 꺼낸 다음 안경을 벗어 닦은 뒤 다시 얼굴을 훔치고 돈을 집었다. 지폐를 세기 시작하고는 그녀의 긴장이 높아지는 것을 즐겼다.

"다 맞죠?"

그녀는 그렇게 말하고는 담배를 한 모금 빨고, 침대 옆 스탠드 위에 놓인 때 묻은 받침 접시에 가볍게 재를 떨었다.

"침대에서는 담배 안 피지? 불날 염려가 있잖아."

그가 다시 한 번 불문율을 꺘다.

셰릴은 어깨를 으쓱했다. 그녀는 미끼에 넘어가지 않을 거다. 집주인은 돈을 다 세고, 다시 세기 시작했다. 순수한 기쁨을 느끼면서.

"맞죠?" 셰릴이 다시 물었다.

그는 마지막 장에 도달했고, 지폐들을 말아서 콜레트의 돈과 함께 고무 밴드로 묶었다. 바지 주머니 속으로 돈이 미끄러져 들어갔다.

"응, 됐어."

"잘됐네요."

그는 물 잔을 집어 들어 한 번 더 물을 마시고는, 그녀가 카펫 위를 발로 툭툭 치는 모습을 다시 한 번 꼼꼼히 훑어봤다. 그는 몇 분 더 앉아서 뭔가를 더 하면 어떨까 생각했다. 하지만 의자에는 옷더미가 쌓여 있었다. 깨끗하게 세탁돼 있군. 그는 추측했다. 아마 속옷과 스커트 몇 벌은 침대 너머 구석으로 차 넣었겠지.

그녀가 불편한 듯 입을 열었다.

"어쨌든, 전 잘 지내고 있어요. 사람들도 있고, 볼 것도 있고요."

집주인은 물을 다 마시고, 나중에 설거지할 수 있게끔 식기 건조기 위에 잔을 되돌려 놨다.

"실은, 한마디 할 게 있는데 말이지."

그녀가 살짝 이맛살을 찌푸렸다. 의구심과 지루함이 뒤섞인 표정이었다.

"실은 내가 그동안 이 방을 시장 가격보다 훨씬 싸게 빌려주고 있었어. 네가 안돼서 말이야. 네가 자립하는 데 도움이 됐으면 싶기도 했고. 그런데 미안하지만 다음 달부터는 방세를 올려야겠어."

셰릴이 고개를 홱 쳐들었다.

"뭐라고요?"

"그래, 미안하게도 말이지." 그가 느글느글한 웃음을 지어 보였다. 그녀의 얼굴에서 지루한 표정은 이제 완전히 지워졌다.

"하지만…… 잠깐만요!"

"응?"

"전 여기 들어온 지 고작 넉 달밖에 안 됐다고요."

그가 손을 넓게 벌리고 으쓱했다. "미안해. 그래도 어쩔 수 없어. 전반적으로 물가가 오르고 있어서 말이야."

"얼마나요?"

"300파운드 정도 생각하고 있는데."

셰릴의 얼굴이 붉어졌다. "저…… 진심이세요?"

집주인이 어린 소녀보다 더 좋아하는 게 하나 있다면, 그건 어린 소녀가 선택의 여지가 없는 상황에 몰리는 것이다.

"원하면 언제든 나가도록 해. 나야 상관없지. 이런 방을 구하려고 줄을 선 사람이 한둘은 아니니까."

"하지만 그럴 순 없어요……. 이건 불법이에요."

집주인은 눈썹을 추켜올리고 능글맞게 웃었다.

"내 생각엔 말이다, 셰릴. 귀염둥이 너도 계약에 필요한 법적인 뭔가를 갖고 있어야 하는데 말이야. 넌 신원 보증서나 자동이체 계좌가 없어도 세를 주는, 그런 데를 골라야 하는 거 아니니? 요즘 그게 유행이긴 하지만. 네가 아직 내게 그걸……."

그는 그녀의 얼굴 전체가 붉어지는 걸 보고 말을 맺지 않고 질질 끌었다. 그녀는 자신이 꼼짝 못하게 됐다는 걸 알았다. 더는 가망이 없다.

"아마, 지자체나?"

그녀는 눈길을 돌리고, 팔로 배를 감싸 안고는 담배를 한 모금 빨았다.

"사회복지과라든지?"

그녀가 패배감 속에서 그에게 반항하는 듯한 시선을 던졌다.

"이제 그 사람들을 부르면 되겠네. 너만 좋다면 말이야." 그가 홈 어드밴티지를 강조하며 제안하고서는 말을 이었다.

"그 사람들한테 자세히 설명할 말이 있겠지?"

"아니, 부르지 마세요." 그녀의 목소리가 누그러졌고 억양도 사라졌다. 그는 그 사실을 깨닫고 흥분했다.

"좋아. 이걸로 이야기는 끝났다. 걱정 마. 다음 달부터니까. 시간은 충분해. 자, 어떻게 지내니? 편안하니?"

셰릴이 어깨를 으쓱했다. "신경 쓰지 마세요."

그는 오늘 그녀로부터 뭔가를 더 얻어내지는 않을 것이다. 그는 주방 조리대에서 몸을 일으키고는 문 쪽으로 느릿느릿 움직였다. "그럼, 난 늘 전화기 곁에 있으니까. 네가 뭐든 필요하면, 알지?"

그는 출입구 쪽으로 몸을 돌리고는 그녀에게 미소 지었다. "아, 그리고 네 나이 때는 정말이지 담배를 피워선 안 돼. 몸에 안 좋다고."

그녀는 대답하지 않았다.

그는 층계참으로 나와서 열쇠 꾸러미를 다시 꺼내고 집 안에서 무슨 소리가 나는지 귀를 기울였다. 아래층 앞쪽에서 음악 소리가 났지만, 그 외에는 조용했다. 셰릴의 문 뒤에서는 아무 소리도 들리지 않왔다. 그는 자신이 떠난 후 그녀가 얼굴을 두 손에 묻고 선 모습을 상상하고는 미소 지었다.

그는 벽장문을 건너다봤다. 맹꽁이자물쇠를 풀고, 카펫 위에 자물쇠를 내려놓은 다음, 자신이 지나갈 수 있을 만큼 문을 활짝 열었다. 공간이 비좁아서―계단 아래에 있는 이 삼각형 모양의 공간은 거리쪽으로 난 창까지의 거리가 4피트 정도 됐고, 백색 도료를 칠해서 전기세가 절감됐다.―그에게는 빠듯했지만, 집주인은 이 작은 어른들의 세계에서 자신의 육중한 몸을 이리저리 움직이는 기술을 갖추고 있었다. 그는 안으로 비집고 들어가 안쪽에 놓여 있던 자신의 오랜 사무실 의자―팔걸이는 없었다. 집주인의 몸집이 너무 커서 팔걸이 사이에 몸을 집어넣을 수가 없었기 때문이다.―에 털썩 몸을 묻고, 뒤쪽의 문을 닫았다.

계단 아랫면인 천장에 깔끔하게 들어차 있는 선반 위에서 붉은 빛들이 그를 향해 깜박이고 있었다. 디스크 하나가 원래 박혀 있던 자리에서 바깥으로 튀어나와 있었다. 집주인은 임대 장부를 감싸고 있는 가죽 케이스의 지퍼를 열고, 케이스 옆쪽 구멍에 들어 있던 빈 디스크와 그 디스크를 교환했다. 즐거움은 나중을 위해서. 멋진 밤이 될 것이었다.

11

"홀라, 치카(스페인어로 "안녕, 내 사랑?"/ 옮긴이)."

오, 세상에. 그는 자신이 무척이나 재치 있다고 생각하고 있었다. 만약 그녀가 프랑스에 있었다면 "봉주르, 셰리."였을 테고, 이탈리아였다면 "차오, 벨라.", 스위스였다면 "그뤼스, 고트."였을 것이다. 그녀가 어디로 숨어들든 그들은 그녀를 찾아냈고, 그는 매번 그 사실을 그 지역의 언어로 알렸다.

최소한 그는 아직 내가 어디로 떠났는지는 몰라. 그녀는 영국 유심 카드를 사야 한다는 걸 떠올리며 생각했다. 그가 아직 스페인어로 인사하는 걸 보면 말이지. 그가 말을 이었다.

"카레 드 라 쉬타(스페인어로 '도시의 거리'./ 옮긴이). 멋져. 품격 있군. 어쨌든, 네가 아직 돈을 많이 갖고 있다는 걸 알게 돼서 기뻐. 하지만 유감스럽게도 그건 '내' 돈이잖아."

콜레트는 아무 말도 하지 않았다. 그녀의 목소리를 못 들으면 그는 자신이 실수했다고 생각하게 될 거라고, 그렇게 되기를 늘 바랐기 때문이다. 그녀는 딱 적당한 때를 맞춰 떠났다. 그녀가 거리에서 본 사람은 분명 부림이었다. 상상이 만들어 낸 허상이 아니다. 그녀는 꼭 육 개월간 바르셀로나에 머물렀다. 또 한 번의 성공작이었다. 길을 걸어 내려갈 때, 아니면 아파트 문을 잠그고 열 때 누구든 자신을 찾아낸 사람을 스쳐 지나친 건 아닌지 의문을 품으며, 그녀는 성당 안 테이블에 앉았었다. 그녀에게 있어 최악의 상황은 어느 길목에서 누군가 그녀를 주시할 수도 있다는 것이었다.

토니는 그녀가 입을 열기를 기다렸다. 쥐와 고양이였다. 삼 년 동안 이어지고 있는 게임이다. 콜레트는 어두운 구석으로 허우적대며 들어가 몸을 숨겼고, 토니는 등을 돌리고 흥미를 잃은 체하면서 그녀가 이번에야말로 도망쳤다고 생각하게 놔두고는, 어느 때고 그녀가 안심하고 숨을 내쉬는 순간에 확 덮칠 준비를 하는 장난을 쳤다.

그가 내 번호를 어떻게 알아냈지? 어떻게? 대관절, 현금으로 지불했는데. 기차역에 있는 간이 점포에서 샀는데.

"멋진 아파트군, 역시. 그늘이 져 있네. 내가 좋아하는 거야. 이 시기는 덥거든. 어쨌든, 부림이 네 방 장식이 좋다고 말하더군. 엄청 지중해식이라고 말하던데. 모두 터키석색이라고 말이야."

그녀의 가슴골 사이로 땀이 뚝뚝 떨어졌다. 그녀는 재앙 예언자인 토머스가 자신이 잠든 동안 누군가가 창문을 열 수도 있다고 저주한 이후로 밤 내내 창문을 닫아 놨고, 그래서 방은 사우나 같았다. 바르셀로나에서는 그녀가 살던 건물 현관만 벗어나도 어디서든 늘 바다에서 불어온 공기가 떠다녔고, 도둑이 불을 켜 놓고 떠난 덧문 틈으로도 바닷바람이 지나갔다. 이 방은 닫혀 있고 냄새가 났다. 때로 벽난로 통풍구 벽돌 사이에서 냄새가 들어오고 있다는 생각이 들기도 했다. 실제로 전 세입자의 위생 상태가 좋지 않았기 때문이다. 또한 그녀가 도착한 날 했던 결심과 달리 새 침대보를 사서 이 문제를 처리하지 않았기 때문이기도 했다.

아, 토니, 당신이 지금 나를 볼 수만 있다면. 당신은 길에서 나를 마주쳐도 눈 한번 깜빡이지 않고 곧장 나를 지나쳐 갈 텐데.

"이만 포기할 때도 안 됐어? 아직 충분치 않은 건가? 우리는 그저 너와 이야기를 하고 싶을 뿐이야, 너도 알겠지만."

12

내가 깜빡했나? 그랬나? 내가 미쳐 가고 있나? 치매가 오기에는 아직 너무 일러, 그렇지 않나? 저 문은 여름 내내 열려 있었어. 아마 내가 휴가 생각에 너무 흥분한 나머지 문 잠그는 걸 잊었다던가…….

그녀는 다시 한 번 뒷문을 살펴보러 갔다. 오랫동안 뚫어지게 쳐 다보면 그 문이 어떻게 부서지지도 않고 열려 있었는지에 대한 미스 터리가 풀리기라도 할 것처럼. 평생, 나는 안전한 선택만 했어. 위험 을 감수한 적이 한 번도 없고, 늘 평범하게 저지대를 고수했지. 이십 칠 년간의 임대권 계약은 좋은 선택인 것 같았지만, 이제는…… 이젠 나 스스로 감옥 안에 갇혀 있었던 것 같다는 느낌이 들어. 엄마 아빠 가 돌아가셨을 때 여기 머물 게 아니라 자리에서 일어나 떠났어야 했 어. 이런 건 전부 내가 알지 못했던 거야. 이 삶은 대체 뭐지?

쉬려고 앉으려다가도 베스타는 매번 고개를 젓고는 계속 청소를 하느라 부산히 움직였다. 이부프로펜 가루와 PG팁스 차 가루가 날리는 바닥을 닦고, 누군가가 그곳에 들어왔던 흔적을 닦았다. 그녀의 집은 부모님이 돌아가신 이후로 수십 년 동안 먼지를 잘 떨어내어 품 위 있게 낡아 갔고, 거의 변한 것이 없었다. 그런데 그곳이 한순간에 변한 느낌이 들었다. 지금은 태풍이라도 지나간 것처럼 어떤 낯선 인간이 그곳을 갈가리 헤집어 놓았다.

날마다 대충 만족하고 마모된 곳에서는 눈을 돌렸다. 지금 집주인 이나, 그 전 주인이었던 그의 탐욕스러운 늙은 숙모를 마주 보는 것 보다 그게 더 쉬워서였다. 내 기대치가 언제 이토록 쪼그라든 걸까? 사람들이 모두 자기 계발 경주에 뛰어드는 동안, 모두들 스스로를 발견하고 자기 세계를 확장시키고 여행하는 동안, 나는 내가 태어나기 도 전인 1930년대에 머물며 내 부모의 가치대로, 내 분수를 알고 있다고 생각하면서 살았어.

그녀는 쑤시는 허리를 쭉 펴고, 벽난로 위 선반에 놓인 거울로 자기 표정—어린 시절 약으로 대구 간 기름을 티스푼으로 떠먹을 때 나타나던 바로 그 얼굴이다.—을 살폈다. 그녀는 조각이 새겨진 나무 틀 안에 담긴 얼굴에서 자신의 일생을 봤다. 그 안을 응시할 때마다 여전히 엄청난 충격을 느끼면서, 그녀는 자신을 되쏘아보는 일흔이 다 된 여인을 바라봤다. 다 어디로 간 거지? 내가 저토록 작았었나? 난 아직 여기에, 나보다 먼저 여기 살았던 부모님이 남겨 주신 물건들—워터포드 꽃병, 엄마가 수집한 도자기 오두막 모형들, 키 큰 서랍장 위에 놓인 조상들의 사진 액자, 벽에 걸린 〈우는 아이〉 그림, 유리 진열장에 든 할머니의 멋진 다기 세트—에 둘러싸인 채, 그 위에 나 자신의 삶은 거의 덧붙이지도 않은 채 살아 있는데.

최근 그녀의 마음속에는 자신의 죽음이 흐릿하게 나타나기 시작했다. 그녀는 휘 둘러봤다. 갑자기 낯선 사람이 업신여기는 눈길로 유쾌하게 이곳을 휘젓고 다니는 모습이 보였다. 그녀는 때때로 그 방에 자신의 성격을 각인하려는 시도를 하곤 했다. 노처녀 급식 담당자 같은 검소한 종류의 그런 성향을. 레이스 테두리 덮개가 있는 업라이트 소파 세트는 꽃무늬 패턴이 들어간 긴 소파와 둥그런 일인용 소파로 대체됐고, 어머니 때부터 있던 지나치게 화려한 벽지는 무채색 페인트로 덧칠됐다. 이방인이 파괴한 것들 대부분은 그녀가 존재하기 전부터 있어 왔던 것들, 그러니까 접시, 유리잔, 책, 그림, 보조 탁자, 벽에 걸려 있던 코로네이션 접시, 전쟁이 끝난 후 아버지가 가지고 돌아온 크리스털 새 장식물 등이었다. 엄마한테 물려받은 보석도 약간 있었고. 내가 떠나면 그 뒤에는 뭐가 남을까? 그리고 누가, 그걸 남겨 놓긴 할까?

　베스타는 불라 그로브 교회 아래 있는 이 동굴 안에서, 빛이 반쯤만 들어와서 뒷문을 안 열면 날씨가 어떤지도 알 수 없는 지하실에서 일평생을 살았다. 그녀의 이웃은 고상한 척하는 중하층민에서 거친 아일랜드인을 거쳐 카리브해의 가난뱅이들이 되었다가, 최근 몇 년간은 점차 마을 자선 바자회 운영에 매달리는 사람들로 변해 갔다. 그녀는 이 모든 모습을 지켜봤다. 그녀는 현재 그녀의 침실로 쓰는 방에서 태어났다. 하지만 죽음 역시 이곳에서 맞이하게 될지에 대해서는 이제 의구심이 들기 시작했다. 그녀는 아버지가 거실 한구석에 합판과 나무 조각으로 벽을 쳐서 만들어 준 작은 방에서 자랐고, 살면서 거의 모든 식사를 뒷벽 옆에 있는 작은 접이식 테이블에서 했다. 그녀를 키워 준 노부모는 시간이 차례대로 데려갔고, 임차권은 엄마가 죽은 1971년에 그녀에게 넘어왔다. 그때는 아직 세입자들이 권리를 갖고 있던 때였다. 그녀는 세 사람의 집주인을 배웅했으며, 이런 관점에서 보자면 그녀가 네 번째 집주인을 떠나보낼 것도 자명해 보였다. 하지만 런던 사람들은 모험가 체질이지. 넌 여기 사람으로는 안 보여. 다른 데서 여기로 온 사람 같지.

그래도 어떤 사람들보다는 내가 운이 좋은 건 확실해. 내 임차 상태는 탄탄하고, 그건 안전하다는 의미니까. 최소한 길바닥에서 생을 마감하진 않겠지. 하지만 오, 내 삶에 무슨 일이 일어난 거지?

그녀는 침입자가 뭘 찾았던 건지 알 수 없었다. 그런 게 있다면 말이다. 검소하게 살면서 있는 대로 긁어모은 돈을 넣어 둔 찻 통은 불시단속에 걸리지 않았고, 엄마의 약혼반지와 결혼반지, 아버지가 그녀의 탄생을 뒤늦게 축하하며 선물한 커플링도 침실 벽난로 장식대 위에 놓인 우글우글한 펠트 천 상자 안에 곱게 누워 있었다. 전자제품들은 구닥다리에 뚱뚱했지만, 마약 중독자라면 10파운드라도 벌려고 텔레비전을 가져갔을 것이다. 악의적이야. 순수한 악의. 내 집을 망치려고 침입한 거야. 아니면 납골 단지를 카펫 위에 뒤집어엎어서 재를 밟아 뭉갤 이유가 어디 있겠어?

베스타는 테이블에 의지한 채 바닥으로 몸을 숙여 추억 상자 안의 내용물을, 부모님의 유골을 쓸기 시작했다. 그녀는 그걸 어떻게 해야 할지 망설여졌다. 우유부단함의 먹이가 되어 버린 자신이 싫었다. 이제 이건 오랫동안 화장 묘역의 한자리를 차지하게 될 거야. 그러면 넌 혼자 남겠지. 지난 사십 년 동안 그녀는 그걸 아름다운 장소, 풍광이 멋진 어떤 곳에 가져가서 뿌려야 한다고 생각했지만, 부모님이 사랑했던 장소를 떠올리려고 애쓸 때마다 마음이 텅 비곤 했다. 부모님은 많은 곳을 다니지 않았다. 엄마의 세계는 전적으로 하이 스트리트에서의 잔일로 이루어져 있었다. 어쩌다 공원으로 산책을 가거나 중요한 약속이 있을 때 킹스턴으로 쇼핑하러 갔을 뿐이다. 그녀가 기억하는 한 부모님은 시내조차 잘 나가지 않았다. 런던—크고, 무섭고, 흥미로운 런던—에 유용한 모든 것이 있다 해도, 부모님은 카디프에 사는 게 더 낫다고 여겼다. 내가 뭔가를 한 적이 없다는 데 의문조차 들지 않아. 마지막으로 옥스퍼드 스트리트에 간 것도 벌써 십 년이 넘었네.

유품이 담겼던 상자는 어찌나 볼품없고 작은지 모른다. 가치도 전혀 없고, 누군가에게 전혀 의미가 될 물건도 아니다. 내가 호스피스 시설에서 홀로 죽는다면 거기 사람들이 청소부를 파견할 거고, 이 물건들은 전부 쓰레기 수거함에 처박힐 테지. 오, 잠깐 베스타. 그녀는 스스로를 꾸짖었다. 네 힘을 모아 봐. 세상은 좋은 사람들로 가득해. 양심 없는, 무작위적인 파괴 행위가 널 망치게 그냥 놔두지 마. 지난 여러 날 동안 네가 본 수많은 친절한 행동을 생각해. 그 기억으로 견뎌 낼 수 있을 거야. 세상에는 심술궂은 것보다 친절한 것이 더 많아.

제라드 브라이트의 우레 같은 음악 소리가 천장을 뚫고 들려왔다. 보통 때 그녀는 그 소리를 무시하고, '서로 자기 방식대로 사는 거지.'라는 식으로 생각했지만, 아침 식사 시간 이후로 그는 계속 '발키리의 기행'을 틀어 두고 있는 듯했고, 뒷방에서 위아래로 움직이는 발걸음 소리가 들리는 걸로 미루어 볼 때 새로 온 여자가 그 음악 소리에 침대에서 나온 듯했다. 베스타는 빛이 있는 창 쪽으로 가서 자신의 몇 안 되는 사진—오래전에 죽은 친척, 친구, 이사 가거나 고향으로 돌아간 이웃들의 사진—을 대충 넘겨보고는 외로움에 휩싸였다. 난 언제나 친구를 잘 사귀었는데. 그런데 지금은 여기 사람 모두가 어디서 왔는지조차 몰라. 너한테는 그게 바로 널 위한 런던이지. 이방인들이 너에게 보내는 신뢰보다는 약간 더 큰 공동체 의식을 갖고는 있지만, 그 공동체는 오래가지 않지.

그녀는 인도를 밟는 발소리를 듣고 창문을 올려다봤다. 1층에 작은 소녀가 보였다. 셰릴이다. 셰릴이 지나쳐 걸어갔고, 그녀의 시선에서는 셰릴의 발과 배낭만 보였다. 아이는 그 사랑스러운 머리칼이 부끄럽기라도 한 듯 다시 가발을 써 감추고 있을 테고, 누구의 시선도 끌고 싶지 않다는 듯한 옷차림을 하고 있을 것이다. 그리고 오늘처럼 한 주에 몇 차례 바깥으로 나갔고, 그 모습은 베스타를 우울감에 휩싸이게 했다. 즐기거라, 예쁜 아가야. 저 애는 아직 소녀지. 소녀다운 모습이 사라지면 그게 얼마나 그리워질지 넌 아직 몰라.

셰릴이 아래를 자세히 들여다보더니 베스타를 발견하고는 위에서 그녀를 향해 사뿐하게 손짓을 했다. 어찌나 귀여운 얼굴인지. 베스타는 햇빛이 자신을 부드럽게 스친 듯한 기분을 느끼고는 활짝 웃으며 손짓으로 화답했다. 사랑스러운 소녀다. 누군가 가야 할 방향을 자신에게 일러 주기를 기다리는 듯 다소 방향을 잃은 듯싶지만 말이다. 그리고 무척이나 어리다. 아무리 봐도 학교를 졸업했을 나이는 안 돼 보이는데. 뭐랄까, 오래전부터 내가 노인네였던 것처럼 말하고 싶지는 않지만 말이야. 수십 년 동안 경찰조차도 내게는 너무나 어려 보였어. 아마 일흔이 다 된 사람들은 대부분 그렇겠지만, 서른도 안 먹은 애들은 모두 막 기저귀를 뗀 것처럼 보여. 베스타는 창을 밀어 열었다.

"안녕, 아가."

"안녕요, 할머니. 청소는 잘되세요?"

"오, 보다시피 말이다. 어디 갔다 오니?"

"대학이요."

두 사람 다 그게 진실이 아니라는 걸 안다. 하지만 최소한 셰릴이 스스로 보이고 싶어 하는 것만큼 나이를 먹었는지 어쨌는지에 대해 베스타가 왈가왈부하지 않으리라는 것을 두 사람 모두 암묵적으로 알고 있었다.

"일찍 돌아왔구나."

읽기 능력으로 미루어 보건대, 베스타는 셰릴이 스스로 말하는 것 같은 그 어떤 곳에도 등록된 상태가 아님을 추측할 수 있었다. 그런 거라면 내가 뭔가 해 줄 수도 있는데. 좀 가르쳐 줄 수도 있지 않을까? 이 애의 거짓말을 막는 데 도움이 되긴 할 테니까.

"짧은 하루였어요. 미친 듯이 더워서 집중하기가 어렵더라고요."

"왜 안 그랬겠니. 차 한잔할 시간 있니?"

셰릴이 차지도 않은 손목시계를 보는 시늉을 했다.

"물론이죠."

"뒷문 열려 있다. 내려오렴."

그녀는 주방으로 가서 찻주전자를 렌지에 올렸다. 그러고 열려 있는 문으로 들어오는 냄새에 얼굴을 찌푸렸다. 그녀는 이 집의 배수관 문제로 또 집주인을 붙잡고 괴롭혔었다. 그녀의 주방 싱크대는 거의 한 시간마다 청소해야 했고, 역류 방지용 배수관 아래 1인치를 반질반질하게 닦고 냉각시켜야 했다. 하수가 원활하게 내려가게 하려고, 그녀는 약품을 사는 데 일주일에 5파운드를 사용했고, 배수구는 그래야 간신히 기능하는 것처럼 보였다. 그녀가 휴가를 가기 전에 집주인이 외부 배수관에 쏟아 부은 그 병 안의 뭔가는 아무런 소용이 없었다. 아마도 파운드스트레처에서 산 1갤런들이 배관 세척제였던 것 같지만. 다른 선택을 할 수만 있다면 그는 결코 돈을 쓰지 않았을 것이다.

옆쪽으로 돌아 들어오는 출구가 삐걱거렸고, 셰릴이 계단 꼭대기에 나타났다. 그녀가 조심스럽게 화분 사이를 헤치고 걸어왔다. 사이코가 빠른 속도로 고분고분하게 뒤따라 걸어왔다. 그늘 어딘가에서 그녀가 집에 오기를 기다리고 있었던 게 분명하다. 정말로 셰릴한테 애착을 가지고 있군. 멋진걸. 사이코가 스스로 좋은 친구를 찾았다고 생각하는 건 멋진 일이지. 셰릴도 사이코가 자길 따라서 좋아하는 것 같고. 하지만 고양이 통조림 한 통을 다 먹기도 전에, 집주인은 셰릴을 내쫓는 데 사이코를 이용할 거야. 셰릴은 가발을 벗고, 19세기 숙녀가 부채를 흔들거리듯 한 손으로 그걸 들고 달랑댔다. 그녀의 머리칼은 머리 뒤쪽으로 그러모아져 꽉 묶여 있었고, 목은 땀을 말리려고 드러낸 상태다.

"저쪽에 기분 나쁜 게 있어요."

셰릴이 그렇게 말하고는 깨진 벽돌 계단을 내려오기 시작했다. 그러고는 확 풍겨 오는 배수관 냄새에 이맛살을 찌푸렸다. "피—유." 그녀가 얼굴 앞으로 가발을 흔들었다. 그 행동이 냄새를 멀리 흩트려 줄 거라고 생각하는 듯이. 아직 아이군. 베스타는 다시 한 번 생각했다. 정말 이상하기도 하지, 십 대들의 행동이란.

"조금 악취가 나네요, 그렇지 않아요?"

"배수관이야. 또 막혔나 봐."

"그 사람한테 다이너 로드(하수구와 배관 문제를 처리하는 영국의 체인점./옮긴이)에 전화하라고 해요. 그 늙은 짐승한테 말이죠."

"계속 말했어. 이 건물 주방 전부 그렇다고. 각자 수챗구멍에 내려보낸 베이컨 지방을 싹 비워 줘야 한다고."

셰릴이 고개를 흔들었다.

"전 아니에요."

"그래, 그렇지. 넌 피자와 초콜릿만으로 사니까. 이런 배수관은 일반 가정집용이지 이런 아파트용은 아니야. 그가 이 문제를 처리해야하는데. 누군가는 분명 식중독으로 쓰러질 거야. 그게 내가 될 수도 있지. 우유 넣고 둘? 아가?"

셰릴이 마지막 두 계단을 통통 튀며 내려와 문 옆에서 깡충거렸다.

"감사요."

"정원에서 마시자꾸나. 냄새 안 나는 데로 도망쳐야겠어."

그녀는 셰릴에게 셰릴 몫의 잔을 건네고 그 뒤를 따라 햇빛 속으로 나가, 화분에 심긴 허브 정원을 지났다. 두 사람이 달궈진 수풀을 쓸고 지나가자, 그 안에서 세이지와 로즈마리, 바질, 민트의 달콤한 향이 올라왔다. 지금 올라오는 이 냄새가 정원 냄새지. 베스타가 건너편의 황폐한 땅을 개척해서 만들어 낸 이 작은 문명의 조각에, 기쁨이 작게 부풀어 올랐다.

큰 정원이다. 런던의 여느 정원보다 훨씬 컸다. 철도가 정원 끝까지 지나가는 바람에 개발에 따른 개간에서 벗어날 수 있었던 덕분이다. 베스타는 평생에 걸쳐 그 땅 앞쪽 3분의 1을 정돈하고 일궜다. 어린아이였을 때부터 그녀가 가족 내에서 하던 역할이다. 정원은 엄마의 적갈색 집에 풍미와 정취를 더했고, 이후로 화초 기르는 취미는 쭉 그녀와 함께했다. 깔끔하게 정돈된 잔디에는 테이블보가 씌워진 테이블이 있고, 테이블에는 두 개의 유행 지난 접의자가 빛을 받으며 비스듬히 기대어 있었다. 그 주위를 청과물 상점의 할인 코너에서 하나씩 사 온 밝은색의 일년생 식물이 자라는 좁은 화단이 둘러싸고 있었다. 화단 너머로는 줄기가 긴 풀들이 서로 엉켜 시들어서 대부분의 공간을 자주 건초지로 만들어 버렸고, 이 날씨에도 눈먼 진달래 숲은 용케 수분을 유지하고 있는 듯 보였으며, 자두나무 두 그루는 베스타의 지식으로는 알지 못하는 어떤 벌레에 의해 성장을 저해당한 채 서 있었다. 그리고 한 무더기의 돌과 모닥불 재, 갈퀴덩굴이 금방이라도 허물어질 듯한 헛간을 둘러싸고 있었다.

"여기 바깥은 너무 근사해요."

"고맙구나."

두 사람은 난장판을 뒤로 하고 접의자에 앉아, 첫 모금을 홀짝이고, 의자에 편히 기대면서 대영제국 사람처럼 '아아아' 하고 감탄사를 내뱉었다. 베스타는 생각했다. 이 세대들은 우리랑 완전히 달라 보이겠지. 하지만 어떤 건 결코 변하지 않아. 고양이가 햇살 한 조각을 찾아내 거기에 등을 굴렸다. 그 바람에 하얀 배가 드러났다. 그녀가 웃었다.

"훨씬 활기차 보이세요. 할 일은 다 하셨어요?"

"완전히는 아니고. 하지만 최소한 내가 앉을 자리는 생겼어."

"세상에. 그것들이 난장판을 만들어 놨군요."

"그러게 말이야."

"아, 마침 생각난 게 있어요." 셰릴이 배낭 위로 몸을 숙이고 그 안을 뒤적였다. "할머니께 드릴 선물이요." 셰릴이 찾던 것을 발견해 꺼냈다. 작고 단단한 물체가 티셔츠에 싸여 있었다. 그녀는 스스로에게 만족한 듯 보였다. "맘에 드시면 좋겠어요."

"오, 셰릴. 내게 뭘 사 주느라 돈을 낭비해선 안 돼……." 베스타는 입을 열었다가 꾸러미에 싸인 물건을 보고는 말을 뚝 멈췄다. 도자기로 된 춤추는 여인상이었다. 임페리얼 퍼플색 무도회 드레스를 입고 극히 가느다란 발목에 의지해 회전하는 여인상인데, 불타는 암적색 머리칼이 한쪽 어깨에 묵직하고 곧게 내려와 있었다. 둥근 눈동자는 하늘색이었고 코는 위로 살짝 들렸고 가느다란 입술은 빛나는 자홍색이었다. 신문지로 말아서 주방 쓰레기통에 그 잔해를 버린 어머니의 수집품 중 하나와 꼭 닮아 있었다.

"오, 셰릴, 이런 걸 가져오다니. 그래선 안 돼. 대체 어떻게 이런 생각을 한 거니? 이걸 살 돈이 없었을 텐데."

셰릴이 어깨를 으쓱했다. "많이 비싸지 않았어요. 거의 안 들었어요."

"아냐, 하지만……." 베스타는 이런 도자기 상의 가격을 정확히 알고 있다. 그녀는 셰릴과 함께 몇 주 전에 킹스턴 베탈스 쇼핑센터의 진열창 안에 있던 그것들을 보았다. 그리고 그때 그 가격이 노령연금 한 주치와 맞먹는 걸 보고는 충격을 받았었다. 오랜 세월 동안 그녀는 전혀 몰랐다. 그녀의 집에 든 도둑은 난롯가에 있는 부지깽이를 한 번 휘두르는 것만으로 거의 1,000파운드에 달하는 손해를 입힌 것이다. 네가 그걸 샀다고 믿기는 힘들어.

셰릴의 얼굴에 먹구름이 끼었다. "별로세요?"

"그런 게 아니고……. 셰릴, 이런 걸 가져오면 안 돼. 저축해야지. 이런 데 돈을 쓰면 어떡하니. 네 방세가 얼마지?"

베스타는 고개를 들어 셰릴을 보고는, 아이가 눈에 띄게 위축됐다는 걸 알았다. 셰릴은 실망으로 눈을 옆으로 쭉 찢고 어린아이처럼 발을 앞뒤로 흔들었다.

"전 할머니가 이걸 좋아하실 줄 알았어요. 뭔가 드리고 싶었다고요. 괜찮으시다면요."

"아냐, 아가. 너무 멋지단다. 너무 멋져, 멋져. 이리 온."

그녀는 팔을 뻗어 셰릴을 껴안았다. 두 사람 다 무척 말라서 포옹은 편하지 않았다. 뼈가 부딪힌다고나 할까. 셰릴에게서 짠 내, 린스 냄새, 최근 그들 모두가 뿌려 대고 있는 화학적 꽃향기가 약간 풍겼다. 베스타는 포옹을 한 번도 해 보지 않은 사람처럼 포옹을 했다. 무언가 깨질 것처럼 긴장해서 조심조심 다가가, 멀찍이 떨어져서 놓아 주기 두렵다는 듯 너무 오랫동안 껴안았다. 그들은 햇살 속에서, 불편함을 감수하고 오래도록, 어설프게 그 자리에 머물렀다. 가엾게도. 이 애를 진창에서 꺼내 준 사람이 누구든, 애한테 사람들이 자기를 좋아할 거라고 생각하게 만들진 못했군.

천천히, 천천히, 그녀는 팔을 풀고는 잔디 위에 조심스레 그 작은 조각상을 내려놓았다. "벽난로 위에 두면 근사할 거야." 그녀가 확신조로 말했다. "영원히 귀하게 여길게."

대체 셰릴은 이런 걸 살 돈이 어디서 난 거지? 그녀는 의문스러웠다. 실업수당을 받을 나이도 아니고, 그건 확실해. 그러면 상대의 기분을 상하게 하지 않으면서, 이 선물이 혹시 훔친 건 아니냐고 어떻게 말해야 하지? 셰릴은 늘 뭔가를 들고 갑자기 들이닥치지. 대개 비스킷이지만, 때로는 케이크일 때도 있고, 다른 것일 때도 있어. 하지만 늘 모두 최고급에 브랜드 제품이야. 고양이가 이 애한테 쥐를 물어다 주는 것처럼, 이 애가 슬쩍한 것을 내 발치에 갖다 놨다는 걸. 말도 안 되는 짓을 했다는 걸 알게 된다면 난 얼마나 끔찍한 기분이 들까.

"새로 온 사람은 어때?" 그녀가 화제를 바꿨다. 그녀는 대화를 이어 가려면 뭘 물어야 할지를 알았다. "벌써 만났니?"

셰릴이 의자에 벌러덩 몸을 묻었다. "아, 지난밤에, 들렀어요."

"오, 핀잔 듣진 않았고?"

셰릴이 어깨를 으쓱했다. "거기가 버킹엄 궁도 아니고. 티아라나 팡파르는 필요 없다고요. 어쨌든, 베일리 아이리시 크림 한 병 가지고 갔어요."

또 그랬군. 이 애는 부드럽고 크림이 많이 든 걸 무척이나 좋아하지. 하지만 크리스마스가 온다 해도 베일리를 살 형편이 안 될 텐데.

"그 언니 완전 괜찮아요. 상류층이에요. 〈메이드 인 첼시(영국 상류층 젊은이들의 생활을 보여 주는 리얼리티 쇼/ 옮긴이)〉에서 튀어나온 것처럼 말하더라니까요. 그 언니가 여기서 뭘 하는지는 아무도 모를걸요."

"이혼인가?"

셰릴이 고개를 저었다. "여행 중이래요. 그 언니 말로는 그래요. 운좋은 사람이죠. 난 아직 여권도 없는데."

베스타가 웃었다. "난 있단다. 십 년마다 갱신하지. 그럴 때마다 늘 생각해. 언젠가 어딘가로 가겠다고 말이야."

"어쨌든, 그 언니 엄마는 보안이 엄청난 요양원에 있대요. 제 생각에, 그 언니는 어떤 상황에서 빠져나오는 중인 거 같아요. 자기에 대한 이야기는 자기가 하고 싶은 말만 했어요. 만일에 대비해서."

"만일에 대비해서라. 난 늘 그 말을 좋아했지. 수많은 배경을 '만일에 대비해서'라는 말로 감출 수 있거든. 그 친구를 초대해도 될까, 네가 생각하기엔 어때? 괜찮은 생각 같아?"

셰릴이 어깨를 으쓱했다. "할 수 있다면요."

베스타는 눈을 감고 잠시 이웃집에서 나는 소리에 귀를 기울였다. 울타리 반대편 부유한 가족이 사는 집에서는 아이들이 튜브 수영장 안에서 놀면서 가족을 부르는 웃음소리가 들려오고, 무인 지하철 역사에서는 녹음된 안내 방송이 스피커를 타고 나오고 있었다. 히드로 공항을 향해 날아가는 여객기가 속도를 변환하는 소리도 들려왔다. 내가 셰릴만 할 때는 이런 소리 중 하나만 들렸는데 말이야.

"궁금한 게 있는데, 내가 파티를 열면 어떨까?"

"파티요?"

"거창한 건 아니고. 우리끼리만. 음, 우습지 않니? 우린 서로의 머리 위에서 살고 있는데, 모두 한자리에 모인 적은 없다는 게. 멋질 거야. 빈집털이를 당했을 때도 네가 너무 잘해 줘서 정말 고마웠거든. 너랑 호세인 모두. 토머스까지도 말이야. 이걸 일거양득이라고 해야 하나. 그 아가씨가 이 집에 온 것도 환영해 주고, 모두에게 감사 인사도 하고. 1호실 남자도 자기 진창에서 좀 벗어나게 해 주자고. 그 사람도 여기서 나이를 먹었고, 우린 다 간신히 한마디 정도만 나눴을 뿐이잖니. 또 내가 파티를 열어 본 지 오래되기도 했고 말이야."

"얼마나요?"

"세상에, 그게 그러니까……." 그녀의 생각이 엄마의 오래된 긴 소파에 앉아 있던 에롤 그레이와 칸 가족에게로 돌아갔다. 정말 그런가? 그녀는 그들이 야반도주를 한 이후로 파티를 해 본 적이 없다. "세상에. 최소한 칠 년은 됐겠네. 믿을 수가 없어. 난 늘 사람들을 초대하곤 했었는데. 엄마가 물려주신 오래된 다기 세트도 무사하고 말이야. 그 빌어먹을 것들을 닦는 데 내 인생을 투자했지만, 그 일은 결코 익숙해지지가 않더구나. 그놈이 그걸 박살내지 않았다는 사실에

축하라도 해야 하나?"

"차라고요?"

베스타가 웃음을 터트렸다. "오, 미안하구나. 칵테일을 기대한 거니?"

셰릴이 볼을 약간 부풀렸다. 물론 그랬다. 그녀는 십 대다. 나가서 흥청대며 놀고 마시고 싶지, 중년의 이방인들 한 무더기와 파티용 샌드위치나 먹고 싶지는 않을 것이다. 셰릴에겐 우리 모두가 고대인이겠지, 베스타가 생각했다. 현실의 미라들 말이야. 셰릴이 내게 아가인 것처럼.

"최소한 사과주 정도는 마실 수 있게 해 주세요."

"안 돼." 베스타가 단호하게 말했다.

13

　연인은 엄청난 독서가다. 그는 책 읽기를 사랑한다. 그는 공부하지 않는 사람들로 가득 찬 세상에서 살고 있다. 그 세상 속에서 그는 변칙적인 방식으로 공부했고, 때로는 의심스러운 내용을 습득하기도 했다. 하지만 책을 읽지 않았다면 지금의 그가 될 수 없었을 것이다. 사십 일에 대해서나, 의례, 또는 그런 의례들이 어떻게 종종 우연히 혹은 주변 환경을 실용적으로 이용해 생겨나게 됐는지 알지 못했을 것이다. 게다가 독서는 여러 방식으로 외로움의 습격을 늦춰 줬다.

　예컨대 그는 고대 이집트의 전통적인 매장 방식에 관해 읽었다. 전 세계적으로 위대한 자의 시신을 숭배하지만, 시신을 처리하는 수단에는 종종 그들의 생활환경이 반영됐다. 따라서 한 해의 대부분을 깊이 얼어붙은 단단한 땅에서 사는 바이킹이 자신들의 영웅을 불 속이나 물속에서 처리하는 건 그리 놀랍다고 할 수 없다. 얕은 토질과 특정한 기후가 결합된 나라에서는 야트막하게 매장된 시체가 건조된 상태에서 빈번하게 바깥으로 드러나는 바람에, 결국 자연의 질서에 따라 의례화했을 것이다. 엄청난 양의 나트륨 더미를 뱉어 내는 소금기 많은 호수들 사이사이로 극히 건조한 평원이 펼쳐진 이집트의 경우, 실험을 하기에 이상적이었다. 숙련된 솜씨로 내장을 적출하고, 소금과 허브를 올바르게 배합하고, 사십 일을 보낸다. 사십 일은 수분이 빠져나오고 시체가 부패해 결국 살아생전의 모습과 대단히 유사한 가죽 껍데기만 남게 되는 데 완벽한 기간이었다.

하지만 런던 남부의 교외 지역—산 사람들이 기억하는 한도 내에서 교외 지역에서 가장 오랫동안 혹서 현상이 계속되고 있는—에서는, 그 과정에 약간의 손질이 필요했다.

그는 거듭 시도함으로써 기술을 습득했다. 연습하면 결국 완벽해진다. 게다가 그는 스승들이 한 종류의 기술에만 숙달됐던 것과 달리, 그들이 지닌 두 종류의 기술을 모두 배웠다. 이집트에서 사제들은 두 무리로 나뉘어 왕족들을 내세로 보내는 데 필요한 가공 작업을 책임졌다. '파라치스테'와 '타리슈트'인데, 즉 '절단하는 사람'과 '염장하는 사람'이다. 연인은 필요에 의해 이 두 역할에 완전히 숙달됐고, 숙달 전에는 필연적으로 실수도 저질렀다.

그는 직접 애인을 만들었던 초기 두 차례의 시도에 대해서는 생각하고 싶지도 않았다. 다만, 최소한 첫 번째 실험에 실패했을 때 이 북적거리는 집에 살고 있지 않았던 데 감사할 따름이다. 시체는 부패가 진행되기 전에는 움직이기가 쉽다. 제카는 여행용 트렁크 몇 개에 담겨 그 집을 떠났다. 살점은 다섯 시간 동안 푹 곤 고기 찜처럼 뼈에서 흐물거리며 떨어져 나오고 있었다. 하지만 최소한 정원이 있는 아래층을 나서기 전까지 절대 그 어떤 공용 구역에도 그녀의 흔적이 드러나선 안 됐다. 카타리나의 시신 조각들은 더욱 신중하게 처리했다. 그 일은 그의 학습 곡선을 가파르게 상승시켰다. 그가 절개하는 대로, 마치 병리학자가 하는 것처럼 그녀의 복부는 아래로 죽 갈라졌고, 몸통은 흐물흐물해지고 축 처졌으며, 코는 코바늘로 뇌를 제거하려는 서투른 시도 때문에 뭉개졌다. 절단 작업 초기에 좌측면으로 절개하자, 결국 더 깔끔하고 인간의 형상을 더 많이 유지한 최종 결과물이 만들어졌다. 비록 그게 팔을 내장 안으로 깊숙이 밀어넣어야 한다는 걸 뜻하긴 했지만 말이다. 그러고 나서 얼마지 않아 그는 홈베이스에서 구멍을 뚫는 전동 드릴을 발견했다. 그는 그럴 수만 있다면 이집트인들도 전자제품과 모터 달린 전동 기구들을 이용했을 것이라고 생각했다. 때때로 잃어버린 두 애인이 떠오르기도 했다. 카타리나는 불에 희생됐고, 제카는 물에 희생됐다. 지금 그녀들은 외로울까. 나는 이제 더 이상 외롭지 않은데.

하지만 그는 앨리스와는 행복하지 못했다. 그녀는 이전의 두 사람에 비하면 훨씬 개선된 작품이었지만, 단 사십 일 동안뿐이었다. 그이후로 엉망이 돼서, 소금구이 치킨 같은 겉껍질에서 그녀를 분리해내야 했다. 그는 그러면서 건조용 소금을 바꿔야 한다는 사실을 깨달았다. 이집트인들은 작열하는 태양의 도움으로 왕을 보전할 수 있었다. 하지만 그의 공주님들에겐 제습기가 필요했다. 또한 그녀들을 가둬 둔 비좁은 장소에는 그녀들에게서 나온 수분이 빠져나갈 구석이 없었다.

그는 니키를 돌보는 동안 앨리스와 마리안느를 TV 보는 소파로 옮겼다. 그에게는 먼저 완성된 잠자는 공주들의 시선에 그녀가 자신의 설익은 전라를 노출하는 굴욕을 맛보지 않도록 배려할 만한 다정함이 있었다. 앨리스를 옮길 때 미소 띤 그녀의 입매가 다시 벌어지는 것이 보였다. 피부가 수축돼 머리선 뒤로 넘어가 있었다. 그녀의 사랑니가 보였고, 그는 살가죽 뒤에 뼈가 있다는 사실을 고통스럽게 인지했다. 나는 네 기분을 몰라, 내 사랑. 책을 더 읽어야겠군. 내가 아는 건 일단 그녀가 지닌 본래의 수분이 빠져나가고 나면 내가 그걸 어쩌기에는 너무 늦고, 그녀는 가망이 없다는 것뿐이야. 그는 안락의자에 그녀를 부드럽게 앉히고, 자기 목에 둘러진 그녀의 팔을 풀었다. 그녀가 속삭이듯 바스락거리는 소리를 내며 앉았다. 그녀의 머리칼은 가늘고 파삭거렸으며, 눈은 눈두덩 안쪽으로 푹 꺼져 있었다. 너는 아마 곧 카펫 위로 부서져 떨어지는 살갗과 뼈 외에는 아무것도 남지 않게 될 거야. 결별에 대해 슬슬 생각해야 할 때가 된 것 같아.

그는 자신의 공주님, 니키가 있는 침대로 되돌아갔다.

침대 바닥은 건축 부지에서 나온 두꺼운 비닐 시트로 덮여 있었다. 공주님들 위에서 잠을 청하는 것은 전혀 문제되지 않았다. 그 행동은 오히려 누군가와 교류하는 따뜻한 느낌을 안겨 줬다. 하지만 변화가 일어나는 과정에서, 알칼리와 함께 그가 직접 만든 천연 탄산소다가 치명적인 결과를 내며 갑자기 냄새가 폭발하듯 일어나곤 해서, 그는 한밤중에 잠에서 깨어 구역질을 해야 했다. 그는 매트리스—무척이나 부드럽고, 가벼운 메모리폼 소재였다.—를 벽에 기대 세우고 비닐 시트를 벗겨 냈다. 그리고 잠시 기다렸다가, 배 속이 안정될 때까지 입으로 숨을 쉬고, 천 조각을 세게 잡아당겨 바닥 칸 뚜껑을 들어올렸다. 이런 침대에 쓰일 만한 천을 찾느라 그는 매우 오랜 시간 인터넷을 검색했다. 인조가죽을 계속 클릭한 끝에 마침내 그는 장인의 솜씨로 만들어진 검은 헤센(자루를 만드는 데 쓰는 튼튼한 갈색 천./옮긴이)

커버를 선택했다. 냄새를 빨아들이고, 통기성 좋은 천이었다. 침대가 비면 비닐 시트도 벗겨 냈고, 그 전에 있던 것의 기억은 시간과 함께 소멸되었다. 그는 벽이 면하는 곳에 통기 구멍을 뚫어 둬, 제습기를 넣어 둔 머리맡 장소가 제 역할을 할 수 있도록 했다. 여섯 개의 탱크 묶음은 모두 거의 꽉 찼다. 여기가 제카와 카트리나를 망친 장소다. 인간의 몸에 수분이 얼마나 많은지는 직접 경험하지 않으면 믿을 수 없을 정도다. 첫 몇 주 동안 수분은 계속 나오고 또 나왔다. 둘째 주에 천연 탄산소다가 그야말로 정말 마법을 발휘하기 시작하면서 그는 매일 그 용기들을 비워야만 했다.

그는 탱크를 두 개씩 풀어서 주방 싱크대로 가지고 갔다. 탱크 안에 담긴 물은 기이할 만큼 기름졌다. 마치 일요일 날 바비큐를 하고 나서 그릴을 씻어 낸 물 같았다. 싱크대 주변으로 물이 넘쳤지만 전혀 성가시지 않았다. 마침내 물을 다 흘려보냈다. 그는 싱크대 아래 선반에서 양동이와 모종삽을 꺼내 애인에게로 돌아갔다.

평소처럼 천연 탄산소다가 안정적으로 작용하고 있었고, 애인의 한쪽 어깨가 피부 위로 살짝 튀어나와 있었다. 이것이 그가 매주 연료를 바꾸기로 한 이유 중 하나였다. 그는 사십 일을 꽉 채워서 앨리스를 홀로 남겨 뒀었고, 그다음으로 오후 한 나절을 다 써 가며 굳어버린 비닐 포장에서 그녀를 떼어 내고 뜯어 냈다. 그리고 전에는 해본 적 없던 따분한 일, 고고학자들의 대단한 인내심을 존경하게 만드는 일이 이어졌다. 또한 그녀를 만들고 나서 그는 그녀에게 계속 소매 달린 옷을 입히려고 애썼다. 노출된 왼팔의 상태가 악화되고 있다는 걸 숨기고 싶었기 때문이다. 앨리스에게 작은 여름용 원피스는 입힐 수 없었다. 귀여운 침실용 가운도 입힐 수 없었다. 그녀를 바라볼 때마다 쓸쓸하고 슬펐다. 무척이나 가까웠지만, 여전히 아주 멀었다.

"신경 쓰지 마. 이제 네 차례니까." 그가 니키에게 말했다.

그는 벽 안쪽으로 구덩이를 팠다. 살덩어리에서 멀리 떨어진 모퉁이에 있는 가루는 아직 덜 말라 있었다. 다시 사용해도 될 만큼 많은 양이었다. 마치 양동이로 모래를 쏟아부은 것만 같았다. 하지만 연인은 더 이상 지름길을 신뢰하지 않는다. 그는 안다. 실패냐 영원히 소중한 무엇인가가 되느냐를 가르는 것은 바로 신중함임을. 그는 양동이를 채우고 싱크대로 가져갔다. 세탁용 소다와 중탄산나트륨을 같은 비율로 혼합해서 그가 직접 만든 천연 탄산소다는 배수구 청소액과 같은 작용을 한다는 이점까지 있었다. 그의 싱크대 아래로 내려가는 모든 것—찻잎, 베이컨 기름, 절단자의 손으로 문질러 씻어 낸 내장 조각들—은 그가 방부제를 바꿀 때마다 정기적으로 용해되고 파이프에서 씻겨 내려갔다. 그는 양동이를 뒤집어 쏟아 붓고, 물을 틀고, 탄산소다가 쉭쉭 연기를 내며 배수구로 사라지는 모습을 즐겁게 지켜봤다.

창을 활짝 열고 작업했지만, 더위가 그의 어깨를 무겁게 내리눌렀다. 구덩이를 파는 일이 점점 더 힘들어지면서 폐를 보호하려고 착용한 외과용 마스크 안에서 숨이 축축해지고 답답해졌다. 삼 주 안에 니키는 수분의 상당량 내보낼 테지만, 여전히 탄산소다는 그녀 주변을 응고시키고 있었고 덩어리들을 떼어 내야 했다. 일을 하며 그는 땀을 흘렸고, 땀방울이 그가 쓰고 있던 고글로 떨어지고 다시 그의 코끝으로 굴러떨어져 니키의 체액과 섞였다. 그녀를 끄집어내기 위해 구덩이를 파고 배수구에 쏟아 내는 데 꼬박 반 시간이 걸렸고, 이제 마지막 손질을 위해 미리 준비해 둔 뻣뻣한 페인트 붓의 도움을 받을 차례다. 그는 아직 남아 있는, 끈적끈적하게 들러붙은 것들을 털어 냈다.

그는 작업의 이 부분이 결코 좋아지지 않았다. 그녀가 왼쪽으로 몸을 돌리고 누워 있었기에, 그는 몸통을 건조시키고 형체를 유지하기 위해 넣어 둔 충전재까지 손을 뻗으려고 그녀의 복부 입구에 손을 넣어 그녀를 가볍게 굴렸다. 그리고 국자를 넣어 크리스마스용 칠면조의 속을 파내듯 탄산소다를 퍼냈다.

충전재는 시체의 겉보다 더 단단했다. 비가 스며들지 않도록 고안된 인간의 살갗보다 흡습성이 더 강한 탓이다. 원래는 어두운 갈색이었는데, 몸통을 둘러싸고 있던 곳은 카키색과 노란색이 섞인 색이 되었다. 그리고 악취가 풍겼다. 그는 니키의 어깨 뒤로 팔을 넣고 그 안을 채우고 있던 것을 뜯어내면서, 니키의 배 속에서 풍기는 악취 때문에 연신 구역질을 했다. 그건 싱크대로 쉽게 내려 보낼 수 있는 것이 아니었다. 변기가 할 일이었다. 다시 한 번, 그는 그걸 배수관으로 내려 보내려면 청소용 가루세제 한 양동이가 필요하다는 걸 마음속에 새겼다.

그렇지만 노력할 만한 가치가 있지. 그가 스스로에게 말했다. 이 주만 더 지나면 그녀는 완벽해질 것이다.

14

'그는 네가 아직 스페인에 있다고 생각할 거야. 불안해하지 마. 그는 여기서 널 찾지 않을 거야. 네가 아직 스페인에 있다고 생각하니까.'

콜리어스 우드까지는 2~3마일 정도밖에 안 되지만, 기차를 두 번 타고 지하철도 한 번 타야 했다. 클래팜 나들목까지 다섯 정거장, 배럼까지 두 정거장, 그리고 나서 북부선을 타고 세 정거장이다. 런던의 대중교통 시스템은 대개 늘 불필요한 구석까지 뻗어 있다. 때문에 종종 인근 자치구들은 방문하려면 매우 힘들었다. 지도를 보며 노스본을 고를 때 그녀는 그 사실을 잊고 있었다. 거기 갔다가 돌아오는 데만 해도 거의 두 시간은 걸릴 것이다. 또 환승해서 2구역 노선을 타야 하는 바람에, 오이스터 카드(런던의 충전식 교통 카드./ 옮긴이)가 적용되지 않고 그 구간은 10파운드 지폐를 추가로 지불하고 타야 한다. 갑자기 노스본 나들목 가판점에서 콜택시를 타는 게 낭비가 아닌 것처럼 여겨졌다.

그녀는 러시아워를 피해 다니자고 다짐했지만, 그건 딱 지하철 문이 열리기 전까지만이었다. 그녀는 땀에 흠뻑 젖었고, 목이 바짝 말라서 뭐라도 해야 했다. 에스컬레이터로 다가가자 대부분의 일시적인 기쁨이 그렇듯, 공기가 약간의 안도감을 안겨 줬다. 거리는 여전히 한낮이었다. 형벌 같았다.

그녀는 역 옆의 작은 가게에서 물 한 병을 사고, 내비게이션을 사용하려고 휴대전화 메뉴를 찾았다. 이번에는 새 전화기를 사는 성가신 일은 하지 않았고, 유심칩만 바꾸었다. 그녀는 매번 이동할 때마다 더 발전했고, 지출도 서서히 줄어들었으며, 돈을 많이 쓰지 않고 새로운 도시로 이동하는 새로운 방법을 찾아내게 됐다. 토니 스콧보다 한 발 앞서기를 바란다면, 될 수 있는 한 오래도록 현금을 지니고 있어야 했다.

토니에 대한 생각이 들자 그녀는 본능적으로 어깨 너머를 살폈다. 젠장, 콜레트. 그는 네가 어디 있는지 몰라. 그는 네 엄마가 있는 곳도 몰라. 엄마랑 나는 내가 여덟 살 때 이후로 같은 성을 쓰지 않았잖아. 그리고 네페르티티에서 함께 지낸 사람들과는 가족에 대해 잡담을 나눈 적이 한 번도 없잖아. 그는 네가 아직 스페인에 있을 거라고 생각해. 하지만 숨어 있던 몇 년은 그녀에게 대가를 요구했고, 그녀는 아직도 음지에서 나갈 때마다 두려움을 느꼈다.

서니베일까지는 걸어서 십 분 거리다. 그건 크라이스트처치 클로즈의 막다른 골목 안에 있다. 이런 장소는 늘 대중교통 정류장에서 멀리 떨어져 있다. 이 도시의 미로 같은 길에 통달한 사람이라면 길 끝에 있는 버스 정류소를 이용할 수도 있겠지만 말이다. 이것이야말

125

로 합당한 조치다. 여기 사는 사람들이 노상 어딘가로 갈 채비를 하는 것도 아니고, 노상 방문객이 찾아오는 것도 아니니. 신께서 나를 치매로부터 지켜 주시는 게지. 그 생각을 하니 오싹해졌다. 그녀는 대로변으로 올라가기 시작했고, 책방과 왕립 우편물 분류소를 지났으며, 아침 담배를 피우는 제복 입은 흡연가들을 피해 이리저리 발길을 옮겼다. 물 한 병이 마치 처음부터 한 방울밖에 없었다는 듯 그녀의 목구멍으로 내려가 흔적도 없이 사라졌다. 내게 당뇨병이 있는 건 아닌가 생각하게 만드는 날씨야. 세상에, 나도 중년이 되어 가고 있네.

이런 교외 지역은 모두 구분하기 어려울 만큼 비슷했다. 콜리어스우드는 노스본보다는 다소 신생 지역이라 없는 것이 많았고, 투팅이나 현재 그녀가 살고 있는 지역처럼 빅토리아풍 테라스와 법무사들의 별장이 연달아 늘어서 있었다. 그래서 수리공들의 관심은 삼십 년 동안 길 저쪽의 코츠월드로 향했다. 그녀는 우울하고 조그마한 아케이드와 1930년대의 교외 주택들이 있는 들판에 홀로 외롭게 서 있는 귀여운 교회를 지났다. 지금 런던 사람들에게는 에드워드 7세풍이 다시 유행하고 있는데, 과연 이런 석고 장식이 있는 현관 포치와 창틀이 낮은 창문이 더 이상 그것들을 끔찍한 현대풍으로 기억하지 않는 세대들에게 매력적으로 보이기 시작한 지 얼마나 되었을까 궁금했다. 이게 영국인들의 방식이지, 그녀는 골똘히 생각했다. 우리는 오래된 것을 사랑해. 오래된 것에 지불할 만한 돈이 없을 때는 새로운 걸 오래된 것으로 보기 시작하고, 그 주장을 강하게 밀어붙이고, 셋방살이하는 사람들, 떠돌이들, 이민자들을 조금 더 최근에 형성된 장소로 몰아내 버리지.

그녀는 대로에서 크라이스트처치 클로즈 안으로 들어섰다. 아스팔트 도로가 시멘트 블록 포장도로로 바뀌었다. 높은 벽을 따라 꼭대기에 철망이 둘러져 있었으며, 반대편에는 1950년대풍의 장방형 벽돌로 지어진 주택단지가 있었다. 엄마가 어렸을 때, 이런 곳은 사람들이 꿈꾸는, 살고 싶은 장소였지. 폭격 구역은 적당한 가격의 주택으로 가득 차 있었다. 몰락이 시작되었을 때 엄마가 오기에 적당한 장소였다.

콜레트는 막다른 골목에서 서니베일을 찾았다. 건물 앞 빈 공간에는 차량 진입 방지용 말뚝이 둘러쳐져 있었지만, 주차 장소를 찾다가 길을 잘못 들어선 차들이 앰뷸런스가 겨우 지나갈 공간만 남겨두고 거기 주차돼 있었다. 서니베일 건물은 정원 울타리 너머 40피트 위로 우뚝 솟은 채, 도로 끝 양쪽에 걸쳐 있었다. 차를 돌릴 수 있도록 콘크리트로 만들어 놓은 공간 주변을 죽어 가는 제라늄이 심긴 도자기 화분들이 둘러싸고 있었는데, 그나마 그게 생기를 느끼게 했다. 노란 벽돌 건물 앞 양지바른 곳에는 양동이들—담홍색 봉선화와 그와 어울리지 않는 어두운 보라색의 피튜니아가 담긴—이 일렬로 늘어서 있었다. 누군가가 그 장소에 활기를 불어넣기 위해 최선을 다했음이 분명하다. 그곳의 기능적인 분위기는 많이 누그러졌지만, 그래도 이 더위와 대적할 수는 없을 것 같았다. 멀리 인도 가장자리와 작은 경계를 이루고 있는 풀은 먼지로 뒤덮였고, 손질을 게을리한 노파의 머리칼처럼 구불구불했다.

콜레트는 잠시 서서, 현관 포치 위에 붙은 하얀색 플라스틱 글씨를 올려다봤다. 서니베일. 그녀는 엄마의 마지막 집을 찾아냈다.

안에서는 그녀가 예상했던 냄새가 풍겨 왔다. 꽃향기 나는 소독약 냄새, 바닥 광택제 냄새, 안내 데스크에 놓인 화병의 국화에서 풍기는 묘지 냄새, 씹지 않아도 될 만큼 흐물흐물해질 때까지 익힌 음식 냄새, 갈아 채우지 않은 기저귀 냄새도 희미하게 풍겼다. 한 여인이 폴리에스테르 수술복을 입고 안내 데스크에 앉아 있었다. 얼굴 쪽으로 선풍기를 틀어놓고, 뒤로 기대어 눈을 감고 바람으로 몸을 식히고 있다. 문이 열리는 소리에 그녀가 고개를 들고는, 요양원의 규칙 중 하나이겠거니 싶은 로봇 같은 미소를 얼굴에 걸었다.

"뭘 도와드릴까요?"

"네."

콜레트는 작은 로비를 가로질러 나아갔다. 오른편으로, 밋밋한 몸에 실내복을 꽉 졸라 입은 채 보행 보조기를 짚으며 천천히 복도를 올라가고 있는 옹송그린 형체가 흘낏 보였다.

"엘리자베스 던이라고 합니다. 오늘 아침에 전화했는데요."

여인은 거드름을 피우며 자세를 바꿔 클립보드에 매달린 목록을 바라봤다.

"만나러 오신 분이……?"

"재닌 베이커 씨요."

그녀가 목록 위로 펜을 놀리더니 표시를 했다.

"아, 네, 재닌이요. 방문객이 오기로 되어 있군요, 확인했어요."

이들은 대체 언제부터 나이 든 사람들을 존중하며 성으로 부르는 걸 그만둔 걸까?

"네."

여인은 책상 가장자리에 붙은 벨을 눌렀다. 빅벤(런던에 있는 국회 의사당 하원 시계탑의 대형 시계./ 옮긴이)의 차임벨 소리 같은, 가장 높은음으로 이루어진 새된 전자음 소리가 건물 안 그리 멀지 않은 어느 곳까

128

지 퍼져 나갔다.

"조금 있으면 사람이 올 겁니다."

"고맙습니다."

콜레트는 인사를 건네고 앉을 만한 곳을 찾았지만, 스파르타식 로비에는 아무것도 없었다. 그녀는 마치 민원인처럼 안내 데스크 앞에 어색하게 서 있었다.

"전에 뵌 적이 없는 것 같은데요. 제 생각에는요."

판단조의 목소리였다. 당신 엄마는 여기에 들어온 지 석 달이나 됐는데, 당신은 그동안 어디에 있었느냐는 투였다.

"네, 없어요."

콜레트는 뺨이 슬금슬금 붉어지는 것을 느꼈다. 건방진 암말 같으니라고. 넌 그 일에 대해 아무것도 몰라.

"떠나 있었거든요."

"떠나요?" 단 한마디였다. 운도 좋군, 책임을 져야 할 때 떠날 수 있다니 그 얼마나 멋진 일이야 하는 뜻이 담긴.

"해외요." 그리고 방어적으로 덧붙였다. "일하러요. 그 전에는 도저히 떠날 수가 없었거든요."

"저런. 그거 참 끔찍하게 불편한 일일 수 있죠."

오, 엿이나 드셔. 당신이 뭐라도 된다고 생각하나? 여기서 생을 마치게 될 사람들, 받아 줄 사람이 아무도 없는 사람들은, 그들이 처한 상황에 아무런 잘못도 없다고 생각하는 건가? 그들이 과거에 정말이지 괜찮은 사람들이었다면, 최소한 자식들이 그들과 함께 살려는 노력을 안 했을 것 같아? 그리고 엄마가 정부의 보호 아래 들어가지 않게 하려고, 당신네 서비스를 받게 하려고, 나는 엄마 계좌에 내 돈을 쏟고 쏟고 또 쏟아붓고 있거든?

콜레트는 굳이 그런 말을 입 밖에 내지는 않았다. 이런 일은 대단한 보상을 받는 직업이 아니다. 가족들에게 죄책감을 느끼게 하는 것은 여자가 얻는 약간의 즐거움 중 하나일 터였다.

"어쨌든 이제 돌아왔죠. 시간이 좀 걸렸네요."

"잘됐군요." 여인이 거만하게 말했다.

너무 길지 않길 바랄 뿐이야. 신께서 날 도우시기를. 난 엄마의 삶과 떨어져 있길 바라진 않지만, 내가 런던에 있다는 걸 그들이 알아내는 건 시간문제일 뿐이야. 내가 왜 여기 있는지는 몰라도 날 찾아내긴 할 거야. 어디든 선이 닿아 있으니까.

"여기 오셨으니 선생님의 자세한 연락처를 업데이트해야 할 것 같은데요. 더 이상 스페인에 계신 게 아니라면요. 전화번호는 있으세요? 아시겠지만, 긴급 상황에 대비해서요."

그녀는 아직 자기 번호를 외우지 못했다. 술술 말하려면 휴대전화를 쳐다봐야만 했다. 여인이 타이핑을 하고, 탭 키를 누르고, 그녀를 올려다봤다.

"그리고 어디 사시나요?"

콜레트가 막 주소를 말하려는 순간, 본능적인 의심이 그녀의 행동을 막아섰다. 그들이 알 필요는 없다. 휴대전화를 꺼 둘 건 아니니까. 그래서 여자에게 엄마의 아파트 주소를 말했다. 머릿속에 처음 떠오른 주소가 그것이었기 때문이다.

부드럽게 발을 끌며 복도를 내려오는 발소리가 나고 한 남자가 나타났다. 요리사복 같은 흰옷을 입고 있었다. 그는 간수처럼 열쇠 한 뭉치를 휘두르며 안내원 앞에 놓인 꽃을 탐구하듯 들여다봤다.

"재닌 베이커 씨의 방문객이세요."

그가 눈썹을 추켜올렸다. "오, 알~겠습니다!"

"따님이세요." 여자가 의미심장하게 말했다.

그가 콜레트 쪽으로 돌아서서 위아래를 훑어봤다. "그분이 혈혈단신일 거라고 생각했는데 말이죠."

"네. 여기 빨리 올 수가 없어서 걱정이 많았어요. 해외에 있었거든요. 정리할 일이 있어서." 콜레트가 말했다.

"괜찮습니다." 그가 몸을 돌리고 복도 쪽으로 되돌아갔다.

콜레트는 잠시 그를 따라갈지 말지 머뭇대다가, 그가 몸을 돌려 어깨 너머로 쳐다보자 서둘러 뒤따라갔다.

건물 깊숙이 들어가자 기저귀 냄새가 더 강해졌고, 광택제 냄새는 약해졌다. 두 겹짜리 방화문 앞에서 남자가 발을 멈추고 잠긴 문을 열었다.

"손님은 이 문이 죽 잠겨 있을 거라고 생각하시겠죠. 꼭 그렇지는 않아요. 반반이죠. 아무튼, 전 마이클이에요."

콜레트는 고개를 끄덕이고, 두 번째로 인사말을 중얼거렸다. 안쪽 공기는 다소 축축하고 음산했다. 마치 그녀가 막 떠나온 지하실의 공기 같았다. 벽은 마음을 진정시키는 민트그린색이다. 그녀는 남자 옆에서 걸었다. 빈 식당 홀, 포마이카 테이블, 쥐똥나무로 가득 찬 정원이 내려다보이는 벽 너비의 창문, 양철판으로 두른 창고도 언뜻 눈에 들어왔다. 지금부터라도 마취제를 많이 사 둬야겠군. 마지막으로 보는 풍경이 이런 건 아니었으면 좋겠어. 바다가 보이고, 진 한 병, 그리고 마약성 진통제 한 병이 있었으면 해. 멀리 떠나도, 그거면 충분해. 라운지에서는 쪼글쪼글한 형상들이 딱딱한 의자에 앉아서 조용히 〈제레미 카일 쇼〉가 나오는 텔레비전을 응시하고 있었다. 의자마다 오른쪽 팔걸이에 쟁반이 붙어 있고, 쟁반마다 간호복 색 같은 분홍 도자기 찻잔이 놓여 있었다. 방문객도 없었고, 환자복을 입지 않고 그들 곁에 서 있는 사람도 없었다. 적당하지 않은 시간에 왔군. 그걸 바라긴 했지만.

"어머님은 방에 계세요. 대부분 방 안에서 시간 보내는 걸 좋아하시거든요. 적어도 점심때까지는요." 마이클이 말했다.

"좋네요." 엄마는 결코 사회적인 사람이 아니었다. 그러면서도 남자 친구들을 어떻게 바꿔 댔는지 도통 모르겠다. 엄마는 의자에 앉아서 담배를 피우며 텔레비전을 보곤 했다. 동료들이 팔짱을 끼고 카지노에 간 동안에도 그러고 있었다. 그리고 그중 세 사람이 그녀와 짧은 결혼 생활을 했다. "엄마는 어떻게 지내시죠?"

그들은 복도가 갈라지는 곳에 들어섰고, 갑자기 벽 색깔이 바뀌었다. 그녀 오른쪽은 하늘색, 그가 그녀를 안내하고 있는 쪽, 즉 왼쪽은 캔디핑크색이었다. 늘그막에조차도 색깔로 성별이 구분되고 있었다. "잘 지내세요." 그가 위로하듯 말했다.

의학적 견해를 들을 수 있다는 건 늘 좋은 일이다. "이따금씩 살짝 혼란스러워하시지만, 대개 상당히 만족스럽게 지내세요." 그가 덧붙였다.

그런데 왜 그 사람들은 엄마가 죽을 거라는 진단을 내렸을까? 콜레트는 궁금했다. 나는 평생 엄마를 그 모습으로 기억하겠지. 테마제팜(신경안정제의 한 종류./ 옮긴이)과 진이 그 병에 약간 영향을 끼쳤나 싶지만. 심장질환성 치매. 그들이 그녀에게 고지한 진단명이다. 심부전 증상으로 인해 뇌에 산소가 바로 공급되지 않아서 일어나는 병이었다.

그들은 문에 다다랐다. 문은 지금까지 지나쳐 온 다른 문들처럼 약간 열려 있었다. 직원들이 방 안에 들어가지 않고도 안에 있는 사람을 살필 수 있게 해 둔 것이었다. 요양원에는 프라이버시가 없다. 콜레트는 밤에도 문을 닫지 않는지 잠시 궁금했고, 곧 닫지 않을 거라고 생각했다. 두 사람이 막 문 하나를 지나쳤을 때, 문 안쪽에서 통곡하는 듯한 고음이 솟구쳤다. "날 그냥 놔두지 않을 거야, 날 놔두지 않을 거야, 놔두지 않을 거라고! 엿이나 먹어라. 왜 그러면 안 되지? 난 그저……"

"여깁니다." 마이클이 그 목소리에서 대피하듯 말했다. "자, 마지막으로 뵀을 때보다 어머님 상태가 조금 나빠졌어도 놀라지 마세요. 충격을 받으신 걸 수 있으니까요. 제가 알기로는요. 하지만 어머님이 달라지신 건 아니에요."

그녀가 엄마를 마지막으로 본 건 스토크 뉴잉턴에 있는 콜레트의 아파트 정원에서였다. 힘들게 얻긴 했지만, 그래도 자가 주택을 갖게 되었을 때였다. 삼 년 전, 큰 파라솔 아래서 한 손에는 진토닉 잔을 들고 얼음을 딸각거리며 벤슨 담배를 피우는 건 대수롭지 않은 일이었다. 나는 그 아파트를 참 좋아했는데. 그곳이 자랑스러웠지. 내가 일해서 돈을 냈다는 증거였어. 거기가 어떻게 됐을지 궁금하네. 아마 은행 차지가 됐겠지. 누군가 지금 거기 살고 있다면, 내 주방을 즐기고, 아마도 내 파라솔을 사용하고, 경매 거래로 싸게 집을 얻은 걸 자축하고 있겠지. 그리고 이 시기가 끝날 때까지 리사는 아마 신용불량자 리스트에 올라 있을 테고.

"고마워요. 기억해 둘게요."

그가 문틈으로 재닌을 불렀다. "재닌 할머니. 지금 괜찮으세요?"

엄마의 목소리였지만, 또 아니었다. 옆방에서 통곡하는 사람의 목소리와 마찬가지로, 고음이었고, 호흡이 가빴다. "응, 그래. 고맙다, 아가."

"찾아오신 분이 있어요. 모시고 왔어요." 그가 소리치고는 문을 활짝 열었다.

재닌은 빈 벽이 내다보이는 창문 앞에 놓인, 등받이가 긴 인조가죽 팔걸이의자에 앉아 있었다. 코에는 두 줄의 튜브가 끼워져 있었다. 그녀는 아이 같은 호기심이 담긴 눈으로 위를 올려다보고는 크게 미소 지었다. 하지만 곧 얼굴이 침울해지더니 혼란으로 가득 찼다.

"방을 제대로 찾아오신 게 맞나요?" 그녀가 숨을 몰아쉬며 말했다. "누구시죠?"

콜레트는 어지러웠다. 엄마는 엄마로서 산 적이 거의 없지만, 그래도 날 잊어서는 안 되잖아. "나야, 엄마." 그녀는 방 안으로 한 걸음 더 들어갔다. 그러고는 엄마의 의자 곁에 쪼그려 앉아 엄마를 올려다봤다. "리사."

재닌이 몸을 움츠렸다. 그녀는 리사 자신의 복사본 같았다. 마치 잉크가 다 떨어져 가는 복사기로 그녀를 본뜬 것 같았다. 콜레트가 그녀를 마지막으로 봤을 때, 그녀는 파마가 약간 풀려 있었고 어두운 색으로 한 염색도 많이 빠져서 원래의 금발이 드러나고 있었다. 지금 그녀는 온통 회색이다. 살결도, 눈동자도, 주방용 가위로 자른 것 같은 기름진 머리카락도 모두. 입에서부터 콧속까지 올라가는 줄은 암회색이었다. 그녀는 콜레트를 오래도록 응시하고는, 고개를 저으며 단호하게 말했다. "아니. 말도 안 되는 소리. 리사는 이제 열일곱이라우. 당신은 늙어 빠졌고."

"오락가락하세요. 그렇다고 걱정하실 건 없어요. 다음에 오시면 어머님이 죄다 기억하실 거예요, 반드시." 마이클이 말했다.

콜레트는 엄마의 손에 자신의 손을 겹쳤다. 주름지고, 검버섯이 피고, 크고 푸른 점들이 손바닥까지 퍼져 나가고 있었다. 언제 이런 게 생긴 거지? 엄마는 이제 예순일곱밖에 안 됐는데. 이 모든 게 내가 떠난 후에 생겼다고는 할 수 없어, 그렇지? 엄마는 점점 이렇게 돼 가고 있었는데, 내가 그걸 몰랐을 뿐인 거지?

"그리고 리사는 귀엽다우." 재닌이 손을 홱 뺐다.

콜레트는 엄마가 떨고 있다는 걸 알아차렸다. 그녀는 분주하게 아래에 놓아둔 가방을 들여다보며 그 속에서 꾸러미를 찾아 꺼냈다. "엄마 드리려고 뭘 좀 가져왔어요. 보세요. 이거 좋아하셨잖아요."

콜레트는 마치 상이라도 되는 것처럼 가져온 선물을 들어 보였다. "엄마가 좋아하시는 초콜릿이에요. 그리고 멋진 향이 나는 것도 있죠. 샤넬요. 보세요. 늘 샤넬을 좋아하셨잖아요."

"오." 재닌이 다시 한 번 환하게 미소 지었다. 그녀가 콜레트의 손에서 페레로로쉐 초콜릿 상자를 낚아채고는, 몇 달 동안 밥만 먹고 디저트 같은 건 전혀 먹지 못한 사람처럼 열성적으로 그 안을 뒤졌다. "으으으으으음." 그녀는 푸르스름한 잇새로 초콜릿을 우물거렸고, 풍미를 느끼는 사이사이 숨을 '헉' 하고 들이마셨다. 콧수염이 자라 있었다. 철사같이 두꺼운 머리칼은 두피에서 멀어질수록 검었다. 그녀가 샤넬 넘버 파이브 향수병을 들어 올렸다. 그녀가 늘 동경하던 향이었다. 그녀는 이걸 딱 한 번 직접 샀었고, 한 번은 콜레트가 주말에 일해서 돈을 모으고 모아 크리스마스 선물로 사 주었었다. 그녀는 콧잔등에 주름을 잡고, 마치 거기 아무것도 안 들었다는 듯 향수 상자를 카펫 위로 떨어뜨렸다.

"그래서 당신이 원하는 게 뭐유? 난 돈 없수. 찾는 게 그거라면."

콜레트는 재닌의 침대에 펼쳐진 분홍색 장식용 침대보 위에 조심조심 걸터앉았다. "아니에요. 그냥 어떻게 지내시는지 궁금할 뿐이에요." 그녀가 부드럽게 말했다.

"돈이 있는 건 내 딸이라우. 그 애가 여기 와서 날 보는 걸 귀찮아하는 건 아니라우. 초콜릿 좀 드시겠수? 이거, 맛있는데."

"네, 맛있겠네요. 감사해요."

15

"이거 정말 근사하네." 베스타가 한 번 더 집어 먹으며 말했다. "이 걸 뭐라고 부른다고 했지? 다시 말해 주겠나?"

"시리니 호시크요." 호세인이 흰색 포장 상자 위로 손가락을 빙빙 돌리고는, 포장 종이에 싸인 하트 모양 샌드위치를 골라서 통째로 입 속에 던져 넣었다.

"그걸 계속 기억하고 있질 못하겠단 말이야. 이걸 보면 뭐가 떠오 르는 줄 아나? 비스킷이야."

"네, 맞아요. 비스킷 같죠." 호세인이 진지하게 말했다.

"그런데, 페르시아 사람들도 비스킷을 먹나 모르겠네."

호세인이 미소 지었다. "그럼 우린 뭘 먹을 거 같으세요?"

베스타가 접이식 의자에 편안히 앉아서 페이스트리를 찻잔에 담 긴 홍차에 적셨다. "몰라. 새끼 양이나 뭐 그런 거겠지."

"이드(이슬람교의 축제 중 하나./ 옮긴이) 때뿐이에요. 그런 건 엄청 비싸거든요."

두 사람은 만족스러운 침묵 속에 빠져 하늘색 창공을 응시했다. 정원에는 파티 준비가 되어 있다. 건조용 선반에서 담요를 꺼내 가져다 놓았고, 호세인이 가져온 보조 탁자에는 엄마에게 받은 다기 세트가 완벽하게 세팅되었으며, 삼 일 동안 쓸 연료가 남아 있는 휴대용 석유난로 위에서는 물이 보글거리고 있다. 몇 분 안에 다른 사람들이 올 테지만, 그녀는 설령 그들이 오지 않아도 크게 개의치 않을 것이다.

지금 이대로가 딱 좋군. 솔직히 잘 알지도 못하는 사람들과 예의 바른 대화를 나누고 싶진 않은데 말이야. 물론 대화는 사람들과 친해지는 데 필요한 방식이긴 하지만. 1호실 남자가 여기 오려고 애쓰지 않을 거라는 건 분명하고. 초대에 대답하지도 않았고. 그래서 신경이 쓰이는 것도 아니고 말이야. 모래 같은 머리색에 창백한 입술, 현관 복도에서 만나도 마주치지 않는 눈. 제라드 브라이트는 파티에 어울리는 인간이 아니야. 그가 안 온다고 뭐 대단한 손실도 아니고.

누가 생각이나 했겠어. 베스타는 호세인 쪽을 흘끗 쳐다봤다. 나이 칠십이 다 돼서 내 나이 절반밖에 안 되는 이란인 망명 신청자가 내 친한 친구가 될 줄 말이야. 엄마 아빠는 아니라고, 안 된다고 하겠지. 그건 확실해. 부모님은 17번지의 펠신스키 가족을 이상한 양배추 음식이나 먹는 수상쩍은 외국인이라고 생각하셨지. 그분들이 지금 이 세상을 보면 어떤 생각을 하실까? 1980년대 이전에는 이란 사람들에 대해 들어 본 적도 없는데, 지금은 어디에나 그들이 있지. 소말리아처럼 말이야. 여기에 그렇게 많이 내려온 건 아니지만. 이제는 북부 런던보다 더 많아 보여.

"아, 「가디언」에서 자네 기사를 봤어. 무척 흥미롭더구먼."

그가 눈살을 찌푸렸다. "고마워요, 할머니. 제가 아는 사람이 그걸 볼 거라고는 생각 못 했는데."

"알면서. 내가 도서관에 가서 신문 읽는 걸 좋아하는 거. 은퇴한 다음에 가장 많이 가질 수 있는 게 한 가지 있다면, 그건 시간이지. 그러니 내게 뭐든 말해 봐."

"네?"

"아직 일하는 게 허용 안 된 거 같은데?"

"네, 못 해요. 제게 보조금도 지급하지 않고요. 대신 그들은 고문 희생자 의학 자문위원회에 기부하죠."

"오, 알 만하네. 그건 뭐 말이 되는 얘기지."

"그렇죠. 하지만 뭐 제게 잘 대해 주는 편이죠. 또 제 취업 허가를 연기할 권한도 있고요."

"아직도 그렇군. 매우 무의미한 규칙 같아 보이네만. 자네 같은 사람들이 돈만 뽑아 간다고 투덜거리는 사람들은 자네가 일하게 그냥 놔두지 않을 거야."

호세인이 어깨를 으쓱했다. "그건 저에게 달렸죠."

"맞아."

"허가증을 받으면 일자리를 얻기가 더 쉬워질 거예요."

"그것도 맞고."

그녀가 음식물에 씌워진 랩을 벗기려고 아래로 손을 뻗자, 호세인이 손을 내밀어 팔로 그녀의 등을 일으켰다. "제가 할게요."

"난 아흔 살 먹은 노친네가 아냐, 호세인."

그가 '쯧' 하며 못마땅한 소리를 내고는 털썩 꿇어앉았다. 그리고 셰릴이 옆쪽에서 돌아 들어오는 모습을 보고 고개를 들었다. 그 뒤에

키가 큰 금발 여인이 따라오고 있었다. 베스타가 그 옛날의 칵테일파티 주최자처럼 그들을 맞이하러 일어났다. "당신이 콜레트겠군. 난 베스타라고 해요."

콜레트가 살짝 얼굴을 붉히고는 악수를 했다. "친절에 감사드려요."

"오." 베스타가 너그럽고 경쾌하게 손을 흔들었다. "아무것도 아닌데, 뭐. 기쁠 따름이지. 이웃을 알게 되는 건 늘 기쁘지."

"안녕하세요. 또 뵙네요." 호세인의 말을 건네자, 그녀가 머뭇거리며 인사를 했다. 그녀의 창백한 두 뺨이 더욱 짙어졌지만, 그건 아주 찰나였을 뿐이다. 베스타는 생각했다. 우리 새로 온 숙녀께서 잘생긴 이웃 남자를 좋아하고 있군. 이사 오고 나서 아주 잠깐이었는데 말이야. 정말 귀엽네. 호세인이 멋진 여자 친구를 만들게 되겠어. 그러고 보니 호세인이 여기 온 뒤로 여자와 함께 있는 걸 본 적이 없군. "적응은 잘되고 있나요?" 그가 물었다.

그녀의 두 눈이 다소 분홍색으로 변했다. 울고 있나, 아니면 꽃가루 알레르기인가? "좋아요." 그녀가 대답하고는 하늘을 올려다봤다.

"자, 앉자고. 의자가 있으니." 베스타가 말했다.

"오, 아뇨. 저는 괜찮아요. 또 누가 분명……."

"언니도 손님이잖아요. 앉아요, 그냥." 셰릴이 말했다.

콜레트는 사람들의 시선을 의식하며 여분의 접의자에 앉았다. 아름다운 남자는 이제 그녀에게서 등을 돌리고, 우아한 앤티크 접시에 놓인 구식 다과용 음식의 포장을 벗기고 있다. 나이 든 숙녀는 서로 어울리는 잔과 다과용 접시들, 갈색의 큰 도자기 찻주전자 하나를 가지고 있었다. 그것들은 가운데에 봉이 튀어나온 테이블 위에 놓여 있었다. 콜레트는 차를 따르면서 나이 든 숙녀를 살펴봤다. 전에 직접 만나지 못한 유일한 이웃이었다. 키가 크고, 품위 있으며, 밤색 살결에 쇳빛이 도는 회색 머리칼, 용감한 체로키족처럼 실패를 겪지 않을 것처럼 보이는 옆모습이었다. 누군가가 "지하층에 사는 할머니."라고 이야기했을 때 머릿속에 떠올린 모습이 아니었다. 그런 표현에서는 지팡이를 짚고 다니고, 헤어롤을 잔뜩 꽂고 있는 모습이 늘 연상된다. 이 여인은, 맡겨만 준다면 중환자실을 운영할 수도 있을 것처럼 보였다.

셰릴은 담요 끄트머리에 팔다리를 대자로 벌리고 벌러덩 드러누웠다. 비쩍 마른 다리 끝에 오렌지색 상자 같은 플랫폼 슈즈가 걸려 있었다. 남자는 그녀의 드러난 맨살에서 애써 시선을 돌리고 손에 들린 일거리에 집중했다. 내가 여기서 뭘 하고 있는 거지? 콜레트는 생각했다. 난 친구를 만들고 싶지 않아. 내가 바라는 건 집으로 돌아가 누워서 엄마에 대해 생각하는 것뿐인데.

랩이 벗겨지자마자 셰릴의 손이 샌드위치로 쏜살같이 움직였다. "배고프다고요."

"샌드위치 먹어." 호세인의 말에 그녀는 웃음을 터트리며 자홍색 손톱으로 그의 팔뚝을 튕겼다.

"그 케이크 만드셨어요, 할머니? 오, 베스타표 케이크! 케이크 만드실 줄 알았어요."

무척이나 애 같군, 콜레트가 생각했다. 이런 유형은, 자신이 조력자라고 생각하지만 실제로는 일을 망치곤 하지. 사람들은 저 애를 조금 까부는 조카딸 정도로 여기고, 저 애 맘대로 뭐든 하게 해 주고.

"모두 모일 때까지 자르지 않고 있었단다. 이 샌드위치 좀 나눠 주렴, 셰릴. 혼자 다 먹으면 안 된다. 차 한잔할래요, 콜레트 양?"

"음, 네. 좋습니다. 감사해요."

"너보다 매너가 낫네, 어쨌든." 베스타가 셰릴에게 말했다.

"약을 안 했다면요." 그렇게 말하고 셰릴이 소시지 롤을 통째로 입에 넣었다. 완두콩 깍지처럼 말랐지만, 그녀의 작은 몸통에는 놀라우리만큼 큰 가슴이 매달려 있었다. 음식이 없을 때는 많이 먹지 않을 것이다. 이런 애들은 다 그래. 치즈 콘스낵, 다이어트 콜라와 칼로리 없는 것들을 섞은 베일리스를 먹지.

"우유랑 또……?" 베스타가 묻고는 찻잔을 집어 들었다.

"우유만요, 감사해요. 귀여운 그릇 세트네요."

"엄마가 쓰시던 거지. 부스 실리콘 차이나 제품이야. 할머니가 받으신 결혼 선물이었다는데, 제1차 세계대전 전에."

"아, 너무 사랑스러워요." 콜레트가 말했다. 그녀에게는 현재 가족이 아무도 없다. 가족이 많았던 적도 없다. 그녀가 알고 있는 한, 그녀의 엄마가 자신의 인생에서 이룬 유일한 성취는, 리머릭을 뛰쳐나와 혈연들과의 관계를 끊어 냈다는 것이다. 그 후 런던에 왔고, 임신을 하고, 혼자가 되어서, 정부에서 지급하는 아파트를 얻고, 모든 전의를 상실한 듯 지냈다. 그녀는 자신을 구원해 줄 남자를 차례차례 기다리며 그저 주저앉아 울었고, 두 사람은 아무것도 하지 않았다. 그들이 그 상태에서 벗어나면, 정부는 그들이 살고 있는 아파트를 깨끗이 치울 사람을 보낼 테니 말이다. 그 아파트에는 1파운드 숍에서 파는 싸구려 그릇과 중고 냄비 외에는 아무것도 없었다. 크리스마스 선물을 나눌 친구도 많지 않았다. 그게 많은 사람들이 장식용 물건을 모으는 방식인데 말이다. 선물과 유산.

"도둑이 이것들을 깨뜨렸다면 난 죽어 버렸을 거요. 차마 엄마 얼굴을 볼 수가 없었을 테니까." 베스타가 말했다.

"도둑이 든 건 유감이에요. 끔찍한 일이죠. 그 인간들이 뭘 많이 가져갔나요?"

"그렇다기보다는 끔찍한 게 문제지. 난 여기서 평생을 살았는데, 이런 일은 한 번도 없었거든. 내가 바라는 건 그저…… 다들 알겠지만. 하지만 이제 그놈들이 여기 들어왔었고, 그건 이제 그런 놈들이 또 올 수 있다는 뜻이지. 그놈들이 자기가 한 짓을 말하고 다닐 테니까."

"괜찮아요. 제가 할머니 댁 체인 잠금장치를 고쳐 둘게요. 다시는 못 들어올 거예요. 나쁜 놈들 같으니라고." 호세인이 말했다.

베스타가 소리 내어 웃었다. "빛나는 철갑을 두른 기사님이시군. 자넨 정말 하늘이 내려 주신 뜻밖의 선물이라니까." 그녀가 비난하는 듯한 투로 은근히 콜레트에게 말했다. 콜레트가 그를 자세히 살펴볼 기회를 놓쳤다는 걸 깨닫게 하려는 말이었다. "콜레트 양이 부탁만 하면, 저이는 뭐든 해 줄 거라우."

"음, 뭐든 다는 아니에요." 호세인이 말했다. 멋지고 환한 그의 미소에 콜레트의 관심이 쏠렸고, 베스타는 그 빛에 상기된 그녀의 모습을 봤다. "자, 적응은 잘되고 있나요. 콜레트 양? 호화 호텔을 즐기고 있나요?"

"모든 설비가 최신이던데요." 콜레트가 말하고는, 셰릴이 건넨 샌드위치 접시를 손짓으로 거절했다. 그리고 문득 자신이 가져온 선물을 떠올리고는 얼굴을 붉히고 가방에 손을 넣었다. 그녀가 호브 놉스 초콜릿 한 팩을 베스타에게 내밀었다. "이걸 좀 가져왔어요. 음…… 기증품이죠. 죄송해요. 여기 있는 것들에 비하면 정말 초라하지만……."

"말도 안 돼요." 호세인이 대답하는 동안 베스타가 비스킷 몇 쪽을 집어 그에게 건넸다. "호브놉스는 당신네 나라에서 가장 괜찮은 음식 브랜드 중 하나잖아요."

"고마워요. 이건 정말 훌륭한 음식이지요. 친절하기도 하지." 베스타가 말했다.

"아저씨가 음식 얘기 하게 놔두지 마세요. 그러면 아마 루바브를 넣은 엄마표 양고기에 대해 몇 시간이고 말할걸요." 셰릴이 말했다.

"루바브를 넣은 양고기? 그 얘긴 나도 별로야." 베스타가 말했다.

"오, 세상에. 그게 얼마나 훌륭하다고요." 호세인의 눈이 향수로 촉촉이 젖어 번들거렸다. "몇 시간 동안 익혀서 뼈에서 고기를 분리한 다음, 엄마가 마지막으로 파슬리와 구운 민트 잎을 던져 넣죠. 그러면 그걸 먹을 때까지 바삭바삭한 게……."

"이것 봐요. 이것들은 뭐예요? 아랍 케이크?" 셰릴이 말했다.

"이란 케이크야." '란' 소리가 길게 발음돼서 '라아아안'처럼 들렸다. "아랍이 아니라 이란."

"어느 쪽이든 상관없지만, 뭐." 셰릴이 소시지 롤에 이어 작은 바클라바(견과류, 꿀 등을 넣어 파이처럼 만든 중동 음식./ 옮긴이)를 재빨리 입에 집어넣었다. "으으으프프프." 담요 위에 파이 부스러기가 떨어졌다. "너어어무 맛있네요."

"알아. 정말, 이렇게 멋진 게 악의 제국에서 왔다니 믿기지 않지?" 호세인이 대꾸했다.

"케이크 먹어도 돼요?" 셰릴이 말을 가로막았다.

"토머스가 올 때까지는 안 돼." 베스타가 손가락을 흔들어 보였다. "어린애들은 음식 하나면 행복해한다니깐. 참 쉬워, 안 그래요?" 그녀가 확신조로 콜레트에게 말했다. 콜레트는 그 소리를 듣고 뜨끔했다. 이런, 이 할머니가 저들보다는 나를 자기 또래와 더 가깝게 여기고 있는 거 같은데? 우리 엄마와 비슷한 연배인 게 확실한데 말이야.

셰릴이 고개를 숙였다. "이런! 그 사람도 와요?"

"내가 모두를 초대했다고 말했지 않았니? 물론 그 사람도 초대했단다. 제라드도." 그녀가 아파트 위쪽을 손으로 가리켰다. "우리 모두가 그를 환영할지는 다소 의문이기는 하지만. 뭐, 그가 오늘 아침에 작은 여행용 가방을 들고 집을 나서는 걸 보긴 했어. 내 생각엔 애들을 보러 간 것 같다만."

"오, 하느님 감사해요. 그 아저씬 '파티 남'은 아니라고요, 진짜로. 저기 앉아서 파리라도 잡으려는지 허공만 바라보는 그 사람이랑, 2차 세계대전이든 뭐든 말을 늘어놓는 '수다 남' 사이에 있어야 한다면, 지금 당장 가방 싸서 잠이나 자러 가는 게 나을 거라고요. 그 사람이 나타나면 우린 한마디도 못 할걸요."

베스타가 눈썹을 추켜올렸다. "똥 묻은 개가 겨 묻은 개 나무라네."

"아녜요. 전 재미있기라도 하잖아요." 셰릴이 십 대 특유의 조급하게 확언하는 태도로 말했다. "그 사람은…… 족제비처럼 얍삽하다고요."

옆문이 긁히는 소리를 내다가 쾅 열렸다. 그들은 입을 다물고 주변을 살피려고 목을 길게 뺐다. 실제로 그가 '족제비 같은 인간'인지는 아무도 확신할 수 없지만, 토머스가 그 말을 들었다면 그런 말을 한 사람을 좋아하지 않으리라는 건 확실했다. 그 소리를 못 들었을리 없다. 셰릴의 목소리는 머지 강에 떠 있는 배에 경고할 수 있을 정도로 컸다.

"안녕하세요, 안녕하세요!" 그가 크게 외쳤다. 목소리는 명랑했지만 어딘지 부자연스러웠다. 저 사람, 얘길 들었군, 콜레트는 생각했다. 하지만 못 들은 척하겠지. "파티하기에 굉장히 멋진 오후네요!"

그가 모퉁이를 돌아 들어왔다. 오늘은 말단 공무원들의 깔끔한 캐주얼 복장인 폴로셔츠를 입고 있었다. 어느 시점에는 분명 고동색이었겠지만, 지금은 어두운 분홍색으로 바래 있다. 안경 위에는 부착식 선 렌즈가 끼워져 있었다. 색이 들어간 선 렌즈는 왼쪽 끄트머리를 떼어 낼 수 있게 되어 있어서, 자신을 냉대하는 사람, 자신의 자존감을 절벽 아래로 밀어뜨리는 사람을 볼 수 있게 해 줬다. 직직 끌리는 신발과 다소 멋 부린 그 셔츠는 분명 언젠가는 그에게 신경을 써 준 사람이 있었다는 걸 알려 줬다. 콜레트는 마음속으로 한숨을 쉬었다. 저이는 희망을 잃은 사람처럼 보여.

"자!" 그가 밀크 트레이 초콜릿 한 상자를 든 팔을 휘두르며 행진하듯 걸어왔다. "굉장히 좋은걸요! 정원이 사용되고 있으니 보기 좋군요! 전 이 작은 정원을 내다보는 게 무척이나 좋답니다, 베스타 할머니. 뭔가 바뀌고 싶어서 여기에 왔는데, 정말이지 잘됐네요. 안녕하세요, 호세인 씨. 안녕하세요, 콜레트 양. 할머니 드리려고 초콜릿을 좀 가져왔어요. 이 더위에는 좋은 선물이라고 할 수 없을지도 모르지만요. 죄송해요. 제가 생각을 못 했네요. 녹을지도 모른다는 걸요."

그는 셰릴을 바라보지 않았고, 인사말에 포함시키지도 않았다. 들었군. 콜레트는 다시 한 번 생각했다. 저 사람, 불쾌해하고 있어.

"멋지네." 베스타가 초콜릿을 집어 들었다. "친절하구먼. 밀크 트레이라니! 자네가 이런 걸 가져올 줄은 몰랐는걸!"

"전혀요, 전혀요, 아무것도 아니에요." 그가 유라이어 히프(찰스 디

146

킨스의 『데이비드 카퍼필드』에 등장하는 위선적인 악한./ 옮긴이)처럼 두 손을 맞비비고, 주변을 둘러보며—콜레트, 호세인, 베스타의 베고니아 꽃, 그러니까 셰릴이 아닌 모든 것에—활짝 웃어 보였다. "오늘도 멋진 날이네요. 안 그런가요? 너무 덥다고 생각하는 사람도 있겠지만요. 하지만 모두에게 완벽한 날이란 없으니까요."

그는 어색하게 서서 앉을 곳을 찾다가 의자가 부족하다는 걸 발견하고는 놀랐다는 기색을 내비쳤다. 콜레트는 그가 늘 희미하게 비난 조의 느낌을 풍기는 사람, 결코 진정으로 만족하지 못하는 그런 사람이라고 장담했다. 딱히 홀대받아 기분 나빠 하고 있을 때가 아니라도 말이다.

콜레트는 어쨌든 말을 걸어 보기로 했다. "여기요." 그녀가 의자에서 내려앉으며 말했다. "앉으세요."

"오, 아니에요, 아니에요. 그럴 순 없죠. 그냥 거기 앉아 계세요."

"아니에요, 괜찮아요. 전 바닥에 앉는 게 더 좋아요. 오늘은 계속 의자에 앉아 있었거든요. 깔개 위에 앉는 게 더 좋을 것 같네요."

"아니에요, 아니에요." 그가 재차 거절했지만, 콜레트는 현실적으로 행동했다. 콜레트는 셰릴 옆에 깔린 담요에 몸을 묻었다. "전 여기 있으면 돼요." 그녀의 말에 그가 소심하게 혀를 차고 자리에 앉아서 건너편에서 베스타가 건네준 찻잔을 받았다. "불편하지 않으시겠어요?" 그가 한 번 더 말했다. 이번에는 아무도 대답하려고 애쓰지 않았다.

"그럼 우리 이제 케이크 먹을 수 있는 거죠?" 셰릴이 물었다.

"그래, 콜레트. 네가 엄마 역할 좀 할래?"

"물론이죠."

"바구니 안에 칼 있다."

"좋아요." 그녀가 손을 뻗어 바둑판무늬 보자기 아래 튀어나와 있는 칼 손잡이를 잡았다. 보자기를 젖힌 순간 그녀는 놀라고 조금 충격을 받은 표정을 지었다. 날이 긴 종류의 요리용 칼이었다. 끝이 날카롭고, 칼날은 사무라이 칼처럼 허공에서 실크도 베어 낼 수 있을 것 같은 모양이었다. "이걸로 케이크를 잘라야 하나요?" 그녀가 칼을 잡고 말했다. "죽이지 않고는 자를 자신이 없는데."

"미안. 우리 아버지가 도축업자였거든. 그래서 나한테는 온갖 것들이 다 있지. 칼, 힘줄용 가위, 중식도······."

호세인이 크게 웃음을 터트렸다. "할머니한테 딱인데요." 그리고 콜레트를 쳐다봤다. "할머니를 위해 만들어진 것 같아요."

콜레트는 코를 찡그리고 허공에서 칼로 사람을 찌르는 시늉을 해 보였다. 모두 서로를 보며 활짝 웃었고, 베스타는 그들 사이에 설명할 수 없는 순간이 짧게 스쳐 지나가는 것을 봤다. 콜레트가 케이크를 자르려고 몸을 숙였다.

"자, 말해 봐요, 콜레트 양. 뭐 때문에 이 멋진 런던의 목구멍 같은 여기까지 온 거죠?" 토머스가 물었다.

하, 콜레트는 속으로 한숨을 쉬었다. 이게 내가 여기 오고 싶지 않았던 이유지. 질문 말이야. 사람들이 내게 질문을 할 테니까. 그리고 나는 뭐라고 대답해야 할지 모르고. 그녀는 머리칼이 앞으로 쏟아져 얼굴을 덮게 내버려 두고는 케이크를 자르는 데만 집중하는 체했다. "뭐, 그러니까, 이런저런 이유죠. 전 한동안 해외에서 살았어요. 나 자신을 다시 들여다보고, 다음에 할 일을 찾으려고 하고 있죠."

"원래 여기 사람이 아닌가 보죠?"

그걸 말해 주는 건 해롭지 않겠지, 분명? 수백만 명이 여기 출신이 아니니까. "저 너머 먼 곳에서 왔어요. 페캄, 진짜로요. 엘리펀트 너머요."

그녀는 단속의 눈길들이 흥미를 잃고 닫히는 모습을 봤다. 아무도 페캄에 대해서는 신경 쓰지 않는다. 런던에는 북부와 남부를 가르는 보이지 않는 경계선이 있으니까. 남서부에 온 사람에게 브릭스톤 동쪽에 있는 뭔가는 베를린 장벽이나 마찬가지다. 그게 그녀가 재닌을 지금 있는 시설로 보낸 이유 중 하나고, 그녀가 여기 머무르는 일을 잘해 내고 싶은 이유 중 하나였다. 런던식으로 말하자면, 레이톤은 일링에서 화성만큼이나 멀리 떨어져 있다.

"그럼 뭐 때문에 노스본에 온 건가? 고향에서 제법 멀잖나, 안 그런가?" 베스타가 물었다. 그녀는 웨스트엔드에 손에 꼽을 만큼 가 봤다. 몇 번이나 갔었는지 정확히 셀 수도 있다. 하지만 이제는 노인 무료 승차권을 가지고 있음에도 딱히 갈 만한 이유가 생각나지 않았다.

"제, 그러니까 엄마가 요양원에 계시거든요. 콜리어스 우드에요. 아시겠지만, 거긴 가까운 듯도 하고, 먼 듯도 하잖아요. 무슨 말인지 아시겠어요?"

호세인이 활짝 웃었다. "오, 네. 무슨 의미인지 알겠어요."

"요양원? 오, 안됐네. 분명 힘들겠지." 베스타가 말했다.

콜레트가 어깨를 으쓱했다. "네. 그러고 싶지는 않지만…… 음, 엄마 혼자 계시게 하는 거죠. 하지만 엄마는 제가 누군지 알아보지도 못하게 되셨어요. 최근에요."

"치매신가? 연세가 어떻게 되시나?"

"예순일곱이세요."

"세상에!" 베스타가 고통스러운 듯 말했다. "나보다 젊잖아!"

콜레트는 그게 무슨 뜻인지 몰랐다. 베스타 나이 대의 사람들은 노년의 질병이 시작될 때, 자신만큼은 아직 그 부류에 속하지 않는다고 생각한다는 걸 그녀가 알 수 있을 리 만무했다. "심장에 문제가 있으셔서요. 심장 때문이거든요. 심부전이 있으신데, 그게 뇌에 영향을 미쳤대요."

뭐라고 지껄이는 거야? 일생 동안 처방약과 독한 담배와 런던 진을 섞어 마신 게 이제 와서 대가를 치르게 하는 거 같다고? 엄마의 늘어진 얼굴이 그녀 앞을 허우적대며 지나갔고, 그녀는 다시 울고 싶어졌다. 엄마의 인생 대부분이 그런 건 아니었지만 말이야. 엄마는 자기 인생이 달랐으면 하고 바란 적이 있을까?

"우리 할아버지도 그러셨는데. 거지 같네." 셰릴이 말했다.

"어머니가 얼마나 더 사실지, 그 사람들은 뭐라고 해요?" 토머스의 질문에 파티 분위기가 얼어붙었다. 셰릴마저도 약간 충격을 받은 듯 보였다. 낯선 사람들과 함께 있을 때는 임종이 임박했다는 것 같은 이야기를 해서는 안 된다. 병원에 있는 게 아닌 한 말이다. 그는 분위기가 바뀐 걸 알아채지 못하는 듯했다. 그저 호기심 어린 눈으로 팔로 무릎을 감싸고 앉아 있을 뿐이었다. "그저, 전 시민 상담소에서 일하고 있거든요. 일주일에 이틀. 우리 일은 아니지만. 그래도 필요하시다면, 그러니까, 뭘 해야 할지 알고 싶으시다면, 제가 확실히 찾아드릴 수 있어요."

재미있는 양반이군, 콜레트는 생각했다. 그가 좋은 의도로 저러는 거라고 순수하게 받아들여야지. "음, 고마워요. 오래 사시지 못할 거라고, 전 생각 안 해요. 말하기 힘들군요."

그녀는 위로 시선을 올렸다가, 호세인의 두 눈에 깊은 슬픔 같은 것이 서린 것을 보고는 깜짝 놀랐다. 이런, 저런 걸 본 적이 있어. 저건 정말로, 정말로, 누군가를 그리워하는 눈빛이야. 그러고 나서 그는 어색하게 눈길을 돌리고 빈 샌드위치 접시에 남은 케이크 조각들을 놓기 시작했다.

"케이크 필요하신 분?" 그녀가 밝게 물었다.

"저요!" 모두가 대답했다.

16

집주인의 긴 소파는 가죽으로 만들어졌다. 검은 가죽으로, 1980년대에 그게 유행의 절정에 있을 때 산 것이다. 깨끗이 닦고 관리한 크롬 프레임은 얼룩이 좀 졌지만 아직 튼튼했다. 자신이 아직 전도유망하다고 생각하던 때에 토트넘 코트 로드에서 산 소파다. 숙모가 죽자마자 그는 부유한 남자가 됐다. 그는 맨 엉덩이로 소파의 감촉을 느끼는 걸 좋아했다.

그는 소파와 한 세트인, 불에 그을려 까맣게 된 유리 테이블을 아직 갖고 있다. 테이블은 소파 앞, 팔을 반듯하게 뻗으면 쉽게 닿을 거리에 놓여 있다. 자유로운 왼팔이 닿는 범위에는 혼자 노는 즐거움을 위한 장비들이 완벽하게 갖춰져 있다. 태블릿 PC는 머리 뒤 팔걸이에 놓인 전화기 옆에 있고, 테이블 위에는 인상적인 석양을 배경으로 한 윈드서퍼의 모습과 '오스트레일리아'—그는 오스트레일리아에 가 본 적이 없고, 누군가가 노스본 하이 스트리트의 마인드 숍에 기증한 것을 가져온 게 분명했다. — 라는 글귀가 새겨진 짤막한 네오프렌 고무 홀더를 끼워 온도를 유지하고 있는 얼린 맥주 캔 하나, 가는 담배꽁초 두 개와 웨더스 오리지널 캔디 포장지 한 무더기가 들어찬 재떨이 하나, TV 리모컨 하나, DVD 리모컨 하나, 티슈 한 상자가 줄줄이 늘어서 있었다. 가히 어른의 생활이었다.

집주인은 집으로 와서 옷을 벗는 걸 사랑한다. 그는 자유를 좋아한다. 그는 맨살에 선풍기를 쐬어 몸을 말리고, 허벅지 위로 앞치마처럼 늘어진 지방질을 들어 올려서, 피부가 숨 쉬게 놔두는 걸 좋아한다. 그는 답답하게 둘러싼 옷에 땀이 — 젠장, 이 더위는 그에게 땀을 흘리게 한다. — 흡수되지 않고 그대로 증발하는 느낌을 좋아한다. 그리고 자기 몸을 만지는 것도 좋아한다.

집주인은 어깨에서 젖꼭지에 이르기까지 몸을 툭툭 치고, 호기심을 충족시켜 주는 인터넷의 효율성에 경탄했다. 온라인은 드러난 사실뿐 아니라 드러나지 않은 사실 — 그는 자기 세입자들에 대해 그들이 생각하는 것보다 더 많은 것을 알고 있기를 좋아했다. — 에 대해 파악할 수 있게 해 줬다. 토머스 던바의 이름이 더 이상 노스본 가구 교환회의 신탁 목록에 없다는 사실, 그리고 시민 상담소가 엄격한 긴축 정책을 시행하면서 개점 시간을 줄인다고 한 공지문 같은 것들 말이다. 집주인은 그가 그곳에서 일으킨 소란, 지껄임, 쓸데없는 참견에 주목했다. 이런 정보 조각은 모두 한 가지를 설명해 주고 있는 듯 보였다. 누구도 임시직 참견꾼을 즐겁게 생각하지 않는다는 것 말이다.

텔레비전에서는 집주인이 욕실 두 곳에 설치한 동작 감지 카메라의 영상이 나오고 있다. 무심코 보면 그건 연기 탐지기 같아 보였고, 지금까지 아무도 왜 그걸 욕실에 설치해야 하는지 의문을 제기하지 않았다. 지금은 제라드 브라이트가 욕조 안을 거품으로 가득 채우고 엉덩이를 면도하고 있다. 집주인은 그 모습을 응시하다가 시선을 돌렸다. 브라이트는 주중에 매일 면도하고, 각질을 벗기고, 오일을 바른다. 여기 보이는 건 아무것도 아니다. 그저 감옥에 갇힌 중년 나르시시스트가 거울을 사용하고 있는 것뿐이다. 콜레트 던은 모든 면에서 더욱 흥미로울 것이다. 그는 그녀가 이웃을 뒤따라 욕실에 들어오기를 기다리면서 그녀에 대해 구글링을 했다.

그런데 그녀에 대해 찾을 수 있는 게 없었다. 호세인 잔자니에 대해서는 수천 건의 검색 결과와 수백 건의 사진 게시물을 찾을 수 있었다. 내무성은 구글만 잘 사용해도 그의 망명 신청에 대한 조사를 길게 할 필요가 없을 터였다. 그가 온갖 좌익 언론에 글을 쓰는 걸 내무성에서 흥미롭게 살펴보고 있기는 했지만 말이다. 심지어 늙은 베스타도 마케팅 목록, 조사, 안젤리코 성당의 꽃 당번 등 열두 개의 카테고리에 등장한다. 그런데 콜레트 던은? 세계 도처, 수백만 개의 구글 검색 페이지 어느 곳에도 그녀에 관한 것이 나오지 않았다. 의사, 댄서, 전략 컨설턴트인 콜레트 던, 쉰 살, 열일곱 살, 고인이 된 콜레트 던, 흑인, 금발, 빨간 머리를 한 콜레트 던은 있었지만, 불라 그로브에 사는 콜레트 던처럼 보이는 사람은 없었다.

누군가가 구글에 나타나지 않는 이유는 단 두 가지뿐이다. 그 빌어먹을 인간에게 관심을 가진 사람이 아무도 없든지, 아니면 그 이름이 진짜가 아니든지.

브라이트가 욕실을 떠나자, 텔레비전 화면이 몇 초간 빈 공간을 비추고는 공백 상태가 됐다. 그는 DVD 화면의 구십팔 퍼센트가 공백이라는 걸 깨달았을 때 내장된 동작 감지 센서를 수리했었다. 문이 열리고 그의 인터넷 검색 대상이 들어왔다. 파자마와 새틴 실내복 가운을 입고, 머리칼은 동그랗게 말아 올려 묶고 있었다. 집주인은 무릎을 끌어올리고 허벅지에 태블릿을 기대 세웠다. 셰릴 패럴의 페이스북을 클릭하는 동안 그의 자유로워진 한 손은 길을 잃고 아래로 방황하기 시작했고, 손가락들은 배 위를 달리다가 다시 가슴 사이로 되돌아왔다. 그는 손끝을 사용하는 걸 좋아한다. 그건 그에게 고양이 같은 기분을 느끼게 해 줬다.

셰릴 패럴. 여기 그 아이에 관한 이야기가 있다. 콜레트는 누군가로 위장한 것일 테지만, 이 아이는 누구도 신경 쓰지 않는 경우로 보였다. 집주인은 소녀의 두서없는 자취를 발견한 이후로 페이스북 보는 걸 취미로 삼기 시작했다. 그곳에는 실종된 십 대들을 위한 페이지가 가득했고, 누구도 드라마가 끝나면 그걸 삭제해야 한다는 사실을 기억하지 않았다. 그 글들은 해당 대상이 집에 돌아오고, 발견되고, 땅속에 묻힌 이후로도 오래도록, 영원히 거기에 자리를 잡고 있을 것이다. 애도의 글, 선동적인 댓글, 하트 표시 등 수많은 글이 있었다. "집에 오렴, 켈리, 할미는 너를 사랑한다." "엄훠나, 뽀뽀와 포옹을 보내, 엠마. 아가 뽀레버 사랑해 달링. 뽀뽀&포옹×3" "레슬리, 키스, 원더패킹의 모든 사람들로부터, 깊은 애도를." "그녀가 죽지 않았다면, 난 그녀에게 나를 줄 거야. 푸하하하하." "돌아와 타이라. 아무도 화내지 않을 거야."

셰릴 패럴의 페이지는 그가 마지막으로 본 이후로 바뀐 게 없다. 사실, 십팔 개월 전에 게시된 이후로 전혀 바뀐 게 없다. '좋아요'도 없고, 댓글도, 공유도, 아무것도 없었다. 단지 시간의 흐름을 고려하지 않은 사진 한 장과 핵심만 서술된 사회복지관의 호소문이 있을 뿐이었다. 이 소녀를 보신 적 있나요? 그녀가 실종되었습니다. 우리는 본분을 다했습니다. 우리 예산은 이 이상으로는 책정되지 않으며, 아무도 관심을 갖지 않는 사람에 대해서는 쓰이지 않습니다. 심지어 페이지 운영자가 한동안 다시 들어와 보지도 않았는지, 성인용품과 무료 아이패드 같은 스팸 광고도 그대로 있었다. 그가 본 가장 외로운 페이스북 페이지였다.

그는 신참을 살펴보기 위해 고개를 들었다. 콜레트가 화장실을 가로질러 변기 물탱크 위에 화장지를 놓고, 실내복 가운을 휙 들어 올리고 파자마를 바닥에 떨어뜨렸다. 그리고 변기에 앉아 눈에 보일 정도로 기쁨의 숨을 내뿜었다. 시간 표시등이 10시 17분임을 알려 줬다. 그녀가 이 화장실을 마지막으로 방문한 건 언젠가의 자정이었다. 그녀의 방광은 터지기 일보직전으로 부풀었을 것이다. 집주인은 자신의 배 아래에서부터 치골까지 가느다란 실선을 긋고 있는 음모를 애무하고, 검지로 털을 둥글려 배배 꼬고 손가락을 미끄러뜨렸다. 영상은 HD화질과는 거리가 한참이나 멀다. 선명도가 떨어져서 그녀의 다리 사이 어두운 곳은 제대로 보이지도 않았지만, 그는 그녀가 뒤에 있는 화장지로 손을 뻗을 때 음모를 봤다고 생각했다. 만약 그렇다면 이건 요즘 들어 거의 드문 구경거리다. 어린 셰릴은 제라드와 마찬가지로 태어나던 날처럼 깨끗한 살결을 가지고 있다. 매주 나이어 제모 왁스와 플라스틱 주걱으로 털을 깨끗이 뜯어내기 때문이다. 이렇게 어린 소녀들 모두가 다섯 살 난 아이처럼 보이게 함으로써 자신의 성년기를 표시했다. 그는 종종 이런 것이 소아성애에 대한 사회적 집착과 어떻게 이어지는지 궁금했다. 그녀가 뒤를 닦고 일어나서 바지를 추켜올리자, 그의 움직임이 서서히 늦춰졌다. 하지만 움직임은 매우 부드러웠다. 실내복 가운이 그녀의 팔 아래, 몸을 가로질러 아래로 늘어뜨려져 있어서 그는 더 보는 데는 실패했다. 그렇긴 해도 그의 사타구니가 미세한 자극을 받는 데는 상상만으로도 충분했다. 이리저리 옮겨 다니는 그의 고객들이 지닌 장점 중 하나는 그에게 지속적으로 변화의 기회를 준다는 것이다. 그는 니키에게, 그녀의 붉은 머리와 큰 가슴에 슬슬 질려 가고 있었다. 또한 그녀는 큰 가슴에 부응할 정도로 허벅지가 두꺼웠는데, 그 허벅지는 그의 판타지를 충족해 줬었다.

집주인의 손가락이 아래쪽으로 이동해 그의 페니스 끝을 간질이기 시작했다. 안쪽 부드러운 귀두에서부터 음경의 포피까지 부드럽게 집적였다. 콜레트가 욕실을 가로질러 수도꼭지를 돌렸다. 집주인의 코에서 숨이 불안정하게 뿜어져 나오기 시작하더니, 점점 가빠졌다. 그는 손가락을 핥은 다음 아래로 내려, 침을 윤활유 삼아서 요도 배출구 주변을 작게 원을 그리며 문질렀다. 그녀가 세면대로 걸어가 거울에 비친 자신의 모습을 볼 때 머리끈이 풀어져서 컬이 있는 머리칼이 어깨 위로 폭포수처럼 떨어졌다. 그는 한 번 더 전율을 느꼈고, 그의 물건은 다시 단단해지기 시작했다. 십여 년 동안 이런 적이 없었던 것 같은데, 작은 도움을 받자 물건은 여전히 훌륭하게 제 기능을 해냈다. 집주인은 소파에 더 깊숙이 몸을 묻고, 무릎은 활짝 벌리고 발바닥을 서로 붙였다. 그리고 손에 붙은 모든 구성물을 움직여 완전히 발기된 상태에 이르게 했다. 누군가가 그를 봤다면, 6학년생들의 과학실 실험대 위에 핀으로 꽂힌 개구리처럼 느껴졌겠지만, 그의 마음속에서 그는 왕이었다.

콜레트는 실내복 가운을 내려뜨린 채 문 쪽으로 갔다. 카메라는 문 위쪽 고리에 부착돼 매달려 있다. 그녀가 잠시 고개를 들자, 마치 그녀가 그의 눈동자를 정면으로 응시하는 것처럼 보였다. 켈트인의 크림색 피부에, 짙은 눈썹, 선이 분명한 입술이 풍만하고 건강했다. 그 입은 마치…….

그의 머리 옆에서 전화벨이 울렸다.

"젠장!" 그는 그 소리를 무시하려 했지만, 이미 분위기는 깨진 뒤였다. 콜레트 던이 몸을 돌려 거울 쪽으로 다가가 튜브에서 뭔가를 조금 짜내서 세안을 시작했을 때, 그는 통화 버튼을 누르고 전화기를 귀에 댔다. "여보세요?"

반대편에서 잠시 아무 대답이 없다가 삐 소리가 한 번 났다. 그리고 옛날 런던식 억양의 여자 목소리가, 보청기 없이 들으려고 애쓰는 듯 수화기에 대고 외치는 소리가 들려왔다. 옛날 일링 코미디에서나 들을 수 있는, 교양 있는 '차 한잔 들겠어요.' 하는 억양이었다. "여보세요?"

"네, 여보세요?"

"프리스 씨?"

"예." 그가 답했다. 하지만 그의 머릿속에서 '프리스 씨'는 아직 자기 아버지였다.

"오, 다행이군요. 안녕하세요, 프리스 씨. 난 23번지의 콜린스라고 해요. 베스타라고 해야 하나, 베스타 콜린스라고 해야 하나?"

집주인은 한숨을 쉬고 자세를 바꿨다. 소파 쿠션에서 방귀 같은 소리가 났다. 정말이지, 진작 그 전화기를 현관 복도 바깥으로 내동댕이쳤어야 했다. 그 전화기를 계속해서 사용하는 사람은 그녀 한 사람뿐이고, 그것도 늘 불평불만이 있을 때만이었다. "오, 무슨 일이시죠?"

콜레트 던은 욕조에 손을 집어넣어 물의 온도를 재고 윗옷을 끌어올렸다. 투덜대는 늙은 거지가 분위기를 망치고 있다. "통화가 길진 않을 거예요, 프리스 씨. 전화하기 전에 보니, 전에 프리스 씨가 40펜스 정도를 여기에 넣어 둔 것 같은데, 요즘에는 이 돈으로 얼마나 통화를 할 수 있을지 모르겠어서요."

좋아, 계속해 보시지, 이 귀찮은 늙은이야. 그렇게 인색하지 않았다면, 열두 살짜리 애들도 죄다 갖고 있는 전화기 하나쯤은 있었겠지.

"말씀하세요."

"프리스 씨가 집세를 받으러 올 때를 기다리고 있었어요. 늘 내려오셨잖아요."

"제가 가면 늘 불평만 하시잖아요."

"그렇지 않아요. 아무것도 처리된 게 없을 때만 불평하는 거지. 내가 그 얘길 몇 번이나 했는지는 중요치 않아요. 난 프리스 씨가 내려오는 걸 정말 좋아해요. 당신이 뭔가를 고쳐 줄 거라고 생각하니까."

투덜, 투덜, 투덜. "할머니가 주시는 방세로는 이 년마다 새 싱크대로 교체해 드릴 수가 없다고요." 그가 분통을 터트렸다. 1980년대에 새로 임대 계약을 한 이후로 계속 이어지고 있는 베스타의 현 임대 상태는 그의 입장에서 골칫거리였다. 그녀가 집 가장 깊숙한 곳에 들어앉아서 그가 위층 단칸방에서 받는 것보다 더 적은 방세를 지불하면서 그 집을 팔 수 없는 곳으로 만들었기 때문이다. 베스타가 없었다면, 그는 수년 전에 집을 팔 수 있었을 것이다. 베스타가 없었다면, 그는 노스본 하이 스트리트까지 터벅거리며 왔다 갔다 하는 대신, 어딘가 따뜻한 곳에서 호텔 서비스를 제공하는 숙박 시설을 운영하고 있었을지도 모른다. 그녀의 배수관이 그를 바짝 마르게 하고 있었다.

"난 그런 걸 요구한 적 없어요. 프리스 씨도 잘 알면서. 내가 언제 그런 적 있나요? 배수관이 문제라고요. 이 배수관에 당신이 뭔가를 했잖아요. 위층에서 누군가 변기 물을 내릴 때마다, 찌꺼기 같은 게 하수구 거름망 밖으로 넘친다고요. 역겹게도. 난 병에 걸릴지도 모른다고요."

"제가 부어 놓은 배관 세척제가 제대로 작용하지 않나 보죠?"

콜레트가 윗옷을 벗었다. 아직 그녀의 등밖에 보이지 않음에도 그는 그 모습에 얼어붙었다. 잘록한 허리선에 근육질 등이 그녀가 적어도 한때, 자기 몸을 만드는 데 신경 썼음을 암시했다. 그는 그녀가 몸을 돌려 카메라를 응시하기 전의 분위기로 돌아가고 싶었다. 그의 생식기는 한 번 중단돼 흥분이 가라앉았음에도 여전히 민감했다. 그리고 귀찮은 늙은이의 전화를 끊을 수 있다면, 우아하게 모음을 발음하는 목소리와 '난 내 권리를 안다우.' 하는 불평을 그만 들을 수만 있다면, 아직 오르가슴에 도달할 수 있을 것 같았다.

"그게 효과가 있으면 내가 전화했을 것 같아요? 나는 매주 거의 5파운드 정도를 세제 사는 데 쓰고 있어요. 세제를 쏟아붓는 데 돈이 얼마나 들어가는지, 뜨거운 물을 몇 갤런씩이나 거기 퍼붓는지는 하늘이 안다오. 환경은 또 어떻고요. 그 모든 세제들이 상수도로 흘러가면……."

요즘에는 모두가 환경론자다. 특히 뭔가를 바랄 때는 더욱 그랬다. 그는 유두를 가지고 놀다가 소파 위쪽으로 편안히 자세를 고쳐 앉았다. 맥주 캔을 집어 들어 한 모금 꿀꺽 삼켰다.

"배관 수리공을 불러야 해요. 내가 병에 걸릴 것 같다고요."

잘됐군. 당신이 피 흘리며 죽으면 좋겠어. 그걸로 많은 것이 해결

될 거야. 그는 꿀꺽 맥주 한 모금을 더 마시고, 성기 안쪽 털 구덩이 쪽으로 선풍기를 돌리려고 팔을 뻗었다. "제가 가서 볼게요."

"언제요?"

"시간 날 때요."

"좋아요, 빨리 와야 할 거예요. 프리스 씨. 안 그러면 보건안전기구에 전화할 테니까. 그리고 다른 것도 있어요. 자물쇠 말이에요."

"자물쇠요?"

"우리 집 뒷문에 있는 자물쇠요."

"그게 어떤데요?"

"교체해야 해요."

맥주가 다시 꿀꺽 넘어갔고, 그는 그 소리가 다른 소리처럼 들리게 하려고 약간 노력했다. 포장지를 벗겨 사탕을 입안에 던져 넣었다. "그러세요."

"침입자들이 전혀 들어오지 못하게 말이에요. 걸쇠를 걸고 외출할 수 있게요."

"네, 마음대로 하세요."

침묵이 흘렀다. 그녀가 다시 입을 열었다. "그건 주인 양반한테 달린 것 같은데요."

집주인은 사탕 포장지를 구겨서 이미 쓰레기가 수북한 재떨이 위에 놓았다. "아니요, 전 그렇게 생각 안 하는데요. 할머니가 할머니 집 보안을 강화하고 싶으시다면, 그건 직접 하실 일이에요. 제가 신경 쓸 건 거기에 문이랑 자물쇠가 있느냐 하는 것까지예요. 아마도." 그가 심술궂게 말했다. "할머니의 보험사에 물어보셔야죠. 그 사람들이 그 방 보안을 업그레이드해 줄 거예요."

그는 베스타가 숨을 들이켜는 소리를 들었다. "잘 알고 있겠지만, 난 노령연금 생활자라오. 알잖아요, 내가 보험에 가입할 만한 여력이—."

전화선 너머로 삐 소리가 들렸다. 40펜스가 다된 것이다. "그래서 언제—." 그녀가 다시 말했지만 목소리가 중간에 끊겼다.

분위기는 이제 거의 다 죽었고, 콜레트는 머리 위로 팔을 올리고 멈춰 있었다. 짜증이 나서 그는 맥주를 한입에 꿀꺽 다 마셔 버리고, 쿠션 위로 털썩 몸을 파묻었다. 저 고집스러운 늙은 암소에게 말할 때마다 얼굴이 찌푸려졌고, 그녀가 자신에게서 빼앗아 간 돈이 떠올랐다. 시간을 잊은 주방과 죽음의 배수관이 있는 저 아파트는, 지금의 상태에도 불구하고, 50만 파운드의 가치는 있을 것이다. 부동산 중개소에서 '인기 있다.'고 일컫는, 큰 정원이 있는 저런 큰 집은 현대적으로 개조하지 않고도 50만 파운드 정도는 쉽게 받았다. 베스타 콜린스의 사기 때문에 그의 꿈은 깨졌다.

그는 왼쪽 엉덩이 아래 깔린 리모컨을 꺼내 재생 버튼을 눌렀다. 콜레트가 몸을 돌려 그에게 가슴을 보여 줬다.

17

여인의 아름다움을 유지하려면 살아 있을 때와 마찬가지로 죽어서도 일상적으로 수분을 공급해 줘야 한다. 건조제를 뿌려도 조금 느려질 뿐 부패 과정은 계속 진행되고, 공기 — 박테리아와 균류가 떠다니고 번식하는 — 중에 노출된 여인에게는 보호가 필요하다.

사십 일이 지나고 나면 타리슈트는 단단한 껍데기만 남은 신성한 시체를 야자주에 담가 씻었다. 연인은 아스다의 싸구려 보드카로 야자주를 대신했다. 한 병에 8파운드밖에 안 하지만, 알코올 성분은 나일 강 제방에서 만들어진 그 무엇보다 높을 것이라고 그는 생각했다. 그러고 나서 시체를 가향 오일로 나긋나긋하게 마사지하고, 속이 빈 몸통은 합성수지와 허브로 채워 꿰맸다. 그러면 향이 나고 모양도 그럴듯했다. 그리고 공들여 칠한 관에 놓기 전에 합성수지에 담근 붕대로 시신을 감쌌다.

이집트 미라는 오직 사후 세계로 향할 뿐이다. 하지만 그의 여인들한테는 더 정기적으로 관심을 가져 줘야 했다. 그가 원하는 것들을 더 반영하기 위해서는 말이다. 연인은 한 주에 한 번 마리안느를 목욕재계시켰다. 그는 너무 늦기 전에 앨리스를 위해 필요한 것을 알아내고 싶을 뿐이다. 그녀는 이제 거의 회복 불능 상태다. 그녀에게 마지막으로 오일을 발라 줬을 때, 그는 직접 만든 때밀이로 매우 힘들게 조금씩 문지르다가 그녀의 허벅지에서 발 길이만한 조각 하나를 떨어뜨렸고, 그래서 그 사이로 뼈가 보이게 됐다. 또한 밀폐된 그녀의 복부에서 올라오는 냄새를 더는 무시하기 힘들다는 사실도 인정해야만 했다. 그래서 그는 긁어 부스럼이 되지 않도록 앨리스를 그대로 내버려 뒀다. 그녀를 의자에 앉히고, 그녀의 활짝 벌어지고 주름진 가슴이 비난의 미소를 보내는 걸 느꼈다. 그는 지금 마리안느를 바라보고 있다. 그녀는 이런 관심을 받을 만한 자격이 있다. 얼굴에 매달린 미소는 그녀의 코가 마르면서 지난 몇 주 동안 점차 냉소적으로 변했다. 그 미소는 '영원히 날 사랑하는 건 이쯤에서 그만두는 거야?'라고 말하고 있었다. 넌 내게 거의 일 년을 공들였어. 그녀는 마치 하고 싶은 일이나 하면서 아기 옷 속에 파묻혀 빈둥대며 주변 사람들에 대해 푸념하는, 전원주택 단지의 주부들 같았다.

하지만 마리안느는 첫 아내는 아니지만 트로피아내임은 분명하다. 다시 사랑할 수 있게 해 준 사람, 신뢰를 회복시켜 준 사람이다. 그가 새로운 가족을 만들게 된 근간이자, 행복이 올 거라는 조짐이었다. 마리안느는 어떤 면에서는 나이 들면서 오히려 개선되었다. 다소 몽글몽글한 뺨과 살짝 나온 올챙이 배, 그리고 연애 중이었을 때 그에게 늘 짜증을 유발하던 두꺼운 허벅지는 보존 과정에서 모두 사라졌고, 이제 그녀는 슈퍼모델처럼 가냘프다. 광대뼈는 오드리 햅번 같고, 코는 패리스 힐튼처럼 날카로워졌고, 턱선은 알리샤 실버스톤처럼 뾰족해졌다. 골반 청바지와 영국식 자수가 놓인 작은 셔츠를 입은 그녀는 어렴풋이 케이트 모스를 떠올리게 했다.

그는 그녀를 부드럽게 비닐 시트에 눕히고, 등화유 촛불을 밝히고 의식을 시작했다. 그는 난로 위에서 덥힌 오일을 팔 안쪽 부드러운 살에 떨어뜨려 온도를 테스트하고는, 딱 맞는다는 판단이 들자 그녀의 아름다운 어깨 위에 똑똑 떨어뜨렸다. 그리고 오일이 퍼져 나가는 모습을 지켜봤다. 그 향을 들이마시고 미소를 지었다. 배럼의 히피 상점에서 사 온 오일에서는 달콤한 아몬드, 부드러운 하얀색 파라핀, 에센셜 오일—등화유, 백단유, 바닐라가 섞인—냄새가 났다. 우아한 향이었다. 톡 쏘지만 깨끗했고, 부패의 냄새를 가려 줬다.

그는 팔을 뻗어 손바닥을 평평하게 해서 오일이 피부에 잘 스며들게 문질렀다. 어깨 위에서부터 팔 아래까지 손을 놀렸다. 양손으로, 손끝까지 사용해서 차례차례 마사지했다. 그는 자신의 기술에, 자신이 그녀에게 영생을 안겨 준다는 사실에 자부심을 느꼈다. 균일하게 열을 지어 행진하는 그녀의 손톱은, 그녀가 도망치려고 몸부림을 친 후에 다소 짧아지긴 했지만, 여전히 완벽하고 유연했으며 무척 날카로웠다. 그리고 그는 그녀의 발가락과 어울리게 하려고 한 달에 한 번 손톱에 칠을 했다. 그는 마사지를 하며 그녀에게 말을 걸었다. 그는 손끝으로 둥그렇게 원을 그리며 신비의 약이 그녀에게 흡수되도록 했다. 자, 내 사랑. 우리가 너의 아름다움이 유지되게 해줄게. 손 밑에서 느껴지는 그녀의 피부는 후텁지근한 날씨에도 무척이나 차가웠고, 무척이나 부드러웠으며, 종잇장처럼 건조하고 얇았다. 당신도 그게 좋지. 안 그래, 내 사랑? 그가 물었다. 모두 당신을 위한 거야. 알고 있지?

그는 천천히, 체계적으로 일했다. 외부의 어떤 입김도 애인을 오염시키거나 그녀의 순도에 해를 입히지 않게 하겠다고 다짐했다. 머리부터 발끝까지 오일을 바르는 데 거의 한 시간이 걸렸다. 그러고 나서 그는 부드럽고, 또 부드럽게 그녀에게 옷을 입혔다. 분홍색 실크 프렌치 속바지와 하얀 레이스 브래지어 —패드가 덧대어 있지만 가볍고, 잃어버린 걸 대체하는 수준이었다. —를 입히고 나서, 트리니티 호스피스 자선 상점에서 산 세련된 검은 미니드레스를 입혔다. 누가 벗어 던진 것이었지만, 상반신은 크레이프 천이고, 하반신은 짧은 주름 스커트인 원피스는 새것이나 다름없어 보였다. 부러질 것 같은 손목에는 두 개의 은팔찌가 채워져 있고, 튀어나온 쇄골 사이에는 호박 하나가 박힌 펜던트가 달랑였는데, 그녀의 귀에 붙은 작은 귀걸이와 잘 어울렸다.

일을 다 마치고, 그는 그녀를 의자에 앉히고, 클라란스 크림 클렌저로 그녀의 얼굴을 천천히 세심하게 닦고, 오일로 마사지하고, 턱 위쪽에서부터 광대뼈 위쪽으로 밀어 올렸다. 그리고 화장을 다시 시켰다. 마리안느에게 화장을 해 주는 데는 손이 많이 가지 않았다. 검은 리퀴드 아이라이너와 속눈썹 한 세트, 색 바래고 엉킨 마스카라를 두어 번 칠하면 족했다. 그리고 약간의 붉은 색조를 더해 얼굴의 각을 강조하고, 다소 얇은 입술은 버건디색으로 두껍게 칠했다.

그는 뒤로 물러나 자신의 작업물에 찬사를 보냈다. 앨리스는 구석에 방치된 채 악의를 담은 눈빛을 쏘아 대고 있었다. 난 정말로 이제 널 치워야 해. 그가 독하게 생각했다. 날 나쁜 놈으로 느끼게 만드는 네가 정말 싫어. 너보다 그녀가 더 괜찮게 나온 건 그녀 잘못이 아냐.

그녀가 아름다운 건 그녀 잘못이 아냐. 그는 싱크대 선반에서 마른 행주를 낚아채 앨리스의 얼굴에 집어던졌다. 그녀의 상태가 안 좋다면, 그녀는 그 결과를 받아들이고 살아야만 한다.

마리안느는 침착하고 우아하게 의자에 앉아 있다. 녹색 유리알 같은 눈이 조명 부품들을 황홀하게 바라보고 있었다. 해야 할 의무, 관리의 손길이 한 번 더 필요하다. 그는 접의자를 하나 펴서 그녀 뒤에 놓은 다음, 아몬드 오일이 담긴 그릇을 가져와 부드러운 메종 피어슨 머리 솔을 그 안에 담갔다. 아름다움을 위해서는 백 번의 손길이 필요하다. 이건 고대 로마 시대부터 빅토리아시대까지 이어져 온 미의 원칙이다.

그는 빗질을 하면서 크게 숫자를 셌고, 그녀의 머리칼이 손가락에 감기는 감촉을 만끽했다. 당신도 이게 좋지, 그렇지 않아, 내 사랑? 당신도 내가 자길 사랑스럽게 만들어 주는 걸 좋아하잖아. 그녀의 길고 어두운 머리칼에 오일이 더해지자 윤기가 흘렀다. 매주 머리카락이 빗솔에 더 많이 묻어나고 있었음에도 불구하고.

18

속임수를 쓴다는 건 고객보다 해당 영역을 더 잘 안다는 것이고, 정신 나간 것처럼 보여서 상대의 경계를 푸는 것이다. 그리고 상대방이 당신 얼굴을 많이 보게 놔둬선 안 된다. 사람들은 대부분 얼굴을 잘 보지 않는다. 특히나 자기 페니스에 대해 생각하고 있을 때는 더욱 그렇다.

셰릴이 글을 읽을 수 있게 된 건 열한 살이나 지나서였지만, 뭐가 머리에서 피를 빠져나가게 하는지는 잘 알았다. 학교에서 배워야 할 것이 있고, 영국의 보육 시설에서 배워야 할 것이 있다. 어려 보이는 법, 더러워 보이는 법, 절망한 것처럼 보이는 법 등. 그녀는 여기에 통달해 있다. 수없이 연습했기 때문이다.

브래드 스트리트에는 옆문이 부서지고, 몇 달째 불이 켜지지 않는 집이 한 채 있다. 그녀는 현관문 벨을 울리고 대답이 들려오기를 기다렸다가, 아무도 나오지 않자 옆쪽의 어둡고 작은 동굴로 미끄러져 들어가 자기 모습을 정비했다.

가발은 벌써 쓰고 있다. 앞머리가 달린 가발이라 눈썹과 눈의 일부분이 가려졌다. 가방 위에 쪼그리고 앉아서 그녀는 인조 어그부츠를 벗고, 발가락이 보이는 뮬—필요할 때 발로 차 내기 쉽도록—을 신었다. 청재킷을 벗고, 무릎 길이의 원피스를 잡아당겨 머리 위로 벗겨 냈다. 그리고 모든 물건을 가방 안에 밀어 넣고 가방을 열어 둔 채 거기 두고는, 행동을 취할 준비를 했다.

그 인간이 싫어. 하지만 내겐 선택의 여지가 없어. 다시 아무 데서나 자는 생활로 돌아갈 순 없어. 지난겨울에 그러다가 거의 죽을 뻔했잖아. 내겐 그 방이 필요해. 그 사람은 내게 그 방이 필요하다는 걸 알고 있고 말이야. 좀도둑질로 생필품을 충당할 순 있지만, 그걸로 10파운드 이상을 벌 순 없어. 절대로. 내가 뭘 해야 할까?

핫팬츠와 튜브톱을 입은 그녀는 일어나서 다시 거리로 걸음을 옮겼다. 여기서부터는 매우 조용하다. 바와 레스토랑이 늘어선 거리, 올드빅 극장, 교외 통근열차에서 오랫동안 북새통에 시달려 얄딸딸해진 직장인들이 몰려나오는 혼잡한 지하철역에서 200야드밖에 안 떨어져 있다는 걸 결코 느끼지 못할 지경이었다. 런던은 이렇듯 대조적인 도시다. 모퉁이를 돌면 세상의 나락으로 떨어질 수 있는 그런 곳이다. 지금 아이맥스 영화관이 세워진 곳은 한때 노숙자들로 가득했던 지하도로 판자촌이라 불렸었다. 당시 사우스 뱅크는, 지상 위 길만 이용하려면 1마일이나 되는 우회로를 돌아야만 갈 수 있는 곳이었다.

디킨스 소설에 나올 법한 이런 미로는 그녀의 목적에 완벽했다. 줄지어 늘어선, 검은 벽돌로 복원한 시골풍 저택들은 거의 100만 파운드 가까이에 거래됐고, 그곳 거주자들은 날이 저문 후로는 철로 구름다리 아래로 떨어지는 어둠을 피하기 위해 택시를 타고 들락거렸다. 이 거리는 낮 동안에는 짐꾼, 식품점, 장인이 운영하는 빵집이 있는 별 볼 일 없는 곳이다. 하지만 가게의 나무 덧문이 닫히고 나면 소리가 메아리치는 곳이 된다. 그녀에게 이건 큰 장점이다. 신발을 신고 뒤쫓는 사람에게 맨발로 달아나는 사람의 소리는 그 메아리에 묻혀서 들리지 않기 때문이다.

그녀의 가방이 놓인 장소에서 모퉁이 두 개 정도 떨어진 곳에, 성장이 멈춘 작달막한 나무가 있고 그 곁에 벤치가 하나 있다. 과거 시청에서 설치해 놓은 것이다. 그 벤치는 피바디 부동산 뒤쪽 골목, 즉 소리가 메아리치는 미로에 있는 복지 시설들을 향해 작고도 슬픈 호소를 하는 곳이기도 하다. 셰릴은 며칠 밤을 거기서 잠을 청해 봤고, 이 길이 워털루 역 앞 술집에서 나와 비틀거리며 임뱅크먼트를 지나가는 술 취한 남자들이 택하는 지름길이라는 걸 알게 됐다. 그녀는 벤치에 앉아 긴 다리를 가지런히 하고 담배에 불을 붙이고 기다렸다.

오래 걸리지 않았다. 그는 나이가 들었고—대략 서른 정도가 확실했다.—풀어헤쳐진 가는 줄무늬 양복 안은 다소 땀에 젖어 있었고, 주머니 바깥으로 넥타이 끄트머리가 튀어나와 있었다. 그는 갈라진 인도 틈새를 피하려고 애쓰는 듯 걸었다. 셰릴은 몸을 돌려 자세를 바꿔 비스듬히 세운 가느다란 허벅지가 그에게 잘 보이게 했다. 그리고 그가 멈춰서 다시 자신을 바라볼 때 가로등을 올려다봤다.

그가 길을 가로질러 와 벤치 한 끝에 앉았다. 그리 긴 벤치가 아니라 그녀가 앉은 곳에서도 그에게서 풍기는 맥주 냄새를 맡을 수 있었다. 그녀가 매우 잘 기억하고 있는 냄새다.

그가 영화 속 청소년들처럼 무심한 척, 한 팔을 길게 뻗어 등받이에 걸쳤다. 그리고 다른 쪽 주먹을 바지 주머니에 넣고 움직였다. 그가 막힌 코를 쿵쿵대는 소리가 들렸고, 곁눈으로 서툴게 셰릴을 보는 시선도 느껴졌다.

그가 크게 '쉭' 하고 공기를 들이마시고는, 그녀가 거기에 있다는 걸 이제 막 알아차린 양, 그녀 쪽으로 급하게 몸을 돌리며 말했다. "멋진 밤이네."

셰릴은 어깨를 으쓱하고, 담배를 한 모금 빨고, 그를 보려고 몸을 돌렸다. 그녀는 이런 거래를 하는 동안 대화는 최소한으로 하곤 했다. 그는 그녀의 가슴을 정면으로 응시했고, 시선을 내려 그녀의 허벅지 사이에 있는 보물을 상상했다. "혼자니?"

그녀에게 불쾌감을 불러일으키는 종류의 목소리다. 기름진 목소리. 곧 살이 쪄서 돈을 더 주고 큰 사이즈의 양복을 사게 되리라는 조짐이 담긴 목소리. 결코 한 번도 힘든 적이 없었던 목소리, 밖에서 잠을 잔 적은 오직 주말 학군단 훈련을 받았을 때뿐인 그런 목소리였다. 셰릴은 딸기우유색 입술을 삐죽 내밀고 재차 어깨를 으쓱였다.

"너어…… 친구를 찾고 있니?"

아니라고 하면, 어쩔 건데? 그리고 대답했다. "물론이죠."

그가 침을 질질 흘리기 시작했다. 세상에, 아저씨. 그 생각에 대한 기대로 침을 흘리지 않는 인간은 아무 데도 없는 건가? 느릿느릿한 손가락이 자기 몸을 더듬고, 불테리어처럼 자길 덮치는 걸 바라지 않는 인간은 없는 걸까? 어쨌든 셰릴의 마음에 드는 건 아무것도 없었다. 그녀를 돌봐 주려 하는 뉘앙스를 풍기는 자들은 최악이었다. 그래도 이런 종류의 거래에는 정직함이 있다. 최소한 그는 그녀에게 사

171

랑을 말하거나 자신의 부끄러운 비밀을 털어놓지 않는다.

"어디 갈 데 있니?"

여기가 셰퍼드 마켓이라도 되는 줄 아나? "아니요." 그러고는 고개를 치켜들어 어학원 옆으로 올라가는 길을 가리켰다. "저 위, 모퉁이를 돌아 뒤로 가서 뜰로 들어가요. 거기서 볼일을 볼 수 있을 거예요."

"얼마니?"

"어떤 걸 하고 싶은데요?" 그가 많은 걸 할 것 같지는 않아 보였지만, 셰릴에게는 나름의 계산법이 있었다.

그는 영화에서 들었던 말을 황급히 뒤적였다. 그는 일상적으로 성매매를 하는 사람이 아니다. 사실상 그는 자신의 대담함을 자축하고 있었다. "프렌치는 얼만데?"

"프렌치요?" 그녀는 그에게 욕지거리를 하고 싶은 마음을 억누를수가 없었다. 그는 자신이 이런 일에 능숙하게 보이도록 마구잡이로일단 말을 던지고 봤다. "그게 뭔데요?"

"나는, 그게……." 더 생생하게 표현해야 한다는 걸 깨닫고는, 땀에 푹 전 그의 투실투실한 얼굴이 풀이 확 죽었다. 그러고는 다른 사람들이 평소 사용하는 말을 고르느라 씨름했다. "알지? 입으로 하는거."

"오, 아아—. 알겠어요. 왜 그렇게 말하지 않았죠?"

"난……."

"신경 꺼요. 그건 60파운드예요."

"60?"

"오, 이런. 흥정은 안 돼요." 셰릴은 일부러 자세를 바꿨다. 약간 가슴골을 더 드러내고, 조금 더 살짝 허벅지를 드러냈다.

172

그가 그 모습을 뚫어져라 쳐다봤다. "알았어, 알았어. 좋아."

그녀는 앉아서 그를 바라보고는 신발을 벗기 시작했다. 그녀가 왜 조용해졌는지 그는 순식간에 파악했다. 그는 재킷 주머니로 손을 뻗어, 카드로 가득 찬 두툼한 가죽 지갑을 꺼냈다. 그녀는 그가 20파운드짜리 석 장을 다 셀 때까지 조용히 기다렸다. 하나, 둘, 셋. 이런 불빛에서도 그녀는 그 안에 지폐가 조금 더 있는 걸 볼 수 있었다. 그가 마치 상이라도 되는 것처럼 지폐를 쫙 펼친 채 그녀에게 건넸다. 술 취한 뚱뚱보 부자 소년이 내가 물건을 빨아 주길 원하는군. 집세를 감당할 수 없게 되면 자기 것이 되리라고 생각하는 뚱뚱보 집주인 노친네랑 꼭 같아. 둘 다 엿이나 먹으라지. 엿이나 먹어.

그의 휴대전화가 울렸고, 그의 주의가 흐트러진 틈을 타 그녀는 기회를 포착했다. 남자가 주머니에서 전화기를 꺼내 화면—아이폰이었다. 왜 안 그렇겠어. 그렇지만 그건 그녀에게는 전혀 가치 없는 물건이다.—을 들여다볼 때까지 기다렸다가, 그의 손을 가볍게 쳐서 그걸 떨어뜨렸다. 그가 방어할 틈도 없이 잽싸게. 전화기가 순식간에 인도를 가로질러 날아가 인도 가장자리 배수로에 처박혔다. 뚱뚱보가 그녀를 올려다봤다. 그의 아랫입술이 떨렸다. 짜증이 나고 당황한 상태였다. 그녀가 미소 지었다. "아, 죄송해요."

"습." 그가 뒤뚱거리며 도로 연석 위로 걸어갔다. 지갑이 손에 부주의하게 쥐여 있었다. 셰릴은 조용히, 맨발로, 손에 신발을 들고, 뒤에서 살금살금 다가갔다. 그가 허리를 숙여 손을 뻗을 때, 셰릴은 정확히 그때를 노렸다. 그녀는 혼신의 힘을 다해 앞으로 돌진해 불안정하게 서 있는 엉덩이를 밀쳤다.

뚱보가 '웁' 하고 앞으로 고꾸라졌다. 주머니에서 동전과 열쇠, 만

년필이 떨어져 짤랑거리고, 손에서 지갑이 날아가 4피트 앞 아스팔트 도로 위에 착지했다.

그녀는 그가 숨을 고르기도 전에 그의 머리 위를 뛰어넘어 지갑을 낚아챘다. 그리고 그가 분노로 고함을 지르기도 전에 15피트나 달아났다. 셰릴은 목숨을 걸고 달렸다.

바닥에 깨진 유리 조각이 없기만을 바라면서 그녀가 판석에 맨발을 쿵쿵거리며 로펠 스트리트로 날듯이 내려가는 동안, 불이 켜진 창문은 하나도 없었다. 발소리는 퍽퍽, 심장은 두근두근. 가발이 머리에서 미끄러져 내려와서 그녀는 한 손으로 가발을 붙잡았다. 한 팔로만 달리자 속도가 줄어들어 다시 한 번 힘을 냈다. 가발이 떨어지기 전에 보이지 않는 곳까지 벗어나야 했다. 셰릴은 늘 발이 빨랐다. 기회가 주어진다면, 그녀는 국가를 위해 달릴 수도 있을 터였다. 그녀가 오른편으로 뚫린 골목에 거의 다다른 순간, 그가 쫓아오는 발걸음 소리, 고함치는 목소리가 들려왔다. "너…… 젠장할…… 나쁜 년!"

그녀는 좁은 골목길 입구에 다다라, 보지도 않고 그 안으로 미끄러져 들어갔다. 태국식 레스토랑의 쓰레기통이 발에 걸렸지만, 고통은 느껴지기도 전에 가라앉았다. 여기저기 몸을 부딪치면서 그녀는 어둠 속으로 질주했다. 쩍 소리가 나면서 뭔가가 밟히고 발바닥에 달라붙었지만 떼어 낼 시간은 없었다. 그가 골목 입구 쪽으로 다가오는 소리가 들렸다. 그는 그녀가 이 골목으로 올라가는 걸 봤다. 그가 그녀를 다시 발견하기 전에 골목 끝으로 나가야만 한다.

길은 골목 끝, 꼭대기로 갈수록 좁아졌다. 그녀는 어깨와 팔을 붙이고 지나가야 했고, 그 바람에 팔꿈치가 까졌다.

그가 쓰레기통에 부딪쳤다. 그녀가 치고 갔던 그 쓰레기통이다. 또

한 번 "웁." 하고는 욕을 내뱉었다. 그는 벌써 바다코끼리처럼 숨을 내뿜고 있었다. 그녀가 있는 곳에 다다르기 훨씬 전에 완전히 숨이 가빠질 것이었다.

이제 셰릴은 위트슬리 스트리트의 사거리로 빠져나왔다. 다시 오른쪽으로 돌았다. 시드 스트리트까지는 300야드가 조금 못 되고, 거기까지 가서 모퉁이를 돌면 그의 시야에서 벗어날 수 있을 것이다. 그러면 그는 그녀가 어느 방향으로 갔는지 알 수 없게 될 것이다. 그가 막 골목 아래쪽으로 미끄러져 들어왔다. 그녀는 머리에서 가발을 낚아채 그게 디자이너 핸드백이라도 되는 것처럼 달랑달랑 들고 달렸다.

칩스틱 과자와 하리보 젤리만 먹고도 그녀는 아직 십오 초 이내에 모퉁이까지 갈 수 있었다. 오른편으로 돌아서 그녀는 속도를 조금 떨어뜨렸다. 워털루 동역의 지하철 안내 방송이 들려오자 그녀의 심장 박동이 서서히 느려지기 시작했다. 그녀는 다시 오른쪽으로 돌아서 로펠 스트리트까지 빠르게 걸어 되돌아갔고, 골목 아래쪽까지 걸음을 되짚어갔다. 이제 거기에는 그의 흔적이 없었다. 그가 디킨스 소설에나 나올 것 같은 가로등 불빛 아래에서 희뿌연 안개 속을 들여다보고는 자신이 길을 잃었음을 깨닫고, 욕설과 저주를 퍼붓는 소리는 아직 들려오고 있지만 말이다. 그녀는 왼쪽으로 걸어서 브래드 스트리트로 돌아갔다.

그 집은 그녀가 거길 떠났을 때 그대로다. 문에는 여전히 걸쇠가 걸려 있다. 셰릴은 위아래로 길을 살펴보고는 안으로 들어갔다. 그러고는 몸을 숙이고 숨을 내쉬었다. 무릎이 바닥으로 떨어지고 몸이 무너져 내리는 것 같아 그녀는 벽에 등을 기댔다. 가슴은 답답했고, 팔꿈치에는 상처가 나 있었다. 아드레날린 과다 분비로 머리는 어지러웠고, 산소 부족으로 눈이 어두침침했다. 그녀는 가방 위로 가발을 떨어뜨리고, 눈을 감고는, 지갑을 부적처럼 배 위에 올려 뒀다.

엿 같아, 미쳤지. 이런 짓을 계속할 순 없어. 언젠가는 누군가에게 붙잡힐 거야. 아이팟 하나를 얻으려다가 얻어맞게 될 거야. 콩 통조림 한 개나 컵라면 하나 값이 필요해서 나는 내 정체성을 포기했어. 하지만 그러지 않으면 난 그들 물건이나 빨아 주게 될 거고, 곧 그게 쉬워질 거야. 그러면 난 그 일을 잊으려고 마약 같은 걸 원하게 될 거고, 그 사실을 알아차리기도 전에 엄마처럼 되어 있겠지. 내가 어리석은 건가. 다 포기하고, 나 자신을 원래대로 돌려놓는 게 맞을지도 몰라.

그녀는 숨을 고르다 말고 잠시 멈췄다. 왜 자신이 그럴 수 없는지를 떠올렸다. 보호시설에서 나와 거리에서 이 년이나 보낸 카이라를 떠올렸다. 그녀의 눈은 인형 눈처럼 죽어 있었고, 발목에는 바퀴 자국이 나 있었다. 네가 그걸 하든 안 하든 마찬가지야. 뭐, 마약에 중독된 매춘부가 돼서 피투성이로 인생을 마감하게 된다면, 최소한 내 방식대로 성공한 거긴 하겠지.

그녀는 눈을 뜨고 지갑을 열었다. 50파운드가 더 나왔다. 카드는 여섯 개였다. 셰릴은 은행 계좌를 개설할 수조차 없는데 말이다. 그녀는 카드를 휙휙 넘겼다. 최고급은 아니었다. 블랙 카드도, 플래티넘 카드도 없었다. 하지만 현금도, 카드도 모두 그녀에게는 허락되지 않은 것들이다. 사진 칸에 손을 밀어 넣자, 접힌 종이 한 장이 나왔고, 거기에 네 자리 숫자가 휘갈겨져 있었다. 카드 비밀번호였다. 단 하나였지만, 분명히 비밀번호다. 자정 전에 워털루로 돌아가면, 밤새

카드를 하나씩 하나씩 사용할 수 있을 테고, 그러면 분실 신고로 말소되기 전에 몇백 파운드쯤은 빼돌릴 수 있을 것이다.

그녀는 일어섰다. 가방을 다시 꾸리고, 옷을 입고 레깅스를 신고 어그부츠를 신었다. 머리는 풀고 부슬부슬하게 헝클어 지저분한 곱슬머리로 되돌리고 스카프를 머리띠처럼 둘렀다. 테가 두꺼운 안경을 쓰고―프리마크에서 1파운드 50센트에 파는 것이다. 물론 돈을 지불하지 않았다.―작달막한 금속 십자가가 달린 가죽 끈을 둘렀다. 그리고 어깨를 앞으로 모아 티셔츠 위에 재킷을 걸쳤다. 로펠 스트리트로 되돌아갈 때까지, 그녀는 교대 시간이 돼서 퇴근한 사무실 청소원으로 보일 것이다.

19

앨리스는 미소를 지은 채 바닥에 누워 있다. 연인은 그녀 옆에 무
릎을 꿇고, 자신의 연장 컬렉션을 자세히 살폈다. 리들(독일의 할인매장
체인점./ 옮긴이)과 거기서 파는 특별한 물건들은 뜻밖의 선물과도 같았
다. 제카와 카트리나를 처리할 때는 오랜 시간을 들여 땀범벅이 됐
고, 소음 때문에 들킬까 봐 공포에 떨며 작업했지만, 광택제 장사치
들과 유럽 지역 소매업자들 덕분에 그는 한 번에 모든 장비를 갖출
수 있게 됐다. 텐트용 바닥 방수포 위에는 회전 톱(29.99파운드), 전동
고기 칼(8.99파운드), 취미 생활용 소형 연장 키트(19.99파운드)와─이것
은 사람을 불편함의 궁지로 몰아넣는 데 딱 맞다.─활톱 한 세트(6.99
파운드), 그리고 나중을 위해 정원 헛간 뒤에 쑤셔 박아둘 대형 망치
(13.99파운드)가 줄지어 늘어서 있었다. 유럽 경제공동체에 신의 축복
을, 중국에 신의 축복을. DIY에 필요한 모든 것을, 그것도 싸게 구할
수 있다니!

'Sic transit gloria mundi(세상의 영화는 한순간일지니)', 즉 영원한 것은 없다. 연인은 지금 이 말을 절감했다. 그는 자기 생의 끝까지 애인들과 함께하길 바랐지만, 영국의 기후에서는 제아무리 보존 처리를 잘한다 해도 실패일 듯했다. 대영박물관에서 밀폐된 상자 안에 미라를 넣어 보관하는 이유는 바로 이 때문이다. 고대 세계의 왕, 왕비 들이 오래 보존될 수 있었던 건 방부 처리자의 기술 덕분만이 아니라, 건조한 사막 바람 덕분이었다.

앨리스는 주변에 두기에 더는 참을 수 없는 상태가 되어 가고 있었다. 그녀는 갈가리 찢어지고, 온몸이 조각조각 떨어지고 있다. 그녀를 옮길 때 입에서 치아도 떨어져 나왔다. 그리고 더 이상 그녀에게서 냄새가 난다는 사실을 무시할 수 없었다. 손톱을 칠해 줄 때 손톱도 떨어져 나와 브러시 아래로 미끄러졌다. 강력 접착제로 잠시 동안 눈속임을 할 수는 있었지만, 한 주가 지날 때마다 손톱 밑 살이 건조되면서 한층 더 빠른 속도로 악화되어 다시 떨어졌다. 그는 매일 조금씩 더 그녀를 원망하고 있는 스스로를 발견했다. 잠에서 깨어나면, 두피에 매달려 있는 색 바랜 머리카락들, 턱선에 닿기 일보 직전인 처진 귓불, 한때 부드러웠을 어깨를 뚫고 나온 날카로운 어깨뼈가 보였다. 그는 그녀의 상태가 대부분 자신의 잘못이라는 걸 알았고, 그래서 더욱 철두철미하게 연구해야 한다는 것도 알았지만, 그럼에도 그녀가 원망스러웠다.

실망이야. 그런 온갖 문제를 겪고도 나는 지칠 정도로 사람들에게 사랑과 관심을 온통 쏟아부었는데, 그들은 어쨌든 날 떠났어. 내가 그녀를 원망하는 건 이상한 일이 아니야. 먼저 끝내는 것이 늘 최선이었어. 나는 지쳤어, 너무 진저리가 난다고. 떨어진 몸 조각을 줍고, 애인을 옮기고, 그녀에게 애정을 쏟고, 희망을 품지만, 그래도 결국 여전히 혼자인 신세지.

그녀의 두 눈은 감겨 있다. 그가 그녀를 자신의 팔 안에 가두고 그녀의 심장 박동이 멈추는 걸 느낀 이후로 계속 감겨 있었다. 그녀는 마리안느가 그러는 것처럼 그를 응시할 수 없다. 좋아하는 것을 이베이에서 살 수 있다는 걸 알게 되는 건 엄청나게 유쾌한 일이다. 마리안느는 아름다운 초록 눈동자를 가지고 있다. 스페인 내전 시기의 예나 유리그릇 같았다. 그 그릇은 개당 거의 50파운드 정도 하지만, 동전 한 푼의 가치밖에 없다. 그것과 똑같은 니키의 푸른 눈은 그에게 그녀를 소유하고 싶게 만들었고, 그녀의 얼굴을 아름답게 장식했었다.

하지만 그녀를 소유하려면 그녀를 위한 공간을 만들어 둬야 했다. 그의 인생에는, 혹은 이 방에는 식객에게 줄 공간이 없었다. 그리고 아직 그는 향수를 느끼지 않았다. 앨리스의 살갗은 아직 한없이 부드러웠다. 그는 가장 먼저 그녀의 그런 점에 주목했던 것을 기억했다. 영국인의 사랑스러운 살결은, 마치 가시 뽑힌 장미를 만지는 것 같았다. 그는 그 살결을 만지고, 치고, 손끝으로 부드럽게 쓸 때 느껴지는 감각을 사랑했다. 무두질된 이 쇠가죽이 같은 물질이라는 걸 믿기 힘들었다.

그녀가 그에게 자비를 호소하며 이 없는 입으로 크게 웃었다. 하지만 그는 이제 그녀에 대한 애정에서 빠져나온 상태다. 이상한 일이야. 이토록 빨리 사랑이 무관심으로 바뀔 수 있다니. 나는 한때 그녀를 열망했지만, 이제 더 좋은 시간을 만들기 위해 공간을 확보해야 해. 이제 그녀는 불편하고 따분한 일거리일 뿐이야.

"미안, 앨리스. 영원한 것은 아무것도 없어. 물론 너도 알지?"

그는 회전 톱을 집어 들었다.

20

그가 여기에 있다. 그러리라고 그녀가 알고 있었던 것처럼. 열린 창문으로 들어와, 그녀의 침대 발치에 서서, 블랙베리를 만지작거리며, 어스름한 빛 속에서 그녀를 향해 미소 짓고 있다. 의심의 여지없이 확실한 사실이다. 숱이 빠지고 있는 머리는 젤을 발라 한 가닥도 남김없이 쓸어 넘기고, 그녀가 마지막으로 봤을 때처럼 매끈한 아르마니 양복을 입고 있다. 그의 두 눈은 커튼 사이로 어슴푸레하게 들어온 빛줄기를 따라가고 있다. 그의 미소가 점점 커졌고, 그녀는 그가 단도를 이용해 이를 날카롭게 갈고 있는 모습을 봤다.

콜레트는 재깍 잠에서 깼지만, 바닥에 발을 디디기까지는 몸짓이 굼떴다. 매일 밤같이 토니, 아니면 말리크, 아니면 부림이 어딘가에서 나타났다. 그들은 늘 똑같이 미소 지었다. 어느 날은 칼을, 어느 날은 전깃줄을 들고 있었다. 어느 날은 서서 침대를 내려다보며 크게 웃었다. 도망쳐 나온 그 밤 이후로 그녀는 곧바로 잠이 든 적이 없다.

잠은 안전을 대가로 치른 자들에게는 사치였다. 세상을 차단하고 거기서 떠날 수 있는 자는, 보통 그들을 배제한 세상의 축복을 받게 될 것이다.

그녀는 침대 시트 속으로 다시 쓰러졌다. 베개는 새것임에도 불구하고 머리 아래에서 덩어리가 지고 딱딱했다. 그녀는 커튼 틈으로 희뿌옇게 들어오는 빛에 의지해 방을 찬찬히 둘러보고, 사방 모퉁이를 점검했다. 그가 그 자리에 있다가, 그녀를 가지고 놀려고 그림자 속에 숨었다고 여기는 듯한 모양새였다. 그는 늘 놀잇감을 가지고 노는 걸 좋아했지. 농담을 너무 즐겨 하는 바람에, 한번은 사업상 경쟁자가 따뜻한 미소를 지으며 그의 머리를 가격해서 거의 목구멍이 보일 정도로 머리가 꺾인 적도 있다.

이런 시간에도, 소음은 존재했다. 낮은 소리지만 벽을 통해 피아노 소나타의 울림이 들려왔다. 단단한 빗장이 걸린 안전한 지하층 창문 쪽에서도 텔레비전에서 토론 중인 미국인의 목소리가 들려왔다. 아기 같은 소리로 고양이와 이야기하는 셰릴의 목소리, 웅웅거리는 토머스의 목소리도 들렸다. 토머스는 누군가와 전화 통화를 하는 듯 대답도 듣지 않고 간헐적으로 지껄여 댔다. 거리에는 집 앞을 지나가는 조용한 발소리가 들렸는데, 놀랍게도 어느 곳으로도 향하지 않고 방황하는 발소리도 많았다. 한 커플이 웃음을 터트리며 지나갔다. 멀리서 여우와 수고양이가 영역 다툼을 벌이는 비명도 들려왔다.

그가 날 찾아낼 거야. 시간문제일 뿐이지. 아니, 그는 이미 날 찾아냈어. 분명해. 그는 창문 밖에 있어. 난 알아.

그 생각을 하자 끈끈하게 더운 날임에도 한기가 들었다. 그녀는 침대로 몸을 던지고, 창문을 세게 닫았다. 자신을 쫓는 시선과 두려

움으로부터 자신을 지키려고, 그리고 바깥세상에 자신이 보이지 않
게 하려고, 커튼 사이로 손을 미끄러뜨렸다.

소리가 중단됐고, 밤이 계속 흘러갔다. 선풍기를 사야 해. 창문
을 열고 잠잘 수 없다는 걸 알고 있었잖아. 내일 선풍기를 사야겠어.
하지만 이런, 계속 돈을 쓰면 안 되는데. 많아 보이지만, 많은 게 아니
라는 걸 알고 있잖아. 그게 네게 남은 전부가 될 때를, 요양 시설비가
필요해질 때를, 다시 도망치지 않아도 될 때를 생각한다면 말이야.
공기가 너무 답답해. 내 머리 위에서 짓눌러 오는 것 같아. 내가 이렇
게 살 수 있을까? 이렇게 영원히 살 수 있을까?

그녀는 침대 위에 편안히 앉아서, 평소처럼 가방을 발로 쓸었다.
저 사람들에게서 이걸 숨길 장소를 찾아야 해. 거짓말만 늘어놓고 있
을 수는 없어. 난 이 사람들에 대해 아는 게 아무것도 없고, 누가 지
하층 할머니 집을 털었는지도 몰라. 넌 제정신이 아냐, 콜레트. 눈에
띄지 말아야 해. 사람들과 관계를 끊고, 눈에 띄지 말아야 해.

그녀는 불을 켜기 전에 커튼 틈으로 거리를 살폈다. 인도는 텅 비
어 있었다. 베스타의 지하 창문에서 나와서 길가 벽에 고인 빛 웅덩
이뿐이었다. 생명체의 흔적은 보이지 않았다. 창문을 닫으니 안도감
이 들었다. 그녀의 잠재의식 속에 그의 존재가 스며들어 있는 한, 뭐
가 됐든 그녀는 포위된 듯한 느낌을 받았다. 전화기 위에 붙은 시계
가 2시가 다 됐음을 알려 줬다. 새벽 동이 틀 때까지 그녀는 다시 잠
을 이루지 못할 것이다.

그녀는 가방을 뒤집어 침대 위에서 탈탈 털었다. 액수에 비해 양
은 매우 적었다. 지폐가 열아홉 묶음인데, 각 묶음은 두 덩이씩 겹쳐
고무줄로 묶어 놓았고, 그 두께는 2센티미터가 조금 안 됐다. 삼 년

전에는 두 배였지만, 그때도 가방 안에 지폐가 꽉 차지는 않았다. 그녀는 양손에 한 뭉치씩 들고 숨길 곳을 찾아 방 안을 돌아다녔다.

삼 년 전. 흰 피부 위에 붉은 피가 번지고, 멍청한 리사는 그 자리에 얼어붙었었다. 토니는 위스키 잔을 들고 바 옆에서 웃었고, 바닥에 쓰러진 그 남자는 이 하나, 그러니까 중간 어금니를 뱉어 냈다. 그 이는 카펫에서 튕겨 나가 토니의 신발에 튀었다.

그들이 머리를, 휙 돌리고…….

찾아보기만 한다면, 온 방 안이 숨길 곳으로 가득했다. 그녀는 그런 곳을 찾는 데 명수가 되어 가고 있다. 파리에서는 돈 절반을 테이프로 감아 비닐봉투에 넣고, 오래되고 무거운 변기 뒤에 뒀었다. 베를린에서는 탐팩스 탐폰 상자에 5,000천 파운드를 넣어 뒀었다. 단, 문제는 그걸 어디에 뒀는지 기억 못 할 때가 있다는 것이다. 나폴리에 있을 때는 돈을 옮겨 두는 바람에 1만 파운드를 잃을 뻔한 적도 있었다. 안락의자는 커버가 늘어지고 구멍과 얼룩이 있어서 숨기기에 괜찮아 보였다. 그녀는 쿠션 가장자리에 지폐 여섯 묶음을 밀어 넣고, 불룩 튀어나온 부분을 감추기 위해 커버를 매만졌다. 그러고 침대로 되돌아가서 두 덩이를 더 집어서 옮기고, 속을 뒤틀리게 하는 그 일에 대해 다시 생각했다.

내가 그때 뛰어서 도망쳐야 했을까?

그녀는 매일같이 자문했다. 태연하게, 커튼 근처로 걸어가서, 포커페이스로 그들 사이에 있어야 했을지도 몰라.

넌 그들이 그 남자에게 하는 짓을 봤어. 그건 처형이 아니었어. 그건 깨끗하지도, 효율적이지도 않았다. 개에게 하듯 머리를 날리는 자비로운 총알도 없었다. 그건 분명 고문이었다. 그들은 자기가 흘린

피 웅덩이에서 죽음에 붙들려 있는 한 남자를 응시하면서 발길질을 했다. 그 사람들이 그 짓을 얼마나 즐기는지 봤잖아. 그들이 나중을 위해 널 죽이는 걸 망설였을 거 같아?

하지만 그들이 그러지 않았다면? 널 받아들이고 자기들 일원으로 만들었다면? 너는 결코 도주하지 않았을 거야, 그렇지? 너한테는 사주 전에 해고 통지를 해야 한다는 규정도 없었고, 출근 마지막 날에 동료들을 위해 도넛을 가져가는 일도 없었을 거야. 오직 소유물로서의 삶이 있었을 뿐. 뭔가를 말할 때, 그 결과를 늘 생각해야 하는 삶. 그 직업을 받아들인 날, 넌 스스로 이 자리에 앉았어. 그녀는 자기 자신에게 말했다. 스스로를 속여 가면서 말이야. 그런 큰돈을 받는 술집 매니저는 없어. 누군가 그 사람의 침묵을 산 게 아닌 이상 말이야.

그 여자 경찰의 제안을 받아들였어야 했는지도 몰라. 거기로 들어가서 날 맡겼어야 해. 증인 보호를 받는 삶은 이보다 더 괜찮고 안정적이겠지?

이웃 남자가 음악을 껐다. 돌연 침묵이 찾아와서, 그녀는 자신이 혼자라는 걸 확인하기 위해 다시 한 번 상황을 점검했다. 위층에서 셰릴이 서성, 서성, 서성였다. 콜레트는 싱크대 아래 선반을 들여다보고, 버터 그릇, 먼지에 파묻혀 번들거리는 모든 것들, 돈으로 가득 찬 잡동사니들을 쳐다봤다. 내일, 테이프를 좀 더 사와야겠어. 그러면 이 두 개의 서랍장 뒤에 돈뭉치를 붙일 수 있을 거야. 그렇게 두 덩이를 처리해야지.

그녀는 경찰에 관한 질문의 답을 알고 있었다. 돈이 새 나가는 걸 알아차리기 시작한 이후로 죽 알고 있었다. 경찰도 그의 손아귀에 있다는 것을. 만약 안전하지 않다면, 그가 태평스럽게 자기 존재를 여기저기 흩뿌리고 다니면서, 자기 프로필을 절벽 위에 두지는 못했을 것이다. 습격자가 돈을 먹지 않은 이상, 매음굴을 뻔질나게 드나드는 사람이 언제 있을지 모르는 습격으로부터 안전함을 느끼지는 않을 것이다. 그의 주머니 속에 있는 사람은, 최소한 한 사람 이상이다. 그리고 그녀는 그 사람이 누군지 모른다. 결코 알 수 없을 것이다. 한밤중의 노크 소리로 자신이 발각됐다는 걸 깨닫게 될 순간에조차.

하얀 피부에 주홍색 피, 꺾인 손가락, 트위그릿 과자처럼 꼬부라진 몸. 그게 나일 리는 없어. 내가 그렇게 되도록 가만히 있진 않을 거야.

그녀는 무풍지대에 있는 낙타처럼 땀에 흠뻑 젖었다. 물을 한 잔 마시려고 생각을 멈추고, 싱크대로 향했다. 거기 기대 물을 마시며, 자신의 은폐처 위로 눈동자를 굴리고, 계속해서 그곳을 바라보고 또 바라봤다.

21

베스타는 정문 현관 테이블에 놓인 우편함을 샅샅이 뒤지고, 수취
인별로—매주 한 아름씩 왔다.—깔끔하게 정리하고, 이미 나간 세
입자들에게 온 광고 우편물은 쓰레기통에 넣으려고 따로 모았다. 시
간이 많이 걸리는 일은 아니었다. 토머스에게는 수취인 부분이 비닐
창으로 된 봉투가 여섯 통, 호세인에게는 갈색 봉투에 공무 집행 인
장이 찍힌 우편물이 두 통 와 있었다. 그녀에게도 정부에서 온 우편
물이 몇 통 있었는데, 그녀는 그게 세금 환급에 관한 안내서이기를
희망했다. 그녀는 '늙은 여자'로 여겨졌지만, 연금 수령 연령이 그녀
나이 뒤로 후퇴하면서 우편물은 점점 적어졌다. 심지어 「리더스 다
이제스트」조차 더 이상 그녀에게 50파운드의 비과세 혜택을 주고 싶
어하지 않았다.

　제라드 브라이트에게는 어린아이의 필체로 주소가 적힌 우편엽서
한 장이 와 있었다. 그녀는 대개 그것이 오는 날짜를 알아차렸는데,

한 달에 한 번 오는 유일하게 손수 쓴 우편물이기 때문이다.

그녀에게는 멀번에 사는 사촌이 하나 있는데, 그는 정확하게 생일과 크리스마스에 카드를 보냈다. 두 사람이 마지막으로 만난 건 일프라콤의 숙모 장례식이었는데, 그 후로도 이십 년 세월이 지나도록 카드를 보내왔다. 그녀는 늘 똑같은 헌사가 담긴 답장을 했다. 그는 마지막 남은 그녀의 가족, 칠십억 명 가운데 단 하나인 소중한 보석이었다. 그는 늘 자식들, 손주들, 두 번째 부인, 랜드 크루저에 대한 긴 이야기를 돌림노래처럼 찍어 내 듯 썼다. 베스타는 행복을 빈다는 문구만 보냈다. 그녀에게는 자랑할 만한 것이 거의 없다. 그리고 자신이 만나 본 적 없는 친구들에 대한 소식을 듣고 싶어 할 사람은 아무도 없다. 그게 사람들이 아이를 갖는 이유 중 하나다. 핏줄은 낯선 사람에게도 자랑할 만한 정당성을 지니고 있기 때문이다.

그녀는 그 우편엽서를 제라드의 은행 입출금 내역서 맨 위에 뒀다. 그의 얼굴이 확 펴지겠지. 그는 볼 때마다 늘 무척이나 우울하고 음침했다. 곰팡이처럼 일생을 동굴 속에서 보내는지, 이 여름 런던에서 전혀 피부가 타지 않은 유일한 사람이었다.

평소처럼 셰릴에게 온 것은 아무것도 없었다. 여기 온 후 셰릴에게는 편지 한 통 온 적이 없다. 아무것도 없군. 새로 온 아가씨도 마찬가지고. 계량기에 적힌 전기세를 제대로 납부하기만 하면, 이런 현대 세계에서도 존재의 흔적을 말끔히 지울 수 있었다. 정부가 뭐라고 하든 말든.

제라드 브라이트에게 온 엽서를 보자, 그녀는 이번 여름에 자신에게 온 엽서가 단 한 장도 없다는 걸 떠올렸다. 이따금 예전 이웃들, 해변 아래에 놓인 캐러밴에 살면서 초등학교 주방으로 출근하던 옛

동료들, 심지어 괴짜 동창에게서도 이따금 편지가 왔었다. 그녀는 그 편지들이 눈에 잘 띄도록 벽난로 위에 전시했었다. 보고 있으면 옛날 생각이 나기도 했고, 해변으로 도망치고 싶은 꿈도 일어났다.

어느 날, 그녀는 생각했다. 그가 갑자기 2만 파운드를 주겠다고 제안한다면—이 아파트 가치의 십 퍼센트밖에 되지 않을—난 아마 그렇게 할 수 있겠지. 조약돌 깔린 해변 근처에, 해변을 내다볼 조그만 파티오가 딸린 집을 구할 수도 있을 거야. 그런데 8,000파운드라면? 이삿짐센터 사람들에게 돈을 주고 나면, 보증금도 간당간당하겠지.

그녀는 건물 정문 열쇠가 돌아가는 소리를 듣고, 접대용으로 산 감자, 달걀, 베이컨이 담긴 시장 가방에 광고 우편물을 넣었다. 그리고 셰릴이 들어오자 미소를 지었다. 오늘은 귀엽고 평범한 모습이었다. 가발도, 가짜 안경도 쓰지 않고, 무릎 위로 올라오는 오렌지색 면 원피스에 금색 고무 플립플롭을 신고, 귀에는 흰색 이어폰을 꽂고, 부스스한 머리에는 푸치 프린트 같은 큰 무늬가 들어간 머릿수건을 머리띠처럼 두르고 있었다. 그래서인지 더 나이 들고, 더 세련돼 보였다. 마치 1970년대의 레코드판 커버 모델 같았다. "안녕, 아가?"

"안녕요!" 셰릴이 한쪽 이어폰을 빼자 작게 지지직거리는 음악 소리가 들렸다. 그녀는 손에 들린 작은 기기를 내려다보고—이어폰 끝에 매끈하고 빛나는 원형 물체가 달려 있었다.—그걸 어떻게 다뤄야 할지 잘 모르겠는지 얼굴을 찌푸리더니, 옆에 달린 버튼을 눌렀다. 그러고는 다른 손으로 이어폰을 뽑아 그 기계에 감았다. "나갔다 오셨어요?"

"잠깐. 하이 스트리트에 가서 깨작거리다 왔지. 넌 뭘 했니?"

"나가서 잠깐 공원에 앉아 있었어요. 사과도 슬쩍하고요. 사람들이 엄청 많더라고요."

"사과를 슬쩍했다고? 공원에서 사과나무는 본 적 없는 것 같은데."

"사람들이 나무에서만 그걸 키우는 건 아니거든요." 셰릴이 알쏭달쏭하게 말하고는 아이팟을 주머니에 넣었다. "할머니는 어떠셨어요? 배수관은 어때요? 그 사람이 와서 뭘 좀 했어요?"

"맙소사. 나한테 그 일을 일깨우지 말아 줘. 일 분 전까지만 해도 기분이 좋았는데. 그 사람은 뭘 할 수 있대도 나한테 얘기 안 할 거야. 차 한잔 마시겠니?"

"저한테 간절한 건 뭔가 차가운 거죠. 제 고양이 어디 있는지 보셨어요?"

"그 아가가 뭘 할진 확실히 알지. 이 시간이면 네 침대에서 잠들었겠지. 내 냉장고에 레몬 탄산 주스가 있단다. 어제 만들어 둔 거야."

셰릴이 믿기지 않는다는 표정을 지었다. "할머니가 탄산 주스를 만들었다고요? 그런 건 공장에서나 만드는 줄 알았는데, 콜라처럼."

"이런! 너 정말 어리구나! 아무것도 몰라, 그치?"

"몰라요. 우린 젊죠. 안 그래요?" 셰릴이 흐뭇하게 말했다.

셰릴이 베스타를 지나 성큼성큼 걸어가자 발목의 발찌가 흔들렸다. "손 좀 빌려드릴까요?"

"아니다, 아가. 난 괜찮아. 무겁지 않아. 먼저 가서 찻주전자나 올려놓고 있거라."

"알았슴다!" 셰릴이 문을 당겨 열었다. 계단 꼭대기에 발을 디디자마자 셰릴이 놀란 비명을 지르더니 어둠속으로 고꾸라졌다. 베스타는 '움' 소리와 함께 떨어지는 소리를 들었다. 그녀는 출입구로 달려가 문을 잡고 어둠 속을 자세히 살폈다. "셰릴? 셰릴! 너 괜찮니? 무슨 일이니, 셰릴?"

그녀는 전등 스위치를 찾아 문 위쪽을 더듬었고, 스위치를 누르고, 머리를 숙여 계단통을 들여다봤다. 셰릴은 계단 중간쯤, 난간이 시작되는 곳에 다리 한쪽을 계단 아래로 쭉 뻗은 상태로 쭈그려 앉아 있었다. 플립플롭이 엄지발가락에서 대롱거렸다. "제기랄, 큰일 날 뻔했네."

"괜찮니?" 베스타는 갑자기 긴장과 비틀거림, 노쇠함이 몰려오는 기분을 느꼈다. 그녀는 가방을 내려놓고 한 손으로 벽을 더듬으며 셰릴 쪽으로 다가갔다.

셰릴이 바로 앉아서 다리를 쭉 펴고 팔뚝을 문질렀다. "아우."

"무슨 일이야?"

"몰라요. 제가, 아니 층계참에 뭔가 있었어요. 밟으니까 앞으로 튀어나가던데요."

베스타가 그녀에게 다가가 옆에 앉았다. "대체 뭐지……? 계단에 뭘 떨어뜨리진 않았는데."

셰릴은 끙 하고 신음하며 조심조심 일어나려고 했다. 오른발이 카펫에 닿자마자 '힉' 하는 숨소리가 새어 나왔다. 누구도 아프지 않으면 좋겠지만, 베스타는 생각했다. 감사하게도, 내가 아니라 이 애가 다쳤네. 내가 넘어졌다면 엉덩이가 깨지고 앰뷸런스를 불러야 했을 거야.

"괜찮니? 어디 부러진 것 같진 않아?"

"아니요. 발목이 빌어먹을 지경이 된 거 같은데, 이거보다 더 나쁜 게 뭔지 모르겠어요."

"언어 순화, 셰릴." 베스타가 반사적으로 지적했다. 그녀는 난간에 의지해 몸을 일으키고는, 현관을 향해 한 발로 깡충깡충 뛰어가는 소녀를 뒤따랐다.

소녀가 벽에 몸을 기대고 어깨뼈로 전등 스위치를 눌렀다. 카펫에 쓸린 허벅지에서 불이 나는 것 같았다. "젠장, 이게 뭐람?"

베스타가 오트밀색 계단 카펫을 올려다봤다. 맨 위 계단에, 더럽고, 젖은 듯한 얼룩이 있었다. 검은 금속성 얼룩이었다. "뭔지 모르겠지만……." 그녀의 눈동자가 계단 아래를 샅샅이 훑고, 발아래를 내려다봤다. "오, 세상에!"

쥐 한 마리가 발치에 죽어 있었다. 포메라니안 강아지만 한 쥐였다. 벌어진 입에서 노란 앞니가 보이고, 동그랗게 말린 번들거리는 살색 꼬리에 어두운색 털이 엉겨 붙어 있었으며, 불룩하고 납작해진 몸통에서 나온 분홍빛 내장이 똬리를 틀고 있었다.

그녀의 시선을 따라간 셰릴은 벽에 기댄 채 뻣뻣하게 굳어, 벽이 열려 자신을 들여보내 주길 바라는 듯 벽을 밀쳐 댔다. "오, 세상에. 오, 오, 오, 이런……."

"세상에, 이런 일이. 대체 저런 게 어디서 온 거람?" 베스타는 그걸 보고 싶지 않았지만 눈을 돌릴 수가 없었다. 쥐에서는 배수구 냄새가 났다. 오래되고, 악취가 진동하고, 오래오래 죽어 있는 것의 냄새. 눈동자는 우윳빛이었다. 보고 있자니, 반쯤 벌어진 입에서 검정파리 한 마리가 기어 나오더니 현관 쪽을 향해 복도로 윙윙거리며 날아올랐다. "죽은 지 얼마 안 된 거 같네. 지금껏 내내 여기 이렇게 있었을 리는 없고. 난 있는 줄도 몰랐으니까."

"그게 무슨 상관이에요." 셰릴이 신음했다. "악취가 나네요. 고양이 짓일 거예요. 고양이가 가져다 놓은 거예요. 그 녀석을 데려와선 안 됐었다는 걸 이제 알겠네."

"사이코? 아냐, 사이코 짓은 아닐 거야. 썩어 가고 있잖아. 사이코는 하이에나가 아니니까. 알 수가 없네. 어떻게 여기 온 거지?"

셰릴은 무심코 접질린 발을 들어서 발바닥을 살폈다. 그러고는 입을 쩍 벌리고, 눈을 크게 뜨고 베스타를 응시했다. 발바닥에 피와 끈적끈적한 점액질이 온통 들러붙어 있었다. 조금 전에 계단에서 떨어질 때 그 생명체가 토해 낸 것들을 발로 밟은 듯했다. 초록색과 검은색과…….

셰릴이 손을 움직이면서 허둥지둥 말을 뱉어 냈다. 목소리가 잠시 턱 막혔다가 작아졌다. "오, 세상에. 병에 걸릴지도 몰라."

베스타는 목에서 뭔가가 스멀스멀 기어가는 느낌이 들었다. "아니야! 당치 않은 소리! 그런 생각 말려무나. 자자, 진정하렴. 욕실로 가자꾸나."

그녀는 한쪽 옆에 서서 소녀를 붙잡고 통로 쪽으로 이끌었다. 셰릴은 깡충 뛰면서 농담을 하고 볼을 빵빵하게 부풀렸다. "당치 않은 소리, 당치 않은 소리! 만약 할머니가 제 방 카펫 위에 넘어지셔서 도움을 요청하시면, 저는…… 저는…….'

주방을 지날 때 그녀는 놀랍게도 바깥쪽 문이 열려 있다는 걸 알아챘다. 그녀는 가게에 가기 전에 자신이 확실히 빗장을 지른 걸 기억하고 있다. 하지만 지금 그녀가 생각할 수 있는 건 오직 허리케인이 몰아쳤나 하는 것뿐이었다. 그녀는 입을 막고 있는 셰릴의 손을 한 손으로 단단히 붙잡고 욕실로 데려가, 아이를 감자 부대처럼 변기 위에 부려 놓았다. 언젠가 셰릴의 점심─햄버거와 보기 좋고 냄새 좋은 프렌치프라이—이 냄비 속에서 폭발했을 때처럼 이마가 깨질 듯 아프고 메스껍고 식은땀이 흘렀다. 오, 이런. 내 카펫 위에 썩은 시궁쥐가 짓이겨져 있다니. 내 카펫 위에서 트럭에 치인 것처럼 보이네. 저걸 긁어내야 할 텐데.

베스타가 싱크대로 달려가서 치즈 냄새 나는 크루아상과 밀크 커피 냄새를 방 안에 퍼트리고 있을 때, 셰릴은 마치 악어 늪에 빠진 사슴처럼 소음을 냈다. 배수구 뚜껑에 걸린 고체들을 보자 다시 속이 뒤틀렸다. 셰릴은 수도꼭지를 열고, 얼굴에 물을 튀기고는, 바닥으로 무너져 내려 욕조에 기댔다.

"오 세상에." 셰릴이 중얼거리고는 손등으로 얼굴을 닦았다. 그리고 변기 물을 내리고 베스타 옆으로 기어갔다. "제길."

"그래." 그녀의 친구도 초주검이 되어 기진맥진한 채 한마디를 뱉어 냈다. 셰릴만 할 때 혀에서 즐겁게 미끄러져 나왔던 말을. "제길."

"발 전체에 묻어 있네요."

"봤어. 샤워기로 씻어내야겠다."

"그 쥐, 쥐 냄새가 나던데요."

"이래서 내가 널 좋아한다니까. 정말 관찰력이 뛰어나." 두 사람은 크게 웃었다.

22

"가방 들어 드릴까요, 아가씨?"

그녀는 멍한 상태에서 헤엄쳐 나와 앞에 서 있는 호세인을 바라봤다. 그녀는 그가 오는 것도 보지 못했고, 자신이 지나온 길거리에 뭐가 있었는지도 알아차리지 못했다. 얼굴을 일그러뜨리고 있는 토니를 자신이 무사히 지나쳐 왔다는 걸 알면서도 여전히 아무 생각을 할 수 없었다. 엄마에게 다녀온 일은 그녀를 완전히 지치게 했다. 일과를 마치고 집으로 돌아올 때 그녀는 완전히 진이 쪽 빠져 있었다. 역에서부터 집으로 돌아오는 동안 낮잠을 충분히 잤는데도 말이다.

그녀는 눈을 깜빡이고, 억지로 얼굴에 미소를 걸었다. "아니요. 걱정 안 하셔도 돼요. 무겁지 않아요. 괜찮아요. 고마워요."

호세인이 혀를 찼다. "여기 영국 여성분들은 너무 독립적이라 마음이 아파요. 자, 주세요. 제가 짐을 들어드린다고 해서 참정권을 뺏기진 않을 겁니다."

그가 계속 손을 대고 버티며 미소 짓자 그녀는 돌연 안심이 되어 짐을 넘겨줬다. 그녀는 서니베일에 가는 길에 아스다 매장에 들러서 마침내 침구류를 조금 샀는데, 그게 어찌나 무거워 보이는지 조금 놀랐다. 분홍색 인조가죽으로 된 커다란 여성용 쇼핑백을 호세인은 주변 시선도 신경 쓰지 않고 어깨에 걸치고 불라 그로브로 향하면서 활짝 웃었다. 그녀는 그의 곁에 서서 걸었다.

"잘 지내고 계세요? 어머니께 다녀오시는 길인가 봐요?"

그녀가 고개를 끄덕였다.

"어머니는 어떠세요?"

콜레트가 한숨을 쉬었다. "거의 비슷하세요."

"아직 콜레트 양을 기억 못 하세요?"

"네. 대부분, 제가 어제 왔다 간 것도 기억 못 하세요. 초콜릿은 거절하지 않으시지만요. 하루에 한 상자씩 드세요. 하지만 살이 찐 것 같아 보이진 않으세요."

"힘드시겠군요."

"네." 그녀의 말이 끝나자, 두 사람은 말 없이 하이 스트리트를 향해 걸음을 옮겼다. 화제를 전환할 만한 걸 찾아야 해, 그녀는 생각했다. 아무 말도 안 하고 계속 집까지 갈 순 없잖아. 당황스럽게 말이야.

모퉁이를 돌았을 때 그녀가 입을 열었다. "음, 호세인 씨는 이란 인이시죠?"

"옙."

"페르시아요. 맞나요?"

"어느 정도는요."

"거긴 어때요?"

"매력적이에요. 매력적인 나라에요. 시리아만 빼고요."

"그럼 왜 떠나오신 거예요?"

"멍청한 놈들이 통치하고 있기 때문이죠. 그리고 전 그 사실을 크게 외치고 다녔고요."

"정치가세요?" 그의 목소리에 밴 혐오감을 느끼고 그녀가 놀라 물었다. 그녀는 한 번도 정치가를 만나 본 적이 없다. 그러고 싶다는 생각을 해 본 적도 없고.

"전 경제학을 가르쳤습니다. 그리고 블로그에 글을 쓰면서 저널리즘 활동도 조금 했고요. 여기에 학생들이 합류하기 시작하면, 정권과 잘 지낼 수 없게 되죠."

"아, 죄송해요. 그럼 호세인 씨는⋯⋯?"

"그런 일이 일어난 거죠. 그리고 저 혼자만 겪은 일도 아니고요. 어쨌든, 전 지금 여기 있습니다. 그리고 곧―." 그가 과장스러운 억양으로 말하면서, 가방을 안 든 쪽 팔로 아령을 드는 흉내를 냈다. 얇지만 단단한 근육이 솟아올랐다. "전, 영국인이 되고자 가안청에 간처엉을 하고 있죠. 그나저나 날씨가 너무 좋지 않아요?"

콜레트는 마치 처음 보는 것처럼 주변을 둘러봤다. 지난 며칠 동안 더위가 엄청났지만, 그래도 산들바람이 불어오고, 공기가 놀랍도록 쾌적하다는 걸 깨달았다. "예, 그렇네요. 정말 그래요."

그들은 브라켄 가든 모퉁이에 다다라 길을 돌아 내려갔다. "수영장 날씨네요. 서펜타인에 가 본 적 있으세요?" 호세인이 물었다.

"어디요? 그 강인가?"

"야외 헤수욕장이요." 그가 이탈리아 사람처럼 '헤수욕장'이라고 발음했다. 그녀가 하는 것처럼 해수욕장이 아니라. 그리고 그게 그녀에게 잠시 여유를 줬다. "전 내일 가 볼까 하고요. 오후에요." 호세인이 기대에 찬 듯 말했다.

"오, 그보다 더 나쁜 건 없을 것 같은데요. 도시 한가운데에 있잖아요. 오리 똥투성이일 텐데."

"당신은 바다에서 수영하면 되겠네요."

"음, 예."

"바다에는 물고기도 있고, 갈매기도 있잖아요? 그렇죠?"

"그렇죠. 음…… 어쨌든요."

"어쨌든 전 가려고요. 재밌잖아요. 강 한쪽에는 윗도리를 벗은 나이 든 숙녀분들이 계시고, 다른 한쪽에는 부르카를 쓴 나이 든 숙녀분들이 계시죠. 아이스크림도 먹고, 수영하면서 깨끗한 물도 마시고요. 이보다 뭐가 더 멋지겠어요?"

"살모넬라균에 중독돼서 죽진 않을까요?

"당신은 머리가 젖지 않기만을 바라게 될걸요." 그가 장난을 걸어왔다.

"뭐, 그것도 괜찮네요. 포자 없는 민들레처럼 보이겠네요."

"민들레요?"

"신경 쓰지 마세요. 꽃 종류예요."

"네, 확실히 그렇게 보이겠네요."

"아니, 그건 — 아, 신경 쓰지 마세요."

"그럼, 가실 건가요? 셰릴도 데리고 갈 수 있을 것 같은데."

"셰릴이 수영을 할 줄 아나요?"

"돌고래처럼 잘하죠. 신발만 벗으면요."

그녀는 당황했고, 희미하게 불편함이 몰려왔다. 이 남자가 나한테

데이트 신청을 하는 거야, 그냥 친근하게 구는 거야? "내일도 보러 가야 해요." 그녀가 말을 얼버무렸다. "내일 돌아오는 시간 봐서요."

호세인이 한숨을 쉬고, 큰 갈색 눈으로 그녀를 응시했다. "알겠어요. 그 말 무슨 의미인지 알아요."

"오, 아니에요. 전……"

그가 소리 내어 웃었다. "당신은 무척 쉽게 당황하시는군요."

"짜증 나게도요."

"아, 이제, 당신이 절 좋아하신다는 걸 알겠어요. 영국 사람들은 친구들한테나 '짜증 나.'라는 말을 쓰죠. 그게 문화적인 규칙이라면서요."

그는 불라 그로브 모퉁이에서 걸음을 멈추고, 어깨에서 가방을 내려 그녀의 손에 쥐여 줬다. "다 왔네요." 말을 하는 그의 눈가에 기분 좋은 주름이 졌다. "좋은 하루 보내요."

"집으로 안 가세요?"

"오, 아뇨. 전 역으로 가던 길이에요."

그녀가 얼빠진 듯 그를 쳐다봤다. "저기……."

"오, 쉬쉬." 호세인은 말을 마치자마자 브라켄 가든으로 성큼성큼 멀어져 갔다.

그녀는 모퉁이에 서서 그의 뒷모습을 지켜보면서 자기 안에 흐르는 이상한 감정을 느꼈다.

혼란과 기쁨. 그리고 나서 두려움이 밀려왔다. 그녀는 지난 삼 년간 사람들과 관계 맺는 걸 피하며 살아왔다. 그래선 안 돼. 그가 멀리 모퉁이를 돌면서 그녀에게 크게 손을 흔들었고, 그녀는 미처 자신의 행동을 깨닫기도 전에 그에 대한 화답으로 손을 흔들어 줬다. 그는 사랑스러워. 길을 건너고 스물세 개의 계단을 오르면서 그녀는 생각했다. 하지만 난 그래선 안 돼. 친구를 사귈 여유가 없고, 애인을 만들 여유도 없어. 때가 왔을 때 떠나야만 하는데, 그럴 수 없을 거야. 혼자로 충분해. 하지만 만약 떠나야만 하는 사람들을 만난다면…….

가방 안에서 휴대전화가 울렸다. 그녀는 전화기를 꺼내 들여다보고 무척 놀랐다. 새 전화번호는 오직 요양원 한 곳에만 알려 줬다. 이 번호를 아는 사람은 아무도 없다. 아무도. 서니베일에서 온 전화가 분명하다. 그녀는 정문으로 들어가면서 전화를 받았다.

여자였다. "리사?"

그녀는 하마터면 "네."라고 대답할 뻔했지만, 뭔가가 그녀를 멈춰 세웠다. 그녀는 지금 자신을 본명으로 불렀다. 그것도 단순한 본명이 아닌 애칭으로. 그녀는 서니베일 장부에 늘 '엘리자베스(리사는 '엘리자베스'의 애칭 중 하나다./ 옮긴이)'라는 이름을 사용했다. 그들은 무척이나 꼼꼼하게도 그녀를 '던 씨.'라고 불렀다. 돈을 지불하는 사람에 대한 약간의 존중의 태도를 담아서. "죄송합니다만, 잘못 거셨네요."

막 전화를 끊으려고 할 때 여자가 말했다. "리사, 나 메리예요. 메리 체이니. 전화 끊지 마요."

콜레트의 심장이 덜컹 내려앉았다. 잠시, 어쨌든 뭔가를 해야 한다는 생각이 들었다. 생각이 꼬리에 꼬리를 물었다. 이 여자는 다시 전화할 거야. 이미 날 찾았고, 이게 나란 걸 알고 있어. 대답하지 않는 걸로는 이 여잘 떼어 낼 수 없을 거야. "체이니 경위님." 그녀가 입을 열었다. "이 번호는 어떻게 아셨나요?"

그녀는 거리감을 강조하기 위해, 미세하게 모욕적인 분위기를 풍기며 계급을 붙여 이름을 불렀다. 복도를 걸어 올라가는 그녀의 손에, 손끝이 하얗게 질릴 정도로 휴대전화가 단단히 쥐여 있었다.

그녀는 자신의 어조가 정곡을 찔렀음을 귀로 확인했다. 대답하는 목소리는 더 공식적으로 바뀌고, 친근감이 줄어 있었다. "우린 당신이 생각하는 것보다 그 일을 더 잘해 낼 수 있을 거에요, 리사. 당신이 이 나라로 돌아온 건 산텐데르 페리를 탔을 때부터 알았어요. 벽에 플러그를 꽂는 컴퓨터만 컴퓨터가 아니거든요, 요즘에는."

그녀는 현관 잠금 쇠를 풀어 열고, 자물쇠를 연 다음 문을 활짝 열어젖히고, 방 안을 점검하고 들어갔다. 답답하고, 더웠으며, 지난밤 수고를 마다하지 않고 청소한 냄새가 났다. 방에는 아무도 없었다. 그녀는 안으로 걸음을 옮기고, 문을 닫아걸고, 빗장도 채우고, 창문을 열었다.

"그래서, 뭘 원하시는 건데요?"

그녀는 자신이 왜 기를 쓰고 질문하는지 정말로 알 수 없었다. 이미 그 대답을 알고 있는데 말이다. 체이니 경위의 전화는 그녀가 클럽에서 도망쳐 나온 후 몇 주 지나지 않아 걸려 오기 시작했다.

"내가 원하는 건 늘 똑같죠, 리사. 당신도 알잖아요. 난 단지 우리가 한 제안에 대해 다시 이야기하고 싶어요."

"고맙지만 됐어요."

"생각해 봐요, 리사. 정말로 좋은 선택이 될 겁니다."

"아닐걸요. 그래도, 뭐, 고마워요." 그녀가 씁쓸하게 말했다.

"음, 당신이 생각해 본다면⋯⋯."

"무슨 말할지 다 알아요." 그녀가 말을 잘랐다.

한숨 한 번. "좋아, 그래요. 생각해 봐요. 그 제안은 아직 유효해요. 알고 있겠지만. 우린 아직 당신이 증인이 돼 줬으면 합니다. 우린 당신을 보호할 수 있고, 당신은 그 문제를 해결할 수 있을 거예요, 이제. 어디 있는지 말해 주면 내가 가서 당신이 짐을 꾸리자마자 안전한 곳으로 데려다줄게요. 그러고 나서 바 뒤에 숨은 토니 스콧을 끌어내면, 문제는 다 해결되는 거죠."

그들은 그녀가 어디에 있는지 알지 못한다. 그녀 쪽에서 한 방 날린 것이다. "그게 진실이 아니라는 건 당신도 알고 있겠죠. 그들은 결코 끝내지 않을 거예요. 토니가 완전히 외부와 단절돼 있을 건 아니니까요. 그들은 영원히 내 뒤에 있을 거예요."

메리가 심술궂고 날 선 웃음을 터트렸다. "당신이 노출되었는지 어쨌는지 난 몰라요. 하지만 지금 그들이 당신 뒤에 있다는 건 확실하죠."

콜레트는 숨이 턱 막혔다.

이 경찰은 게임을 계속 진행시켰고 공격을 밀어붙여 득점을 올렸다. "그리고 리사, 기억해 두세요. 우린 당신을 기소할 증거 역시 충분히 확보하고 있다는 걸. 알겠지만 말이에요. 내가 서 있는 곳에서는, 그게 좋아 보이진 않거든요. 그리고 우린 토니 스콧이 그 장소를 돈세탁장으로 사용한 걸 알고 있어요. 우리가 토니를 확보하면, 그 장소에서 돈을 만진 모든 사람이 그와 함께 침몰하게 될 겁니다. 그러면 당신을 찾는 사람이 토니 스콧만은 아니게 되겠죠. 인터폴이 추가될 거예요. 이제 당신이 말할 차례예요. 말해 봐요. 리사."

썩을 년. 썩을 년.

"그리고 리사?"

"뭐요?"

"당신이 생각해야 할 게 하나 더 있어요. 리사. 당신이 돌아온 걸 우리가 알았다면, 과연 다른 사람들이 그걸 알아내는 데는 얼마나 걸릴 거 같나요?"

콜레트는 전원 버튼을 눌러 전화를 끊고 침대에 전화기를 던졌다. 크게 한 번 으르렁대자 신경이 뚝 끊겼고, 팔뚝을 악물자 숨이 가빠 왔다. 팔에 동그란 이빨 자국이 남았다. 그녀는 한 번 더 크게 소리를 지르고, 의자에 몸을 던지고, 의자 등받이를 약하게 치고, 치고, 또 쳤다. 젠장! 운동을 해야겠어. 이 옛 같은 방에 종일 처박혀 있거나 엄마를 보는 게 다잖아. 그리고 그 여자는 어떻게 날 찾았지? 대체 어떻게 찾은 거냐고! 엄청나게 조심했는데. 유심칩을 살 때도 이름을 대지 않았다고. 어떻게 찾은 거야?

한데, 그 여잔 전에도 널 찾은 적 있어. 늘 그랬지. 그 여자랑 토니는, 모든 사람들이, 네가 도망쳐도 늘 네 뒤꽁무니에 따라붙었어. 넌 손쉬운 표적인 거야.

머리가 지끈거렸다. 바깥 복도에서 제라드 브라이트의 방문이 열리는 소리가 들리더니, 그가 조용히 걸어 내려와 그녀의 집 문 밖에 서는 소리가 났다. 그는 거기 삼십 초 정도 서 있었다. 그녀의 고함을 들은 것이 분명했다. 그녀는 이 집이 끔찍하게 싫어지기 시작했다. 서로에 대해 모든 것을 알려고 하는 이 집 사람들이 정말 싫어.

그녀는 일어나서, 물 한 잔을 따르고, 이부프로펜 네 알을 약 포장지에서 까서 꿀꺽 삼켰다. 그 방은 감옥 같고, 벽은 사방을 가로막고 있으며, 천장이 어깨를 무겁게 짓눌렀다. 그녀는 관자놀이를 문지르며 생각하려고 애썼다. 그 여잔 내가 여기 있는 걸 몰라. 전화번호 하나 알아냈을 뿐이야. 그리고 만일 그 여자가 나를 찾아낸다 해도, 날 체포하지 않는 이상 내게 그 무엇도 강요할 수는 없어. 오, 이런, 왜 내가 그 직업을 택했던 걸까? 대체 왜? 난 어디서든 일할 수 있었는데. 돈을 계속해서 올려 주는 일은 위험하다는 걸 알았어야 해. 그랬어야 해. 아니, 내가 무슨 생각을 하고 있는 거람? 난 그걸 알았고, 어쨌든 계속 거기에 다녔잖아.

벽을 통해 갑자기 음악 소리가 폭발하듯 들려와서 그녀는 벌떡 일어났다. 세상에, 핏빛 '발퀴리의 기행'이었다. 볼륨을 10으로 높인 게 분명하다. 이런 곳에 살면서 어떻게 스피커 볼륨을 저 크기로 해 놓을 수가 있는 거지? 미쳤군. 말도 안 돼. 대체 어떤 인간이 사람들에 둘러싸여 살면서 저게 괜찮다고 생각하는 거지? 질풍노도의 십 대도 아니잖아. 완전 중년인 주제에. 저 음악이 클래식이니 사람들이 저걸 듣고 자기를 인텔리라고 우러러볼 거라고 생각하는 모양이지? 멍청한 놈이 아니라 말이야. 다른 사람들이 자기를 성가신 인간이라고 생각한다는 걸 알면 이러진 않을 텐데.

그녀는 벽을 쾅쾅 두드렸다. 주먹에 상처가 날 때까지 쳤지만 음악은 계속 흘렀다. 음악이 흐르기 시작한 때부터 치솟기 시작한 혈압이 이제 확연하게 느껴졌다. 맥박이 귀를 때렸고, 얼굴이 불타오르기 시작했다. "닥쳐요!" 그녀가 고함쳤다. 날 죽일 셈인가. 자기 자신에 대한 분노가 그녀 속에서 폭발했다. 토니 스콧은 신경도 쓰이지 않았다. "닥쳐! 닥치라고!"

그녀는 침대로 몸을 던지고, 베개를 움켜쥐고는 머리를 묻었다. 덥고, 어둡고, 참을 수 없을 만큼 답답했지만, 그래도 소리는 계속 들렸다. 트럼펫, 트럼펫, 트럼펫, 그리고 찍찍대는 바이올린 그리고 둥둥, 둥둥, 둥둥 울리는 심장 소리.

그녀는 침대에서 힘차게 몸을 일으켜 열쇠를 손에 쥐었다. 이건 너무 심해. 해도 해도 너무해. 그녀는 문을 거칠게 내동댕이치듯 닫고 문을 잠근 다음, 폭풍처럼 복도를 내달렸다. 그러고 문을 부술 듯 두드렸다. 가슴속에서 심장이 터져 버릴 것만 같았다. 넌 이래선 안 됐어. 오늘 나에게 이런 짓을 해선 안 됐다고.

음악 소리는 줄어들었지만 아무도 대답하지 않았다. 뭔가 소리를 듣긴 했지만, 소음이 너무 큰 나머지 정말로 노크 소리를 들은 건지 아닌지 확신하지 못하고 있는 모양이라고 그녀는 생각했다. "아주 우 고맙네요!!!" 그녀가 소리쳤다. "계속 그렇게 작게 들어요! 빌어먹을!" 그리고 그제야 그녀는 자신이 헐떡거리고 있는 걸, 심장이 미친 듯이 질주하고 있는 걸 깨달았다.

그가 문을 살짝 열고, 그녀가 방 안을 볼 수 없도록 그 틈을 가리고 섰다. 그녀는 고함치느라 그가 반나체 상태임을 알지 못했다. "젠장!" 그녀가 소리쳤다.

그녀는 그의 목소리를 이번에 처음 들었다. 가냘프고, 점잔 빼는, 남을 많이 의식하는 투의 목소리였다. 오랜 시간 학교에서 아이들에게 문법을 가르친 사람 같은 말투였다. "뭐, 도와드릴 거라도?" 그가 물었다.

"장난쳐요? 뭐? 당신이 틀어 놓은 엿 같은 음악 소리가 안 들리나 보죠?"

난데없는 욕설에 그가 몸을 움찔거렸다. "실례지만—."

"세상에! 당신 귀머거리나 뭐 그런 비슷한 거라도 돼요? 그런 거예요? 볼륨 줄여요! 줄이라고! 어쩜 그렇게 이기적으로 행동할 수가 있죠?"

그가 눈을 깜빡였다.

"이 집 벽이 얼마나 얇은지 몰라요? 이 '클래식'한 음악을, 모든 곡조 하나하나까지 나눠야 한다고 생각하는 것 같은데. 염병할 볼륨 좀 줄이라고요!"

그가 다시 눈을 깜빡였다. 그녀의 귀에 위층에서 문이 삐걱거리고는, 곧 조용한 발소리가 층계참을 따라 살금살금 움직이는 소리가 들렸다. 누군가가 소리를 듣고 나온 것이겠지만, 그녀는 그 사람이 여기에 동참하지는 않으리라는 걸 알았다. 분노가 쌓여 갔다. 체이니 경위와 토니 스콧과 귀머거리에다 미쳤으며 알코올 중독자인 엄마와, 방세를 걸으면서 곁눈질로 자신을 힐끔거리고 그녀가 문 잠금장치를 달아 놓은 덕분에 다음엔 보증금을 더 받을 수 있을 거라고 생각하는 더러운 늙은 놈과 모든 사람들이, 그녀가 곧 잃게 될 돈을 원하고, 원하고, 또 원했다.

"죄송합니다." 그가 말했다. 이 더위에 운동이라도 하고 있었는지 그는 땀투성이가 되어 목과 가슴에 땀을 줄줄 흘리고 있었고, 눈은 붓고 벌겠다.

이제 그녀는 격분해서 말을 멈출 수가 없었다. "죄송하다고요? 죄송은, 한 번뿐이어야 하는 거예요. 당신은 종일 틀어 놓잖아요. 빌.어.먹.게.도.하.루.종.일."

그녀는 한 단어씩 강조하면서 허공으로 삿대질을 했다. 자신에게 이토록 공격적인 성향이 있다고는 생각해 본 적이 없었다. 아마, 그런 성격이었다면 도망만이 최선의 방책은 아니었을 것이다. "알겠어요? 소리 줄여요. 염병할 소리 좀 줄이라고. 안 그러면 들어가서 저 망할 오디오를 때려 부술 테니까!"

제라드 브라이트는 그 자리에 가만히 서서 그녀의 삿대질을 무색

206

하게 만들었다. 그의 팔뚝 위에는 커다란 멍이 들어 있었다. 손가락 자국 같았다. 마치 은밀한 범죄의 흔적처럼, 누군가가 그를 꽉 움켜 쥔 것 같았다. "이미 줄였는데요." 그가 지적했다.

"변명은 됐고요. 내가 가면 곧장 다시 볼륨을 높일 거잖아요."

그녀의 목소리가 비명에 가깝게 올라갔다. 이런. 이 모든 분노가 대체 어디서 온 거람? 지금 당장 그를 후려갈기고 싶은 마음을 걷잡을 수가 없었다. "내 말 듣고 있어요? 지금 들리냐고요, 들려요? 당신이 저 염병할 소음을 이제 줄였잖아요?"

"아가씨 목소리도 여기 다 들리지." 그녀 뒤에서 목소리가 들려왔다. "브랜트퍼드에 있어도 들리겠네."

콜레트가 좁은 복도에서 몸을 빙그르르 돌렸다. 베스타가 자기 집 쪽으로 난 계단 아래 문에 선 채 마른 행주로 손을 닦고 있었다.

"대체 무슨 일 때문에 그러는 거요?"

콜레트의 분노가 순식간에 푹 꺼졌다. 갑자기 그녀는 약하고, 힘없고, 어리석고, 상관없는 이 남자에게 자신의 분노를 표출한 것 같은 기분이 들었다. 말을 하려고 입을 열자, 갑자기 눈물이 솟구쳤다.

23

베스타는 생각했다. 이 소파에서 울었던 소녀들에게 내가 1파운드씩만 받았어도, 난 아마 캐러밴을 살 수도 있었겠지. 무척이나 이상한 일이지. 그들에겐 모두 어딘가 엄마가 있는데. 난 그들 엄마에 대해 충분히 들었어. 하지만 결국, 그들은 늘 나에게 와서 울었지. 소녀가 아닐 때도 많았어. 그게 내 마음을 아프게 했지. 얼마나 많은 사람들이 슬픈 삶을 살고 있는지. 얼마나 많은 사람들이 집에서 멀리 떨어진 기분으로 서로를 그리워하는지. 이 모든 것을 더 나은 방식으로 정리할 수 있다고 생각하면 좋겠는데.

콜레트는 눈이 퉁퉁 붓도록 울었다. 베스타는 위층에서 제라드 브라이트의 집 문이 열리고, 그가 현관을 지나 정문으로 나가는 발소리를 들었다. 그녀는 고개를 들어 닫힌 창문을 응시했고, 그의 다리가 계단을 내려가는 모습을 봤다. 이상한 남자였다. 매일 오후 저 서류 가방을 들고, 격주로 주말마다 아이들을 만나러 맥도날드에 가거나 아니면 아이들과 함께 최근 잘 가는 어딘가를 함께 가고, 나머지 시간에는 저 방에서 은둔자처럼 방문을 걸어 잠그고 지냈다. 현관 복도에서 마주쳐도 그는 눈을 거의 맞추지도 못해. 하루의 반은 우는 게 분명하거든. 뭐, 눈 색이 원래 저럴지도 모르지만. 세상에는 외로운 사람이 무척이나 많지만, 그렇다고 다 저렇게 되는 건 아니야. 몇 번 미끄러지고 나면 망각의 순간이 오고, 사람들은 미처 스스로 알아차리기도 전에 혼자 힘으로 설 수 있게 되지.

그녀는 조용히 소파에 앉아서 콜레트가 진정되기를 기다렸다. 그녀는 콜레트를 안아 주는 게 잘하는 일인지 알 수 없었다. 텔레비전에서 닷 코튼(드라마의 등장인물로 세탁소 매니저 할머니다./ 옮긴이)이 하듯 팔을 두드려 주는 것도 어색하게 느껴졌다. 그래서 그녀는 그저 앉아서, 기다리고, 적절한 때에 티슈를 뽑아 건넸다. 차 한잔 줄까. 차는 늘 도움이 되지. 이 친구는 큰 병에 든 브랜디를 더 좋아하는 것처럼 보이긴 하지만 말이야.

울음은 결코 오래 지속되지 않는다. 불에 기름을 붓지만 않는다면. 끝까지 울게 내버려 두면 된다. 울음은 자연스럽지 않은 행동 양식이다. 계속 그 상태를 유지하려면 부담이 매우 크다. 베스타가 콜레트를 아래층으로 데려와 앉힌 후, 콜레트는 삼 분 정도 흐느꼈을 뿐이다. 그리고 나서 거칠었던 호흡이 점차 가라앉았고, 진정되는 과정에서 터져 나오는 지친 '오' 소리를 내기 시작했다. 꽉 막힌 코를 훌쩍이고 구겨진 티슈를 던지고, 붉어진 눈가를 손가락으로 톡톡 두드렸다. "화장을 안 한 게 천만다행이네요. 죄송해요. 정말 죄송해요. 그 소리가 어디서 난 건지 몰라서요."

물론 그렇겠지. 내가 그렇게 생각해 주길 바란다는 말이군. "무척 지친 것 같아 보이네." 그녀가 부드럽게 말했다. "엄마랑 이런저런 일들이, 큰 부담이 됐나 봐."

"이 집이에요. 제 생각엔 이 집이 원인이에요. 안 느껴지세요? 숨이 막혀요. 누군가 내게 귀 기울이고 있는 것 같은, 사람들이 계속 주시하고 있는 것 같은 그런 느낌이요. 못 느끼세요?"

"그렇다고는 말 못 하겠네. 난 평생 이 집에서 살았거든." 베스타는 거짓말을 했다. "만약 정말 그렇다면, 내가 알아차리지 못했을 수도 있고."

하지만 누군가 저를 주시하고 있는 사람이 있는걸요. 그녀는 생각했다. 전 확실히 알아요. 저 문은 저절로 열리지 않아요. 두 번은요. 더 이상 여기가 안전하다는 느낌이 들지 않아요. 하지만 전 그 일에 대해 말할 수 없어요. 그게 코앞까지 가까이 왔다는 생각조차 할 수 없어요. 제겐 선택의 여지가 없거든요. 제가 갈 수 있는 곳은 어디에도 없거든요.

"그 사람은 단지 — 아니, 전 밤에 잠을 이룰 수가 없어서. 그러니까 낮잠을 좀 잘 수 있을까 싶어서 애쓰고 있는데, 그가 다시 시작해서, 그래서……."

"알아. 그래도 최소한 요즘 젊은 애들이 듣는 쿵따따 쿵따따 이런 건 아니잖아, 응?"

"그 사람이 소란스럽게 굴었잖아요, 어쨌든. 하루 종일 문을 걸어 잠그고 저 안에 틀어박혀서 저러고 있잖아요."

"해 줄 말이 없네."

"안 궁금하세요?"

"이런 곳에서 살려면, 너무 많이 궁금해하면 안 된다는 게 철칙 중 하나야. 그 사람이 말하고 싶어 하지 않는 이상 말이야."

"정말요?"

"자자, 아가. 우린 모두 각자 프라이버시를 조금쯤은 존중받을 권
리가 있어. 사람들이 콜레트 양에게 어디서 왔냐고 물으면 좋겠어?"

콜레트는 깜짝 놀란 듯했다. 눈이 샐쭉해지고, 소파에서 튀어오를
것 같은 자세를 취했다. 하아, 그렇구먼. 병든 엄마뿐 아니라 뭔가가
더 있는 거야. 뭐, 솔직히 말해 여기도 '비밀의 집'이긴 하지.

콜레트가 얼굴을 붉히고 허둥지둥 사과했다. "아니, 아니, 제 말은
그런 게 아니고……."

"괜찮아." 베스타가 미소 짓고 팔짱을 꼈다. "그냥 농담한 거야."

갑자기 콜레트의 입에서 말이 폭포수처럼 쏟아져 나왔다. 오랫동
안 담아 두고 있었던 듯. "그냥 단지 — 제가…… 스트레스를 받아서
요. 네, 그런 거예요. 스트레스. 그러니까, 전…… 생각할 수가 없어
요. 그러니까, 사람들은 우릴 도무지 혼자 있게 두질 않잖아요. 만약
제가 떠나면, 그냥 제가 한동안 멀리 떠나면, 사람들은 모두 절 잊을
테고, 전 어느 정도 평화를 얻을 수도 있겠지만, 그건 마치…… 잘 모
르겠어요. 전 마치 포위당한 것 같은 기분이 들어요. 늘 말이에요. 벽
들이 사방에서 절 압박하고 있는 것 같아요. 그리고 이 집, 제가 아는
사람이 아무도 없는 이 집에서, 사람들이 모두 절 주시하고 있는 것
만 같아요……. 마치…… 사람들이…… 아시죠……?"

"난 그런 걱정은 안 할 거야. 사람들은 모두 자기 문제에만 사로잡
혀 있거든. 뭘까? 자네가 내게 말할 필요는 없지만, 솔직히 말해서 자
네는 누군가에게 그걸 털어놓고 싶어 하는 것처럼 보여. 빚 문제인
가?"

또다시 힘겹고, 냉소적이며, 한편으로는 코웃음 같은 웃음이 터졌다. "아니에요. 빚 문제는 아니에요."

"좋아, 괜찮아. 콜레트 양. 알겠지만. 여길 피난처로 택한 사람이 자네가 처음은 아니야. 아마 마지막도 아닐 거고."

콜레트는 티슈를 뽑고 방을 둘러봤다. 적갈색으로 바래 가는 액자 속 사진들, 접착제로 붙여 놓은 강아지 도자기 인형, 자주달개비 비슷한 화초, 빛을 차단하는 망사 커튼 등 나이 지긋한 숙녀의 방을 장식한 것들이 눈에 들어왔다. 그녀는 판단을 하려고 애썼다. 베스타가 믿을 만한 사람인지 아닌지. 그리고 한숨을 쉬고, 목청을 가다듬었다.

"전 곤경에 처해 있어요. 그리고 어찌해야 할지 모르는 상태예요."

그녀가 누군가에게 그 일을 말하고 싶어 하게 되리라는 건, 결단코 일어날 수 없는 일이었다. 수많은 것들이 우리를 멈춰 세운다. 창피 당할 것에 대한 우려, 사람들이 염탐꾼일지 모른다는 우려, 단순히 강하게 고착된 습관적 문제 같은 것들이. 그리고 아이였을 때부터 배운 옳은 것에 대한 문제가. 재닌은 그녀에게 이렇게 주입했다. 사람들에게 말하지 마. 시끄러운 선생들과 이야기 나누지 마. 그들이 널 빼앗아 갈 테니까. 내가 곤란해지길 바라진 않지? 재닌은 그녀를 교육시켰고, 그 이후의 인생은 그 교육에 따른 결과 속으로 침몰했다. 하지만 그녀는 노력했다. 비밀을 안고 살아가는 일에 지치고, 자기에게 주어진 짐을 홀로 감내하면서.

그 말이 이토록 쉽게 나올 수 있다는 게 무척이나 놀라웠다. 그녀는 자신이 왜 이 여인을 신뢰하는지 몰랐다. 자신이 믿지 않았던 다른 사람들과 그녀가 뭐가 다른지 정말이지 몰랐다. 실용적인 스타일의 철회색 머리칼에, 신축성 있는 바지를 입고, 평생 입술을 오므리고 산 것처럼 입가에 주름이 자글자글한 이 여인이. 누군가의 할머니 같은 이 여인이. 콜레트의 책 속에서 할머니들이란 임신한 자기 딸을 매정하게 거리로 내쫓기만 했는데 말이다.

그녀가 말을 시작하자 베스타의 눈이 잠시 크게 뜨였다. 하지만 허둥거리지는 않았고, 그녀를 내쫓지도 않았으며, 무엇보다 불신의 눈초리를 보내지도 않았다.

"이크." 콜레트가 말을 다 끝냈을 때 베스타가 말했다. "자네, 한잔 하고 싶지? 그리고 내가 그걸 대접할 수 있지!"

그녀가 일어나서 텔레비전 아래 작은 서랍장을 열었다. 브랜디 한 병—콜레트가 리사였을 때 음식 조리용으로나 썼던 종류였다.—과 오래된 커트글라스 브랜디 잔 두 개를 꺼냈다. 그리고 잔을 적당히 채운 후, 소파로 가져왔다.

콜레트는 그녀가 뭔가 말하기를 기다렸다. 모조리 상의하고 싶었다. 만약 논쟁할 거리가 있다면, 너무 지쳐서 그럴 시도조차 못 하겠지만.

"그러면 삼 년이 된 건가?"

그녀가 고개를 끄덕였다.

"그러면 그 사람들이 아직도 자넬 찾고 있다는 걸 어떻게 알지?"

"절대 중도에 그만둘 사람들이 아니니까요." 그녀는 간단히 말했고, 그건 진실이었다. "그리고 전화가 왔어요. 그가 절 가지고 노는 거예요. 즐기고 있다고요. 만약 제가 두 손을 들고, 제게 일어난 일을 받아들였다면 기회가 있었겠지만……."

"어떨지 모르겠네. 누군가 이런 종류의 일에 처하면, 대개 그 사람에게 좋은 쪽으로 끝나질 않으니, 원. 난 60년대를 거쳤단다, 아가. 그래서 알지. 그런 사람들은, 평소 뭐라고 하고 다니든, '자기 늙은 엄마를 아끼는 건방진 젊은 놈' 유형은 아니라는 걸."

"제가 생각하기론, 만약 제가…… 사라진다면…… 제 아파트 문 앞에 서 있던 말리크를 봤을 때…… 그가 정말 거기 있었어요. 어찌된 일인지 누가 알겠어요? 그리고 이건 단순히 증인이 되는 문제가 아니에요. 그렇잖아요? 돈 문제라고요. 제가 왜 그걸 가져왔는지 모르겠어요. 어느 순간 차 조수석에 그 가방이 있다는 걸 깨달을 때까지 전 제가 그걸 가지고 왔다는 것조차 몰랐다고요. 그리고 때는 너무 늦었죠. 전 돌아가지 않을 테니까요."

"아니, 아니, 알 것 같구나. 하지만 그렇단다. 그리고 실제로, 그 경찰……?"

콜레트는 맹렬하게 고개를 저었다. "그런 클럽에는 항상 경찰들이 있어요. 공짜 술이나 얻어먹으려는 치들이죠. 이건 뭐, 좋게 말한 거고요. 전 알아요, 제가 그치들에게 술을 계속 대접했으니까요. 경찰에 자진 출두했다면 저는 지난주에 살아 있지도 않았을 거예요. 토니의 집으로 곧장 가는 편이 더 나을걸요. 그 체이니 경위는…… 염병, 그 여잔 그걸 모르죠." 콜레트가 브랜디를 툭 털어 넣었다. 목이 불타는 것 같았지만, 좋았다. "제가 모르겠는 건, 그들이 어떻게 이 전화번호를 손에 넣었느냐는 거예요. 시설에만 알려 줬다고요. 그래야만 했으니까요. 거기에만 줬는데. 그러니까, 만약을 대비해서, 전 늘 엄마한테만 번호를 줬다고요……. 하지만 엄마였다니. 엄마였을 줄은 몰랐어요."

"그래, 그 경찰이 그렇게 번호를 얻어 냈겠구나. 그리고 경찰이 뭔가를 알았다면, 이 나라 안에 있는 사람들은 몇 초도 지나지 않아 누구든 찾아낼 수 있게 되긴 하지. 하지만 그 스콧이라는 남자는 분명 네가 어디 있는 줄 모르고, 경찰도 그런 것 같네."

"그럼 할머니는 제가……?"

"아니, 아니, 오, 아냐. 아냐."

콜레트는 놀랐다. 그녀는 지금 이 순간까지 베스타를 '사회의 중추' 유형으로 생각했었다. 투표를 자기 의무라고 여기고 늘 정부 권력을 신뢰하는 이런 종류의 사람들은, 정부가 수도 없이 자신을 실망시켜도 문제 삼지 않았다.

"의심스럽다는 이유만으로도, 많은 이웃집 애들이 경찰한테 검문 검색을 받는 걸 난 엄청 많이 봐 왔어. 경찰도 다른 사람들만큼이나 부정직해. 널린 편견들 만큼, 스스로 거기에서 빠져나와야 하는 사람들도 많지. 어떤 사람은 경찰이 되고 싶어해. 누군가에게 뭔가를 지시하는 걸 달가워하지 않는 사람만이 경찰이 되려 하지 않고, 안 그런가? 그들은 힘을 갖게 되지. 실질적인 힘, 가짜 힘이 아니라. 그리고 사람들은 경찰이 정의의 편에 서 있다고 생각하고 싶어 하지. 그래서 경찰이 마냥 정의로운 건 아니라고 사람들을 설득하기란 정말 무척이나 어려워. 난 경찰에 대해 무척이나 조심스러워. 법은 우리 같은 사람들을 위해 마련돼 있지 않으니까."

우리 같은 사람들이라. 재미있군. 내가 사다리를 오르면 그들과 같은 위치에 설 수 있을 거라고 여기면서 몇십 년이나 열심히 일했다는 게. "그럼 제가 어떻게 해야 될까요?"

베스타가 입술을 꾹 깨물었다. "난들 아나. 자네만 괜찮다면 내가 호세인에게 물어볼 수도 있어. 그 사람은 모르는 게 없거든."

215

"오, 안 돼요! 안 돼요! 농담이시죠?"

베스타가 그녀의 팔을 두드렸다. "알았어. 알았어. 그저…… 그 사람이 서둘러 이 집을 떠나려고 한다는 건 알고 있지? 그 사람은 많은 걸 알고 있어. 그는 수년간 이탈리아 비밀 정보국을 피해다녔으니까."

"안 돼요. 안 돼요. 죄송해요. 할머니한테 말하는 게 아니었어요. 제 잘못이에요. 이 이야긴 안 들은 걸로 하세요."

"자, 난, 이제, 우리가 할 수 있는 게 많진 않을 것 같아. 앞으로 생각해 보자고. 내 생각으로는 당분간 여기 있는 게 안전할 거야. 그 사람이 자네한테 받은 돈을 기록해 두진 않을 거 아냐?"

콜레트는 잠시 그녀가 의미하는 그 사람이 누군지 확신할 수 없었지만, 조금 후 집주인을 가리키는 것임을 깨달았다. 그녀가 고개를 끄덕였다. "네."

"그러면……." 베스타가 브랜디를 홀짝이고, 문을 응시했다. "내 생각일 뿐이지만, 자네는 옳은 일을 하고 있다고 생각해. 자네 엄마 곁에서. 그건 올바른 일이야, 가엾은 것. 우린 자넬 지켜볼 거고, 자넨 다음에 뭘 할지 곧 결심할 수 있게 되겠지."

24

정원 맨 아래까지 내려가면 헛간이 하나 있다. 그가 아는 한 지난 삼십 년 동안 아무도 거길 사용하지 않았다. 헛간은 철로를 놓을 때 쓰는 것 같은 콘크리트 침목―원래 철로를 건설하기 위해 준비해 뒀던 침목 같았다.―으로 지어져 있다. 침목들을 금속 띠로 묶고 그 위에 물결 모양의 석면 지붕을 얹어 놓은 곳이었다. 지붕이 석면임을 알게 된 건, 글자 색이 바래고 전면에 이끼가 낀 '위험! 석면이니 들어가지 마시오.'라고 쓰인 합판이 문에 붙어 있었기 때문이다. 그 경고문은 매우 멋지게 작동했다. 다른 세입자들은 아무도, 심지어 베스타조차도, 이 긴 정원의 중간 이상까지 오는 모험은 하지 않았다. 마치 그 표지판이 그들에게 치명적인 폐병을 초래하기라도 한다는 듯. 그래서 오직 '연인'만이, 그 뒤에, 무너진 지 오래된 긴 울타리 뒤로, 직선로 끝에 황무지가 있다는 걸 알았다.

부지는 크지 않았다. 뭔가를 건축하거나 런던 안에서 뭔가가 되기에는 너무 작았다. 공동주택이 늘어선 어느 지점에 되는 대로 대충 끼워 넣고 그걸 '노스본 전망대'나 '비스타 공원'이라고 불렀을 듯싶었다. 사실 그 전망이란 것도 제방 아래 철길이 뻗어 있고, 길가에 우거진 단풍나무가 늘어선 것뿐이었지만. 단풍나무들은 반대편 공원 가장자리와 면해 경계를 이루고 있었다. 정원 아랫부분에서 철길 부지의 경계선 사이, 즉 덩굴식물로 휘감긴 철책까지의 거리는 15피트였고, 불라 그로브 끝에서 끝까지 걸쳐 있는 이 작은 황무지는 딸기나무와 부들레이아 나무, 금방망이 풀, 도시 여우 한 가족의 집이 되었다. 그곳은 그의 비밀의 정원이고, 그의 개인적 영역이었다.

그는 동이 터 오고, 밝아 오는 하루를 맞으며 찌르레기가 날아오는 시간에 그곳에 가는 걸 좋아했다. 한 해의 이맘때는 5시 무렵이면 본격적으로 해가 뜬다. 이웃들은 아직 침대 속에 안전하게 몸을 파묻고 있을 때고, 자신이 눈에 띄지 않을 것임을 그는 상당히 확신할 수 있었다. 그래서 그는 이때에 일반적인 상황에서는 무모할 법한 일, 짐을 옮기는 위험을 감수했다. 앨리스는 관절이 꺾인 채 두 개의 대형 손가방에 나뉘어 담겼다. 가장 긴 조각은 대퇴골이었고, 가장 부피가 큰 것은 머리였다. 그가 걸을 때마다 앨리스의 뼈가 잘그락 잘그락거렸다. 가죽이 벗겨진 그녀의 뼛조각들이 차갑고 눅눅한 공기 속에서 도자기 부딪치는 울림을 냈다.

누군가가 소리를 듣겠군. 분명 누군가가 내가 내는 소리를 듣고 있을 거야. 이 더위에 모두들 창문을 열어 두고 있으니. 그래도 내가 이 시간에 늘 깨어 있다는 건 아무도 몰라. 그는 양손에 든 가방을 내려놓고 옆문을 열었다. 끼익 소리가 자신의 존재를 노출시킬까 봐 그는 경첩을 들어 올리고는, 기름칠 된 문이 미세한 속삭임만을 내며 열리는 걸 보고 조금 놀랐다. 재미있군. 이 주변에 필요한 유지 보수 모두를 시작한 게 그라고는 아무도 생각지 못할 것이다. 그는 가방을 다시 들고, 까치발을 들고는 잔디밭을 가로질렀다.

이슬이 무겁게 내려앉아 잔디가 젖어 있었다. 발이 잔디 속으로 빠졌고, 바짓단이 아래로 쳐졌다. 베스타 콜린스의 작은 마당 너머로 지저분한 잔디가 길게 뻗어 있었고, 그는 잔디가 발에 엉키는 바람에 몇 번이나 발을 헛디뎠다. 막힌 가창이 달린 헛간이 그가 다가오는 모습을 내려다보고 있었다. 그는 이따금 그 안에 무엇이 살고 있는지, 있다면 그 존재를 집주인이 알고 있는지 궁금했다. 그 경고문의 모양새, 그리고 페인트칠된 철문을 닫고 있는 맹꽁이자물쇠에 슨 녹을 보아, 족히 수십 년은 닫혀 있은 듯했다. 그 안에 뭔가가 있긴 할 것이다. 버려진 가구나 뭐, 작업장? 아니면 죽은 시체들이랄지?

그의 대형 망치는 아직 헛간 뒷벽에 기대 세워져 있었다. 새것의 위용을 뽐내듯 대가리를 빛내며. 그는 서툴게 망치를 팔 아래 끼고, 울타리 틈으로 몸을 숙인 후 숨을 크게 들이마시고 긴장을 풀었다. 지금은 아무도 그를 볼 수 없다. 정원 울타리는 높이가 8피트고, 덩굴 식물들이 틈이 거의 보이지 않을 정도로 빽빽하게 둘러져 있으니까. 한쪽 끝은 우체국 건물 뒷벽이 가로막고 있고, 다른 한쪽 끝에는 경기 침체 후로 입주자가 없는 작은 사무실 건물이 있었다. 지금부터, 그는 안전하다.

그곳에 길 하나가 있었다. 잡초의 미로 가운데를 지나는 동물들이 헤집어 놓은 변변찮은 길이었다. 그는 오른쪽으로 돌아 30피트를 걸어 올라갔다. 27번지 정원 아래였다. 그 집은 현재 비어 있고, 새로운 주인들—슬로바키아인 건축업자 팀인 듯하다.—이 내부를 부수고

수리할 때 벌려 놓은 건축용 비계와 방수포들로 뒤덮여 있다. 넉 달 전 그 건축업자들이 그들 이전에 있던 많은 사람들이 그랬듯 폐기물 운반차에 돈을 지불하기보다는 그 땅을 쓰레기 하치장으로 이용하는 바람에, 나무 들보와 부서진 벽돌, 도로 포장용 돌 등이 울타리 너머로 내던져져 있었다. 그만의 폐허가 되기에는 안성맞춤이었다.

그는 가방을 열어 뒤집었다. 앨리스가 달가닥거리며 튀어나왔고 바닥으로 툭 떨어져 통통거리며 돌무더기 쪽으로 굴러갔다. 연인은 그 뼈를 내려다보면서, 더 이상 그 조각들, 표백된 칼슘 및 카본 덩어리들을 보고 자신의 열망을 휘젓던 그 소녀를 연상하지 못하게 되었다는 사실에 경이로움을 느꼈다. 그녀는 지금 단지 쓰레기일 뿐이고, 그게 바로 앨리스였다. 하지만 아직도 그녀가 한때는 사람이었다는 걸 알아볼 수는 있었다. 여우, 개, 곤충 들이 그걸 부드럽게 만드는 자잘한 작업—시간의 흐름에 따른 어머니 지구의 순환 작업—을 할 테지만, 골수가 전부 흘러넘치고 나면 뼈는 뼈로 남을 것이다.

해골이 보이지 않는 눈으로 그를 올려다보며 활짝 웃고 있었다. 아직 살점 몇 점이 뺨에 달라붙어 있었고, 정수리 숨구멍에도 머리털 한두 가닥이 끼어 있었다. 그 위로 검은 딸기나무들이 높이를 더해 가기 전에 누군가 여기 올 일은 없겠지만, 만약 누가 온대도 콘크리트 덩어리와 갈색과 오렌지 타일, 아보카도색 욕조 사이로 뭔가 단단한 덩어리만 보게 될 거라고 그는 확신했다.

그는 망치를 머리 위로 들어 올리고 아래로 내리쳤다.

25

난 날 수 있어. 골목을 돌고 밤 속으로 질주하면서, 남자가 욕설을 내뱉으며 헐떡거리는 소리가 어둠 속으로 떨어지는 것을 들으며 셰릴은 생각했다. 난 무척 빨라. 발에 날개라도 달린 것처럼 말이야. 더 빨리 달리면, 정말로 새처럼 공중으로 날아오를 수도 있을 것 같아.

순간, 깨진 유리 조각을 밟는 바람에 그녀는 고통의 비명을 질렀다. 그녀는 인도 쪽으로 휘청거리다가 발목이 꺾여 벽 쪽으로 무겁게 주저앉았고, 검은 벽돌에 머리를 짓찧었다. 안 돼, 안 돼. 그가 골목길로 접어드는 소리를 듣고 그녀는 가까스로 몸을 일으켜 그에게서 달아나려고 절뚝거리며 경중경중 걸었다. 오, 이런, 오, 이런. 왜 잘 살펴보지 않았지? 내가 부주의했어. 잘 봤어야 했는데.

유리가 발에 박혀 버렸다. 그녀는 발 앞부분으로 균형을 잡으려 했지만 발목이 지탱하지 못해 그만 넘어지고 말았다. 간신히 경중거리며 너덧 걸음을 갔지만 곧 그에게 따라잡혀 뒤통수에 주먹을 한 방

맞았다. 그녀는 잡초 사이에 얼굴을 파묻고 쓰러졌다. 피로가 머리끝까지 몰려왔다.

그가 그녀 위에 올라탔고, 그녀는 땅바닥으로 곤두박질쳤다. 그의 무릎이 그녀의 엉덩이 한쪽을 짓눌렀다. 남자의 가죽 외투에서 퀴퀴한 땀내가 올라왔다. 그가 헐떡였다. "쪼그만 게 염병할— 나쁜 년……"

그는 그녀에게 다시 한 번 주먹을 날리고 자기 지갑을 낚아챘다. 그러고 지갑을 뒷주머니에 꽂아 넣으면서 남은 손으로 그녀의 양 손목을 결박했다. 그런 다음 자기 아래 깔린 그녀를 홱 뒤집어서 치골 위에 걸터앉아 그녀의 엉덩이를 돌바닥 위로 갈았다. 그는 몸집이 거대했다. 그래서 그녀는 그가 발이 느릴 것이고, 그게 자신에게 유리하게 작용할 거라고 생각했지만 그는 덩치만 큰 게 아니라 럭비 선수처럼 건강하고 날렵했다. 오, 이런. 큰일 났군. 큰일 났어.

그가 손바닥을 쫙 펴고 팔을 크게 휘둘러, 한 번, 두 번, 그녀의 얼굴을 후려쳤다. 그가 그녀의 머리에서 가발을 잡아 뜯자, 머리칼을 고정하고 있던 헤어클립들이 떨어져서 3피트 거리의 배수관으로 날아가 처박혔다. 그러고 나서 두터운 손가락으로 그녀의 턱을 단단히 잡고 새부리처럼 양 입술을 붙들어 비틀고는 그녀의 얼굴 가득 침을 뱉었다. "움직이지 마. 움직이기만 해 봐. 쪼그만 게. 가만 있든지, 아님 나한테 당하든지."

그녀는 여전히 누워 있었다. 어둠 속에서 확장된 그녀의 동공이 그의 얼굴을 똑바로 쳐다봤다. 남자는 이마가 벗겨지고, 짧게 깎은 머리칼이 식육용 흰 소 같은 두툼한 목덜미까지 이어졌고, 2인치 정도 되는 두꺼운 구레나룻을 기르고 있었다. 양쪽 입가에는 침이 번들거렸다. 삼 일 정도 깎지 않은 듯한 텁수룩한 수염에서는 양파 튀김과 퀴퀴한 맥주 냄새가 풍겼다. 두 눈은 순수한 경멸감으로 번들거렸다. 그녀는 생각했다. 이 남자는 원하는 건 뭐든 할 수 있어. 날 죽일만큼 분노가 치솟기 전에 그냥 내버려 두는 게 낫겠어.

남자는 일을 마치고도 그녀의 배를 두어 번 더 걷어차고 쓰레기를 버리듯 그녀를 인도 벽 쪽으로 내던졌다. 그러고는 가로등 아래로 어기적어기적 걸어가 바지 단추를 채웠다. 셰릴은 몸을 웅크리고, 무릎을 가슴 앞으로 끌어당겨 안고는 조심조심 멍든 허벅지를 오므렸다. 무릎, 발목, 발이 모두 욱신거렸다. 심장이 맹렬하게 고동쳤다. 그가 때린 부분의 머리가 찢어졌고, 입술은 퉁퉁 부어올랐으며, 한쪽 눈은 감긴 채 떠지지가 않았다. 목에도 멍이 든 게 느껴졌다. 아마 목 졸린 모양 그대로 열 손가락 자국이 나 있을 것이다. 셰릴은 손에 얼굴을 파묻고, 이내 덮쳐 오는 어둠 속으로 까무룩 떨어졌다.

그녀가 깨어났을 때, 거리는 조용했다. 역에서 들려오는 소리도 없었고, 멀리 떨어진 제방 위를 달리는 차 소리도 들리지 않았다. 하지만 하늘은 점점 밝아 오고 있었고, 어딘가 지붕 꼭대기에서 나이팅게일이 여명을 맞이하며 지저귀고 있었다.

그녀가 잠든 동안 이슬이 내려 옷과 머리가 축축했다. 천천히, 조심스럽게, 그녀는 둥그렇게 말고 있던 몸을 펴고는 몸을 세우고 앉았다. 아팠다. 아프지 않은 곳이 없었다. 찌르르한 통증이 느껴졌고, 욱신거리며 열이 오르기도 했으며, 머릿속이 하얗게 변하면서 싸한 느낌도 들었다. 그녀는 둔한 몸짓으로 발을 무릎 위로 가져가 올리고 발바닥을 살펴봤다. 부어올랐던 부위가 아침 공기에 진정되고 있었다. 유리가 발뒤꿈치에 깊이 박혀 있었다. 두꺼운 갈색 유리는 맥주 병 조각이었는데, 아직 와트니스 맥주 상표 조각이 붙어 있었다. 그녀는 떨리는 손으로 유리 조각을 잡고 빼냈다. 꽉 박힌 유리 조각이 느슨해지고 이윽고 발바닥에서 빠져나올 쯤에는 '헉' 하는 고통의 신음이 터져 나왔다. 젠장, 빼고 보니까 너무 크잖아. 뼈까지 박힌 거 아니야?

그녀는 다시 잠들고 싶었지만, 그래선 안 된다는 걸 알았다. 집으로 가서 몸을 숨기고 씻고 이 일을 극복해야 했다. 트라우마라는 건 누군가에게는 사치다. 사실상 셰릴은 존재하지 않는 것이나 마찬가지였다. 그녀는 그 사실을 안다. 그건 그녀의 선택이었다. 하지만 이 상태가 언제까지나 지속되는 건 아니다. 그녀가 전력을 다해 세상 속으로 들어가는 시기도 오겠지만, 지금은 그때가 아니다. 그녀는 신음하며 벽에 기대 간신히 몸을 끌어 올리고는 절뚝거리며 플립플롭 슈즈를 질질 끌었다. 이미 먼지투성이가 된 벌어진 상처에 흙이 묻지 않게 하려고, 까치발을 들고 접질린 발목으로 일어서자 고통이 밀려와 이 사이로 '힉' 소리가 새어 나왔다. 하지만 그녀는 간신히 고통을 다스렸고, 이제 최소한 발바닥에 박힌 병 조각의 먹이가 되지는 않게 되었다. 한 손으로 벽을 짚고 가발을 내려다봤다. 가발은 지저분하게 엉키고 더러운 물에 검게 물든 채, 반은 배수구에 처박히고 반은 인도 위에 내팽개쳐져 있었다. 몸을 숙여 집어 들 노력을 할 만한 가치가 없었다. 모든 힘을 집에 가는 데 써야 했다.

벽이나 가로등을 붙잡고, 절뚝거리면서, 시시때때로 발을 쉬어 가느라 가방을 가지러 가는 데만 이십 분이 걸렸다. 그곳에 도착했을 때 그녀는 문 뒤에 다시 한 번 몸을 웅크리고 싶어졌다. 아무도 자신을 발견하지 못할 곳에서 날이 밝을 때까지 자고 싶었다. 그녀는 땅바닥으로 무너졌고, 양팔로 몸을 단단히 감쌌다. 여기서 잠들면 안될 거 같아, 그녀가 스스로에게 말했다. 그 사람 때문에 정말로 많이 다친 거라면, 정말로 도움이 필요한 상태라면, 여기 있으면 아무도 너를 발견 못해. 네가 악취를 풍길 때까지 말이야. 그녀는 더럽고 피묻은 매춘부 옷가지들을 벗어 땅바닥에 떨어뜨렸다. 그 옷들은 다시 입지 않을 것이다. 그게 그녀가 바라는 건지는 몰라도 어쨌든 그건 모두 못 쓰게 돼 버렸다.

시간을 확인하기 위해 휴대전화 전원을 켠 그녀는 4시가 지났음을 알고 깜짝 놀랐다. 몇 분밖에 안 잔 것 같았는데. 그녀는 향이 나는 물티슈를 찾아 얼굴을 닦고는, 엄청난 양의 시커먼 먼지와 핏자국이 묻어 나온 걸 보고 깜짝 놀랐다. 손거울을 보니, 자기 자신조차 거의 알아볼 수 없는 사람이 있었다. 오른쪽 눈은 부어서 거의 감기다시피 했고, 입은 한쪽으로 삐뚤어지고, 아랫입술은 다물라는 명령을 수용할 수 없을 정도로 처져 있었다. 오른쪽 콧구멍에서 피가 나와 말라붙어 있었다. 그녀는 그 자국이 사라질 때까지 조심스럽게 물티슈로 톡톡 두드렸다. 코는 겉으로는 그나마 멀쩡해 보였다. 하지만 어딘가 깨진 것처럼 안쪽이 못 견디게 아팠다. 세상에, 한동안 이 일을 잊을 수 없겠군. 몇 주 동안 엄청 눈에 띄겠어.

그녀는 거리로 나설 장비를 끌어당기고, 그것들을 덮어쓰자 기분이 나아졌다. 머리칼에서 남아 있던 헤어클립들을 떼어 내 머리를 풀었다. 상처 난 발을 어그부츠 속으로 조금씩 밀어 넣으면서 잇새로 숨을 들이마셨다. 일단 준비하기 시작하자 기분이 더 나아졌지만, 발목을 딛고 서자 상처 자리로 충격이 고스란히 전달됐다.

그 아저씨가 최소한 내 가방은 안 가져갔네. 소소한 자비에 감사라도 표해야 할까나. 아직 오이스터 카드는 있으니 말이야.

셰릴은 무릎을 동그랗게 말고, 강아지처럼 손을 바닥에 짚고 엉덩이를 들어 올려 일어섰다.

야간 버스는 술 취한 사람들로 가득했다. 취객들과 완전히 지쳐 곯아떨어진 야광 작업복 차림의 야간 근무자들뿐이었다. 모두들 피곤에 절어, 앞을 멍하니 응시하고 있었다. 그녀는 그게 기뻤다. 뒤쪽 의자에 앉아 운전기사에게서 얼굴을 돌리고 창가 쪽으로 몸을 웅크렸다. 날은 이미 더워지고 있었고, 강물 위 하늘에는 분홍빛 손가락 같은 긴 자국이 끌렸다. 런던, 네가 날 구해 줬지. 기억하니? 난 다른 여자애들과 달랐어. 위탁가정을 들락거리고, 늦은 밤의 구타와 알코올중독 치료 프로그램이 있는 장소, 길모퉁이 쪽으로 조금씩 추락했지. 이런, 이 상처를 어쩐다. 몇 달 전 가방에서 본 소염진통제를 약간 먹으면 될 것 같은데. 아직 잘 듣겠지. 최소한 잠은 조금 잘 수 있겠지. 집에 돌아가기만 하면.

사람들이 원즈워스 로드를 슬렁슬렁 걸어가 라벤더 힐로 올라갈 때, 그녀는 자신이 다시 잠 속을 헤매기 시작했다는 것을 깨달았다. 뇌진탕인가. 그렇게 머리를 부딪쳤으니. 뇌진탕이 맞다면 잠들어선 안 돼. 계속 깨어 있어야 해. 집에 갈 때까지 깨어 있어야만 해. 집에 도착하면, 베스타 할머니가 어찌해야 할지 알고 계실 거야…….

그녀는 다시 그 다락방에 대한 꿈을 꿨다. 계단 아래에 있는 그 비밀의 다락방에 대한 꿈. 이번에는 먼지막이용 천에 덮인 재단용 마네킹들과 황동 침대, 매트리스들로 방 안이 가득했다. 무언가가 움직이더니 멀리 구석, 처마 아래로 달아나 그녀의 시야에서 벗어났다. 뭔가 크고 검고 오래된 것이었다. 셰릴은 뛰어나가고 싶었지만, 그 방을 떠나려고 몸을 돌리자 아까 들어왔던 계단이 사라지고 없었다……

그녀는 화들짝 놀라 잠에서 깼다. 버스는 텅 비고 엔진은 꺼져 있었지만, 운전기사만은 아직 운전석에 앉아서 그녀의 주의를 끌려고 조명을 껐다 켰다 하고 있었다. 셰릴은 구석에서 둥그렇게 말고 있던 몸을 주섬주섬 펴고 일어나 차창을 내다봤다. 눈이 번쩍 뜨였다. 버스는 개럿 레인 꼭대기에 서 있었다. 내릴 정류장을 놓치고 종점인 투팅까지 온 것이다. 노스본까지는 걸어서 한 시간 거리고, 그것도 두 다리가 멀쩡할 때 이야기다. "고맙습니다." 그녀가 웅얼거렸다. 입이 너무 말라서 말소리가 갈라지다가 사그라졌다.

투팅 벡에 도착하니 신문 가판대가 문을 열고 있었다. 그녀가 가판대 문가에 도착하자 불빛이 새어 나왔다. 그녀는 뉴로펜 한 통과 환타 한 캔을 샀다. 카운터의 남자가 애써 그녀의 눈을 피했다. 그녀는 뉴로펜 네 알을 털어 넣고 약을 삼키려고 환타를 들이부었다. 입이 잘 벌려지지 않아서 달짝지근한 액체가 뺨으로 흘러내려 옷깃까지 적셨다. 하지만 그녀는 개의치 않았다. 머리, 목덜미, 배, 등짝 모든 곳이 아팠다. 차라리 그 사람이 날 죽이는 게 나았을 것 같아. 이렇게는 못 살아. 모든 게 평화롭고 조용했으면 좋겠어.

그녀는 가방을 어깨에 메고 노스본을 향해 발길을 옮겼다. 몸이 기우뚱거리고 다리가 불안정하게 움직였다. 그녀는 집에 도착하기 전에 어딘가에 멈춰서 마스 바든 스니커즈든 뭔가 당분이 있는 걸 먹을 수 있을까 생각하다가, 곧 그것을 씹을 수나 있을는지, 씹는다 해도 그게 위에 머물러 있기나 하는지 의구심이 들었다.

그녀는 노스본으로 가는 도중에 잠시 버스 정류소에 앉아서, 재킷에 붙은 모자를 푹 눌러썼다. 앞이 다시 캄캄해졌다. 그녀는 이제 작업복을 입은 사람들 사이에 끼게 되었고, 그들은 예의 바르고 쌀쌀맞게도 벤치와 멀찍이 거리를 뒀다. 나도 노숙자나 마찬가지네. 현실의 나보다 페이스북에서 나에 대해 떠들어 대는 말이 훨씬 괜찮을 정도야. 한 여자가 서류 가방을 단단히 움켜쥐고 벤치 반대편 끝자락에 걸터앉아 있었다. 셰릴은 그녀의 휴대전화를 봤다. 8시 15분 전이었다. 또 한 시간을 낭비하고 말았다. 아무도 그녀와 눈을 마주치지 않았다. 아, 런던 사람들이란. 소란을 일으키기보다는 길바닥에 쓰러진 시체를 밟고 지나가는 걸 택하겠지.

버스가 들어오자 그녀는 다시 한 번 일어섰다. 승객들이 조용히 버스를 향해 밀려갔다. 세상이 기우는 듯 느껴져서 그녀는 자기 휴식처를 꽉 붙잡고 섰다. 손을 치우자 정류소 유리벽에 자신이 남긴 얼룩덜룩한 핏자국이 보였다. 그녀는 눈을 감고 깊이 숨을 쉬었다. 노스본 나들목까지는 얼마 안 돼. 공원만 가로질러 가면 되는걸. 그러고 나서 하이 스트리트로 쭉 올라가면 집이지.

뉴로펜은 효과를 제대로 발휘하지 못하는 것 같았다. 머릿속에서 뭔가가 나오고 싶어 발작하는 듯 머리가 울렸다. 스테이션 로드를 절뚝거리며 올라가는 동안 속도가 느려지고 또 느려졌고, 개를 산책시키는 사람들, 조깅하는 사람들, 우는 애를 유모차에 태우고 유치원으로 가는 직장인 엄마들을 비틀대며 지나쳤다. 아무 일도 일어나지 않았고, 환타를 먹었음에도 입에서는 오래된 쇠 맛이 났다. 그녀는 오른쪽 눈으로 간신히 앞을 볼 수 있었고, 핼러윈용 가면을 쓴 것 같은 얼굴을 감추기 위해 뒤집어썼던 모자를 벗었다. 누군가, 저 중 누군가 한 사람쯤은 분명 궁금해하고 있겠지. 궁금하지 않은가? 리버풀이었다면 아무도 나 같은 모습을 하고 지나가는 사람을 못 본 체하고 그냥 지나치지 않을 텐데.

아니, 그게 꼭 진실은 아니지. 리버풀 사람이 무척이나 훌륭하다면, 쾌활하다면, 네 고향 땅의 거칠고 군센 사람들이 무척이나 훌륭한 사람들이었다면, 넌 런던에 있지 않았을 거야. 영국이 그렇지, 뭐. 사람들도. 사람들은 네가 중요한 사람이라고 여겨져야만 널 돕지.

하이 스트리트는 아직 반쯤 잠들어 있었다. 그레그스 빵집과 싸구려 식당 한 곳, 룬디스 편의점과 식료품점만이 생활의 기운을 보여 주고 있을 뿐이었다. 새로운 가게들—고급 가게라는 분위기를 풍기는—은 10시까지는 문을 열지 않았다. 돈이 있어야 갈 수 있는 곳들이지, 그녀는 씁쓸하게 생각했다. 숙녀들은 거기 가서 점심을 먹었다. 결코 아침을 먹으러 여기까지 오지 않았다. 그녀는 눈물이 솟구치고, 마음이 약해졌으며, 절망스러웠다. 다리에서 피가 스멀스멀 새어 나와 흘러내리고, 허벅지 살이 까진 것이 느껴졌다. 땀이 펑펑 나왔고, 춥고, 몸이 으스스 떨렸다. 소매로 이마에서 흐르는 땀을 닦고, 앞이 캄캄해 발을 헛디뎠다가 한 건장한 남성에게 부딪쳤다.

"죄송합니다." 그녀는 사과의 말을 중얼거리고는 옆쪽으로 재빨리 물러나려고 애썼다. 발아래 균형이 무너져 그녀는 벽을 짚었다. "죄송합니다."

"셰릴?"

그녀는 고개를 들었다. 토머스 던바, 꼭대기 층에 사는 수다쟁이 양반이었다. 빵 한 덩이와 1파인트짜리 우유통을 들고 옆구리에는 「가디언」 한 부를 끼고 있었다. 그의 모습이 뿌옇게 흐려졌다. 그가 입을 열고, 쓰러지는 자신을 잡으려고 팔을 뻗었다. 그의 안경이 이른 아침 햇살에 반짝였다.

"오, 이런, 셰릴." 그가 쓰러지는 그녀의 팔을 붙잡았다. "무슨 일이야? 대체 무슨 일이 일어난 거야?"

26

문 두드리는 소리가 났다. 침대 속에서 셰릴이 몸을 뒤채고 웅얼 거렸지만, 깨어나진 않았다. 베스타가 이불 위에 책을 내려놓고 발끝 으로 살금살금 방을 가로질러 가 문을 열었다.

토머스였다. 그가 말을 시작하자 베스타가 쉿 하며 손가락 하나를 입술에 댔다. 그녀가 문의 걸쇠를 벗기고, 계단참으로 나가 문을 닫 았다.

"셰릴은 어때요?"

"잠이 들었어. 깨우고 싶지 않네."

"네, 그러셔야죠."

"잠들게 놔둬선 안 됐는데. 뇌진탕을 일으킨 건 아닌지 살펴볼 겨 를도 없었어. 콜레트는 막 자기 방으로 돌아갔고. 밤새 눈 한번 못 붙 였거든."

"그래요."

"그런데……."

"알고 있습니다. 한데 제가 뭘 좀 챙겨 왔어요."

"뭘?"

토머스가 분홍색과 흰색이 섞인 크림이 든 튜브 하나를 내밀었다. "아르니카 약이에요. 타박상이나 멍든 데 바르는 거요. 새것은 아니지만. 제가 좀 쓰던 거예요. 죄송해요."

그녀가 튜브를 집어 들고 뒷면에 쓰인 글자를 읽으려고 애썼다. 하지만 안경을 침대 위에 놓은 책 사이에 끼워 둔 터라, 눈을 가늘게 뜨고 응시했지만 소용이 없었다.

"약초 성분이에요. 할머니가 발라 주세요. 도움이 될 거예요. 조금 미심쩍어 보일 수도 있지만, 효과는 확실히 있어요."

"좋아." 그녀가 반신반의한 투로 말했다. 그리고 이 똑 부러지는 작은 남자가 미심쩍은 것에 손을 댔단 말인가 하며 다소 놀랐다.

"그리고 비타민 C도 좀 챙겨 왔어요. 이것도 도움이 될 거예요. 효과가 있을지는 모르겠지만, 해로운 건 아니니까요."

베스타는 그에게 격려의 미소를 지어 보였다. "셰릴이 건강을 회복할 수 있게 도와주겠구면. 채소를 먹이는 것보다 훨씬 쉽고."

그가 웃음을 터뜨렸다. 베스타가 생각했던 것보다 더 시원스러운 웃음이었다. "그럴 거예요. 그런데 셰릴은……." 그의 안색이 급격히 어두워졌다. 마치 빗속에 홀로 남겨진 듯한 모습이었다. 그의 눈가에 눈물이 맺히고 있다는 걸 베스타는 알아차렸다. "할머니, 셰릴은 괜찮지요?"

아아, 넌 사람에 대해 아무것도 모르는구나. 그런 모습을 한 셰릴을 발견한 게 그에게는 끔찍한 충격이었음이 분명했다. 그녀는 머뭇

머뭇 그의 팔을 잡았고, 곧이어 그를 끌어안아 주고 싶다는 충동이 그녀의 행동을 앞질러 내달렸다. 그녀의 품 안에서 그의 몸이 뻣뻣하게 굳었다. 이런 애정 표현이 무척이나 충격적인 듯했다. 그가 이에 반응하는 데는 꼬박 오 초가 걸렸다. 그는 마치 십 대 시절 댄스파티에서 그러는 것처럼 그녀에게 팔을 둘렀다. 그녀의 숨결이 그의 품 안에서 짓이겨졌다. 베스타는 갑자기 그를 물리치고 싶은 충동을 느꼈다. 뭔가 잘못된, 그의 몸에 짓눌리는 듯한 느낌이 들었고, 그의 긴장된 땀내가 훅 끼쳐 왔다. "다 괜찮다네, 이 양반아." 그녀가 떠듬떠듬 입을 열었다. "괜찮아. 자네는 영리하게 대처했어. 셰릴이 자네에게 정말이지 큰 빚을 졌구먼."

그는 그녀를 품에서 풀어 줬고, 조금 휘청거리며 계단 난간에 몸을 기댔다. "셰릴은 그저…… 오, 이런! 대체 누가 그런 짓을 했을까요? 고작 애인데요. 그 애가 죽는 줄 알았다고요. 정말이지 집까지 못 데려오는 줄 알았어요. 그 앤 하마터면……. 그 애가 길바닥에서 죽는 줄 알았어요. 제 품 안에서요."

"알아, 알아. 가엾게도. 무척이나 겁이 났겠지."

그가 안경을 홱 벗어서 셔츠 끝으로 북북 문질러 닦았다. 가리고 있던 안경이 벗겨지자 그의 눈이 크게 뜨이고 푸른 눈동자가 허옇게 질려 있는 것이 보였다. 마치 눈이 큰 부시베이비 원숭이 같았다. "아직 애인데 말이죠." 그가 같은 말을 반복했다. "그런데 제가 뭐 도울 일이라도……?"

"당장은 없네, 토머스. 그 앤 자고 있으니까. 곁에 없는 게 도와주는 거지. 나중에 일어나면 분명 자넬 보고 싶어 할 거야."

"혹시 ― 제가 셰릴을 응급실로 데려갔어야 했던 건 아닐까요? 그 생각을 미처 못 했거든요. 그랬어야 했는데."

다시 한 번 그녀가 그의 팔을 다독였다. 그를 진정시켜야 했다. 셰릴이 갈 만한 병원은 없다. 지역 보건의에게 갈 수도 없고, 범죄 행위에 대해 이야기할 수도 없다. "아냐. 자넨 제대로 처신했어. 잘한 거야. 셰릴은 병원에 가고 싶어 하지 않았을 거야. 애가 원하지 않았다면 자네도 어쩔 수 없었을 거야."

"하지만, 말도 안 되는 짓이에요. 할머니. 그 앤…… 그러니까 제 말은, 내상을 입었으면 어떻게 하죠? 내출혈이 일어나고 있는 거라면……."

"자자, 정말 그런 일이 일어나면 그땐 저 다리를 건너서 가면 되지." 그녀가 감정보다 사실을 강조했다. 그녀는 소녀의 배에 난 엄청나게 시커먼 멍이 걱정됐다. 만져서 어떤지 알아보는 것조차 엄두가 안 났다. 세게 누르면 셰릴이 울부짖는 통에 그녀는 제대로 살펴보지도 못하고 나가떨어졌다. 셰릴이 싫어하거나 말거나, 이건 병원에 가야 하는 상처였다.

"하지만 또, 너무 더러웠으니까요. 온통 흙투성이라서. 그리고 저 상처들 모두……."

"알아, 알아. 우리가 그 앨 목욕시키고, 보이는 곳에는 전부 소독약을 발라 줬어. 토머스, 그러니 걱정 말게. 우리가 할 수 있는 일은 다 했으니까."

베스타는 주저했다. 그에게 셰릴의 레깅스에 묻은 피에 대해 묻고 싶은 거냐고 말할 수도 있었지만, 그가 그런 질문을 해도 괜찮은 사람인지는 확신할 수 없었다. 아기 다루듯 셰릴의 머리를 쓸어 넘기며 집까지 데려온 사람이 그임에도 불구하고, 그의 불안을 확인해 주는 게 어쩐지 배신처럼 느껴졌다. 그녀는 그에게 다음을 기약했다. "셰릴은 자고 있어. 그보다 더 나은 약은 없을 거야. 그리고 호세인이 구해 온 약을 먹었어. 페니실린이랑 트라마돌인데, 말도 쓰러질 만큼 먹었으니 기다려 봐야지. 이주민 커뮤니티가 있어서 얼마나 다행인지!"

"제가 도울 일이 있으면 좋겠어요. 제가 할 일이 없을까요? 도울 일요?"

"자네는 충분히 도움이 되고 있어. 많이 도와줬다고. 그 애가 자네와 부딪친 게 얼마나 다행이었는지 몰라. 그러지 않았다면 그 애가 집까지 올 수 있었을지 어찌 확신하겠나? 자, 가 보게. 나도 들어가 봐야지. 애 옆에서 오래 떨어져 있고 싶지 않아."

"알겠어요." 그가 불안한 투로 말했다. "전화 주세요. 만약에 무슨 일이―."

"그런 일은 없을 거네." 그녀가 단호하게 말했다. "애가 깨어나면 내려와서 볼 수 있을 거야."

"뭔가 읽을 만한 게 있으면 그 애가 좋아하지 않을까요? 한동안 침대 신세를 지게 될 테니 말이에요. 지난 호지만 「스펙테이터스」나 「뉴스테이츠먼」 같은 잡지가 제게 조금 있는데. 그 책들이 아마⋯⋯."

그녀는 크게 웃음이 터져 나오려는 것을 애써 꾹 참았다. 오, 가엾게도, 토머스. 그리 멋진 생각은 아닌 것 같은데, 어쩌지? "한동안 뭘 읽고 싶어 할 것 같진 않은데⋯⋯." 그녀가 달래듯 대답했다. "하지만, 친절하기도 하지. 난 이제 그만 애한테 가 봐야겠구먼. 미안하이. 그리고 고맙네."

그녀는 서 있는 그를 남겨 두고 자리를 떠서 침실로 되돌아갔다.

병자가 있는 곳 특유의 시큼한 냄새가 코를 쐈고, 데톨 소독제 냄새가 내리깔려 있었다. 침대 속에는 아주 작은 형체가 모로 누워 있고, 베개에는 머리칼이 덕지덕지 붙어 있었으며, 고양이가 그 팔을 베고 있었다. 그 고양이는 토머스가 그녀를 집으로 데려온 후 한시도 그녀 곁을 떠나지 않았다. 마치 자신이 치료에 다소 도움이 되기라도 한다고 생각하는지 종일 그녀 곁에 앉거나 누워서 크게 가르랑거렸다. 베스타는 조용히 조심조심 방을 가로지르려 애썼지만, 셰릴이 그녀의 소리를 듣고 깜짝 놀라 '헉' 하며 펄쩍 튀어 일어났다.

"괜찮다, 셰릴. 괜찮아. 나야. 다 괜찮아."

소녀는 침대에서 자세를 바꾸며 '끙' 하는 신음 소리를 냈다. 고양이가 두어 발짝 움직여 쪼그리고 앉아 사악한 눈빛으로 쏘아봤다. 베스타는 쉿쉿 소리를 내며 고양이를 진정시켰지만, 셰릴은 고양이의 목덜미를 꽉 움켜쥐고 고양이가 짓눌릴 정도로 가슴에 꼭 끌어안았다. 베스타는 그 자리에서 비켜 줬다. 고양이는 분명 세균투성이겠지만 셰릴은 고양이를 사랑했고, 그에게 느끼는 감정은 분명 상호관계에서 느끼는 그런 것이었다. 하느님만 아시겠지. 셰릴은 자기 인생에서 사랑할 만한 걸 가져 본 적이 없었다. 왜 그녀에게 그걸 허락하지 않았을까?

소녀에게는 가능한 한 많은 도움이 필요했다. 베스타는 사이코의 귀 뒤 연약한 부분에 조심조심 대고 있는, 엉망이 된 셰릴의 입과 얼굴을 보자 속이 뒤틀렸다. 저 귀여운 얼굴을 어쩌다……. 셰릴의 입술은 아마 꿰매야 할 것이다. 하지만 내가 뭘 할 수 있단 말인가? 난 간호사도 아닌데. 나는 그저 첫 번째 구호자였을 뿐이다. 저 직시하는, 시퍼렇게 멍든 눈이 어떤지, 저 안에서 실제로 무슨 문제가 생겼는지 내가 어떻게 알겠는가?

셰릴의 얼굴은 반쯤 바람이 빠져 쪼그라들고 진창길에 구른 축구공 같았다. 멍은 검게 변해 가고 있고, 얼굴 왼쪽은 원래 모습으로 돌아갈 것 같지 않을 만큼, 원래 어땠는지조차 상상하기 힘들 만큼 엄청나게 부풀어 올랐다. 오른쪽 눈은 찌그러진 채 감겨 있고, 감긴 눈 사이로 마스카라로 떡칠이 된 속눈썹 끝이 삐져나와 있었다. 입은 한쪽으로 삐뚜름한 데다 다물리지 않고 벌어져서 아랫입술 가운데가 크게 축 늘어졌다.

"몇 시예요?"

"4시가 다 됐어."

"제가 잤나요?"

"응. 두어 시간 전에 깜빡 잠이 들더구나."

베스타는 침대 옆 보조 탁자에서 물 잔을 가지고 와서 셰릴이 물을 마실 때까지 입에 대 주고 끈기 있게 기다렸다. "기분은 좀 어떠니?"

셰릴이 물 잔에서 물을 쪽 빨아 마시고 베개 위로 털썩 쓰러졌다. 병상에 있는 단 하나의 베개였다. 나중에 몇 개 더 가져와야겠군. 그러면 최소한 앉을 수는 있겠지. 가엾게도 어린 것이. 집에 가서 베개와 쿠션을 몇 개 더 챙겨다 줘야겠어. 텔레비전도 없잖아. 눈물 날 만큼 지루하겠군.

셰릴은 혀로 입안을 굴려 보고 상태를 체크했다. "이가 나간 것 같아요."

"놀랍지도 않구나. 아픈 건 어떠니?"

셰릴이 얼굴을 찌푸리자 감긴 눈 한쪽에서 눈물 한 방울이 굴러떨어졌다.

"아가, 배는 어떠니?"

"안 괜찮아요. 그냥 멍만 든 것 같은데. 갈비뼈가 끔찍하게 아파요. 그가 부드럽지만은 않게 절 거기로 데려가서요."

"약을 한 번 더 먹는 게 낫겠구나, 괜찮다면 말이야."

"네." 셰릴의 목소리가 점차 작아졌다. "네, 그게 좋겠어요."

베스타가 트라마돌과 페니실린을 가져오고, 물 잔을 다시 채웠다. "최소한 네가 이 약에 알레르기가 있는 것 같진 않구나. 만약 그랬다면 병원에 갔어야 했을 거야."

"제가 운이 아주 없진 않네요." 셰릴이 말을 하고는 쿨럭댔다. 다시 한 번 약을 잘 넘길 수 있도록 베스타는 그녀의 머리 뒤에 손을 받쳐 줬다. 손 아래로 달걀만 한 혹이 만져졌다. 오, 이런, 머리에 금이 간 것 아냐? 뇌가 삐져나왔는데 내가 모르고 있는 건 아닐까? 아이를 응급실에 데려갔어야 했어. 이 아이에게 무슨 일이라도 생기면 난 나 자신을 용서할 수 없을 거야.

"그래." 베스타는 지금 자신이 느끼는 것보다 더 자신감 있게 들리도록 목소리를 가다듬었다. "그래. 곧 기분이 좀 더 나아질 거다. 내 보증하마."

셰릴이 작게 흐느끼기 시작했다. 그녀는 무척이나 강했지만, 너무 지쳐 있었다. 베스타는 황급히 물 잔을 내려놓고, 두 손으로 그녀의 손을 감쌌다. 손등을 토닥이자, 까진 손가락들 위로 딱지가 앉고 있는 거칠거칠한 느낌이 전해졌다. "오, 아가, 오, 아가. 다 괜찮아질 거다. 알지?"

소녀의 양 입가가 내려가더니 입술 사이로 훌쩍임이 새어 나왔다. "어찌해야 할지 모르겠어요, 할머니! 어찌해야 할지 모르겠다고요!"

"쉬이이이. 몸이 낫는 데만 신경 쓰자구나." 그녀가 달랬다.

셰릴의 얼굴이 젖었다. 소금기에 눈이 따끔거렸다. 베스타가 상자에서 손수건 한 장을 꺼내 부드럽게 상처와 멍 자국을 살살 문지르고, 모든 상처를 살피려 애썼다.

"그 사람이 절 내쫓을 거예요. 그럴 거라는 걸 전 알아요."

"뭐라고? 아픈 너를 말이냐? 말도 안 되는 소리."

"하지만 방세를 낼 돈을 못 만들었어요. 제가 어떻게…… 해야 할지도 모르겠고요……."

"자, 빌어먹을 그 자식은 좀 기다릴 수 있을 거란다."

재수 없는 자식. 자기가 하고 싶은 대로 해도 된다는 걸 안다고 해서 집세를 이렇게 갑자기 올리다니. 이 애를 쫓아내기만 해 보라지. 내 가만히 있나. 그 자식의 코를 한 대 날려 줘야지. 그리로 건너가서 내 심기가 어떤지 알려 줘야지. 비루하고 역겨운 호색한 같으니라고. 어린 여자애들이나 괴롭히고. 아마 괴롭히면서 흥분을 느끼겠지.

"그런 걱정은 안 해도 된단다." 그녀는 튀어나온 자신의 목소리가 너무나 차분해서, 내뱉은 분노가 안으로 갈무리된 데 놀랐다. "우리가 그 문제를 처리할게. 내가 처리하마. 그 사람은 나랑 얽히고 싶지 않을 테니까."

셰릴이 칭얼거리고 눈을 감고는, 편한 자세를 찾아 몸을 모로 뒤틀었다. 엉덩이 전체에 상처가 가득했다. 지난밤 베스타와 콜레트는 셰릴을 욕조에 담가 몸을 따뜻하게 해 주고 진정시키고는 그녀의 엉덩이에서 유리 조각 몇 개를 뽑아냈다. 셰릴이 간신히 편한 자세를 잡았다.

베스타는 심장이 조여들 듯 아팠다. 울고만 싶었다. 그녀의 몸은 늦었지만, 60대임에도 불구하고 젊다는 게 어떤 것인지 똑똑히 기억했다. 모든 것이 신선하고, 인생은 탐험과 모험의 연속이며, 아무것도 잘못될 것 같지 않은, 그런 것이었다. 그런데 지금, 모든 게 망쳐졌어. 셰릴한테는 시작부터 그랬던 것 같아. 그녀에겐 가망이 없었다. 평생 그 누구도 그녀를 돌봐 주지 않았다. 셰릴 같은 여자애들에게 이런 일은 그저 일어날 수 있는 역겨운 일들 중 하나일 뿐이다.

그녀는 손을 뻗어 소녀의 머리를 부드럽게 쓸어 넘겼다. 손가락 아래서 거칠거칠한 머리카락이 바스락거렸다. 네 부모가 이런 머리칼을 물려준 것 같진 않은데. 어느 것은 검고 어느 것은 허옇구나. 내가 아는 한 둘 다 원래 네 머리 색은 아니야. 사진을 봐서 네 할머니가 하얬다는 건 알고 있지만, 네 엄마도 그랬었는지는 모르겠구나. 오, 이런 일이 일어나선 안 돼. 네게도, 그 어느 누구에게도. 공평치 않아.

또 한 번 문 두드리는 소리가 났다. 셰릴이 머리를 들고, 곧바로 너무 힘을 썼다는 듯이 베개 위로 머리를 툭 떨어뜨렸다. "누구세요?" 베스타가 소리쳤다.

"콜레트예요."

베스타는 안도했다. 오늘 아침 8시 이후로 죽 낡은 의자에 앉아 셰릴을 보살피느라 허리와 등이 아파 오던 참이었다. 그녀가 다리를 절룩거리며 문으로 다가가 그녀를 안으로 들였다.

"괜찮으세요?"

"응." 베스타가 자기 어깨 너머를 쳐다보고 격려하듯 물었다. "우리 다 괜찮지, 그럼. 안 그래, 아가?"

셰릴은 대답이 없었다. 그저 모로 누워서 침대 옆에 놓인 보조 탁자를 뚫어져라 바라볼 뿐이었다.

"막 약을 먹었거든." 베스타가 콜레트에게 말했다. "잠깐 잤어. 곧 다시 잠이 들면 좋으련만."

"셰릴은 어때요?"

"엄청 아픈 것 같아. 하지만 괜찮을 거 같아. 어딘가 부러진 것 같진 않아. 최악은 아니지, 어쨌든."

피부에 든 멍과, 마음과 영혼만 빼고. 하지만 이 모든 건 고칠 수 있어. 상처는 당연히 나을 테고. 이 애가 이 일을 그냥 흘려보내면, 고칠 수 있어.

콜레트가 방으로 들어왔다. 손에 꽃 한 다발—카네이션과 베스타가 묘지에 갈 때 들고 가는 싸구려 꽃들로 이뤄진—과 음료수 캔 한 박스, 꾸러미 몇 개가 들려 있었다. "수프를 가져왔어요. 수프가 좋을 것 같아서요. 빵이랑 포도도 조금 가져와 봤어요. 먹을 수 있겠니, 셰릴?"

"배 안 고파요."

"그래, 나중에 먹어. 라이비나(소프트드링크 음료./ 옮긴이)도 가져왔어. 다들 무척 좋아하지 않나?"

셰릴이 고개를 들었다. 다시 두 눈에 눈물이 가득 차올라 있었다. "예, 저도 좋아해요. 라이비나."

콜레트가 활짝 웃었다. 웃으니 사랑스럽군, 베스타는 생각했다. 초췌한 모습이 모두 걷히니 그녀는 그저 — 귀여웠다. 그녀는 싱크대로 가서 파인트 병에 물을 채우고, 병에 꽃을 꽂고는 그럴 듯하게 보이도록 애를 썼다. "호세인 씨가 보내 준 거예요."

"와우, 어쩐지." 베스타가 분위기를 쾌활하게 바꾸려 애썼다. "멋지지 않아? 모두들 자기가 잘하는 게 있지, 안 그래?"

"굉장하네요." 셰릴이 말하고는 눈을 감았다.

베스타가 문을 닫았다. 고개가 아래로 툭 떨어졌다. 계속 좋은 얼굴을 하고 안심시키는 말과 행동을 해야 한다는 중압감에 기력이 쪽 빠졌다. 몹쓸 인간 같으니라고. 몇 시간 좀 쉬어야겠어. 그러고 나서 바로 한 바퀴 둘러봐야겠어. 그가 그렇게 뻔뻔한 놈이라고는 생각 안 했는데. 진짜 나쁜 놈일세. 가서 말해야겠어. 세입자의 권리를 찾아 먹지 않는다는 게 약자를 괴롭혀도 된다는 의미는 아니니까. 난 충분히 그럴 자격 있어. 정말이지, 충분히 자격 있다고.

몸이 너무 결려서 그녀는 계단을 내려가는 내내 난간을 꼭 붙잡아야만 했다. 그러고는 오른발 먼저 떼고 한 발 한 발 움직였다.

그녀는 오늘 자신이 늙었다는 것을 여실히 느꼈다. 칠십이 다 되어 가는 늙은이라는 사실이 자꾸만 떠올랐다. 그런 생각이 슬금슬금 기어오를 때면 그녀는 온갖 세대차이 나는 태도와 싸웠고, 늘 자신이 젊게 지낸다고 자부해 왔다. 그렇지만 그 생각은 종국에 필연적으로 그녀를 두려움으로 가득 채웠다. 그녀는 위에서 트라마돌 하나를 가져온다는 걸 깜빡했지만, 그래도 집에 이부프로펜은 많이 있다. 이부프로펜 두 알, 차 한잔, 그리고 잠깐 쉬었다가, 바로 그 집에 가야지. 그에게 사람들을 괴롭힐 순 없을 거라고 분명히 말해 두는 거야.

아파트 문을 열자 순간적으로 악취가 엄습했다. 쥐 냄새—썩고 악취가 진동하고 오래된 냄새—같은 게 점점 더 심해졌다. 두텁고, 끈적거리는 냄새가 방 전체를 거대하게 두르고 있었다.

"오, 세상에." 대체 이게 뭐람? 이미 충분히 겪지 않았던가? 정말이지, 오늘, 지난 몇 주 내내 말이야. 안 그래?

그녀는 불을 켜고 들어가서 카디건 소매로 얼굴을 덮었다. 하수구에서 오물이 올라와 있었다. 그녀는 그게 뭔지 알았다. 매일 맡는 냄새는 아니었지만, 똥과 기름, 오줌 냄새라고 말하기 어렵지 않았다.

카펫이 눅눅해져 발아래에서 물컹댔다. 베스타는 구역질이 났지만 재빨리 앞으로 걸어갔다. 또 하수구다. 그에게 처리해 달라고 요구하고 또 요구했던, 그 빌어먹을 하수구가 문제다. 뭔가가 끔찍하게 잘못됐고, 이제 그것이 그녀의 주방 전체를 뒤덮고 있었다.

27

"내가 말했잖아요. 그렇지 않나? 몇 번이나 저걸 처리해 달라고 말 했는지 알고는 있어요? 그리고 자, 이제 어떻게 됐는지 좀 보쇼."

집주인이 자세를 고쳐 앉고 안경을 꼈다.

"누구시죠?"

"내가 누군지 모르는 척하지 말아요. 베스타 콜린스라고요! 내 욕 실이 온통 썩을 것들로 가득 찼어요! 내가 이 하수구에 뭔가 조치를 취해야 한다고 말했잖아요."

"진정해요, 부디. 할머니." 이어 그는 분노에 찬 비명 소리를 들었다.

"나한테 진정하라고 하지 마! 어떻게 진정하라는 소리를 할 수가 있지! 할머니라는 말도 집어치우고! 난 당신네 할머니가 아니니까!"

어이쿠. 누군가가 이 할머니 브래지어라도 불태웠나 보군. 저 전 화기를 현관에서 없애 버려야겠어, 기회만 된다면 말이지. 저 여자가 나한테 소리 지르라고 전화비를 내고 있는 게 아니라고.

244

"게으른 인사 같으니라고. 욕심 많은 꼬맹이, 로이 프리스! 어릴 때도 그러더니 지금은 더 심해졌어! 내 아파트가 엉망이야, 엉망이라고! 하수구 오물로 욕실이 온통 뒤덮였고, 이제 주방에서도 올라오고 있다고. 이건 전적으로 자네 잘못이야!"

"음, 왜 그렇게 생각하시죠?"그가 부루퉁하게 대답했다.

"자네가 배관공을 부르는 걸 계속 미룬 탓에, 이제 누군가가 위층에서 물을 흘려보내거나 물을 쓰면, 내 화장실에 하수가 더 많이 넘치게 됐다고! 자네가 다이너 로드를 데려와야 해. 당장 그 사람들을 데려와야 한다고. 내 말 듣고 있나?"

무슨 일이 일어나고 있긴 한가 보군. 내가 뭐 큰돈이나 버는 줄 아나 본데, 그렇지가 않다고.

"제가 들러서 잠깐 볼게요."

"아니! 아니! 아니! 당장 이걸 처리해야 해! 호세인이 최근까지 이 역겨운 걸 도맡아 처리했는데, 이제 그도 도움이 안 돼. 뭔가 기름진 덩어리가 완전히 꽉 막고 있다고. 전문가가 막대기 한 보따리를 들고 와야 해. 자네나 표백제 한 통으로 해결될 일이 아냐."

"다시 말씀드리지만, 제가 잠시 들러 볼게요."그가 같은 말을 되풀이했다.

"그러면 그러는 동안 우리는 어떻게 하나? 아무도 욕실을 쓸 수 없잖아. 다시 역류할 테니까. 그리고 난 내 아파트를 사용할 수도 없고. 사용할 수 없는 상태라고. 씻을 수도, 음식을 할 수도 없어. 여기에서 뭔가를 먹으려고 하면, 그 즉시 죽어 버릴 거야."

그렇게만 된다면, 그건 비극이 아닌데. 이 끔찍한 할망구야. 그럼 충분히 오래 조용히 있을 수 있을 텐데.

"맹세컨대, 이게 자네에게 주는 마지막 기회일세. 자네가 이걸 해결 안 하면, 난 내일 시청에 전화할 거야. 그러면 자네는 저 배수관뿐 아니라 저 더러운 온수기들, 그리고 아마 불 넣는 것들, 그러니까 보일러 설비까지 교체해야 할 거야. 문 잠금장치에 대해서도 뭔가 조치를 취해야 할 거고, 이 습기도 제거해야 하고, 자네가 그동안 회피해 왔던 모든 걸 다 처리해야 할 거야. 난 정말 화가 나기 시작했다고. 더 이상은 못 참아. 저걸 처리할 때까지 호텔에 머물걸세. 물론 비용은 자네에게 청구하겠어!"

"잠깐만요, 끊지 마세요. 호텔이라니요? 그런 말을 한 사람은 지금껏 아무도 없었어요."

"자, 그럼 자네는 내가 뭘 하길 바라나? 보고서라도 써 올리길 바라나? 그래? 그 사람들이 퍽 흥미로워 할 거라고 내 장담하지. 쥐들과 하수구 오물과 자네 때문에 상처투성이가 돼서 방 안에 있는 가엾은 어린 여자애에 대해 말일세."

"방금 뭐라고 하셨어요?"

"오, 그래. 자네가 정기적으로 방세를 올리는 걸 내가 몰랐다고 생각하지 말게."

셰릴 패럴이군. 셰릴 패럴과 관련된 일이야. "지금 무슨 말씀하시는 건가요?"

"그리고 그 앤 씻지도 못하고 있어. 역겨운 인간! 어쨌든 난 자네에게 이 사실을 전하고 싶어, 이 욕심쟁이야. 내 생각엔 자네가 그 애를…… 뭐 어쨌든. 자넨 날 역겹게 했어, 로이 프리스. 거기에 대해서는 그만 이야기하지. 난 빈민가에 살고 있다고."

"그럼, 할머니는 할머니가 지불하는 걸 얻고 계신 거죠." 그가 의

246

기양양하게 대꾸했다. "할머니가 제게 지불하는 방세로는 빈민가에서도 방을 못 구할걸요. 할머니가 싫으시대도, 할머니는 언제든 어디로든 이사할 수 있어요. 그러시죠. 그래야 저도 저만의 좋은 시간을 보낼 수 있죠."

베스타가 입을 다물었다. 다시 말을 시작했을 때는 마치 누군가가 스위치라도 켠 것처럼 자제력을 회복한 듯 보였다.

"한 번 더 말해 보겠소?"

"그러니까." 그가 천천히, 그녀가 잘못 들을 수 없도록, 느릿느릿 말했다. "그러면 저도 저만의 좋은 시간을 보낼 수 있을 거라고요."

"그러니까, 이 집에 대한 관리 의무를 하지 않겠다는 건가?"

"전 그렇게는 말씀 안 드렸어요. 그저 제가 가 볼 때까지 기다려 달라고 말씀드렸죠."

"난 그렇게 못 하네. 내가 직접 다이너 로드에 전화할까? 그렇게 하지. 물론 청구서는 자네에게 보낼 거고. 난 돈이 없거든."

방세도 엄청나게 싼데, 왜 절약한 돈을 모았다가 지불할 생각을 못 하는 거지? 왜 그냥 죽어 버리지 않는 거야?

"오, 그럼 호텔로 가시든지요." 그가 잠시 말을 끊었다가 다시 입을 열었다. "마음대로 해 보세요. 어디, 할머니가 하는 일을 누가 보살펴 줄까요?"

"시청에서 보살펴 주지."

"할머니는 시청이 뭐 마법의 힘이라도 가지고 있는 줄 아시나 봐요. 우주 연맹 같은 것도 아니고 지방 시청을요."

"욕하지 말게! 악덕 임대업자로 등록되고 싶다면—"

"안 그랬어요." 그가 말을 잘라먹고는, 전화를 끊었다.

그는 안경을 벗어 티셔츠 자락으로 벅벅 문질러 닦았다. 빌어먹을 베스타 콜린스. 난 마흔여섯 살이나 먹었는데, 아직 내가 열두 살짜리 꼬맹이인 것처럼 말하다니! 참견쟁이 할망구 같으니라고. 내가 뭘 해야 하는지 시시콜콜 늘어놓으면서, 이 집 주인이 누군지 잊은 것 같아.

죽어 버렸으면 좋겠어. 그럴 때도 될 만큼 늙었잖아. 은퇴하고 나서, 염병하게도 종일 그곳을 어슬렁거리는 것밖에 할 일이 없지. 아무 데도 가지 않고, 아무것도 하지 않고, 내 집 지하실에 들어앉아서 손가락만 까닥 거리지. 그 할망구에겐 아무것도 소용이 없어. 튼튼한 신발을 신고, 장식 레이스 덮개 같은 거에나 파묻혀 사는 빌어먹을 할망구. 왜 8,000파운드를 받고 꺼지지 않는 거지? 아무도 그 할망구를 원하지 않아. 그 여자가 여기 머물러야 할 어떤 이유도 없어 보인다고. 가족도 없고, 애도 없고, 직업도 없지. 아무것도 없어. 그저 순전히 이기심으로 여기 있는 거야.

그는 소파로 가서 몸을 묻었다. '꿍' 소리가 났다. 최근 그는 실제로 자신의 몸무게에 짓눌리고 있었다. 몇 년간 의사나 저울 근처에도 가 본 적이 없었다. 마지막으로 재 봤을 때 127킬로그램을 훌쩍 넘어섰고, 그 이후로 몸무게가 줄어든 적이 없다는 걸 그는 알고 있다. 몇 년 전부터 발바닥에도 살이 붙어서 평발이 됐고, 한 달 한 달이 지날 때마다 점점 더 무릎을 굽히고 펴는 속도가 느려졌다. 곧 지팡이를 짚는 신세가 되겠지. 그리고 여전히 그 늙은 거지가 휴가를 보내러 일프라콤에 가는 데 돈을 보태 주고 있을 거야. 그 여자는 배관공을 부를 돈이 없다고 말했지만, 수요일에 머리하러 가는 돈이 부족했던 적은 결코 없었어.

그 늙은 년이 그에게 소화불량을 안겨 줬다. 그는 쿵쿵거리며 욕실까지 가서 개비스콘 한 병을 병째 들이켰다. 광고에서처럼 배 속이 편안해질 때까지 기다렸지만 효과가 없자 다시 한 병을 벌컥벌컥 들이켜고는 '꺽' 하고 트림을 했다. 좋아, 내가 다이너 로드에 전화하는 게 낫겠어. 그 여자가 시청에 전화해서 내 얘기를 하게 만들고 싶진 않으니까.

그는 전화번호를 찾아보려고 컴퓨터로 갔지만, 마음 한편에서 베스타에 대한 생각이 떠나질 않았다. 그 여자는 도통 내가 준 힌트를 알아차리질 못한다니까. 지난 몇 년간 충분히 힌트를 줬는데. 바퀴벌레에, 위층 욕조에서 물이 새고, 빈집털이범에, 풀밭에 제초제까지 뿌렸는데……. 그 쥐는 특히나 멋진 한 방이었지. 대체 그 여잔 왜 거기 계속 사는 거지? 나라면 안 그럴 텐데. 나라면 몇 달 전에 벌써 떠났을 거라고. 고집 센 것, 끔찍하게 고집 센 것 같으니라고. 늙은 년을 위해 새 보일러에 1,000파운드를 투자하는 상황에 몰리기 전에 게임 수준을 좀 올려야겠군.

그 여자가 뒈져서 내 머릿속에서 나갔으면 좋겠어. 그는 전화번호를 누르기 위해 전화기를 집어 들면서 다시 한 번 생각했다. 그의 손가락은 계속 키패드 위에 머물렀다. 그 온수기, 고릿적 온수기. 그 코기 견 같은 놈이 이게 마지막 수리라고 했었지. 안전 검사를 통과하지 못할 날도 머지 않았다고 말이야.

음, 내가 그렇게 되도록 도울 수도 있을 것 같은데 말이지.

28

베스타는 호텔로 가지 않았다. 자기 집에 무슨 일이 생기는지 알지 못하는 상황을 참을 수 없었고, 셰릴 곁을 떠나는 것도 내키지 않았으며, 주변에 자기 물건들을 두지 못하고 지낸다는 생각 자체를 할 수 없었다. 우울한 저녁이었다. 아직 더럽혀지지 않은 물건 대다수를 거실로 옮기고, 악취를 막기 위해 문틈에 담요를 끼워 넣는 데 시간을 보낸 터였다. 하지만 그럼에도 냄새는 계속 파고들어 왔다. 화장실에서는 변기 물탱크 관을 타고 물이 역류했고, 바닥에는 오물이 1인치 정도 쌓여 있다. 말끔히 청소한다고 능사는 아니다. 배관은 여전히 꽉 막힌 상태고, 그 결과를 처리하려고 무슨 짓을 한다고 해도, 위층에서 누군가 깜빡 잊고 물을 흘려보내는 순간 모두 무용지물이 되고 말았다. 문학적으로 표현하자면, 아우게이아스 왕의 외양간(그리스 신화로, 아우게이아스 왕은 외양간에 소 삼천 마리를 기르면서 삼십 년간 청소를 하지 않았는데, 헤라클레스가 강물을 끌어와 하루 만에 청소를 했다고 한다./ 옮긴이) 같은 조치가 필요했다.

그녀는 셰릴과 함께 식사를 했다. 그녀는 셰릴에게 토마토 수프와 부드러운 흰 롤빵을, 한 숟갈씩, 한 입씩 먹였다. 부풀어 오른 셰릴의 입술이 양분을 빨아들였다. 그러고 나서 그녀는 자신의 악취 나는 지하실로 내려와 기다시피 긴 소파에 그럭저럭 잠자리를 꾸리고는 완전히 지쳐 나가떨어졌다. 방에 깨끗한 공기가 들어오도록 앞쪽 창문을 열어 둔 그녀는 그대로 쓰러졌다. 도로에서 익숙하지 않은 소음이 들려왔지만, 그녀는 자정이 되기 전까지 깜빡 선잠이 들었다.

그녀는 꿈을 꾸었다. 셰릴의 방에 서 있었는데 두 사람은 침대로 문 앞에 바리케이드를 쳤다. 누군가가 안으로 들어오려 하고 있었다. 문고리가 덜그럭덜그럭 돌아갔고, 손톱으로 문짝을 긁고, 긁고, 또 긁는 소리가 났다. 그리고 숨소리가 들렸다. 깊이 들이쉬고, 내쉬고, 다시 들이쉬고, 내쉬고.

그러고 나서 어둠 속에서 뭔가가 그녀에게 말을 걸었다. 그 소리는 꿈이 아니라 진짜였다.

찬물을 뒤집어쓴 듯 그녀의 온몸이 깨어나기 시작했다. 그녀는 누워 있었다. 무릎은 담요 아래로 떨어져 있었고, 그녀는 점점 가는귀가 먹어 가는 귀로 밤의 소리를 낱낱이 살폈다. 주위를 살폈고, 무슨 일이 일어났는지 기억해 내기 전에, 잠시 잠깐 자신이 어디에 있는지 혼란스러웠다.

다 괜찮아. 그녀는 쿠션에 몸을 편히 기댔다. 그저 거리 소음, 바보 같은 꿈일 뿐이고, 누군가 지나가는 소리였을 거야. 이런 적이 거의 없었으니까. 계속 침대에서 자다가 잠자리가 바뀌어서……

소리는 아파트 뒤쪽에서 들려왔다. 틀림없었다. 뒷문이 열리는 소리었다.

아냐, 아냐, 아냐. 그저 심리적인 거야, 그저—.

주방 마룻장이 삐걱대는 소리가 들렸다. 누군가가 안으로 들어오고 있었다.

베스타의 몸이 소파 안에서 태아처럼, 태초의 모습 그대로 움츠러들었다. 그녀는 머리 위로 담요를 끌어 올렸다. 아무짝에도 쓸모없는 일이지만, 마치 그 행동이 자신을 지켜 주기라도 할 것처럼. 오, 안 돼, 안 돼, 안 돼. 내가 뭘 하고 있는 거람? 여기서 나갈 수가 없어. 저 바깥과 나 사이에 누군가가 있어. 난 늙은이고, 몸도 뻣뻣해. 내가 계단으로 뛰어 도망가도, 문을 열기도 전에 그놈이 날 따라잡을 거야.

천천히, 천천히, 그녀는 소파에서 벗어나 문 쪽으로 살금살금 걸어갔다. 아마, 적어도, 문을 못 열게 할 수는 있을 거야. 그가 이쪽으로 오면 온몸으로 힘껏 문을 밀면 돼. 그러면 아마 여기 못 들어올 거야……

그녀는 문에 귀를 바싹 붙이고, 숨을 멈췄다. 그녀는 잠옷 외에 입은 게 아무것도 없고, 실내복 가운은 침실 문 뒤에 걸려 있었으며, 옷은 어둠 속 어딘가에 있을 것이었다. 내가 불을 켜면, 소리가 날까? 내가 여기 있다는 걸 알면 저놈이 밖으로 나가려나? 아니, 불을 켜면 그 놈이 날 보게 될 거야.

그는 불 꺼진 주방에 있었다. 물이 역류할 때를 대비해 그녀는 아래쪽 찬장을 비워 프라이팬과 접시, 케이크 굽는 용기 등을 바닥에 차곡차곡 쌓아 뒀다. 바닥은 북적대고 혼잡해서 발 디딜 곳을 찾기 힘들었다. 특히 이런 어둠 속에서는 더더욱. 그녀는 그의 손이나 발이 뭔가를 쳐서 땅바닥으로 떨어지는 쇳소리를 들었다. 영원히 영원히 계속될 것만 같은 소리였다.

다시 침묵이 흘렀다. 오, 이런. 그가 귀를 기울이고 있어.

베스타는 얼어붙었다. 숨을 멈추고, 귓속에서 고동치는 맥박 소리를 가만히 듣고만 있었다. 조용히, 조용히 해. 아무것도 들을 수가 없잖아. 그가 어디에 있는지 알 수가 없잖아.

건물 전체에서 아무것도 움직이지 않았다. 그녀는 콜레트가 집에 있는지조차 확신할 수 없었다. 위층에서는 아무 소리도 들려오지 않았다. 창문으로 들어오는 찬 공기가 밤늦은 시간임을 알려 줬다. 내 소리를 들을 사람이 아무도 없어. 아무도 깨어 있지 않다고. 오, 세상에. 내가 왜 창문에 빗장을 질러 놨을까? 그게 누가 들어오는 걸 막아 줄 거라고 생각했어. 절대 그게 날 가두리라고 생각하진 않았는데.

침입자가 다시 움직이기 시작했다. 움직임은 더욱 대담해져 있었다. 아무도 자기 소리를 들은 사람이 없다고 확신한 게 분명하다. 그는 아무도 여기 올 사람이 없다고 생각하고 있었다. 그 전에도 그랬던 것처럼. 여기 올 사람은 아무도 없다. 그런데 이제 와서 누가 무엇 때문에 오겠는가. 그가 집 뒤쪽을 향해 다시 움직이기 시작했다.

뭘 하는 거지? 그 뒤쪽엔 침실밖에 없는데. 아무것도 없다고.

그는 어둠이 눈에 익어서 갈 길을 발견하면, 방향을 잡고 움직일 것이다.

돌연 처음의 공포가 물러가고, 그녀는 울컥 반항심이 들었다. 침착해. 여긴 내 집이야. 그 전에 들어온 놈이랑 같은 놈일 거야. 한 번 더 와 본 거지. 이 조그만 노인네한테서 더 많이 훔쳐 내려고 돌아온 거야. 내 집에.

자, 저놈은 그냥 꺼지진 않을 거야. 내가 계속 겁을 집어먹으면 여기 또 올 거야. 우리 엄마 아빠는 이 집에서 대공습도 견뎌 내셨어. 난 마약 중독자들뿐만 아니라 마약 밀매꾼들이 이 건물을 뒤덮었을 때도, 이 건물 절반이 불법 점유자들로 채워졌을 때도, 아무도 여기 올 엄두를 못 냈을 때도, 이 집에서 살았어. 대체 네게 무슨 일이 일어난 거니, 베스타? 네 기골은 어디로 간 거야?

그녀는 자신을 방어할 만한, 뭔가 무기가 될 만한 것을 찾아 두리번거렸다. 1960년대 이후 연료가 가스로 대체됐지만, 난롯가에는 아직 반짝거리게 닦아 놓은 벽난로용 놋쇠 기물들이 놓여 있었다. 저 나쁜 놈을 한 대 크게 치면, 저놈이 우리 엄마의 조각상들을 박살 낸 것처럼 부지깽이로 박살 내면 어떨까. 그게 내가 해야 할 일이야. 내가 보태지 않아도, 이 집 안에는 희생자가 된 여자가 충분히 많아. 그놈 귀싸대기를 올려붙이고, 고약한 싸움을 한판 벌이면, 다신 여기 들어올 엄두를 못 내겠지.

욱하는 생각이 들었음에도, 그녀는 방을 가로질러 갈 용기, 무장하지 않고 문 앞을 떠날 용기가 나지 않았다. 그녀는 난롯가로 몸을 숙였다가 일어나서 미처 공격 태세를 잡기도 전에, 그가 거기로 오는 상상을 했다. 그녀는 문에 기대 손에 닿을 만한 거리에 이 난국을 타개할 만한 물건이 있는지 살폈다. 그녀의 두 눈이 접이식 테이블 위에 놓인, 육중하고, 오래된, 무기로 쓰기에 완벽해 보이는 다리미에 닿았다.

그녀는 다리미를 낚아채 전선을 손에 둘둘 감고, 다시 한 번 문에 서서 귀를 기울였다. 그래, 그놈이 아직 저 뒤에, 욕실에 있군. 욕실에서 그가 움직이는 소리가 들렸다. 그리고 뭔지 모를 쇠와 쇠가 부딪혀 땡그랑거리는 소리도 들려왔다. 그녀는 축축한 통로로 나가, 살금

살금 그쪽으로 향했다.

문이 열리자 악취가 풍겼다. 40도의 더위와 고여 있는 오물은 이 집 사람들을 불쾌하게 만들었다. 냄새를 맡지 못할 정도로 긴장했던 그 시간이 그녀의 위를 단련시켜 주지 않았더라면, 그녀는 아마 구토를 했을 것이다. 로이 프리스, 난 자네가 끔찍하게 싫어. 내일 8시까지 배관공이 여기 오지 않으면, 나는 곧장 네 집으로 갈 거야. 그리고 네가 여기 와서 저 빌어먹을 배관을 고칠 때까지 망치로 네 집 문을 때려 부술 거야.

더 이상한 소리가 났다. 그녀는 남자가 싱크대에 기대서 방 뒤쪽을 손전등으로 비추고 있는 모습을 봤다. 거기 있는 것이라곤 그저 사십 년이나 된 낡고 크고 땅딸막한 온수기뿐이다. 외벽에서 떨어지는 바람에 배기관 어딘가가 터져 버린. 저놈이 뭘 하는 거지? 대체 뭘 하려고 저러지?

베스타는 까치발을 들고 살금살금 주방으로 들어갔다. 도중에 발바닥에 찐득거리는 오물이 느껴져 흠칫했다. 그녀는 반쯤 고형인 무언가를 밟았고, 오물이 발가락 사이로 찐득하게 올라오는 통에 입술을 꾹 깨물고 구역질과 신음을 참아야 했다. 발밑이 미끄러웠다. 가죽신을 신고 얼음 위를 걷는 것 같았다. 이제 그녀는 그 남자 가까이까지 다가갔다. 어둠 속에서 희미하게 덩치가 큰 남자가 보였지만, 그 모습이 확실하진 않았다. 그녀는 다리미 손잡이를 더욱 꽉 움켜쥐고 방패처럼 앞으로 내밀었다. 방을 비추는 희미한 불빛을 통해 그녀는 남자의 몸집이 거대하다는 걸 알 수 있었다. 방이 찬장이라도 된 것처럼 남자는 그 공간에 꽉 찼다. 남자의 발치에 뭔가가 든 가방이 놓여 있고, 손에는 렌치처럼 생긴 것이 들려 있었다. 이제 내가 여기에 도착했어. 잠옷 바람으로. 그를 쫓아내려고.

잠시, 그녀는 돌아갈까 생각했다. 아직 기회는 있어. 아무 소리도 안 낸다면. 돌아서서 주방 문을 열고 정원을 헤치고 나가는 거야. 현관 쪽으로 돌아가서 다른 사람들 집 문을 두드리고…… 도움을 청하는 거야. 맙소사, 베스타. 넌 예순아홉이나 먹었잖니. 서른아홉이 아니라고.

그가 가방에서 뭔가를 꺼내기 시작하고, 허벅지를 덮고 있던 흰색 면 같은 걸 낚아챘다.

시간이 느릿느릿 흘러갔다. 베스타는 잠시 자기 영혼이 몸을 빠져나가 스스로를 바라보는 것처럼 느껴졌다. 어둠 속에서 거인이 몸을 펴자 기가 꺾인 노쇠한 늙은 여인이 보였다. 여기 오물들 사이에서 죽어 가는, 죽어서 잿빛으로 썩어 가는 자신이 내일 아침 발견되는 모습도 보였다.

그녀는 다리미를 철퇴처럼 휘두르며 돌진했다. 그를 강타한 느낌이 들었다. 도둑놈이 내는 '웁' 소리를 들었고, 되는 대로 앞으로 휘두른 손이 도둑놈의 단단한 두개골에 닿는 바람에 깜짝 놀랐다.

그녀의 발이 미끄러져 허우적댔다. 마치 만화 속 등장인물처럼 그녀는 허공을 향해 날았고, 팔을 휘저었다. 그리고 뒤통수를 한 대 얻어맞았다.

세상이 캄캄해졌다.

29

콜레트는 통곡하는 소리에 잠에서 깼다. 여인의 목소리였다. 공포에 질린 높은 고함이 들렸다. "안 돼! 안 돼! 오, 맙소사. 안 돼, 안 돼, 안 돼. 모두 일어나요! 오, 세상에. 일어나요! 도와줘요! 제발! 누가 좀 도와줘요!"

베스타였다. 콜레트는 미처 잠에서 깨기도 전에 티셔츠와 레깅스 바람으로—도주용 옷이었다.—침대에서 튀어 나갔다. 하지만 머릿속에 피가 급격하게 도는 바람에 잠시 벽에 손을 짚고 서 있어야만 했다. 호세인의 발소리가 천장 위에서 천둥처럼 들려왔다. 그리고 나서 그녀는 케즈 스니커즈에 발을 밀어 넣었고, 계단 아래 있는 호세인과 마주쳤다.

호세인은 아직 잠기운 때문인지 얼굴이 멍했다. 검은 머리가 덥수룩하게 위로 솟구쳐 있었다. "무슨 일이죠?"

"저도 모르겠어요."

"베스타 할머니 아닌가요?"

"그런 것 같은데요."

"누가 소리 지르는 걸 들었는데, 모두들 괜찮은가요?"

그들은 뛰어 내려갔다. 토머스가 호세인의 뒤를 따라 계단을 내려왔지만, 너무 조용하게 움직여서 아무도 그가 거기에 있다는 사실을 깨닫지 못했다. 그는 평소와 꼭 같은 모습이었다. 체크무늬 론 셔츠에 황갈색 슬랙스 바지를 입고 색안경을 끼고 있었다. 잠을 자고 있던 중이 아니라 애니메이션이라도 보다가 나온 것 같았다. "누가 다쳤나요?"

호세인이 이맛살을 찌푸리고 페르시아어로 무슨 말인가를 했다. 그리고 토머스를 지나쳐 성큼성큼 걸어가 베스타의 집 문을 세게 두드렸다. "베스타 할머니? 괜찮으세요? 할머니?"

괜찮든 괜찮지 않든 간에, 그녀는 그의 소리를 들을 수가 없었다. 그저 밤의 대기 속으로 곡소리가 울려 퍼질 뿐이었다. "오, 세상에! 누가 좀 도와줘요! 일어나 봐요! 일어나라고! 난 이 사람을 들어 올릴 수가 없어! 일어나요!"

콜레트는 여간해서 보기 힘든 제라드 브라이트가 자기 집 문으로 머리를 빼꼼 내밀고, 벌건 눈으로 자신들을 응시하는 모습을 기대하며 어깨 너머를 건너다봤다. 하지만 그 문은 닫힌 그대로였다. 그녀는 전화기가 잘못 놓여 있다는 것을 알아차렸다. 수화기가 선에 매달려 달랑거리고 있었다. 이상하네. 어쩌다 이렇게 된 거지?

복도의 어슴푸레한 빛 속에서 그들은 서로를 쳐다봤다. 토머스가 무기력하게 문고리를 흔들었다. 그렇게 하면 마법 같은 일이 일어나기라도 할 거라고 생각하는 듯했다. "뒷문으로?"

호세인이 고개를 저었다. "더 안 될 거예요. 도둑이 든 후에 내가 문틀을 보강해 뒀거든요."

그가 고개를 들고 다시 한 번 문을 두드렸다. "할머니!" 그리고 몸을 문에 부딪쳤지만 튕겨져 나왔다. 그가 아픔에 어깨를 움켜쥐었다.

"누구 열쇠 가진 사람 없나요?" 토머스가 물었다.

호세인이 눈을 크게 뜨고 고개를 흔들면서 그를 똑바로 바라봤다. 뭔가 문제가 생기기 직전 나이트클럽에서나 볼 법한 그런 모습이었다. "여기 열쇠 가진 사람이 누가 있겠어요?"

"젠장." 콜레트가 말했다. 그녀가 토머스를 한쪽으로 밀어내고, 문을 바라보고는, 한 발을 딛고 서서 남은 한 발로 문 잠금장치를 찼다. 호세인은 뭔가가 부서지는 소리를 들었다. 콜레트가 다시 한 번 발을 날렸다.

호세인은 창피했다. 콜레트는 덩치가 내 반밖에 안 되는데. "잠시만요." 그가 말하고는 그녀의 자리로 가서 섰다. 그리고 그녀를 따라서 온 힘을 다해 맨발을 뒤로 젖혔다가 문을 걷어찼다. 세 번쯤 차자 잠금장치가 휘었고, 문이 뒤로 튀며, 벽에 거세게 부딪쳤다.

그가 미처 몸의 균형을 잡기도 전에 콜레트가 그를 지나쳐 계단 중간까지 내려갔다. "베스타 할머니? 할머니, 어디 계세요?" 그녀가 소리쳤다.

호세인은 불을 켜느라 잠시 멈춰 섰다. 콜레트는 계단 맨 아래까지 내려가 주변을 휘 둘러봤다. 냄새가 증기기관차처럼 그들에게 몰려왔다. 대소변 냄새와…… 그리고 뭔가 죽은 것의 냄새였다. 달콤함과 죽음은, 종이 한 장 차이지. 호세인이 그녀를 지나쳐 베스타의 목소리가 들려온 집 뒤편으로 향했다. 콜레트가 그 뒤를 따랐다.

베스타는 얼굴을 일그러트린 채 욕실 바닥에 앉아 있었다. 그녀의 허벅지 사이에서 스팀다리미가 음란하게 튀어나와 있었다. 몸은 흑갈색과 녹색 오물로 온통 뒤덮이고, 머리칼에는 말로 표현하기 어려운 것들이 들러붙어 있었다. 크게 뜨인 두 눈에는 애원의 빛이 담겨 있었다. "도와줘. 오, 세상에. 내 힘으로는 이 사람을 움직일 수가 없어. 너무 무거워서. 난 할 수가 없어—익사할 거야, 이 남자."

그녀 뒤쪽, 불 꺼진 욕실의 어둠 속으로, 추리닝 바지를 입은 거대한 엉덩이가 솟구쳐 그들 앞에 모습을 드러냈다. 집주인이 무릎을 꿇고 기도하는 듯한 자세로 엎어져 얼굴을 화장실 변기에 처박고 있었다. 변기에서 물이 흘러넘쳤다. 그는 움직이지 않았다.

"내가 이 사람을 쳤어." 베스타가 흐느꼈다. "내가 쳤다고! 이 사람인 줄 몰랐어! 어떻게 이 사람인 줄 알았겠어? 한밤중이잖아. 여기서 대체 뭘 하고 있었던 거지? 여기 있어서는 안 될 사람이라고! 그리고 내가 미끄러졌어. 이…… 이…… 이…… 미끄러워서, 그리고 나도 머리를 부딪쳤고, 정신이 드니, 이 사람이…… 오, 세상에! 내가 그를 죽였어! 난 내쫓으려고만 했는데! 그러려고 했다고. 하지만 난 이 사람을 옮길 수가 없었어. 오, 세상에, 세상에. 누가 이 사람을 좀 도와줘!"

"젠장." 호세인이 말했다.

더없이 적합한 말이었다. "다시 한 번 말씀해 주시겠어요?" 콜레트가 말했다.

베스타가 대형 천막 같은 집주인의 티셔츠 등판을 절망적으로 잡아끌었다. 티셔츠가 늘어나 몸에 밀착되는 바람에 엉덩이에 골이 생기고 마치 엉덩이가 부풀어 오르고 커지는 것처럼 보였다. 베스타의 손길에 시체의 몸이 가볍게 흔들리고 머리는 변기 안에서 위아래로 살짝 흔들렸다.

"저거, 집주인이에요?" 콜레트가 물었다.

"그런 것 같은데요. 그 사람처럼 보이네요." 토머스가 말했다.

그들은 모두 인생의 어느 지점에서, 계단을 올라가는 그 엉덩이를 뒤따랐던 적이 있다. 쉽게 잊을 수 있는 기억은 아니다.

"여기서 저 사람이 뭘 하고 있었던 거죠?" 토머스가 물었다.

베스타가 놀란 눈으로 그들을 올려다봤다. 녹색과 흙색으로 얼룩진 얼굴에 눈물 줄기가 분홍빛으로 흘러내리고, 두 눈이 어스름 속에서 허옇게 질려 갔다. "그러려던 건 아닌데…… 도와줘, 어쩌지!"

토머스가 콜레트를 바라보고 있는 호세인을 쳐다봤다. 콜레트는 토머스를 돌아보고 팔짱을 꼈다. 그는 발을 이리저리 움직이며 안절부절못했다. 그녀는 집주인을 결코 건드리고 싶지 않았다. 그에게 인공호흡을 해야 한다고 하면 어쩌지?

"이 사람이 이러고 있은 지 얼마나 됐습니까?" 토머스가 그녀의 생각을 읽은 듯 물었다.

"몰라, 모르겠어!"

"그러면, 할머니가 이러고 계신 지는요?"

베스타는 갑자기 정신을 차리고 본모습으로 돌아온 듯 보였다. 그녀가 두 눈을 굴리고, 혀를 찼다. "음, 내가 그걸 안다면, 난 정신을 잃은 적이 없는 셈이지. 안 그런가?"

"죄송해요. 그저, 음, 시간이 영향을 미치니까요. 아시겠지만, 그걸…… 할 만한 상태인지……." 토머스가 말했다.

변기 속의 남자는 움직일 기미가 없었다. 그의 얼굴은 폐수 속에 귀까지 잠기고, 양팔은 축 늘어지고, 소시지 같은 손가락들은 리놀륨 바닥에 끌리고 있었다. 바지는 바닥에 딱 붙었고, 콜레트는 허벅지 중간까지 부챗살 같은 뱃살이 늘어져 내려온 모습을 봤다.

"죄송해요. 그런데, 우리가 뭘 할 수 있을까요?" 콜레트가 말했다.

"그를 끌어내. 뭔가— 그를 도와줘."

"이미 죽은 것 같은데요." 호세인이 간결하게 말했다.

"우리가 그를 끄집어낸다 해도 말이죠." 콜레트가 애원하는 듯한 눈길로 그를 바라봤다.

'우리'라는 건 당신을 의미하는 거야. 이 경우에 한해, 난 노동에 있어서 성차별에 대찬성인 사람이야. "우린, 만일의 경우에 대비해야 해요."

"이 사람이 대체 여기서 뭘 하고 있었던 거죠?" 호세인이 물었다. "새벽 2시에 말예요."

"익사." 베스타가 말했다. "이야기는 좀 나중에 해도 될까?"

"네." 호세인이 깊게 한숨을 쉬고, 그녀를 일으키려 손을 내밀었다. 그녀는 맨발로 일어서다 두 번 미끄러졌고, 벽에 기대 몸을 지탱했다. 잠옷을 입은 그녀의 몸은 작고 노쇠해 보였으며, 그녀에게서 전투적인 괴짜 여왕의 면모를 벗겨내 버렸다. 그녀의 얼굴에는 거의 칠십 평생의 인생 매순간이 아로새겨져 있었다. 호세인이 주먹 쥔 손을 엉덩이에 올린 채 시체를 응시했다. 정말이지 거대했다. 일각고래가 배수관 밖으로 기어 올라와서 질식한 것 같았다.

"저 빌어먹을 인간이 여기에서 뭘 한 거죠?" 목소리 하나가 들려왔다. 검은 눈동자에 갈라진 입술, 레깅스와 분홍색 헬로 키티 티셔츠를 입은 셰릴이 주방에 서 있었다. 혼란스러움으로 이맛살을 찌푸리고, 한 손으로 문설주를 짚은 채 다친 발목을 바닥에 내리 딛지 않고서.

베스타가 흐느끼기 시작했다. "난 도둑이라고 생각했어. 이 인간인 줄 어떻게 알았겠어? 이런 오밤중에 대체 여기서 뭘 하고 있었던 거지?"

콜레트는 오물에 대한 거리낌을 극복하고 베스타에게 다가가서 어깨에 손을 얹었다. 갑자기 기온이 뚝 떨어진 양, 베스타의 잠옷 아래에서 모든 피부와 뼈가 으슬으슬 떨려 왔다. 가엾게도, 이게 어떤 느낌일지 상상조차 할 수 없어.

"모르겠네요." 호세인이 그의 발치에 있는 연장 가방을 쿡 찌르며 말했다. 온수기 바닥 뚜껑이 뜯겨져서 욕조에 기대 세워져 있었다. "하지만 친목 도모를 위해 방문한 것 같진 않네요."

"저 인간은 늘 개 같은 짓거리만 하죠." 셰릴이 말했다.

"지적해 줘서 고맙구나." 호세인이 말했다.

"어떻게 이런 상황에 처하게 된 거지?"

"내가 스팀다리미로 쳤어. 도둑인 줄 알고." 베스타가 말했다.

"자자, 이 사람을 끌어냅시다, 우리." 토머스가 말했다.

호세인이 얼굴을 찡그리고, 여기보다 에빈 교도소로 되돌아가는 게 더 나을 것 같다고 말하고는, 한 발 앞으로 나가 집주인에게 손을 뻗었다. 그들은 조심스럽게 그의 겨드랑이에 손 하나씩을 끼워 넣고 들어 올렸다. 변기통의 물이 꿀럭거리며 내려가다가 지옥 불 같은 엄청난 트림 소리를 내며, 바람에 흘러내리는 모래처럼 순식간에 빨려 내려갔다. 집주인의 몸은 변기에서 벗어나 자유로워졌고, 그들 손에서 빠져나가 휘청거리며 출입구 쪽에 바로 누운 자세로 착지했다.

그의 두 눈과 입은 벌어지고, 살갗은 푸르스름했다.

"오, 세상에! 세상에, 세상에, 세상에!" 셰릴이 외쳤다.

그들은 말없이 모두 함께 시체 곁으로 모여들었다. 그리고 그를 타일 벽에 기대 뉘였다. 그의 몸에서 물이 뚝뚝 떨어졌다. 오물이 그의 코와 입에서 느리게 흘러내렸다. 좀비처럼 녹갈색 침이 흘렀다. 안경은 없어진 상태였다. 안경을 다시 찾으려면 변기 안으로 손을 집어넣어야 했지만, 아무도 자원하지 않았다. 그들이 그를 끌어낸 이후 계속 떠 있는 눈은 그에게 더는 안경이 필요하지 않다는 것을 분명히 알려 주고 있었다.

"심폐소생술은 필요 없을 것 같네요." 콜레트가 말했다.

"그렇네요. 죽은 지 한참 됐다고 말할 수 있겠어요. 할머니는 잠깐 기절했던 것 같지만요. 그나저나 괜찮으세요?" 토머스가 말했다.

"내 기분이 어떨 것 같은가?"

셰릴이 가스레인지 옆에 서서 멍하니 손가락을 머리에 난 혹으로 가져갔다. 그리고 물었다. "이제 우린 뭘 해야 하죠?"

30

    침묵이 몇 시간 동안이나 이어진 것 같았다. 시체 주위에 모인 다섯 사람은 누구도 서로의 눈을 마주치고 싶어 하지 않았다. 심지어 베스타조차도 고개를 떨구고 있었다. 그녀는 아팠다. 머리를 세게 얻어맞았고, 충격을 받았으며, 지하에 안전하게 있어야 마땅한 물질 속에서 뒹굴었으며, 갑자기 자신의 세상이 변해 휘청거렸다. 그녀는 팔을 문지르고, 바닥 전체에 깔려 있는 점액질 오물을 바라봤다. 그리고 키친타월을 꺼내 절망적으로 얼굴을 닦았다. 그 오물은 결코 다 지워질 것 같지 않았다. 맥베스 부인(셰익스피어의 비극 「맥베스」의 등장인물./ 옮긴이)의 얼룩인 것이다.

    그녀는 내리깐 눈 아래로 다른 사람들을 봤다. 콜레트는 그 자리를 떠나 가스레인지 옆에서 손거스러미를 물어뜯고 있었다. 저러면 안 될 텐데, 베스타는 생각했지만 그걸 지적하지는 않았다. 붉은색 티셔츠에, 아랫부분을 끈으로 묶는 형식의 구닥다리 줄무늬 파자마를 입은 호세인은 수심에 잠겨 있었다. 셰릴은 싱크대 옆에 웅크린 채 겁에 질려 있었다. 출입구에 서 있는 토머스는…… 뭐지? 오, 하느님. 놀랍게도 그는 흥미로워 하고 있었다. 이게 무슨 심리 실험의 장이라도 되는 양, 그는 지껄여 댔다.

나는 감옥에 가게 될 거야. 나는 누군가를 죽였고, 감옥에 가게 될 거야. 이렇게 끝나는 거지. 그는 늘 여기서 나를 내쫓고 싶어 했는데, 이제야 그 바람이 이루어졌군. 그리고 개처럼 게워내게 될 거야. 보조금도 받지 못한 채 앓아눕겠지.

그녀는 완전히 파괴된 집 안을 둘러봤다. 엄마가 무덤 속에서 탄식하겠군. 엄마는 늘 집 안을 가꾸는 데 열심이었고, 나는 엄마가 좋아하던 방식으로 집을 유지하려고 최선을 다했어. 엄마 취향에 맞추지 못해서 늘 부족함을 느꼈지. 그리고 이제 자, 봐. 완전히 망가졌어. 엄마가 이 사실을 안다면 통곡하고 또 통곡할 거야. 엄마는 매일같이 물로 바닥을 청소했지. 먼지 한 톨 앉을 새도 없이 말이야. 내가 어릴 때 세상은 지금보다 훨씬 더 더러웠는데 말이야.

토머스가 떠들었다. "할머니, 앰뷸런스 부를까요?"

"그다지 좋은 생각 같진 않네요. 저 사람은 죽었어요. 안 그래요?" 셰릴이 말했다.

"그래, 하지만 상황을 끝내는 방법은 여럿이지. 그리고 그건 정상적인 방식이 되어야 할 테고."

호세인이 방을 떠났다가 곧 베스타의 낡은 실내용 퀼트 가운을 가지고 돌아왔다. 그가 그녀에게 가운을 내밀었고, 그녀는 부산스럽게, 우물쭈물 가운에 팔을 끼워 넣고, 집주인의 퉁퉁 부은 발 옆에 서서 옷깃을 감쌌다. "어떻게 해야 할지 모르겠네. 모르겠어. 그를 죽이려던 게 아니었는데."

"그 사람들은 분명 이 상황을 이해할 거예요. 이건 사고예요. 그가 한밤중에 할머니 아파트에 들어올지 어떻게 알았겠어요?" 콜레트가 말했다.

"전 모르겠어요. 저 사람 머리가 엄청나게 푹 꺼졌잖아요." 토머스가 말했다.

베스타가 눈물을 터트렸다. 그녀는 지난 몇 분 동안 충격으로 망연자실해 있다가, 이제 감정이 터져 나왔고 오한이 들었다. "난 그럴수 없어! 감옥에 갈 수 없다고! 난 몰랐어……. 내 욕실에 살금살금 들어온 게 그였다는 걸. 그가 아니었어야 해!"

"할머니는 괜찮으실 거예요. 사람들이 교도소로 보내지는 건, 대개 총기나……." 토머스가 말했다.

"당신은 그다지 도움이 안 되는 것 같군요. 토머스." 호세인이 말했다.

"전 진실을 말하는 겁니다. 우리는 현실적이 돼야 해요."

베스타는 자신이 회색 유니폼을 입고, 식감조차 없는 회갈색 음식물이 담긴 식판을 들고, 노려보는 여자들이 가득한 곳으로 들어가는 모습을 생생히 떠올렸다. 콘크리트 블록 벽이 닫히고, 이층 침대 안에 갇혀 숨 막혀 하는 자신을 느꼈다. "난 그럴 수 없어. 감옥에는 못가. 감옥에 가면 죽을 거야. 난 이때껏 아무 문제없이 살아왔는데."

콜레트가 목소리를 높였다. "그리고 그 사람들은 우리 모두에게 질문을 하려고 들 거예요."

방 안이 다시 침묵 속에 빠졌다.

오, 세상에. 베스타가 생각했다. 내가 무슨 짓을 한 거지?

"젠장, 그러면 난 망했어." 셰릴이 말을 뱉어 냈다.

토머스의 호기심 어린 표정이 더욱 짙어졌다. "왜 그럴 것 같은데, 셰릴?"

"왜냐면, 난 열다섯 살이니까요. 멍청한 양반아." 그녀가 말을 잘랐다.

"언어 순화, 셰릴." 뇌의 작용 없이 베스타의 입에서 반사적으로 말이 튀어나왔다.

콜레트의 입이 쩍 벌어졌다.

"너 열다섯이야?"

"몰랐어요? 바보같이."

콜레트의 머릿속이 벌들로 가득 찼다. 머릿속이 윙윙거리는 통에 이웃들의 말을 거의 들을 수가 없었다. 여기에서 벗어나야 해. 이제 온 사방으로 경찰들이 몰려올 거고, 경찰이 오고 나면 하룻밤도 지나지 않아서 기자들이 몰려올 거야. 특히 그가 죽은 방식은, 아침을 먹으면서 읽을 만한 기삿거리니까. 경찰이 둘씩 짝지어 오지 않는다 해도, 토니가 오는 건 시간문제야. 단 일 분만 부주의해도, 쓰레기를 버리러 들락거리다가 바깥에서 기다리고 있던 기자한테 사진이라도 찍히면, 난 그대로 끝장나는 거야. 그런데 내가 뭘 해야 하지? 엄마는 어떻게 하지? 지금 런던을 떠날 순 없어. 엄마를 떠날 순 없어. 엄마는 곧 돌아가실 것 같은데. 내 남은 생 내내 죄책감에 시달리게 될 거야…….

"하지만……." 그녀가 말했다. 별 힘없는 이 저항은 셰릴의 말에 대한 대답으로도 적당했다. 소녀는 이걸 자기가 한 폭로에 대한 반응으로 받아들이고 그녀를 응시했다. 물론 이 애는 열다섯 살이지, 콜

268

레트는 생각했다. 태도를 봐서는, 다른 나이라고 할 수가 없지. 내가 왜 몰랐을까?

"보육 시설에 있어 봤어요?" 셰릴이 물었다.

"음…… 그래, 어느 정도."

"그럼, 뭐." 다시 말을 시작한 셰릴은 화가 난 듯 보였다. 콜레트가 자기 몫의 관심을 훔쳐 가기라도 한 것처럼. 그녀가 절뚝거리며 걸어가 레깅스 엉덩이에서 말보로 한 갑을 꺼내 들었다. 그리고 정원 문에 서서 셀로판 아래 감춰 둔 작은 일회용 라이터를 꺼내 담배에 불을 붙였다. "그리고 담배를 피우기엔 너무 어리다고 내게 말했던 첫 번째 인간 눈에는 이게 박혔죠." 그녀가 라이터를 보이며 말했다. 손이 떨리고 있었다.

"로이 프리스." 토머스가 집주인을 내려다보며 말했다. "그가 여기서 뭘 하고 있었다고 생각하세요?"

"그는 날 내보내고 싶어 했어. 몇 년 동안 날 내보내려고 안달했지." 베스타가 말했다.

"음, 제가 보기엔, 그가 할머니 보일러에 무슨 짓을 하려고 한 것 같아요."

"새벽 2시에?"

"뭔가 좋은 일을 하려고 했다고는 말씀 못 드리겠네요."

"그는 내가 여기에 없다고 생각한 것 같아. 그래, 그거야! 내가 배수관 때문에 호텔에 가서 지낼 거라고 말했었거든. 오늘 오후에 말이야. 그래서 그는 내가 여기에 없을 거라고 생각한 거지. 도둑이 들었을 때처럼, 내 정원이 망쳐졌던 그때처럼. 내가 집을 나서면 그는 늘 그걸 알았어."

호세인이 얼굴을 찌푸리고는 자리를 떠서 욕실로 갔다. 그들은 침묵 속에 서 있었고, 그가 뭔가를 움직이는 소리를 들었다. 에나멜 쇠붙이가 땡그랑거리는 소리가 났다. 그가 보일러 뚜껑을 든 것이다.

"전 여기 있을 수 없어요. 만약 경찰이 온다면, 오늘 밤 전 떠나야 해요. 죄송해요, 죄송해요, 할머니. 하지만 전 여기에서 나가야 해요. 제가 도와야 하는데, 도와야 하는데, 그렇지만……." 콜레트가 말했다.

"알아, 다 이해해." 더러운 얼굴에 낡은 실내복 가운과 헝클어진 머리에도 불구하고, 귀족 같은 꼿꼿한 자세로 서 있는 베스타는 난장판이 된 주방 한가운데서 갑자기 무척이나 품위 있어 보였다. 그녀는 꼿꼿하게 서서 옷깃을 바짝 당기고 먼 곳을 응시했다. 체념하셨구나. 체념한 모습이야. 이미 포기한 거야. "이제 내 난장판을 정리해야겠구먼. 자네들을 괜히 이곳으로 끌어들였어."

"저희는 이미 여기에 와 있는걸요." 토머스가 말했다.

"그래." 그녀가 입술을 깨물고 솟구치는 눈물을 참아 냈다. "그래, 알고 있어. 미안하네들."

토머스가 한숨을 쉬고는 그녀 곁으로 다가가 섰다. 그리고 어색하게 그녀의 팔을 토닥였다. 그에게 있어 그 행동은 자연스러운 것 같지 않아 보였다. 콜레트는 그가 텔레비전에서 본 대로 연민을 흉내내는 사람 같다고 생각했다. 저 사람이 할머니를 끌어안지는 않으면 좋겠네. 할머니가 비명을 지를 거야. "가엾게도, 이건 할머니 잘못이 아니에요. 아시잖아요." 토머스가 말했다.

"난 그가 도둑이라고 생각했어." 베스타가 다시 한 번 말했다. 자신의 상태를 알리는 연습이라도 한 것처럼 이제 그 문장이 자동적으로 튀어나왔다.

"저 양반에게 다른 가족은 없나요?" 토머스가 상냥하게 물었다.

그녀는 고개를 저었다. "없어. 자매가 셋이나 있었지만, 간신히 저 아이 하나만 낳았어. 그 사실이 많은 걸 설명해 주지, 정말로, 왜 그가 저렇게 되었는지 알겠지? 아이였을 때는 정말 끔찍하게 버릇없었지. 늘 초콜릿을 잔뜩 먹었고. 용돈을 얼마나 많이 받았는지 아무도 모를걸. 볼 때마다 늘 만화책이나 소형 전자기기나 유행하는 장난감을 가지고 있었어. 하지만 저 애 엄마는 저 애가 다른 애들하고 놀게 놔두지 않았어. 저 애는 학교가 끝나면 여기 와서 혼자서 크리켓 방망이로 공을 때려 정원 주변으로 넘겼지. 늘 내 허브 밭 경계선으로 공을 때려 댔어. 당시 저 애 숙모가 여기 위층에 살았지. 로이와 그 애 엄마 말고는 손님이라곤 전혀 없었어. 정상적인 건 아니지, 안 그런가?"

아무도 이에 대해 뭐라 할 말을 찾지 못했다. 그들은 중얼중얼 동의의 표시를 했을 뿐이다. 콜레트는 생각했다. 묘비명으로 쓰기에 충분하진 않군. 로이 프리스: 수없이 초콜릿을 먹고 『비노』를 읽다. 내 묘비명에는 뭐라고 쓰일까? 과연 묘비명을 쓸 수나 있을까? 시체가 묻혀야만 묘비를 세울 수 있으니까.

호세인이 출입구 쪽에 나타났다. "할머니, 이거 알아보시겠어요?"

그가 남자의 티셔츠를 내밀었다. 원래 흰색이었던 것이 변해서 잿빛이 됐고 기름얼룩이 묻어 있었다. 그 티셔츠가 한 100야드 정도는 떨어져 있는 것처럼 유심히 바라보고는 베스타는 고개를 저었다.

"이게…… 거기에……." 그가 말을 잇지 못하고 눈을 깜빡이고는 적당한 단어를 찾느라 얼굴을 찌푸렸다. "……구멍에 있었어요. 아시죠? 벽 안에 있는. 가스가 나가는 관 같은 거요."

"환기구요?" 콜레트가 물었다.

"네, 환기구."

"보일러 환기구요?" 토머스가 물었다.

"네."

"할머니가 그걸 원하진 않으셨을 것 같은데요." 아직 상황을 이해 못한 베스타를 향해 토머스가 말했다. "차 시동을 걸어 둔 채 차고 안에 스스로 갇혀 있는 거나 다름없잖아요."

"뭘 좀 마시고 싶네." 베스타의 눈에서 눈물이 솟구쳤다.

31

그들이 정문 계단으로 내려갈 때, 셰릴이 '힉' 하고 고통에 찬 신음을 내뱉었다. 콜레트는 그제야 자신이 그녀의 팔을 지나치게 꽉 움켜쥐고 있다는 걸 깨달았다. "기분은 어떠니?" 그녀가 속삭였다.

셰릴이 얼굴을 일그러뜨린 채 계단을 한 발로 깡충깡충 뛰어 내려갔고, 바닥에 도착하자 이렇게 속삭였다. "엄청나게 얻어맞은 기분이에요. 물러봐줘서 거마어요."

그녀는 자기 목소리가 조용한 밤공기를 흔들어 놓을까 봐 일부러 혀짤배기소리를 냈다. 보육 시설에 있는 아이들 사이에 열쇠 없이 자물쇠 따는 기술, 그리고 에어로졸 사용법과 함께 전해지는 고전적인 속임수였다. 두 사람은 긴장한 채 자신들의 왼쪽, 정문 창문 위를 응시했다. 자기들이 베스타의 집 문 앞에서 소리를 지를 때도 열리지 않았던 문의 주인이 커튼 틈으로 밖을 내다보고 있지는 않은지 궁금했다. 하지만 제라드 브라이트의 내리닫이 창문은 내려져 있었고, 유리창은 컴컴했다. 그는 외출하고 없는 것이 분명했다. 그 사람 아파트에서 하루 종일 음악 소리가 나오지 않았어. 콜레트는 이제야 그 사실을 떠올렸다. 어쨌든 우주가 그들을 봐주고 있는 것 같았다.

불라 그로브는 어두웠다. 거리에 있는 건물 위층 창문은 모두 열려 있었지만, 도움을 청하는 베스타의 외침은 주의를 끌지 못하고 23번지 너머로 사라진 것 같았다. 하지만 모두들 알고 있다, 런던에서는, 강도로부터의 위협만이 잠에서 깨어나 옷을 주워 입게 만든다.

"내가 혼자 할 수 있어." 콜레트가 속삭였다. 셰릴이 옆길을 힐끗 쳐다봤다.

"아니요. 우리 둘이 해야 더 쉬워요. 그리고 어디로 가야 할지 내가 알아요. 어둠 속에서 그 주변을 더듬거리며 가고 싶진 않을 거 아녜요."

"알았어, 고마워."

셰릴의 발목은 아직 낫지 않은 상태다. 침대 안에 누워 있을 때는 점점 더 나아지고 있다고 생각했었지만, 지금 그녀는 절뚝이며 거리를 걷고 있다. 누군가 내부에서 잡아 찢는 것처럼 다리가 풀리고, 열이 오르고, 휘청거리면서. 그녀는 생각했다. 한동안 뛰지는 못하겠군, 확실히. 그리고 구강청결제를 쓰는 나날이 끝났다는 생각에 잠시 안도감을 느꼈다. 생계를 꾸리는 바보 같은 방식이지. 실제로 정직하게 매춘을 하는 것보다 더 위험하고. 그녀는 직접 당해 본 결과, 분노한, 벗겨 먹힌 고객이 최악이라는 걸 알게 됐다. 불평할 여유도 없었지. 그녀는 이를 악물었다. 그냥 계속하는 수밖에 없었어.

"기분 좀 괜찮아졌어? 항생제가 제몫을 해내고 있어?" 콜레트가 물었다.

"그러길 바라야죠." 그녀가 찡그리며 대답하고, 최악의 상황을 머릿속에서 지웠다. 셰릴조차 항생제가 바이러스에 대항해 작용하지 않는다는 걸 알고 있었다. 복부의 통증을 낮춰 주긴 했지만 그건 그녀의 관심사가 아니었다. 그냥 그건 어제 아침 콜레트가 약사에게서 받아 온 사후 피임약이 작용하고 있다는 증거로 여겨졌다. "두통은 가셨어요. 어쨌든. 아주 좋아요."

"다행이네."

"말하지 못해서 미안해요. 난 그저……. 언니도 여기에서 누굴 믿어도 되는지 몰랐잖아요."

"알아. 괜찮아. 나도 나에 대해 다 말하진 않았으니까."

그들은 27번지 집 앞, 지저분한 정원에 도착했다. 돌무더기가 가득했고, 유독 물질로 칠해진 인도 포장용 석재들이 나무 밑동에 들려 갈라지고 삐죽삐죽 올라와 있었다. 창문은 유리조차 없이 입을 쩍 벌리고 그들을 바라봤고, 건축용 비계가 창틀을 대신하고 있었다. 새 주인은 지상 층의 모든 벽을 철거한 듯싶었다. 셰릴은 이런 공사에 대해서는 잘 몰랐지만, 이 장소 전체가 금방이라도 무너질 것처럼 보이기는 했다.

그녀는 버려진 시멘트 양동이들과 낡은 벽돌 더미 주위를 조심스럽게 밟아 나가면서, 옆쪽으로 돌아가는 길로 콜레트를 이끌었다. 저 끝에, 어둠 속에서조차 밝고 푸르게 빛나는 방수포가 세로로 접혀서 닫힌 문을 떠받치며 바닥에 깔려 있었다. 셰릴은 며칠 전 그곳을 지나갈 때 그걸 봤고, 몇몇 부랑자가 그냥 지나치지 않고 그걸 가져가는 바람에 깜짝 놀라서 기억하고 있었다. 아마도 남는 물건으로, 건축업자들은 크게 신경을 쓰지 않는 듯했다. 하지만 그건 그들의 목적에는 완벽했다.

셰릴이 손가락으로 가리키자, 콜레트가 고개를 끄덕이고 가서 방수포를 주웠다. "으앗, 엄청 무겁네." 그녀가 속삭였다.

"무거워야 버티죠. 집주인은 팅커벨이 아니라서."

두 사람이 골목에서 나올 때 셰릴은 방수포 한쪽 끝을 잡고 있었다. 그들은 길을 다시 되짚어가기 시작했다. "전 아직 그 티셔츠가 뭔지 모르겠어요." 셰릴이 말했다.

"우흐, 일산화탄소."

"뭐요?"

"가스."

"보일러에서 나오는 거? 할머니는 진즉 그걸 마셨는데, 아닌가?"

"아냐. 그건 뭔가가 불탈 때 나오는 거야. 그래서 그런 물건은 늘 외벽에 박혀 있지. 일산화탄소를 내보내기 위해 벽에 환기구를 만들어 둔 거야. 해마다 키프로스에 집을 얻어서 휴가를 보내다가 죽는 영국인 가족들에 대한 이야기 들어 봤지? 바로 그거야. 넌 그걸 맡을 수도, 볼 수도 없어. 하지만 그걸 안 내보내면 그게 네 몸 속에 쌓여서 널 죽일 거야. 그 시점에 네가 잠이 드는 건, 그게 의식을 잃게 만들어서고. 넌 그 사실을 절대로, 전혀 알 수 없어. 차에 가스 호스를 연결해서 죽는 사람들 얘기도 들어 봤지?"

"그래서 그 사람이……?"

"그래, 그런 것 같아. 그가 다른 일을 하고 있었다고는 생각하기 어렵네. 욕조 속에서 죽은 노파 한 사람이 더 느는 거지."

"세상에."

그들은 인도 가장자리에 잠시 멈춰 서서 길을 위아래로 훑어봤다.

이제 거리가 얼마 남지 않았지만, 발각될 가능성은 여전했다. 거리는 조용했다. 불빛이 새어 나오는 창문도 없었고 커튼이 흔들리지도 않았다. 3시였고, 죽은 거리였다. 그들은 23번지를 향해 가기 시작했다. "개자식, 그 자식이 죽어서 어찌나 기쁜지."

콜레트는 대답하지 않았다. 그녀는 그럴 만큼, 다른 사람들처럼 집주인과 장구한 역사를 쌓지 않았기 때문이다. 셰릴의 몸과 마음에 난 상처는 아직 생생했고, 그녀가 베스타를 자기 할머니처럼 느끼고 있다는 것 역시 분명했다. 그녀는 다소 분노할 자격이 있었다.

그들은 서둘러 25번지를 지나 자기들 골목 입구로 들어섰다. 문만 통과하면 방수포를 내려놓고 한숨 돌릴 수 있다. "언니는 보호 시설에 얼마나 있었어요?" 셰릴이 물었다.

"아, 그때그때 달라서. 어떤 때는 몇 주간 있기도 했고, 제일 오래 있었던 건 두 달 정도였고. 우리 엄마가 멋진 워킹맘은 아니었거든. 가끔 모든 게 선을 넘어야만 그제야 날 들여다봤지."

"아, 뭔지 알겠어요." 하지만 말과 달리 셰릴은 실망스러웠다. 자신과 같은 경험을 한, 살아 있는 어른을 그녀는 알지 못한다. 마침내 그런 사람을 발견했나 싶었는데.

"그래도, 엿 같았지. 안 그랬겠어? 난 멍청하게도 늘 겁을 집어먹었지. 넌 안 그랬어?"

"열두 살 때부터 그랬죠."

"와우, 네 가족은 뭐하고?"

"엄만 돌아가셨어요. 제가 아홉 살 때요. 전 할머니랑 살았고, 괜찮았어요. 괜찮은 분이었거든요."

"아빠는?"

277

베스타가 했던 것과 같은 질문이다. 셰릴은 그녀가 그런 질문을 한 데 개의치 않았다. 베스타는 모든 사람이 자기 아버지가 누군지 아는 세상에 산다. 그녀는 셰릴에게 할머니를, 온갖 친절함과 케이크를, 그리고 정직에 대한 혼란을 떠올리게 했다. 콜레트는 더 넓은 세상에서 온 것처럼 보였다. 아닐지도 모르지만. 셰릴이 어깨를 으쓱했다. "누가 알겠어요?"

콜레트가 동정 어린 표정을 지어 보였다. 그녀는 자라면서 무척이나 많은 아버지와 삼촌을 만났고, 잊어버리고 전혀 기억조차 나지 않는 사람도 있었다. "미안." 그녀가 설득력 없이 말했다. "힘들었겠네."

셰릴은 놀랍도록 분노가 솟구치는 것을 느꼈다. 멋지군. 빌어먹을 동정 따위. 그게 내게 필요한 전부지. 그녀가 방수포 끝을 집어 들었다. "자, 가요. 밤새도록 이러고 있을 거예요?"

베스타의 주방 바깥 구역에서 호세인은 할 수 있는 한 빗자루로 오물 진창을 다 쓸어 냈다. 그 후 그와 토머스는 출입구에 서서 여자들을 기다렸고, 그녀들의 행동을 바라봤다. 여자들이 무거운 짐 덩이를 계단 아래까지 질질 끌고 내려와 콘크리트 바닥 위에 내팽개쳤다. "오, 좋군요. 좋아요." 토머스가 말했다.

"방습용 포예요." 콜레트가 말했다.

이걸 깔면 이제 물이 스며들지 않을 것이다.

그들은 개켜진 방수포를 펴서 바닥에 펼쳐 놓았다. 두 겹으로 겹쳐진 부분도 있었지만, 방수포는 판돌 대부분을 덮었다. 콜레트는 손목시계를 확인했다. 그들 모두가 희생자이자 구조자에서 공모자로 변하는 데는 한 시간이 채 걸리지 않았다. "내가 저 헛간을 열어 두었어요. 자물쇠를 벽돌로 두어 번 쳤는데 열리더라고요. 몇십 년 동안 저렇게 있었던 것 같아요." 호세인이 말했다.

"그럴 거예요. 베스타 할머니가 저게 열린 걸 본 게 언젠지 기억도 안 난다고 말씀하셨으니까요." 토머스가 대답했다.

"안에 뭐가 있던가요?"

"뭐 별거 없어요. 오래된 녹슨 잔디깎이랑 화분 몇 개. 몇 세대 동안 쥐가 살았던 것 같은 안락의자 하나랑. 재떨이도 하나 있었고요."

"베스타 할머니는 어디 계세요?" 콜레트가 물었다.

"그냥 앉아 계세요."

"제가 가서 한번 살펴볼게요."

남자들은 엉덩이 쪽에 손을 걸치고 방수포 주변에 섰다. "좋아. 이거라면 더 제대로 할 수 있겠군요." 토머스가 말했다.

여자들이 임무를 완수하는 동안, 그들은 집주인을 지렛대로 들어 올리듯이 굴려 욕조 속에 넣고 샤워기로 씻겼다. 그 작전은 일부만 성공했다. 욕조 배수구로 물이 너무 서서히 빠지는 바람에 그의 얼굴과 몸통이 더러운 물에 4인치쯤 잠겼고, 그래서 몸을 뒤덮고 있는 오물을 수건으로 닦아 내고 나서야 비교적 깨끗한 상태를 유지할 수 있게 되었다. 그의 입은 천장을 향해 벌어져 있었고, 팔은 뼈가 없는 것처럼 바닥에 털썩 늘어져 있었다. 그는 지하 저장실에서 자라는 버섯처럼 창백했고, 목덜미 아래 피부는 허연 스펀지처럼 흐늘거렸다. 검정파리가 잠에서 깨어나 자기가 들어갈 만한 구멍을 찾으며 그의 머리 위로 느릿하게 웅웅 날아다녔다. 호세인이 손을 휘저어 파리를 쫓았다.

셰릴은 앞쪽 방에서 중얼거리는 목소리가 흘러나오는 것을 듣고 그 소리를 따라갔다. 그녀는 몸을 쓰는 건 어느 정도 남자의 작업이라고 생각했다. 그리고 모두들 지금 내린 결정을 무척 낙관적으로 여기고 있다는 데 깜짝 놀랐다. 집주인은 더 이상 집주인이 아니었다. 그는 이미 옮겨야 할 거대한 물체가, 새벽빛이 이웃들에게 전달되기 전에 통제해야만 하는 문제가 되어 있었고, 그의 영혼은 육신에서 빠져나온 지 오래였다. 하지만 그녀는 그가 살아 있을 때는 그렇다고 쳐도, 이미 죽은 남자의 모차렐라 치즈 같은 살덩어리에는 손을 대고 싶지 않았다. 보는 것만으로도 살갗에 벌레가 기어가는 것 같았다.

인생의 유품 더미로 둘러싸인 앞쪽 방에, 베스타가 창백한 얼굴로 뻣뻣하게 굳어 긴 소파 끄트머리에 앉아 있었다. 한 손에는 브랜디 잔을 쥐고, 다른 한 손은 허공을 응시하고 있는 콜레트의 손에 느슨하게 쥐여져 있었다. 콜레트가 베스타에게 말을 걸고 있었다. 셰릴은 자신이 방해하는 건 아닌지 조심스러워 하며 문가에 멈춰 섰다.

"……할머니 먼저 추스르세요. 할머니 잘못이 아니에요. 괜찮으실 거예요. 맹세해요. 우리가 이걸 다 깨끗이 정리하고, 이보다 더 지혜로울 순 없도록 할게요."

"무척이나 친절하구면." 베스타가 다른 생각에 빠진 것 같은 표정으로 말했다. 여왕이 그날의 서른 번째 수선화 꽃다발을 받는 것 같은 모습이었다. "모두들 무척 친절해."

그렇죠, 하지만 그게 다일까? 셰릴은 생각했다. 이 친절함은 베스타 할머니를 돌보고 싶어서일까, 아니면 다른 사람들이 우리 일에 끼어드는 걸 원치 않아서일까? 내 생각에, 여기서 이 일을 덮을 이유가 없는 사람은 토머스가 유일해. 그리고 왜 그가 좋은 이웃 역할을 하면서 시체 숨기기에 동참하는지는 하느님만 아실 테고. 난 베스타 할머니를 사랑해. 나한테 친할머니 같은 분이야, 하지만 할머니가 나를 보육 시설로 돌려보낼 것 같으면, 난 당장에 연락을 끊고 한걸음에 도망가겠지. 그리고 저기 있는 저 사람, 저 여잔 누군가로부터, 어딘 가로부터 도망쳐 숨어 있는 상태야. 그건 사실인 것 같아. 저 여자가 죄수복을 입고 있었을 거라는 추측보다 더 확실하다고 할 수는 없지 만, 아무튼 지금 난 그렇게 생각돼. 그리고 호세인은 망명 신청서를 넣은 지 이제 몇 달도 안 되었고, 「데일리 메일」이 언제 말썽 많은 외 국인을 들춰내서 사냥할지는 하느님만이 아실 테고 말이야. 우린 결 국 모두 자기 자신을 지키려고 이러고 있어. 진정으로 베스타 할머니 를 위해 여기 있는 사람은 아무도 없어.

베스타가 술잔에 코를 박고 한 번에 1인치씩 쭉쭉 들이켰다. 그녀 뒤에 있던 셰릴은 꼴깍꼴깍 목구멍이 움직이는 소리를 들었다. "왼 쪽으로 가요." 호세인의 말소리가 들렸다. "아니, 제 왼쪽이요. 레인 지 쪽으로요. 아니 아니, 뒤로, 자 이제 들어 올려요." 셰릴은 방으로 발을 들여놨다.

베스타와 콜레트는 사탕을 훔치다 들킨 아이처럼 위를 올려다봤 다. 셰릴을 보고 그들의 얼굴에 안심의 기색이 돌았다.

"어떠세요, 할머니?"

베스타의 얼굴이 이상하게 일그러졌다. 눈물과 웃음, 그 사이 어딘 가에 있는 표정이었다. "오, 아가, 괜찮아지겠지."

"남자들이 지금 그 사람을 옮기고 있어요. 당장 여기서 끌어낼 거 예요."

"무척이나 친절하구나." 베스타가 기계적으로 말했다. "모두들 무 척이나 친절해. 난 정말로 돕고 싶었는데. 다른 사람들이 이 난장판을 치우게 놔두려고 하진 않았는데."

"괜찮아요, 할머니. 저 사람들 크고 건장한 남자들이잖아요." 콜레트가 말했다.

"하지만 정말이지." 베스타가 일어서려는 듯 몸을 움직였다. "내 평생 누군가에게 내 더러운 일을 맡긴 적이 없는데. 지금부터는 안 그럴 거야."

콜레트가 그녀의 어깨에 힘 있게 팔을 얹어 그녀를 다시 앉혔다. 무척이나 이상하지, 셰릴이 생각했다. 내일―그러니까 오늘 다음 날―일어나면 나는 이 모든 게 꿈이었다고 생각하게 될 거야. 로이 프리스가 욕실에서 죽었어. 벌써 꿈처럼 느껴지네.

"오늘 밤은 저희 집으로 올라가서 지내시는 게 좋겠어요." 콜레트가 말했다.

"오, 아냐, 그럴 순 없어." 자신의 독립성에 대한 애착이 이미 사라졌음에도, 베스타가 기계적으로 말을 뱉어 냈다. "남의 공간을 침범하고 싶진 않아."

콜레트가 갑자기 고개를 쳐들고 셰릴을 보고는 남은 한 손으로 저리 가라는 신호를 해 보였다. 여기 날 두고 나가, 하고 말하는 모습이었다. 넌 도움이 안 돼. 나만이 할머니를 자제시킬 수 있어.

"침범하는 거 아니에요. 할머니." 셰릴이 남자들에게로 돌아갈 때 콜레트가 말했다.

그들은 남자를 끌어내 방수포 위에 놓았다. 그리고 그를 모로 뉘였다. 녹은 양초 같은 거대한 지방질이 땅바닥에 흐드러졌다. 그들의 얼굴에서 땀이 흘러내리고, 셔츠가 가슴 아래까지 늘어져 있었다. 철길 위 어딘가부터 어둠이 옅어지고 여우가 울었다. 길 밖에서 차 엔진 소리가 들렸다. 사람들이 있군. 셰릴은 생각했다. 런던에는 언제고, 심야에도 사람들이 있다. 1호실 남자는 우리가 무엇 때문에 베스타 할머니의 집 문을 부쉈는지 궁금해하면서도, 자기 심장 소리에 귀 기울이며 방 안에 누워 있었을 거야. 그는 집을 나서지 않았어. 겁을 먹어서 관여하지 않은 거지. 그녀는 주방에 걸린 낡은 시계를 흘끗 쳐다봤다. 구름 위에서 태양이 솟아나는 모양의 시계였다. 거의 3시 30분이 다 되어 있었다. 한 시간 안에 동이 트겠군. 이맘때 이 시간에는 하루를 시작하기 전에 노스본 공원에서 새벽 낚시를 하려고 일어나는 사람이 있었다. 지나치게 더워진 침실을 답답해하면서 깨어난 아이들은 새벽빛을 보고, 누군가가 자신에게 관심을 기울여 주기를 바라고 있을 것이다.

오수에서 나는 악취 너머로 남자들이 흘린 더운 땀내가 섞였다. 그녀는 집주인에게서 친숙한 역겨운 냄새를 맡을 수 있었다. 곰팡내가 섞인 발효 냄새, 사흘 묵은 카레 냄새, 몇 달간 계속 그녀의 방 안에 가득 차 있던 산더미 같은 설거지 냄새였다. 그게 세상에서 가장 고약한 냄새라고 생각했는데, 곧 저놈이 풍기게 될 냄새가 그보다 훨씬 더 최악이겠지. 히스테리컬한 웃음이 터져 나오려고 해서 셰릴은 입술을 깨물고 꾹 참았다. 젠장, 난 고작 열다섯 살이라고. 엄마랑 싸우고, 원 디렉션 콘서트 티켓 살 돈을 모을 나이라고. 중학교 졸업 시험이나 준비하고 있어야 하는 나이인데.

토머스가 하늘을 올려다봤다. 색안경을 쓴 그는 호기심 어리고 활기차 보였다. 마치 일생의 모험을 하는 것만 같았다. 하지만 저 사람이 있어서 다행이야. 여기서 이 일을 떠맡을 각오를 한 것처럼 보이는 유일한 사람이니까.

"자, 갑시다." 그가 말했다. 장군이 부대원들을 독려하듯 과장된 말투였다. "마지막으로 한 번만 더 밀면, 다 끝나. 셰릴, 저 끝을 잡고 움직일 수 있겠니?"

셰릴이 긴장해서 침을 꿀꺽 삼켰다. 암요. 발목은 접질리고, 갈빗대는 타박상을 입고, 얼굴은 씰룩이기만 해도 찢어져 피가 날 것 같지만, 물론입죠. 언제든 말씀만 하세요. 그녀는 고분고분하게 허리를 굽혀, 방수포를 잡고, 방향을 잡았다. 오늘 밤이 무사히 지나가면, 약 몇 알을 먹고, 좀 자야지. 어쨌든, 이보다 더 나빠질 리야 있겠어?

토머스가 허리를 숙여 집주인의 등이 뒤집히도록 그를 굴렸다. 대머리를 감추기 위해 올려 빗은 길고 축축한 머리가닥이 풀리면서 부어오른 목 주변에 휘감겼다. 토머스가 손가락으로 머리카락을 집어 제자리로 돌려놓았다. 그 손짓이 자못 다정스러웠다. 누군가가 로이 프리스의 존엄성을 존중하고 보살펴 준 최초의 순간이었다. 세심한 장례 절차도, 방부 처리나 백합꽃도, 포름알데히드 냄새를 가리기 위해 태우는 교회의 사려 깊은 양초들도 없었다.

셰릴은 폴리에스테르 안감이 채워진 관 속에 누워 있던 할머니를 떠올렸다. 가장 좋은 셔츠 드레스를 목 아래까지 단추를 채워 입고, 입가는 말려 올라가고, 얼굴에 난 상처는 화장 기술로 기적적으로 가려져 있었다. 셰릴이 그 자리에서 도망치기라도 할 것처럼 그녀 옆에는 사회복지사 두 명이 서 있었고, 온갖 나이 든 노인네들이 그녀에게 몰려와 할머니가 노인정에서 늘 그녀에 대해 뭐라고 이야기 하곤 했는지 말했다. 그네들은 웨더스 오리지널 사탕을 쪽쪽 빨아 먹으면서 마치 당일 여행이라도 온 듯 굴었다. 돌연 그녀는 울고 싶어졌

다. 달을 향해 으르렁거리고 싶어졌다. 할머니는 죽었고, 이제 날 사
랑하는 사람은 아무도 남지 않았어. 그녀는 아랫입술을 세게 깨물고,
다른 주변 사람들처럼 얼어붙은 무감각한 표정을 얼굴에 띠우기 위
해 애썼다. 애들이나 우는 거야, 멍청하고 어린 애들이나. 넌 지금 어
른들과 함께 있잖니.

　토머스가 방수포 한끝을 잡고, 앞을 노려보고 있는 축 처진 집주인
의 얼굴을 가리기 위해 끌어당겼다. 그 행동이 그 자리에 있던 모두를
살아나게 만드는 자극제가 된 듯 보였다. 나머지 사람 모두가 갑자기
앞으로 나서서 방수포가 완전히 덮이도록 끌어당겨 침낭에 넣듯 집
주인을 집어넣었다. 토머스와 호세인이 반대편을 잡고 그녀 쪽으로
포를 뒤집은 순간, 그는 더 이상 집주인이 아니었다. 그는 더 이상 악
당같이 입술을 씰룩이며 미소 짓던, 바지를 한껏 끌어 올려 한심하고
징그러워 보였던 로이 프리스가 아니었다. 이제 그는 정원에 놓인 골
칫거리, 해결해야 할 문제인 거대하고 더러운 방수포 더미였다.

　"이 남잔 여전히 더럽네요." 호세인이 말했다. 피로 때문에 억양이
강해져 마치 '드럽네요.'처럼 들렸다. "이런 식으로 이 사람을 제자리
로 되돌려 놓을 순 없겠어요."

　토머스가 유쾌하다고 말할 수 있을 정도로 양손을 맞비볐다. "무릎
굽히는 거 잊지 마세요. 그리고 마지막에는 허리를 뒤로 빼야 하죠."

　그들은 시체를 옮길 최선의 방도를 찾으려고 시체 주위를 이리저
리 오갔다. 마침내 결정이 났다. 토머스가 다리를 잡고, 호세인과 셰
릴이 위쪽을 함께 잡기로 했다. 토머스가 숫자를 셌다. 셋, 둘, 하나.
그리고 그들은 동시에 몸을 똑바로 폈다. 시체의 무게에 셰릴이 '헉'
소리를 냈다. 발에 통증이 엄습해 왔다. 그는 지게차였고, 구조가 보

강된 앰뷸런스였으며, 특대형 수술대였다. 사람이 아냐. 그녀가 감당해야 할 무게로 인해 인스턴트만 먹은 근육은 중압감을 느꼈고, 누가 수돗물이라도 틀어 놓은 것처럼 두피로 땀이 줄줄 흘러내렸다. 그자리에 누군가가 더 있었다면 이 일에 합류시켰을 것이다. 고래였다. 시멘트 한 짐이었다. 하지만 방수포 안에 들어 있던 손 하나가 흐느적거리며 삐져나오는 걸 보고는 그게 진실이 아님을 알았다.

정원으로 가는 계단을 오르는 데에만 한 시간쯤 걸릴 것 같았다. 방수포가 엄청난 무게로 그들을 짓눌렀고, 그들은 무거운 가운데 부분이 아래로 처지는 것을 막을 방도도 없이, 각각 귀퉁이 한 쪽씩을 잡고 걸었다. 그녀가 고통을 참으려 안간힘을 쓰자 이가 뿌득 하고 갈렸고, 마침내는 금이 가 버린 이의 저항이 다리에서 올라온 분노의 절규로부터 그녀의 정신을 분산시켰다. 그들은 세 번 멈춰 섰고, 벽돌 위에 짐 덩어리를 내려놓고 숨을 헐떡이며 허리를 폈다. 그녀는 이제야 '죽음의 무게'라는 관용구의 의미를 이해할 수 있었다. 앞이 두어 번 허예졌고, 존재의 중심부에서 밀려오는 깊고 붉은 고통 외에는 아무것도 인식하지 못했다. 그리고 마침내는 오랫동안 항로를 잃은 채 헤매는 듯한 기분이 들었지만, 그럼에도 어느 순간 신고 있는 플립플롭이 차갑고 부드러운 풀밭 위에 얹혀 있는 걸 깨달았다. 바깥으로 나온 것이다.

"계속 가요." 토머스가 속삭였다. 경고의 의미가 담긴 재촉이었다. 이제 비밀을 유지할 수 있는 길, 숨을 곳이 없다. 불면증에 걸린 누군가가 무심코 커튼을 젖혀 밖을 흘깃 쳐다보기만 해도 그들이 뭘 하는지 정확히 알 수 있을 것이다. "어서요. 얼마 안 남았어요. 갑시다."

그녀가 절뚝거리며 앞으로 나아갔다. 그녀의 발은 불평 따윈 무의미하다고 결심하고 이미 포기했는지, 쿵쿵 울리던 발 가운데 오목한 부분조차 이제 무감각해지고 있었다. 그녀는 내일이 되면 이 문제가 터져 나올 것임을 알았다. 지금은 비명을 지르는 팔 때문에 살짝 너그러워진 것뿐이다. 그리고 이제 평지였다. 그들은 서툴게 발을 끌며 베스타의 화분 사이를 지나갔고, 정리되지 않은 잔디밭을 가로질러 옆으로 절뚝거리며 걸었다. 발이 걸리고 균형이 흔들렸다. 여기 이 어둠 속에서 우리는 어떻게 보일까. 그녀는 궁금했다. 하지만 그 답은 이미 알고 있었고, 다시 그 질문을 반복하지 않았다.

헛간에 가까워지고 있었다. 20피트, 10피트, 5피트……. 그녀의 귓속에서 맥박이 요동치는 소리가 들렸고, 나무뿌리처럼 정맥이 살갗 위로 튀어나와 있는 것도 확실히 느껴졌다. 호세인의 목에도 굵은 밧줄 같은 힘줄이 튀어나와 있었다. 토머스는 곧 터질 것만 같아 보였다. 그들은 열린 문으로 다가갔다. 그녀는 안도감이 밀물처럼 밀려드는 것을 느꼈다. 토머스는 뒤로 걸어 어둠속으로 들어갔다. 우리는 거의 다 왔어. 거의 다 —.

집주인이 문 사이에 끼어 꼼짝하지 않았다. 문이 너무 좁았다. 초콜릿과 소시지 롤, 한밤의 피자로 이루어진 로이의 삶이 그를 지나치게 넙데데하게 만드는 바람에 문에 낀 것이다.

"쳇." 셰릴이 낮게 김빠지는 소리를 내고는 들고 있던 방수포 끝을 떨어뜨렸다. 헛간 안에서 뭔가가 굴러떨어지는 소음이 났고, 그녀는 시체가 문에 낀 것을 토머스가 미처 알아차리지 못하고 계속 가다가 손을 놓쳐 시체를 떨어뜨렸음을 알았다.

"안 돼. 지금은 아니야. 제발." 셰릴이 말했다.

그가 끙 하고 앓는 소리를 내고는 몸을 추슬러 다시 방수포 한쪽 끝을 끌기 시작하는 소리가 들렸다. 셰릴과 호세인도 다시 기운을 차리고 포를 밀었다. 그들의 짐이 문틀에서 구겨져 한데 뭉쳤고, 나무 문에 더 깊이 박혔다. "멈춰요." 밤의 대기 속에서 토머스의 목소리가 무서울 정도로 크게 울렸다. 그들은 숨을 들이마시고 그대로 멈췄다. 그리고 사이렌 소리를 기다렸다. 누군가가 지금 그들이 낸 소리를 들은 게 분명하다. 침실 창문으로 다가가 이웃이 뭘 하고 있는지 본 것이다. 그녀는 주변을 응시하고, 포셰네 집의 1,000파운드짜리 롤 블라인드를 올려다봤지만, 정원 안에서 움직이는 건 아무것도 없었고, 창문으로 나타나는 얼굴도 없었다.

그가 다시 목소리를 낮추고 말했다. "옆으로 뉘여요."

그게 무슨 도움이 될지 모르겠지만, 어쨌든 셰릴과 호세인은 그가 시키는 대로 했다. 시체는 병에 낀 병마개처럼 여전히 문에 끼어 있었다. 하지만 이번에는 딱딱한 엉덩이뼈가 없는 부드러운 살만 끼어 있었다.

"밀어 넣어요." 목소리가 들려왔다.

"뭐라고요?"

"밀어 넣으라고요. 해 봐요."

세상에. 그녀가 호세인을 바라봤고, 그는 뒤돌아봤다. 그는 시신의 축 늘어진 배에서 멀리 떨어진 곳에 있다. 그로서는 손을 내밀어 당기는 게 고작이었다. 밀어 넣는 건 그녀의 몫이었다. 그녀가 숨을 헐떡였다. 난 열다섯 살이라고. 여기서부터는 쭉 내리막길이야.

시체가 절반 이상쯤 들어갔고, 문틀의 압박에 그의 배가 가슴께까지 밀려 올라갔다. 셰릴은 주먹을 쥐고, 눈을 감고, 꾹꾹 눌렀다. 식빵을 반죽해 본 적은 없지만, 이게 그런 느낌일 거라는 생각이 들었다.

32

옆집 포셰네는 파티가 한창이었다. 오후 2시, 토머스가 약속대로 HSS(영국의 전자제품 및 공구 임대 비즈니스 사업자./ 옮긴이)에서 빌려온 전동 배수구 세척기로 호세인이 배수구를 방류 세척하는 동안, 잉글랜드 상류층이 여흥을 즐기는 소리가 담장 너머로 흘러왔고, 공기는 토요일 오후의 감질 나는 바비큐 냄새로 가득 찼다. 거리에는 SUV 차들이 그득했고, 토머스의 오래된 녹슨 혼다는 행정부처 안에 있는 오두막처럼 그 옆에 서 있었다.

호세인은 자신의 노동이 만들어 낸 이 악취 속에서 음식을 먹고 싶어 하는 누군가가 있다는 사실이 믿기지 않았다. 하지만 영국인들은 이방인과 엮이는 것보다 뭔가에 대해 그저 참고 견딜 준비가 되어 있는 이상한 인종임을 그는 알았다. 이는 그가 처음 이곳에 왔을 때이 암울한 회색 도시가 그를 낙담시키고 혼란에 빠뜨린 많은 일들 중하나였다. 그런 성향을 그가 개인적인 성격으로 받아들이지 않는 법을 배우기까지 호세인은 오랜 시간이 걸렸다. 하지만 이제는 익숙해졌고, 그것의 장점도 알 수 있게 됐다. 또한 그것은 최소한 한동안은 로이 프리스의 시체에 대한 그들의 계획이 성공할 수 있을 것이라는 자신감도 심어 줬다. 집주인의 이웃들은 그의 현관 벨을 눌러 무례에 대해 항의하는 걸 피하기 위해 몇 달 동안 혀를 차며 페브리즈만 뿌려 댈 것이다.

그가 일거리 위로 허리를 숙였다. 그들이 계획한 모든 일은 궁극적으로 이 배수관이 제대로 작동하느냐에 달려 있었다. 그들은 로이를 아주 깨끗하게 씻겨야 했다. 깨끗한 옷을 입혀 그를 태초의 모습처럼 해 놓고, 그가 가야 할 최종 종착지를 그가 더럽히지 않도록 해야만 했다. 그리고 그들이 할 수 있는 유일한 일은 그를 씻긴 장소를 깨끗이 치우는 것뿐이다. 그 후 그들이 계속 여기서 생활을 영위한다면, 한동안 집세를 내지 않는 것 외에 평상시처럼 행동하다가, 점차적으로 사람들이 우글대는 이곳을 한 사람씩 떠나야 한다…….

호세인은 경제학을 전공했고, 평판으로 보자면 트러블메이커였다. 그는 늘 자신의 능력에 자부심을 갖고 있었다. 하지만 런던에 온 이후 컴퓨터 앞에 앉아서 환경보호 운동을 해 나가는 데에 그가 습득한 능력은 별다른 도움이 안 됐다. 비열하고 타성에 젖은 로이 같은 집주인 아래서, 고장 난 곳을 고치려면 직접 수리하는 수밖에 없는 생활을 하다 보니, 그는 단지 살아남기 위해 목수이자 배관공이자 유리공이 되어야만 했다. 그리고 지금은 전문 배관 청소공이 된 것 같았다.

그는 지금 한 손에 호스를 들고 맨홀 위에 쭈그리고 앉아서 배관 안에서 뭔가가 진행되고 있다는 신호를 기다리고 있는 자신의 모습을 보면 로샤나가 어떻게 생각할지 궁금해졌다. 그녀는 늘 그에게는 팔을 걷어붙이고 남자다운 능력을 발휘할 것 같은 분위기가 거의 없다고 놀렸었다. 이제 그 놀림에 대해 억울해 해도 될 때다. 이제 그는 그 평가를 되돌릴 만한 뭔가를 해 줄 수 있다. 그녀의 아름다운 두 손과 신속한 응변, 용기, 그리고 그녀가 규제에 맞서는 방식. 그는 일을 하는 동안 그녀에 대해 많이 생각하지 않으려 애썼지만, 외로움이 자신을 휩쓸어 버릴 것만 같은 기분을 느꼈다.

그는 배수관을 뚫는 일이 자신의 전문 영역이 아님을 차츰 인정하기 시작했다. 하지만 그렇다 해도 지금의 꽉 막힌 상태는 무척이나 이상해 보였다. 맨홀 뚜껑을 열었을 때 그는 검은 하수 웅덩이와 함께 이상한 물질을 봤다. 그가 생각했던 것은 아니었다. 물론 하수 웅덩이는 있었지만, 그 웅덩이 안 기름기에는 뭔가가 있었다. 식용유 한두 갤런이 섞여 있는 것 같았고, 안쪽 공간 대부분이 고기 지방처럼 불쾌해 보이는 것으로 채워져 있었다. 이 집에는 여섯 사람이 살고 있지만 모두들 조그마한 주방에서 요리를 했기에, 그토록 많은 지방이 고여 있으리라고는 생각하기 힘들었다. 일단 청소하고 나서 모두에게 말해야겠어. 아마 누구도 이 지방에 대해서는 모를 거야. 돌처럼 경화된 지방은 한때 하수관 벽에 코팅되어 있었던 것 같다. 그는 그게 뭔지 알았다. 자아를 찾기 위해 수습기자로서 하수관 노동자들 한 무리와 함께 도시의 가장 안쪽까지 내려갔을 때, 그들이 보트 아래에 붙은 따개비를 떼어 내듯 사방 벽에서 그걸 긁어내는 모습을 본 적 있기 때문이다.

"이상하군."

그가 고개를 들자 콜레트가 주방 출입구에 서 있는 모습이 보였다.

"이상해 보이지 않나요?"

"예. 이거 지방인가요? 지방처럼 보이는데요."

"저도 그렇게 생각해요."

"없앨 수 있으려나요?"

"모르겠어요. 그럴 것 같지가 않네요."

"조심해요. 역류하는 걸 바라진 않을 거 아녜요."

"고맙군요. 최선을 다합죠." 그가 비꼬는 투로 대답했다.

옆집에서 큰 웃음소리가 터져 나왔다. 남자들과 여자들이 함께 자신만만한 투의 울리는 듯한 어조로 대화를 나누고 있었다. 이 나라에서 비싼 교육을 받은 사람들은 목소리가 다르다는 걸 그는 진즉 깨달았다. 억양만이 아니라 실제 어조도 그랬다. 마치 돈이 그들에게 여분의 폐활량을 더 부여해 준 것처럼, 여자들의 목소리는 더 깊었고, 남자들의 목소리는 목구멍이 뱃속 깊은 곳에서부터 시작되는 듯 느껴졌다.

"아무튼, 누군가는 즐거운 시간을 보내고 있는 것 같네요." 콜레트가 말했다.

호세인이 그녀를 쳐다봤다. 그는 자신들이 똑같은 생각을 하고 있음을 알았다. 저 파티는 그들의 계획에는 없는 사건이었다.

"괜찮아요." 콜레트가 말했다. 하지만 그녀 역시 확신하지 못했다. "티타임이 되면 끝날 거예요."

"그러면 좋겠지만요." 호세인이 일거리 위로 허리를 숙였다.

땅속 깊숙한 곳에서 뭔가가 나왔다. 그는 두 손의 감촉으로 그걸 느꼈다. 호스 안에서 뭔가가 홱 움직였고, 그 견고하고 딱딱한 고체가 약간 부드러워졌다. 갑자기 호스 반대쪽에서 거인이 입을 대고 빨아들이는 것처럼, 순식간에 호스 안이 싹 비워졌다. 가장자리에는 아직 잿빛을 띤 흰색 지방 알갱이가 덕지덕지 붙어 있었다.

"오! 된 건가요?"

"그런 것 같아요."

"주여, 감사하나이다."

"그런데 조금 더 걸리겠어요. 이게 다 하수관으로 내려가려면, 여기 옆에 붙은 걸 될 수 있는 한 최대로 없애야 할 것 같아요."

"대체 이게 뭘까요?" 그녀가 건너와서 그의 옆에 쪼그리고 앉아 역겹다는 표정으로 진창을 내려다봤다. 그는 불현듯 그녀가 자기 바로 곁에 다가와 있음을 강렬히 느꼈다. 선드레스 위로 드러난 부드럽고 둥근 맨 어깨, 부드럽게 흰 목, 귀에서 대롱거리는 웨이브 진 황금색 머리카락이 느껴졌다. 그녀는 좋은 냄새를 풍겼다. 다림질된 신선한 리넨 냄새와 빵 굽는 냄새였다. 그는 당혹스러웠고, 신중하게 의도적으로 시선을 배수관으로 되돌렸다. "이게 어디서 온 거죠?"

"모르겠어요."

"이런 건 본 적 없는 것 같은데…… 저걸 파내야겠어요. 그냥 덮어버릴 순 없어요. 이게 있으면 온갖 게 들러붙을 거예요."

호세인은 욕을 내뱉고픈 충동을 느꼈다. 저 지방은 좀 사악해 보여. 자연스럽지 않아. 그리고 이제 하수 오물은 다 빠졌어. 그는 그걸 만지고 싶은 생각이 전혀 들지 않았다. 하지만 콜레트가 옳다는 걸 그는 안다. 그 구역 모퉁이에 페인트로 뒤덮인 낡은 플라스틱 양동이가 하나 있다. 베스타 할머니의 주방에 있는 국자를 쓸 수 있다면 그걸로 떠내면 된다. 그리고 일을 마치고 나면 정원 끄트머리에 오물을 버릴 것이다. 만약 힘이 남아 있다면 구멍을 팔 수도 있고.

"모두들 어디 있어요?" 콜레트가 말했다.

"셰릴은 베스타 할머니와 정원에 있고요. 제라드 브라이트는 자기 집에 돌아온 것 같아요. 아침에 그 사람이 오는 소리를 들었거든요. 토머스는, 모르겠고요."

"할머니는 어떻게 하고 계세요?"

호세인이 어깨를 으쓱했다. "콜레트 씨가 생각하고 있는 것처럼 하고 계실 것 같은데요."

"예." 그녀가 목 뒤를 긁적이고 불편하게 배수관을 쳐다봤다. "양동이 가져올게요."

"오, 아녜요. 괜찮아요. 나한테 이게 있으니까요." 호세인이 손을 들어 보였다.

"바보 같은 생각 마시고요." 콜레트가 달콤한 햇살 같은 미소를 그에게 지어 보였다.

그는 호스를 한 번 더 밀어 배수관 안으로 3피트 더 내려보냈다.

응달진 곳에서 물이 사방으로 튀었다. 호세인과 콜레트는 날이 얼마나 더 더워질지 모르겠다고 생각했다. 햇살 아래 앉아 있는 건 바비큐가 되는 것과 마찬가지였다. 헛간은 분명 오븐 속 같을 것이다. 그 안에 있는 물건은 서서히 고기 찜처럼 구워지고 있을 것이다. 베스타와 셰릴은 빛 쪽으로 등을 돌리고, 눈을 감은 채, 조용히 접의자에 앉아 있었다. 베스타는 늙어 보였다. 하룻밤 사이에 십 년은 더 나이를 먹은 듯했다. 입가에 깊은 주름이 고이고, 긴긴 여름에도 불구하고 피부는 잿빛이 되어 색조를 잃었다.

셰릴은 거대한 팬더 선글라스로 눈을 가렸지만, 그 가장자리로 얼굴에 든 멍이 보였다. 멍은 점점 푸르게 변해 가고 있었다. 입술은 딱지투성이고, 토머스가 그녀를 집에 데리고 온 때보다 더 상태가 나빠 보였다. 그녀는 깡마른 어린것이었다. 잔가지 무늬가 있는 면 선드레스 안에 몸을 묻은 아기 새처럼 보였고, 발에는 플랫폼 웨지 샌들이 신겨져 있었다. 두 사람 모두 꼼짝도 않았지만 잠든 건 아니었다.

그 파티는 영국 중산층 파티가 다 그렇듯 울타리 너머의 공간까지 달구었다. 유리잔 부딪치는 소리와 자신감 넘치는 목소리가 더운 공기를 울렸다. 여자의 웃음소리는 교회 종소리 같았다. 베스타는 그 소리를 들으며 생각했다. 저치들이 자기들이 있는 곳에서 몇 야드 떨어지지 않은 콘크리트 바닥에 뭐가 누워 있는지 안다면, 세상 속에 자기 자리가 있다고 확신하는 저런 소리는 못 낼 거야. 자기 확신을 무너뜨릴 게 아무것도 없는 세상에서 살아간다는 건, 분명 멋진 일이겠지. 자기가 구십 대까지 살 거라고 생각하기 때문에 연금기금과 주택담보 융자를 계산하고 사는 건, 술에 약간 취하고 햇볕에 그을린 채 잠드는 밤을 생각할 수 있는 건, 자기에게 일어날 수 있는 최악의 상황이라고는 차 트렁크에 시체를 싣고 어두운 거리를 기어 내려가는 게 아니라 다시 한 주를 시작해야 한다는 게 지겨운 정도인 그런 곳에 사는 건, 멋진 일일 거야.

저 이상하고 노르스름한 황금빛으로 우리를 물들이는 햇살은 도시에서만 발견된다. 추측건대 공기 오염 때문이리라. 하지만 눈을 가늘게 뜨고 보기에 유쾌한 것이기도 하다. 베스타는 고개를 돌리고 태양 광선을 흡수했다. 강력한 전동 배수구 세척기가 땅을 파는 소리가 들렸고, 그 웅웅거림은 곧 리드미컬한 긁는 소리로 대체됐다. 오, 아가. 그를 도와야 한다는 걸 알지만, 그럴 수가 없어. 사람들은 내가 뭐든 다룰 수 있다고 생각하지만, 늘 그러지만, 그건 잘못 생각한 거야.

이제 공구 소리가 그쳤고, 옆집에서 나는 대화 소리가 훨씬 더 분명하게 들려왔다. 한 여자가 모든 것이 갖춰진 태국의 리조트 호텔에서 보낸 여행에 대해 장황하고 지루하게 늘어놓고 있었다. "너무너무너무 근사했다고요. 종일 프리미엄 브랜드로 구성된 체험과 음식이 제공됐어요. 먹을 때를 빼곤 정말로 그 수영장에서 나오고 싶지 않더라니까요. 객실에도 폭포가 있었고! 상상해 봐요! 자기 방에 폭포가 있는 모습을!"

"다른 건 안 했어요?"

"코끼리 보호구역에 갔어요. 거기 가긴 했는데, 일광욕하고 잠을 잔 것보다 좋진 않았어요."

"저런, 그동안 너무 열심히 일했군요. 때로 나도 쉬기만 할 수 있다면 뭐든 하겠다고 생각할 때가 있어요."

"알아요. 정확히 그거예요! 그리고 정말이지, 그렇게 모든 게 다 제공되면 당신도 관광하려고 기를 쓰는 게 별 의미 없이 느껴질 거예요."

"쇼핑도요?"

"오, 그래요. 쇼핑도요!"

음식이 놀랍도록 근사한 냄새를 풍겼다. 농장에서 직접 공수해 온 듯한 향긋하고, 깔끔하고, 신선한 냄새였다. 풍미 가득한 향신료 향이 울타리를 타고 넘어와 콧속을 가득 채웠고, 입에 침이 고였다. 세상이 변하는 방식이란 얼마나 재밌는지. 난 파슬리 소스가 이국적으로 여겨지고, 주말 뷔페에 서양 고추냉이가 나오던 그런 세상에서 소라 모양 푸딩을 먹고 자랐는데. 아시아 사람들이 거리로 들어오고,

정원에서 카레 냄새가 풍기게 되었을 때 엄마 아빠는 얼굴 주위를 물수건으로 문질렀지만, 그건 늘 내게 모험과도 같은 냄새였어. 처음으로 저크 치킨(고기를 매운 고추와 여러 가지 향신료로 재워 구운 자메이카 고유 음식./ 옮긴이)을 맛봤던 때가 아직도 기억나. 천국에 간 줄 알았는데. 무척 재밌군. 옛날 옛적에, 지금 울타리 너머에서 넘어오는 것 같은 냄새는 하층민이 풍기는 냄새로 여겨졌지. 그리고 이제 사람들은 그 냄새를 풍기는 거대한 인간 수송기들과 함께 그 냄새를 모두 여기로 되가져 왔어. 사람들은 소금 없이는 음식을 해도 더 이상 마늘 없이는 못하지.

궁금해. 그때로 돌아간다면, 오늘의 상황이 어떻게 보일까? 오늘날의 초현실적인 면모, 강요된 나태함, 모두들 어둠이 떨어지기만을 기다리고 있는 세태를. 누군가를 죽였을 때 사람들은 어떤 기분을 느낄까? 초조하지도 않고, 두렵지도 않고, 슬프지도 않고, 그저 멍한, 이런 기분일까?

다락방 창가에 서서 토머스는 아래쪽에서 왔다 갔다 하는 사람들의 모습을 지켜봤다. 다락 지붕창은 좋은 전망대였다. 옆집에서는 파티가 한창이었다. 카탈로그에서 본 면 점퍼스커트와 색색의 멜빵바지를 입은 아이들이 고무 풀장에서 쿵쿵대거나 트램펄린에서 방방 뛰는 바람에 「선데이 타임즈」가 바닥에 떨어지는 동안, 어른들은 얼음이 가득한 채워진 에나멜 양동이 안에 담긴 술병 컬렉션 사이에서 화이트 와인을 꺼내 잔에 따르며 서 있었다. 정원에 있는 모두가 어깨 둘레에 카디건을 묶고 있다. 마치 그것이 그 문을 통과할 때 제시해야 하는 이름표라도 되는 듯했다. 야구 모자나 모자 티보다 더 알아보기 쉽진 않지만, 그건 확실히 일종의 유니폼이었다. 그것은 그들이 거리에서 누구에게 미소를 지어 보여야 하는지, 누구에게 길을 물어야 하는지, 누구에게 다가가야 하는지를 알려 줬다. 배나무 그늘 아래서 똑같은 코커스패니얼 여섯 마리가 숨을 헐떡이고 있었다.

그는 일이 진행되는 방식에 놀랍게도 안도감을 느꼈다. 오늘 밤에 해야 할 일 때문에 다소 긴장되기는 했지만, 모든 일이 다 잘되면 베스타 콜린스는 자신에게 호의를 갖게 될 것이다. 다른 사람들은 배수관 안을 막고 있는 것 때문에 혼란스러워 하는 것 같지만, 그는 처음 본 순간 그게 뭔지 알았다. 만약 집주인이 저 어리석은 늙은 여자가 요청한 대로 전문 청소 팀을 불렀다면, 그들은 거기에 또 뭐가 있을지 추측해 냈을 것이다. 런던의 최근 역사에서 피하지방 덩어리가 배수관을 막은 건 처음이 아닐 테니까.

내가 부주의했어. 어리석게도, 자만심에 차서 부주의했어. 내가 제조한 탄산소다가 그것들을 녹여서 하수관으로 쓸려 보내는 데 탁월하게 작용하리라고 생각했지. 그걸 생각했어야 했어. 요즘은 믹서가 카레 한 그릇보다 싼데, 그걸 썼다면 내장을 한 컵씩 화장실에 쏟아 버릴 수 있었을 거야. 뇌만 해도 60퍼센트가 지방이야. 그게 어디로 갈 거라고 생각했던 거지?

새로운 계획을 세워야 한다. 증거는 충분했다. 로이 프리스가 죽고, 곧 경찰이 이 집에 들이닥치리라는 것을 깨달았을 때 그는 놀라서 죽을 뻔했다. 더 침착하게 굴지 않았다면, 즉석에서 해야 할 일을 떠올리지 못했다면, 그는 그 주방에서 끔찍한 시체와 누군가 뭘 어떻게 해야 할지 말하기를 기다리면서 미적거리는 바보 같은 이웃들에게서 달아나, 위층으로 뛰어가 애인들을 숨겼을 것이다. 이제 앨리스는 떠났고, 그들 두 사람이 있던 침대 속 공간도 비워져 괜찮다. 하지만 장비들을 놓아 둘 만한 적당한 장소에는 신경을 쓰지 않았던 터라, 아파트 안은 장비들로 꽉 들어찼다. 게다가 그것들을 가까이 두고 살면서 맡은 냄새에 단련됐음에도, 그는 그 장소에 니키의 부패를 일깨우는 냄새가 퍼지고 있다는 사실도 알았다. 이처럼 취약한 상태에서는 떠날 수 없어. 내가 바보였지.

그는 까치발을 들고 서서 뒤쪽 테라스가 보이는 창가에 기대섰다. 이란 남자, 호세인이 전동 공구 사용을 끝마친 듯했다. 이제 그는 배수관에 걸려 있던 잔해를 양동이에 떠 담고 있었다. 그의 얼굴에는 서부 영화에 등장하는 노상강도처럼 천 조각 하나가 질끈 동여매져 있었다. 그의 움직임은 정교하고 체계적이었다. 토머스가 조사한 이력에 따르면, 그는 비밀이 지켜져야 할 때 입을 다무는 데 무척이나 단련된 사람이었다. 토머스는 혹시나 해서 이웃들이 이사 오면 그들의 이력을 인터넷으로 조사하곤 했는데, 그때 발견된 사실이 그리 놀랍지는 않았다. 다만 호세인 잔자니는 최소한 이란의 현 체제 아래에서는 분명 환영받는 사람이 아니었다. 국제 엠네스티 웹사이트의 리스트에 이름을 올린 그는 환영받지 못하기에 충분했다. 하지만 그는 이것이 자신의 망명 청원을 위태롭게 할 것이라고 걱정하지는 않았다. 그는 그저 칼이나, 총, 혹은 독이나 우산이나 올해 물라(이슬람의 법이나 교의에 정통한 사람을 부르는 존칭./ 옮긴이)가 애용한 패션 아이템이든 뭐든 들고서 자신을 추적하는 사람을 바라지 않을 뿐이다. 흥미를 끄는 사람이야. 주의를 갖춘 사람이지. 다른 상황에서였다면, 그는 아마도 절대 이런 생각에 동의하지 않았을 것이다. 하지만 영웅도 총구 앞에서는 자신의 주장을 포기할 수 있으니까.

23번지 같은 집은 인터넷 접속이 원활하게 되지 않는다. 그가 알고 있는 한, 이곳에서 컴퓨터를 가지고 있는 사람은 자신뿐이다. 호세인이 정치적 웹사이트에 매우 정기적으로 기고문을 올리는 것 같기는 하지만, 그가 인터넷에 접속하는 일은 극히 드물었다. 제라드 브라이트는 잘 팔리지 않는 신문의 연재만화 속에 반짝 스타—이 사립학교 음악 선생이 고급 언론 지면의 헤드라인을 장식하려고 실수를 한 것 같지는 않지만—로 등장한 적이 있었다. 어쨌든 그는 아마추어 콘서트 프로그램 몇 곳에 비올라 주자로 이름을 올리고 있었는데, 그 주최자들은 후일 웹상에서 자신들을 지우는 노력을 하지 않는 사람들이었다. 그는 동남부에 있는 지역 아트홀에서 이루어진 일련의 하급 실내악 콘서트에서 연주한 것처럼 보였으며, 공교롭게도 가장 최근의 연주회는 오늘밤—새벽이기는 하지만 지난밤이라고 해야 하나?—이었던 것 같았다. 지난밤 아니 오늘밤 그가 여기에 있었다면 무슨 일이 일어났을지 누가 알랴? 이런 새로운 결론이 토머스의 상상 속에서 짧게 번뜩이며 지나갔다. 그는 서둘러 그 생각을 일축했다. 더 이상 그 일을 생각할 순 없어. 할 일이, 정리해야 할 게 너무 많아.

베스타 콜린스에 관해서도 알게 된 게 조금 있다. 기념일마다 「노스본 어드버타이저」에는 고깔모자를 쓰고 투지 넘치는 미소를 짓는 그녀가 튀어나왔다. 셰릴과 콜레트에 대해서는 아무것도 찾아볼 수 없어서 놀랐는데, 셰릴에 대해서는 현재 추적이 된 상태였다. 아니, 사회복지 센터에서 만든, 비운의 어린 '셰릴 패럴을 찾습니다.'라는 페이스북 페이지는 최소한 찾을 수 있었다. 이는 누군가 그녀를 찾으려한 유일한 노력으로 보였다. 그 페이지는 만들어진 지 거의 십팔 개월쯤 됐고, 샐쭉한 표정에 교복을 입고 앞을 쏘아보는 열두 살 난 얼굴—누군가가 애써서 찾은 가장 최근의 사진이 분명했다.—은 거의 알아보기 힘들었다. 사진 속의 셰릴 패럴은 몸집이 크고 까무잡잡한 데다 곱슬머리를 양 갈래로 갈라 뿔처럼 위로 추켜올려 묶고 있었다. 지금 정원 접의자에 고꾸라져 있는 세련된 웨이브 머리에 선탠을 한 다갈색 피부, 다리가 긴 여자애와는 전혀 닮은 구석이 없었다.

한 가지 경험을 공유하고 나자 그들에 대해 더 많이 알게 된 것 같은 기분이 들었다. 그리고 콜레트가 누군가로부터 도망치고 있다는 의심은 확신으로 변했다. 또한 추적자의 레이더에서 멀리 떨어져 있을 수만 있다면, 그들 모두 무엇을 해야 하는지 들을 준비가 돼 있다는 것도 확실히 알게 됐다. 지난밤 그는 말을 하면서 그들의 얼굴을 살펴봤고, 자신이 상황을 통제하는 동안 그들이 억지로 감사의 표정을 짓는 모습을 봤다. 그리고 앞으로 그들이 자신이 원하는 것이라면 뭐든 하리라는 걸 알았다. 난 지금 저 사람들의 친구야. 저들은 그동안 나를 마주치면 다른 곳으로 갈 이유를 찾으면서 피하곤 했지. 하지만 지금 난 구원자야. 오늘 밤 이후, 모든 게 끝나고, 모두가 집에 안전하게 있을 때, 저들은 자신들의 축복을 셈해 보겠지. 난 저들의 일원이 되었어. 난 저들에게 속해 있다고. 베스타가 할머니로 있는 집의 가장이 된 거지.

정말이지, 난 운 좋게 도망쳤어. 저들은 절대 말하려 들지 않을 거야. 이야기하지 않을 거야. 저들은 그걸 깨끗이 치울 거고, 그럼 난 더욱 조심스럽고 안전하게 내 애인들과 함께 있을 수 있을 거야.

그는 몇 년 만에 처음으로 마음이 가벼워지는 걸 느끼며 방으로 되돌아갔다. 그에게는 처리해야 할 일—특히 냉장고 속의 내용물을 처리할 방법을 알아내야 했다. 이제 믹서를 사용해야 한다는 데는 의문의 여지가 없었다.—이 있었다. 그는 다시 한 번 자신의 삶을 돌려받은 듯한 기분이 들었다.

그의 소녀들은 작은 소파 곁에 한 사람이 들어갈 만한 공간을 사이에 두고 나란히 앉아 있었다. 니키는 사십 일간의 잠에서 아름답게 탄생했다. 자잘한 주름이 있고, 보통 이상적으로 생각하는 아름다운 수준보다는 입이 조금 더 벌어져 있지만, 그녀는 완벽했다. 그녀들은 평화롭게 함께 앉아서, 두 눈을 크게 뜨고, 둥그렇게 말린 머리칼과 반짝거리게 칠한 손톱으로 그를 기다리고 있었다. 그는 시계를 확인했다. 4시였다. 파티는 최고조에 접어들었고, 아래층의 모든 것은 잘 관리되고 있었다. 오늘 밤, 날이 어두워지고 손님들이 떠나고 불이 꺼지고 기차가 더 이상 운행하지 않을 때, 할 일이 있다. 하지만 지금은 그의 눈앞으로 게으른 오후 나절이 흘러가고 있었다.

그는 소파 아래 사랑스런 애인 사이에 앉아서, 양손을 두 애인의 손안으로 각각 미끄러뜨렸다. 그러고는 소파에 머리를 기대고, 애인들을 한 번씩 쳐다보고는, 그들의 고요한 아름다움에 취했다. 경탄스러울 만큼 멋진 여름날이 지나가고 있었다.

33

차 트렁크를 열자 닫힌 공간에 갇혀 있던 냄새들—똥 냄새, 쿰쿰한 카망베르 치즈 냄새, 네일 리무버 냄새, 구운 두리안의 고약한 냄새 같은 것들—이 살아 있는 것처럼 폭발하듯 터져 나왔다. 냄새가 그들을 안개처럼 감쌌고, 그들은 숨이 턱 막히고 질식할 것만 같았다. 소리를 내지 않으려 그들은 입을 손으로 막았다. 콜레트는 눈물로 시야가 흐릿해졌다. 그녀는 주변을 휘휘 둘러보고, 호세인의 얼굴에서도 눈물이 줄줄 흐르고 있음을 알았다. 토머스는 안경을 벗어서 셔츠 자락으로 벅벅 문질러 닦았다. 셰릴만이 무표정했다. 얼굴에 비웃음 같은 것을 매달고 그저 가만히 서 있을 뿐이었다. 그녀가 초조하게 머리를 홱 치켜들고, 앞으로 걸어 나가 방수포를 잡았다.

그는 좁은 공간에 밀가루 반죽처럼 쑤셔 박혀 있었다. 오늘 오후에 그는 가혹할 만큼 꽁꽁 싸매져서, 공기도 통하지 않는 헛간의 눅눅한 더위 속에서 열두 시간 이상을 보냈다. 그는 흐느적거리며 미끄러져 들어가 깡통 속의 케이크 믹스처럼 트렁크에 안착했다.

하지만 그를 끌어내는 일은 젤리와 레슬링을 하는 것만 같았다. 트렁크 관 속으로 미끄러뜨려진 팔다리, 머리칼, 불룩한 배, 두꺼운 허벅지, 축 늘어진 머리는 그들의 견인 능력으로는 감당하기 힘들었다. 그들은 잠시 고군분투하고, 이웃을 깨울까 봐 공포에 질려 침묵했다가, 〈키스톤 경찰들(20세기 초반 무성영화 시대에 만들어진 코미디 영화로, 무능한 경찰들이 주인공이다./ 옮긴이)〉에서 했던 것처럼 모두들 팔을 매듭처럼 엮어 끌어내 보려고도 했지만, 집주인은 콱 박혀 있을 뿐이었다.

토머스는 작게 숨을 내쉬고 팔 윗부분을 콜레트에게 단단히 밀착시켰다. 그는 고개를 젓고 그녀에게 뒤로 움직이라는 몸짓을 했다. 그녀는 온순하게 그 말 그대로 따랐다. 토머스가 상황의 주도권을 쥐고 임무를 떠맡은 방식에 그녀는 놀라기도 하고 안심되기도 했다. 나머지 사람들이 모두 공황 상태에 빠져 발버둥 치는 동안 그는 해야 할 일을 정확히 알고 있었다. 그녀는 셰릴의 팔꿈치를 치고는, 움직이라는 뜻으로 엄지손가락으로 가슴 쪽을 가리켰다.

토머스는 트렁크 뚜껑 위에 한 손을 대고 서서, 시체가 논리 퍼즐이라도 되는 양 내려다봤다. 그러고 나서 방수포 한쪽 끝을 두 손으로 붙잡고 부드럽게, 그러나 단숨에 위로 끌어 올렸다. 〈워킹 데드〉의 단역배우처럼 로이가 자신을 감싼 방수포 안에서 벌떡 일어나 상자 속에서 튀어나오는 용수철 인형처럼 털썩 주저앉았다. 그의 무게 중심이 서서히 트렁크 밖으로 움직였고 스르륵 아스팔트 위에 엎어졌다. 그 모습이 거대한 푸른색 구더기 같았다.

그들은 그를 계단 위에 내려놨다. 방수포가 마찰하면서 내는 소리와 신발 밑창이 바닥을 긁는 소리가 고요함을 깼다. 우린 이미 너무 멀리 왔어, 콜레트가 생각했다. 하느님, 제발 우리가 잡히지 않게 해주세요. 계속 앞으로 가는 것 말고는 우리가 할 수 있는 일은 아무것도 없어. 그녀는 좀 더 서두르길 바랐지만, 모두들 온통 주의를 기울이느라 그럴 여유가 없었다. 네 사람과 악취를 풍기는 시체 한 구, 어느 모로 보나 한 사람도 지껄일 여력이 없었다. 문 옆에서 토머스가 로이의 축축한 주머니에서 낚아 올린 열쇠 한 뭉치에서 문에 맞는 열쇠를 찾으려고 이리저리 뒤적였다. 콜레트는 몇 발자국 더 올라가 거리를 내려다봤다. 이제 불 켜진 집들이 하나둘 들어찰 시간이다. 불빛 하나가 나오고, 또 하나가 더 비치고, 무엇을 하고 있느냐고 묻는 목소리가 들릴 것이고 또…….

그 순간, 문이 열렸다. 토머스가 허리를 숙여 로이를 끌어당기기 시작했다. 콜레트는 계단을 뛰어 올라가 사람들에게 합류했다.

밤의 냄새가 났다. 그녀는 자신들이 들어간 곳이 곧장 방으로 이어진다는 것을 느낄 수 있었다. 사방이 막힌 시멘트 방에서는 집주인이 뭇사람들 앞에서 풍기던 튀김, 양파, 땀, 퀴퀴한 술 냄새가 그에게서보다 더 강하게 났다. 발밑은 마룻바닥이었고, 그녀의 오른쪽으로는 일종의 저장 공간 같은 게 하나 있었다. 근처 어디에도 소리를 흡수할 만한 게 아무것도 없어서, 그들의 공포 어린 숨소리와 이리저리 움직이는 발소리가 그대로 둔중하게 메아리쳤다.

어깨에 매달린 무게가 돌연 무거워졌고, 그녀는 토머스가 짐을 내려놓았음을 깨달았다. 그녀가 똑같이 따라 하자 집주인의 두개골이 바닥에 닿아 쪼개지는 소리가 들렸다. 문이 닫혔다.

"불은 어딨죠?" 셰릴이 숨소리를 내며 식식거렸다.

"벽에 붙어 있지." 토머스가 이제 목소리를 죽이지 않고 평범하게 말했다. 그들이 자기보다 우위에 있지 않다는 자신감에 찬 목소리였다. 그녀는 그가 방을 더듬어 창가 쪽으로 다가가는 걸 느꼈고, 그들은 맹인에게 이끌려 가듯 움직이다가 어둠 속으로 거꾸러졌다.

손 하나가 그녀의 손안으로 미끄러져 들어와 꼭 쥐었다. 방 냄새와 죽은 남자의 냄새 위로, 호세인에게서 상쾌한 백단향 냄새가 미약하게 끼쳐 왔다. 그는 한마디도 하지 않았지만 그녀는 편안함을 느꼈고, 급격히 안도감이 들었다. 토머스가 문으로 돌아가 전등 스위치를 찾으려 더듬대는 동안 그녀는 차분하게 기다릴 수 있었다.

그가 스위치를 손으로 치자, 갑자기 너무 밝은 빛에 노출되는 바람에 그녀는 손을 눈으로 급히 올렸다. 눈을 뜨자 세 사람의 동행이 눈을 깜빡이고 있는 모습이 보였다. 모두 피곤에 절고, 공포와 피로에 허옇게 떠서, 주변을 둘러보느라 눈을 크게 뜨고 있었다. 셰릴은 아직 방수포 한끝을 잡고 있었다. 그녀는 그제야 그걸 잡고 있는 사람이 자신뿐임을 깨달았다. 그녀는 자신을 괴롭히던 사람이 머물던 소굴을 둘러보고는 소리 내 판결했다.

"지옥이 따로 없네. 완전 쓰레기장이야."

콜레트가 주변을 둘러봤다. 방이 매우 컸다. 가로 길이가 건물 전체 길이를 다 차지하고 있었고, 세로는 건물의 절반쯤 되는 것 같았다. 벽은 부동산 개발자들이 가장 선호하는 선택지인 연한 미색이었겠지만 세월이 흐르면서 누르스름해졌고, 그가 더듬은 전등 스위치 주변에는 온통 검은 기름기 자국이 가득했다.

평범하고, 음산한 방이었다. 그녀의 생각에는, 1980년대 단맛이 없는 샤도네이 와인 붐이 절정이었을 때, 모두들 미니멀리즘 라이프스타일을 갈망하던 때에 개조되어 그 후 그 상태를 계속 유지하고 있다는 사실조차 잊어버려서 장식이 거의 없는 것 같았다. 독신자 아파트로군. 현실의 독신자 아파트 말이야. 흔히 이 단어를 들었을 때 떠올리곤 하는 멋들어진 대저택 말고. 공간을 매력적으로 만드는 건 여자들이나 하는 일이라고 생각해서 거기에는 전혀 신경 쓰지 않던 남자가 살았던 곳이다. 그리고 그는 물건을 사면 예전 것들은 구석에 박아 놓고 계속 방치한 채로 지내는 남자였다.

보통 사람이 가구라고 부를 만한 것은 거의 없었다. 이곳과 비교하면 그녀의 작은 단칸방이 엄청 호화롭게 느껴질 정도다. 이 남자는 대체 여기서 얼마나 산 거지? 한편으로는 전혀 살았던 적이 없는 것 같기도 하고, 벽난로 위에 놓인 스테레오 장치 더미로 봐서는 수십 년은 된 것 같았다. 그는 물건을 사 그냥 그 자리에 내려놓고는, 그걸 어디에 놓고 써야 할지에 대해서는 한 번도 생각하지 않은 게 분명하다.

그녀 앞에 소파가 하나 놓여 있었다. 원기둥 다리에 검은 가죽 재질, 크롬 도금은 깨지고 기름기로 얼룩덜룩하고, 쿠션은 중간 부분이 푹 꺼져 있었다. 맞은편에는 DVD 플레이어, 비디오 플레이어, 위성 텔레비전 셋톱박스가 하나씩 연결된 텔레비전 세 대가 놓여 있었다. 만 번의 밤 동안 매일 하나 혹은 그 이상을 바라봤을 것이다. 남자들은 왜 텔레비전이 하나 이상 필요한 거지? 그녀는 결코 알 수 없을 것이다. 남자가 아니므로. 발 하나 정도 들어갈 만한 틈을 사이에 두고, 소파 앞에 검은 페인트가 칠해진 싸구려 합판에 어두운 색 유리 상판으로 된 커피 테이블이 하나 놓여 있었다. 소파에서 팔을 뻗지 않아도 테이블까지 닿기엔 충분했다. 그래, 1980년대야. 개발업자로부터 아파트를 산 다음, MFI 가구 매장에 가서 남자들이 사는 물건들을 좀 산 다음, 그 이후로는 아무것도 하지 않은 거지. 벽에는 구색이 맞지 않는 온갖 수납 물품들이 줄지어 있었다. 차고에서나 볼 법한 종류의 철제 선반과 이케아가 색색의 자작나무 목재들을 들고 침공하기 전에 엄청나게 유행했던 어두운색 베니어판 서랍장이 늘어서 있었다. 소파에는 장식적 기능보다는 편안함을 위해 사용한 쿠션 몇 개와 폴리에스테르 담요가 놓여 있었는데, 이 역시 검은색이었다. 테이블을 놓는 자리로 보이는 움푹 들어간 공간에는 실내용 자전거 운동기구와 한때는 노 젓기 운동기구였던 것으로 보이는 물건이 있었다. 오래전 로이 프리스가 운동을 하고 신붓감을 찾을 궁리를 하던 때의 기념물이었지만, 세탁물을 올려놓는 용도로 사용된 지 한참 돼 보였다.

선반 위에는 미디어 기기들이 겹쳐진 채 줄지어 늘어서 있었다. 멀찍이 비디오테이프들이 있고, 그 옆으로 DVD 더미가 있었다. 그것들이 어떻게 보이는지 전혀 신경을 쓰지 않아 하나도 질서가 없었다. 케이스에는 대부분 아무런 표시가 없었지만, 그녀는 원래의 출력물이 붙어 있는 극소수의 커버를 얼핏 볼 수 있었다. 그걸 통해 집주인이 소파에 앉아서 여자들이 좋아할 법한 영화들을 본 건 아니라는 것을 알 수 있었다. 그리고 굳이 제목을 안 봐도 남성의 성기와 여자의 가슴, 엉덩이 등이 너무나 잘 보였다. 대부분 여자 가슴이었다.

호세인은 우아한 눈동자에 역겨움을 품고 그것들을 바라보고는 커피 테이블을 내려다봤다. 독신자의 나태함을 드러내는 쓰레기들이 흩어져 있었다. 카레 흔적이 남아 있는 테이크아웃용 호일 박스가 끄트머리에 간신히 걸려 있고, 스티로폼 갑 안에는 반쯤 먹은 케밥이 들어 있었으며, 구겨진 포테이토칩 종이봉투와 여기저기 흩어진 마분지 상자들, 다양한 리모컨들, 은색 태블릿 PC, 베이비 로션 한 통, 티슈 한

갑이 있었다. 그 아래에 쓰레기봉투가 비어져 나와 있었는데, 그녀는 그 안에도 무언가가 반 이상 차 있다는 걸 알 수 있었다. 호세인은 죽은 남자가 자신의 수치라도 되는 양 점잖게 고개를 돌렸다.

셰릴이 모두가 생각하는 바를 소리 내 표현했다. "우왝." 그리고 자기 발치에 뭔가를 덮고 있는 물건을 내려다보고 얼굴을 찌푸렸다. 하지 마, 굳이 말하지 마. 우리 모두는 이게 뭔지 이미 생각하고 있어. 굳이 이런 이야기를 나눌 필요는 없어.

"텔레비전이 세 대네요. 대체 텔레비전을 세 대씩이나 갖고 무슨 짓을 한 거지?" 셰릴이 말했다.

"모르겠어." 콜레트가 대답했다.

"그 사람이 이걸 모두 사용하긴 한 것 같죠?"

"됐어. 충분히 말했어, 셰릴." 콜레트가 단호하게 말했다. 그녀는 정말이지 그것에 대해 생각하고 싶지 않았다.

셰릴은 생각에 잠겼다 다시 입을 열었다. "난 잘 모르겠지만……."

콜레트는 이 이야기가 어디로 흘러갈지 잘 알았다. "됐어. 우리는 어떤 것도 가져가지 않을 거야."

"하지만 난 텔레비전이 필요하다고요. 언니도 내가 텔레비전이 필요하단 걸 알잖아요."

"안 된다고 했다." 콜레트가 말하고 나서 퍼뜩 깨달았다. 오, 이런. 내가 이 애 엄마처럼 말하고 있어. 이제 이 앤 내게 곧바로 "태어나서 죄송하네요."라고 말하겠지.

"하지만……."

"안 돼. 셰릴." 호세인이 말했다. "미안. 하지만 안 돼. 해선 안 될 일이야."

셰릴은 몹시 화가 난 듯 보였다. 셰릴을 바라보고 콜레트는 그녀가 정말 열다섯 살이라는 것을 완전히 믿을 수 있었다. 그녀의 세속적인 겉치레는 기본적으로 종잇장처럼 얄팍했다. 그녀는 범죄의 한가운데 있었지만, 매니큐어와 마스카라 같은 실용적인 생각을 하고 있었다. "좋아요." 셰릴이 콜레트의 십 대 시절을 떠올리게 하는, "당신 언젠가 후회할 거야."라는 투로 말했다. 그녀는 턱을 치켜들고 얼굴을 찌푸렸다. "이제 가요. 밤샐 순 없잖아요."

누군가가 미처 움직이기 전에 그녀가 시체로 성큼성큼 다가가 늘어진 방수포 끝자락을 획 잡아챘다. 집주인은 카펫에서 나온 램프의 요정처럼 굴러 나와 벽에 부딪혔고, 그들의 발치 아래서 멈춰 그들을 응시했다. 두 눈은 흐릿했고, 차에 싣기 전에 전동 배수구 세척기로 박박 씻긴 피부는 잿빛으로 변해 가고 있었다.

셰릴은 방수포를 접기 시작했고, 모든 업무를 마치자 이제 안전하다고 느끼기 시작했다. "가요, 이제." 그녀가 문 쪽으로 향했다.

"잠깐 기다려 봐." 토머스가 말했다.

셰릴이 멈춰 섰다. "왜요?"

"이 사람을 이대로 두고 갈 순 없어."

셰릴이 엉덩이에 손을 얹고 섰다. "죽은 자를 애도하기에는 조금 늦은 것 같네요. 트렁크에 넣을 때 엄청나게 짜부라뜨려 놓고서."

"아니, 그런 게 아냐. 그를 봐."

잠시 모두의 시선이 방 벽에 달라붙어 누워 있는 고래 지방 같은 남자에게로 모여들었다. 여덟 겹인 턱은 토머스가 가져갔다가 다시 입혀 준 녹색 티셔츠 목 안으로 파묻혔고, 부어오른 혀는 허옇게 늘어진 입술 틈을 비집고 나왔고, 발과 정강이는 혈액순환이 안 되어 흘러내리기 시작한 피부에 대강 덮여 있었다.

"왜요?" 셰릴이 물었다.

"저 사람 피부색 좀 봐."

그들 모두 쳐다봤다. 앞쪽은 푸르뎅뎅했고, 뒤쪽은 붉었다. 그들이 보고 있는 피부, 즉 주름진 옷 틈으로 튀어나온 피부는 두 가지 색조였다. 그는 배턴버그(색깔이 다른 두 케이크 위에 설탕물을 씌워 감싼 형태의 케이크/ 옮긴이) 케이크처럼 변해 있었다. 한쪽은 창백한 스펀지 같았고, 다른 한쪽은 불그데데한 보랏빛이었다. 누군가가 옆에서 밀대를 들고 지켜보고 있다가 머리끝에서 발끝까지 민 것 같았다.

셰릴이 고개를 젓고 얼굴을 구겼다. "이 빌어먹을 건 뭐야?"

호세인이 헛기침을 했다. "시반이야."

"시, 뭐요?"

"시반. 죽은 뒤에 피가 고여서 생기는 거야. 정맥에서 피가 안 나가면…… 나타나는 거야. 피가 고인 자리는 피부색이 변하지."

"이런. 대체 그딴 단어는 어떻게 알고 있는 거예요?"

"라틴어야. 어떤 언어권에서나 같은 단어를 써."

"알았어요. 그래서 내가 뭘 하길 바라는 거예요? 내 화장품이라도 가지러 가요?"

호세인이 고개를 저었다. "토머스 말이 맞아. 저 사람을 이대로 두고 갈 순 없어."

"계속해 봐요, 교수님. 왜 안 되는 건데요?"

"사람들이 이 사람을 발견했을 때……."

"발견한다면 말이죠."

"결국에는 발견될 거야, 셰릴. 그러면 이 사람이 어딘가에서 옮겨졌다는 걸 알게 될 거야."

"어떻게요?"

"피는 중력을 따라가거든."

"아저씬 지금 영국에 있어요." 그녀는 무시하고 싶은 일 앞에서는 늘 무례하게 굴곤 했다. 오랫동안 터득한 방어 시스템이 발동되고 있었다. "영어로 말해요."

"피는 조금이라도 낮은 방향으로 흐른다고. 사람이 죽으면 말이야. 그리고 그곳에 고여 흘러나가지 않지."

"오."

"그래서 이 사람이 등을 대고 누워 있었다는 걸 알 수 있게 되지. 누군가가 이 사람을 움직였다는 것도 알 수 있게 되는 거고."

"그게 어쨌는데요? 머리가 저렇게 푹 패서 심장마비를 일으켰다고는 생각하지 않으려나요?"

"저 두 사람 말이 맞아. 이 사람을 이대로 놔두고 가면 도둑 소행이 아니라는 게 밝혀질 거야. 이 사람이 여기서 죽지 않았다는 걸 알게 될 테니까." 콜레트가 말했다.

"어쨌든, 이 사람이 여기서 안 죽었다는 게 밝혀진다는 거죠?"

"어째서 그럴까?" 토머스가 물었다.

"으아, 피가 없으니까요."

"머리가죽이 찢어지지도 않았지. 베스타 할머니 방에서 그가 흘린 피를 봤니?" 토머스가 말했다.

"아니요."

"자, 그럼."

"자, 그럼. 그를 해치웁시다." 콜레트가 말했다.

34

일요일이었다. 베스타는 늘 일요일을 좋아했다. 길거리가 조용해
지는 것도, 집들이 생기를 띠기 시작하는 것도, 늦은 오전의 소음도
좋아했다. 그녀의 일요일 일과는 늘 같았다. 9시까지 침대에 누워 있
다가, 노우드 로드의 올 세인트 교회의 성사 생활에 따라 수란을 얹
은 마르미트 토스트와 제의실에서 열리는 사교 모임에서 셰리주 한
잔을 마시는 것으로 멋진 아침 식사를 하고, 집에 오는 길에 빈 냉장
고에 넣을 만한 것을 사러 재빨리 모리슨 슈퍼마켓으로 갔다. 모리
슨에서는 2시까지 일요일 점심 장을 보러 나온 무리가 사라지고 나
면 얼마 남지 않은 고기를 반값에 팔곤 했다. 이건 오늘날의 좋은 점
들 중 하나다. 고기는 온갖 크기로 잘라 포장돼 있고, 심지어 일인 가
구용으로 소분된 것도 있다. 그녀는 주방을 어슬렁거리고, 빵을 조금
굽고, 다음 주에 먹을 것을 만들어 두거나 저녁 식사 시간을 기대하
며 일요일 오후를 보내는 걸 좋아했다.

하지만 이번 주 일요일 그녀는 아침 6시에 하수구 냄새를 맡으며 잠에서 깨어났다. 호세인이 깨끗하게 청소했지만 그 냄새가 다 흩어져 사라지려면 시간이 걸릴 터였다. 그리고 그 냄새는 그녀의 머릿속을 온통 뒤집어 놓았다. 이틀 전 밤에 난 사람을 죽였어. 이렇게 죄를 짓고 교회에 갈 순 없지. 난 더 이상 선량한 사람들 사이에 섞여, 행사를 주최하고, 치즈 막대 과자를 생각하며 웃을 수 없어. 이전에 내가 알던 건 모두 사라져 버렸어.

그녀는 싱글 침대에 등을 기대고 누워 메마른 눈으로 천장을 응시했다. 천장의 금이 점점 넓어지고 있었다. 지난 삼십 년간 처음 눈을 떴을 때 가장 많이 마주친 풍경이다. 이는 그녀에게 안전감과 만족스러움을 안겨 줬다. 결혼 한 번 하지 않고, 아이도 없고, 외로운 순간들이 많았고, 대단한 삶은 아니지만, 괜찮은 삶이었다. 다른 많은 사람들보다 조금 더 괜찮은 삶이었고, 자신이 무얼 할 수 있는지 잘 알고 살아왔다. 그리고 이제 그 삶은 사라졌다. 영원히.

난 다신 행복이란 걸 느끼지 못할 거야. 여기서 평생을 살아왔는데, 이제 내 집은 사라져 버렸어.

그녀는 앉아서 실내복 가운을 걸쳤다. 일어나는 편이 낫겠어. 여기 누워 있는 건 아무 소용이 없어. 그럴 듯한 말만으로는 아무것도 얻어 낼 수 없어.

머릿속에 떠오른 이 문장의 울림이 그녀에게서 갑작스럽게 슬픔을 떼어 냈다. 그녀 엄마가 자주 했던 말 중 하나로, 미처 알아차리지 못한 사이 그녀의 사전에 슬그머니 끼어든, 다소 삐딱한 상투적 문구였다. 하기 싫어도 해야 할 일은 있다. 남 보기에 지저분해 보이는 곳은 더럽다. 그의 말을 듣지 마. 그는 달콤한 악마의 열매니까. 이런 말들을 입 밖으로 꺼낼 때면 언제든, 심지어 그녀의 머릿속에서 나온 것이라 할지라도, 그건 엄마의 목소리로 들려왔고 그러면 그 즉시 그녀는 잠깐 동안 엄마와 함께 있던 그 방으로 되돌아갔다. 사랑하는 엄마는 교회 예배에 성실히 참가했고, 집 안 가꾸기에 열심이었으며, 사랑스러운 엄마였고, 멋진 은빛 머리칼에 꽃무늬 에이프런을 두르고 있었다. 엄마가 나를 무척이나 부끄러워하실 거야. 엄마의 집 안에서 이런 일이 벌어진 걸 무척이나 부끄럽게 생각하시겠지.

그러자 눈물이 흘러나왔다.

콜레트는 잠을 잘 수가 없었다. 일상을 유지하고 지극히 보통 때처럼 행동하자고 모두가 합의한 바대로, 그녀는 평소처럼 오늘 엄마를 보러 가야 했다. 그리고 종종 그랬듯 언젠가 엄마가 자신을 기억하리라는 희망을 품어야 했다. 하지만 오늘은 무척이나 지쳤다. 그녀는 밤새 뜬눈으로 보냈고, 어제도 거의 잠들지 못했으며, 뼈에서 칼슘이 빠져나간 기분이 들었다. 약간만 충격을 받아도 몸이 대번에 산산조각 날 것만 같았다.

가야 해. 일단 가방 먼저 싸고 나가야 해. 엄마가 날 알아보는 것도 아니고, 내가 앞에 있다고 해서 엄마가 차도를 보일 건 아니지만. 내가 한 모든 일이 나 스스로를 호구로 만들었어. 하지만 아, 하느님, 엄마에게 한 번 더 말할 수만 있다면. 엄마가 나를 봤을 때 그 두 눈에 내가 누군지 기억을 해내는 기색이 번뜩 떠오르는 것을 볼 수 있다면. 엄마는 나쁜 엄마는 아니었어. 정말로 그랬어. 일부러 그런 건 아니었어. 생의 대부분을 엄마를 원망하며 보냈지만, 그것 역시 좋은 시간이었어. 아저씨들과 새아빠들, "그가 네 점심 값을 가져갔다."라는 말을 들으며 자랐지만, 거기엔 '우리'가 있었고, 우린 서로를 사랑했지. 내가 자기 분수에 안 맞는 생각을 떠올리고, 빨리 괜찮은 벌이를 할 수 있는 곳으로 간 건 엄마 탓이 아니야. 그리고 나는 삼 년 동안이나 떠나 있었어. 엄마가 진정으로 나를 필요로 할 때 엄마를 버려뒀고, 이제 엄마가 홀로 돌아가시게 두고 떠날 순 없어.

그녀는 자신이 '리사'였을 때, 어렸을 때로 돌아가 좋은 시절을 떠올렸다. 그들은 휴일에 마게이트(잉글랜드 남동부에 있는 해안 휴양지./ 옮긴이)에 갔었다. 그들 중 누군가는 신문 가격을 흥정하기도 했었다. 엄마가 도서관에 가서 삼 주 동안 매일 쿠폰을 오려 와서 캠핑촌 오두막에서 놀았던 적도 있다. 어깨가 햇볕에 탔고, 그녀가 미끄럼틀과 회전목마를 타는 동안 엄마는 다른 엄마들과 함께 앉아 있었다. 그리고 엄청나게 큰 실외 수영장에서 수영을 가르쳐 줬다. 또 그녀는 엄마가 장기자랑 대회에 나가서 '스탠 바이 유어 맨'을 부르는 모습을 봤다. 엄마는 노래를 모두 한 음정으로 불러 댔지만 금빛으로 빛났고, 리사는 엄마가 열창하는 모습이 무척이나 자랑스러웠다. 엄마를 떠날 수는 없어. 그럴 수는 없어. 홀로 죽어도 괜찮은 사람은 없어. 그리고 나는 떠나지 못할 거야. 여기 말고 내가 갈 데가 있을까? 내가 누군지 궁금해하고, 나에 대해 기록하는 사람이 아무도 없는 그런 곳을 찾을 수 있을까?

하지만 그들은 날 찾아낼 거야. 런던에서는 미쳐 버릴 것 같아. 토니가 못 찾아도 체이니 경위가 찾아낼 거야. 어느 쪽이든 마찬가지지. 단지 좀 더 돌아가는 것일 뿐. 그녀가 날 원하기 때문에 그가 날 원하고, 내가 그를 감옥에 넣을 수단이라고 여기기 때문에 그녀는 날 원하지. 어느 쪽이든 망하는 건 나야. 「뉴스 인터내셔널」만 봐도 메트로폴리탄 경찰에서 비밀이 얼마나 잘 새는지 알 수 있지. 내가 자기를 밀고했다는 걸 그가 알게 되면 제아무리 증인보호 프로그램이 많아도 날 안전하게 지켜 줄 수 없어. 난 떠나야 해. 그래야만 해. 살아남으려면 그 수밖에 없어.

하지만 엄마, 난 엄마를 떠날 수 없어. 엄마가 돌아가실 때까지는 그럴 수 없어.

호세인은 가만히 침대에 못 박혀서, 죽은 아내를 생각하며 흐느꼈다. 그녀가 여성 모임에 갔다가 다시는 집으로 돌아오지 못하게 된지 오 년이 다 돼 갔지만, 그는 아직도 매일 잠에서 깨어나면 그녀가 거기 없다는 사실을 깨닫고 눈물을 흘렸다. 이 이야기의 기본 얼개는 미스터리가 아니다. 단지 비밀경찰이 그녀를 데려가 다시는 집으로 돌려보내지 않았을 뿐이다. 이야기의 나머지 부분을 그는 결코 알지 못할 테고, 그는 그 고통을 종종 견딜 수가 없었다.

그는 때때로 자신의 빈 방에 대고 아내에게 말을 건네곤 했다. 그러면 그녀가 돌아오기라도 할 것처럼. 그는 마법의 주문처럼 그녀의 이름을 읊었다. "로샤나, 로샤나, 로샤나." 방이 고요 속에 잠기고 부드러운 목소리가 되돌아오지 않으면, 그는 고통에 잠겨 침대 속에 몸을 웅크리고 손바닥으로 눈을 비비며 잃어버린 과거를 위해 흐느꼈다.

그게 나였다면 더 좋았을 것을. 그는 그녀의 유령에게 말했다. 우리가 함께 갔다면, 내가 당신을 따라갔더라면. 당신이 없다는 게 어떤 기분일지 알았더라면, 내가 당신 대신 죽었을 텐데, 내 사랑. 미안해, 미안해, 정말로 당신을 사랑했어. 그리고 난 당신을 지켜 주지 못

했어. 나의 용감하고 아름다운, 로샤나.

그가 망명자 센터에서 이곳으로 온 지 일 년이 넘어가고 있었다. 의문의 여지없이 이곳이 훨씬 더 좋았지만, 방은 칙칙했고, 그는 이 상황을 개선할 만한 의지가 들지 않았다. 그는 테헤란에 있는 자신들의 아파트를 생각했다. 가족의 물건, 러그와 도자기, 호라산에 있는 나무보다 높이 위치한 발코니에 아내가 키우던 장미를 떠올렸다. 그리고 여기 슬픈 크림색 벽과 검푸른색 침구, 주방에 놓여 있는 냄비 두 개를 보고 그녀가 어떻게 생각할지 궁금해졌다.

사진 두 장이 그에게 남겨진 전부였다. 두 장의 사진은 그들이 함께 쌓아 올린 삶에서 나온 것이다. 그의 여정 끝에 간신히 건진 전부다. 한 장은 평범한 결혼식 사진이다. 이란식 결혼식 연회가 시작되어 두 사람이 자리에 착석했을 때 찍은 사진으로, 두 사람 모두 젊었고 화려하게 장식된 좌석에 나란히 앉아 서로의 손을 꼭 쥐고 있었다. 다른 사진은 그가 가장 좋아하는 그녀의 사진으로, 여행 도중 그의 가슴팍에서 구깃구깃해져 버렸다. 서구식 차림의 그녀가 카스피해의 난간에 기대서 있다. 통 넓은 여성용 바지에, 바스락거리는 흰 블라우스의 옷깃 레이스가 그녀의 귓불까지 처들려 있다. 그녀가 그를 향해 몸을 돌리고 미소 지을 때, 바람이 상당히 세게 불어와 숱 많은 머리칼이 눈가에서 춤을 췄다. 로샤나는 자신의 피부에, 부드러운 갈색 입술에, 자신의 강인한 얼굴에, 그리고 우아한 손에 공기가 닿는 것을 느끼고자 차도르를 벗어던지고 자신을 드러내는 위험을 감수했다. 그녀가 착용한 금 귀걸이는 결혼 예물로, 모두 사라지고 남지 않았다. 그는 사진이 망가지지 않도록 조심스러운 손길로 액자에 넣었다. 사 년 내내, 여전히 자신의 심장이 떨어져 나가는 걸 느끼지 않고는 그걸 바라볼 수가 없었다.

　난 살아야만 해. 대안은 없어. 이런 교착 상태에 빠진 채 영원히 여기 있게 되진 않겠지. 언젠가 내 망명 청원서가 파일 꼭대기에 올라갈 날이 올 거야. 나날이 그날이 다가오고 있지만, 그런데 그렇게 되면 난 뭘 해야 하지? 거기 날 위한 게 뭐가 있지? 쓸 책도, 연설도, 계획도, 여행도, 시위도 당신을 영원히 되돌려 주진 못할 거야. 우리에게 아이가 있었다면, 로샤나…… 사람들은 시간이 지나면 고통이 사라질 거라고 말하지만, 시간은 고통을 깊은 곳으로 가라앉히는 것 외에 아무것도 하지 못해. 당신이 그리워. 오, 당신이 그리워. 당신이 여기 내 곁에 있다면…….

　셰릴은 어느 곳에서나 잘 수 있다. 그녀는 그런 기술을 습득해야만 했다. 동이 튼 직후 집에 돌아와서 아침 공기에 식은 싱글 이불 속으로 기어들어가 즉시 곯아떨어졌다. 그녀가 잠들자 고양이가 그녀 곁으로 슬금슬금 기어들어왔다. 그녀는 잠들었고, 잠은 그녀를 치유해 줬지만, 잠 속에서도 그들은 다시 돌아왔다. 그녀는 꿈을 꾸는 동안만 제외하면 자신이 그 어떤 것에서든 도망칠 수 있다는 걸 알게됐다.

　잠을 자는 동안 그녀는 투덜거렸다. 굳은 근육이 뛰려고, 싸우려고 용을 썼다. 때때로 이른 오후에 일어났을 때 그녀는 마라톤이라도 한 듯 온몸이 화끈거리고 쑤시곤 했다.

　살랑거리는 바람이 얇은 커튼을 흔들고, 열이 펄펄 끓는 그녀의 이마를 식혀 줬다. 머릿속에서 그녀는 다락방으로 돌아가 있었다. 그녀는 집주인의 벽장을 다시 찾아냈고, 그 계단을 올라가, 뿌연 먼지와 천으로 덮인 가구들 사이에 있었다. 할머니의 가구가 거기에 있었다. 구색이 맞지 않는 도자기가 진열된 웨일스 지방의 그릇 진열장, 유행이 지나간 대저택풍의 낡은 식기류 한 세트, 할머니가 최상의 상태로 관리한 빛나는 꽃무늬 천이 씌워진 푹신한 긴 소파가 있었다. 그녀가 매일 밥을 먹던, 주방 벽 쪽에 놓여 있던 광택 나는 작은 소나무 테이블과, 시계 판 위로 초침이 지나가는 삼색메꽃색 페인트가 칠해진 벽시계도 있었다. 할머니가 자신의 방갈로 정원에서 가져온 비너스 욕조에는 반쯤 벌거벗은 여신 대신 소라고둥을 들고 있는 여신이 붙어 있었고, 전체 면에는 엉뚱하게도 돼지들이 어수선하게 붙어 있었다.

셰릴은 테이블 아래 먼지투성이 테이블보 아래로 숨었다. 아빠가 계단에 발을 딛는 소리가 들렸고, 할머니가 거기 숨으라고 말했기 때문이다. 나오지 마, 할머니는 그렇게 말했었다. 무슨 일이 있어도 나오지 마. 경찰을 불렀으니 곧 올 거야. 나오지 말고 있어.

셰릴은 금요일 밤에 콜레트에게 거짓말을 했다. 그녀는 자기 아빠가 누군지 안다. 그가 어디에 있는지도 물론 잘 안다. 그는 딸의 할머니를 죽인 죄로 지금 감옥에 있다.

오, 안 돼. 자신의 답답한 침실 안에서 그녀는 조용히 입을 다물었다. 오, 안 돼, 안 돼, 안 돼. 다신 안 돼. 할머니는 안 돼. 오, 날 구했어. 꿈속에서 할머니의 두 손이 그녀의 얼굴을 감싸고 더듬었고, 그녀의 몸이 부드럽게 흔들렸다.

그녀의 꿈속에서 이제 그들은 말하려고 애쓰지조차 않았다. 셰릴이 열두 살이었을 때는 대화를 많이 했는데. 아빠는 고함을 쳤고, 할머니는 대답했다. 아빠의 이름을 재차 부르고 또 불렀다. 대니, 오, 대니. 이러지 말거라. 술을 마시지 말고 돌아와라. 그러면 애를 볼 수 있을 거다. 하지만 몇 년이 지나는 동안, 그녀가 기억을 되살릴 때마다 그 전주곡은 점점 짧아졌다. 이제 곧바로 본 행사로 들어갔다. 할머니의 검은 신발, 낮은 신발 굽, 십자 형태의 샌들 끈, 아빠의 운동화, 비 오는 바깥에서부터 들어온 잿빛, 그리고 마른 마룻바닥을 성큼성큼 걸어와 그녀 앞에 선 발.

그리고 소음. 얼굴을 때리는 주먹의 단단하고 둔중한 소리. 그리고 재차, 할머니의 구두굽이 바닥에서 떨어져 속절없이 허공을 갈랐다. 그는 할머니를 샌드백처럼 붙잡았다. 오, 대니, 대니, 안 된다. 대니, 제발. 할머니는 재차 그의 이름을 불렀다. 셰릴은 귓구멍에 손가락을 찔러 넣고 귀를 막았지만, 뭔가가 주먹에 부러지고 곤죽이 되는 소리가 여전히 들렸다. 그리고 나서 그 발이 걷어차는 걸 멈췄고, 그가 할머니를 내팽개칠 때 발목이 꺾이는 게 보였다. 할머니는 주방 바닥으로 쭉 미끄러졌고, 얼굴이 축축한 바닥에 부딪혔다. 손을 짚어 바닥에 꼬꾸라지는 걸 막을 만한 기운이 없었던 것이다. 그리고 그 여인은 더 이상 셰릴의 할머니가 아니었다. 얼굴에는 피투성이의 이상한 가면을 쓰고, 뼈가 부러졌으며, 이는 모두 나가고 없었다. 하지만 그는 다시 한 번 걷어차려고 뒤로 발을 빼고 있었다. 운동화에는 붉은 것이 한껏 튀어 있었고, 운동화 끈에는 피가 깊이 스며들어 있었다. 그러는 동안 할머니는 찢어진 입술에 한 손가락을 대고, 터진 눈으로 셰릴을 응시하고 있었다.

그리고 아빠의 목소리가 났다. 티 파티에서처럼 차분한 목소리였다. "이제 나와도 된다, 셰릴. 아빠 여기 있다."

테이블보 아래에서 셰릴은 허공을 움켜잡고 조용한 비명을 입안으로 삼켰다. 그리고 꿈이 지나갔고, 그녀는 고양이 옆에서 몸을 웅크렸다.

무척 이상하기도 하지, 토머스는 생각했다. 한 번의 경험이 누군가에 대해 느끼는 감정을 이토록 영원히 바꾸어 놓다니 말이야. 오 일 전만 해도 그 애는 아래층에 사는 어리석고 어린 계집아이였는데. 목청이 크고, 요령 없고, 조금 싸구려처럼 보이고, 늘 문제가 있는 애였는데. 그러나 이제 그는 그녀를 제대로 보게 됐다. 처음으로, 진정한 그녀의 모습을.

그 애는 나와 같아. 그녀는 조용히 지내는 그들 사이에서 정말이지 유일하게 그와 같은 사람이었다. 그 애가 그토록 어리다니 믿을 수가 없군. 너무 어리고, 무방비하고, 여왕처럼 행동해. 그 앤 내가 길바닥에서 만신창이가 된 걸 봤을 때조차 눈물 한 방울 흘리지 않았어. 한순간의 주저함도, 공포를 느끼는 기색도 아예 없었지. 그 애는 해야 할 일을 했고, 그걸 잘 해냈어.

그는 안락의자에 앉아서 커피를 마셨다. 월요일마다 시민 상담소에 나갔을 때에는 일요일을 한층 더 즐기곤 했었다. 하지만 오늘은 그가 세상 속에서 한 가지 역할을 하는 이틀을 기다리며 보내는 인생의 많은 날들 중 하루일 뿐이었다. 긴축재정 정책은 단순히 취약 계층에 대한 보호만을 잘라내 버린 게 아니었다. 그건 그의 자아 감각까지 잘라내 버렸다. 좋은 이웃, 도움이 되는 친구, 지역사회에 기여하는 시민, 이것이 그가 늘 되고자 한 전부였다. 이번 주에 나는 처음으로 그 일을 확실히 해냈지. 그리고 두 번째 일도. 하느님, 부디 제가 이번 주에 해트트릭을 기록하게 하소서.

그 애는 예뻐. 지금의 어린애들이 무척이나 열광하는 밝은 가짜 색채 속에 잠겨 있지 않을 때, 머리카락을 위로 올려 묶고 화장하는 걸 잊었을 때, 그 애는 정말로 자연스러운 아름다움을 가지고 있어. 살결은 어찌나 사랑스러운지. 약간 들린 작은 코 주변에 주근깨가 조금 있다는 거 빼고는 부드럽고, 티 하나 없지. 물론 상처가 치료돼야 원래 상태로 되돌아오겠지만. 완벽한 황갈색 톤의 살결이야. 어찌나 행운인지. 그 애는 인생에서 많은 시도를 해 보지는 않았겠지만, 최소한은 했던 것처럼 보여.

황금같이 빛나는, 그를 환영하는 산들바람이 밤나무 잎사귀들을 흔드는 하루다. 그의 소녀 둘은 모두 초록색 옷을 입고 소파에 앉아 그를 마주하고 있었다. 품격 있고, 세련된 멋진 여름 색이었다. 니키의 옷은 생기 넘치는 라임색이다. 빨간 머리가 선택할 만한 색은 아니었지만, 실제로는 무척 괜찮았다. 그건 금발로 하이라이트를 준 머리카락과 그녀의 눈동자를 더욱 빛나 보이게 했다. 마리안느는 올리브색 실크 옷으로 다시 갈아입었다. 그가 가장 좋아하는 옷이다. 그녀는 그걸 입자 무척이나 우아해 보였다. 무척 차분하고, 침착하며, 또…….

……건조했다.

토머스는 앞으로 가 앉아서 이맛살을 찌푸렸다. 이번 주에는 너무 바빠서 소녀들에게 관심을 온전히 쏟아 줄 수가 없었다. 그런데 마리안느가 뚜렷이 건조해 보였다. 우아한 쇄골이 있는 그 부분, 그녀를 슈퍼모델처럼 보이게 하는 가슴 윗부분의 피부가 얇게 벗겨지고 있는 게 눈에 분명하게 들어왔다. 그는 커피를 내려놓고 더 가까이 다가가 살펴봤다. 그가 고개를 숙여 자신의 가슴뼈를 낱낱이 관찰하고 있는데도 마리안느는 조용히 그를 응시하기만 했다. 과연 그랬다. 그는 자신이 언제 마지막으로 이 부분을 조심스럽게 살펴봤는지 기억해 낼 수 없었다. 마리안느의 살결은 평소보다 더 거칠어져 있었다. 살결이 뱀 껍질처럼, 비늘처럼 변해 가고 있었다.

35

    그녀는 뚱한 얼굴로 안내 데스크를 지키는 계집애였던 지난날에서 빠져나온 이후, 방 안에 있을 때조차 판단력을 날카롭게 세우고, 늘 뾰족한 쇠못을 가까이 두고, 전화번호를 바꾸며 살았다. 하지만 엄마를 보는 일에서만큼은 늘 마음이 약해졌다. 공허한 얼굴, 칙칙해져 가는 피부, 얼굴에 고정된 산소 튜브, 그리고 미친 듯 움직이는 손이 튜브를 떼어 내지 못하도록 손에 감아 놓은 테이프. 아무도 모른다. 엄마, 내가 엄마한테 화가 나 있기는 했지만 엄마가 이렇게 된 모습을 보고 싶었던 건 결코 아니야.

    햇살 아래로 나올 때면 그녀는 하늘에 대고 소리를 지르고 싶은 심정이 됐다. 저 사람은 우리 엄마야. 우리 엄마라고. 파티 걸이었는데. 모두에게 좋은 시절이었는데. 엄마가 어떻게 이렇게 돼 버린 거지? 무슨 일이 벌어진 거야? 오, 세상에. 어떻게 엄마가 날 모를 수 있는 거지?

그녀는 물건을 부수고 머리를 쥐어 뜯고 싶었지만, 얼굴 위로 눈물을 비 오듯 쏟으면서 냉랭한 안내원의 두 눈에서 벗어나 밖으로 걸어 나갈 때마다 자신의 품위를 단단히 붙들어 맸다. 그녀는 뒤돌아보지 않았다. 쳐다보지 않았다. 계속 걸었다. 한 발을 다른 발 앞으로 뻗었다. 그녀는 계속 걸어갔다. 분홍바늘꽃과 지친 개똥지빠귀, 석회질 토양 속으로 무너져 내린 길가를 지나쳤다. 계속 걸었다. 그저 계속 걸었다. 가방에서 선글라스를 꺼내 눈을 가렸다. 지나가는 낯선 사람이 자신이 우는 모습을 보는 걸 원치 않았다.

재닌은 죽어 가고 있다. 그들은 재닌이 죽은 것이나 마찬가지라고 말했었다. 매일 심장박동이 느려지고, 폐가 조금씩 더 차올랐다. 그리고 엄마는 내가 손을 잡게 해 주지 않을 거야. 엄마의 손가락이 의자에 달린 황갈색 플라스틱 뚜껑을 잡아 뜯고 잡아 뜯고 또 잡아 뜯는 걸 보고 내가 달래려고 손을 뻗으면, 엄마는 손을 홱 빼고 내가 마치 자길 다치게 하려고 했다는 듯 나를 힐난조로 쳐다보지. 그리고 재닌은 더 이상 말도 거의 하지 않는다. 대개 무작위하게 음절을 중얼거릴 뿐이다. 뇌세포 역시 산소 부족으로 죽어 가고 있다. 나는 엄마가 죽기를 바라. 하지만 엄마를 잃고 싶진 않아. 이렇게는 아니야. 난 이별할 준비가 안 됐어. 아직 나는…….

말리크가 크라이스트처치 로드의 코스트커터 편의점 밖에 서 있었다.

생각에 빠져 있던 탓에 그녀는 그와 가까워질 때까지 그를 보지 못했다. 그때 그의 자세에서 무언가―그녀는 경험상 날렵한 아르마니 양복을 빼입은 그 몸이 단단한 근육질로 이루어져 있음을 알았다.―를 알아채고, 그녀는 비너스 바로 뛰어들어 나무 화분 뒤에 몸을 숨겼다.

심장이 방망이질 쳤다. 그리고 바닷소리가 들렸다. 어딘가, 멀리서, 식기세척기에서 나온 식기들이 달가닥대는 소리, 뾰족한 말투로 뭔가를 묻는 소리도 들려왔다. 그녀가 돌아서서 바텐더에게 쳐다보지 말라고 손짓을 하자, 그가 고개를 저으며 외면하고는 천으로 와인잔을 닦았다.

콜레트는 접문을 향해 앞으로 기어갔다. 그녀는 심지어 그 남자가 그가 맞는지조차 확신하지 못했다. 머리모양도 달랐다. 그녀가 마지막으로 봤을 때 그는 아주 짧게 친 머리였다. 지금은 목덜미까지 구불구불하게 내려올 정도로 긴 머리를 뒤로 쓸어 넘기고 뭔가를 발라 윤을 낸 상태였다.

그래, 그야, 맞아. 무더운 날씨에도 몸이 오싹 떨려 왔다. 그가 여기에서 뭘 하고 있는 거지? 무슨 짓거리를 하고 있는 거냐고!

말리크가 선글라스 너머에서 레이저 같은 시선을 내뿜으며 길을 주시하고, 위아래를 샅샅이 훑어보고 있는 것 같았다. 지하철까지는 100야드 정도 거리지만 마치 1마일은 떨어져 있는 것처럼 느껴졌다. 그녀는 그를 지나쳐 갈 수 없다. 그녀는 변했지만, 그가 찾는 사람이 그녀라면, 알아볼 수 없을 정도로 많이 변한 건 아니다.

아닐 거야, 콜레트. 우연의 일치일 거야. 런던에는 터키 사람들이 가득해. 길모퉁이마다 있다고. 또 그가 아직 토니 밑에서 일하고 있는지 어떤지도 모르잖아. 네가 아는 건, 지금 네가 바 안에 서 있다는 게 전부야.

이 가설을 확인해 보고 싶니?

"뭘 좀 도와드릴까요?" 바텐더가 물었다. 아마 몇 분 안에 나를 내

327

쫓겠지. 나무 바닥을 지나 걸어가서, 소비뇽 한 잔을 사자. 술 마시기
엔 이른 시간이지만. 선글라스를 끼고 파니니를 먹는 삼십 대 여성
두 사람을 제외하고 바는 텅 비어 있었다. 바텐더가 조용히 음료를
따라서 카운터 너머로 그녀에게 잔을 건넸다.

"누굴 만나기로 하셨나요?"

"아니요. 누굴 좀 피하느라고요."

"아." 그는 짧게 말하고는 다시 잔 닦는 일로 돌아갔다. 그는 흥미
를 느끼지 못했다. 그에게 그녀는 하루를 시작할 변명을 찾는 또 한
사람의 술주정뱅이에 불과했다.

그녀가 출입구 쪽으로 되돌아갔다. 그는 여전히 그곳에, 코스트커
터 밖에 서 있었다. 축구 선수가 페널티킥을 기다리는 듯 가랑이 앞
에 양손을 교차한 자세로 터미네이터처럼 길을 샅샅이 훑어봤다. 느
리게 고개를 들어 올렸다가 내리고 올렸다가 내리는 전체 동작을 하
는 데 십 초밖에 걸리지 않았다.

봐, 거리 전체가 사람들로 가득해. 그가 뭘 할 수 있겠어.

널 따라올 수 있지.

그녀는 가야 한다. 그녀는 그걸 안다. 그가 유리한 위치에 서는 건
단지 시간문제다. 그가 헛되이 서니베일에서 콜리어스 우드로 향하
는 지하철로 가는 길에 서 있는 건 아니다. 여자 친구를 기다리는 것
도 아니다.

그들이 서로를 마지막으로 본 이후로 그녀는 머리를 계속 길렀고,
스트레이트 펌을 그만두고 자연스러운 곱슬머리가 자라도록 놔뒀
다. 그리고 그녀는 살도 쪘다. 먹고살기 위해 옷을 벗어던진 스무 살
짜리 계집애들로 가득 찬 그 바에서, 커피를 마시며 늘 깨어 있는 상

태를 유지하고, 다른 사람처럼 보통의 삶을 살지 않았을 때는 나날이 몸이 휘펫(그레이하운드 비슷하게 생긴 날쌘 개./ 옮긴이)처럼 변했었다. 하지만 그 바에서 도망치고 나니 그 몸무게는 결코 유지되지 않았다. 떠난 이후로 옷 치수가 두 치수나 늘었다. 그럼에도 아직 12사이즈를 입지만. 그리고 지금 그녀는 굽 없는 샌들을 신고 있다. 그는 엄청나게 높은 힐 외에 다른 걸 신은 그녀의 모습을 본 적이 한 번도 없다. 과거를 생각하니 그녀는 안심이 됐다. 나는 완전히 다른 사람처럼 보일 거야.

그녀는 그가 거리를 훑는 기술을 바라보며 숫자를 셌다. 그래, 십 초. 그가 휘 둘러보는 시선이 중간쯤 다다랐을 때 이 자리에서 나가면, 20에서 30피트 정도 길을 내려갈 수 있을 테고, 그러면 그의 시선은 그녀의 등에 꽂힐 것이다. 그녀를 알아보지 못하기에 충분한 거리다. 길거리에서라면 그녀가 다른 여자로 보이기에 충분한 거리였다. 그녀는 접문 건너편으로 걸어가, 테이블을 건드리지 않고 와인 잔을 내려놓고는, 기다렸다가, 숫자를 세고, 밖으로 빠져나갔다.

두려워하지 마. 그들은 두려움을 다뤄. 보통 속도로 계속 걸어. 뒤돌아보지 마. 그가 널 본다 해도 뭘 할 생각은 안 할 거야. 사람들 사이에 있으면 안전할 거야. 그들이 네가 사는 곳을 발견하면 그때야말로 정말 위험해지는 거지.

그녀는 스스로를 타일렀지만, 그럼에도 자기 생각의 절반 정도만 믿었다. 그녀는 크라이스트처치 로드를 성큼성큼 걸어갔다. 거리가 반향실이라도 된 것처럼 귀에 자신의 발소리가 부자연스럽도록 크게 울렸다. 호흡, 호흡, 콜레트. 그들은 네가 두려워하길 바라. 두려워하면, 방향감각을 잃게 돼. 방향감각을 잃으면, 실수하게 되고.

그녀는 인도로 방향을 바꾸어 따라오기 시작하는 그의 발소리를 들었다…….

크라이스트처치 클로즈 입구에 번쩍이는 까만색 BMW가 다가와 섰다. 선팅된 차창, 크롬 액세서리, 의심할 여지없이 올해 출시된 신차였다. 완벽하게 토니였다. 그녀는 어두운 차창 너머 운전석에 누군가 앉아 있는 걸 볼 수 있었다. 토니가 사람을 바꾸지 않았다면 분명 알바니아인인 부림일 것이다. 동조하지 않는 자와는 칼로 해결을 보는 거친 남자다. 말리크의 넘버 투지만, 수줍음을 타는 성격은 전혀 아니었다.

그들이 이제 날 데리고 갈 거야. 둘 다. 기회를 봐서 이렇게 훤한 백주대낮에 나를 차로 홱 낚아채겠지. 그는 어디에 있지? 말리크는 어디에 있지? 위험을 감수하고서라도 한 번 돌아보고 싶은데. 그가 어디까지 따라잡았는지 보고 싶어. 그의 소리가 가까이서 들려왔다. 그의 구두굽이 딱딱 소리를 내고 바닥을 긁었다. 쇳조각 소리였다. 그가 구두를 사면 항상 굽에 쇳조각을 박아 넣고 다녔다는 사실을 그녀는 기억해 냈다. 그는 그렇게 하는 게 훨씬 좋다고 말했다. 그녀는 나중에서야 그게 그가 뭔가를 짓밟아야 할 때 더 큰 위해를 가하기 위한 것임을 깨달았다.

차 안의 형체가 그녀를 발견했는지 아닌지 확신할 수는 없었다. 그녀는 머리를 푹 수그리고 길을 가로질렀다. 만약 부림이 그녀를 잡으려는 기색을 보이면, 그녀는 그가 차를 몰고 떠나게 만든 다음 스스로 다짐해야 할 것이다. 차창이 조용히 내려가는 소리도 나지 않았고, 단단한 손이 튀어나와 그녀의 손목을 움켜쥐지도 않았다. 그녀는 가방을 어깨에서 내려 끈을 가슴 앞으로 가로질러 맸다. 싸우거나 도망칠 일이 생긴다 해도, 이제 두 손은 자유롭다.

응달진 곳으로 가고 있었지만 햇살이 너무 밝아서 눈을 찔렀다. 한 발. 후우. 한 발. 후우.

지하철 인근 상점가에서 벗어나자 인도에는 사람이 몇 없었지만, 도로에는 한낮의 교통체증으로 인한 흥겨운 콧노래가 가득했다. 그들이 그녀를 데려가려고 시도한다면 분명 눈에 띌 것이다. 그녀는 인도 안쪽 가장자리로 다가가 어느 쪽으로 갈지 정하려고 발을 멈췄다. 버스 정류장으로 갈까, 되돌아갈까? 이미 그를 무사히 지나쳐 온 것 같은데, 아니면 그가 몸을 돌려서 에스컬레이터까지 따라올지도 모르지. 이런 외곽 지역 지하철역은 한낮의 이 시간에는 모두 텅 비어 있다. 난 분명히 그와 함께 플랫폼에 혼자 서 있게 될 거야. 나와 선로 사이에는 공기 말고는 아무것도 없을 거야.

좋아. 버스야. 버스를 타야겠어.

그들이 버스를 따라올 수도 있겠지. 난 버스를 타고 투팅까지 갈 수 있어. 거긴 병원, 슈퍼마켓, 그리고 상점으로 늘 번잡하지. 투팅으로 가서 지하철을 타는 거야. 세인스버리 슈퍼마켓을 뚫고 뒷문으로 가면 내가 어디로 갔는지 그가 알아채기 전에 집에 도착할 수 있어.

그녀는 머릿속으로 집까지 갈 수 있는 여러 경로를 훑어봤다. 빅토리아나 워털루처럼 혼잡한 마을로 갈 수도 있다. 그리고 버스와 택시는 갈 수 있어도 자가용은 다닐 수 없는 장소도 많다. 그런 곳 중 한 곳으로 올라가서…… 클래팜 나들목으로 되돌아가는 거야. 거긴 이 지역에서 가장 혼잡한 역이다. 지하철이 그곳을 나가면 선로 아래로 영화 〈28일 후〉에 나오는 것 같은 길고 긴 터널이 있다. 말리크가 따라온다고 해도, 내가 간 방향을 알아차리기 전에 다른 플랫폼으로 옮겨 갈 수 있어. 상점 한 곳에 숨자. 차들이 멈춰 서는 출구로 나가자. 대부분의 사람들이 개찰구로 밀려 나가느라 거기 있는지조차 모르는 그런 곳으로. 그래, 클래팜 나들목이야. 운이 좋으면 한 번에 노스본행 열차를 탈 수 있을 거야.

운이 좋지 않다면, 그를 내 집 현관문으로 이끄는 셈이 되겠지.

그녀는 앞쪽에서 버스가 다가오는 모습을 봤다. 정류장은 100야드 정도 떨어져 있고, 전혀 멀지 않았다. 앞쪽 전광판을 보고 윔블던행임을 알 수 있었지만, 1층 버스였기에 노선이 꽤 길 것이었다. 하지만 그건 버스고, 거기에는 사람들이 있다. 지금은 사람들 사이에 있는 편이 안전하다. 그리고 윔블던은 역 주위가 늘 혼잡했다. 지금 그가 그녀를 따라오고 있다면, 거기서 그를 떼어 낼 수 있을 것이다.

어깨 너머를 보지 않고, 콜레트는 전력으로 질주해 도망쳤다.

36

"저기요!"

다시 태어나면 이 여자는 아마 공군으로 달려갈 것이다. 태생적으로 기차 화통 같은 목소리를 타고난 데다, 키와 자세 역시 수 세대 동안 육식주의자였던 선조들에게서 물려받은 것 같았다. 토머스는 그녀가 바퀴 셋 달린 가벼운 유모차를 끌고 자신을 향해 행진해 오는 모습에 주의를 기울이면서 자세를 바로하고 앉았다. 유모차에서는 오시코시 아동복을 입은 아기가 페파피그 인형을 떨어뜨리지 않기 위해 안간힘을 썼다. 그녀는 대화를 할 수 있는 거리 안에 들어왔음에도 목소리 톤을 똑같이 유지했다. 마치 그들이 운동장을 사이에 두고 말하는 것 같았다. 그녀는 햇볕에 그을렸고, 그가 1980년대 이후로는 본 적 없는 머리띠 같은 걸로 중세시대 여자들처럼 앞머리를 높이 올려 넘겼는데, 조금 지나면 조금씩 삐져나올 것 같았다. "제 강아지한테 먹이를 주시면 안 되죠." 그녀가 소리쳤다.

그는 선량한 미소를 얼굴에 걸고 근시처럼 눈을 깜빡였다. 그리고 자신의 새 친구, 검은 스패니얼 강아지의 귀 뒤쪽을 다정하게 매만져 준 뒤, 강아지가 떠나도록 유도했다. "몰리!" 그녀가 소리쳤다. 하지만 개는 그녀를 무시하고 토머스가 잠깐 앉은 벤치 주위를 원을 그리고 돌면서, 그가 음식 한 쪽을 떨어뜨리기를 바라며 땅바닥에 코를 박고 킁킁댔다. 그러고는 다시 돌아와 그의 발치에 앉아 기대감 어린 눈으로 그를 올려다봤다.

"미안하구나." 토머스가 말했다. 그리고 그 말을 강조하듯이 무릎 위에 양손을 올리고 여자에게 말했다. "요리용 콩팥 한 쪽을 줬을 뿐입니다. 해로운 게 아니에요."

"몰리!" 그녀가 다시 소리쳤다. 개는 그녀를 무시했다. 토머스가 가장자리에 앉은 백인들에게로 시선을 돌릴 때까지 강아지의 두 눈은 먹을 걸 애원했다. "네, 하지만 그 앤 자연주의 식품만 먹고 있다고요." 그에게 가까이 다가서는 게 두렵기라도 하다는 듯 그녀는 10피트쯤 떨어진 곳에 서서 그에게 통지했다.

공원은 여름 내내 그래 왔듯 선탠을 하는 사람, 소풍 나온 사람, 조깅하는 사람, 술 마시는 사람으로 가득했다. 이런 날에는, 즉 가까운 이웃들과 20피트 이내로 거리를 좁혀 다가서는 것이 아주 편안하게 느껴지는 날에는, 그녀가 노점상에서 핫도그를 먹지 않는 한 위험에 처할 가능성이 전혀 없다. 하지만 자신의 연약함을 한껏 즐기는 부류의 여성들이 있다는 걸 그는 알았다. 누군가가 자신에게 해를 입히는 일이 자신을 특별하게 만들어 준다고 생각하는 이들도 다소 존재했다.

"맛있는 콩팥 한 쪽만큼 자연주의적인 식품이 또 어디 있겠어요."

그가 최대한 사랑스러운 미소를 지어 보였다.

아기가 그녀의 의지와는 달리 손을 내뻗기 시작했고, 그녀는 허리 벨트를 홱 잡아당겨 유모차를 뒤로 끌었다.

"그런 취급을 받을 만한 게 아닌데요. 그냥 콩팥이에요. 냉장고를 청소하다가 나온 거예요. 버리기 아까워서요."

여자가 콧방귀를 뀌었다. "몰리는 닭 가슴살, 쌀, 채소를 먹어요. 내장은 안 먹죠."

"유제품도 안 먹습니까?" 그가 조롱하듯 말하자 그녀는 좀 질린 듯했다. 그리고 그는 자신이 쥐라도 잡아서 그걸 개한테 먹인 건 아닌지 의심하며 분해하는 그녀의 모습을 봤다.

"어쨌든, 애한테 뭘 먹이지 마세요." 그녀가 가까스로 자제하며 다시 한 번 말했다. 안녕, 자기애성 인격장애자 님. 자기 개까지 특별한 줄 아네. "누가 당신 개에게 뭘 먹이면 좋겠어요?"

토머스는 그 질문을 곰곰이 생각하고 자신은 그리 신경 쓰지 않을 거라는 결론을 내렸다. 그리고 그게 오답임을 알았고, 그래서 다시 한 번 사과하는 것으로 만족했다. "개가 참 예뻐서요. 사람도 잘 따르고."

그녀는 그 칭찬에 그리 고마워하지도 않았다. "가자, 몰리!"

토머스는 손을 휘저어 개를 보내고는, 그녀가 개 줄을 개목걸이에 걸 때까지 뚱하게 있었다. 그녀는 몇 차례 줄을 잡아당기고는 스테이션 로드를 향해 걸어가기 시작했다. 아기가 잠시 페파피그의 딱딱한 귀를 씹으며 그를 바라봤다. 그는 아기가 여아인지 남아인지 구분할 수 없었지만, 애의 성별이 뭐든 별로 중요하지 않다고 여겼다. 자기 보존 감각을 지니고 있다면, 엄마가 뭘 원하든 그걸 재빨리 습득

할 테니 말이다. 그는 유모차를 향해 네 손가락을 흔들었다. 아기 엄마가 허리 벨트를 한 번 더 잡아당기자 유모차 바퀴가 돌아갔다.

토머스는 가만히 앉아서 벤치 등받이 위로 양팔을 걸쳤다. 그리고 푸른 하늘로 고개를 들고 늦은 오후를 즐겼다. 신경 쓰지 않았다. 조금 지나면 또 한 마리가 올 것이다. 여기는 노스본 공원이다. 지난 며칠간 노스본의 개들은 모두 토머스를 사랑하게 됐다. 그는 특별한 걸 주는 사람이다. 토막 친 것들 중에서 조심스럽게 선별한 특별한 음식 조각을. 왜 진즉 이런 생각을 못했는지 그는 믿을 수가 없었다.

예상대로 그는 오래 기다리지 않아도 됐다. 휴일 산책이 한창이었고, 공원은 가히 개들의 물결이라고 할 만했다. 그는 잭 러셀 테리어가 걷고 있는 길로 심장 한 쪽을, 바이마라너가 킁킁거리며 코를 박고 가는 길로는 선별된 간 조각을 가볍게 던졌다.

이집트인들은 사후 세계에서 살려면 죽은 이가 내장기관을 갖고 있어야 한다고 믿었다. 내장은 시신에서 제거되어, 허브 및 꿀과 함께 카노푸스의 단지(고대 이집트에서 미라의 내장을 담아 두는 단지로, 뚜껑이 사람 머리 모양이다./ 옮긴이)에 담겨 레진으로 봉인됐고, 필요할 때를 위해 시체 가까이 놓였다. 토머스는 과학의 시대에 사는 인간이다. 그는 자기 소녀들이 아무 데로도 가지 않는다는 것을 안다. 그리고 고대 이집트인들에게는 믹서도, 냉동고가 있는 냉장고도 없었다.

처음에 그는 이 새로운 처리 방법이 성가시다고 생각했다. 주 일회 해동 및 분쇄 의식은 무척이나 편리해 보였다. 하지만 그는 완전히 정반대의 방법을 발견했다. 그는 정말로 공원에 있는 것을 즐겼다. 그 일은 그를 집 밖으로 끌어내 신선한 공기를 쐬게 하고, 외견상으로는 끝없이 사회적 관계를 맺을 기회를 줬다. 아파트는 지난 며칠 동안 답답할 정도로 비좁게 느껴졌고, 특히 지금 그는 마리안느에 대한 사랑을 떼어 내기 시작한 참이었다. 그는 떨어져 나오는 그녀의 살점에 실망감을 느끼는 자신이 싫었다. 그는 부적합 판결을 받은 느낌이 들었다. 그건 내 잘못이 아니야. 그는 억울했다. 이 끔찍한 날씨 때문이야. 모든 게 바싹 말라붙고 있잖아. 이 공원의 잔디만 봐도 그래. 고비 사막 같잖아.

그의 손이 차갑고 딱딱한 쇠붙이 모서리를 스쳤고, 그는 그게 뭔지 보려고 시선을 돌렸다. 작은 황동 명판이 십자나사로 단단하게 죄여 있었다. "사랑하는 존과 리지 브레어 부부를 기억하며, 1922-96, 1924-2005. 그들이 사랑했던 이 공원에 묻히다."

낭만적이군. 그는 손가락으로 그 글자 위를 쓸면서 우울한 감정의 물결에 질식할 것만 같았다. 이게 바로 내가 원하던 전부였어. 사랑, 일생의 동반자. 그리 어려운 것도 아닌데. 손을 잡고 산책하는 보통 사람들을 봐. 왜 내겐 저런 일이 한 번도 없었던 걸까? 이 공원에 있는 벤치마다 이런 명판이 붙어 있다. 대부분은 자식이 붙인 것이겠지만 그들을 애도하는 미망인이나 친구들이 붙인 것도 있으리라. 누가 날 위해 이런 일을 해 줄까?

그는 이 기분을 대수롭지 않게 털어 버리려고 자신이 먹이를 줬던 강아지처럼 머리를 흔들었다. 그러고 일어나서 슬슬 걸어 야외 음악당을 지나갔다. 그곳에는 커피 노점이 있었고, 벤치들 사이에 노점 주인이 세워 둔 양철 테이블과 의자 몇 개가 있었다. 공원을 즐겨 찾는 수많은 사람들이 여기서 누군가를 만나고 인사하고 시간을 보냈다. 토머스는 아직 공원을 즐겨 찾는 사람 축에는 들지 못했다. 그는 단 며칠 동안 여기 왔을 뿐이다. 하지만 그는 바랐다. 언젠가 누군가가 그를 알아보는 미소를 짓고 친절하게 고개를 까닥여 인사해 주리라고 그는 확신했다.

개를 데리고 산책하는 한 쌍의 커플이 커피 노점에서 수다를 떨며 각자의 음료에 설탕을 넣고 있었다. 그러는 동안 그들의 개들—스코티시 세 마리, 미니 포메라니안 한 마리, 퍼그 두 마리, 달마티안 한 마리—은 줄이 팽팽해지도록 당겨 쓰레기통 바닥에 코를 박고 킁킁대고 있었다. 완벽한 기회가 저기 있군. 그는 슬그머니 그쪽으로 다가가 가방에 든 남은 것들을 강아지들 사이로 쏟았고, 강아지들은 예기치 못한 특식을 게걸스레 먹고는 그에게 더 달라는 눈빛을 보냈다. 그는 그 모습을 유쾌하게 즐겼다.

그는 쪼그리고 앉아서 포메라니안의 목 뒤를 긁어 주었다. 강아지가 입술을 핥으며 여우 같은 미소를 환하게 짓자 그는 그 보상으로 잘 다져진 마지막 대창 한 쪽을 줬다. 포메라니안은 꼬리를 땅에 닿을 지경으로 격렬하게 흔들며 그걸 게걸스레 먹어 치웠고, 그가 자리에서 일어나자 희망으로 가득 차 그를 향해 헉헉댔다. 토머스는 개가 좋았다. 무척이나 신뢰할 만하고, 우아했다. 그는 때때로 자신이 다른 삶을 살았더라면—예를 들어 집주인이 개를 허용하는 곳에 살았더라면—여자 친구들이 전혀 필요 없었을지도 모른다는 생각이 들곤 했다.

"미안, 멍멍아." 그는 포메라니안에게 다정하게 말을 건넸다. "오늘은 그게 전부야. 그럴 수 있다면, 내일 만나자."

그는 햇살 속으로 몸을 돌려 집 쪽으로 걸어갔다. 어슬렁거릴 필요는 별로 느끼지 않았다. 그는 이번 주에 매일 산책을 할 것이다. 냉장고는 꽉 차서 터질 지경이고, 그는 곧 공간을 비워 둬야 할 일이 생기지 않을까 생각했다.

37

그녀는 충분히 생각한 후 낮 동안 움직이기로 결심했다. 어둠 속에서 텔레비전을 들고 길을 지나가는 십 대 소녀는 검문의 대상이지만, 반대로 상점이 문을 연 시간에는 어떤 것이든 들고 걸을 수 있다. 트위크넘에서 킹스턴까지 자전거를, 그것도 잠겨 있는 상태의 자전거를 들고 간 적이 있는데, 아무도 눈 하나 깜빡하지 않았다. 상습적으로 마약을 하는 기색이 전혀 없는 평범한 모습의 소녀가 평면 TV를 팔에 끼고 운반하는 것도 물론 아무렇지 않을 터였다.

셰릴은 그 텔레비전에 대해 생각하고 또 생각했다. 그녀는 한 번도 자기 텔레비전을 가져 본 적이 없고, 리모컨은 더더욱 그랬다. 그리고 그녀가 얼마나 그걸 바라 왔는지는 하느님이 아실 것이다. 텔레비전 한 대면 그녀의 인생은 완전히 바뀔 거고, 집주인은 더는 필요하지도 않은 텔레비전을 세 대나 가지고 있다. 게다가 그는 그녀에게 그 정도는 신세를 지고 있었다. 이것이 그녀의 계산법이었다.

그녀는 길에서 두어 사람을 지나치면서 그들에게 대범하게 미소를 지어 보였다. 그건 언제든 그 사람이 적합한 장소에 있다고 여기게 만드는 속임수다. 그렇게 하면 그곳이 어디든 있을 권리가 있다고 보이게 만들 수 있다. 어딘가 구린 데가 있어 보이면 사람들은 분명 당신에게 구린 데가 있다고 생각한다. 그들을 뚫어져라 쳐다보면서 미소를 날리고 "좋은 아침." 하고 크게 외치면, 이런 도시에 있는 사람들은 열에 아홉 정도 있지도 않은 외투를 추키고, 당황하여 서둘러 인사말을 웅얼거리며 화답하기 마련이다. 나머지는 그들 자신이 구린 데가 있거나 아니면 맛이 좀 간 사람이다. 그리고 그들은 정말로 신경 쓰지 않아도 된다.

그녀는 자신감 넘치게 집주인의 지하실 계단으로 성큼성큼 걸어가서, 장갑을 꺼내 끼고 깡충깡충 뛰어 계단을 내려갔다. 그리고 그날 집으로 돌아가는 차 안에서 토머스의 주머니에서 빼낸 열쇠 한 뭉치를 대충 훑어봤다. 그녀는 얼마 지나지 않아 그걸 구분할 수 있었다. 그리고 아무리 밤이었다 해도 토머스가 열쇠를 찾는 데 그토록 오랜 시간이 걸렸다는 것을 믿을 수가 없었다. 그것들은 불라 그로브의 열쇠들 사이에서 매우 눈에 띄었다. 새것이고, 반짝거리고, 열쇠 홈이 셋 이상이었기 때문이다. 그녀는 문에 내장된 잠금장치를 열고, 연달아 문에 걸린 자물통도 푼 다음 조심스럽게 안으로 발을 디뎠다.

들어가자마자 구역질이 났다. 그녀는 트렁크에서 맡았던 냄새를 떠올리며 곧 적응될 거라고 생각했지만, 그 냄새는 팔 일 동안 점점 더 심해져서 결국 완전히 숨을 쉴 수 없게 만들었다. 속이 뒤틀려 그녀는 입을 꾹 닫았다. 이런 냄새는 한 번도 맡아 본 적이 없다. 베스타 할머니의 욕실에서 나던 고약한 똥 냄새는 이 냄새에 비하면 꽃향기였다. 폐 역시 악취가 진동하는 이런 공기는 받아들이고 싶어 하지 않는 듯했다. 숨을 쉬려고 할 때마다 폐가 저항했고, 후두덮개가 엄하게 단속하기 전에 미세한 숨이 들어왔다. 순간, 모든 것이 멈췄다.

여기 이웃들은 어떻게 이 냄새를 못 맡을 수 있는 거람. 불가능한데. 아마…… 아, 젠장. 맡아 본 적도 없는 냄새야. 이 비슷한 냄새조차 말이야. 여기 사람들은 이게 뭔지 모르고 있는 거 아닐까?

그녀는 전등을 켰다. 기관지에서 엄청난 기침을 내보냈고, 이는 구토반사를 더 쉽게 만들었다. 하지만 일단 기침이 한 번 나오자, 그녀는 숨을 쉴 수 있게 됐다는 걸 알았다. 정상적인 호흡도 아니고 단연코 오래 쉴 수도 없었지만, 입을 꽉 다문 채로 방에서 도망치지 않고 다니기엔 충분했다.

집주인에게서 점액이 질질 흘러나오고 있었다. 바닥은 그걸로 끈적끈적했다. 몇 발자국 앞까지 너도밤나무 목재 같은 합판 바닥에 점액질이 퍼져 있었고, 집주인의 오른팔이 닿은 벽에는 얼룩이 생기고 있었다. 이제 첫 번째 구역질이 사라져 가고 있어서 그녀는 흥미로웠다. 시체를 처음 본 것은 아니다. 하지만 그녀의 엄마와 할머니는 그녀가 봤을 때 갓 사망한 상태였고, 또 법의학자들이 쓸어 가서 부검을 하느라 그녀에게는 망자들을 제대로 볼 시간조차 없었다. 그러고 나서는 장의사들이 구식 화장법으로 그들을 치장한 모습을 봤을 뿐이다. 땅에 묻힐 때까지 그들은 밀랍인형 같았다. 과한 화장에 입은 모나리자의 미소처럼 보이게끔 영리하게 꿰매 붙여져 있었다.

집주인은 그렇게 보이지 않았다. 팔 일은 친절하게 흐르지 않았다. 그의 거대한 배가 스페이스 호퍼(손잡이가 달린 말 얼굴에 몸은 공 형태로 된 고무 장난감./ 옮긴이)처럼 부풀어 올랐고, 팔다리도 터질 듯 부풀어 있었다. 어떻게 찢어지지 않고 있는 건지 신기했다. 그렇게 되는 것도 시간문제로 보였다. 그녀가 여기서 그를 마지막으로 봤을 때 그의 피부는 거무튀튀하고 허옜지만, 지금은 대리석 무늬처럼 초록빛으로 얼룩덜룩했다. 일부에서는 시퍼런 납빛이 된 피부가 아래에서 지방층이 분리되어 흘러내리기 시작하고 있었다. 푸르뎅뎅한 부분은 빛조차 반사되지 않을 만큼 새카맸다. 티셔츠가 완전히 늘어나 몸에 꽉 끼어 솔기가 터지기 시작했고, 파도처럼 굴곡이 져 있었다. 작고 하얀 쌀 알갱이 같은 것이 그의 부푼 아랫입술에서 꼬물대다가 바닥으로 떨어지는 모습을 봤을 때, 그녀는 잠시 잘못 본 거라고 생각했다.

"윽, 젠장."

그녀는 그 자리에 서서 잠시 눈을 떼지 못하고 그걸 바라봤다. 그녀의 몸은 갑작스레 자신을 강타한 장면에 대한 혐오감과 싸웠고, 경련하는 목구멍이 발작해서 손으로 입을 계속 막아야 했지만, 정신은 명료하고 호기심에 차 있었다. 그녀는 늘 호기심이 많아 꼬치꼬치 캐묻는 아이였다. 만약 그녀가 글을 잘 읽는 법을 배웠더라면, 쉬는 시간이 되기도 전에 아이들이 난리를 피워도 내버려 두는 학교가 아니라 교사들이 학생들에게 야심을 심어 주는 그런 학교에 갔었더라면, 아마 그녀는 지금까지 과학에 크게 고무되어 있었을 것이다. 이게 땅에 묻혔을 때 일어나는 일이구나. 으엑, 난 화장되는 편이 훨씬 낫겠어.

그녀는 몇 분 동안 울룩불룩 움직이는 옷을 응시하고, 세세한 부분—크게 벌어진 눈, 탁하게 막이 썬 것 같은 눈동자—까지 넋을 잃고 바라봤다. 〈워킹 데드〉에 나오는 좀비 같았다. 머리 주변에서 집중적으로 점액질이 흘러나오고 있었고, 하느님, 우리를 가엾게 여기소서, 궁둥이는 납작했으며, 대리석 같은 점무늬―부패되고 있는 게 아니라 문신, 아니 보디 페인팅이었다면!―가 살이 얼마나 무른지를 알려 줬다. 난 이 모습을 곧바로 잊어버리진 않을 거야. 이것에 대해 이야기를 할 만한 사람이 없다니, 정말 딱하네. 아마도 영원히 못 하겠지.

길거리에서 차 문이 쾅 하고 닫히는 소리가 나서 그녀를 몽상 속에서 홱 낚아챘다. 그녀는 자신의 방문 목적을 떠올리고 사냥감을 쳐다봤다. 그녀를 진정 욕망으로 끓어오르게 만드는 큰 텔레비전이 시체의 머리 바로 위에 놓여 있었다. 전선은 찐득찐득한 점액질 웅덩이 위로 늘어져 있었다. 저건 아니야. 커피 테이블을 지나 반대편에 있는 작은 모니터로 갔다.

출시된 지 이 년도 안 된, 멋지고 작은 장치였다. 은색 겉면에 소니 로고가 있었다. 실제로는 이게 낫네. 어느 시점에, 그러니까 사람들이 그를 발견하거나 뭐 그런 때가 오면 저걸 다시 옮겨야 할 텐데, 그럼 큰 건 가지고 다니기 불편하잖아? 그녀는 허리를 숙여 그걸 안테나 소켓에서 떼어 내고, 전원 장치를 끄고, 바다 확장형 어댑터에 꽂혀 있던 플러그를 뽑았다. 그리고 까치발을 들어 미디어 장치 캐비닛 위로 손을 뻗어서 벽 선반에서 텔레비전을 끌어냈다. 무척이나 불안정한 자세였지만, 텔레비전이 선반에서 떨어져 나왔을 때 그걸 떨어뜨리지 않도록 그녀는 조심스럽게 균형을 잡았다.

하지만 텔레비전은 떨어져 나오지 않았다. 예상치 못한 일이었다. 셰릴은 발바닥으로 바다을 짚으며 뒤뚱거렸고, 균형이 무너지는 것을 막기 위해 텔레비전 옆 귀퉁이를 움켜잡았다. 그녀는 숨을 내쉬며 욕을 내뱉었고—한 번에 크게 들이마신 공기가 그녀에게 현재 상황에 대해 뼈아픈 충고를 해 줬다.—발뒤꿈치로 착지했다. 다친 발목이 비명을 질러 대며 아직 치료가 필요하다는 사실을 일깨워 줬다. 그녀는 몸을 숙여 텔레비전을 고정하는 걸쇠나 자물쇠, 혹은 일본인의 기발한 재주로 만들어진 어떤 다른 장치가 있는지 살펴봤다. 그리고 고정 장치를 발견하고 크게 탄식했다. 철제 받침대 안에 뚫린 구멍에 나사 하나가 꿰찔려 들어가 있었는데, 그게 기계 밑면에 단단히 끼워져 있었다.

"젠장." 그녀가 투덜댔다. 저것만 아니었다면 일이 쉽게 돌아갔을 텐데, 우주는 내게 늘 불공평했지.

"거지 같은 놈." 그녀는 부풀어 터질 것만 같은 시체에 대고 말했다. 그 대답으로 또 한 번 구역질 나는 메탄가스가 분출되어 그녀는 욕을 내뱉었다. "당신, 이게 마지막으로 웃는 건 줄 알아."

그녀는 몸을 일으켜 방 안을 둘러봤다. 타이타닉 호를 움직일 만한 방대한 양의 포르노그래피가 있었고, 실용적인 것은 어디에도 보이지 않았다. 테이블 위에 남은 케밥은 녹색으로 변했고 숭숭 털이 올라오기 시작하고 있었다. "으윽. 정말이지 더러운 놈 같으니라고. 자위할 힘을 걸어 다니는 데 썼으면 이 지경까진 안 됐을 거 아냐."

집주인은 대답이 없었다. 그녀는 미디어 장치 캐비닛 서랍을 열어 보고 그 안에서 라벨이 붙지 않은 DVD 한 뭉치와 쓸모없는 전선 한 뭉치, 정전이 됐을 때 비밀스럽게 전원을 공급해 줄 플러그 몇 개와 그 밖의 물건들을 조금 더 발견했다.

"짜증 나는 새끼." 그녀가 투덜거렸다. 저 나사를 풀 만한 걸 찾으려면 아파트를 더 뒤져야만 한다. 칼이면 해결될 것 같다. 그가 칼을 가지고 있다면 말이다. 그가 손이 아니라 칼을 사용해 뭔가를 먹은 경우가 많았을 것 같진 않지만.

전등이 켜져 있었지만 현관은 어둡고 답답했다. 그녀의 왼쪽에 있는 문 두 개와 현관 복도 끝에 있는 문 하나—속이 비고 패널이 없는 문은 상태가 좋아 보이게 하려고 광택 나는 흰색 페인트를 칠해 뒀고, 노인네 취향의 반달 문고리가 달려 있었다.—는 닫혀 있어서 빛이나 공기가 들어오지 못하고 있었다. 똑같이 지루한 합판에 장식은 없지만, 문고리에 더러운 외투 두어 개가 걸려 있고, 반쯤 찬 재활용 상자들이 앞에 늘어서 있는 문이 더 있었다. 즐길 만한 거라곤 하나도 없는 곳이야. 그녀는 주방으로 생각되는 곳으로 다가가며 생각했다. 즐기면서 살진 않았군, 안 그래 당신? 케밥이나 먹고 손가락으로 자기 물건을 잡고 장난치는 일 빼곤 말이야.

그녀는 마침내 자립을 하게 된다면, 창문 너머로 봤던 것들 혹은 잡지에서 봤던 것들을 토대로 자기 집을 어떻게 꾸밀지 온갖 계획을 세웠었다. 내 삶이 필수품으로 구성돼 있다면, 반대로 머릿속은 그것을 완벽하게 해 줄 귀엽고 빛나는 온갖 것들로 가득 차 있지. 분홍 종이 램프 갓이랄지, 펼쳐서 벽에 장식하는 종이부채 컬렉션이라든지. 커튼 봉에는 인도 여자들이 쓰는 사리 천 같은 걸 걸어 둔다든지 말이야. 바닥 쿠션도 좋고 티파니 램프도 좋아. 선실 아래 넣어 두는 여행용 트렁크 가방 같은 메이크업 박스도 좋고. 선반은 차 통으로 가득 채우고, 그 아래에는 로고가 찍힌 머그잔들을 주르륵 늘어놓을 수도 있어. 벽에는 큰 황금색 글자들이 수놓인 벽지를 바르고. 그녀가 그 글자를 읽을 수 있을지는 확신할 수 없지만, 최소한 보는 건 좋아할 것이다. 인조 담요 침대보도 좋고. 동물 문양 같은 게 있는 지저분한 건 안 된다. 클래식한 게 좋다. 늑대 털가죽 같은 거나 아니면 밍크.

그녀는 집주인처럼 돈 많은 사람이 어떻게 이런 창고 같은 데서 사는지—혹은 살았던 건지—상상하기 어려웠다. 사실상 무단 점유라 할 만한 비용을 지불하는 베스타 같은 사람이 있기는 했지만, 집주인은 한 주에 1,000파운드 이상을 벌어들였을 것이고, 그 대부분은—자신과 콜레트가 그랬던 것처럼—현금으로 받아서 세금도 내지 않았을 것이다. 셰릴은 축구 선수 수준의 부를 가진 축복 받은 사람들이 집을 고사양의 전자 기기들로 채워 넣는 이유를 완벽히 이해할 수 있었으며, 그래서 세 대나 되는 텔레비전을 보고도 그리 놀라지 않았다. 하지만 아파트의 나머지 부분에는 가구도 거의 없고, 그저 그가 너무 게으른 탓에 쓰레기장으로 가져가지 않은 온갖 쓸데없는 잡동사니 더미가 수북해서 실망스러웠다. 그는 금실 은실로 짠 운동복을 입고 금색 소파에 앉아 금목걸이를 만지작거리면서 금색 텔레비전으로 〈댈러스〉를 보고, 스왈로브스키 큐빅으로 치장된 휴대전화로 문자를 보낼 거라고 상상했다. 현관 아래 창 밑에 자투리 목재가 늘어 세워져 있고, 초콜릿 우유병이 든 플라스틱 재활용 상자들이 놓여 있는 게 아니라.

주방은 길쭉했고, 90년대 우주선 인테리어 스타일이었다. 양옆으로 캐비닛이 줄지어 늘어서 있고, 크롬 손잡이가 달린 스테인리스 문은 잔뜩 긁혀 있었으며, 바닥에는 길거리에서 볼 수 있는 판금들처럼 보이는 리놀륨이 깔려 있었다. 난 절대 이런 주방에선 안 살아. 왜 이런 주방을 가져야 하지? 저 지저분한 꼴을 봐, 청소를 전혀 안 한 게 분명해. 음식을 해 먹었다면 절대 주방이 이런 모습일 리 없어. 이건 배달 음식만 먹고 사는 사람의 주방이야.

그렇기는 하지만 싱크대에는 기름기 묻은 접시 더미가 한가득 쌓여 있었고, 썩어 가는 쓰레기통도 있었다. 그녀는 빛의 속도로 찬장과 서랍장으로 다가갔다. 접시, 파인트 잔, 날붙이 류가 있었다. 하지만 칼날은 아이들 교재용 칼처럼 뭉툭했다. 그녀는 이걸로 나사 머리를 돌릴 수 있을지 고민했다. 그래, 어딘가에 드라이버가 있을 거야. 아니면 어떻게 처음에 저 나사를 끼웠겠어?

그녀는 계속 움직였다. 물려받은 것 같고―겉에 움푹 팬 곳들이 여러 군데 있고, 손잡이는 녹은 흔적이 있고 실금이 가 있었다.―오랫동안 사용되지 않은 듯한 냄비 한 무더기와 서랍 가득 주걱 류가 있었다. 찬장은 가스 공과금 용지와 시청 세금 독촉장으로 가득 차서, 연 다음에 다시 닫기조차 어려웠다. 기념품용 마른 행주도 한 무더기 있었다. 돌출된 기둥에 걸려 있는 앞치마와 주방용 장갑도 물려받은 것 같았다. 코르크 메모판에는 이삼십 개의 배달 음식점 전단과 두어 개의 택시 회사 명함이 압정에 박혀 있었다. 청소 도구들도 있었다. 그녀는 이것을 보고 눈썹을 추켜올렸다. 지금까지 그가 이걸 사용했다는 증거는 거의 보지도 못했으니 말이다. 가장자리에 낡은 잿빛 걸레가 걸려 있는 양동이도 있었다. 압력솥, 타파웨어 뚜껑으로 가득 찬 전기 찜솥, 토스트 기구도 있었다.

연장 같은 건 없었다. 도움이 될 만한 게 없었다. 그녀는 다시 현관 복도로 돌아가 이번에는 욕실 안으로 머리를 쑥 들이밀었다. 유리로 된 샤워 부스 가장자리를 따라 흰 곰팡이가 피어 있고, 비누에는 털 한 가닥이 붙어 있었으며, 변기 물탱크 위 찬장은 처방전 없이 살 수 있는 약들, 즉 변비약, 지사제, 위장약, 기침약, 잇몸 진통제로 채워져 있었다. 그녀는 대충 보고 더는 신경 쓰지 않았다. 욕실에서 쓸 일이 없는 한, 욕실 안에 연장을 두는 사람은 없을 것이기 때문이다.

문득 기억 하나가 번뜩 스쳐 갔다. 베스타의 욕실 바닥에 있던 공구함.

"이런." 그녀가 크게 투덜댔다. 그녀의 목소리가 그녀를 조롱하며 타일 벽에 메아리쳤다. 그들은 방수포에 싼 시체를 차 트렁크에 싣고 옮길 때 연장도 그 건설 현장으로 가져가 치웠다. 몇몇 슬로바키아 사람들은 아직도 허리춤에 연장 공구들을 차고 일하니까.

그녀는 암담한 심정으로 욕실에서 나왔다. 그리고 주방으로 돌아가 아까 찬장에서 봤던 칼 중 하나로 시도해 볼까 생각했다. 찬장은 컸고, 제일 아래 칸 위는 모두 꽉 차 있었다. 어떤 까닭인지 그녀는 조금만 움직여도 가장자리에 이르는 협소한 현관 복도를 당연하게 받아들이고 있었다. 아마도 베스타의 지하방 현관 복도가 좁기 때문인 것 같았다. 오, 그렇지. 이런 인간들도 어딘가에 후버(진공청소기, 세탁기, 드라이버 등의 브랜드./ 옮긴이) 하나쯤 숨겨 두고 있을 거야. 아마 이 밑에 있겠지.

그 문을 여는 방법을 생각하는 데 시간이 조금 필요했고, 그녀는 손톱으로 문 이음매를 긁다가, 마침내 문을 밀어서 좌우로 활짝 열었다. 엄청나게 크고 깊었는데, 그 같은 체형의 사람이 편하게 사용할 수는 없었겠지만 그래도 그가 하고자 했다면 휴대품 보관함을 들여 놓을 수 있을 정도의 크기였다. 하지만 그 안은 그 대신 거실에 흩어져 있던 것들보다 더한 쓰레기로 가득 차 있었다. 팔다리 보호대, 다리미판, 오래된 레코드 기기, 레코드판 한 상자, 진공청소기, 오래된 감독용 접의자 등이 뒤엉켜 있었다. 문 안쪽에 쪼르륵 붙은 작은 선반에는 잡동사니가 든 박스들이 놓여 있었다. 박스 안에는 전구, 나사, 못, 강력접착제, 퓨즈, 배터리 등이 있었다. 그리고 뒤쪽 바닥에 또 다른 공구함이 있었다.

"아하!" 그녀는 환성을 지르고, 활기차게 팔을 뻗어 전등 아래로 공구함을 끌어내렸다. 두 개로 나뉜 뚜껑 한 쪽을 열자 플라스틱 칸막이가 나왔고, 거기에는 선반에서 본 것 같은 잡동사니들이 들어 있었다. 그녀는 아래쪽 빈 공간에 연장이 들었기를 기대하며 칸막이를 들어내 바닥에 내려놨다. 안쪽 뒤를 들여다보고 그녀는 크게 '헉' 하고 숨을 들이켰다.

연장은 없었다. 대신 돈이 있었다. 엄청나게 많은 돈이었다. 10, 20, 50파운드짜리 지폐가 깔끔하게 분리돼 쌓여 있었다. 셰릴은 그걸 뚫어지게 바라봤다. 동공이 커졌다. 현금이 상자 안에 거의 가득 차 있었다. 수백만 파운드는 될 것 같았다.

"이런 어이없는."

그녀는 그 돈을 만지고 싶은 욕구를 참아 낼 수가 없었다. 손 아래에서 그것들이 신기루처럼 사라질 것에 대비해야겠다는 듯이 말이다. 그녀는 지폐들을 만지고, 그게 진짜라는 것을 느끼고, 놀라움의 한숨을 쉬었다. 이 반짝이는 것들을 어깨 위로 치켜들어 바라보고, 갑자기 누군가 이리로 들어와서 자신을 발견하기라도 할까 봐 두려워하며 그것을 다시 만져 봤다.

그녀는 딱딱하고 차가운 바닥에 무거운 몸을 앉혔다. 이제 머릿속으로 피가 몰린다는 말의 의미를 의문의 여지없이 이해할 수 있었다. 수천, 수백만 파운드는 될 것 같아. 바로 이게 이 아파트가 거지 소굴처럼 보이는 이유, 다 무너질 것처럼 보이는 이유야. 집세를 이 계단 아래에 다 쌓아 두기만 했으니까.

그녀는 50파운드짜리 지폐 한 다발을 집어 들었다. 두께가 3인치 정도 되는 지폐 다발이 손안에 넉넉하게 들어왔다. 그리고 말로만 들었지 실제로 본 적은 없는 곤충 종을 발견한 곤충학자 같은 눈으로 그걸 바라봤다. 지폐는 진짜였다. 그랬다. 그녀는 자기가 손에 얼마나 되는 돈을 쥐고 있는지 알 수 없었지만, 이 순간 쥐고 있는 돈이 자기 인생을 통틀어 만져 본 돈보다 많을 것이라고 여겼다. 한 면에는 사랑스럽고 그윽한 붉은 빛과 조용하고 당당한 여왕이, 뒷면에는 가발을 쓴 남자들이 그려져 있었다. 종이의 촉감도 무척이나 고급스러웠다.

난 할 수 없어. 할 수 없어. 그래선 안 돼. 오, 세상에. 이걸로 내가 할 수 있는 일이, 우리가 할 수 있는 일이 얼마나 많을까. 하지만 그럴 수 없어. 이건 우리를 끝장낼 거야. 우린 이미 잘못된 일을 했어. 난 그걸 알아. 내가 이걸 가지고 가는 건 잘못이야. 잘못을 잘못으로 생각지 않고 사는 것도 잘못이고. 그래도 이건.

그녀는 지폐를 펄럭펄럭 흔들다가 자기 얼굴 위에 올려놓고 코를 킁킁댔다. 그것들에게선─돈 냄새가 났다. 멋진 돈. 멋지고, 멋진 돈. 온갖 자유의 뿌리. '행복을 돈으로 살 수 없다.'는 말을 실제로 믿는 사람들은 오히려 이것 없이는 결코 살 수 없는 족속이지.

거실 쪽으로 열려 있는 문으로 바닥으로 녹아내리고 있는 시체가 보였다. 가엾은 인생, 가엾은 죽음이었다. 그를 위해 애도할 사람도, 그를 살펴볼 사람도 없다. 탐욕 때문에 결국 죽다니. 이것에 대한 사랑이 그에게 한 노파의 삶이 중요치 않다고 여기게 만들었다. 그리고 그는 심지어 이걸 제대로 써 보지도 못했다. 자기 삶을 즐기지도 않았다. 돈을 그저 상자 안에 넣어 두고, 그저 소파에 앉아서 텔레비전

화면으로 다른 사람들의 삶을 시청했을 뿐이다.

그녀는 망설이면서 지폐 다발을 원래 자리에 가져다 놨다. 그리고 그것들이 살아 있기라도 한 듯 한 번 툭 쳤다. 이건 다른 사람 거야. 내게 아냐. 난 그런 사람이 아냐. 내가 이 돈을 가져가면, 내가 되고 싶지 않아서 도망쳤던 그런 인간이 되는 거야. 내가 먹고살 수 있는 일을 해야 해. 하지만 이걸 가져가서 조금 잘살고도 싶어. 그 선을 넘고도 싶어.

그녀는 위쪽에 놓인 지폐 여섯 장을 챙기는 자신을 멈출 수가 없었다. 그녀는 성자가 아니었다. 지폐를 브래지어 안에 쑤셔 넣자 기분이 더 나아졌다. 집세를 깎아 준 거라고 생각하지 뭐. 담배랑 채소 두어 주분, 신발이랑 좋은 겨울 코트도 살 수 있을 테고, 일을 못하게 될 때를 위한 보험도 되어 줄 거야.

그녀는 공구함 칸막이를 다시 밀어 넣고 뚜껑을 닫았다. 그리고 공구함을 찬장 뒤쪽에 다시 넣었다. 누군가가 언젠가 이걸 찾을 것이다. 어쩌면 그들은 정직할 수도, 그렇지 않을 수도 있다. 하지만 그들은 내가 아니다.

그녀는 여기에 충분히 오래 있었다. 서두르지 않으면 노스본 하이 스트리트로 되돌아갈 때 러시아워에 걸릴 것이다. 그리고 그녀는 희한하게도 군중 속에 있을 때 더욱 눈에 잘 띈다는 것을 알고 있다. 사람들은 더욱 자신을 방어하고, 잠재적 위협을 더욱 잘 알아차린다. 그 차이는 분명하다. 그녀는 찬장 문을 닫고, 거실로 되돌아갔다.

나사 하나에 고정되어 있는 그 텔레비전이 그녀를 비웃고 있었다. 아흐, 꺼져. 나는 옳은 일을 한 거야. 하지만 성자의 피가 충분히 흐르지는 않아서 말이지. 그녀는 텔레비전 한쪽에 손을 올리고, 벽에 한 발을 받치고 몸을 흔들었다. 몇 초 지나지 않아 벽에 박혀 있던 플라스틱 못 집이 부러지고, 텔레비전이 그녀와 받침대와 석고와 다른 모든 것들과 함께 떨어져 나왔다.

38

그는 낭비를 좋아하지 않았다. 그래서 지퍼락을 네 번 접어서 바지 주머니 안에 쑤셔 넣었다. 공원의 개들은 그가 오늘 평소보다 일찍 등장해서 이득을 얻을 것이다. 상황을 조금 뒤섞어 놓고, 삶에 다소의 다양함을 부여하는 건 늘 즐거웠다. 게다가 마리안느가 그의 신경을 건드리기 시작했다. 가슴 윗부분 살갗이 벗겨지는 모습을 보는 건 잔소리를 감수하고 사는 거나 마찬가지였다.

수요일이고, 주중의 짧은 근무는 이미 끝났다. 금요일의 반일 근무가 남아 있을 뿐이다. 종일 근무를 하던 때에 그는 종종 자신을 위해 쓸 시간이 너무나 적다고 한탄하곤 했다. 하지만 지금 그는 미술관이나 박물관, 영화관, 아니면 인도에 놓인 카페 테이블에 앉아서 세상이 흘러가는 모습을 볼 만한 시간이 많았다. 그렇지만 그걸 즐길 만한 돈이 없었다. 또 그는 인터넷 속에서 신기해하며 오랜 시간을 보내지조차 못했다. 컴퓨터 접속 케이블의 일일 추가 비용이 너무 비싸게 느껴졌기 때문이다. 시간당 일자리로 사는 삶은 텔레비전을 많이 보고, 슈퍼마켓 사이다를 많이 마시고, 밤에 나가는 일이 극히 적은 그런 삶이다.

그의 사회생활은 바쁘게 돌아간 적이 없다. 토머스는 왜 그런지 결코 이해하지 못했지만, 그가 사람들을 불편하게 하는 모양이었다. 시민 상담소를 하루 종일 열었던 때조차 그의 동료들은 퇴근 후 한 잔하러 갈 계획에 대해 그의 의견을 묻는 걸 종종 잊었고, 몇 번 없는 시청 회의가 끝난 후에 가구 조합 사람들은 그가 말하는 동안 그와 눈을 거의 마주치지 않았다.

오늘 그는 한턱 쏘는 것 같은 기분이 들었다. 집주인이 죽고 당분간 세를 받으러 올 사람이 없을 테니 그의 재정 상황은 현재 많이 양호한 상태다. 바쁜 점심시간은 끝났고, 쥘리앵 식당의 바쁜 시간도 끝났다. 그는 거품이 듬뿍 올라가고 꼭대기에 초콜릿 시럽을 뿌린 카푸치노 한 잔을 마시면서 유모차들 사이에 앉아 있고 싶었다. 또 하루의 화창한 날이다. 열린 창으로 들어오는 더위에서 그를 식혀 줄 에어컨 설비가 갖춰진 식당 차양 그늘 아래에서 소녀들—의식적으로 남의 눈을 신경 쓰지 않으며 얇은 여름 원피스를 입고 인도를 걸어가는—을 바라보는 일은 멋질 터였다. 그 후에 그는 작은 식료품점에 들러서 네 개들이 식품을 사서 소파에 앉아 니키와 함께 좋은 시간을 조금 보낼 것이다.

하이 스트리트의 오후는 한가했다. 아침과 출퇴근 시간에만 번잡했고, 나머지 시간에는 런던의 트리플딥(경기가 일시적으로 회복되었다가 다시 침체되는 현상이 반복해서 일어나는 일./옮긴이)을 관찰할 수 있는 곳이었다. 사람들은 평소처럼 상점 안을 돌아다니거나 윈도쇼핑을 하러 나오지 않았다. 상점이란 결국에는 뭔가를 사게 되는 위험이 가득한 곳이다. 토머스가 계속 집에 머무르는 이유도 그 때문이다. 화랑들은 거의 입장료를 받지 않지만, 그 안의 카페에서 파는 작은 물 한 병은 그 손실을 잽싸게 만회했다. 식당은 하루 종일 운영이 괜찮은 유일한 업종이었다. 11시쯤 문을 열어도 되고, 그때부터 영업 종료 시간까지 각각의 시장에 음식을 제공하고 치우는 물물교환이 적절하게 이루어졌다. 운동을 마치고 집으로 가는 엄마들, 점심 손님들, 토머스 같은 시간 때우기 손님, 퇴근 후 한잔 걸치는 사람들, 당황해 하며 첫 데이트에 나선 사람들, 동네 펍 대부분에서처럼 상처 입을 걱정 없이 갈 만한 어딘가를 찾아온 듯한 온갖 사람들이 식당을 찾았다.

그는 인도에 놓인 야외 테이블이 다 찬 것을 보고 실망했다. 그런데 마권 판매소 옆 맨 끝에 있는 테이블 하나에 혼자 앉은 손님이 보였다. 이십 대 후반 같고 학구적으로 보이는 여자였다. 전자책 읽기에 맹렬히 집중하고 있는 것 같은데, 그런 태도는 오히려 전혀 읽고 있지 않다는 걸 알려 준다. 그녀는 바람을 맞았거나 아니면 회의 전에 시간을 때우고 있는 것 같았다. 어쨌든 그녀는 거기 오래 앉아 있을 것 같지 않았다.

그는 그쪽으로 다가가서 함께 앉아도 되느냐고 물었다. 그녀가 고개를 들어 그를 봤고, 그는 그녀가 다소 귀여운 편임을 알았다. 짧은 머리, 엄청나게 큰 눈, 작지만 도톰한 입, 귀엽고도 작은 뾰족한 턱. 안경과 랩 스커트. 편편한 가슴골을 덮고 있는 캐미솔이 아니라면 약간 만화 캐릭터처럼 보일 것도 같았다. 내가 그녀에게 옷을 입힌다면, 종종 거리에서 여자들을 마주쳤을 때 떠올린 환상을 충족시키는 옷, 그러니까 뷔스티에와 카프리 팬츠를 입힐 텐데. 가슴이 작고, 블라우스 아래 가려진 허리도 얇아 보이니까. 가슴을 끌어모으는 옷을 입히면 완벽해질 거야.

그는 그녀가 고민하는 모습을 지켜봤다.

"누가 올 거예요."

"괜찮습니다. 그분이 오시면 제가 자리를 비켜드리면 어떨까요? 오늘은 정말 바깥에 앉고 싶어서요."

그녀가 어깨를 으쓱했다. "그러세요." 그러고는 말을 나누지 않겠다는 의사를 표시하듯 테이블 가로 의자를 돌리고 자신이 보던 화면에 코를 박았다.

그는 자리에 앉아서 손짓으로 웨이터를 불렀다. 웨이터가 잠시 후에 오겠다는 몸짓을 했다. 토머스는 의자를 거리 쪽으로 돌리고, 다리를 꼬고 앉아, 최선을 다해 온갖 신경 언어학 프로그래밍을 동원해 그녀의 몸짓 언어를 해독했다. "아름다운 날이네요." 그가 말을 걸었다.

"음." 그녀가 전자책 화면에서 고개를 들지 않고 대답했다.

"죄송합니다. 어리석었네요. 그 순간에 아름답지 않은 날은 없는데 말이죠."

"그러네요." 그녀가 화면을 클릭해 페이지를 넘겼다. 그리고 다시 '앞으로 가기' 버튼을 눌렀다. 토머스는 거리를 내다봤다. 특별히 사랑스러운 것은 보이지 않았다. 맞은편에는 우체국 물류 창고가 있었고, 우체국 뒤로는 아무도 살지 않는 철로 제방이 뻗어 있었다. 노란 벽돌로 된 특색 없는 정사각형 건물로, 반송 우편물이 들어가는 창이 달린 붉은 철문 앞에 휠체어 경사로가 보였다. 엉덩이까지 내려오는 초록색 운동복 상의에 검은 레깅스를 입고, 글래디에이터 샌들을 신고, 머리를 대충 동그랗게 말아 묶은 여자가 그 앞을 지나갔다. 레깅스는 악마의 작품이지. 여자들은 레깅스가 몸을 꽉 죄어 준다고 여기지만 실제로는 그렇지 않다. 어느 부위든 레깅스는 그곳을 두드러져 보이게 했다.

그가 여자 쪽으로 몸을 돌렸다. "좋은 책인가 봅니다."

그녀가 고개를 들었다. "저기요. 죄송하지만, 그쪽이 저와 이야기를 나누려는 걸 알았더라면 거기 앉으시라고 말하지 않았을 거예요. 전 친구를 찾고 있지는 않아서요."

그녀가 날카롭게 지적하듯 다시 화면으로 고개를 박자 토머스는 양 뺨에 피가 쏠리는 것을 느꼈다. "죄송해요." 그가 구슬프게 말했다. "그냥 친해지고 싶어서요."

그녀가 눈을 굴리고 뾰로통하게 입술을 오므렸다. 그리고 전자책 리더기에서 눈을 떼지도 않고 커피 잔을 들어 홀짝거렸다. 그리고 마지막 거부의 표시로 아이팟 이어폰을 귀에 꽂았다.

그는 당황해서 일어나 자리를 떴다. 그는 사람들이 자신을 원하지 않을 때가 언제인지 알았다. 실제로, 그는 종종 그런 일을 당했다. 이것은 그의 문제 중 하나였다. 그는 이것이 모든 남자들에게 닥치는 일이며, 여자들은 선택받기 위해 그저 기다리기만 하면 되지만, 남자들이 할 일은 선택하는 것이라고 생각하며 자랐다. 이 규칙이 생각보다는 더 복잡하다는 것을 알게 되면서 그는 끔찍하게 낙담했었다. 그는 자신과 자신이 당한 창피함 사이에 거리를 두기를 간절히 바라면서, 테이블 주변을 몇 걸음 서성이고는 서둘러 길가로 나섰다. 선라이즈 카페는 아직 영업 중이었다. 오, 그래. 여기도 카푸치노가 있을 거야. 요즘에는 어디서나 파니까. 포르투갈 커스터드 타르트도 있을 거고. 여긴 늘 괜찮았지.

"썩 꺼져요!" 옆쪽에서 목소리가 들려왔다.

토머스는 주변을 두리번거리고 깜짝 놀랐다. 누구에게 하는지 모를 말이었다. 이 더위에 방한용 작업복 재킷과 전투복 바지를 입은 남자 하나가 헐렁한 트위드 스커트에 정장용 흰색 블라우스와 연보라색 카디건을 입은 소심해 보이는 여자를 노려보고 있었다. 그녀는 전단지 더미를 끼고 있었는데, 전단지 한 장을 든 손이 허공에 멈춰져 있는 것으로 미루어 그에게 막 건네려고 하던 참이 분명했다.

"죄송합니다." 그녀가 말했다.

"당신이 뭘 믿든 그건 당신 맘이지만, 다른 사람의 목구멍에 당신이 믿는 걸 우겨 넣으려고 하는 건 그만두지."

"전 그러지 않았어요!" 그녀가 항변했다. 그녀는 서기 뉴잉글랜드 유치원 연대에 살고 있는 듯한 차림에 다이애나 황태자비 같은 머리 모양을 하고, 예수 그리스도가 매달린 작은 십자가상 목걸이를 걸고 있었다. 사랑스러운 붉은 두 눈동자에, 목은 백조처럼 길었다. 그는 뭐가 쓰여 있는지 전단지를 들여다봤다. 크고 검은 '좋은 소식' 란과 어린애가 손으로 그린 듯한 십자가가 보였다. "전 그저 단지……."

"나한테 '하느님'에 대해 말하려고 했잖아. 그렇지. 그럴 줄 알았다니까. 하지만 난 신경 안 써."

"하지만 전 그저……."

"당신 같은 사람들 때문에 골치가 아프다니까." 남자가 말하고는 그녀의 손에 들린 전단지 더미를 툭 쳤다. 전단지가 폭포수처럼 인도에 쏟아졌다.

토머스는 기회를 잡았다. 그는 그들을 밀치고 그 사이를 가로질렀고, 공격하던 남자는 다른 쪽으로 걸어가 거리를 떠났다.

"죄송합니다. 죄송합니다." 그녀가 말했다. 어찌나 사랑스럽고 영국적인 사과인지. "감사합니다. 그리고 죄송합니다. 정말 감사합니다."

톤은 높았지만 경직된 말씨였다. 목소리는 그녀의 외모보다 훨씬 나이 들게 느껴졌다. 하지만 피부는 예뻤다. 눈처럼 희고 티 없었다. 저자극성 비누와 콜드크림을 쓰고 있을 것 같아. 요즘 나오는 화장품을 쓰진 않을 거 같아. 아름다운 영국 장미 같은 안색은 콜드크림 덕분일 거야. 사랑스러운 살결이군. 누구든 저 피부를 보면, 한 번도 만져 본 적 없는 피부라고 생각하고는 만져 보고 싶어질 거야.

"아닙니다. 아니에요. 유감이에요. 저 사람은 아가씨같이 신의 유전자를 가지고 싶은 마음이 전혀 없었던 거죠. 전혀 필요 없었겠죠."

그는 가까스로 전단지를 한데 모으고는, 손으로 전단지 더미를 툭툭 쳐서 반듯하게 정리했다.

그래, 기독교적인 전단지로군. 하단에 지역 복음주의 교회의 이름이 있어. 그는 가끔 일요일에 그들이 헛간 같은 건물에서 나오는 모습을 본 적이 있다. 기쁨에 가득 차고 상기된 얼굴이었다. 남자들은 브이넥 스웨터에 회색 양복을 입었고, 여자들은 대부분 꼭 이 여자같은 옷차림을 하고 있었다. 그가 전단지 다발을 건네자 그녀가 수줍고도 고마워하는 미소를 띠며 받아들었다. "이런 걸 예상했어야 하는데. 어떤 분들은 '말씀'을 듣는 것조차 바라지 않으신답니다."

"그 '말씀'이란 게 뭔가요?" 그는 그게 뭔지 알면서도 물어봤고, 그녀의 눈에서 희망이 샘솟는 걸 봤다. 그녀가 가지고 있는 전단지의 양으로 미루어 보건대, 분명 오늘처럼 운수 좋은 날이 많지는 않았을 것이다.

"저는 저희 교회의 '말씀'을 전하고 있어요." 그녀가 그 단어 자체에 큰 의미가 있다는 듯이 '말씀'이라는 단어를 강조했다.

토머스는 놀라고 흥미로운 체했다. "교회요? 그렇군요!"

"음…… 이미 교회를 다니고 계신 건 아닌가요?"

그의 옷 속에서 흥분으로 오스스 소름이 올라왔다. 정말 아름다운 살결이야. 이 여잘 나 혼자 차지한다면, 만져 볼 텐데. "그게, 전……."

"이 근처에 살고 계신 건 아닌 듯한데……." 그녀는 울적해 보였다. 자신에게 꺼지라고 말하지 않는 누군가가 하느님에게 흥미가 없을 수도 있다는 생각은 머릿속에 떠오르지도 않는 것 같았다.

"오, 아니에요. 아니에요. 전 그저…… 그저 아가씨와 마주친 게 재미있을 뿐이에요. 전 이제 막 이곳으로 이사 왔거든요, 그리고……."

"아! 어디에서 오셨나요?"

그는 재빠르게 머리를 굴렸다. 마음속에 떠오른 첫 번째 이름이 입 밖으로 튀어나왔다. "콜린데일이요."

"콜린데일이요? 먼 곳에서 오셨군요!"

그리고 난 한 번도 거기 가 본 적이 없지. 그래서 거길 선택한 거야. 노스본 출신은 누구도 콜린데일에 가 본 적이 없을 테니까. 북부선 제일 끝이고, 여기에서 북부선까지 걸어가는 길조차 대개는 잘 모르니까.

"네, 네, 그래요."

그녀의 살결은 거의 투명하리만치 창백했다. 한 번도 햇빛 아래 나가 본 적 없는 것 같은 그런 피부였다. 피부 아래를 흐르는 피까지 볼 수 있을 것 같군. 동맥이 거의 다 보일 것 같아.

"그러시다면 조금……."

"네, 어쨌든 아직 교회를 찾지 못 했거든요……."

그녀는 매우 기쁜 표정을 지었다. "그렇다면 전도를 위해 제가 설교를 좀 해도 될까요?"

"그건 좀 어려울 것 같은데요." 그의 말에 그녀가 혼란스러운 기색을 띠었다. "설교라니, 설교는 좀 그래요. 이런 맙소사. 무슨 생각을 하고 계신 겁니까?"

그녀가 웃음을 터트렸다. 작고 하얀 치아가 진주 같았다. 그를 조금쯤 기대하게 만드는, 전혀 빼지 않는 미소였다. 그녀는 고개를 뒤로 젖히고 길고 하얀 목까지 드러내 보이며 웃었다. 아름답군. 다시 한 번 오스스 소름이 돋았다. 그리고 무척이나 솔직하군. 결혼반지도 없고 말이야. 집에서 기다릴 사람은 없겠어.

39

사이코가 딱정벌레를 한 마리 잡아 잔디 위에서 괴롭히며 놀고 있었다. 재미있군. 호세인은 생각했다. 저 고양이는 늘 최선을 다해 공격할 대상을 바라보지. 전신에 윤기가 흐르는 고양이가 꼬리를 셰퍼드처럼 말고 지방 하나 없이 근육이 탄탄한 긴 다리로 춤추듯이 불운한 곤충에게로 몰래 다가갔다. 가끔은 관객이 아직 넋을 빼고 자신을 보고 있는지 확인하려고 시선을 관객에게로 돌리기도 했다.

"저 고양이는 분명 토비라고 불렸었다니까요." 그가 말했다.

"그랬지. 저 애가 '스누키', '벨엔드' 기타 등등으로 불리기 전에 말이야. '스쿠우지 씨'라고도 잠깐 불렸고." 베스타가 말했다.

"스쿠우지 씨요?"

"자네가 거기서 뭘 떠올릴지 알아."

호세인이 웃었다. 잠시 사이코의 아몬드 모양 눈동자와 황금빛 기운 때문에 그는 고양이가 자기 자신과 별다르게 생각되지 않았다.

"사이코라는 이름이 나은 것 같네요."

"그래. 저 애한테는 그게 어울리지. 뭐랄까, 저 애는 우리가 뭐라고 부르든 신경 쓰지 않는 것 같지만. 저녁 먹으라고 자기를 불러 주기만 한다면 말이야."

"저녁 말인데요."

"아, 그렇지. 저녁 준비를 해야지."

하지만 그녀는 움직이지 않았다. 슬픔으로 가득 찬 표정을 하고 주방으로 내려가는 대신 그저 앞을 응시했다.

"모두 망쳐졌어. 알겠지만, 지금."

"오, 할머니……."

"알아. 미안하네. 자네는 그 모든 일을 해치우고, 모든 일을 도와주고, 자네의 모든…… 자네가 날 위해 감수해 준 위험한 일들은…… 하지만 난 아무것도 할 수 없어. 여기 있는 매순간, 내게 보이는 것이라고는 전부……."

그는 포셰네와 정원을 가르는 울타리를 쳐다봤다. 귀가 달린 벽은 아니었다. 울타리였다. 베스타는 그의 눈동자가 움직이는 것을 보고 입을 다물었다. "미안하네."

"그런 말씀 마세요. 이해해요."

그녀는 아무도 이해하지 못할 거라는 표정으로 그를 바라봤다. "더 이상 여기 있고 싶지가 않아."

호세인이 고개를 끄덕였다. "이해해요. 로샤나가…… 거기선 아무 일도 일어나지 않았지만, 전 그 아파트에서 더 이상 지낼 수 없었을 거예요. 계속 그녀의 모습이 나타났죠. 모퉁이를 돌아 사라지는 모습, 발코니에 서 있는 모습…… 때때로, 그들이 독살된…… 장소들도요."

"하지만 떠날 방도를 모르겠어."

"그냥…… 떠나시면 돼요, 할머니. 사람들은 늘 그렇게 해요."

"그 '사람들'에는 일흔 살 가까이 먹은 사람은 포함되지 않아. 돈도 없고, 저축도 거의 없고, 가진 것 중에 가치 있는 것이라고는 그저 안정적인 임차 상태뿐이지. 이렇게 안정적인 거주지가 없었더라면 나는 수년 전에 떠났을걸세."

그가 잠시 조용히 생각을 했다. "그래서, 한편으로 이건 축복이 아니라 감옥이기도 하잖아요."

그녀가 입을 열었다. 생각해 오던 것을 거의 처음으로 입 밖에 내는 것이었다. "그래, 세상에…… 어리석었지. 안 그런가?"

호세인이 어깨를 으쓱했다. "우리 대부분이 그런 걸요. 한자리에 머무는 거, 그게 인간 본성이에요. 무슨 일이 일어날지 모르니, 변화는 두렵죠. 살아오시면서 많은 곳에서 얼마나 많은 사람들이 그런 생각의 노예로 사는지 보셨잖아요. 많은 사람들이 선택의 여지가 없는 지경이 돼서야 변화를 꾀할 수 있죠. 언젠가 사람들이 죽음보다 변화를 더욱 두려워한다는 글을 읽은 적이 있어요. 그리고 전 그 말을 믿어요."

그녀는 부끄러워하며 지구 반대편에서 온 남자를 바라봤다. "자네에게 선택권이 있다면 자넨 어디 있겠는가?"

그가 한숨을 쉬었다. "전 지쳤어요. 슬픔에 지쳤고, 미래에 대한 불안 때문에 지쳤고, 다음에 무슨 일이 일어나게 될지 알려고 기다리느라 지쳤어요. 제가 특별히 원하는 곳은 없어요. 그저 평화롭게 지내고 싶을 뿐이죠. 평화롭고 조용하고, 제가 예측할 수 있는 내일을 원해요. 영주권을 얻고 직장으로 돌아가면 좋아지겠지요. 일하는 게 정신에 좋아요."

"내가 생각했던 것도 그게 전부야. 적어도, 바로 그게 내가 바랐던 거지. 그래서 자네가 무슨 말을 하는지 알아. 은퇴한 뒤로 쭉 나는…… 무의미하다는 걸 느끼고 있지만."

"그래서 할머니는요? 할머니한테 선택권이 있다면, 어디로든 가실 수 있다면요? 어디에 계시겠어요?"

"오, 그건 쉽지. 일프라콤이야. 쏜살같이 일프라콤으로 떠나고 싶어."

"할머니, 계세요?"

아파트 안에서 콜레트의 목소리가 들려왔다. 그들은 앞으로 좀 더 나와 앉아서 집 쪽을 들여다봤다. "정원에 있어." 베스타가 외쳤다.

그녀가 주방 문가에 나타났다. 재킷과 청바지를 입고, 어깨에는 스포츠 가방을 메고 있었다. "문이 열려 있어서요. 죄송해요."

"괜찮아." 베스타가 말했다. 이상하게도 도둑 사건은 그녀에게 안전에 더 주의를 기울이게 하기보다 오히려 소홀하게 만들고 있었다. 이렇게 누군가가 쉽게 안으로 들어올 때면 그것이 더는 중요하게 여겨지지 않았다. "어쩐 일이야?"

그녀가 계단을 올라왔고, 두 사람은 그녀가 바이커 부츠를 신고 있는 걸 봤다. 전투태세가 완벽히 갖춰져 있었다. 그녀가 잔디 위로 올라서서 앞쪽 마른 풀 위에 가방을 내려놓았다. 사이코가 그 소리에 몸을 일으켜 쏜살같이 수풀 속으로 들어갔다.

"작별 인사 하러 왔어요." 두 눈이 울어서 빨개져 있었다. "저 떠나요."

"떠나?"

콜레트가 고개를 끄덕이고는 먼 곳을 응시했다. "셰릴에게 작별 인사를 대신 전해 주실래요? 아무도 못 봤어요. 그리고 이제 떠나야 하고요."

호세인이 벌떡 일어났다. "안 돼요. 그럴 수 없어요!"

베스타는 그녀의 얼굴이 발그레해지고, 그의 눈길을 피하는 걸 봤다. 오, 이런. 콜레트가 호세인을 정말이지 좋아하는군. 그런데 호세인이 콜레트를 좋아하는 건 미처 몰랐네. 내 눈이 어떻게 됐었나 봐.

"뭐 문제라도 있니, 아가?"

콜레트가 주저하며 호세인에게 눈을 맞췄고, 어느 정도까지 말해야 하는지 고민했다. 결국, 그녀는 억지로 흥겹다는 웃음을 작게 터트렸다. "오, 아니에요. 할머닌 아시잖아요. 계속 움직여야 한다는 걸요."

"어디로 갈 건데?"

그녀는 다시 주저했지만, 결국 "오, 아시잖아요."라는 말밖에 할 수가 없었다. "빅토리아 역에 가서 뭐가 있는지 봐야죠."

"완전히 멀리 갈 생각이야? 엄마는 어쩌고? 콜레트, 무슨 일이 생겼어?"

"엄마는 제가 누군지 알아보지도 못하는걸요. 절 그리워하지도 않을 거예요. 아시겠지만, 그때 조금 결심할 마음이 들었던 것 같아요." 그녀가 빈 헛간 쪽으로 손짓을 했다. "……모든 일이 일어났던 때요. 이제 좀…… 몸이 근질거리네요. 아시죠? 할머니가 말리셔도 소용없어요."

뭔가가 일어났고, 많은 것이 분명하게 드러났다. 콜레트는 유령을

366

본 것 같은 모습을 하고 있었다. 그녀의 유령들이 그녀를 잡으러 온 것 같은 모습을. "저녁때가 다 됐는데. 어디로 갈 거니?"

콜레트가 한숨을 내쉬었다. "대중교통은 밤 시간에도 거의 내내 운행하니까요. 버스에서 자고 한 발 앞서서 출발하는 편이 나을 것 같아요."

"제 생각에는 여기 가까이 앉아서 함께 이야기를 나눠 보는 게 좋을 것 같은데요." 호세인이 말했다.

"글쎄요. 아무도 제가 여기 있었다는 걸 몰라요. 그러니까 다시 떠나도 아무 상관없을 거예요." 콜레트가 말했다.

"콜레트, 무슨 일이 생긴 거야? 괜찮은 거야?" 베스타가 물었다.

"그런 일 없어요. 상황을 좀 바꿔 보고 싶은 것뿐이에요."

"그 사장 때문입니까? 그 사람이 당신을 찾아낸 겁니까?" 호세인의 질문에 바늘에 찔린 풍선에서 바람이 빠지듯이 그녀에게서 허세가 빠져나가 사라졌다. 그녀는 충격을 받고 베스타 쪽으로 몸을 돌렸다.

"저 사람에게 말씀하셨군요."

"그래, 내가 말했단다."

"맙소사." 콜레트가 가방 옆 잔디 위로 털썩 주저앉았다. "비밀이란 게, 참."

"셰릴에게도 말해 줬단다."

"언제요?"

"네가 내게 말해 줬을 무렵에."

"뭐라고요? 또 누구에게 말씀하신 거죠? 또 이웃 누구한테 말씀하신 거예요? 어떻게! 청과물 상인한테는요? 1호실 안에 처박혀 있는 그 자식한테는요? 그 자식이 뭔가 알고 싶어서 그렇게 문을 걸어 잠그고 있는 거군요!"

"미안하구나." 진심으로 미안한 투는 아니었다. "호세인이나 셰릴은 그 정보를 갖고 경찰에 갈 사람들이 아니니까. 안 그러니? 솔직히, 누군가가 정문 문간에 나타나서 너를 찾는다면, 그 사람이 뭐 때문에 왔는지 알고 있는 사람이 있는 편이 낫다고 생각했어."

"집어치우세요." 콜레트가 완전히 기운을 잃었다. "그렇군요. 감사해요. 무척 감사드려요."

"별말씀을." 베스타의 말에 콜레트가 순수한 악의를 담은 시선을 던졌다.

"할머니가 그러셨다는 게 정말 믿기지가 않네요. 전 뭔가요? 아기 사슴 밤비라도 되나요?"

"미안해요. 제가 알고 있다고 말해서는 안 됐는데. 할머니가 비밀을 꼭 지키라고 말씀하셨는데." 호세인이 말했다.

"그러시겠죠. 비밀 엄수가 여기에서는 엄청나게 큰일이란 게 분명하군요." 그녀가 조롱조로 말했다.

"차 한잔 마시지 않으련?" 베스타가 말했다.

"아뇨! 아뇨, 됐어요. 마시고 싶지 않아요! 그런다고 뭐가 해결되죠?"

합당한 질문이었다. 베스타는 집주인이 죽은 이후로 낮 동안 매시간 차를 마셨지만, 여전히 심장은 고장 난 것 같았다.

그녀는 접의자에서 일어나 집 안으로 향했다. "차 한잔 가져다줄게. 어쨌든 우리 둘 다 기분 전환이 필요하니 말이야."

내가 자리를 비켜야겠어, 베스타는 생각했다. 콜레트는 지금 나한테 화가 나 있으니까. 그게 뭐든 나한테 난 거니까. 누군가 그녀에게 이 일을 납득시켜야 한다면, 호세인이 어떻게든 해낼 수 있을 거야. 호세인은 내가 할 수 없는 방식으로 콜레트의 약한 부분을 움직일 만한 말을 할 수 있을 거야.

그녀는 콜레트를 지나쳐 주방 문 쪽으로 걸음을 내디뎠다. 그녀 자신의 유령이 그녀 뒤를 따르며 덮쳐 왔다. 모든 면에서 주방은 원래대로 돌아가 있었다. 아니, 원래 그 이상이었다. 호세인이 1990년대의 언젠가 빠져 버린 가스레인지의 점화구를 손질해 줬고, 싱크대 수도꼭지를 바꿔 줘서 이제 더는 물이 똑똑 떨어지지 않았다. 하지만 그녀는 이곳에 있는 게 너무도 견디기 어려웠다. 욕실 문이 열리면, 변기에 얼굴을 처박고 쭈그린 집주인의 기억이 번뜩 떠올랐다. 문이 닫히면, 뒤에서 누군가가 움직이는 소리가 들렸다. 욕실을 사용하는 것은 극도로 고통스러웠다. 그녀는 책을 들고 오랫동안 목욕을 즐기는 걸 무척 좋아했었다. 하지만 지금은 서둘러 샤워를 마치고 빠져나왔다. 변기에 앉을 때면 눈을 꼭 감아야 했고, 숨이 멈춰졌다.

그녀는 싱크대 위에 주전자를 올려놓고, 물을 채우고, 물이 끓는 동안 찻잎을 헹궜다. 이건 단지 회피할 구실에 불과하다. 참을 수가 없어. 지금은 이걸 할 수 있지만, 겨울에는 무슨 일이 일어날까?

정원에서 낮게 중얼거리는 소리가 들려왔다. 그 소리로 미루어 최소한 콜레트가 대화를 나눌 정도까지는 진정된 것 같았다.

내 인생 전부가, 여기서 살아온 내 인생 전부가 망가졌어. 엄마가 케이크를 만들고, 빨래를 하고, 빨래에 집게를 물리고, 아빠가 정육점에서 입으시던 겉옷을 입고 밀짚모자를 쓰고 집으로 오시고, 정원 주변에서 나를 잡으러 쫓아다니시고, 괴물인 척하셔서 내가 즐거움

반 무서움 반의 비명을 지르고, 두 분이 아프셔서 돌봐드리고, 임종 하실 때 사랑한다고 말씀드렸던, 그 모든 기억이 한순간에 어둠 속으로 모두 사라졌어. 아직 시기상조라는 건 알아. 나는 아직 충격을 받은 상태고, 다음에 무슨 일이 벌어질지, 그가 발견되면 무슨 일이 생길지 두려워하고 있는 상태지. 하지만 다시는 그 전으로 돌아갈 수 없을 것 같아. 내가 여든다섯 살이 돼도, 여기 있는 사람들이 모두 떠나고 오랜 후에 나 혼자 남겨져도, 그때도 나는 지옥에서 자기 꼬리를 밟고 놀라 내빼는 개처럼 욕실에 뛰어 들어갔다가 후다닥 뛰쳐나올 거야.

주전자가 달그락거리기 시작했고, 그녀는 안으로 돌아갔다. 여기가 전보다 더 어두워 보이는군. 정확히 말해 이 방이 밝았던 적은 없지만, 계속 내 어깨에 그림자가 매달려 있는 것 같아. 여기에서 떠나고 싶어. 떠나고 싶어.

40

이 남자는 이제 자기가 가장이라도 된 기분이 드는가 보군, 그녀는 정강이 아래 잔디를 잡아 뜯으며 생각했다. 베스타 할머니가 날이 사람과 두고 가니 이제 자기가 내게 아버지처럼 설교를 해도 된다고 생각하는 모양이야. 내게 지금 당장 필요한 게, 내 생각의 오류를 남자 입장에서 설명해 주는 거라고 여기는 것 같아.

호세인은 당황한 듯 보였다.

"베스타 할머니는 제가 콜레트 씨를 설득하길 바라는 것 같아요."

"뭐, 신경 안 써요."

"아니요. 저는 그래야 한다고 생각하지는 않아요. 당신은 성인이니까요. 전 당신이 자기가 뭘 하고 있는지 안다고 확신해요."

그녀는 갑자기 약간 상처받은 기분이 들어 놀랐다. 멋지군요. 참견해 줘서 기쁘네요.

"가고 싶어서 가는 건 아니에요. 제겐 선택의 여지가 없어요."

숨겨 뒀던 곳에서 황급히 꺼낸 현금이 가방 속 옷 아래 담겨 있고, 숄더백에는 금방 찾아 쓸 수 있도록 따로 넣어둔 1,000파운드 정도가 들어 있다. 어제 보증금과 엄마의 최근 청구서를 처리하고 이제 9만 5,000파운드도 남지 않았다. 물론 선불이었다. 아직 돈이 많이 남았지만, 그건 언제 도망쳐야 하는지 가슴 졸이지 않을 때에만 해당되는 말이다.

"어디로 갈지는 생각했어요?"

"아뇨. 빅토리아 코치 역에 도착해서 생각할 거예요."

"그러고 나서 동유럽으로?"

"비꼬는 건가요?"

그가 알았다는 뜻으로 고개를 위아래로 끄덕끄덕했다. "제가 도망치고 있다면, 따뜻한 곳으로 가고 싶을 것 같아요."

"분명 그런 것 같네요. 그래서 영국으로 오신 거겠죠."

"핵심을 짚으셨어요. 제가 여기 온 건 미국과 멀리 떨어져 있어서예요. 게다가 당신은 대륙의 겨울을 겪어 본 적 없잖아요. 유럽 여권이 있으면 조금 더 선택지가 많아요."

결국 그녀는 그를 마주 볼 만큼 분노를 가라앉혔다. 그의 얼굴 표정은 차분하고 친절했다. 그녀에게 뭘 하라고 말할 기색 같은 건 안 보였고, 그는 그저 적절한 때를 기다렸다.

"괜찮다면, 제 컴퓨터를 빌려 쓰셔도 돼요. 갈 만한 곳을 검색하려면요. 그냥 역으로 가는 건 좀 무작정이니까요."

"무작정이 좋아요. 그게 최고죠. 나조차 내가 갈 곳을 모른다면, 다른 사람들도 알아내기 힘들겠죠. 그런데 컴퓨터 가지고 계셨어요?"

"아무에게도 말하지 마세요. 안 그러면 모두 그 앞으로 가고 싶어

372

할 테니까요. 그럼 컴퓨터는 이베이의 대변인이 되고 말걸요. 그래요. 전 그걸로 글을 쓰고, 제 작은 무선 공유기를 사용해서 인터넷에 접속해 문제거리를 만들기도 하죠. 그런데 자금 사정은 괜찮아요?"

그녀는 의도적으로 가방에서 눈을 뗐다. "네. 지금은 괜찮아요."

"그러니까, 왜 그러냐면, 음 당신이 좀 필요하다면, 제가……."

그녀는 입을 딱 벌리고 그를 쳐다봤다. 그는 스스로 콩 한 쪽도 가질 수 없는 처지다. 그녀는 여행 중에 만난 가난한 사람들이 얼마나 후한지 놀라곤 했다. 그녀가 만났던 승승장구하는 인간들 대부분은 타인을 돕는 게 약자의 증거라고 생각하는 듯 보였는데 말이다.

"아니에요, 호세인 씨! 전 그런 건 꿈도 꾸지 않아요. 바보 같은 말씀 마세요!"

"알겠어요." 그가 두 손을 들었다. "그저…… 아시겠지만, 뭐, 아시죠?"

"전 괜찮아요. 정말로요. 다른 걱정에 비하면 돈 걱정은 정말 사소한 거예요."

"준비되셨으면 제가 아래까지 배웅할게요."

"왜 그러려고 하세요?"

그가 어깨를 으쓱했다. "당신이 도망치고 있는 중이라면, 전 최소한 당신이 안전하게 떠나는 거라도 보고 싶어요. 당신이 충동적으로 이러는 건 아니라고 생각해요. 며칠 동안 끙끙거리지 않고 그냥 충동만으로 움직이는 사람은 없으니까요."

"할머니가 당신에게 말했다는 게 믿기지 않아요."

"네, 알아요. 저 역시 화가 났을 거예요."

"젠장!" 그녀가 말을 중간에 끊었다. "그런 이해한다는 말 따윈 집어치워요."

"알았어요. 그러는 게 좋다면요. 그럼 어머니에게서도 떠나는 건가요? 어머니는 어떻게 하죠?"

그녀는 뺨을 한 대 맞은 것 같은 기분이 들었다. 침을 꿀꺽 삼켰다. "제겐 선택의 여지가 없어요."

이제 이 남잔 모든 사람들에게 선택지가 있다고 말하겠지. 그러기만 해 봐. 한 방 날려 줄 테니.

"무슨 일이 일어난 건데요? 제가 물으면 안 되는 건가요?"

그녀는 지쳤다. 한탄하기도 지쳤다. 고개를 저었다.

"그렇다면 당신의 옛날 사장 일이군요. 그렇죠?"

"네. 아니요. 젠장, 몰라요. 아마 그럴 거예요."

그는 재촉하지 않고 그녀가 말하기를 기다렸다.

"전 그의…… 사람들 중 하나를 봤어요. 말리크요. 어제. 그를 본 것 같아요. 아니, 그가 맞아요. 확실해요."

"오."

그가 그녀의 말을 곰곰이 생각했다. "그리고 그 사람이 당신을 봤고요?"

어딘가 근처에서 한 여자가 비명을 질렀다. 단 한 번, 높은 톤의 짧은 비명이었다. 숨을 내지르다 중간에 잘린 듯한 소리였다. 그들은 잔뜩 긴장하며 위를 올려다봤고, 지평선 근처에서 도시 사람들의 무언극이 벌어지고 있었다. 더위 때문에 모든 집의 문과 창문이 열려 있었는데, 그들은 그 소리가 어느 집에서 나왔는지, 아니면 바깥에서 들린 건지 알 수가 없었다.

"퍽이나 이상하군요. 창문이 전부 열려 있는데. 보통 때 사람들이 얼마나 많은 소음을 만들어 내는지 알고 계세요?" 콜레트가 말했다.

"네. 오, 특히 토요일 밤에요. 거리에서 나는 사람들 소리가 마치 공격을 받아서 소리 지르는 것 같다는 생각 안 들어요? 그 사람들은 자기들이 그런 소리를 낸다는 걸 알까요?"

"그 사람들은 전혀 그렇게 생각 안 할걸요. 대부분 술에 취해 있으니까요."

"그래요. 무척 재미있죠. 안 그래요? 신문에는 늘 이 도시의 사람들이 도움을 요청하는 비명을 얼마나 무시하는지에 대해 나오죠. 하지만 사람들은 절대 두 가지를 조합해서 보지는 않는 것 같아요. 토요일 밤에 야구방망이를 네댓 번쯤 가지고 나가면 거리가 조용해질 거예요."

"그리고 여우들도요. 여우도 누가 소리를 지르다가 끊긴 것 같은 소리를 내잖아요."

"하, 최소한 그것들은 재미를 보긴 하겠네요."

그녀가 입으로 바람을 불어 얼굴에 붙은 머리칼을 떼어 냈다. "최소한 어느 한쪽은 그렇겠죠."

"오, 그렇죠." 호세인이 말했다. 두 사람의 시선이 잠시 마주쳤다가 황급히 서로에게서 떨어졌다. 오, 이런. 그도 내게 반한 것 같아. 그는 알까? 내가 토니에 대한 꿈을 꾸는 사이사이에 그에 대한 멍청한 꿈을 꿨다는 걸? 이건 확실한 건 아니야, 그렇지 않아? 세상에. 학창 시절로 돌아간 것 같군. 누가 눈치라도 챌까 봐 축구팀 주장을 좋아하는 걸 숨기려고 애썼던 그때로.

"어쨌든, 그게 당신이 떠나는 이유고요?"

그녀가 고개를 끄덕였다.

"콜레트." 그의 입에서 나오는 그 이름이 시처럼 들렸다. 그녀는 고개를 들어 그의 눈동자 속에 담긴 친절함을 봤고, 울고 싶어졌다.

"그 사람을 본 것 같아서, 어머니가 돌아가실 것 같은 이런 때에 어머니를 떠나려는 거죠?"

"아랫사람 가르치듯 말하지 마요." 그녀는 진저리가 났다.

"미안해요."

"난 그를 '봤어요.' 그가 지금 당신처럼 내 가까이에 있었다고요."

"좋아요."

한쪽 발을 내민 건 실패했군. 이 여잔 떠날 거야. 그리고 난 이 여자가 떠나기를 바라지 않아. 혼란스러울 건 없어. 미진하고 불안한 부분이 남아 있고, 그녀는 그걸 단단히 매듭지을 수 없을 거야. 그리고 나는 이 여잘 좋아해. 정말로 그래. 이 여잔 고집 세고 독립적이고, 난 그런 부분이 감탄스러워.

"어쩌면 제가 당신과 함께 갈 수도 있어요."

"하?" 그녀는 말리크에 대한 기억에 너무 매달려 있느라, 잠시 그의 말을 자신과 함께 도망치겠다는 뜻으로 들었다.

"당신 어머니를 뵈러요. 제가 함께 갈 수 있어요. 당신이 곤란하지 않도록 할게요. 여기서 처리할 긴급한 일이 없다면요."

그녀의 뱃속에 있던 작은 구멍이 크게 열렸다. 아니, 아니, 자, 당신이 그렇게 하도록 그냥 두면, 그건 내가 여기 머물겠다는 의미가 될 거야. 난 결심했어. 이미 결심했다고. 어리석은 짓이야. 난 가야 해.

"콜레트, 우연의 일치일 수 있어요."

그녀는 고개를 격렬하게 저었다. "콜리어스 우드에서요? 화요일 오후에? 봐요, 가능성이 얼마나 되겠어요?"

"난 몰라요. 하지만 그저 난……."

"호세인. 당신이 테헤란에 있고, 당신에게 이런 일이 일어났다면, 당신은 어떻게 생각했을까요?"

"그건 달라요."

"세상에." 그녀가 고개를 쳐들었다. "이 나라가 빌어먹게 안전한 천국 같다는 당신 생각이 참 마음에 드네요. 여기엔 나쁜 놈들도 있다고요. 알겠지만. 정말로 나쁜 놈들이요. 엄청나게 많지는 않지만, 그런 놈들이 있다고요. 이건 스토커 사건 같은 게 아니에요, 호세인. 접근 금지 명령을 받아 내서 그를 떠나게 하는 그런 게 아니에요. 그건…… 그는 나쁜 놈이에요. '정말로' 나쁜 놈이라고요. 사람들이 그 사람 주위에서 죽었지만, 아무도 조치를 취하지 않아요. 그들이 두려워서, 아니면 그 인간의 사람이라서 말이죠. 아니, 아니, 난 그러지 않아요. 그러지 않는다고요. 그는 이걸 즐기고 있어요. 매순간을 사랑하죠. 그가 내게 전화를 하는 매순간, 난 그의 목소리를, 그가 이 상황을 얼마나 좋아하고 있는지를 들을 수 있어요. 내가 전화번호를 바꿀 때마다 그는 다시 그 번호를 알아내죠. 그는 내버려 두지 않을 거예요. 난 여기 있을 수 없어요. 머무를 수 없다고요. 난 자유를 얻기 위해서라면 내 오른팔도 줄 수 있지만, 그런다고 해서 내가 자유로워질 수 있다고는 생각 안 해요."

호세인이 햇살 아래서 몸을 쭉 폈다. 판판한 갈색 복부와 사타구니 쪽으로 곧게 내려간 깔끔한 털이 은빛으로 빛나는 모습이 그녀의 눈에 들어왔다. 그녀는 갑자기 충격적이라고 할 만큼의 강한 욕정에 사로잡혔다. 공포야, 이건. 이건 그저 공포에 대한 생각이 만들어 낸 거고, 아드레날린이 분출되고 있을 뿐이야. 내가 경고의 아드레날린

377

을 잘못 판단하고 있는 거야. 사람들은 늘 그러지. 그가 그녀의 어깨 너머를 보고, 찻잔을 들고 계단을 올라오는 베스타를 향해 미소를 지었다.

"그럼, 생각해 봐요. 어머니를 위해서." 그가 말했다.

"우리 엄만 엄청 좋은 엄마는 아니었어요." 콜레트가 미심쩍은 투로 말했다.

"그래도 엄마를 바꿀 수는 없잖아요."

41

그의 사랑은 늘 눈물을 만들어 낸다. 마지막 숨을 들이켜기 위해 그녀들이 발버둥 칠 때면 그의 눈에서 눈물이 솟아 나오고, 그가 아직 그녀들의 목을 조르고 있을 때 그의 뺨으로 눈물이 흘러내린다. 빛이 사그라지고 놀라움과 공포, 고통이 차츰 잦아들다가 이윽고 사라지는 모습을 보고 있노라면, 그는 심장이 찢어지는 것처럼 가슴이 죄어 왔다. 잠시, 눈물이 펑펑 쏟아지면 그는 눈물을 삼키기 어렵다는 걸 알게 될 것이다. 그는 이제 그녀들에게서 손을 거둘 것이고, 그녀들에게 얼굴을 맞대고, 몸을 웅크려 비애감을 발산할 것이다.

"미안, 미안. 오, 미안."

자제가 안 돼. 이 사랑에 대해서는 아무것도 자제할 수가 없어. 지금 내게는 사랑이 너무 넘쳐 나고 있어. 외로움은 극에 달했어. 내 여인들이 나를 치유해 줄 거라고 생각했는데. 그녀들이 떠나지 않는다면, 이 갈망, 이 아픔이 멈추고, 내게 뚫린 구멍이 메워질 것만 같왔는데.

하지만 그의 사랑은 결국에는 모두 뒷걸음질 쳤다. 이 후퇴는 매번, 그 즉시 시작됐다. 모두에게 그랬다. 만남의 기회가 생기고, 순식간에 매료됐다. 그녀가 곁에 없을 때면 그녀가 생각났고, 서서히 강한 호기심과 열정의 불꽃에 휩싸이기 시작했다. 하지만 그 뒤로는 모든 것이 잘못되고 만다. 열정이 비통함으로 바뀌고 나면, 자족감, 관계, 쉽게 친밀함을 느끼는 순간이 찾아왔다. 그리고 마침내는 매일매일 슬금슬금 무관심의 감정이 찾아들었다. 그는 지금 마리안느에게 아무 감정도 느끼지 못한다. 그는 그녀를 쳐다봤고, 단 몇 주일 전에 자신을 가득 채우고 있던 그녀에 대한 헌신과 몰두가 거의 기억나지 않았다. 그녀는 그저 말라죽고 쭈글쭈글해져 실망감을 안기는 또 다른 존재일 뿐이고, 매일매일 점점 더 커지는 공허함이 그의 신경을 갉아먹고 있었다.

그는 전도사 소녀를 쳐다봤고, 또 다른 비통함에 휩싸였다. 세상에, 난 당신 이름도 알아내지 못했는데. 자제심을 잃었어. 내가 사랑을 위한 희생을 하게 된다면, 내가 그녀들에게 바라는 최소한은, 내가 나 자신에게 바라는 최소한은 '앞으로 다정해질 가능성'이야. 나는 스릴을 찾아 디스코텍에 가서 여자들을 낚고는, 그녀들이 있던 전날 밤의 쓰레기장과 같은 취급을 하며 내던져 버리는 그런 사람이 아냐. 짝을 찾으면 나는 그 사람의 일생이 짝이 되길 원해. 나는 늘 그랬어. 그리고 지금 봐 봐.

그녀는 마리안느나 니키보다 훨씬 더 심하게 몸부림쳤다. 그의 소녀들은 그가 어떤 사람인지 알기 전에는 전혀 놀라지 않았다. 경계를 늦춰도 될 만큼 최소한을 알게 되면, 의자에 앉아서 뭔가에 대비하지 않고 편안하게 쉬었다. '신의 소녀'는 전도해야 한다는 욕구와 혼자 낯선 사람의 아파트에 따라 들어왔다는 자각 사이에서 갈팡질팡 어쩔 줄을 몰라 했다. 그녀는 자리에 앉지 않았고, 그에게서 등을 돌리지도 않았다. 그저 한 손에 성경책을 꼭 쥐고 식기 건조대에 기대서서, 그가 달을 향해 울부짖고 싶어질 때까지 예수 그리스도에 대한 이야기를 늘어놨다. 마침내 그가 교회 위치를 약도로 그려 달라고 말하자, 그녀는 그에게서 잠시 눈을 떼고 등을 돌렸다. 바로 그때 그는 그녀를 세게 쳤고, 그녀는 테이블 위에 고꾸라졌다. 문과 그녀 사이의 거리는 불과 1피트 정도밖에 안 됐고, 그녀는 저항하고 또 저항했다. 물론 비명도 질렀다. 이렇게까지 한 사람은 처음이었다.

날뛰는 말 위에 올라탄 것 같았지. 그는 그녀의 힘을 떠올리며 생각했다. 무척이나 가냘픈 체구에 어울리지 않게 놀랍도록 힘이 셌다. 그는 그녀의 머리 위에 비닐봉지를 씌우고, 틈이 생기지 않도록 양손으로 꽉 잡았다. 그녀가 용수철처럼 그를 이쪽저쪽으로 뒤흔들었다.

절대 순하지 않았어. 절대 순하지 않았다고. 난 그러길 바랐는데. 나는 그녀들을 조용히 잠재우고 싶었는데. 그녀들은 조용하고 푸른 평화의 순간이 찾아와야 그제야 바뀌었지.

그녀의 입이 벌어져 있었다. 토머스는 자기 눈물을 훔치고, 비닐봉지를 벗기고는, 그녀의 핏발 선 두 눈을 응시했다. 원래는 개암나무색이었을 텐데. 점상출혈 때문에 붉게 물든 이런 누리끼리한 초록색이 아니라. 표피 바로 밑까지 올라온 정맥들이 불뚝불뚝 불거지고, 그녀의 사랑스러운 몸 전체에 동맥이 아무렇게나 지도를 그리고 있었다. 그의 취향보다는 좀 더 큰 편이었던 코는, 이제야 알았지만 부러져 있었다.

그녀는 망쳐졌다. 완전히 망쳐졌다. 그 모든 고통, 그 모든 슬픔을 겪고도 그는 아무것도 얻어 내지 못했다. 그저 쓸모없는 흉한 것만이 남았다. 가이 포크스(가톨릭 탄압에 반대해 웨스트민스터 궁 지하에 폭약을 설치했다가 발각되어 화형당한 사람. 이날을 기념하기 위해 사람들이 가면을 쓰고 행진하는데, 이 '가이 포크스 가면'은 흔히 흰 얼굴에 찢어진 눈, 뾰족한 코와 콧수염이 달린 모습을 하고 있다./ 옮긴이) 같았다. 아무에게도 좋은 것이 없었다.

그는 그녀를 바닥에 내팽개치고, 의자에 무겁게 몸을 묻었다. 옆에 놓인 그녀의 연푸른 인조가죽 핸드백에서 안경과 교회 전단지가 쏟아져 나와 있었다. 그는 두 손에 얼굴을 묻고 흐느껴 울기 시작했다.

42

이 시간, 집으로 돌아오는 중간까지 그녀는 그를 쳐다보지 않았다.

그들은 서로 마주 선 채 지하철 손잡이에 매달려 있었다. 호세인의 존재는 그녀를 안심시켰다. 안심 그 이상이었다. 지금 그녀는 그와 함께 있으면 안전하다는 신뢰감을 느꼈고, 그에게 마음이 열렸다는 걸 느꼈다. 그녀는 그게 어리석고, 잘못된 일이라는 걸 알았지만, 계속 그를 보고 싶었고 자꾸만 그에게로 향하는 시선을 억지로 떼어내야 했다. 그의 존재와 체취가 강하게 의식됐다. 흔들리는 객차 소음 때문에 서로의 목소리를 듣기 위해서 그들은 상대 쪽으로 머리를 가깝게 숙였다. 그때 열차가 어떤 신호를 피하면서 갑자기 섰고, 그녀는 잠깐 뒤로 넘어질 뻔했다. 그때, 차창으로 들어오는 빛에 옆 객차의 문가에 서 있는 남자가 언뜻 비쳤다.

말리크다. 틀림없이, 진짜, 말리크다. 잘못 본 것도 아니고, 환상도 아니다.

그녀가 웃다 말고 입을 벌린 채로 굳었다. 얼굴에서 피가 빠져나 갔다. 그녀는 저도 모르게 등을 휙 수그려 그의 시선이 닿지 않을 곳 으로 벗어났다. 그가 이 열차에 있는 이유는 단 한 가지뿐이다.

"왜 그래요?"

그녀가 출입구 쪽으로 몸을 돌렸다. "쳐다보지 마요."

그가 얼굴을 찌푸렸다. "뭐 때문인데요?"

"그 사람이 여기 있어요. 옆 칸에."

그는 본능적으로 몸을 돌리다가 멈췄다. "확실해요?"

"아뇨, 내가 착각했을 수도 있어요."

"확인해야…….."

그녀가 유리 벽에 등을 기댔다. 호세인이 가까이 서 있다는 것이, 그리고 그의 몸에서 열이 빠져나가는 게 느껴졌다. 그들은 객차 안을 두리번거리고 그 안에 있는 사람들을 확인했다. 오후 중반, 북부선에 서 한참 내려온 이 열차에는 승객이 몇 되지 않았다. 조용히 책을 읽 는 사람들이 대부분이었고, 문젯거리가 될 만한 것은 없었다.

"내려야 해요." 그녀가 말했다. 그들은 거의 배럼 쪽에 다 왔고, 거 기서 지상으로 옮겨 가야 한다. 거기에는 길고 텅 빈 외곽 지하철 플 랫폼이 있고, 하이 로드로 가는 느린 에스컬레이터도 있다.

호세인이 고개를 끄덕이고, 눈을 크게 떴다. 열차가 서서히 속도를 줄이자 그가 한 손을 뻗어 그녀의 팔을 보호하듯이 붙잡았다. "괜찮 아요. 숨을 한 번 들이쉬어요."

그녀는 그의 말에 자신이 숨을 멈추고 있었다는 걸 깨달았다. 숨 이 컥 막혔다가 신경질적으로 다시 튀어나왔다. 침착해, 콜레트. 입 안에 주먹이라도 넣어서 어떻게든 비명이 나오는 걸 참아.

"이 열차 종류가 뭔지 봤어요?"

그녀는 고개를 저었다. 북부선의 지선인 이 열차는 남쪽에 머무는 그들에게는 어울리지 않는 도심으로 간다. 그들 둘 다 플랫폼으로 뛰어올라가 열린 문으로 급하게 뛰어드는 통에 어디 행인지 확인하지 못한 것이다. "우리가 어떻게 그를 못 본 거죠?" 의문이 입 밖으로 튀어나왔지만, 그녀는 답을 알고 있었다. 호세인은 말리크를 본 적이 없었고, 이 어리석은 여자, 자신은 호세인에게 시선을 고정하고 있었던 것이다.

"그건 중요하지 않아요. 우리가 지금 그 사실을 알고 있다는 게 중요하죠."

열차가 역으로 들어섰다. 문이 열리자 그가 문으로 머리를 쑥 내밀었다. "서쪽 지선이에요. 계속 타고 갈 거면 워털루에서 내리죠."

그들은 말없이 손잡이만 꽉 쥐고 열차에 섰다. 콜레트는 객차 바닥으로 눈을 내리뜨고, 말리크의 눈이 자신의 어깨를 뚫어져라 쳐다보는 것을 상상하면서 어깨를 꼿꼿이 세웠다. 그녀는 책 읽는 사람들이 싫었다. 책에 빠져 있는 동안 한껏 다리를 벌리고 있는 자세도 싫었고, 으레 옆 좌석에 가방을 놓아 객차가 꽉 차도록 공간을 차지하는 것도 싫었다. 최악은 객차에서 내릴 때인데 그들은 마치 노상강도처럼 잽싸게 짐을 챙겨 허겁지겁 내린다.

호세인이 두 눈을 가늘게 떴다. 길게 찢어진 눈은 무미건조하고 광채가 사라져 있었다. 이 사람은 두렵지 않은가 봐. 그녀는 초조한 마음으로 생각했다. 그는 마치 사회적으로 만나면 곤란한 사람을 마주친 듯 차분해 보였다. 그들은 클래팜 남부 역에 들어섰고, 한 곁에 서서 사람들이 지나가게 내버려 뒀다. 배낭을 멘 사람 두엇, 삼륜 유모차를 끌고 가는 사람, 포트폴리오를 들고 가는 사람. 그녀는 우연히 몸을 돌렸고, 객차 사이의 문을 흘끗 쳐다봤다. 말리크가 있는 기미는 보이지 않았다. 하지만 물론 그건 사실이 아니다. 말리크는 그들이 도주할 때를 대비해 플랫폼 가장자리에서 기다리고 있었다.

객차 문이 닫히고, 그들이 움직이기 시작했다. 날카로운 경적소리, 열차가 지나갈 때 빛이 잠깐 깜빡이는 소리, 스피커 장치에서 나오는 이해할 수 없는 소리가 런던 지하철의 소리다. 새로운 승객들이 다시 흩어지고, 그들은 구석 자리에 앉았다. 사람들은 모두 구석 자리를 좋아했다. 한쪽으로만 사람들이 북적대는 유일한 곳이기 때문이다.

클래팜 공원 역이다. 선로 두 개를 사이에 두고 좁은 플랫폼이 있었고, 열차 두 대가 동시에 들어오면서 신경을 긁는 소리가 났다. 그리고 최신 유행을 따르는 사람들이 바글거렸다. 이렇게 여름이 한창인데도 모직 비니 모자를 쓴 사람, 비쩍 마른 나무토막 같은 사람, 그리고 아이팟, 아이패드, 아이폰, 주로 신문 가판대에서 파는 낡은 서류 가방, 지하철 역사 매장에서 파는 50파운드짜리 옷, 체크 셔츠, 바이커 부츠, 면 드레스에 레깅스, 복근을 긴장시켜서 칼로리를 소모하려고 까치발을 들고 손잡이를 잡고 있는 사람 등으로 북적거렸다.

클래팜 북부 역이다. 인종 구성이 바뀌기 시작했다. 런던은 미국의 도시와 달리 그곳이 통합돼 있다고 여기는 걸 좋아했다. 하지만 지하철을 타기만 해도 다양한 유색 인종을 쉽게 볼 수 있다. 이제 객차의 반은 흑인, 반은 백인이 되었고, 스톡웰에서는 분위기가 경직되고 모두들 긴장했다. 스톡웰, 오벌, 케닝턴, 엘레펀트, 이 지역들은 80년대에 성마른 깡패들이 진을 치고 있던 곳이라는 평판에서 벗어나지 못했다. 가구 수가 수백만을 넘어선 지 오래지만, 아직도 사람들은 클래팜을 지날 때면 가방을 몸에 딱 붙이고 길 가장자리로 다녔고, 안주머니에 지갑이 잘 있는지 확인했다.

지금 당장 성난 갱 하나를 마주쳤으면 좋겠어, 그녀는 생각했다. 아니면 겁나는 십 대들 한 무리가 객차로 우르르 몰려와서 시끄럽게 굴고, 말리크가 우리를 덮쳤을 때 그의 롤렉스 시계를 훔치려고 열을 올리면서 그의 주의를 흩뜨리면 어떨까.

그런 사람들은 열차에 타지 않았다. 열차는 케닝턴에 정차했고, 객차는 금세 뱅크 역으로 향하는 마지막 열차라고 수군거리는 통근자들로 가득 찼다. 그녀는 호세인을 쳐다봤다. 그가 문 쪽으로 움직여 내릴 준비를 하고 있었다. 그녀는 자기 자리에 그대로 있었다. 추적자에게 움직일 준비를 하라고 신호를 주고 싶지는 않았다.

"브라운 선." 호세인의 말에 그녀가 고개를 끄덕였다. 그 지선은 사람들이 북적대는 북부 도심으로 간다. 그곳에서는 군중 속에서 사람을 잃어버리기 쉽고, 간판 뒤로 잽싸게 숨을 수 있고, 어딘가의 출입구로 슬며시 미끄러져 들어갈 수 있다.

열차가 역에 들어섰고, 그들은 대중교통 에티켓에 무지한 나라 출신인 외곽 시민들이 엄청나게 몰려오는 가운데, 사람들의 압박을 뚫고 계속 밀어붙여 전진한 끝에야 그곳에서 벗어날 수 있었다. 주요 노선은 모두 이런 문제를 겪고 있다. 그녀의 가방이 누군가의 지팡이에 걸렸고, 그녀가 몸을 비틀어 빠져나오는 동안 사람들이 욕을 해 댔다. 그러는 동안 그녀는 순간적으로 말리크를 흘깃 본 것 같았다. 그는 사람들 위로 머리 하나가 쑥 올라올 정도로 키가 컸다. 그리고 혼잡한 가운데서도 자기 앞의 사람들이 비켜나도록 할 만큼 민첩하고 카리스마가 있었다. 클럽에 있을 때는 그를 인간 장벽을 부수는 망치처럼 사용하면서 즐거워했었지. 난 왜 이렇게 멍청하지? 그녀는 생각을 멈추고 사람들 틈에서 빠져나와 서둘러 호세인의 자취를 좇았다.

사람들의 무리는 모두 터널 안으로 돌아갔다. 그들은 몸으로 거칠게 서로를 밀치며 앞으로 나아갔고, 공황 상태에 빠지기 시작한 콜레트는 정신을 가다듬으려고 숨을 들이쉬었다. "불이야." 하고 소리 지르면, 여기 있는 사람들은 아우성치다가 절반쯤은 깔려 죽겠지. 그들은 에스컬레이터가 있는 중앙 광장으로 가서, 버커루 쪽으로 난 거무튀튀하고 얽은 바닥 타일을 밟으며 길을 재촉했다. 열차 한 대가 들어왔고, 그들은 속도를 내 앞으로 걸어가서 플랫폼으로 달려 내려가 빈 공간을 찾아 선 다음 열차 문이 닫히기 전에 얼른 그 안으로 뛰어들었다.

그가 우리를 따라잡았나? 우리가 어디로 가는지 봤나? 객차 안은 옴짝달싹 못할 정도로 사람들로 가득했다. 서리 주에 사는 선량한 사람들이 잠시 점심을 먹고 쇼핑을 하려고 옥스퍼드 스트리트로 향하고 있었다. 프랑스인 한 가족이 다리를 꼬고 단정하게 줄지어 앉아서 헝클어지고 후줄근한 영국인들을 바라보고 있었다. 넓은 공간에 흩어져 있는 몇몇 일본인은 자신들을 향해 얼굴을 붉히는 사람들에게 고개를 까딱이며 미소를 보냈다. 엠뱅크먼트 역과 채링 크로스 역에서 문이 열리고 또 한 무리가 우르르 올라타자 콜레트와 호세인은 객차 안쪽으로 밀려 들어가는 바람에 문에서 멀어져 버렸다. 그들은 마지막으로 옥스퍼드 서커스 역에서 내릴 것이다.

그녀는 호세인의 시선을 좇아, 그가 턱짓을 하는 왼쪽을 바라봤다. 그건 그가 우리와 함께 있다는 뜻이다. 그는 아직 여기에 있어. 그녀는 우습게도 그 사실을 케임브리지 대학 티셔츠를 입은 미국인 대학생 소년의 팔 아래로 몸을 기울여 확인했다. 거기 그가 있었다. 출입문 위로 머리가 올라와 있다. 한 팔로 머리 위의 철제 난간을 잡고 넓게 다리를 벌리고 서 있다. 그녀는 속으로 욕을 해 댔다. 꺼져, 말리크. 이제 너무 오래됐잖아. 지치지도 않아? 토니가 이제 그냥 이 모든 걸 흘려버릴 때도 됐다는 생각은 안 들어?

옥스퍼드 서커스 역에 이르자 병을 흔든 후 마개를 뽑았을 때 터져 나오는 샴페인처럼 객차에서 군중들이 몰려나왔다. 나온 사람들은 이내 인파에 휩쓸렸고, 그 뒤로 또 인간의 홍수가 몰려와서 나가고 싶든 아니든 출구 통로 쪽으로 휩쓸릴 수밖에 없었다. 그녀는 자기 손안으로 호세인의 손이 미끄러져 들어와 손을 꽉 쥐는 걸 느꼈다. 그들 사이로 양복을 입은 남자가 끼어들어 그녀는 비난조로 "저기요." 하고 고함을 질렀다. 느려. 빌어먹게도 느려. 그가 내 뒤로 다가오고 있는 것 같지만 나는 돌아보지 않을 거야. 지금 우리에게 유일하게 유리한 점은, 그가 어디 있는지 우리가 알고 있다는 걸 그는 모른다는 거야. 그녀는 분명히 그의 구두 징이 바닥에 끌리는 소리를 들었고, 그것이 자기 상상이라는 것도 알았다. 하지만 어쨌든 그 소리는 수백 개의 다른 발소리를 압도했고, 그녀 귀에 똑똑히 들렸다.

통로, 계단, 통로, 에스컬레이터. 지하철 계단은 숨이 찰 만큼 가팔랐지만 빨리 오르지 못할 정도는 아니었다. 에스컬레이터 아래쪽에 사람들이 바글바글 대치 중이었다. 한숨을 쉬는 사람, 손목시계를 보는 사람, 어부지리를 바라며 서로의 곁으로 조금씩 이동해 가는 사람들도 있었다. 두 사람은 런던 사람들의 허공 응시 기법을 실행하여, 다른 사람을 보지 않는 체하면서 사람들을 밀어냈다. 그녀는 호세인

앞으로 나서서 계단통으로 걸어갔다. 그에게는 뒤에 서는 게 익숙하다는 걸 알았기 때문이다. 두 사람은 오른쪽으로 끼어들어 서둘러 걸음을 옮겼다. 그들이 끼어든 건 관심을 끌 만한 문젯거리가 아니었다. 얼마 후 달릴 수 있게 되자 두 사람은 숨을 헐떡이며 달렸다. 그녀는 자기 자신을 멈출 수가 없었다. 그리고 아래를 내려다봤다.

거기엔 그가 없었다. 놀랍게도 그가 없었다! 그녀의 목 뒤에서 긴장이 떠나가고, 근육이 이완되면서 고통스러운 열기가 휘몰아쳤다. 그리고 나서 순차적으로 그들은 더 신중하게 다시 살펴봤고, 그녀는 열 발자국 아래 반대편 계단에서 그를 발견했다.

두 사람은 위로 올라가서, 오이스터 카드 개찰구를 서둘러 통과했다. 잠시, 그녀는 길을 잃었다. 수백 개의 출구 중 어디로 향해야 할지 몰라 혼란스러워 하고 있는데, 호세인이 그녀의 팔을 쳤다. 두 사람은 여행 안내서를 확인하느라 군데군데 멈춰선 관광객들을 잽싸게 피해 가며 서둘러 가장 가까운 출구로 향했다. 그리고 계단을 달려 올라가 서커스 쪽을 향해 왼쪽으로 돌았다.

그녀는 런던에 살았을 때조차 옥스퍼드 스트리트에 온 적이 거의 없었다. 이렇게 사람들이 엄청나게 많고 혼을 쏙 빼놓는 곳에 있을 때면 그녀의 머릿속에는 단 하나의 생각만 떠올랐다. 자살 폭탄 테러. 매번 그랬다. 자기들 앞에 한 남자가 나타나서 코트를 열어젖히고 "알라 아카바!"를 외치고, 이어 번쩍이는 섬광과 연기, 조각조각 난 시체들이 등장하는 상상으로 마음속이 가득 찼다. 이곳에 있을 때면 언제나 머리를 팔로 감싸서 날아오는 유리 조각으로부터 얼굴을 보호하고 싶어졌다. 그들은 비틀거리며 사람들 사이를 헤치고 나가 군중 장벽을 돌파하고 재빨리 리젠트 스트리트로 내려갔다.

다시 그가 그녀의 손을 잡고 그녀가 아이라도 되는 것처럼 이끌었다. 이곳의 인도는 넓었고, 군중들은 적어졌지만, 그들의 진행 속도는 힘겨우리만큼 더뎠다. 우리가 지금 어디로 가고 있는 거지? 소호? 모퉁이 하나만 잘못 돌아도 갑자기 혼자 고립되고, 처음 보는 곳이 나타나는 그 미로 같은 거리로? 현관들이 화랑처럼 꾸며지고, 잠긴 문의 벨을 누르고 기다려야 하는 건물들이 줄지어 늘어선, 자기애로 충만한 메이페어 스트리트는 어떨까? 그녀는 오래된 디킨스 앤드 존스 건물을 지나칠 때 뒤를 힐끗 쳐다보고, 말리크가 리틀 아가일 스트리트의 모퉁이에 당도한 걸 발견했다. 왜 저 사람은 포기하지 않는 거지? 여기서 무슨 일을 벌일 수도 없고, 우리가 자기를 내 집으로 이끌 리도 없다는 생각이 들 텐데.

그들은 그레이트 말보로 스트리트에 다다라 휙 돌아 들어가 길 건너편에 있는 화려한 튜더베선 양식의 리버티 백화점 앞을 지나갔다. 이건 미친 짓이야. 이 길은 옥스퍼드 스트리트의 관광객을 피하기 위해 런던 사람들이 택하는 길 중 하나다. 거리는 거의 텅 비어 있었다. 주차단속 요원 하나, 술 취한 부랑자 하나, 3야드 떨어진 사무실 밖에서 담배를 피우고 있는 비쩍 마른 사내아이 하나가 있을 뿐이었다. 미친 짓이야. 우리는 사람들이 우글거리는 곳에 있어야만 해. 그녀는 그를 뒤로 끌어당겼지만, 호세인은 그녀를 계속 앞으로 끌고 갔다. "괜찮아요. 나도 알아요."

"하지만……." 그녀가 서둘러 걷느라 숨을 헐떡였다. 그녀는 이런 지하 생활을 겪어 내고 건물 안에 숨는 일에는 적합하지 않았다.

"괜찮아요, 콜레트." 그가 그녀를 이끌고 길을 건넜고, 커다란 가게의 문들을 지나쳐 갔다. 그녀는 머릿속이 복잡했다. 말리크는 지금 그 모퉁이 근처에 있는 게 확실해. 우리는 손쉬운 먹잇감이야. 그들은 오른쪽으로 돌아 맥줏집과 카페, 방해물 같은 여행자가 줄줄이 늘어선 캐너비 스트리트 안으로 들어섰다. 다섯 발자국을 내려가자 호세인이 잽싸게 휙 돌아 들어가 눈에 잘 띄지 않는 평범하고 단출한 검은색 문으로 콜레트를 밀어 넣었다. 예전에 몇 번 와 봤지만 그녀는 한 번도 본 적 없는 문이었다.

그들은 상점가 안에 들어왔다. 갑자기 쏟아져 내리는 빛에 그녀의 눈이 적응하는 데 시간이 좀 걸렸고, 그는 계속 발걸음을 재촉하며 그녀를 잡아끌었다. 카펫, 금가루, 거울, 옷감 견본, 공작새 깃털. 그들은 리버티 백화점 안에 있었다. 그녀가 그 존재조차 몰랐던 뒷문을 통해 들어온 것이었다. 아름다운 것이 그득했다. 모두 아름답고, 빛났고, 판매원들의 시선이 황급히 걸음을 옮기는 그들을 뒤따라왔다. 그들은 이 장소에 속하지 않은 것처럼 보였다. 나 혼자 여기 들어왔다면 모두 돈독이 오른 눈을 빛내며 슬금슬금 옆으로 다가왔겠지만, 지금은 다르지. 내가 잠깐이라도 손을 옆으로 빼면 즉시 도난 경보를 울리려고 태세를 갖추고 있을 거야.

그리고 그들은 태양 아래로 다시 나왔고, 리젠트 스트리트로 다시 뛰었다. 그녀는 말리크가 어디에 있을지 도무지 짐작이 가지 않았다. 캐너비 스트리트 주변을 어슬렁대고 있는지, 아니면 자기들이 유턴한 것을 알아채고 따라붙었는지 말이다. 그들은 쿵쾅대며 주도로로 뛰쳐나왔고, 호세인이 허공에 손을 치켜들어 택시를 잡았다. 리젠트 스트리트에는 늘 택시가 있다. 하지만 뒤에 원치 않는 누군가가 당신을 덮치려고 따라오고 있다면 어떨까. 그녀는 뒷좌석에 몸을 내던지고는 주변을 휘 둘러봤다. 아무런 기미도 없었다. 말리크도 없었고, 손을 흔들어 검은색 차를 불러 세우는 굳은 얼굴의 남자도 없었다. 그녀는 숨을 내쉬고, 머리를 좌석에 기댔다. 택시가 회전해 매덕스 스트리트로 방향을 바꾸는 동안 그들은 숨을 헐떡였다. 호세인 역시 좌석에 머리를 기댔다. 그의 얼굴은 헬쑥했고, 아름다운 입매에는 깊은 주름이 팼다.

"그런데." 그녀가 숨을 식식거렸다. "평화와 고요 속에 잠겨 있는 사람으로서, 당신, 모험을 했네요."

그가 몸을 돌리고, 상체를 기울여 그녀에게 키스했다.

43

　자신이 그랬다는 것을 깨달았을 때, 그녀는 갈피를 잡을 수가 없었다.

　정문이 쾅 하고 닫히는 소리에 잠에서 깬 그녀는 그들의 팔다리가 뒤엉켜 있는 걸 발견하고, 그의 아름다운 살갗 냄새를 맡았다. 오, 안돼. 이런 일이 일어나선 안 됐는데. 지금도, 이전에도, 아니 아예 일어나선 안 되는 일인데. 특히 지금은 더.

　그의 팔이 그녀를 감싸고, 다리 하나는 그녀의 허벅지 사이로 들어와 있었다. 밤 내내, 잠을 자면서도, 더위가 그들을 떼어 놓아도, 그들은 다시 서로에게 달라붙었다. 그녀는 자신의 어깨에 둘러진 그의 팔에서 더없는 행복을 맛봤고, 자신의 달아오른 뺨에 닿는 그의 숨결을 느꼈다. 하지만 그녀는 달을 향해 울부짖으며 운명을 저주하고 싶어지기도 했다. 몸이 뻣뻣하고, 화끈거렸다. 손, 혀, 입술, 살갗, 속삭임, 웃음, 뒤얽힌 손, 그의 아름답고 단단하고 열정적인 물건, 격정적인 섹스로 인해 몸이 뻣뻣하고 화끈거렸다. 행복했지만, 또 눈물이 날 것도 같았다.

난 당신과 함께할 수 없어, 호세인. 그럴 수 없어.

그녀가 그의 품에서 떨어져 나와 손바닥에 키스를 하자 그가 눈을 떴다. 그가 눈가에 주름을 만들며 아직 잠이 묻은 미소를 그녀에게 보내고는 그녀의 뺨에 입술을 꾹 눌렀다. 그러고 그녀에게로 몸을 굴렸다. 그녀의 몸이 그에게 열렸다. 그녀는 이런 일이 있으리라고는 전혀 예상치 못했다. 그녀는 섹스와 사랑이 존재하는 세상 속에서 살아오지 않았다. 그리고 그는 지금 여기에 있고, 아름답고 완벽했으며, 그녀에게 찾아든 보상이자 구원이다. 하지만 그녀는 그와 함께 있을 수 없다.

그가 그녀의 얼굴을 덮은 머리카락을 쓸어 넘기고, 만족스러움의 한숨을 길게 내쉬었다. 그에게 눌린 채로, 그녀는 그의 물건이 서기 시작하는 것을 느꼈고, 그에 대한 반응으로 그녀의 몸도 서서히 달아올랐다. "몇 시죠?" 그가 물었다.

"모르겠어요." 그녀가 휴대전화를 찾으려고 고개를 돌리자 그가 그녀를 멈춰 세우고, 베개에 놓인 그녀의 손목을 잡고, 키스로 그녀를 녹였다. "중요하지 않아요. 난 신경 안 써요."

한 번만 더. 내가 그에게 어떤 기억을, 과거의 내 고독을 전할 만한 뭔가를 말하기 전에 한 번만 더. 그녀는 간절히 생각했다. 하나의 기억을 일생 동안 간직하고 살 수 있을까? 상대방이 빤히 보고 있는 걸 느끼는 상태에서 섹스를 한 적은 한 번도 없었는데. 그는 나를 흥분시켰어, 이 방에서, 다른 누구도 아닌 나를.

그녀는 손목을 풀고, 그의 머리칼 속에 손가락을 집어넣었다. 그가 관심을 끌려는 고양이처럼 그녀의 손바닥에 머리를 들이밀었다. 그리고 그녀의 손목에 키스하며 그녀 안으로 들어가 행복감에 차 돌진하며 크게 웃었다. "오, 정말 최고야."

"알아요." 그녀가 숨을 '헉' 들이켰다. 머릿속에서 황금물결이 출렁였다.

그들은 또 다른 기본 욕구 때문에 결국은 침대에서 나왔다. 두 사람은 씻고 싶었고, 그녀는 그가 함께 목욕하자고 하지 않아서 기쁘고도 안심이 됐다. 그녀는 남자들의 그런 행동이 늘 우스웠다. 남자들은 그녀가 욕조 안에서 벌거벗고 유혹에 넘어가기 쉬운 상태에 있을 때 꼭 안으로 들어오고 싶어했다. 그건 의도적으로 무례하게 구는 행동이 아니라 일종의 소유욕이 만들어 낸 상태 같았다. 대신 호세인은 그녀와 함께 복도까지 걸어와서, 계단 아래서 그녀에게 십수 번의 키스를 하고, 그녀의 얼굴을 톡톡 치고는 다시 오겠다고 말했다. 그녀는 후줄근한 목욕탕으로 들어가서, 따뜻한 물로 샤워를 하는 호사를 누리며 전날 밤에 대해 생각했다.

그녀는 세상 다른 사람들과 동떨어진 것 같은 기이한 감각을 느꼈고, 자신의 살갗과 맥박, 허벅지 사이로 올라오는 열기를 인식했다. 이와 관련해서 전에 했던 경험은 하나도 생각나지 않았다. 엄청 야단법석이네. 난 내가 경험이 있다고 생각했지만, 그건 모두 섹스 경험이 많은 누군가와 한 것뿐이었어. 그녀는 따뜻한 목욕을 길게 즐기고 싶었고, 그들 사이에 일어났던 일을 곱씹어 보고 싶었지만, 그녀의 방에 다시 찾아오는 그를 놓치고 싶지도 않았다. 한순간도 놓치고 싶지 않았다. 그녀는 그가 키스했던 목을 손으로 쓰다듬으며 눈을 감았다. 오, 이런, 호세인. 왜 지금 이런 일이 일어난 거지?

문 밖으로 다가오는 발소리가 들렸다. 그 사람이 문을 열려고 했고, 그녀는 긴장했다. 이제 온 구석구석에 누군가 숨어 있는 것 같았다. 그리고 런던에서는 다시 안전한 기분을 느낄 수 없으리라는 것도 알았다. 발소리가 돌아서서 멀리 떠나고, 문이 닫히는 소리가 났다. 내가 여기 있는지 아닌지 알고 싶어 하는 건, 제라드 브라이트뿐이야. 저 문고리를 돌린 사람이 누구든 너를 해치고 싶어 하진 않을 거야. 그녀는 물속에서 몸을 애써 끌어 올리고 니키의 낡은 분홍색 타월로 몸을 감쌌다.

자신의 방으로 돌아와서 그녀는 헝클어진 침구를 정리하고 끓는 물에 계란을 집어넣었다. 그녀는 음식을 많이 먹지 않았다. 계란 몇 개와 빵 조금, 치즈, 잘 익은 자두 몇 알이면 충분했다. 그리고 처음으로 그녀는 이전 세입자가 남기고 간 빈약한 물건들을 들춰 보고, 환대라고 하기엔 다소 부실하지만 자기를 맞아 줬던 그 물건들을 한데 모았다. 접시 세 개, 움푹한 그릇 두 개, 그리고 몇 안 되는 물건들이 모였다. 그녀는 그걸 잘 보이는 곳에 늘어놓았다가, 잠시 생각한 후, 바닥에 침대보를 깔고, 소풍 온 것처럼 그 위에 놓았다.

그가 정중하게 문을 두드렸다. 그녀는 달려가 문을 열었다. 면도를 한 깔끔한 모습이었다. 뒤로 넘긴 반질반질한 검은 머리칼에서는 샴푸 냄새가, 입에서는 치약 냄새가 풍겼다. 그가 그녀를 향해 미소 짓자, 그녀는 뱃속이 꿀렁거리는 낯선 기분을 느꼈다. 갑자기 그녀는 자신을 구석구석 쓸어 봤던, 자신의 가장 깊숙한 곳까지 들어왔던, 실제로 자신과 결합했던 이 남자 앞에 서 있는 게 부끄러워졌다. 그녀는 그를 안으로 들이고는, 그보다 앞서서 방 안을 가로질러 가 바닥을 바라봤다. 그가 다가와 그녀를 끌어안고 그녀의 얼굴과 눈두덩, 입술에 키스했다. 그녀는 아이가 된 듯한 안도감을 느꼈다.

"뭘 좀 가져왔어요. 많지는 않지만…….

그가 다소 낯설게 들리는 서두를 늘어놓으며 천으로 된 쇼핑백을 건넸다. 페르시아 음식이네. 그녀는 알고 있는 아라비아어를 전부 동원해야 했다. 안에는 피스타치오, 할와(인도식 과자./ 옮긴이), 집에서 만든 암바(망고 피클./ 옮긴이) 같은 것이 담겨 있는 병, 옻나무와 검은 파프리카가 든 작은 냄비, 올리브 한 병이 들어 있었다. 그녀가 선물을 보고 미소 지었다.

"무척 재미있네요. 많지는 않다고 했지만, 클래팜에서는 이걸 사려면 돈이 꽤 들었을 텐데요. 당신 방에 쭉 암바가 있었다고는 믿을수가 없는데."

"암바를 알아요?"

"물론이죠. 지난 몇 년 동안 여기저기에 있었다고 했잖아요."

"어디서 이걸 먹어 봤어요?"

"이스라엘이요."

호세인이 잇새로 바람 빠지는 소리를 내고 크게 웃었다. "악의 축인 그곳에서 암바를 먹는 줄은 몰랐네요."

그녀가 그를 잠시 미심쩍게 바라보고 나서 그가 농담을 했다는 걸알아챘다. "그래요. 이라크 양념에 그토록 조예가 깊은지는 미처 몰랐네요, 내가."

"지금 핵심을 짚었어요." 그가 말하고는, 침대보에 책상다리를 하고 앉았다. 그녀도 그의 곁에 앉았다. 그래야 그의 옆에 기대고, 그의 얼굴을 완전히 보지 않아도 되기 때문이다. 그녀는 아직 그의 얼굴을 볼 준비가 안 됐다. 그의 손이 자기 가슴을 애무하기를 갈망하는 동안에는 그렇지 않았지만.

그가 그릇 가장자리에 계란을 대고 탁 친 다음 손가락 사이로 굴리고는 껍질을 깠다. 그녀는 한 줌 정도 되는 땅콩을 집어서 하나씩 하나씩 껍질을 깠다. 그녀의 입에는 그것들이 엄청나게 신선하고, 달콤하고, 짭조름했다. 이대로 계속 있을 순 없어. 그가 무슨 생각을 하는지는 모르겠지만, 그에게 이야기해야만 해.

"호세인?"

그녀는 잠시 눈을 감았다. 슬픔에 가슴이 쓰라렸다.

"이래선 안 돼요."

그가 한숨을 쉬고 계란을 먹지 않고 내려놨다. "그렇게 말할 거라고 생각했어요."

"하지만 이해하잖아요. 아니에요? 그…… 알잖아요…….."

"네, 알아요. 하지만 그렇다고 해서 당신 말이 옳다고 생각하는 건 아니에요."

"난 여기 계속 있을 수 없어요."

그가 아이처럼 얼굴을 벅벅 문질렀다. 마치 문에 손가락이 낀 사람처럼 보였다.

"당신은 여기 머물러야 해요, 콜레트. 정말 그래야 해요."

"어제 이후론 아니죠. 알잖아요. 당신도 봤잖아요. 안전하지 않아요. 안전하지 않다고요."

"그는 당신이 어디에 있는지 몰라요, 콜레트. 그는 우리를 놓쳤다고요. 기억 안 나요?"

"지금은 그렇겠죠. 하지만 봐요. 그는 무척이나 가까이까지 왔고,

난……."

"가까이 있지 않아요. 그는 자기 구역에 있어요. 그럴 거라고요. 정확히 그를 본 건 아니잖아요. 미안해요. 내가 더 잘 경호했어야 하는 건데."

"아니에요. 당신 잘못이 아니에요. 하지만 당신은 이해 못하고 있어요. 그 사람이 일단 내 냄새를 맡으면, 이제 그건 시간문제일 뿐이에요. 그들은 파리에서도, 바르셀로나에서도, 튀니스에서도, 프라하에서도 나를 찾아냈어요……. 내가 어리석었어요. 다시 돌아와선 절대 안 되는 거였는데."

"하지만 어머니는요? 콜레트, 정말 지금 떠날 건가요?"

눈가에서 눈물 한 방울이 솟구쳐 코 옆으로 또르르 굴러떨어졌다. 그녀는 황급히 눈물을 닦았다. "엄마는 날 알아보지조차 못하는걸요."

그리고 이제 그녀는 엉엉 울기 시작했다. 멈출 수가 없었다. 손으로 입을 막고, 그에게서 시선을 돌렸다. 그에게 자신을 건드리지 않는 분별력이 있다는 것이 감사하게 느껴졌다. 그녀는 동정을 바라지 않았다. 그저 떠나고 싶었다.

"난 때로 그 일에 대해 생각해요. 혼자 죽어 가는 거요. 외국에 있는 동안 당신도 그런 문제에 대해 생각해 봤겠죠." 호세인이 말했다.

"알아요. 하지만 결국 대부분의 사람들이 그런걸요. 미망인이나 혼자 남겨진 사람들, 사고를 당했거나 누군가가 도착하기 전에 병원에서 끝을 맞는 사람들 말이에요."

"알겠지만, 난 결혼을 한 번 했었어요."

그녀가 그의 어깨 너머로 시선을 던졌다. "아니, 아니, 난 몰랐어요."

"로샤나라는 여인이었어요."

"무슨 일이 있었는데요?"

"몰라요, 나도. 그저 난 그녀가 죽었다고 생각해요. 추측일 뿐이죠. 어느 날 외출했다가 돌아오지 못했어요. 그게 전부예요. 나와 함께 있던 그녀가 다음 날 영영 떠나 버린 거죠."

"오, 유감이에요."

"끔찍한 일이죠. 난 그녀가 혼자였길 바라요. 그녀가 어디에 있었든지요. 그렇지 않다면 상황이 더 나빴을 테니까."

그는 시선을 돌리고, 침대보 끝자락에 달린 술을 만지작거렸다. 그의 입이 아래로 축 늘어지고, 눈에는 초점이 없었다. 그런 거로군. 우리는 서로를 무척 가깝게 느끼고, 지금 당장은 사랑에 빠져 헤어나지 못하고 있지만, 우리는 서로를 알지 못해. 서로에 대해 아는 게 아무것도 없어. 실제로 아무것도 없다고.

"하지만 난 매일 그때 내가 그녀와 함께 있었기를 기원해요." 그가 마침내 입을 열었다. "그녀는…… 오랫동안 난 빛이 완전히 꺼졌다고 느끼며 살았어요."

"정말 안타깝네요."

"그건 당신 잘못이 아니에요. 하지만 내가 말하는 건…… 나도 내가 뭘 말하는지 모르지만요, 콜레트. 그저 혼자 죽는다는 건 끔찍한 일이라는 거예요."

"그래도 난 지금 죽는 것보다 혼자 죽는 게 나을 것 같아요."

그가 아름다운 입술에 올리브 한 쪽을 넣고 생각에 잠긴 채 천천히 씹었다. "좋아요." 그가 입을 뗐다. "내가 직접 겪어 보지 않은 일이니까요. 어디로 갈 생각이에요?"

그녀가 고개를 저었다. "이맘때쯤이면 노르웨이가 좋다고는 들었어요."

"하지만 겨울에는 끔찍하게 어둡죠."

그녀가 웃음을 터트렸다. 마침내 그가 손을 뻗어 그녀의 등을 어루만졌다. "어젯밤은……."

"오, 그러지 마요. 오, 이런, 난 가고 싶어서 가는 게 아니라고요."

"알아요." 그가 그녀의 얼굴 가까이 다가왔다. "그리고 그건 다른 세상 이야기죠. 알겠어요. 나 역시 그랬을 거니까. 이해해요."

그의 살갗에서 청결한 냄새와 백단유 냄새가 풍겨 왔다. 그녀는 반쯤 벌어진, 그녀에게 키스할 준비가 된 그의 입술을 내려다보고 금색 눈동자를 올려다봤다. 근심으로 인해 눈 주위에 주름이 잡혀 있었다. 이 남자가 좋은 남자라는 건 알아. 이런 일도 있을 수 있다는 걸 보여 주면서, 세상은 날 비웃고 있겠지.

"하지만 오늘은 아니에요. 내일 내가 도와줄게요. 정말로 떠난다면요. 오늘 밤은 그러지 마요."

"알겠어요." 그녀가 그의 얼굴을 손으로 감싸고, 성모 마리아처럼 그의 앞에 무릎 꿇고 앉았다. 그의 입술에 키스를 하고, 놀라는 그의 숨결을 들이마셨다.

44

그는 실망감으로 고통스러울 지경이었다. 그는 그녀의 옷을 벗겼다. 풀 스커트, 가장자리에 레이스가 달린 셔츠, 얌전한 속옷이었다. 그리고 그는 희망이 없다는 걸 알게 됐다. 이 '하느님의 소녀'는 어느 시점에 몸무게를 절반 이상 감량하고 지방을 뺀 게 분명하다. 그녀의 내장을 살살이 조사하면 아마 위 절제술용 밴드나 위 축소용 풍선 중 하나가 발견될 것이다. 그녀는 지방이 거의 없고, ─그건 진실이다.─ 그리고 피부는 사순절 동안 다 타 버리고 남은 교회의 양초 같았다. 제의실 바닥에 내팽개쳐져 세탁실에서 수거해 가기만을 기다리는 제단보 같았다.

그녀에게는 희망이 없다. 쓸모도 없다. 그녀를 제대로 만들기 위해 그가 할 수 있는 일은 아무것도 없다. 목회도 소용없다. 그녀는 단지 못생긴 하얀색 지방 자루, 그의 꿈에 대한 모욕일 뿐이다.

최종적으로 그가 하고 싶어 하는 모든 것이 그녀에게서 사라졌다면, 그녀를 보존할 가치도 없었다. 그는 욕조 옆에서 책망의 눈길로 그녀를 지켜봤다. 그녀는 급격히 시들고 있다. 엉덩이와 허벅지 뒤쪽은 혈액이 응고되어 검게 변해 갔고, 동공은 이미 허옜다. 그리고 냄새까지 나기 시작했다. 그는 페브리즈 한 통을 비우고 탈취제를 몇 개 썼다. 그리고 냄새가 퍼져 나가는 걸 막으려고 통풍구 벽돌을 강력한 덕트 테이프로 감싸 뒀다. 하지만 그는 아래층 사람들이 이 냄새가 어디서 나는 건지 궁금해하는 건 시간문제라는 걸 안다. 그는 그녀에게 뭔가 조치를 취해야 하고, 뭘 해야 하는지 아주 잘 안다. 하지만 그는 아름답지 않은 것을 보존하기 위해 자신의 기술과 시간을 낭비하고 싶지 않았다. 대체 왜 내 주의를 끈 거야. 이렇게 내 기분을 끌어내릴 거면서! 네 이름을 알지 못하는 게 기쁘군. 널 기억조차 하고 싶지 않으니까.

그가 보고 있는 동안 그녀의 사후 경직이 지나갔다. 그녀의 팔뚝이 욕조 바깥으로 늘어지고, 팔과 손끝은 거의 검게 변했다. 그는 손을 집어서 아래로 떨어뜨렸다. 머리 위에 달린 전등갓조차 없는 전구에서 바로 내리비치는 빛 속에서 그 팔이 공포스럽게 흔들렸다. 그는 그녀의 위팔에서 늘어진 살을 응시했다. 뭘 하든, 곧바로 해야겠어. 시간 낭비야.

그는 신선한 사체를 분해한 경험은 없지만, 그게 앨리스나 그 전의 다른 소녀들에게 한 일보다 훨씬 더 힘들 거라는 건 알았다. 액체가 흐르는 신선한 연골은 자르기 훨씬 힘들 테고, 그가 정당하게 아파트로 가지고 올 수 있었던 연장들로는 신선한 뼈들을 조각낼 수 없을 것이었다.

"짜증 나네." 그가 큰 소리로 내뱉었다. 그리고 대야로 몸을 돌려 얼굴에 찬물을 좀 튀기고 안경을 벗어 거울 속에 비친 자기 모습을 바라봤다. 온화한 얼굴, 이마 위로 맵시 있게 흘러내린 머리털 한 가닥, 목이 드러나는 셔츠 아래 있는 다소 펑퍼짐한 가슴과 어깨. 아무도, 아무도 내가 욕실에 죽은 여자를 두고 있다고는 생각하지 못할 거야. 대부분의 사람들은 떠올리지도 못할 거야. 내가 거기 있었다는 걸 모른다면 나를 직접적으로 주시할 이유는 없어. 토막 낸 팔다리를 쓰레기통에 버린다면 어느 쪽이 좋을까? 귀찮아 죽겠네. 왜 이 여잔 그냥 마술처럼 사라질 수 없는 거지?

그는 한숨을 쉬고 대형 나이프를 든 채 무릎을 꿇었다. 첫 번째이자 당연한 단계는 늘 해 오던 일과 똑같다. 합리적으로, 그 헐렁한 몸통을 토막 내는 것에 대해 생각하기 전에 우선 그 안에 있는 걸 제거하고, 그게 흩뿌리는 걸 치워야 한다.

얼굴을 그녀의 얼굴 가까이에 붙인 그는 달걀껍질 같은 두 눈이 자신을 바라보는 끔찍한 공격을 받았다. 그는 대야 가장자리에 걸린 채 물을 빨아들이고 있는 손수건 한 장을 움켜쥐고, 그녀의 얼굴에 던져 그 눈을 가렸다. 그러고 나서 몸을 앞으로 숙이고 부풀어 팽창된 복부를 갈랐다. 악취가 훅 끼치는 바람에 구역질이 올라와 기침이 났다. 이 일은 즐겁지 않았다. 다른 때 그는 실험의 기쁨으로 구역질을 이겨 냈었고, 나중에는 자신의 작업에 자부심을 가졌다. 하지만 이건 단지 끔찍하고 까다로우며 따분한 일일 뿐이다. 세금 납부 같은.

45

　그들은 그녀를 옆방에 데려다 놓았다. 그게 어떤 의미인지는 모두가 안다. 그녀가 콜레트를 마지막으로 본 지 한 주—실제로는 며칠—밖에 지나지 않았고, 그때 이미 그녀의 체구는 반으로 쪼그라든 것처럼 보였다. 그녀는 온갖 고무호스 사이에 누워 있었고, 『거인들의 나라』 세트장에서 사 온 것처럼 보이는 침대 속에 파묻혀 있었다. 콜레트는 출입구 안쪽에서 서성였고, 병동 의사가 그녀 뒤 가까이에 있었다. 그녀는 몸을 돌리고 걸어 나가, 폐기된 휠체어와 소독 박스가 늘어선 후줄근한 병동 복도를 성큼성큼 내려가고 싶었다. 그렇게 한다고 해서 모든 일을 없었던 걸로 만들 수는 없다 해도. 그녀가 문지방을 넘어선다면, 그건 그녀 인생에서 잊지 못할 한 부분이 될 것이다.

　미안해, 엄마. 침대에 누워 있는 낯설기 그지없는 재난에게 콜레트가 멀쩍이서 조용히 말했다. 내가 왔어야 해. 말리크가 거기에 있지 않다는 데 한 번 더 내기를 걸어 봤어야 해. 내가 엄마를 홀로 두고 떠나지 말아야 했다는 걸 알았더라면. 내가 공포에서 벗어난 척하면서 남자랑 그 주 내내 방에 틀어박혀 지내지 않았더라면.

"어머님께서는 고통스러운 상태는 아니십니다." 의사가 말했다. 의사는 콜레트에게 자기 이름을 말했었지만, 콜레트의 머릿속에서 자세한 내용은 소용돌이치는 바람처럼 사라진 상태였다. 그녀가 들었던 다른 대부분의 이야기와 마찬가지로 말이다. 그녀가 아는 건 오직 자신이 곧 더 이상은 누군가의 딸이 아니게 되리라는 것뿐이었다. "저희는 최대한 어머님이 편안하실 수 있도록 하고 있습니다."

그녀는 첫 걸음을 떼려고 애썼지만 발이 땅바닥에 달라붙은 것 같았다. 그녀는 의사에게 도움을 호소하는 시선을 던졌다. 날 앞으로 밀어 줘요. 날 데려가 줘요. 의사는 유능하게도 침착하게 서 있었다. 그들은 이런 일에 무척이나 익숙하겠지. 이런 병동은 늙은이들로 가득 차 있어. 실제로 그들이 어찌나 효율적이고 조직적으로 일하는지, 기적적이게도 복도는 흐느껴 우는 친척들로 북적이지 않았다.

"괜찮아." 그녀는 필요한 행동을 할 수 있도록 스스로에게 연민과 격려를 북돋는 목소리로 간신히 말했다. 난 움직여야만 해. 오늘 밤 여기 있는 환자는 엄마만이 아니야. 이 병원에는 수백 명의 사람들이 있고, 이 가여운 여자는 수천 명의 환자 일가붙이들을 안심시키고 있지. 가 봐, 콜레트. 어서.

"잠들어 계신 것 같은데요? 좋은 징조 아닌가요?" 그녀가 물었다.

의사가 고개를 저었다. "아니요. 유감입니다만, 혼수상태에 들어가신 거예요. 걱정스럽게도."

그 말에 그녀는 물세례를 받은 것 같았다. 혼수상태. 듣고 싶지 않은 단어 중 하나였다. 혼수상태, 암, 심근경색이라는 단어는 그녀를 숨 쉴 수 없게 만들었다.

"그럼, 전 무척 늦은 거네요." 그녀가 쓸쓸하게 말했다. 그와 함께 안 오길 잘했어. 그에게는 너무 무리한 장소야. 하지만 오, 나는 혼자야. 내가 이 일을 어떻게 이겨 낼 수 있을지 모르겠어.

"아니요. 너무 늦은 건 아니에요. 어머님은 아직 여기 계시잖아요. 아마 따님이 여기 계신 걸 아실 거예요. 때로 그분들은 우리를 약간 놀리시죠. 잠깐 정신이 돌아오시기도 하거든요. 그게 중요하죠. 그래서 따님이 여기 계신 거고요."

그녀는 일찍이 호세인이 한 말을 떠올렸다. 엄마와 함께 지냈었더라면 얼마나 좋을까. 엄마한테는 내가 필요해. 날 알아보지 못한다 해도 말이야.

그녀는 문지방을 넘어섰다.

재닌은 그녀가 누워 있는 침대 시트만큼이나 창백했다. 손 정맥으로 모르핀 방울이 흘러들어갔고, 얼굴에는 산호 호흡기가 조여져 있었다. 그녀는 온갖 줄과 모니터에 둘러싸여 있었고, 그녀의 생명은 삑삑 소리와 함께 사그라지고 있었다. 의사는 라디에이터 옆으로 밀어둔 의자를 들고 와서 침대 곁에 놓았다. "어머님과 함께 앉아 계세요. 손을 잡아드리세요. 좋아하실 거예요. 여기에 호출 버튼이 있어요. 간호사 한 사람이 계속 따님을 주시하고 있을 거고요."

콜레트는 좀비처럼 그 말을 따랐다. 그리고 팔을 뻗어 담요 안에 있는 손을 슬며시 잡았다. 차가워. 눈 속에 있던 사람처럼. 콜레트는 엄마가 아이를 따뜻하게 해 줄 때처럼 손바닥을 위아래로 쓸었다. 그리고 벽에 걸린 시계를 쳐다봤다. 10시가 다 되었네, 벌써. 재닌이 병원으로 실려 갔다는 전화를 받은 지도 벌써 세 시간이나 됐다. 더 빨리 왔어야 해. 오늘 아침에 엄마를 찾아갔어야 했어. 그랬더라면 내가 알아챘을 텐데. 이 지경이 되기 전에 막을 수도 있었을 텐데.

네 잘못이 아냐, 콜레트. 엄마는 오랫동안 아팠어. 아마도 네가 그 사실을 알기 훨씬 전부터 말이야. 그리고 어떻게 네가 요양원으로 되돌아가는 위험을 감수할 수 있었겠어? 말리크에게서 세 번이나 달아날 순 없어. 하지만 엄마가 여기에 있다는 걸 그들이 알 방도는 없지. 그녀는 스스로에게 되뇌었다. 그들이 하루 스물네 시간 요양원을 감시할 수는 없을 테니까, 안 그래?

엄마. 엄마가 여기 있어. 내가 돌아온 후 그 어느 때보다도 더 엄마 자신으로 돌아와 있어. 찡그러진 미간은 펴지고, 의혹으로 인한 입가의 주름도, 콜레트가 누구고 뭐하는 사람인지 모른다며 화를 내던 얼굴도 사라지고 없다. 엄마가 잠든 모습을 본 건 오래전이었다. 마지막으로 본 건 그녀가 아직 리사고, 엄마가 리사의 정원에 있던 때였다. 요즘과 달리 따사롭고 기압이 높은 날이었다. 진과 토닉, 패드를 덧댄 일광욕 의자가 있었고, 바보 같은 슬레이트 돌에 고인 물이 발에 부드럽게 찰싹였었다. 그런 것들이 그때 그녀의 사고방식이 최고로 세련됐었다는 걸 드러냈다. 아마도 십 년 전이었을 것이다. 엄마는 그때 갓 서른을 넘긴 정도로밖에 안 보였다. 금발에, 얼굴은 크림과 시술, 색조 화장, 만족감으로 탱탱하게 차올랐었다. 한 여자의 임종 자리에서 그녀의 본모습을 떠올릴 수 있는 사람이 얼마나 될까? 그녀는 궁금했다. 나는 열세 살 이후로 늘 화장을 했는데. 내 진짜 눈썹을 본 사람이 얼마나 될는지 나도 모르겠군.

나는 엄마가 깨어나길 바라는 건가? 엄마가 눈을 뜰 때까지 흔들어 볼까? 아니, 그렇지는 않은 것 같아. 엄마가 다시 그런 낯선 사람이 되는 건 바라지 않아. 나를 교도소장 같은 사람이라고 생각하던 그 여자. 아마도 나는 엄마가 죽어 사라지기를 바라는 것 같아. 그게 내가 엄마가 아직 여기에 있는 척할 수 있는 방법이야.

그녀는 의자를 옮기고, 어색함을 느끼며 뭔가 할 말을 떠올렸다. 영화에서 사람들이 어떻게 말을 꺼냈는지 생각해 봐. 그보다 더 나은 생각은 나지 않았다. 그녀는 헛기침을 하고, 입을 열었다. 엄마의 폐에서 나온 기포가 끓는 소리가 들리지 않는 것처럼. "엄마? 나야, 리사." 그녀는 다시 한 번 엄마의 손을 톡톡 쳤다.

내가 리사인 마지막 순간이야. 이후로 리사는 영원히 사라지고 없을 거야.

"콜레트."

그녀는 주변을 둘러보고는 자신이 엄마 손을 잡고 있고, 정신을 차리지 못하고 멍하니 있다는 걸 깨달았다. 안개 속에서 시간이 훌쩍 가 버렸고, 베스타가 출입구에 서 있었다.

"호세인이 말해 줬어. 들어가도 될까?"

"물론이죠." 콜레트는 눈물이 흘러내리기 시작하는 것을 느꼈다.

그녀는 손을 떼고 일어섰다. 그리고 베스타가 자신을 끌어당겨 힘주어 꼭 안게 놔뒀다. 친절하고 친절한 분이야. 이방인을 돕는. 우리 엄마가 이랬더라면. 누군가의 엄마가 이랬더라면. 만약 당신이 우리 엄마였다면, 나는 절대 그 곁을 떠나지 않았을 텐데.

"오, 아가, 힘들었지. 안다. 하지만 내가 여기 있잖니. 난 널 두고 가지 않을 거야."

그녀가 가슴을 들썩이며 흐느꼈고, 베스타는 그녀를 더 꼭 끌어안
았다. 그러고는 그녀를 놓아주고 의자에 앉았다.

새벽 2시, 콜레트는 재닌의 숨소리가 바뀌는 걸 들었다. 그녀의 마
음은 몇 시간째 정처 없이 방황하고 있었다. 그녀는 집중력을 유지하
려고, 이 순간에 온전히 몰입하려고 애썼다. 이 순간을 영원히 붙잡
고 싶어 엄청나게 노력했다. 누군가의 임종을 지킨다는 건 애통한 순
간만큼 지루한 순간도 많은 법이라는 걸 그녀는 미처 몰랐었다. 간호
사들이 문 주위에서 얼굴을 불쑥 들이밀었고, 그녀는 잠시 그들에게
로 한눈을 팔았다. 그 얼굴이 꽤나 반갑게 느껴졌다.

그녀는 패컴에서 나와 어린 시절로 되돌아갔다. 그녀의 정신은 수
많은 방과 언쟁과 남자 친구들 사이를 떠돌았다. 엄마를 소파에서 끌
어내려 침대로 옮기는 걸 돕던 순간, 로스만 한 갑을 사러 구멍가게
로 내달렸던 때도 떠올랐다. 그 시절에는 아직 아이들이 심부름을 했
었고, 그래서 담배를 살 수 있었다. 그리고 잔돈으로는 키캣 과자를
한 봉지 샀더랬다. 어느 날 오후 하이힐을 신은 엄마가 학교 문 앞에
서 균형을 잃고 앞에 가로놓인 차단기를 붙잡고 있던 때, 텔레비전
앞에서 작은 생선 샌드위치를 먹을 때, 그 모습을 보며 부끄러워하던
기억도 떠올랐다. 때때로 엄마는 테이블에 앉아 평범한 가족처럼 함
께 밥을 먹어야 한다고 주장했었다. 그래 놓고 엄마는 절대 제대로
자리를 잡고 앉지 않고, 몰래 다가와 카펫에 주저앉아서 리사의 칼질
솜씨를 불평했었다. 옆집 머피네 가족과 교환할 만한 무언가를 찾던
모습도 떠올랐다. 엄마는 리사가 준 월급으로 쓸데없는 물건을 사는

걸 즐겼다. 와이드스크린 텔레비전, 광파오븐, 메모리폼 매트리스 등
등 무수히 많았다.

그녀는 소리의 변화를 알아채고 일어났다. 그러고 몇 번 눈을 깜
빡거리고 손으로 비볐다. 엄마의 눈이 가늘게 떨렸고, 산소마스크 뒤
에서 입술이 움찔거렸다. 그녀는 그 모습을 뚫어지게 바라보며, 자신
이 여기 있다는 것을 알려 주려고 엄마의 손을 더 꽉 쥐었다. 정신이
들고 있는 건가? 그런 건가?

베스타 역시 일어서서 그 모습을 바라보고 있었다. 복도 바깥에서
누군가가 걸어 지나갔고, 깁스를 한 발이 슥슥 끌리는 소리가 들렸
다. 봐, 엄마는 죽어 가고 있지 않아. 혈색이 있어, 아니 최소한 뺨 주
변에 열꽃이 두어 개 피어 있어. 죽어 가고 있을 때는 이렇게 혈색이
있지 않잖아?

엄마의 눈이 뜨였다. 산소마스크 뒤에서 눈을 깜빡이더니 시선이
주변을 헤맸고, 숨을 쉬려고 헐떡거렸다.

"괜찮아, 괜찮아, 엄마. 여기 병원이야."

엄마의 손에는 힘이 조금도 없는 것 같았다. 도자기 조각처럼 콜
레트의 손안에 그대로 놓여 움직이지 않았고, 차가웠다. 하지만 그녀
의 고개가 조금씩 돌아가기 시작하더니, 시선이 콜레트의 얼굴 위에
머물고, 입이 열리면서 침이 튀어나와 산소마스크에 맺혔다.

"리사!"

기침이 터져 나와 말이 끊어졌지만, 그녀는 다시 한 번 입을 열었
다. 힘없이 미약하고 부글거리는 듯한 기침이 나왔고, 너무 허약해진
육신은 앞으로 일어나 앉을 수조차 없었다. 콜레트가 얼어붙어 있는
사이 베스타가 벌떡 일어나 능숙하게 움직였다. 그녀가 침대 반대편

으로 황급히 몸을 움직여, 종이 그릇을 움켜쥐고, 산소마스크를 벗기고, 재닌의 어깨 뒤에 팔을 끼워 넣었다. 재닌의 입이 그릇에 닿자, 그녀의 몸을 부드럽게 앞으로 끌어당기고는 앙상한 등뼈를 다정하게 문질렀다. 엄청나게 큰 녹갈색 가래 한 덩이가 재닌의 입에서 나왔지만, 너무 기력이 없어서 그걸 뱉어 낼 정도로 기침을 할 수가 없었다. 베스타가 보조 탁자에 놓인 티슈 갑 쪽으로 고갯짓을 했다. 콜레트는 충격으로 언 상태에서 벗어나 티슈를 쥐고 재닌의 입을 닦았다. 눈물로 눈이 따끔거리기 시작했다. 내가 아기였을 때 엄마는 내 엉덩이를 닦아 줬는데. 엄마는 평생 내 옆에 있었어.

기침 발작이 진정되자 두 사람은 재닌을 베개에 뉘고, 산소마스크를 다시 제자리에 끼우고, 그녀를 편안하게 해 주려고 애썼다. 그러는 동안 재닌은 콜레트의 얼굴을 응시했다. 그녀의 눈이 커지고, 콜레트에 대한 애정이 넘쳐 났다. 자리를 잡고 나서 그녀는 잠시 조용히 누워 있었다. 입은 반쯤 벌어지고, 가슴이 눈에 띄게 오르내렸다. 콜레트는 주전자의 물로 천을 적셔 꼭 짠 뒤, 재닌의 창백한 잿빛 이마를 톡톡 눌러 닦아 줬다. 엄마, 사랑해. 그 모든 일에도 불구하고, 엄마를 사랑해.

심장 모니터에 나타난 심박이 느리게 흘러가고 있었다. 심박은 아주 띄엄띄엄, 불규칙하게 나타났고, 콜레트는 아무도 그걸 들여다보지 않았다는 걸 믿을 수가 없었다. 울혈성 심부전, 폐렴, 그리고 몇 년 전에 동의서에 사인한 '인위적으로 생명을 연장할 필요 없다.'는 표시, 이게 그 사람들이 예상하고 있는 거겠지. 재닌은 심장이 멈출 때까지 천천히 모든 면에서 나빠지고 있었다. 생각을 하면 할수록 콜레트는 점점 또 다른 슬픔에 휩싸였다. 그녀는 의자로 돌아가 앉아, 가

413

만히 놓인 손을 잡았다가 톡톡 쳤다가 하면서 몸을 바쁘게 움직이며, 다시 몰려드는 생각에 저항했다.

"네가 올 줄은 미처 몰랐어." 재닌이 속삭였다. 콜레트는 심장이 멎을 정도로 놀랐다. 그녀는 몸을 앞으로 기울여 재닌을 쳐다보고 그 눈이 맑다는 걸 확인했다. 엄마는 날 알아, 엄마는 날 알아.

"나 어디 안 가요. 결국 내가 올 거라는 거 알고 있었잖아요."

재닌의 입가에서 지친 듯한 미소가 서서히 피어났다. "좋구나. 우린 다시 함께 돌아왔어."

콜레트가 억지로 입가에 미소를 걸치려고 애쓰면서 재닌의 손을 꽉 잡았다.

"넌 어떠니?"

"괜찮아요. 좋아요."

"토니는? 토니는 어때?"

그녀는 얼어붙었다. "누구요?"

"토니. 몰라? 잘생긴 토니. 클럽의."

오, 아니, 엄마. 오, 안 돼, 엄마. 아니지?

"멋진 남자던데. 늘 내게 꽃을 가져다줬어. 네 안부를 물었고. 바보같이 항상 네 전화번호를 잃어버렸지."

이제야 알겠네. 콜레트는 연민 어린 표정을 계속 유지하려고 고투했다. 그 일이 내내 어떻게 일어났는지 이제 확실히 알겠네. 잘생긴 얼굴에 늘 쉽게 속아 넘어가는 어리석은 여자 같으니라고. 물론 토니는 엄마가 분별력을 잃어 가고 있다는 걸 알았겠지.

심장 모니터가 삼 초간 완전히 조용해졌다가, 하피(그리스 로마 신화에 등장하는 괴물./ 옮긴이)가 비명을 지르는 것 같은 삑 소리가 대기를 갈랐다. 거의 끝났어. 난 엄마한테 말 안 할 거야. 엄마가 죽어 가면서 속상해 할 만한 그런 짓을, 그런 모험을 하고 싶진 않으니까.

"그 사람은…… 그 사람은 잠깐씩 왔었어." 재닌이 콜레트에게 확인시켜 줬다. 베스타가 의자를 옮기는 기척이 느껴졌다. "그가 사랑한다고 전해 달라고 했어."

재닌의 눈꺼풀이 아래로 내려가기 시작했다. 난 엄마를 잃어 가고 있어. 그 말을 해야만 해. 작별의 말을 해야만 해. 사랑한다고 말하고, 용서했다고 말하고, 괜찮다고 말해야 해. 지금 그 말을 해야만 해. 난…….

"그 노래가 뭐였지?" 재닌이 물었다. 그녀가 눈을 느리게 깜빡였다. 눈을 다시 뜰 때마다 눈꺼풀이 그들의 여행 시간을 조금씩 더 늘렸다.

"무슨 노래요, 엄마?"

"알잖니. 스티브 마틴."

웬 스티브 마틴? 그것도 임종 자리에서?

"난 그 노래가 너무 좋아. 기억나니? 우리 곧잘 불렀잖아. 너 어릴 때."

그녀가 고개를 저었다.

"그 노래가 듣고 싶구나. 〈남태평양〉에도 나왔잖아. 그 영화 참 좋지. 기억나니? 우리 그 노래 잘 불렀었잖아."

무슨 노래? 무슨 노래를? 엄마가 하는 말이 뭔지 난 하나도 모르겠어. 난 여기 있고, 뭔가를 해야 하는데, 엄마는 죽어 가면서 내가 자기를 실망시키게 만들고 있어.

"'대나무 아래서'?" 베스타는 뒤쪽, 수액을 거는 이동 스탠드 옆에

415

서서, 자기 존재를 드러내지 않으려고 애쓰고 있었다. 하지만 콜레트가 기를 쓰는 모습을 보고 도와주려고 한 발 나섰다.

베개가 살짝 위아래로 움직였고, 재닌이 간신히 미소를 띠었다.

콜레트는 당황스러웠다. 흐릿한 기억 속에서 희미하고 뒤죽박죽인 음정이 떠올랐지만, 아무것도 그녀에게 제대로 와 닿지 않았다.

"콜레트가 노래를 시작할 수 있게 내가 도와줘도 될까요? 부끄러워하는 것 같네요." 베스타가 물었다.

"나한테 부끄러워할 필욘 없어, 리사. 난 네 엄마잖아." 재닌이 속삭였다.

베스타가 한 발 앞으로 나와서 노래를 시작했다. 노래를 부르는 목소리가 삑 하고 높게 올라가고 갈라졌다. 노래를 거의 부르지 않는지 평소 말할 때의 부드럽고 풍부한 어조와는 완전히 달랐다. 하지만 곡조는 선명했고, 일단 노래를 시작하자 가사가 콜레트의 마음속으로 흘러들었다.

"난 너를 좋아하고, 넌 나를 좋아하고, 우리는 서로 좋아하고 있어." 베스타가 선창했다.

그리고 그녀는 패컴으로 돌아갔다. 네 살, 아마도 다섯 살인가, 술이 재닌을 잡아먹기 전에, 그녀가 아직 예쁘고, 세상이 아직 젊었을 때였다. 그들은 라운지에 있었고, 앞에는 텔레비전이 틀어져 있었으며, 푹신한 쿠션에 두 손을 얹고 꼿꼿이 앉아 있었다. 그리고 그들은 텔레비전에서 나오는 노래를 따라 불렀다. 이제 기억난다. 〈전자 두뇌 인간〉, 재닌이 가장 좋아하던 영화, 즐겨 보는 영화였다. 그녀는 심지어 냄비 속에 철쭉을 넣고, 그 이름을 말할 때마다 웃곤 했다(영화 속에 철쭉과 관련된 우스운 장면이 있다./ 옮긴이). 그리고 리사는 그 유머를 결코 이해하지 못했다. 이제 그녀는 재닛이 그 노래를 침대 속에서 자신에게 불러 주곤 했다는 걸 떠올리고, 그 순간으로 돌아갔다. 사랑스러웠던 엄마, 머리칼은 반짝반짝 빛나고, 딱 달라붙는 스웨터를 입고, 옷깃에는 찰리의 냄새가 배어 있던 엄마. 내게 이불을 덮어 주며 그 노래를 불러 주곤 했었지. 잊고 있었어. 그 몇 년간을 모두 잊고 있었어.

콜레트가 노래 대열에 합류했다. "말하는 게 좋아요, 이 멋진 날에. 당신의 이름을 바꾸는 게 좋아요."

"그래, 그거야. 바로 그거야, 내 새끼."

그리고 그녀는 눈을 감고 다시는 돌아오지 않았다. 그 밤 내내 그들은 그녀 곁에 앉아서 그녀의 손을 잡고 그녀가 영원히 떠날 때까지 노래를 불렀다.

46

그 애는 떠나겠지, 베스타는 생각했다. 가엾은 늙은 호세인. 그는 나만큼 그 애를 그리워하게 될 거야. 어쩌면 나보다 더. 최근에 알게 된 것들만 간직한 채 혼자 남겠지.

그녀는 멍하고 몽롱했다. 그녀는 간절히 잠이 들기를 바랐다. 무의식이라는 마약의 축복이 내리기를 갈망했다. 아버지의 침대 맡에서 밤새 간호를 하고, 지금처럼 차를 타고, 집으로 돌아왔던 기억이 떠올랐다. 운전사는 나이지리아계 사람이고, 백미러에 방향제가 매달려 있고, 라디오 채널은 LBC에 맞춰져 있었다. 엄마가 돌아가셨을 때 그녀는 휘청거리며 방에서 나와서 거실에 놓인 침대에 털썩 누워 장의사가 문을 두드릴 때까지 잠을 잤다. 그때만 해도 로이 프리스가 그녀를 도둑으로부터 보호한다는 둥의 말을 지껄이면서 문을 닫아걸기 전이라 지하실 문이 거리를 향해 열려 있었다. 난 집에서 죽고 싶어. 꼭 내가 살고 있는 그 집이 아니더라도.

콜레트는 창에 몸을 기대고 런던 남부 거리의 풍경을 바라봤다. 운전기사가 소울 믹스 음악이 담긴 CD를 플레이어에 넣고, 필요 이상으로 볼륨을 높이고, 그들에게 자기 프라이버시나 챙기라는 부드러운 몸짓을 해 보였다. 투팅 벡에서 신호를 기다리는 동안 그녀는 그가 거울 속의 자신을 주시하고 있는 걸 봤다. 인도식 사리를 파는 가게와 사탕 가게가 아침 장사를 위해 막 문을 열고 있었다. 베이컨 샌드위치를 좀 먹었으면 좋겠는데. 누가 죽어도 배가 고프긴 하다니, 재미있네.

그 밤에 무더위가 마침내 한풀 꺾이고, 육중한 빗방울이 앞 유리로 후드득 떨어졌다. 베스타가 창문을 열자 끼긱 소리가 났다. 그녀는 갈라진 토양에서 올라오는 퇴비와 수목 냄새, 시든 나뭇잎 냄새를 깊이 들이마셨다. 런던은 빗속에서 흙냄새를 풍겼다. 특히 비가 오랫동안 오지 않은 뒤에는, 거리와 차와 건물에 달라붙어 있던 오물과 먼지가 씻겨 내려가 보도를 덮었다. 곧 가을이 오겠군. 그러고 나면 런던의 긴 겨울이 오고, 시골 사람들은 결코 상상 못할 정도의 비와 추위가 옷 속으로 스며들겠지. 하지만 그때가 되면 콜레트는 이미 떠난 지 오래일 테고, 호세인은 마음을 다쳐 있을 것이다. 콜레트가 떠난다고 했을 때 호세인이 그 앨 보던 표정을 난 봤어. 그도 갈 수 있는 건 아니니까. 지금 당장은 말이야. 나중에는 그럴 수 있다 해도. 그의 미래는 여기에 있어. 콜레트와 도망치느라 그걸 희생할 순 없어.

병원을 떠난 후부터 콜레트는 내내 말이 없었고, 메마른 눈을 하고 있었다. 아직 충격에서 벗어나지 못하고 있군. 그 일이 닥칠 줄 알았다 해도, 그건 늘 충격적이지. 난 엄마의 침대보를 갈고, 이마를 물수건으로 닦아 주고, 엄마가 베개에 머리를 파묻고 있을 때 스펀지로 엄마의 전신을 닦아 주면서 일 년 반을 보냈어. 그런데도 마침내 그 일이 닥쳤을 때 나는 그걸 예상도 못하고 있었지. 절벽에서 떨어진 것만 같았어. 기억이 나. 장례식까지, 유리 벽 반대편에서 세상을 바라보고 있는 기분이 들었던 게. 누가 내 감각 스위치를 바꾸어 놓은 것처럼 소리, 냄새, 감촉, 모든 것이 퍽퍽하고 둔중하게 느껴졌었어. 저 앤 지금 꼭 그런 느낌이겠지. 그저, 공허한.

투팅 벡 로드로 진입하기 위해 우회전할 기회를 보고 있을 때, 그녀는 두 대의 차 뒤에 창에 선팅을 한 번쩍거리는 검은 차가 깜빡이를 켜고 뒤따르는 걸 봤다. 왜 영구차처럼 보이는 저런 차를 운전하고 싶어하는 거지? 길에 있는 매순간, 우리는 죽음을 떠올리지 않고도 충분히 죽을 수 있는데. 그 차가 오른쪽으로 방향을 틀면서 앞으로 튀어나왔고, 법 따위는 없다는 듯 차량들 사이를 가로질렀다. 경적이 폭발하듯 엄청나게 합창을 해 댔다. 콜레트는 멍한 상태에서 끌려나와 다른 운전자들이 배럼 하이 로드에 들어선 그 운전자에게 주먹을 휘두르는 모습을 응시했다.

"빌어먹을 메르세데스, 꼭 메르세데스라니까. 그것들은 길이 자기 것인 줄 알죠." 그들이 탄 차의 운전기사가 말했다.

콜레트가 머리를 좌석 머리 받침대에 툭 기댔다. 삶이 그녀의 눈 밖으로 사라졌다. 베스타가 잠시 기다렸다가 말했다. "오늘 밤에 잘 했어, 콜레트."

콜레트가 촉촉이 젖은 눈으로 그녀를 바라봤다. "감사해요."

"기분이 어떠니?"

그녀가 얼굴을 찡그리고 어깨를 으쓱했다. "그렇죠, 뭐."

그 이야기를 꺼내는 편이 나으려나 어쩌려나. "미안, 자네 엄마가 말한 거 말이야. 토니에 관한 거. 음 그게…… 충격이었던 거 같은데."

"진작 알았어야 했어요. 그걸 생각하지 못했다니 믿을 수가 없네요. 엄만 늘 자기에게 조금이라도 관심을 보여 주는 남자에게 뭐든 해 줬는데 말이죠. 그가 엄마를 찾을 거라는 걸 생각 못 한 것뿐이에요. 어쩌면 부정하고 싶었는지도 모르고요. 그래서 그들이 그렇게 말했던 거예요."

"네가 모든 걸 다 알 순 없으니까, 콜레트. 어쨌든 그게 너한테도 좋고. 너무 존경스러워. 네가 그런 상황에서 한 일들 말이야."

"감사해요."

"그 일에 대해 깊게 생각하지는 마. 아마 자네 엄마는 자기가 한 일이 뭔지 몰랐을 거야."

"저도 그렇게 생각해요." 하지만 콜레트의 목소리 끄트머리에서 어딘가 씁쓸한 기색이 묻어 나왔다.

베스타는 위로할 만한 다른 방법을 찾으려 고심했다. "돌아가면 호세인이 기다리고 있을 거야. 그리고 모두들."

콜레트가 한숨을 쉬었다. "그냥 잠이나 좀 자고 싶은데."

"나도 그래. 해야 할 일을 처리하기 전에 좀 자 두라고."

콜레트가 이맛살을 찌푸렸다. 자신에게 처리해야 할 일이 있으리라고는 생각지 않았던 것 같았다.

"장의사한테 전화를 하려면……. 그 사람들이 카드를 몇 장 줬을 거야, 안 그런가?"

"음, 전……." 그녀는 마치 그것이 대답이라도 되는 듯 손을 뻗어 핸드백을 열었다. "제가 엄마를 그리워하게 될지 어떨지조차 모르겠어요."

베스타가 손을 콜레트의 손에 얹었다. 내게 무슨 대답을 원하는 거니, 아가? 걱정 마, 고통은 이제부터 시작될 거야. 이런 거?

"한 번에, 하루에 이 일을 다 해야 할 거야." 그녀는 누군가의 입에서 죽음이 언급되는 순간 예상되는 모든 끔찍한 일을 알고 있다. 그녀는 수년간 사람들이 선의로 내뱉은 '지금 천사들과 함께 어쩌고저쩌고' 하는 말도 안 되는 이야기를 수없이 들어 왔고, 그런 말을 금지하는 법이라도 도입하고 싶을 지경이었다.

그들은 공원을 지나 오른쪽으로 돌았고, 베스타는 그 메르세데스 차량이 아직 자기들 뒤에 있는 것을 알아차렸다. 아마 영구차나 장의차일 거야. 이런 대낮에 여기를 지날 만한 차가 달리 또 뭐가 있겠어? "아마 힘들 거야. 넌 그걸 피할 수 없어. 그건 그저…… 그런 거야."

"어쩌면 그렇지 않을지도 몰라요. 엄마는 이미 오래전에 떠났는걸요. 그리고 저도 그렇고요. 정말이지 장례식이 무슨 의미가 있는지도 모르겠고요. 제가 엄마 친구들을 아는 것도 아니고요. 엄마에게 친구가 있는지조차 모르겠는데요, 뭘. 제가 거기 가서 엄마를 볼 때 엄마가 이야기하고 싶어 했던 건, 죄다 〈이스트엔더스〉에서 무슨 일이 일어났는지에 관한 거예요. 아니면 시청에 대한 불평을 털어놓거나요."

"오, 콜레트. 넌 이미 장례를 치렀구나."

잠시 저항의 몸짓이 튀어나왔다. "아니에요. 알잖아요."

운전기사가 몹시 궁금해하며 안달을 했다. 그가 그녀들의 말소리를 들으려고 음악을 줄이고 싶어 하고 있다는 게 느껴졌다. 콜레트가 머리를 창문에 푹 파묻듯이 기댔고, 다시 한 번 바깥을 응시하고, 입을 닫았다. 그들은 노스본 공원 끝 삼거리에 다다랐고, 운전기사가 오른손을 들어 보였다.

베스타가 앞으로 몸을 내밀었다. "아니, 죄송해요. 우린 다른 길로 가야 해요. 역을 지나가는 쪽 길로요."

그가 브레이크를 밟고, 유턴을 하기 위해 차선을 바꿨다. 검은 메르세데스가 미끄러지듯 그들을 지나갔고, 왼쪽에서 20야드 위쪽의 가장자리 차선에 들어섰다. 갑자기 콜레트가 일어나서 주변을 경계하고는 뒤를 응시했다. 이런, 아니야, 그렇지? 베스타는 생각했다. 어떻게 이렇게 조심성이 없었지?

운전기사는 깜빡이를 세 번 켜고는 스테이션 로드를 향해 되돌아갔다. 콜레트는 백미러 쪽으로 목을 길게 뺐다. 그리고 이를 갈았다. 지금 일이 벌어지면, 뭘 해야 하는 거지? 베스타는 생각했다. 개드윅 공항으로 가야 하나?

그들은 신호에 걸렸고, 꼬박 일 분을 기다렸다. 그들 뒤로 짧은 줄이 생겼다. 피에스타 한 대, 혼다 한 대, 포셰네 것처럼 생긴 SUV 한 대. 그 SUV가 실제로 어떤 차종인지는 전혀 상관없다. 평범하고, 마음 끄는 구석 하나 없이, 기름은 잔뜩 먹고, 자원에 대해 우려하는 목소리를 세계의 미스터리로 만들어 버리는 그런 차였다. 옆길에서 검은 보닛이 튀어나오지도 않았고, 비에 대비해 잔뜩 옷깃을 세운 캐시미어 오버코트도 보이지 않았다.

그들을 태운 차가 모퉁이를 돌 때 콜레트가 다시 등을 뒤로 기댔다. "이렇게는 못 살겠어요. 그늘에서 뭐가 튀어나올 것 같아서. 선팅된 창문을 볼 때마다 그가 거기 숨어 있는 것 같아요."

"그래."

"이제 떠나야 할 때가 된 것 같아요."

"호세인이 슬퍼하겠군. 그런 면에선, 나도 슬플 거고."

콜레트는 입술을 앙다물고 다시 차창 밖을 응시했다.

"그는 그럴 거야, 알지? 네가 첫 번째…… 그게, 그가 누군가에게 관심을 가진 걸 난 본 적이 없거든."

콜레트는 그녀의 말을 무시하려고 했다. "지금 그 집에 머물고 싶어 하는 사람이 얼마나 될지 모르겠네요. 그 사람은 기회가 생기면 바로 떠날 거예요. 확실해요. 하지만 전 그 사람을 이 모든 일에 끌어들이지 않을 거예요. 그는 그런 상황에 처해선 안 돼요. 제가 여기 있는 단 하나의 이유는……." 그녀는 말을 잇기 전에 잠시 쉬어야만 했다. 베스타가 보기에 그녀는 금방이라도 울음이 터질 것만 같았다. 찔러도 피 한 방울 안 나올 거 같았는데. 하지만 오늘 밤은 조금 다르네. "……엄마 때문이었어요. 제가 어리석었어요. 모두들 이 일에 끌어들이지 말았어야 했어요. 세상에, 엉망이야. 그는 이보다는 더 나은 대접을 받아야 해요. 그는, 제 존재를 알기 전에는, 여기서 할머니의 작고 정겨운 소모임과 할머니가 내주시는 차와 함께 잘 지냈는데. 제가 떠난 뒤에도 그 사람은 잘 지낼 거예요. 우리는 로미오와 줄리엣이 아니니까. 그냥…… 그런 거죠. 그게 뭐든요. 모두들 잘 지낼 거예요. 정말로 더 나아질 거예요. 한두 주만 지나면 제가 여기 살았었다는 것도 잊게 될 거예요. 모두들."

베스타가 눈썹을 추켜올렸다. "나는 계속 여기 있고 싶겠니? 그런 일이…… 있었는데도?"

콜레트가 입을 다물었다.

"정말 난 이 집이 빌어먹게 싫어. 그 자식이 내게 돈을 좀 줬더라면, 난 그 즉시 거길 나갔을 거야."

콜레트에게는 전혀 뜻밖의 뉴스였다. "정말요?"

베스타가 그녀를 향해 얼굴을 찌푸렸다. 공공장소에서 하기에는 너무 사적인 대화였다. "그래."

콜레트는 그녀에 대해 깊게 생각해 봤다. "길에서 사는 건, 형편없는 삶이에요. 정말이지. 그렇게 살고 싶진 않으실걸요."

"그렇지, 그래. 자네 말이 맞아. 난 바닷가 근처에서 사는 걸 생각해 봤어. 카페를 열고, 갈매기들에게 먹이를 던져 주고. 하지만 이제 그 꿈은 모두 날려 먹었지. 안 그래? 내 남은 인생 동안 지하실 구멍에 처박혀 살아야 할 거야. 벽에 핀 곰팡이와 하수구…… 그리고 유령들과 함께."

콜레트의 두 눈에 눈물이 그렁그렁했다. "세상에, 할머니. 제가 뭐라도 해드리고 싶지만. 하지만 전 무척 지쳤어요. 제기랄, 너무 지쳤다고요. 때때로 제가 너무 힘들어서 죽을지도 모른다는 생각이 들어요."

47

어떻게 그 일이 일어났는지 그녀는 정말이지 확신할 수 없을 것이다. 고양이들은 그렇다. 그들은 늘 사랑스럽게 굴고, 우리 몸에 기어올라 폭 안기곤 하다가, 어느 순간 갑자기 우리 얼굴에 발톱을 세우고 곁에서 떨어져 나간다. 사이코는 어쩌면 그녀가 알아차리지 못하는 어딘가에 흔적을 남겨 자기 영역을 표시해 뒀을 테고, 비에 그 흔적이 다소 희석되어 기분이 나빠진 상태였을 수도 있다. 그녀 일생의 사랑인 사이코는, 갑자기 어딘가에서 쓱 나타나 배를 보이더니 그녀에게 발톱을 휘둘렀다.

사이코의 발톱 하나가 그녀의 콧날에 박혔다. 눈에서 0.5센티미터 떨어진 위치였다. 둘 모두 갑자기 몸부림쳤다. 셰릴은 아픔과 분노에 비명을 질렀고, 고양이는 놀라서 발톱을 더 깊이 박았다가 몸을 빼내려고 뒤틀어 댄 후에야 자유로워졌다. 그녀가 힘껏 내던지는 바람에 방을 가로질러 벽에 처박힌 것이다. 사이코는 카펫 위에 착지해 쭈그리고 앉아서 원망 어린 눈빛으로 그녀를 응시했다.

세릴은 코에 난 상처로 손을 가져가 톡톡 두드렸다. 피가 솟구쳐 나와 눈가를 흠뻑 적셔 눈이 따가웠다. "제길." 고양이에게 욕설을 내뱉은 순간 고통이 시작됐고, 그녀는 "젠장!" 하고 고함을 치고는 분노로 하얗게 질려, 그를 향해 달려가 목덜미를 잡아들고 엉덩이를 손으로 철썩 때렸다. 사이코는 당황해서 그녀의 손아귀에서 꿈지럭 댔지만 반항하지는 않았다. 그녀 역시 그를 때리면서 '오, 이런, 그건 사고였어. 내가 지금 뭘 하는 거야?'라는 생각을 했다. 하지만 고통이 너무 격렬하게 몰려와서 그녀는 동물적인 감각에 완전히 사로잡힌 상태였다.

그녀는 그를 문으로 들고 가, 문을 열고 그를 땅바닥으로 집어던 졌다. 나중에 그녀는 자신이 극도의 통제 불능 상태에 빠져서 그를 창밖으로 내던지지 않았다는 사실을 최소한의 자기 위안으로 삼을 수 있었다. 사이코는 공중제비를 돌아 카펫 위에 네 발로 착지했다. 크게 뜨인 그의 두 눈에 상처받은 마음이 드러났다. 고양이를 잘 알게 되면, 주의 깊게 살펴보면 그들의 감정이 얼굴에 크게 쓰여 있다는 걸 알게 된다. 그는 싸움에 진 개처럼 머리를 늘어뜨리고 발을 이리저리 움직였다.

"꺼져!" 그녀가 우렁차게 고함을 쳤다. "이 짐승 같은 것! 꼴도 보기 싫어!"

그녀는 소리 내서 문을 쾅 닫고, 머리를 흔들고는 거울로 코를 살펴봤다. 상처는 몇 밀리미터 길이밖에 안 됐고 현재 회복 중인 다른 상처들에 비하면 정말 아무것도 아니었지만, 사이코가 자신의 눈가에 발톱을 휘둘렀다는 사실이 그녀의 피를 차갑게 식혔다. 상상력이 그녀를 앞지르고, 그녀의 몸 밖으로 나와 그녀를 펄쩍 뛰게 만들었고, 그녀는 상상 속의 자신을 봤다. 고양이가 발톱을 세우고 그녀의 눈동자에 들러붙어서 안구막이 찢어지고, 촉촉하고 몽글몽글한 무엇인가가 뺨 위로 폭포처럼 흘러내렸다. 그녀는 진저리를 치고, 손으로 눈을 꾹 눌렀다. 그리고 몇 주 전에 펍에서 가져온 화장지 조금에 물을 적셔서 상처를 살살 두드렸다.

고양이가 문을 긁었다. 그는 밖에 쫓겨나 있고 싶지 않았고, 사과를 하려고 애썼다. "꺼져." 그녀가 소리쳤다. 젠장, 모두들 병원에 가 있는 게 얼마나 다행인지. 내 고함 소리에 놀라서 모두들 반쯤 죽었을지도 몰라.

사이코가 비통하게 울부짖으며 문 아래 틈으로 가련하게 발을 내밀었다. 그녀는 이미 화가 누그러졌지만, 그를 조금 더 벌주고 싶은 마음을 참을 수가 없었다. 내가 준비될 때까지 저 밖에서 지내야 해. 망할 것. 그녀는 눈을 질끈 감고 상처에 향수를 조금 뿌렸다. 코를 베여서 패혈증에 걸린다면 그건 완전히 새로운 상황이 될 터였다.

잠시 정신없이 발광하다가 그가 움직임을 멈췄다. 셰릴은 나무 사이로 새어 들어오는 거부당한 동물의 감정을 느낄 수 있었다. 오, 불쌍한 놈. 저 앤 나의 가장 친한 친구고, 일부러 그런 건 아니야. 그녀는 전에 콜레트가 가져다준 상자에서 작고 둥근 반창고를 꺼내 상처 위에 붙였다. 지금은 그저 피가 배어 나오는 정도다. 처음에는 뼈까지 다친 건 아닌가 싶었지만 말이다. 분명 심각한 상처는 아니었다. 그녀는 가서 문을 열었다.

사이코는 부루퉁해 있었다. 그는 집주인의 벽장 옆 구석으로 물러나서, 티코지 속에 몸을 둥글게 말고 있었다. 턱을 가슴에 딱 붙이고,

428

눈은 원망으로 젖어 있었다. "오, 미안, 아기야. 다 괜찮아. 이제 화 안 났어."

그녀가 그를 잡으려고 다가갔다. 그는 그녀가 다가오는 걸 보고는 일어나서 층계참을 떠나 욕실 쪽으로 향했다. 젠장, 고양이들이란. 절대로 저것들을 무시해선 안 돼. 당장에 똑같이 앙갚음을 당할 테니까. "오, 이리 와, 사이코." 그녀가 애써 이성적인 어투로 말하고는 그 뒤를 따라갔다. "네가 날 다치게 했잖아. 너도 알지?"

고양이가 욕실 문 옆에 멈춰 서서 악의 담긴 눈으로 그녀를 바라봤다. "네게 제대로 된 입이 있었다면, 아마 입을 삐죽 내밀었겠지. 이리 와. 내 실수를 만회하게 해 줘."

그녀는 고양이를 향해 눈을 깜빡여 보였지만, 그는 꼬리를 사납게 휘두르는 것으로 대답을 대신했다. 이제 그녀는 오직 그 작고 단단한 몸을 안아 들고, 그가 자신을 용서해 줄 때까지 이마에 입을 맞추는 것만을 원했다. 그녀는 그 고양이를 사랑했다. 어리석으리만큼 사랑했다. 그는 그녀가 아무 걱정 없이 사랑한 최초의 생명체였고, 그녀는 자신이 그 관계를 모두 망치게 되리라는 생각만으로도 고통스러웠다. "오, 사이코." 그녀가 고양이를 붙잡으려고 다가갔다. 그는 뒤로 슬금슬금 움직여서, 몸을 아래로 수그리고, 그녀의 손가락 사이를 빠져나가, 뒷걸음질로 층계참 반대편 끝까지 잽싸게 달려갔다. 그러고는 토머스의 집 문 옆에 멈춰서 그녀를 응시하고는, 갑자기 발을 내밀어 문을 열어 다락방 계단으로 유유히 사라졌다.

셰릴은 머뭇거렸다. 확실하진 않지만 그녀가 느끼기에 토머스는 다른 사람의 방문을 환대하는 사람이 아니다. 베스타를 제외하고는 그가 그들 중 가장 큰 집에 살았지만, 그의 집 안에 들어가 본 사람은 아무도 없다. 음악 소리가 계단으로 내려와서 그녀는 깜짝 놀랐다. 자기 집 천장을 통해서는 아무 소리도 들리지 않았기 때문이다. 그녀는 로이 프린스가 이곳을 개조할 때 방음 장치에 돈을 썼다고는 상상할 수도 없었고, 그건 틀림없다. 그녀는 항상 어떤 육중한 소음을 들었다. 뭔가 떨어지거나 끌리는 소리, 하지만 음악 소리는 들어 본 적이 없다. 그녀는 그가 그저 조용하기만 한 이웃이라고 늘 생각했었다.

올라갔는데 꺼지라고 하면 어쩌지? 위에 대고 불러 볼까? 그 사람이 문을 잠그지 않은 건 내 책임이 아니잖아, 안 그래?

그녀는 문을 살짝 열고 그 틈으로 머리를 들이밀었다. 옅은 베이지색 카펫이 매우 멋졌다. 계단은 좁지만 예쁘고 밝았으며, 스테인드글라스 창문을 통해 들어온 불빛이 계단 전체를 비추고 있었다. "계세요?" 그녀가 소리쳤다.

꼭대기에 문이 하나 더 있었는데, 약간 열려 있었다. 비지스. 〈토요일 밤의 열기〉에 나온, '스테잉 얼라이브'. 아, 그래서 내가 소리를 못 들었던 거군. 요즘 기준으로 보자면 베이스 쪽이 많이 약했다. 대부분은 아래층에서 거지 같은 클래식 음악 소리가 올라왔는데. 어쨌든 토머스의 아파트와 어울리는 음악은 아니네. 그의 아파트에서는 여자 비명 소리나 바이올린 소리 같은 게 들릴 것 같았는데 말이야. 음, 토머스가 저 소리들 사이로 내 목소리를 들을 수 있을 것 같진 않군.

그녀는 계단을 올라가, 집주인의 작은 공간과 토머스의 다락 사이를 나누고 있는 합판을 손으로 밀었다. 창문도 사랑스러웠다. 바깥은 흐리고 어두워 보였지만, 창문은 초록색, 파란색, 붉은색의 사랑스러운 꽃무늬로 장식돼 있었다. 이게 무슨 낭비람. 내가 이 창의 주인이라면, 꼭대기까지 유리 선반을 매달고 그 위에 유리 장식품을 놓아서 불빛이 반짝이게 할 거야. 하지만 토머스는 단지 벽에 달린 고리에 코트 두 벌을 걸어 뒀고, 창턱에 지루해 보이는 책을 죽 꽂아 두었을 뿐이다.

냄새도 좋진 않았다. 마치 이곳에 가뭄이 집중된 것처럼 이 집 전체에 내려앉은 치즈와 버섯 냄새가 유독 강하게 몰려왔다. 인조 꽃의 무거운 향취도 뒤섞여 풍겼다. 끔찍하네. 창문을 열어도 될까? 그녀는 올라가다가 중간쯤에 멈춰 서서 다시 한 번 소리쳐 사이코를 불러 봤지만 아무 응답이 없었다.

짜증 나는 고양이 놈. 이 악취 구덩이 속에서 질식해 죽으라고 두고 가 버릴걸. 그럴 마음이 들면 돌아오겠지. 하지만 그녀는 고양이를 여기 남겨 두고 싶지 않았다. 나쁜 감정을 품은 채로 그냥 시간을 보내긴 싫었다. 내가 제대로 사과하지 않으면 그 앤 절대 안 돌아올지도 몰라. 그리고 그 애가 돌아오지 않으면 난 죽어 버릴지도 몰라. 내 방에 정어리 몇 마리를 넣은 토마토소스가 있는데, 그 애를 데리고 돌아가면 그 애는 생선 냄새를 풍기는 입으로 지체 없이 내게 진한 키스를 하겠지. 그녀는 꼭대기까지 올라가 문을 밀었다.

경사진 천장이 나타났고, 냄새가 더욱 강하게 밀려와 그녀는 거의 구토를 할 뻔했다. 그녀는 처마 밑에 이토록 넓은 공간이 있다는데 놀랐다. 신경 써서 장식하고 정리했다면 무척이나 사랑스러운 집이 되었을 것 같았다. 우선 지저분하고 낡은 암회색 스리피스가 보였고, 그녀의 주방과 같은 엄청나게 낡은 초록색과 갈색의 주방 공간이 한쪽에 있고, 바닥에는 더럽히지 않으려고 한 것인지 카펫 전체에 비닐 방수포를 깔아 뒀다. 삼인용 소파 한쪽 끝에는 갈색으로 얼룩덜룩한 쿠션들이 놓여 있었다. 일부러 태운 건가. 이상하기도 하지. 허벅지 자국 같아 보이는 것도 있고, 뼈밖에 없는 엉덩이 자국도 있고. 아드리엔 말로프가 〈비벌리힐즈의 주부들〉에서 방문한 집 소파마다 남긴 것 같은 자국이네. 정말로 아기 손수건이 나오면 어쩐다? 뭐, 그럴 것 같아 보이진 않지만. 매우 깊게 눌린 것 같은데, 누가 저기 오래오래 앉아 있었던 것처럼 말이야.

음악은 주방 싱크대 위에 놓인 구식 레코드플레이어에서 흘러나오고 있었다. 재활용 가게에서 볼 법한 상자들 중 하나는 오렌지색과 흰색을 띠고 있었고, 긴 축이 있어서 음반들을 위로 겹쳐 쌓을 수 있게 되어 있었다. 그녀는 전에 이런 것이 작동되는 모습을 본 적이 없었고, 이제야 왜 음악이 방 안에 울려 퍼지지 않는지 이해할 수 있었다. 거기에는 스피커가 없었고, 가느다란 가성은 플레이어 그 자체, 기계 앞면으로만 나오고 있었다.

그 트랙이 끝나자, 쉭쉭 소리와 낡은 비닐이 찢어지는 듯한 소리가 들려왔다. 욕실에서 물 흐르는 소리가 들렸다. 오, 이런, 당황스럽군. 그 사람이 샤워를 하고 있었군. 그가 나오기 전에 저 죽일 놈의 고양이를 데리고 빨리 나가야겠어. 그도 자신의 방향제 컬렉션을 보고 있는 나를 마주치고 싶진 않을 테니까. 진짜 희한하다니까. 이렇게 악취가 나는데, 저 사람은 수백 번 맡았을 거 아니야.

탁탁거리는 소리와 함께 '하우 딥 이즈 유어 러브'의 첫 소절이 나오기 시작하자, 그녀는 방향제들을 보려고 고개를 젖혔다. 그것들은 장식품이라도 되는 것처럼 양 지붕보에 매달려 달랑거리고 있었다. 방향제 걸이용 줄이 압정으로 고정되어 있고, 파인애플과 장미, 프리지아, 바다 냄새가 섞인 향이 퍼져 나왔다. 시럽처럼 물리는 혼합된 향이 목구멍 뒤로 넘어와서 콧속을 뜨끈뜨끈하게 했다. 셰릴은 가슴과 목이 따끔거렸고, 알레르기 반응이 터져 나올 기미가 보이기 시작했다. 그녀는 버스에서 종종 이런 경험을 한 적이 있다. 특히 습도가 높은 날 옆자리에 앉은 사람이 향기 나는 세제로 세탁한 덜 마른 옷을 입고 있을 때면 그랬다. 저 사람은 어떻게 이걸 알아차리지 못하는 거지? 이게 좋은 냄새라고 생각할 리는 없는데 말이야.

그러고 나서 그녀는 사이코를 발견했다. 그는 방 끝에 놓인 테이블 위로 뛰어올라 가 이상하게 생긴 자잘한 장신구 사이에 앉아 그녀에게 꼬리를 흔들며 조각상인 체하고 있었다. 그녀가 그에게 눈을 깜빡이자 그가 간단히 눈을 깜빡여 응답했다. 그가 발 하나를 입으로 가져가 앙증맞은 분홍 혓바닥으로 핥고는 발로 귀를 쓸었다. 오, 하느님 감사합니다. 저 애가 날 용서했나 봐요. 어쨌든 저 애가 뭘 박살 내기 전에 여기서 데리고 내려가는 편이 좋겠어.

그녀가 다가가서 속삭이자 그가 고개를 들고 그녀를 바라보며 씩 웃었다. 사이코는 선글라스—샤넬 아니면 샤넬 모조품으로 보였다. 테는 황갈색이고, 다리는 펴져 있었다.—와 줄 달린 펜던트 사이에 앉아 있었는데, 줄에는 연결 고리가 여럿이고, 그중 하나에는 에나멜이 칠해진 청록색과 붉은색의 도자기 물고기가 매달려 있었다. 이상한 물건의 집합체였다. 줄에는 열쇠고리가 붙어 있었는데, 거기에는 작은 도자기 신발 한 짝, 그보다 훨씬 작은 가죽 장정 성경책, 그리고 볼펜이 매달려 있고, 반짝이는 비즈들이 서투르게 붙어 있었다. 접착제가 채 마르기도 전에 붙인 것처럼 서투른 솜씨였다. 마치 아이가 어버이날에 부모님께 드리려고 만든 물건 같았다. 그리고 머그컵 걸이 같은 고리마다 팔찌들이 매달려 있었다.

"오, 사이코, 미안." 그녀가 손가락 하나를 뻗어서 그의 머리를 슬

쩍 만졌다. 그러고 그를 향해 양팔을 벌렸다. 사이코가 뒷다리를 일
으켜서 그녀의 가슴으로 뛰어들어 가르랑거리기 시작했다. 그리고
그녀가 자신을 잡자 몸을 위로 옴찔거려 앞다리를 그녀의 어깨에 올
리고, 그녀가 자신을 꽉 끌어안자 그녀의 귀에 촉촉한 까만 코를 비
볐다. "오, 내 새끼. 다신 싸우지 말자."

그녀는 그에게 키스를 하면서 왔던 길로 되돌아가려고 몸을 돌렸
고, 그때 침실 문이 열려 있는 것이 보였다. 누군가 그 안에 있는 것
같아서 그녀는 놀라 펄쩍 뛰었다. 침대 옆 낡은 식탁 의자에 전신이
쪼글쪼글하고 비쩍 마른 여자가 푸른 눈으로 앞을 응시하며 처박혀
있었다. 셰릴은 당황해서 사과와 해명의 말을 하려고 입을 벌렸지만,
곧 입을 꾹 다물었다. 초강력 접착제로 발이 땅바닥에 단단히 붙은
것 같았다. 그녀는 뒤로 물러나 돌아서서, 계단으로 죽어라 뛰어가고
싶었다. 그 여자는 니키였다.

니키였어. 오, 세상에.

니키는 완전히 건조되어, 가죽이 되어 있었다. 그녀의 불타는 듯한
붉은 머리칼은 아직 알아볼 수 있었지만, 빗질이 되고, 스프레이가
뿌려지고, 오스카상 시상식에라도 참석하는 듯 단단하고 빽빽하게
컬이 말려 있었다. 그녀는 니키였다. 하지만 갈라파고스 거북과 교배
라도 된 듯 전신이 딱딱했고, 끝내주게 마른 몸이 되어 있었다. 잘 정
리되고 주홍색 매니큐어가 칠해진 인조 손톱이 손가락뼈에 붙어 있
었고, 광대뼈가 매력적으로 튀어나와 있었다. 초록색 시프트 드레스,
발과 발목, 텐트 고정용 줄처럼 튀어나와 있는 힘줄, 뼈마디 하나하
나가 두드러지게 튀어나온 가느다란 뼈, 그리고 그 위에 얇게 들러붙
은 딱딱한 피부, 발에 꽉 죄는, 영화배우나 신는 앞코가 뾰족한 스틸

레토 힐.

그녀는 멈췄던 숨을 다시 쉬었다. 매캐한 공기가 목구멍으로 넘어갔고, 그녀는 몸을 돌려 문으로 뛰었다.

토머스가 욕실 바깥에 서서 탈출구를 가로막고 있었다. 그가 외과 의사처럼 갈색으로 얼룩진 하얀 비닐 앞치마를 입은 채 작은 전동 톱을 들고 서 있었다.

48

그녀는 머뭇거리지 않았다. 달리 던질 만한 게 없었기에 그녀는 그에게 고양이를 집어던지고, 침실 안으로 잽싸게 뛰어들어 문을 쾅 닫았다.

옆에 욕실 공간을 만들기 위해 한쪽을 분할한 방이라 크기가 작았다. 셰릴은 문에 기대 문고리를 잡고 자기를 도와줄 만한 것, 무기, 그가 안으로 들어올 수 없게 할 만한 것을 찾아 방을 휘 둘러봤다. 아무것도 없었다. 소파 겸용 침대 하나, 반대편 벽에 붙여 놓은 서랍장 하나, 천장 아래의 수납장, 허름한 조립식 장롱 등 기본적인 것만 갖추어진 작고 건조하고 기분 나쁜 방이었다. 그가 오고 있다. 오, 세상에, 그가 오고 있어!

니키가 의자에 앉아 그녀를 향해 음울하게 미소 지었다. 딱 몇 초만에 그녀는 자신에게 두 번째 동료가 있음을 알아차렸다. 그녀 옆쪽 벽에 기대 세워진 비닐 방수포에 바닥으로 고개를 숙인 인형 같은 형체가 보였다. 어두운색 머리칼은 푸르스름하게 색이 바래 퍼석퍼석했고, 두피 사이로 보이는 피부는 잿빛이 된 데다 바스러져 두개골에서 떨어져 나오기 시작하고 있었다. 팔은 팔걸이에 걸쳐진 것처럼 구부러졌고, 손가락은 할퀴는 모양새였다. 스커트 안도 들여다보였는데, 쪼글쪼글한 엉덩이에 앙증맞은 속옷이 매달려 있었다. 체중이 1파운드도 안 나갈 것처럼 보였지만, 손닿는 거리에 있는 건 오로지 그녀뿐이었다.

셰릴은 문 아래에 발을 딱 디디고 몸을 쭉 폈다. 그리고 시체의 발목 부근을 붙잡고 자기 쪽으로 끌어당기기 시작했다. 예상했던 대로 피부가 건조하지 않고 기름기가 돌았다. 자꾸 셰릴의 손아귀에서 미끄러졌고, 움켜쥔 채 바짝 마른 손가락이 카펫에 걸리는 바람에 시체가 그 자리에 멈추었다. 셰릴은 주저앉아서 양손으로 그것의 발목을 움켜쥐고 끌었다. 기를 쓰는 소리가 절로 입 밖으로 새어 나왔다. 그 순간 셰릴의 손가락 안에서 뭔가가 딱 하고 부러졌고, 시체가 위로 솟구쳤다. 벌어진 셰릴의 입속으로 마르고 마른 머리카락이 착지했다. 그녀는 손에 쥔 걸 문으로 내팽개치고, 뒤로 엉덩방아를 찧으며 역겨움에 몸부림쳤다.

밖에 있는 레코드플레이어에서 '모어 댄 어 우먼'이 시작되고 있었다. 갑자기 웃음이 터져 나왔다. 의도적으로 이 노래를 튼 건가? 그 욕조에서 뭘 할 때면 트는 특별 선곡인가? 이게 하수구가 막혔던 이유인가? 저 사람은 수개월 동안 화장실에 그런 걸 내려놓고, 이 여자들에게서 나온 걸 물에 흘려보내고, 그래서 막히고…… 오, 세상에. 로이 프리스는 니키에 빠져 죽은 거야.

문고리가 돌아가고 그가 문을 미친 듯 흔들었다. 문이 잠시 빠끔

437

열렸을 때, 그녀는 그 뒤에 있는 시체를 보았다. 잠시도, 전혀 버틸 수 없을 것 같았다. 그는 몸에 단단히 힘을 주고 버티고 서서 문을 앞뒤로 흔들었고, 그녀는 이내 바닥으로 튕겨졌다.

셰릴은 침대로 뛰어들어서 열린 창문으로 몸을 던졌다.

그녀는 지붕 기와에 부딪치고, 아래로 미끄러지는 자신을 느꼈다. 4층 높이에서 그녀는 빠르게 아래로 내려갔다. 건조하고 마른 날씨로 인해 지붕에 눌어붙어 있던 몇 달치의 먼지와 꽃가루, 차 분진이 비 때문에 기름기가 올라와서 얼음만큼이나 미끄러웠다. 치명적이었다. 그녀의 싸구려 플립플롭이 지붕 위에서 스케이트처럼 움직였고, 그녀의 다리는 마찰력 때문에 옆으로 휘돌았다. 오른손으로 지붕을 짚고 넘어지는 바람에 지붕에 있던 뭔가가 손바닥에 박혔다. 몸이 덜컹 걸렸고 그녀는 고통의 비명을 질렀다. 목 아래에서 뭔가가 뚝 끊어지는 느낌이 들었고, 얼굴을 바닥에 처박고 굴렀으며, 무릎이 기와 안으로 푹 들어갔다.

그녀는 지붕 끝에서 2피트 거리에 있었다. 홈통 안에 끝이 검게 변한 잎사귀들이 한 덩어리 있었고, 그 너머 멀리 인도가 보였다. 그녀의 손바닥을 찢은 건 못이었다. 미끄러졌던 곳에 3인치짜리 녹슨 쇠못이 튀어나와 있었다. 이제 그가 침실 안으로 들어오는 소리가 들려왔다. 그녀는 어디로 가야 할지 아무 생각도 나지 않았다. 일단 아래에 빠진 무릎을 끌어당겨, 손으로 몸무게를 지탱하며 위로 꿈틀거리며 나아갔다. 그녀의 팔은 정상이 아니었다. 힘이 다 빠져나간 것 같았다. 그리고 뭔가 부러진 가닥 두 개가 서로 마찰되는 것처럼, 가슴 위쪽을 문지르는 느낌이 들고 화끈거렸다. 갑자기 현기증이 몰려와 그녀는 멈춰 섰다. 그리고 강아지처럼 흠뻑 젖어 쥐꼬리 같아진 머리타래를 흔들고, 뒤로 밀리는 힘에 저항하며 날카로운 비명을 질렀다.

못이 그녀의 검지 아래 손바닥 안에 깊이 박혀 있었다. 셰릴은 무릎을 대고 일어나서 손목에서부터 손바닥까지 죽 긁힌 상처를 바라봤다. 미끄러지다가 생긴 상처였다. 다행히 손목 대정맥은 빗겨 간 상태였다. 기적이라고 할 수밖에 없었다. 기와에 낀 이끼 위로 피가 번졌다. 솟구쳐 나오지 않고 서서히 퍼지는 게 그나마 다행이었다.

그녀의 얼굴에서 5피트 떨어진 곳에 있는 창문 소리가 났다. 그녀는 후다닥 고개를 치켜들고, 토머스가 창틀에 기대 있는 모습을 봤다. 그가 색안경 너머로 눈을 깜빡이고 있었다.

"오, 셰릴."

"제길, 나한테서 떨어져요."

"여기서 뭘 하고 있는 거니?"

그녀는 어떻게 대답해야 할지 몰랐다. 그 질문은 전혀 예측하지 못한 것이었고, 그의 상냥한 미소는 차분했다. 그녀는 완전히 당황했다. 그리고 다시 한 번 손을 내려다봤다. 이렇게 있을 수는 없어, 뭐라도 해야 해. 왼손으로 그 손을 움켜쥐고, 이를 악물고, 셋을 센 뒤, 두려움이 들기 전에 그것을 홱 위로 잡아당겼다. 세상이 빙빙 도는 것이 느껴졌고, 숨이 막혔다가, 이내 고통이 사라졌다.

그녀는 창문에서 멀어져 지붕 끝으로 움직이기 시작했다. 플립플롭이 비에 미끄러져서 발이 앞으로 쭉 밀려났고, 그녀는 허둥지둥하고 미끄러지다가 홈통이 빠르게 자기 앞으로 다가오는 것을 보고 다시 한 번 고통에 숨을 들이켰다. 기와 하나가 떨어져 나가서 순식간에 지붕가 너머로 떨어졌다. 셰릴은 얼어붙었다. 하나, 둘, 셋, 부서진 기와가 아래로 떨어지는 소리가 들릴 때까지 셰릴은 숫자를 셌다.

"거기에서 나와 이리로 들어와라. 위험하잖니."

"꺼져요!" 그녀가 쏘아붙였다. 그리고 자신이 늦은 오후, 도시 한 가운데에 있다는 것을 기억해 냈다. 그녀는 소리를 지르기 시작했다. "도와주세요! 누구 없어요! 도와주세요!"

어서, 어서, 누군가 이 소리를 들었을 거야.

기와 한 장이 더 깨졌다. 이 집의 다른 모든 곳처럼 지붕도 똑같이 오래되어 노후한 상태였다.

토머스가 입술에 손가락 하나를 대고 그녀에게 쉿 소리를 냈다. 이 남자 뭐 문제 있는 거 아냐? 이게 지금 파티에서 게임하는 건 줄 알아?

"이리 오렴. 안으로 와."

예, 그러시겠죠. 나도 나무 인형처럼 만들려고 하는군요. "도와주세요!" 그녀가 다시 한 번 소리쳤다. "세상에! 제발! 누가 좀 도와줘요!"

토머스가 어깨를 으쓱해 보이고는 두 손을 창틀에 짚었다. 그가 그녀를 향해 나오고 있었다.

그녀는 쓸모없는 플립플롭을 벗어 던지고 위로 잽싸게 올라갔다. 발치에서 기와 몇 장이 날아갔다. 한 손으로, 한 팔은 다쳐서 대롱거리는 상태에서 그러기란 쉽지 않았지만, 필사적인 마음이 그녀에게 힘을 빌려줬다. 그에게 잡히면 가망이 없어. 그는 나보다 덩치도 두 배나 크고, 이 손은 쓸모가 없어. 모두들 어디에 있는 거지? 다들 어디 있는 거야? 모두들 낮잠도 못 자고, 잠도 제대로 이루지 못하잖아. 그 일을 겪고 나서 말이야.

그녀는 지붕마루에 다다라 그 위에 걸터앉았다. 아래에서 사람들이 길가로 나오기 시작했고, 그녀는 누군가 자기 소리를 들은 기색이 있는지 살폈다. 포셰네 SUV가 차고에서 나왔고, 안에는 아이들의 장난감이 있었다. 제발 떠날 거라고 말하지 마. 저 빌어먹을 여자!

여기 꼭대기에서 보는 노스본은 아름다웠다. 기와지붕, 나무 꼭대기, 플라스틱 처마널이나 광고판에서는 볼 수 없는 벽돌로 장식된 우아한 굴뚝들. 아래쪽 거리에서는 아무것도 움직이지 않았다. 지하철역 지붕도 보였지만, 그 아래 누군가 있다 해도 그 밑에 들어가서 비를 피하고 있을 것이었다. 저 멀리에서, 나무들 사이로, 공원에서 걷는 사랑스러운 형체 몇이 보였다. 그들은 결코 그녀의 소리를 들을 수 없을 것이다. 위를 올려다본들 보이는 건 나뭇잎뿐일 것이다.

토머스가 올라섰다. 균형을 잡으면서 잠시 불안정하게 비틀거리다가 팔짱을 끼고 시체의 얼굴처럼 그녀에게 이를 드러내고 활짝 웃었다.

"가까이 오지 마요." 셰릴 본인이 듣기에도 목소리가 무척이나 애처로웠다. 틴에이저 영화에서 목이 잘리기 직전에 처한 소녀가 내지르는 소리 같았다. 오, 젠장, 나한테 일어난 일이 정말 그런 거지. "진심이에요." 그녀가 망설이며 덧붙였다. 여전히 설득력 없는 목소리였다.

"셰릴. 네가 할 수 있는 선택은 많지 않아. 알지?"

"엿이나 먹어요. 미친 짐승 같으니!"

놀랍게도 그는 상처 입은 것 같았다. 그녀의 눈에 그가 이상해 보인다는 걸 정작 자신은 깨닫지 못한 듯했다. 그는 그녀가 잘못된 장소에 있는 사람, 침입자라도 되는 듯 생각했다.

"내가 올라갈게. 너는 손 하나만 내밀면 될 거야."

셰릴은 재빨리 손을 기와 쪽으로 가져갔다. 그리고 손가락을 이용해 간신히 기와를 비틀어 헐겁게 만들 수 있었다. 그녀는 기와를 들고 그를 향해 흔들었다.

"오, 이리 오련."

"던질 거예요. 한 발자국만 더 가까이 오면, 정말 던질 거예요."

그가 한 발 더 가까이 다가왔다. 셰릴은 그의 머리로 기왓장 하나를 던졌다. 그가 옆으로 머리를 피했고, 기왓장은 그를 지나쳐 수 마일 밖으로 날아갔다. 그가 더없이 밝은 미소를 띤 채 똑바로 서서 다가왔다.

"자."

그는 잠시 자신의 발을 내려다보더니, 놀랄 만한 속도로 그녀 쪽으로 몸을 날렸다. 그녀로서는 몸을 뒤쪽으로 던질 수밖에 없었다. 그러고는 곡마단 기수처럼 지붕 방수판을 양 허벅지로 꽉 붙들었다. 그 순간 다친 팔이 뒤로 묵직하게 흔들리고, 그 무게에 쇄골이 양 옆으로 벌어져서 그녀는 고통으로 울부짖었다.

토머스의 손이 그녀의 얼굴이 있던 곳, 허공을 낚아챘고, 그 자리에 서서 휘청거리다가, 무게 중심이 지붕보 반대편으로 쏠렸다. 그가 크게 비틀거렸다. 술 취한 사람을 연기하는 코미디언처럼 엉덩이가 들썩거리고, 팔을 풍차처럼 빙빙 돌렸다. 그의 팔 사이에서 빗방울이 튕겨져 날아왔다.

그녀에게 단 한 번의 기회가 찾아왔다. 아래에 있던 그녀는 그의 다리를 힘껏 찼다.

49

콜레트는 꿈을 꿨다. 꿈속에서 그녀는 갠지스 강 강둑 위에 있었고, 주변에는 장례용 장작더미가 쌓여 있고, 문상객들이 곡을 하고 있었다. 그녀는 전신에 재를 뒤집어쓰고, 머리카락에는 진흙이 엉긴 채 흐느끼고 흐느끼고 또 흐느꼈다. 그녀는 돌을 하나 집어 들어 이마를 짓찧었다. 이마에서 피가 흘러내렸다. 그녀는 깨진 손톱을 더러운 손목에 쿡 찔러 넣었다. 주변이 온통 연기로 뿌옜고, 모두들 흰색 소복을 입고 가족 단위로 모여 자신들의 슬픔을 토해 냈다. 여기서 혼자 있는 사람은 나뿐이야. 나만.

거친 리넨으로 된 도티 살와르(도티는 인도 남성들의 전통 복장으로 하반신에 스커트 모양으로 둘러 입으며, 살와르는 길게 아래로 늘어진 바지를 의미한다./옮긴이)를 입은 남자 하나가 멈춰 서서 그녀를 쳐다봤다. 맨발에 큰 금 귀걸이를 착용하고 있었다. "울고 있군요, 부인. 장례식에 오셨습니까?"

"네." 대답을 하고 나자 머릿속에서 울부짖음이 더욱 커졌다. "엄마요. 돌아가셨어요. 작별 인사를 하고 싶어요."

"어느 분이십니까?" 그가 앞쪽에서 화장되고 있는 장작더미들을 우아한 손짓으로 훑었다. 그녀는 눈으로 그의 손짓을 따라갔고, 물가에 놓인 백여 개의 불타는 제단을 봤다. 진홍빛 불꽃에서 검은 연기가 끓어올라 하늘을 완전히 뒤덮고 있었다. "모르겠어요. 어느 건지 모르겠어요."

"자, 서두르시는 게 좋을 겁니다. 놓치고 싶지 않다면요."

그녀는 지나치게 긴 레헹가 촐리(촐리는 인도 여성의 블라우스고, 레헹가는 길고 품이 넓은 치마다./ 옮긴이)에 발이 걸려 넘어졌다가 일어섰다. 몸 전체를 스카프로 두르고 있었는데, 사람이 죽었을 때 몸을 지나치게 많이 드러내는 것은 잘못으로 여겨졌기 때문이다. 그리고 화장용 장작더미에서 다른 장작더미로 뛰었고, 수백 세대에 걸쳐 밟혀 뭉개진 진흙에 미끄러지고, 흐느껴 울고, 팔을 벌려 지나가는 사람들을 막고 애원했다. "엄마를 잃었어요! 어느 게 엄마 거죠? 엄마를 찾을 수가 없어요! 오, 이런. 엄마는 어디 있는 거죠?"

그러고 나서 그녀는 깨어났다. 슬픔이 그녀를 숨 막히게 했다. 목이 죄어들었고, 그녀는 숨을 쉬려고 잠시 몸부림쳤다. 그녀는 눈물의 장벽과 호흡 곤란 상태를 겨우겨우 물리쳤다. 진실이 아니야. 그녀가 스스로에게 중얼거렸다. 그냥 꿈이야. 그러고 나서 기억을 떠올리자 그 일을 처음부터 다시 겪는 듯했다.

그녀는 천장을 응시하고, 열린 창문을 끈질기게 두드리는 빗소리에 귀를 기울였다. 눈물 때문에 눈이 따끔거렸다. 이건 좋지 않아. 나는 이걸 감당할 수 없어. 일어나서, 뭔가를 해야 해. 바쁘게 움직여야 해. 그녀는 휴대전화로 시간을 확인했다. 5시가 다 되어 있었다. 네 시간을 잔 것이다. 호세인이 곧 이민국 내무성에서 사인을 하고 집으로 돌아올 것이다. 여기서 더 자면 밤새도록 잠을 이루지 못할 것이다.

그녀는 침대에서 빠져나와 물 한 잔을 마시러 뛰어갔다. 런던 수돗물은 녹물이 묻어 나온 듯한 색에 미적지근하지만 맛은 좋다. 그녀는 탈수 상태였는데, 그리 놀라운 일도 아니었다. 그녀는 밤 동안 플라스틱 컵에 두어 잔의 차를 마신 일을 기억했다. 베스타가 1층 로비에 놓인 자판기로 가서 에너지를 보충하라고 설탕을 섞어 주었는데, 그녀는 한 잔도 마시지 않았다. 물을 한 잔 더 받아서 반쯤 비우고 창가로 갔다. 빗속에서 노스본 뒤쪽 정원은 놀라울 정도로 달라 보였다. 초록 빛깔은 더욱 진해졌고, 평소 바래고 어두운 녹이 낀 듯 보였던 적갈색 벽돌이 깨끗해져 있었다. 그녀는 커튼을 걷고 세상을 바라봤다. 사람이 이렇게 간단하게 사라져 버릴 수 있다는 것이 놀라웠다. 마치 처음부터 존재하지 않았다는 듯이.

누군가가 울고 있었다. 잠에서 깬 이후로 내내 울음소리를 들은 것 같다고 느꼈다. 어리고, 누군가를 잃은, 연약한 자의 외로운 흐느낌 소리였다.

콜레트는 눈을 가늘게 뜨고 창밖을 바라봤다. 그 소리가 밖에서부터 들려오는 것 같았지만, 확실하지는 않았다. 더위는 누그러들었지만, 모두들 시원한 공기가 들어오도록 창문을 열어 둔 채였다. 울음소리는 어디서든 들려올 수 있다.

셰릴인가? 그렇게 들렸다. 그녀는 창밖으로 몸을 기울여 위를 올려다봤지만 소녀의 방 창문은 굳게 닫혀 있었다. 그녀는 다시 창틀 밖으로 몸을 내밀어 완전히 숙이고 아래를 내려다보고는 엄청난 충

445

격을 받았다. 수많은 지붕 기와가 지하층 공간으로 떨어져 있었다. 고맙게도, 이사할 수 있게 됐네. 이까짓 비에 이렇게 된다면 겨울에는 집이 머리 위에서 무너지겠어.

흐느낌이 계속됐다. 낮고, 애처롭고, 절망적인 소리였다. 때때로 '오우' 하고 내뱉는 소리가 리듬을 흐트러트렸다. 뭔가 문제에 처한 듯한 소리야. 누군가 다친 것 같은 소리.

내가 아직 꿈을 꾸고 있는 건가? 내가 깨어 있다고 생각하는 그런 꿈을 꾸고 있는 건가? 내가 잠을 자면서 지르는 비명을 나 자신이 듣고, 그걸 밖에서 나는 소리라고 생각하는 건가? 너무 피곤해. 깨지 말았어야 했어.

그녀는 방을 서성거리다가 문 쪽으로 다가갔다. 복도에서는 제라드 브라이트의 음악 소리가 희미하게 울렸다. 그 소리가 그녀를 안심시켰고 안전감을 줬다. 내가 잠에서 깼을 정도면 소음이 100데시벨은 넘었을 텐데. 비몽사몽간에도 그 소리를 듣고 머릿속에 입력했으니, 소리가 여기서 난 게 맞아. 그녀는 계단 아래에 서서 오래도록 위를 올려다봤다. 계단 위쪽은 모두 조용했다. 유리창으로 떨어지는 빗소리만이 똑똑 울릴 뿐이었다. 뭔가가 달랐다. 환했다. 하늘은 구름이 끼어 흐렸지만, 층계참은 그녀가 지금껏 보았던 그 어느 때보다 밝아 보였다. 그녀는 층계참 중간까지 올라갔고, 그 이유가 토머스의 집 문이 활짝 열려 있기 때문임을 알았다.

흐느낌 소리가 사라졌다. 그녀는 계단에 멈춰 서서, 셰릴의 집 문에 귀를 기울였다. 하지만 안에서는 아무 소리도 들리지 않았다. 그녀는 문을 두드리고 그녀의 이름을 불렀지만 대답이 없었다.

뭔가가 그녀를 토머스의 집으로 이끌었다. 그 문이 열려 있는 모습을 보는 게 무척이나 어색했다. 전에는 결코 그런 적이 없었고, 그녀는 그 안쪽 계단 끄트머리조차 본 적이 없었다. 끔찍한 냄새가 계단으로 굴러 내려왔다. 그녀를 두려움으로 가득 채우는 썩은 냄새와 화학 약품 냄새였다. 그녀는 자신이 깨어 있는지 아직 확신할 수 없었다. 이건 꿈일 거야. 그녀는 계단 옆 석고보드 벽을 손으로 훑으면서 생각했다. 실제 현실에서 이런 냄새가 난다면 나는 다른 사람을 찾으러 계단을 다시 내려갔을 거야. 내가 여기 있다는 건 꿈이라는 증거야. 갠지스 강둑에 있었던 게 현실이 아닌 것처럼, 이 또한 현실이 아니야. 내가 죽어 가고 있다고 생각했던 게 오히려 더 현실적으로 느껴지는군.

그녀는 계단 위 문 앞에 다다랐고, 그 문 역시 열려 있는 걸 발견했다. 그녀는 망설이면서 방 안으로 소리쳤다. "계세요? 토머스 씨? 안에 안 계세요?" 그리고 안으로 걸음을 뗐다. 경사진 천장은 전반적으로 더께가 끼어 있었고, 독특하게 톡 쏘는 듯한 향이 나는 장식용 방향제 상자들이 수없이 매달려 있었다. 장식장 위에는 텔레비전이 하나 놓여 있고, 레코드플레이어의 바늘이 오래된 레코드판 가운데서 앞뒤로 계속 왔다 갔다 했다. 그녀는 다가가서 레코드플레이어를 껐다. 오래된 것들이 스스로를 상처 입히고 있는 모습을 보는 건 견디기 힘들었다.

얼룩지고 푹 꺼진 소파 아래서 셰릴의 검은 고양이가 불쑥 나와 전속력으로 그녀 근처까지 다가왔다. "헤이, 사이코." 그녀가 한 손을 뻗었다. 그가 몸을 푹 수그리고, 그녀의 다리 사이로 빠져나가, 집 안으로 달려 들어갔다. 그녀는 고개를 저었다. 셰릴에게는 헌신적이고 그 애가 어딜 가든 따라다녔지만, 이 고양이는 결코 친근하게 구는 편이 아니었다.

그리고 다시 흐느낌이 들려왔다. 목소리의 주인공이 문 뒤에 틀어박혀 있는 듯 소리가 약하게 들려왔다. 그녀는 다시 한 번, 이번에는 좀 더 크게 소리쳤다. "계세요?" 토머스가 어디에 있든 여기에는 없는 듯했다. 악취를 풍기는 그의 장식품들 사이에 말이다.

흐느낌이 뚝 그쳤다. 그리고 큰 외침이 되돌아왔다. "누구? 누구 있어요? 오, 이런 세상에! 거기 누구 있어요?"

셰릴이었다. 이 아파트 안 어딘가에, 약하고, 상처 입고, 절망한 목소리를 내면서. "셰릴?" 그녀가 불렀다.

경사진 천장에서 소음이 들려왔다. 누군가가 지붕 위에서 움직이고, 지붕 기와가 아래로 무너지고, 그녀의 머리 위에서 미끄러지고, 아래쪽의 포석에 부딪치는 소리가 났다. "오! 세상에! 콜레트 언니! 오, 이런! 여기예요!"

"어디?"

"지붕 위요!"

그녀는 거기서 뭘 하고 있느냐고 물을 뻔했지만 곧바로 생각을 바꿔 먹었다.

"어디라고?"

"지붕 위요! 내려갈 수가 없어요. 도와줘요."

그녀는 자신이 깨어 있다는 걸 실감하기 시작했다. 무척이나 불편하게 느껴지는 장소에 있다는 것도. 토머스가 돌아올 때까지 여기 있고 싶지는 않았다. 그는 초대받지 않은 손님을 친절하게 대할 유형이 아니었다.

"어떻게 거기에 올라간 거야?"

"침실 창문 쪽으로요. 오, 아니, 콜레트 언니. 안 돼⋯⋯."

"기다려." 그녀는 소리치고, 침실로 갔다.

이런, 난 꿈을 꾸고 있는 거야. 그런 게 확실해. 이건 마치⋯⋯.

그녀는 문 앞에 서서 숨을 들이켰다. 머리가 곤두섰다. 오, 세상에, 여자들이잖아. 의자 하나에는 가죽으로 만들어진 이집트 여왕 하나가, 문 뒤 바닥에는 한 팔은 몸 아래 깔려 꺾였고, 다른 한 팔은 머리 위로 내팽개쳐진 채로, 폼페이 주민들처럼 카펫 위로 살점이 조각조각 떨어져 내린 여자 하나가 있었다. 소금 자루, 기름병, 여성용 원피스가 걸린 봉. 이게 뭐지? 이게 뭐야?

셰릴의 목소리가 그녀의 정신을 되돌려 놓았다. "콜레트 언니! 언니!"

그녀는 늘 하는 것처럼, 평소 훈련한 대로 행동했다. 그리고 생각했다. 이 여자들에 대해 내가 생각할 건 지금 없어. 나중에 생각하자. 긴급할 때는 생각보다 행동을 해야 해. 그녀는 바닥에 널브러진 쭈글쭈글한 갈색 다리 위를 조심조심 넘어가서 침대 위로 올라갔다. 그리고 창턱에 두 팔을 기대고 빗속으로 얼굴을 내밀었다.

셰릴이 그녀 위에, 굴뚝 옆에 딱 붙어 몸을 웅크리고 있었다. 옷은 몸에 간신히 걸쳐져 있고, 머리칼이 얼굴 주위로 북슬북슬하게 일어나 있었다. 그녀는 몸을 떨고 있었다. 맨발에, 청바지 위로 얇은 티셔츠 한 장만 걸치고, 비에 흠뻑 젖어 있었다. 왼팔로 오른팔을 감싸고, 늘어진 손이 다리 사이에서 달랑거리고, 눈 주위는 시커멨다. 가까이 들여다보고 콜레트는 셰릴의 청바지가 피로 얼룩진 걸 알아챘다. 쓸모없어진 손가락 끝에서 떨어진 피가 지붕 위에 흩뿌려지고, 빗물과 섞여 들었다.

"괜찮니?" 그녀가 불필요한 질문을 했다.

"끝내줘요." 셰릴이 이를 갈았다.

그녀의 머리가 혼란으로 멍해졌다. "대체 이게 무슨 일이야? 저…… 들은 또 뭐야?" 그녀가 뒤쪽, 방 안을 가리켰다.

"나중에 말하면 안 돼요?" 목소리는 작았지만, 엄청나게 떨리고 있었다. 셰릴이 추위와 충격으로 몸을 달달 떨다가, 웅크리고 있던 곳에서 몸을 움직여 나오기 시작했다. "도움이 좀 필요해요. 어깨에 문제가 생겨서."

"너 어떻게 — 토머스는 어딨니?"

"그 사람은……." 셰릴이 고개를 저었다. "그는 갔어요."

"갔다고? 어딜?"

"그 사람은……." 그녀는 혼란스럽고, 멍해 보였다. 그리고 머리를 벽돌 벽에 기댔다. "내가 그 미친놈을 죽인 것 같아요. 그 인간이 나를 쫓아왔는데, 내가 밀었거든요." 그녀가 고개를 뒤로 홱 돌리고, 잇새로 소리를 내고는 자신의 어깨를 와락 움켜잡았다. "언니. 수다 떨기에 딱인 얘기인 것 같긴 하지만……."

콜레트는 잠에서 깨려고 자기 몸을 손바닥으로 철썩 쳤다. "좋아, 그래. 기다려."

그녀가 창턱 위로 몸을 끌어 올리다가 앞으로 휘청거렸는데, 열린 창유리를 단단히 움켜쥐어 위기를 모면했다. 길가 반대편에 있는 나무들이 앞뒤로 움직이는 모습이 보였다.

"조심해요."

"그래, 고맙구나. 그럴 거야."

침실에는 죽은 몸뚱이들이 있고 말야. 지금까지 우리가 한 무더기

의 시체 아래서 살았단 거지. 그 인간은 그것들을 미라로 만들려고
한 것 같은데. 자연적인 방식으로는 그럴 수 없어. 그리고, 오, 이런.
베스타 할머니가 깨지 않으시면 좋겠는데. 침실 바깥에 또 박살 난
해골이 있는 걸 보면, 미쳐 버리실지도 몰라.

"저기, 언니?"

"응?"

"유감이에요. 언니 엄마요."

그녀는 놀라서 시선을 위로 올렸다. 이런 상황에서 하기에는 어이
없을 만큼 정상적으로 들렸다.

"괜찮아."

정말이지 적절한 대답이 뭔지 알 수가 없었다. 그녀는 창턱 위로
다리 하나를 걸치고, 천천히 몸을 아래로 낮췄다. 높이가 그녀 키와
맞지 않았다. 지붕 끝만 흘깃 봐도, 종이 울리는 것처럼 머릿속 안쪽
이 윙윙거리고, 귀 뒤쪽 근육이 오그라들었다. 자, 아래를 내려다보
지 마. 그녀가 자신을 타일렀다. 네가 디디고 있는 곳만 보고, 셰릴을
봐. 일단 저기로 올라가면, 침착하게 행동하는 것 말고는 선택의 여
지가 없어. 지금 뭘 하고 있는지 생각하지 마. 안 그러면 이 일을 해
낼 수 없을 테니까.

그 사람이 집주인 일을 처리하며 무척이나 침착하게 굴었던 것이
이제 이해가 됐다. 그들이 하고 있는 일에 대해 그가 무척이나 잘 알
고 있었던 것도 이해가 됐다. 얼마나 된 건지 알 수 없지만, 그는 어
쨌든 오랫동안 이 일을 하고 있었던 것이다. 그들 위, 지붕 아래서, 내
내 자기 시체들을 끌어안고 지낸 것이다. 오, 세상에, 너무 높잖아. 거
리에서는 이렇게 높아 보이지 않았는데. 그녀는 배를 딱 붙이고, 창

틀 가장자리를 따라서 밖으로 빠져나왔다.

그녀가 셰릴을 올려다봤다. 아이의 얼굴은 걱정스러울 정도로 이상한 초록빛을 띠었고, 몸의 떨림은 멈춰 있었다. 쇼크 상태로 접어들었군. 애를 안으로 데리고 들어가서 몸을 데워 줘야 해. 찢어진 곳이 혈액순환을 방해하고 있는 건 아닌가? 쇄골에서 뭐가 튀어나온 게 분명 보이는데. 깨끗하게 두 쪽으로 부러졌군. 엄청나게 아플 텐데.

"기다려. 그냥…… 거기 꽉 붙잡고 있어, 셰릴."

그녀는 발을 지붕 기와에 내려놓고 몸을 슬며시 내밀었지만, 얼음 위에서 스케이트를 타는 것처럼 아래로 발이 쭉 미끌어지고 말았다. 콜레트는 창문을 다시 붙잡았고, 공포에 압도되어 숨을 헐떡였다. 그냥…… 안으로 돌아갈까. 가서 다른 사람을 찾아볼까. 누군가 다른 사람이라면 뭘 해야 할지 알고 있을 거야. 누군가는 알고 있을 거야. 호세인. 세상에, 그 젠장맞을 제라드 브라이트라도. 오기만 한다면, 누구든. 난 용기가 충분치 않아. 못해. 그녀는 창문 안으로 머리를 걸치고, 의자에 앉은 소녀의 허벅지를 봤다. 여전히 그곳에 있었고, 여전히 가늘었다. 오, 가엾은 것. 그 사람이 저 앨 저렇게 했을 수도 있어. 우리는 전혀 몰랐다고. 여기 사는 사람들은 모두, 떠나고 나면, 알 수 없는 일이라고 생각하다가, 며칠 슬퍼하고는 서로에게 그녀가 어디에 있을까 묻고, 그러고 나서…… 그녀를 잊겠지. 여기 살고 있는 모두가, 자기와 한 공간에 살던 사람들에 의해 하나둘씩 잊히지. 런던 전체가 마찬가지야. 우리가 소중히 여기는 익명성이라는 게 그런 거지. 망각으로 향하는 확실한 길.

그녀는 힘을 끌어 모았다. 누군가가 셰릴을 그리워하거나, 애도할 일은 만들지 않을 것이다. 그리고 자신은 셰릴의 기대를 저버리는 사람이 되지 않을 것이다. 그녀는 발을 창턱에 올려놓고, 기왓장들의 경사를 이용해 몸을 위로 끌어 올렸다. 경첩에 발을 대고 그걸 다시 찼다. 이제 그녀의 머리는 지붕마루에서 5피트 떨어진 곳에 있고, 무릎을 굽히고 발은 창틀 꼭대기를 디디고 있다. 엉덩이가 창틀 귀퉁이에 눌려 그녀는 비명을 질렀다. 얼굴을 납작 붙이고, 모든 체중을 실어서 발을 그곳에 댔다. 계속 밀어붙이고, 다른 발을 옆으로 들어 올려서 손으로 지붕과 벽 사이에 설치된 비막이를 잡을 수 있을 때까지 토끼처럼 뛰었다.

셰릴은 잠에 빠진 것 같았다. 여기 위에는 바람을 피할 곳이 없다. 비가 수평으로 몰아치며 새 사냥용 산탄총처럼 얼굴을 때렸다. 어제는 그토록 더웠는데, 오늘은 가을로 접어들었다는 것이 믿기지 않았다. 북극권 한계선에 있는 작고 이상한 젠장맞을 섬나라 같으니라고. 세상에서 가장 경제 규모가 큰 나라 중 하나면서, 우리는 여전히 이런 아이들보다 은행가들의 별장에 우선적인 관심을 갖지. 만약 이 애가 사라진다면, 우리 말고는 아무도 그 사실을 모를 테고, 관심을 기울이지도 않겠지. 이 애는 몇 년째 실종 상태인데.

그녀는 손을 뻗어 아이의 다치지 않은 팔을 건드렸다. 셰릴이 화들짝 놀라서 눈을 뜨고 칭얼거렸다. 이제 셰릴은 가까이에 있고, 콜레트는 아이 스스로 만든 상처를 볼 수 있게 됐다. 부러진 쇄골 뼈가 피부 밖으로 튀어나왔고, 가슴 전체로 검은색, 갈색, 카키색 멍들이 퍼져 나가다가 티셔츠 안으로 사라졌다. 한쪽 손도 뭔가 날카로운 것에 넓게 베였고, 상처 자리는 먼지가 묻고 아직도 피가 났다. 당장 병원에 가야 할 상태였다. 콜레트는 셰릴이 쇼크로 죽기 전에 이 지붕에서 내려오게 할 수 있고, 그녀는 사회 시스템 안으로 들어가야 할 것이다. 아이의 상태는 그들이 수습할 수준을 넘어서 있었다.

"이리 와." 최소한 셰릴이 작고 가벼워서 다행이라는 생각이 들었다. 만약 베스타 정도 체구만 됐더라도 불가능했을 것이다. "음, 좀 아플 거야. 미안. 아프지 않게 할 방법을 모르겠어."

셰릴이 약하게 웃었다. "나중에 언니를 죽여 버릴 거예요." 아직 빈정거릴 여유가 있다니, 좋은 징조였다. 셰릴이 기침을 했고, 잠깐 몸이 굳었다가, 다시 한 번 나오려는 기침을 참았다.

콜레트는 셰릴의 다치지 않은 쪽 손을 잡고 아이가 비막이를 따라서 조금씩 이동할 수 있게 도왔다. 몸이 어딘가에 부딪칠 때마다 셰릴이 이를 가는 소리가 들려서, 콜레트는 기운을 낼 수 있도록 격려와 미래에 관한 짧은 말을 건넸다. 두 사람이 움직이는 시간이 천 년처럼 느껴졌고, 단 한 대의 차 소리도 들리지 않았다. 콜레트도 지금은 셰릴만큼 젖어 있었다. 그녀의 두 손은 미끄러웠고, 그녀는 자신이 불안정한 자세로 섰다가 아이를 잡은 손을 놓칠까 봐 두려웠다.

창문 너머까지는 불과 몇 피트밖에 안 되지만, 백만 마일쯤 떨어져 있는 것 같았다. 난 할 수 없어. 우린 미끄러질 거고, 나는 이 애 손을 놓칠 거야. 바람이 불어와 그들을 흔들었고, 셰릴의 얼굴 위로 내려온 머리칼이 휘날렸다. 그녀의 살갗에서 푸르스름한 기운이 사라지고 대신 검붉어졌다. 셰릴은 허옇게 질려 가고 있었다.

"용기를 내, 셰릴." 콜레트가 두 손으로 아이의 얼굴을 감쌌다. "이제 내려갈 거야. 알겠지?"

셰릴이 로봇처럼 고개를 끄덕였다. 이 애가 이토록 조용하다니, 좋지 않아. 좀 시끄러운 게 나은데. 그녀가 이런 생각을 하고 있을 때, 셰릴이 지붕 들보 위에서 크게 휘청거렸다. 뒤로, 앞으로, 위로, 앞으로. 그들 앞에는 열린 창문이 있고, 그녀 뒤는 긴 낭떠러지였다.

콜레트는 결정할 시간이 없었다. 그녀는 셰릴의 두 다리를 붙잡고 끌어당겼다. 그녀는 털썩 주저앉아 절뚝거리면서 지붕 끝에 있는 셰릴을 힘으로 끌어냈다. 두 사람이 미끄러지는 순간, 콜레트가 셰릴을 양팔로 꽉 끌어안았다.

콜레트의 청바지가 창틀에 걸려 찢어졌다. 셰릴이 그녀 위에 있었고, 그 체중 때문에 그들은 곧바로 앞으로 튕겨져 나갔다. 셰릴의 두 눈이 크게 뜨였고, 동공이 콜레트의 동공을 응시했다. 난 언니를 잡을 수 없어. 언니가 우리를 저 너머로 이동시킬 거야. 무슨 일이 일어나든, 나는 언니의 어깨를 보호할 수가 없어. 내가 할 수 있는 최선은…….

두 사람은 창문 안으로 떨어져서, 침대 위에서 튕겨져 나갔다. 그리고 셰릴이 정신을 차리고 비명을 지르기 시작했다.

50

비가 내리고 있다. 그들은 말없이 서서 시체를 바라봤다.

"우리에게는 선택의 여지가 없어." 베스타가 말했다.

"네." 호세인이 대답했다.

토머스는 머리부터 아래로 떨어졌다. 베스타는 그가 지붕 아래로 미끄러지는 모습을 상상해 봤다. 스릴을 찾아 워터파크에 간 사람처럼, 천천히 가자는 아무 소용없는 다짐을 하면서, 불가사리처럼 쫙 펼친 손을 앞으로 내밀고, 입을 완전히 벌리고 소리 없는 비명을 지르는 모습을. 그러고 나면 습한 공기 속으로 긴 다이빙을 하고, 질주 끝에 울퉁불퉁한 보도를 마주하는 긴 몇 초가 지나고, 암흑이 찾아오겠지. 이런 걸 느껴 본 적이 있을까? 그녀가 겪은 공포의 경험은 늘 영원히 지속됐다. 백만분의 일 초는 제멋대로 점점 길어지고, 각각의 감각, 움직임, 장면, 냄새, 소리가 다른 상태에서는 결코 체험한 적 없는 방식으로 그녀의 의식 속에 아로새겨졌다. 자기 두개골이 산산조각 나는 걸 느꼈을까? 그녀는 궁금했다.

"그래. 우리가 왜 처음에 이 일에서 도망치려고 생각했던 건지 모르겠네." 베스타가 말했다.

"그들은 아마 프리스를 죽인 게 이 사람이라고 생각하게 될 거예요. 그 생각 해 보셨어요?" 호세인이 말했다.

"그들이 그렇게 어리석진 않아. 설마?"

호세인은 경찰 정보요원들에 대한 자신의 생각을 그녀가 모두 알아야 한다고 말하는 듯한 시선을 그녀에게 던졌다.

"위층에는 세 구의 여자 시체가 있죠."

그녀가 그의 관점을 받아들였다는 의미로 고개를 끄덕였지만, 곧 비애감이 차올라 고개를 젓고, 깨진 머리를 내려다봤다. 토머스의 두개골은 깨끗하게 쪼개지지 않았다. 산산이 부서졌다. 울퉁불퉁한 보도는 뇌와 피와 뼈와 머리카락으로 이루어진 거대한 비빔밥이 되어 있었다.

"정말 난장판이야. 이런 일이 생기리라고는 생각도 못 했어. 누가 타조 알을 떨어뜨린 것 같네."

호세인이 놀라서 그녀를 바라봤다. "이 일을 잘 받아들이시네요."

그녀가 뺨을 부풀리더니, 입가로 숨을 내뱉었다. "그거 아나? 한동안은 자네가 뭔가에 반응을 할 기운도 없을 거라고 생각했는데. 이렇게 내 뒤에서 폭탄을 터트려서 날 펄쩍 뛰게 할 거라고는 생각도 안 했어."

호세인이 그녀를 흘겨봤다.

"베스타 '아줌마'는 아직 드러누워 있어야 할 때가 아니야. 내가 자네 기저귀를 갈아 줘도 됐을 만큼 늙긴 했지. 그리고 자네 귀싸대기를 날려도 될 만큼 늙기도 했고. 게다가 난 자네가 병이 난 것도 못 봤어."

"더 게워 낼 것도 없어요. 저 욕실에서 발견된 걸 보고 나서는요."

"이 사람이 어떻게 그토록 활발하게 지냈던 거지? 그러니까, 만약 자네가 아파트에 죽은 인간들을 가득 채워 놓았다면, 무서워서 횡설수설하며 다니지 않았겠느냔 말이야."

"그러니까 우린 그런 일을 안 한 거죠. 제 생각에는, 저런 건 특정한 종류의 인간만 할 수 있어요."

그녀는 몸을 돌려 자기 아파트로 물러났고, 손을 씻으려고 뜨거운 물을 틀었다. "자네 신발 잘 살펴봐." 그녀가 소리쳤다. "자네가 뭔가 묻은 발로 카펫을 안 밟았으면 하거든."

그들은 함께 셰릴의 방으로 올라갔다. 제라드 브라이트의 집에서는 여전히 음악이 쏟아져 나오고 있었다. 저 사람은 아무 소리도 못 들었나 보군. 베스타가 생각했다. 그는 아마 우리를 천한 인간들이라고 생각해서 피하는 것 같아. 우리가 자기를 지루하게 할 거라고 말이야. 이 모든 일을 알게 되면 저 소년의 학습 능력이 훅 떨어지겠지.

문이 열렸다. 그들은 모두 이 집에는 더 이상 잠긴 문이 남아 있지 않다는 걸 알았다. 셰릴은 침대에 누워 있었고, 얼굴에는 푸르스름한 기운이 돌아와 있었다. 콜레트가 곁에 앉아서 젖은 수건으로 아이의 이마를 닦아 주었다.

"애는 어때요?" 호세인이 물었다.

"다행히 트라마돌이 잘 듣는 것 같아요. 두 개 먹였거든요. 그게 고통을 덜어 줄지 어떨지는 모르겠지만, 최소한 이 애에게 신경을 덜 쓰게 해 줄 거라는 건 알았죠."

"이게 잘하는 일일까?" 베스타가 물었다.

"무슨 뜻이세요?"

"그러니까…… 병원에서는 이 애에게 뭔가 더 해 줄 수도 있잖아."

"안 돼요!" 셰릴이 쉰 목소리로 꺽꺽댔다. "병원 같은 데는 안 가요."

"오, 제발. 널 좀 보려무나. 병원에 가야 하는 상태야."

"저를 애처럼 대하지 마세요! 짜증 나요." 그녀가 최대한 불퉁대며 말했다.

"제발, 애처럼 굴지 말렴."

소녀의 눈이 눈물로 가득 찼다. "제발요. 안 돼요. 전 돌아갈 수 없어요."

"미안하구나." 베스타가 더욱 상냥하게 말했다. "하지만 널 보렴, 셰릴. 네 몸은 망가졌어. 우리가 바른 진통제랑 항생제로 낫게 할 수 있는 수준이 아냐."

"쇄골만이에요." 몸속에서 쇄골 끝이 서로 맞부딪치자 셰릴은 고통으로 신음이 나오는 걸 꾹 참았다. 이런, 애가 죽자고 버티고 있잖아, 호세인이 생각했다. 이 애의 그런 점은 인정해 줘야 해. 하지만 저런 푸르스름한 멍 자국 범벅인 애를 병원 밖에서 지내게 그냥 둘 사람은 없을 거야. 설령 당사자가 살고 싶지 않다고 해도 말이야.

"미안하구나. 정말 미안해, 셰릴. 넌 최선의 장소로 가야 해. 우리는 널 위해 할 수 있는 최선을 다할 거야." 베스타가 말했다.

셰릴이 흐느껴 울기 시작했다.

호세인은 콜레트의 어깨를 어루만졌다. 그녀는 두 사람이 들어온 이후 침묵을 지켰고, 얼굴을 머리카락으로 가리고 있었다. "당신은 떠나고 싶다면 그렇게 해요. 지금요. 우리는 곧 전화를 걸어야 할 것 같으니까."

콜레트가 고개를 들어 그들을 바라봤다. 그녀의 얼굴이 성모 마리아처럼 차분해서 그들은 놀라지 않을 수 없었다. 그녀가 입을 열었다.

"제가 생각을 해 봤는데요."

51

    그들은 한 사람씩 계단을 올랐다. 처형식은 침울하고 차분했으며, 그들의 실험 대상은 침착하고 품위 있었다. 바깥에 어둠이 내리기 시작했고, 비로 인해 땅거미가 더 빨리 내려왔다. 가을이 다가오고 있었고, 계절이 바뀌고 있었으며, 리사 던은 죽어 가고 있었다.

    어디로 가야 하지. 그리고 어떻게 가지. 그녀는 이제 역사 속에 하나의 발자취를 새겨 놓고, 한 번 더 실종될 것이다. 크리스마스 무렵에는 그녀의 첫 번째 현금 장부가 세상에 나올 것이다. 그리고 서니베일의 누군가는 재닛이 남긴 슬프고 작은 유품 상자를 살펴보고는 얼마 안 되는 애절한 사진 더미를 발견해「더 선」에 팔고 휴가를 보내게 될 것이다.

    냄새는 그녀가 전에 여기에 올라왔던 때보다는 덜했다. 활짝 열린 창문과 문이 찬바람에 흔들리면서, 최소한 이전의 시럽 같은 끈끈한 공기를 없애기는 했다. 하지만 아직, 이곳은 끔찍한 장소다. 그녀는 주변을 살펴보고 여기에서 살았던 슬프고 생기 없는 삶의 흔적을 느끼고는, 토머스 던바에게 잠시 연민을 느꼈다. 벽에는 사진 한 장 없었고, 그가 자신을 사랑했음을 보여 주는, 잘 살았던 흔적은 먼지 한 톨조차 없었다. 단 하나, 저 멀리 벽 옆에 놓인 테이블 위에 자그마한 성지가 마련되어 있었다. 바로 그의 컬렉션이었다.

그녀는 그리로 가서 그것을 내려다보고 서서, 생명을 앗아간 대가로 얻은 이 트로피들에 대해 생각했다. 오늘 우리가 발견한 건 세 구지만, 그 이상이 있었던 거야. 이 귀걸이의 주인에게, 루부탱 구두를 갖고 싶었지만 열쇠고리에 모조 루부탱 장식을 하나 달 수밖에 없었던 소녀에게 무슨 일이 일어났는지는 하느님만이 아시겠지. 이 여자들 가족은 그녀가 없어진 걸 알고 있을까? 언젠가는 그녀들이 돌아오기를 바라며 아직 기다리고 있진 않을까?

그녀는 손목시계를 툭툭 쳤다. 재닌의 마지막 선물이었다. 처음이자, 마지막인 좋은 선물. 그녀의 스물한 번째 생일 선물이었다. 브랜드 제품은 아니지만, 금 사슬에다가, 시계 판이 자개로 된 골동품이었다. 재닌은 이걸 살 돈을 마련하려고 몇 달을 저축했을 것이다. 그녀는 이것을 건네고 뒷면에 새겨진 글씨를 보여 주던 엄마의 자부심에 찬 표정을 기억했다. 리사에게, 늘 사랑한단다, 엄마가. 글씨는 극히 작았지만, 십육 년이라는 세월이 지나도록 그녀의 손목에서 선명하게 버텼다. 그녀는 시계 잠금 쇠를 풀고 손 위에서 잠시 그 무게를 느껴 봤다. 위로가 되는 무게였고, 단단했다. 비록 잘못도 있었지만, 그녀 인생에 한때 사랑이 존재했다는 증거였다. 엄마의 마지막 선물. 그녀에게는 그것 말고는 아무것도 없었다.

그녀는 그것을 테이블 위에 올려놓았다. 그 옆에는 한때 집주인의 것이었던 크고 거드름을 피우는 듯한 열쇠 한 뭉치가 놓여 있었다. 그녀는 숨을 깊이 들이마시고, 턱을 치켜들었다. "좋아, 이제 이 일을 끝내자고."

그들은 마지막 장이 펼쳐질 장소로 욕실을 선택했다. 그가 놀랍도록 우아한 접이식 뚜껑이 달린 욕조를 시체 안치소로 이용하고, 그 안에서 모든 절단 작업을 했었기에, 그것이 논리적으로도 옳았다. 그의 마지막 희생자가 남긴 것은, 작지만 확실한 뼈였고, 강박적이리만큼 집중해서 살점을 벗겨낸 상태였다. 지저분한 상태로 남겨진 다리 한 쪽도 있었다. 그건 해체된 뼈대 사이에 애처롭게 놓여 있었고, 피가 다 빠져나가 창백한 살덩어리가 되어, 배수구 주위에 쇳물 같은 얼룩을 남겨 놓았다. 그녀가 누구든, 그녀는 조개껍데기 빛깔의 분홍색 매니큐어를 좋아하는 여자였다. 아마도 잠시 그걸 감탄 어린 눈으로 바라보는 데 시간을 썼을 것이고, 발길을 돌려 잠시 빛을 쪼이다가, 색안경을 낀 수다쟁이 남자와 마주쳤을 것이다.

콜레트는 반사적으로 나오는 구역질을 억누르기 어려웠다. 이런 애처로운 잔존물은 그녀의 배 속을 뒤틀리게 했다. 그녀는 이 일에 착수해서 모든 걸 끝내고 싶었다. 그게 그녀가 바라는 마지막 일이다. 그리고 그녀는 두려웠다. 고통이 겁났고, 죽음이 겁났다. 자신이 그들에게 해 달라고 요청한 그 일이 겁났다. 그녀는 어깨 너머를 넘겨다봤다. 창백해진 호세인과 악마조차도 두려워할 것 같은 음울한 분위기의 베스타의 모습이 보였다. 나뿐만이 아니야. 저들 중 누구도 이 일을 하고 싶어 하지 않아. 하지만 저들은 해야 해. 누군가는 해야 해. 그 방법밖에 없어.

그녀는 무릎을 꿇고, 고개를 숙였다.

두 사람 모두 울고 있었다. 호세인과 콜레트는 울고 있었다. 지난 몇 주간 그들이 한 모든 일, 그들이 본 모든 일에도 불구하고, 최종 장은 그들을 거의 무너지기 일보 직전까지 몰아갔다. 호세인은 그 자리에 굳은 채로 서서 그녀를 내려다봤다. 그는 베스타의 손에서 고기 절단용 손도끼를 건네받고는 대범하게 앞으로 나와서 그 일을 수행하기로 단단히 마음먹었다. 이제 그녀 곁에 서자 그녀의 얼굴과 목덜미, 어깨가 눈에 들어왔고, 그는 무너져 내렸다. 그는 아이처럼 욕실 타일 위에서 휘청거렸고, 눈물이 흘러나와서 콧등을 움켜쥐어야 했다.

"미안해요. 난 못해요. 못해." 그가 말했다.

"제발요! 제발요, 호세인. 당신이 해야 해요! 제발!" 그녀가 애원했다.

"나도 그러고 싶어요. 오, 세상에, 콜레트. 난 못 해요……. 할 수가 없어."

그가 입을 다물고, 눈을 감고, 깊이 숨을 들이쉬었다. 그리고 평정을 찾으려고 몸부림쳤다.

"호세인, 그냥 그걸 집어 들어요. 더 이상 낭비할 시간이 없어요. 세릴이 아래층에 있다고요. 제발요. 그 애가 팔 하나를 잃게 되길 원해요? 그냥 해요. 그냥— 제발, 호세인. 내가 직접 할 수는 없다고요."

그는 숨을 크게 쉬고, 간신히 몸을 움직여, 손도끼를 위로 들어 올리고, 세게 내리쳤다. 하지만 성의 없는 움직임이었다. 그는 마지막 순간에 머뭇거렸고, 도끼날은 벽에 박혔다.

콜레트가 비명을 질렀다. 분노와 좌절과 두려움이 담긴 비명이었다. 그녀는 이런 일이 일어나기를 바라지 않았다. 이 일에 대해 생각할 때마다, 피가 동맥에서 솟구쳐서 평정심을 유지하려고 애를 써야 했다.

"호세인!"

"오, 이런 세상에, 자네가 지금 저 앨 고문하고 있어!" 베스타가 말했다.

"미안해요. 미안해요. 미안해요."

베스타가 노파 특유의 못마땅한 소리를 냈다.

"그럼, 남자의 일을 여자가 해야겠구면."

그녀가 그의 손에서 손도끼를 잡아채, 치켜들고, 대범하게 아래로 내리찍었다.

콜레트가 다시 비명을 질렀다. 그녀가 바닥으로 쓰러졌고, 다친 손 주변으로 온통 피가 소용돌이쳤다. 그녀는 피가 흘러나오는 것을 막으려고 손가락이 사라진 손바닥에 힘을 꽉 줬다. 아팠다. 믿을 수 없을 만큼 통증이 극심했다. 딱 손가락 두 개였다. 손가락 두 개가 뭐라고? 손가락 두 개에서 나온 고통이 어떻게 이렇게 신경 전체로 내달릴 수가 있는 거지?

베스타가 타월을 집어 손도끼 손잡이에서 자신의 지문을 닦아 내고 욕조 속에 떨어뜨렸다.

"우리 아버지가 도축업자였다고 내가 말했던가?"

버크 경위는 주차장으로 올라가는 그녀의 뒤로 다가갔다. 긴 하루였고, 그는 쉬고 싶었다. 아마 일을 마무리하러 돌아오기 전에 맥주한잔을 하러 크로스 키스로 살짝 빠져나갈 기회를 잡을 수 있을 것이다. 그 소녀는 할 일을 다 했고, 모든 과정을 거쳤으며, 스무 장이나되는 진술서 하단에 아이 같은 필체로 공들여 서명했다. 초과 근무를할 필요도 없는 사건이었다. 분명하고 단순했으며, 애쓸 사람도 없었고, 요란하게 체포할 사람이 없어서 모두들 다소 억울해 할 그런 사건이었다.

"이런 문제는, 그러니까 그 연쇄……." 그가 자신의 생각을 큰 목소리로 드러냈다. "대개 이런 일은, 아무도 어떻게 된 건지 아는 사람이 없어서, 우리가 우리 일을 제대로 하지 않았다고 모든 사람들이불평하면서 끝나게 되지요."

"오, 알아요. 크리스." 그녀가 공감했다. "내 말은, 크리스, 프레드웨스트(영국의 연쇄 살인마./ 옮긴이)도 우리가 그를 체포하기 전에 자살할 수 있는 은혜를 입었다는 거예요. 우리가 뭘 해야 할지 모르겠어요. CCTV가 있는 집도 없고. 거기 사는 사람 중에 그걸 눈치챈 사람도 없고."

"하아." 그가 웃음을 터트렸다. "당신은 그 내용이 적힌 메일을 받지 않았나 봐요."

"받았죠. 하지만 당신도 궁금하죠, 안 그래요? 그러니까, 때로 사람들이 의도적으로 어리석게 굴 수도 있다는 걸 생각해야 한다고요."

"아니요. 그냥 어리석은 거예요. 그걸 직시해요. 스물한 살이 넘었는데 그런 곳에 사는 사람이라면, 성공한 인간이 되긴 글렀죠. 안 그래요?"

"1층에 사는 그 남자가 음악 선생님이었다고 말한 것 같은데요. 그 사람을 정확히 어리석은 사람이라고는 표현할 수 없잖아요. 안 그래요?"

"약간 자폐증이 있는 것 같던데요. 제 생각에는. 음악가들한테는 특이한 게 아니에요. 어느 정도 있죠. 연습에 집중할 때는요. 한 번에 여러 일을 처리 못하는 거죠. 분명 기억 못 하시는 것 같은데, 지난여름 그 사람은 큰 농담거리가 돼서 신문지상에 오르내렸죠. 그 사람이 스피커 시스템으로 뭔가를 하고 있는 동안, 그가 가르치는 학생들 절반이 지붕 위로 올라간 걸 눈치 못 채서, 어떤 사립학교에서 잘렸거든요. 어쨌든 그는 그 이후로 내리막길이었죠. 아내는 그를 내쫓았고, 애들은 자기가 데려갔죠. 그는 오후에는 집 밖에서 피아노 개인교습을 했지만, 다른 직업은 찾을 수 없었어요. 내 생각이지만, 그는 애들에 대한 방문권이 승인되길 기다리면서 종일 클래식 음악 CD를 틀어 놓고 앉아서 손가락으로 피아노 치는 연습이나 하면서 지낸 것 같은데요. 그러느라 몇 시인지도 모르고, 다른 것에는 전혀 신경도 안 쓰고요. 옆집 사람이 니키에서 리사로 바뀐 것도 몰랐다더군요. 두 사람이 같은 사람이라고 생각했대요. 그녀가 머리를 염색한 거라고요."

"맙소사. 주의력도 없지. 사람들이 어째서 깜빡하고 늘 차에 아기를 두고 내리는지 이제 알겠네. 어쨌거나, 그가 그걸 어떻게 했는지 알고 싶군요."

"뭘 말이에요?"

"집주인 말이에요. 지방조직이랑 하수가 폐에 차 있던 사람. 대체 이 모든 게 어떻게 된 일이죠?" 메리가 물었다.

"뭐 보복성인 거 같은데요. 아마 그가 비디오에 대한 걸 알아냈다든지 말이죠? 분명 돈을 바라고 한 일은 아니에요. 그 연장통, 붙박이장 안에 덜렁 놓여 있던 그 연장통 안에 돈이 가득 들어 있었잖아요."

그녀는 그 말에 대해 생각해 본 다음 고개를 끄덕였다. "그렇죠. 아마도요. 당신은 그게 그 사람 짓일 거라고 확신하는군요. 그렇죠?"

"프리스의 DNA가 그의 차 트렁크 전체에 도배돼 있었고, 셰릴의 방에 있는 텔레비전은, 그녀의 말에 따르면 던바가 준 것이고, 그건 프리스의 아파트에서 나온 것이죠. 그게 매달려 있던 거실 벽에 아직 석고보드가 떨어져 나온 흔적도 있고요. 오, 설마 그 여자애가 그랬다고 생각하는 건 아니죠?"

그가 짐짓 공포스러운 척하면서 뒤로 물러났고, 두 사람은 모두 실컷 웃어 댔다.

"아직, 우리가 부려야 할 잔재주가 좀 남아 있어요. 많은 상호 참조 목록을 줄여야 하고, 제 생각에 그렇다고요. 그리고 리사 던 문제도 있고요. 삼 년 동안 우리는 그녀를 쫓았어요. 최소한 이제 우리 목록에서 그녀 이름을 지울 수 있게 됐군요. 끝나기 전에 디스크가 꽉 차 있었던 게 애석할 뿐이죠. 그녀가 언제 마지막 샤워를 했는지를 우리가 알 수 있다면, 사망 시각을 알아내는 것도 손쉬웠을 텐데요."

"예. 그건 유감이에요. 당신으로서는 분명 짜증 나는 상황일 테죠."

"오, 이봐요. 그녀는 좋은 증인이 되었을 거라고요. 물론, 그녀가 제안을 받아들였을지 아니었을지는 모르지만. 그녀를 확보했다 해도 꿀 먹은 벙어리처럼 행동했을 수도 있죠. 하지만 그녀가 우리를 이끌어 줄 유일한 창구는 아니었어요. 토니 스콧의 장기 말 중 하나였죠. 리사 던이 있건 없건, 그는 결국 스스로를 끌어내리게 될 거예요."

"그러길 바라야죠."

"하지만 나머지 사람들도 모두 사라져서, 재판정에 아무도 안 남을 거예요. 장담하죠." 그녀가 다시 말하던 주제로 되돌아갔다. "그건 작지만 멋진 비상금이 될 거예요. 이 모든 일에 대한 보상이기도 하고요. 우리 셰릴이 다 자랐을 때, 원룸 아파트 하나쯤 얻을 만한."

"내 생각에, 그 애는 자살하는 게 이상하지 않을 만큼 무너져 있어요. 그러니까, 그러지 않는 게 더 낫긴 하지만요. 그런데, 이 사람들이요. 옳은 선택을 했다고 모두가 확신하고 있는 건 아니에요. 단지 우리가 그걸 모를 뿐이죠."

"그래요. 그래서 그 애에게 이제 무슨 일이 일어나게 되는 거죠?"

"리버풀로 돌아가게 될 거예요. 사회복지사들의 무장 경호를 받으면서 보육 시설로 돌아가겠죠. 보육원에서 쫓아낼 때까지 거기 있게 되겠죠."

"삼 년 안에 우리가 진행해야 할 절차가 하나 더 남겠군요. 가엾게도 그 애는 너무 우둔해요. 턱을 계속 움직이지 않는다면 얼굴은 예쁜데."

"네, 슬프게도요. 쓰레기 같은 부모에, 희망 없는 애들, 우리 같은 사람들이 정상으로 돌려놔야 할 사람들이죠."

"그거 알아요, 크리스? 내가 매번 그런 사람들을 위해 울어 줬다면 나 자신을 위해 흘릴 눈물은 단 한 방울도 남지 않았을 거예요. 희망 없는 인구는 늘 어느 정도 비율로 존재하고, 앞으로도 그럴 거예요. 그리고 그게 우리가 여기 있는 이유죠. 나머지 사람들이 안전하게 지낼 수 있도록요."

그들은 차 앞에 도착했고, 그녀가 리모컨으로 차 문을 열었다. 차 트렁크가 툭하고 열리고, 그녀의 서류 가방이 그 안으로 날아들었다.

"그럼."

그녀가 차 문을 열고, 그에게 몸을 돌려 미소 지었다. "그럼, 이번 일에 감사드려요, 크리스. 우리 팀 모두가 당신의 도움을 고마워할 거예요."

그는 용기를 끌어 모아 훅 내뱉었다. "음, 간단히 한잔하고 싶지 않나요? 긴장을 좀 풀고 싶은데."

체이니 경위는 잠시 알 수 없는 표정을 짓더니 미소 지었다. "오늘은 안 되겠네요. 미안해요. 바빠서."

"오." 그가 순식간에 의기소침해졌다.

"하지만, 다음번은 괜찮아요."

그녀의 말이 그를 다시 살아나게 했다. "오, 괜찮습니다. 좋아요. 내가 전화할게요. 그래도 되죠?"

그녀의 입술에 걸린 미소가 더욱 커졌다. "물론이죠. 그래 주면 좋겠어요. 하지만 당분간 이 주 정도는 말고요. 일이 끔찍하게 많아 서요."

"그 기분을 정확히 안다고는 할 수 없지만, 좋습니다. 몇 주 후에요."

"멋지네요. 기대돼요." 그녀가 아주 잠깐 속눈썹을 깜빡이며 그에 게 신호를 보냈지만, 그는 그녀가 한 행동에 대해 반신반의했다.

그녀가 차에 올라타 떠났고, 그는 주차장에 서서 그녀가 가는 모 습을 지켜봤다. 검은색 철문이 통제소의 보이지 않는 손에 의해 열리 고, 그녀의 차가 인도로 나갔다. 그녀가 작별 인사를 하며 손을 흔들 었고, 그 역시 손을 들어 화답했다. 그는 그날에 대한 행복한 감정에 취해 경찰서 쪽으로 걸어갔다. 몇 주 후가 기대되는군.

체이니 경위는 좌회전을 해서 일방통행로로 접어들었고, 주도로 까지 세 블록을 올라가 1미터 정도 들어가서 휴대전화를 꺼냈다. 그 리고 한숨을 쉬며 통화 연결음을 들었다. 세 번 울리자 상대가 전화 를 받았다.

"저예요. 옙. 그녀예요. 확실해요. 애가 확인해 줬어요. 손가락이 꽝꽝 얼어 버터처럼 두꺼웠지만, 여자애가 사진을 보고 확인했어요. 십 분 정도 침을 질질 흘렸지만요. 그 냉동고에서 발견된 건 그녀의 손가락이 틀림없어요. 그녀의 손가락인 것도 확인됐고요. 그리고 시 계도 있었고요. 그 전리품들 사이에 금시계가 있더군요. 그 여자 엄 마가 그 여자에게 줬다는 문구가 새겨진 시계요. 뭐, 재닌과 리사가 또 있다면 모르지만, 그럴 리는 없잖아요? 여기에 더해, 집주인이 소 소한 부업 삼아 만들어 놓은 몇 시간 분량의 비디오 속에 그녀가 샤

471

워하는 모습도 담겨 있었고요."

그녀는 잠시 상대의 말을 듣고 있다가 미소 지었다.

"네. 네. 그 사람들은 물러나라고 해도 돼요. 리사 던은 죽었어요. 알아서 제자리를 찾아간 거죠. 그리고 우리는 아무것도 안 해도 되고요. 당신은 혐의를 벗은 것 같네요. 토니. 최소한 지금은요."

그가 전화선 반대편에서 뭐라고 말하자, 그녀가 크게 웃음을 터트렸다. "물론이죠. 토요일에 들를게요. 얼음에 크리스틸 샴페인이나 재워 둬요."

| 그 후의 이야기 |

청소년 선도원은 자신을 스티브라고 부르는 걸 좋아했다. 하지만 아이들은 모두 그를 그의 등 뒤에서 '악당'이라고 불렀다. 그가 가장 좋아하는 단어이기 때문이다. 그녀는 월요일과 금요일 점심시간에 그를 만났고, 그건 그녀가 점심을 먹으러 학교에서 나설 때 아무도 그녀에게 어디로 가느냐고 묻지 않는다는 걸 의미했기 때문에 좋은 일이었다. 그녀는 오래전에 얻은 꿈지럭대는 습관대로, 파운드랜드와 프리마리에 잠깐 들르기도 하고, 세프턴 공원에 있는 오리 연못 중 한 곳에서 담배 몇 개비를 피우기도 했다. 그리고 '청소년 선도원'이라는 단어는 그 누구라도 불러 세울 수 있다는 사실을 발견했다. 꼬치꼬치 캐묻기에 적당한 직업이다. 실제로 그녀가 오후 한나절 내내 이리저리 뛰어다니지 않는 한 그들은 언제든 그녀를 세워 놓고 이런저런 질문을 할 것이다. 학교는 어쨌든 그녀의 '전공'을 정해 줬고, 그녀의 경우 '전공'이란 결국 그녀가 어디로 가게 될지 뻔하니, 그리 애써서 해내지 않아도 된다는 말로 여겨졌다. 그래서 여기든 다른 어

473

디든 약간 게으름을 피워도 상관없었다.

그는 종이 한 장 위로 허리를 구부리고 있다가, 그녀가 들어서자 고개를 들었다. "셰릴. 이 악당. 잠깐이면 돼. 앉아 있어." 그리고 늘 그렇듯 체크란이 그려진 종이로 되돌아가, 늘 하던 일을 했다.

셰릴은 사무실 반대편 벽에 붙은 긴 소파에 털썩 앉아서, 여기서 기다렸던 그녀의 동료들에 의해 수년간 낡아서 헤진 방석의 천 일부를 잡아 뜯기 시작했다. 그녀는 두 달 동안 이것을 잡아 뜯었고, 그녀가 '악당'을 기다리는 동안 거의 6인치나 되는 구멍이 생겨 버렸다. 사무실은 작았고, 일반적인 사무실보다 더 정방형에 가까웠다. 미소 짓고 있는 십 대들의 모습과 성병에 관한 경고성 문구를 담은 포스터가 임시로 벽에 더덕더덕 붙어 있었으며, 종이 더미와 박스에 담긴 파일이 여기저기 흩어져 있었다. 그녀는 의자 아래 뒤쪽 공간에 자신의 더플 백을 발로 차 넣고 다리를 꼬았다.

"그리고…… 여기, 네 서류가 있지. 이 악당 같은 것." 스티브가 말하고, 책상에서 서류철을 획 들어 올렸다. 그리고 그녀에게 다가와서 소파 반대편 끝에 걸터앉아 한 발은 땅에 디디고, 다른 한 발은 무릎 아래로 접어 넣었다. 그가 팔꿈치 하나를 의자 등받이에 걸치고, 관자놀이를 손 위에 얹고는 그녀에게 이해한다는 미소를 지었다. 스티브 선생님은 나와 눈을 맞추는 걸 좋아하지. 언제나. 그리고 저 사람은 늘 내 주위를 따라다니는 그림처럼 말해. 그리고 그건 정말 불편해. 그는 그게 자기가 "애들은 물렀거라."라고 말하는 것처럼 보이게 해 준다고 생각하는 것 같지만 말이야.

"음, 어떻게 지내니. 셰릴?"

"좋아요." 셰릴이 의자 방석을 뜯었다.

"이 악당. 우리 신입."

그녀는 웃음이 나올 것 같아서, 쿠션을 잡아 뜯고 있는 자신의 손으로 시선을 내렸다. 그는 체크란에 뭔가를 표시하고 있었다. 그의 눈이 자신의 움직이는 손을 따라 아래로 움직였지만, 그녀를 혼내지는 않았다. 그녀는 요즘에는 모두들 자신을 혼내지 않는다는 사실을 알아챘다. 그녀에게 호통을 쳤던 마지막 사람은 베스타였고, 그녀는 그게 그리웠다. 그녀 주위에는 남자애들이 제법 있었지만, 그녀에게 잘못을 지적하는 사람은 없었다.

"학교는? 적응 잘하고 있니? 친구는 좀 사귀었어? 고향 친구들은 만났고?"

"고향 친구?"

그녀는 그에게 날카로운 시선을 던졌다. 나한테 고향 친구는 없어, 이 백인 놈아. 넌 서른여섯 살이고, 사회학 학위도 가지고 있지. 이쯤 되면 당신은 내게 공부는 잘하고 있느냐고 묻겠지. 대체 자기를 뭐라고 생각하는 거지, 당신? 쿠엔틴 타란티노라도 되는 줄 알아?

그녀가 어깨를 으쓱했다. "괜찮아요." 그렇게 대답하긴 했지만, 학교는 기본적으로 그녀를 피하는 사람들로 가득했다. 그녀가 살인자의 집에서 도망쳐 나왔고, 그 기이한 역사가 그녀에게 어떤 영향을 미쳤을 거라고 생각했다. 뭐, 어쨌든 그녀는 흥미가 없었다. 또 그녀는 열두 살이었을 때에 열다섯 살짜리들이랑 어울려 놀았다.

"기쁘네. 그럼 선생님들은 어때?"

"제가 글을 더 잘 읽을 수 있게 가르치시느라 노력 중이에요."

"이런!" 그가 다른 항목에 표시를 했다.

"사실은, 별로 좋지 않아요. 전 공부 같은 건 안 하고 있어요. 머리가 아프거든요."

"오." 그는 한 항목에 가위표를 그었다. 그가 서류철을 무릎 위에 놓고, 진심 어린 표정을 지으며 몸을 앞으로 기울였다. "시간이 필요하단다, 셰릴. 하룻밤 사이에 해결될 일이 아니야. 그냥 노력하다 보면, 언젠가 끝이 날 거야. 그건 정말로 그럴 가치가 있지. 최소한, 목표를 가질 수 있잖아. 그렇지 않니? 아무 목적 없이 인생을 보내고 싶진 않지, 응?"

그녀가 다시 한 번 어깨를 으쓱했다. "뭐, 아무렴 어때요."

"여길 떠나면 뭘 하고 싶은지 생각해 본 적 있니?"

"아뇨. 이 근처에는 할 일이 아무것도 없는 것 같은데요. 아닌가요?"

"음, 일단은 절대 희망을 버리지 말거라."

이때, 그녀가 고개를 들어 그와 눈을 맞췄다.

"전 석 달 전에 한 남자가 죽는 걸 봤어요, 선생님. 사람이 지붕에서 미끄러져 떨어질 때 어떤지 아세요? 놀랍죠. 그런 거예요. 그냥 놀라워요. 그냥 가장자리로 미끄러지는 거예요. 그 사람도 죽음에 대해서는 입도 벙긋한 적 없을걸요, 아마? 하지만 그는 죽었어요. 안 그래요?"

그의 뺨이 붉어지기 시작했다. 거기 있는 당신 서류에 뭐라고 체크해야 할지 모르겠지? 계속해 보시지. 이 말에 대해서도 "기쁘네." 라고 말해 봐.

"음……. 네가 원한다면 상담을 할 수 있어. 아직 신청할 수 있단다."

"아뇨. 선생님 말이 맞지만, 전 전에 상담을 해 봤어요."

그가 종이 오른편 가장자리의 한 항목에 표시를 했다. 그가 찾는 게 뭐든 그녀는 실패했다. 오, 뭐 어때. 어쨌든 저건 서랍 속으로 직행하겠지.

"이제 집에 가니? 거긴 어때? 뭘 하고 지내니?"

"못된 짓이요." 그녀가 그의 기분을 북돋는 말을 했다.

그는 즐거워 보였다. "오, 끝내주는데!"

"새로 룸메이트가 들어왔어요. 실비아라고. 열여섯 살 정도고, 정말 뚱뚱해요."

그는 자동적으로 단어 앞에 콧소리를 붙이는 자신의 비속어 사전에 푹 빠져들었다가 내뱉었다. "멋지구나!"

"예. 그 애는 재밌고, 세액시해요."

한 방향으로 재생 설정이 돼 있는 실비아의 아이패드에서는 매번 '앵그리 버드'가 흘러나왔다. 뚱뚱한 남동생이 보내 준 마스 바와 감자 칩을 먹으면서, 말을 시작하려 할 때는 눈언저리가 빨개져서 셰릴을 쳐다봤다. 실비아는 미용사나 네일 아트를 하는 사람이 되고 싶어 했다. 개인적으로 셰릴은 미용사는 무척 오래 서 있어야 하고, 미용사가 일하는 칸막이 방은 무척 좁을 거라고 생각했다.

그의 펜이 종이 왼쪽 가장자리로 움직였고, 다른 항목에 또 표시가 됐다. "이 악당." 그는 이렇게 말하고는 손목시계를 쳐다봤다. 그녀에게 할당된 오 분이 지나 있었다. "기쁘다. 멋지네. 그럼, 또 보자. 평소처럼 월요일에."

"아, 네."

"음." 그가 갑자기 생각이 났다는 듯 말을 덧붙였다. "언제 저녁에 실비아랑 함께 청소년 센터에 오지 않을래? 체스터 스트리트 아래쪽에 있어. 난 거기 제법 자주 가는데, 내가 거기를 어느 정도 공동 운영하고 있거든. 그러니까 걱정하지 마. 거기 오면 친근한 얼굴도 있을 거야."

머리에 구멍이라도 뚫린 거 아니야? 거기 가서 뭘 어쩌라고.

"거기서 뭘 하는데요?"

"오, 끝내주는 질문이야. 젊은 애들이 많이 있지. 당구대도 있고, 탁구도 칠 수 있고. 그리고 뭐, 그냥 앉아서 편하게 있을 수 있는 공간도 있단다. 네 친구들과 함께 말이야. 오늘 오렴. 금요일은 7시까지 한단다. 그리고 음악도 있어."

"오늘이라면 허락을 받기엔 너무 늦은 거 같네요." 그녀가 순진한 눈망울을 하고 그를 바라봤다. "7시 넘어서 외출하려면 사회복지사에게 말해야 해요. 그리고 그 사람들은, 뭐 아시겠지만 제가 전에 거기서 도망친 적이 있어서. 그 사람들은……."

스티브가 연민 어린 표정을 짓고는 고개를 한쪽으로 기울였다. "그래, 셰릴. 내가 복지사에게 전화해 줄까? 네가 좋다면, 내가 당연히 그 사람들이 좋아할 만한 방식으로 일을 처리해 줄 수 있단다."

셰릴이 그를 보고 방긋 웃었다. "정말요? 그래 주실 수 있다고요? 말도 안 돼! 정말 끝내줘요!"

그는 기쁜 듯했다. 그건 그녀가 그에게 처음으로 보이는 뭔가를 열망하는 태도였고, 효과를 발휘했다. 그의 서류 가장자리에 세 가지 항목이 표시됐고, 그는 그녀에게 의기양양한 미소로 화답했다. 긴장을 풀고 편안해졌군. 내가 이 애를 편하게 만든 거야. 그는 그렇게 생각했다.

"그럼, 좋다! 내가 전화를 걸지!"

"기뻐요." 그녀가 말하고는 의자 아래서 가방을 끄집어냈다. 이 책가방은 그녀가 리버풀로 돌아와 자리를 잡을 때 교복과 별 볼 일 없는 잠옷 류와 함께 지급된 것이다. 그녀는 가방 안에 많은 것을 넣고 다니지 않았다. 의심을 불러일으키고 싶지 않았기 때문이다. "월요일에 봬요! 주말 잘 보내시고요!"

그는 놀란 표정을 지었다. 그녀는 그가 돌파구를 찾았다는 생각에 기쁨에 젖는 모습을 봤다. 그래서 아주 약간이긴 하지만 죄책감에 가슴이 찌르르했다. 아주 약간. "고맙구나, 셰릴. 너도 주말 잘 보내렴."

그녀는 가방을 어깨에 걸치고 계단을 구르듯 내려와서, 사무실 건물이 있는 골목에서 벗어나자마자 왼쪽으로 꺾어 들었다. 그리고 추위에 옷깃을 올렸다. 학교까지는 반 마일 정도 거리고, 종은 사십 분이 지나서야 울릴 것이다. 시간은 충분했다. 더러운 강어귀 골목에 비가 부슬부슬 내리고 있었지만 금요일 점심시간이라 그런지 사람들이 가득했다. 크리스마스까지는 한 달이 채 남지 않았지만, 연휴의 북적거림이 이미 대기를 채우기 시작했다. 직장인들은 사람들을 밀치고 앞으로 나가서 잔뜩 지친 채로 향수나 목욕용품, 고데기 등을 찾아 부츠(건강 용품이나 미용 제품 등을 파는 체인점./ 옮긴이) 안으로 들어갔다. 등산용 점퍼를 입은 남자 다섯이 쌀쌀한 날씨 탓에 작업용 장갑을 낀 채로, 손에는 맥주잔과 담배를 들고 브릭레이어스 암즈 펍 앞에 서 있었다. 그리고 그녀 나이로 접어든 네 소녀가 키득거리면서 톱숍(영국의 대표적인 중저가 패션 브랜드./ 옮긴이) 문으로 나오고 있는 모습도 보였다. 거들먹거리는 여자애들이었다. 모두 머리에서 윤기가 났고, 귀 아래로 하트 모양의 작은 귀걸이가 달랑거렸다. 셰릴이 다가오는 것을 보고 그녀들은 뒤로 움찔 물러났다. 마치 그녀의 과거가 자신들을 잡아먹기라도 할 것처럼 말이다. 주말에는 학교 디스코 파티가 열릴 예정이다. 셰릴은 절대 그들 사이에 끼지 않겠지만. 지금으로서는 절대 그럴 리가 없었다.

그녀는 학교를 향해 걸었다. 뿌옇게 김 어린 맥도날드의 쇼윈도를 지나고, 학교 친구들 몇이 빅맥과 밀크셰이크를 배 터지게 삼키고 있는 모습을 봤다. 남자애 두 명이 손에 프렌치프라이를 양껏 움켜쥐고 서로에게 던져 댔고, 주변은 프렌치프라이로 뒤덮였다. 얼마 지나지 않아 그녀는 주위에서 외계인 목소리 같은 것을 들었다. 그녀는 갑자기 이 남쪽에서, 자신이 얼마나 많은 사람들의 소리를 들었는지 알게 됐다. '티'와 '이'를 발음하려다 나온 '디' 발음은 마치 그걸 말하는 사람이 고약한 냄새를 풍기는 것 같은 느낌이 들게 했다. 그녀는 크레이그 카페까지 가서야, 멍청하게 생긴 소년이 주변을 뱅뱅 돌다가 자신을 '이쁜이'라고 부르며 벽으로 밀치고는 혀를 그녀 입술에 댈 때까지, 자신이 머지 강으로 가는 길을 잃었다는 사실을 알아차리지 못했다.

난 이곳과 어울리지 않아. 난 활기찬 리버풀 사람이 아니야. 나는 '우리는 힘들어도 눈물을 삼키고 웃음을 터트린다.'는 태도를 잃어버렸고, 내가 다시 회복될 수 있을지도 잘 모르겠어. 이런 내가 어디서든 잘 적응할 수 있을까? 난 런던 사람이 아냐. 정말이지 아냐. 그럴 수 있다고 생각한 적도 있지만, 지금으로선 언제 그곳으로 돌아갈 수 있을지 짐작도 못 하겠어. 하지만 여기는? 시의회가 나를 이곳으로 돌려보냈다는 사실 말고, 날 여기에 붙잡아 두는 건 아무것도 없어. 그리고 그들 역시 나를 진정으로 원하는 건 아니야. 그들은 그저 나를 데려와서 시설로 돌려보냈고, 결국 하나의 통계 수치로 만들어 버렸지. 여기서 날 사랑했던 사람들은 모두 죽거나 감옥에 갔고, 우리 할머니를 빼면 사랑이라는 건 분명 하나도 없었어.

1시밖에 안 됐지만, 이미 밤이 내리깔리는 것 같았다. 흩뿌리는 빗줄기 속에서 한낮의 빛은 사라졌고, 빛은 구름을 뚫고 나오려는 노력을 포기한 지 오래였다. 길고 긴, 북부의 겨울이었다. 짠 바람이 마지강으로 불어 나갔고, 보호 시설의 크리스마스 만찬과 누군가가 그냥 돈만 지불한 선물 하나를 집어드는 크리스마스가 기다리고 있었다. 코카콜라와 실비아가 "새해 복 많이 받아!"라고 외치는 소리를 듣고, 학년이 끝날 때까지 길고 우울한 기다림의 나날을 보내고 나면 열여섯이 되고, 그녀는 마침내 자유를 얻을 것이다. 여기 못 머물겠어. 아무 의미가 없어. 시간 낭비일 뿐이야. 아무것도 없는 곳으로 향하는 길고긴 미끄럼틀이지.

셰릴은 학교로 향하는 모퉁이에 다다랐고, 그 너머의 도로를 살피며 서 있었다. 돌아가자. 최소한 특수 교육 구역은 따뜻할 거고, 그 사람들은 널 금요일 오후까지 자게 내버려 둘 거야. 거기로 돌아가서 마음을 좀 다스려 보자. 그녀는 고개를 파묻고, 모퉁이를 지나고, 그림자가 내리깔린 거리를 걸었다. 걸으면서 그녀는 줄무늬 넥타이를 풀었고, 철책 난간을 지나면서 난간 끝에 축축하고 축 늘어진 넥타이를 걸쳐 놓았다. 그리고 식료품점 근처에서 청재킷을 꺼내려고 가방에 손을 넣었다. 교복 상의를 벗고 대신 재킷을 입고는, 에이지 UK(영국의 자선단체./ 옮긴이) 바깥에 놓인 의류 기부함에 교복 상의를 집어넣었다. 그녀는 마권업자의 빈 창구에 기대서서, 검은색 학교 체육복을 벗고 바지를 갈아입고, 빨간 에나멜 웨지 힐을 신었다. 버튼(스노보드 및 스키복 판매 업체./ 옮긴이)의 쇼윈도를 거울로 이용해서 입술을 어두운 붉은색으로 칠했다. 다시 한 번 가방 속을 더듬어 연보라색 장미 장식이 달린 라즈베리색 펠트 모자를 찾아서, 머리 위에 썼다. 할머니에게 받은 마지막 생일 선물은 당시에는 너무 커서 헐렁했지만, 그녀는 그 이후에도 계속 이 모자를 간직해 왔고, 이제는 꼭 맞았다. 그녀가 다시 모퉁이로 돌아섰을 때, 셰릴은 완전히 사라지고 없었다.

그녀는 속도를 유지하며 계단을 올라갔다. 이제 역까지는 몇 백 야드 정도밖에 안 남았다. 그들은 찾고 있지 않을 거야. 걱정할 필요 없어. 종이 울릴 때까지는 한참 남았어. 하지만 여전히 그녀는 땡땡 이치는 아이들을 찾으러 선생이 슬금슬금 다니지는 않는지, 악당 스티브가 직접 그녀를 개찰구에서 되돌려 보내려고 머리를 굴리고 있지는 않은지 걱정하며 어깨 너머를 살폈다. 도로는 텅 비어 있었다. 쇼핑하는 인파에서 멀리 떨어진 이곳에서, 그녀는 자신이 얻은 동료들을 위해, 이 지역에 머무는 걸 택하는 편이 낫지는 않을까 생각했다. 지하철 역사의 불빛이 갑자기 눈앞에 나타났다. 칙칙하고 작은 지방 역사에는 쓰레기통 하나, 열차 시간표 하나, 텅 빈 회색빛 플랫폼을 제외하고는 아무것도 없었다. 그녀는 보행자용 다리 위로 올라서서 선로를 내려다봤다. 오, 좋아. 쉽게 오고, 쉽게 가네. 그리고 하행선 플랫폼으로 걸어 내려갔다.

플랫폼 입구는 주차장과 연결되어 있었다. 셰릴은 그곳을 지나쳐, 인도에 서서, 좌우를 살폈다. 비상구 옆으로 범퍼가 녹슨 낡은 흰색 승합차 한 대가 서 있다가 헤드라이트를 켰다. 그녀는 고개를 번쩍 들고 그 차를 향해 걸었다. 그녀가 다가가자 문이 양옆으로 열리고, 상자로 가득 찬 어두운 실내가 보였다. 그녀는 주저하지 않았다. 생각도 하지 않았다. 곧장 승합차로 다가가 안으로 들어갔다.

베스타가 소리 나게 문을 닫고, 앞좌석으로 기어갔다. "네가 안 올 거라고 생각했단다."

"알아요. 빌어먹을 사회복지사 같으니라고. 얘기하고, 얘기하고, 또 얘기하더라고요."

"언어 순화, 셰릴." 베스타의 말에 셰릴은 크게 웃었다. 웃음이 얼굴 전체로 퍼져 나갔다.

"안녕요."

"안녕." 콜레트가 인사를 건네고는, 기어를 넣고 엔진 시동을 걸었다.

"손은 어때요?" 셰릴이 물었다.

"피가 끔찍하게 많이 나더라. 그리고 다신 피아노를 못 치게 됐지, 뭐. 네 쇄골은 어때?"

"약간 부러진 거예요. 물어봐 줘서 고마워요."

"잘됐구나." 콜레트가 후진을 시작했다. "앉아, 멋진 아가씨. 우리가 거기 도착하기 전에 자살하고 싶은 건 아니지?"

"우리 어디로 가는 거예요?" 셰릴이 물었다.

"일프라콤으로. 너도 분명 그곳을 좋아하게 될 거야." 베스타가 말했다.

"할머니가 그렇게 말씀하신다면요." 그녀가 기껍다는 듯 말했다. "저한테 욕하는 것처럼 들리기는 하지만요."

그녀는 베스타의 쿠션 중 하나에 편하게 몸을 묻었다. 옆에는 콜레트가 삼 년 내내 가지고 다니던 스포츠 가방이 놓여 있었다. 그녀는 만족스럽고도 긴 숨을 내쉬었다.

"어쨌든, 저 운송용 상자 안에 네 고양이도 있단다. 그 녀석, 지금 끔찍한 악몽을 꾸고 있을 것 같구나." 베스타가 말했다.

킬러 넥스트 도어

1판 1쇄 인쇄 2016년 10월 12일
1판 1쇄 발행 2016년 10월 19일

지은이 알렉스 마우드
옮긴이 이한이
펴낸이 고영수

경영기획 이사 고병욱
기획편집 2실장 장선희 **책임편집** 김진희 **기획편집** 이혜선 문여울
마케팅 이일권 이석원 김재욱 **디자인** 공희 진미나 김민정
제작 김기창 **관리** 주동은 조재언 신현민 **총무** 문준기 노재경 송민진

교정교열 신혜진

펴낸곳 청림출판㈜
등록 제1989-000026호

본사 06048 서울시 강남구 도산대로 38길 11 청림출판㈜ (논현동 63)
제2사옥 10881 경기도 파주시 회동길 173 청림아트스페이스 (문발동 518-6)
전화 02-546-4341 **팩스** 02-546-8053
홈페이지 www.chungrim.com
이메일 redbox@chungrim.com
블로그 redboxbooks.blog.me

ISBN 978-89-89456-95-7 (03840)